rororo

# Jojo Moyes

# Nächte, in denen Sturm aufzieht

ROMAN

Aus dem Englischen von
Judith Schwaab

ROWOHLT
TASCHENBUCH VERLAG

Die Originalausgabe erschien 2007
unter dem Titel «Silver Bay» bei Hodder & Stoughton,
a division of Hodder Headline, London.

Die deutsche Erstausgabe erschien zuerst unter dem Titel
«Dem Himmel so nah» im Verlag Page und Turner,
Verlagsgruppe Random House.

2. Auflage Mai 2025
Veröffentlicht im Rowohlt Taschenbuch Verlag,
Kirchenallee 19, 20099 Hamburg, Mai 2025
Copyright © 2019 by Rowohlt Verlag GmbH, Reinbek bei Hamburg
Die Rechte an der deutschen Übersetzung von Judith Schwaab liegen
beim Verlag Page und Turner, Verlagsgruppe Random House GmbH
«Silver Bay» Copyright © 2007 by Jojo Moyes
Redaktion Johanna Schwering
Die Nutzung unserer Werke für Text- und Data-Mining
im Sinne von § 44b UrhG behalten wir uns explizit vor.
Covergestaltung SO YEAH DESIGN, Gabi Braun
Coverabbildung Silke Schmidt
Satz aus der DTL Dorian bei Pinkuin Satz und Datentechnik, Berlin
Druck und Bindung CPI books GmbH, Leck
ISBN 978-3-499-01739-1

Kontaktadresse nach EU-Produktsicherheitsverordnung:
produktsicherheit@rowohlt.de

## Für Lockie

*für alles, was er ist
und was er sein wird*

# PROLOG

## *Kathleen*

Mein Name ist Kathleen Whittier Mostyn, und im Alter von siebzehn Jahren wurde ich für den Fang des größten Fisches in ganz New South Wales berühmt. Es war ein grauer Ammenhai, und selbst nach zwei Tagen öffentlicher Zurschaustellung blickte er mich mit einem Auge immer noch so böse an, als wollte er mich in Stücke reißen. Damals tat man in Silver Bay kaum etwas anderes als Sportfischen, und ganze drei Wochen lang war jener Hai bei uns Thema Nummer eins. Ein Zeitungsreporter nahm sogar die Anfahrt aus Newcastle auf sich und machte ein Bild von mir und dem Fisch. Obwohl mich der Fotograf schon gebeten hatte, meine höchsten Schuhe zu tragen, war das Vieh immer noch ganze dreizehn Zentimeter größer als ich.

Was man auf dem Foto sieht, ist ein hochgewachsenes, eher finster dreinblickendes Mädchen, das besser aussah, als es ihm selbst bewusst war, mit – zum Leidwesen seiner Mutter – sehr breiten Schultern und einer vom Einholen und Befestigen der Leinen so schmalen Taille, dass sie nie ein Korsett benötigte. Und da stand ich nun und platzte fast vor Stolz, weil ich noch nicht wusste, dass ich bis ans Ende meiner Tage selber am Haken dieses Monstrums hängen würde, als wären wir verheiratet.

Was man auf dem Foto allerdings nicht erkennen kann, sind die beiden Drähte, an denen mein Vater und sein Geschäftspartner, Mr. Brent Newhaven, den Hai in der Vertikalen hielten. Das war dann doch etwas zu schwer für mich.

Trotzdem war mein Ruf durch diesen Vorfall zementiert. Jahrelang war ich nur als das «Haimädchen» bekannt, auch als ich längst kein Backfisch mehr war. Meine Schwester Norah zog mich immer damit auf, angesichts meiner äußeren Erscheinung wäre der Name «Seeigel» wohl angebrachter, doch mein Vater glaubte fest daran, dass mein legendärer Fischzug dem Silver Bay Hotel zum Durchbruch verhalf. Zwei Tage nach Erscheinen meines Konterfeis in der Zeitung waren wir restlos ausgebucht, und das blieben wir auch bis ins Jahr 1962, als der Westflügel des Hotels einem Brand zum Opfer fiel. Männer reisten an, weil sie meinen Rekord überbieten wollten: Wenn schon ein *Mädchen* in der Lage war, einen solchen Brummer an Land zu ziehen, was konnte dann wohl erst ein *richtiger* Sportangler in dieser sagenhaften Bucht ausrichten? Ein paar von ihnen machten mir sogar einen Heiratsantrag, aber mein Vater pflegte zu sagen, bei denen hätte er schon Lunte gerochen, noch bevor sie Port Stephens erreichten. Also schickte er sie zum Teufel. Die Frauen kamen, weil sie es bis dato nicht für möglich gehalten hatten, dass sie auch angeln könnten, geschweige denn eine Beute, mit der sie in Konkurrenz zu den Männern treten könnten. Und die Familien schließlich kamen, weil Silver Bay mit seiner geschützten Bucht, den endlosen Sanddünen und der ruhigen See einfach ein wunderbarer Ferienort war.

Um es mit dem zusätzlichen Bootsverkehr aufzunehmen, wurden rasch zwei neue Molen gebaut, und jeden Tag war die Luft erfüllt vom Klicken der Riemen und dem Brummen der Außenbordmotoren, während die See in- und außerhalb der Bucht von Anglern und Sportfischern durchforstet wurde. Bis spät in die Nacht hinein hörte man am Hafen das Aufheulen von Automotoren, leise Musik und Gläsergeklirr. Während der fünfziger Jahre gab es wohl kaum einen Ort in der Gegend, der angesagter gewesen wäre als Silver Bay.

Heute haben wir immer noch unsere Boote und unsere Molen, obwohl wir nur noch eine Anlegestelle benutzen, und die Beute, der die Leute hinterherjagen, hat sich geändert. Ich selbst habe fast zwanzig Jahre lang keine Angelrute mehr in der Hand gehabt. Das Töten von Lebewesen jedweder Art interessiert mich nicht mehr.

Das Leben hier verläuft selbst im Sommer in ruhigen Bahnen. Die meisten Urlauber verschlägt es heutzutage in die Clubs und die mehrstöckigen Hotels, an schickere Badeorte wie Coffs Harbour oder Byron Bay, und uns ist das, um die Wahrheit zu sagen, nur recht so.

Den Rekord von damals halte ich immer noch. Er ist in diesem Wälzer verzeichnet, der sich angeblich wie geschnitten Brot verkauft, obwohl man keinen kennt, der jemals einen erworben hat. Ab und zu rufen die Herausgeber mich an, um mir mitzuteilen, dass mein Name auch im nächsten Jahr wieder drinstehen wird. Es kommt vor, dass Schulkinder bei mir klingeln und mir erzählen, sie seien in der Bibliothek auf meinen Namen gestoßen, und ich tue jedes Mal so, als wäre ich überrascht, weil ich ihnen eine Freude machen will.

Jawohl, den Rekord von damals halte ich bis heute. Das sage ich nicht, weil ich damit prahlen oder im Alter von sechsundsiebzig Jahren das Gefühl genießen will, wenigstens einmal im Leben etwas Bemerkenswertes vollbracht zu haben. Nein, wenn man wie ich in einer Welt voller Geheimnisse lebt, tut es einfach gut, wenigstens ab und zu eine Sache beim Namen zu nennen.

# KAPITEL 1

## *Hannah*

Man brauchte bloß die Hand bis zum Gelenk hineinzustecken, um in der Keksdose der *Moby One* auf mindestens drei verschiedene Sorten Plätzchen zu stoßen. Yoshi sagte, die Besatzungen der anderen Boote seien bei den Keksen geizig und kauften immer nur die billigste Sorte mit Pfeilwurz, die in Großpackungen im Supermarkt erhältlich ist. Sie hingegen war der Meinung, wenn jemand hundertfünfzig Dollar dafür bezahlt, mit einem Boot auf Delphinjagd zu gehen, dann könne er auch einen anständigen Keks als Snack an Bord erwarten. Aus diesem Grund kaufte sie meistens Double Chocolate Anzacs, fingerförmige Shortbreads oder hauchdünne Pfefferminzplätzchen, in Folie gehüllt, und ab und an sogar selbstgebackene Kekse. Lance, der Skipper, meinte, sie kaufe nur deshalb anständige Kekse, weil das so ziemlich alles sei, was sie überhaupt zu sich nehme. Er sagte auch, wenn ihr Chef jemals dahinterkäme, wie viel Geld sie für Knabberkram ausgab, würde er einen Tobsuchtsanfall bekommen. Ich starrte die Plätzchendose an, als Yoshi den Passagieren Tee und Kaffee anbot, während die *Moby One* langsam in die Bucht hinausfuhr. Ich hoffte inständig, sie würden nicht alle Anzacs aufessen, bevor ich die Gelegenheit hatte, mir einen zu schnappen. Am Morgen hatte ich mich ohne

Frühstück aus dem Haus gestohlen und erst erfahren, dass Yoshi mich mitfahren lassen würde, als wir ins Cockpit gegangen waren.

«*Moby One* an *Suzanne*. Sag mal, Greg, wie viele Bierchen hast du gestern eigentlich gezischt? Du hältst Kurs wie ein einbeiniger Besoffener.»

Lance saß am Funkgerät. Während er weiterredete, steckte ich die Hand in die Keksdose und angelte mir den letzten Anzac heraus. Der Bordfunk zwischen den beiden Booten knisterte, und eine Stimme brummelte etwas vor sich hin, das ich nicht verstehen konnte.

Lance versuchte es wieder: «*Moby One* an *Sweet Suzanne*. Reiß dich jetzt besser zusammen, Mann. Vier von deinen Fahrgästen hängen schon über der Reling.»

Yoshi trat zu ihm und reichte ihm einen Pott Kaffee. Ich duckte mich hinter ihr. Die Gischttropfen auf ihrer marineblauen Uniform glitzerten wie Pailletten.

«Hast du Greg gesehen?», brummte Lance.

Sie nickte. «Ich durfte ihn bewundern, bevor wir losgefahren sind.»

«Er ist so besoffen, dass er nicht geradeaus lenken kann.» Lance zeigte durch das wasserversprittzte Fenster auf das kleinere Boot vor uns. «Ich sag dir was, Yoshi, die Passagiere werden ihr Geld zurückverlangen. Der mit dem grünen Hut hat kein einziges Mal den Kopf gehoben, seit wir Break Nose Island passiert haben. Was zum Teufel ist denn in ihn gefahren?»

Yoshis Haar war das schönste, das ich jemals gesehen hatte. Es hing wie ein dicker, schwarzer Vorhang rund um ihr Gesicht und war trotz Wind und Meerwasser niemals zerzaust. Ich nahm eine meiner eigenen kümmerlichen Locken zwischen die Finger. Obwohl wir erst eine halbe Stunde auf See waren, fühlte sie sich bereits klebrig an. Meine Freundin Lara sagte, wenn sie erst vierzehn war, also in vier Jahren, würde ihre Mutter ihr Strähnchen erlauben. Genau in diesem Moment fiel Lance' Blick auf mich. Irgendwann hatte es ja passieren müssen.

«Was machst du denn hier, Mäuschen? Deine Mami macht mir die Hölle heiß, wenn sie das erfährt. Hast du keine Schule?»

«Ferien.» Ich trat ein wenig verlegen hinter Yoshi.

«Sie kommt dir schon nicht in die Quere, keine Sorge», sagte Yoshi. «Sie wollte bloß so gerne die Delphine sehen.»

Ich schaute Lance an und zog mir die Ärmel bis über die Handgelenke.

Er erwiderte meinen Blick und zuckte schließlich mit den Schultern. «Dann zieh aber eine Schwimmweste an.»

Ich nickte.

«Und steh mir nicht im Weg rum.»

Ich legte den Kopf auf die Seite. Als würde ich das je tun.

«Ach, was soll's. Hauptsache, deine Mutter gibt nicht hinterher mir die Schuld. Und hör mal, Mäuschen, das nächste Mal steuerst du die *Moby Two* an, okay – oder besser gleich das Boot von jemand anderem.»

«Jetzt reg dich ab. Sie ist überhaupt gar nicht hier», sagte Yoshi. «Und übrigens, Gregs Steuerkünste sind noch längst nicht das Beste.» Sie grinste. «Warte nur, bis er wendet, dann siehst du, was er mit seinem Bug angestellt hat.»

Während wir langsam die Bucht verließen, sagte Yoshi, es sei ein guter Tag für eine Tour. Die See war ein wenig kabbelig, aber es blies nur ein mäßiger Wind, und die Luft war so klar, dass man die weiße Gischt auf den Brechern meilenweit sehen konnte. Ich folgte Yoshi auf das Hauptdeck, wo sich auch das Restaurant befand, glich mühelos mit den Beinen das Auf und Ab des Katamarans unter mir aus und fühlte mich gleich ein bisschen wohler, weil der Skipper wusste, dass ich an Bord war.

Das hier, hatte Yoshi mir gesagt, war der anstrengendste Teil der heutigen Delphinbeobachtungstour, die Zeit bis zur Ankunft in dem geschützten Gewässer rund um die Bucht, wo man oft ganze Schulen von Großen Tümmlern antreffen konnte. Während die Passagiere auf dem Oberdeck Platz nahmen und, in dicke Schals gehüllt, die frische Juniluft genossen, baute Yoshi das Buffet auf, reichte Getränke herum und bereitete, wenn die See unruhig war, wie meistens in dieser Zeit kurz vor dem Winter, das Desinfektionsmittel und die Eimer für diejenigen vor, die seekrank wurden. Man könne es ihnen so oft sagen, wie man wollte, brummte sie vor sich hin und schaute zu den gut gekleideten Asiaten, die den größten Teil der morgendlichen Kundschaft ausmachten – sie blieben *trotzdem* unter Deck, sie aßen und tranken *trotzdem* zu schnell, und sie gingen auch *trotzdem* auf die Toilette, um sich zu übergeben, und machten sie damit unbenutzbar, anstatt sich einfach über die Reling zu beugen. Und wenn es sich um ihre Landsleute, die Japaner, handelte, fügte sie mit einem Hauch boshaften Vergnügens hinzu, verbrachten sie den Rest der Fahrt in einem Zustand still verzweifelter Demut, versteckt hinter dunklen Sonnenbrillen und hochgeschlagenen Krägen, die aschgrauen Gesichter stoisch aufs Meer gerichtet.

«Tee? Kaffee? Kekse? Tee? Kaffee? Kekse?»

Ich folgte ihr hinaus aufs Vordeck und schloss meine Jacke am Hals. Der Wind hatte sich ein wenig gelegt, aber die eisige Brise war immer noch zu spüren und pfiff um meine Nase und Ohren. Die meisten der Passagiere wollten nichts – sie unterhielten sich laut, um sich über das Motorengeräusch hinweg verständlich zu machen, starrten auf den weit entfernten Horizont hinaus oder machten Fotos voneinander. Ich tauchte dafür meine Hand umso öfter in die Keksdose.

Die *Moby One* war der größte Katamaran in Silver Bay. Normalerweise arbeiteten zwei Stewards auf einem Kat, doch mit abnehmenden Temperaturen kamen auch weniger Touristen, weshalb Yoshi den Job so lange alleine machte, bis es wieder mehr Buchungen gab. Mir war das nur recht, denn so war es leichter für mich, sie davon zu überzeugen, mich an Bord zu lassen. Ich half ihr dabei, die Tee- und Kaffeekannen in ihre Halterungen zurückzustellen, dann traten wir wieder auf das schmale Seitendeck hinaus, lehnten uns mit dem Rücken fest gegen die Fenster und blickten auf die See hinaus, wo das kleinere Boot vor uns immer noch seinem unsteten Kurs über die Wellen folgte. Selbst auf diese Entfernung war deutlich zu erkennen, dass mittlerweile die meisten der Fahrgäste über der Reling der *Suzanne* hingen.

«Zehn Minuten Pause sind drin. Da.» Yoshi öffnete eine Dose Cola und reichte sie mir. «Hast du schon mal was von der Chaostheorie gehört?»

«Hmm.» Das sollte so klingen, als wäre es durchaus möglich, dass ich davon gehört hatte.

«Wenn diese Leute da drüben bloß wüssten», sie zeigte mit einem Finger hinüber, während wir spürten, wie das Boot langsamer wurde, «dass ihre lang ersehnte Fahrt zu den wild lebenden Delphinen durch eine Frau ruiniert wird, der sie niemals über den Weg laufen werden, und durch einen Mann, der mittlerweile zweihundertfünfzig Kilometer entfernt von hier in Sydney mit ihr zusammenlebt und der festen Überzeugung ist, lila Radlerhosen seien im Alltag ein akzeptables Kleidungsstück.»

Ich nahm einen Schluck von meiner Cola. Das Prickeln der Kohlensäure im Hals trieb mir Tränen in die Augen, und ich schluckte schwer. «Du meinst, dass die Touristen auf Gregs Boot kotzen müssen, hat etwas mit der Chaostheorie zu tun?» Ich hatte gedacht, der Grund dafür sei die Tatsache, dass er am Abend zuvor zu viel Alkohol getrunken hatte.

Yoshi lächelte. «In etwa, ja.»

Die Maschinen waren gestoppt worden, die *Moby One* kam zur Ruhe, und rundherum wurde es still bis auf das Geplauder der Touristen und das Klatschen der Wellen am Rumpf. Ich liebte es, hier draußen zu sein, liebte es zuzuschauen, wie mein Zuhause langsam zu einem winzigen weißen Punkt wurde, der sich von dem schmalen Streifen Strand abhob und schließlich ganz hinter den endlosen Buchten verschwand.

Lara besaß eine Jolle, mit der sie ganz alleine hinaussegeln durfte, solange sie sich an die Bojen hielt, die die alten Austernbänke markierten, und darum beneidete ich sie sehr. Meine Mutter erlaubte mir nicht, in der Bucht herumzuschippern, obwohl ich doch schon fast elf war. «Alles zu seiner Zeit», murmelte sie jedes Mal, wenn ich fragte. Wenn es nach ihr ginge, würde ich überhaupt nie raus aufs Wasser kommen.

Lance tauchte neben uns auf: Gerade war er mit zwei kichernden Teenagermädchen abgelichtet worden. Junge Frauen baten ihn oft, für sie zu posieren, und er lehnte nie ab. Aus diesem Grund trug er auch so gerne seine steife Kapitänsmütze, sagte Yoshi, selbst wenn die Sonne so heiß vom Himmel brannte, dass ihm darunter das Hirn wegschmolz.

«Was hat er denn da auf die Seite des Bootes geschrieben?» Lance kniff die Augen zusammen, um Gregs Kreuzer aus der Ferne besser zu erkennen. Offenbar hatte er mir verziehen, dass ich mich an Bord befand.

«Ich sag's dir, wenn wir wieder an der Mole sind.» Yoshi zog eine Augenbraue übertrieben hoch und nickte mit dem Kinn in meine Richtung.

«Ich kann sowieso lesen, was da steht, weißt du», sagte ich. Die *Suzanne*, die bis gestern noch *Sweet Suzanne* geheißen hatte, war über Nacht in ein böses Schimpfwort umgetauft worden, von dem Yoshi mir außerdem gesagt hatte, es sei biologisch unmöglich.

Yoshi wandte sich Lance zu und senkte, soweit möglich, die Stimme, als glaubte sie wirklich, dass ich sie dann nicht hören konnte. «Seine Frau hat ihm mitgeteilt, dass es doch einen anderen Mann in ihrem Leben gibt.»

Lance stieß einen Pfiff aus. «Das hat er doch schon längst gewusst. Aber sie hat es immer geleugnet.»

«Es war wohl auch besser, es nicht zuzugeben, weil sie genau wusste, wie er reagieren würde. Außerdem ist er selber ja wohl auch nicht gerade ein Unschuldslamm ...» Sie warf mir einen Blick zu. «Jedenfalls hat sie sich nach Sydney abgesetzt und verlangt die Hälfte des Bootes.»

«Und was sagt er dazu?»

«Ich denke, das steht deutlich genug auf dem Boot.»

«Ich kann gar nicht fassen, dass er damit Touristen spazieren fährt.» Lance hob seinen Feldstecher, um sich die hingeschmierte rote Schrift genauer anzuschauen.

Yoshi bat mit einer Handbewegung um das Fernglas. «Heute Morgen war er so blau, dass ich mir nicht sicher bin, ob er überhaupt noch weiß, was er getan hat.»

Auf dem Oberdeck wurden aufgeregte Rufe der Touristen laut. Sie drängten alle in Richtung Bug.

«Jetzt geht's los», murmelte Lance, richtete sich auf und grinste mich an. «Die Fahrt hat sich gelohnt, Mäuschen. Wir müssen wieder an die Arbeit.»

Manchmal, sagte Yoshi, fuhren sie die ganze Bucht ab, aber die Tümmler wollten sich einfach nicht zeigen, und ein Boot voller unzufriedener Delphin-Fans sei ein Boot voller Gratis-Fahrten und Fünfzig-Prozent-Rückzahlungen, die den Boss irgendwann garantiert in den Ruin treiben würden.

Heute jedoch stand eine Gruppe Touristen dicht gedrängt mit surrenden Kameras im Bug, und alle versuchten, die glänzenden grauen Körper, die unter uns durch die brechenden

Wellen sprangen, für immer auf ein Bild zu bannen. Ich spähte ins Wasser, um festzustellen, wer da gekommen war, um mit uns zu spielen. Unter Deck hatte Yoshi eine ganze Wand mit Fotos der Finnen aller Delphine vollgehängt, die in der Gegend gesichtet worden waren, und ihnen Namen gegeben: Zigzag, One Cut, Piper. Die Crews der anderen Boote hatten anfangs über sie gelacht, aber mittlerweile konnten alle die verschiedenen Fluken voneinander unterscheiden – schon das zweite Mal, dass wir diese Woche Butterknife zu Gesicht bekommen, hieß es dann zum Beispiel.

Ich kannte alle Namen auswendig.

«Sehen aus wie Polo und Brolly», sagte Yoshi und beugte sich über die Seite. «Ist das Brollys Junges?»

Wie stille graue Bögen umrundeten uns die Delphine, als wären sie die Touristen, die uns bestaunten, und nicht umgekehrt. Jedes Mal, wenn einer von ihnen die Wasseroberfläche durchstieß, klickten die Kameras. Was dachten die Tiere wohl, wenn wir sie so anstarrten? Ich wusste, dass sie so klug waren wie Menschen. Oft stellte ich mir vor, wie es wäre, sie hinterher bei den Felsen zu treffen, wo sie in Delphinsprache über uns lästerten – weißt du noch, der mit dem blauen Hut? Und der mit der komischen Brille?

Lance' Stimme kam über den Lautsprecher. «Meine Damen und Herren, bitte laufen Sie nicht alle auf eine Seite des Bootes, um die Delphine zu beobachten. Wir machen eine langsame Wende, damit jeder einmal eine gute Sicht auf sie bekommt. Wenn Sie alle auf eine Seite gehen, kentern wir. Und Delphine mögen keine Boote, die umkippen.»

Als ich aufblickte, entdeckte ich zwei Albatrosse, die für einen Moment in der Luft stillzustehen schienen und dann ihre Flügel anlegten und nach unten schossen, wo es nur ganz wenig spritzte, als sie aufs Wasser trafen. Einer tauchte gleich wieder auf und kreiste in der Luft, auf der Suche nach irgendeiner unsichtbaren Beute, dann gesellte sich auch der andere zu ihm, und sie schwebten eine Weile über der Bucht, um schließlich zu verschwinden. Ich blickte ihnen lange hinterher. Während die *Moby One* langsam ihre Position änderte, beugte ich mich über die Seite und schob die Kappen meiner neuen Turnschuhe unter der Reling durch, damit ich sie bewundern konnte. Yoshi hatte mir versprochen, bei wärmeren Temperaturen würde sie mir erlauben, mich in das Netz zwischen den Kufen zu legen, damit ich die Delphine berühren und vielleicht sogar ein Stück mit ihnen schwimmen konnte. Aber nur, wenn meine Mutter einverstanden war. Ich seufzte. Wir alle wussten, was das bedeutete.

Als das Boot ein plötzliches Manöver machte, stolperte ich fast. Dann wurde mir klar, dass der Motor wieder angeworfen worden war. Erschrocken hielt ich mich an der Reling fest. Ich war in Silver Bay aufgewachsen und wusste, dass es bei den Beobachtungstouren ein paar Regeln gibt, die man befolgen muss. Wenn man Delphine spielen sehen will, muss man den Motor ausschalten. Sind sie in Bewegung, hält man am besten parallel zu ihnen Kurs und lässt sich von ihnen führen. Die Delphine zeigen einem sofort, was Sache ist: Wenn sie dich mögen, kommen sie näher, oder sie halten sich in einer gleichbleibenden Entfernung. Wenn sie ihre Ruhe haben wollen, schwimmen sie davon. Yoshi schaute mich stirnrunzelnd an, und als der Katamaran einen Satz machte, griffen wir nach den Rettungsleinen. Ich sah bestimmt genauso verwirrt aus wie sie.

Plötzlich beschleunigte das Boot und schoss vorwärts. Über uns wurden kreischende Touristen in ihre Sitze zurückgeschleudert.

Lance sprach ins Funkgerät. Während wir hinter ihm ins Cockpit kletterten, sahen wir die *Sweet Suzanne* in der Ferne an uns vorbeijagen. Sie sprang wie wild über die Wellen, ohne auch nur im Geringsten auf die zunehmende Anzahl von seekranken Passagieren Rücksicht zu nehmen, die über der Reling hingen.

«Lance! Was machst du denn da?» Yoshi hielt sich an einer Handleine fest.

«Wir sehen uns, Kumpel ... Sehr verehrte Damen und Herren ...» Lance verzog das Gesicht und streckte den Finger nach dem Einschaltknopf des Lautsprechers aus. *Ich brauche eine Übersetzung*, bedeutete er Yoshi wortlos. «Heute Morgen haben wir eine Sensation für Sie. Eine zauberhafte Begegnung mit unseren Silver-Bay-Delphinen konnten wir Ihnen schon bieten, aber wenn Sie noch ein wenig Geduld haben, möchten wir Ihnen etwas ganz Besonderes zeigen. Wir haben bereits die ersten Wale dieser Saison gesichtet, etwas weiter draußen auf See. Dabei handelt es sich um die Buckelwale, die jedes Jahr auf ihrer langen Wanderung nach Norden aus der Antarktis an uns vorbeiziehen. Ich kann Ihnen versprechen, dass dies ein Anblick ist, den Sie nie vergessen werden. Also, nehmen Sie bitte Platz oder halten sich gut fest. Es könnte jetzt etwas rauer werden, da der Seegang von Süden her zunimmt, aber ich will Sie rechtzeitig zu den Walen bringen. Wer vorne im Boot sitzen möchte, dem empfehle ich, sich bei uns eine wasserdichte Jacke auszuleihen. Im hinteren Teil des Bootes gibt es jede Menge davon.»

Er kurbelte am Steuerrad und nickte Yoshi zu, die das Mikrophon übernahm. Sie wiederholte das, was er gesagt hatte, auf Japanisch und dann in verkürzter Version auch auf Koreanisch. Ich blickte angestrengt auf die See. In meinem Kopf hallte ein einziges Wort nach: *Wale!*

«Wie weit noch?» Yoshi spähte konzentriert auf das glitzernde Wasser hinaus. Die entspannte Atmosphäre von vorher war wie weggeblasen. Mein Magen krampfte sich vor lauter Aufregung zusammen.

«Vier, fünf Meilen vielleicht? Keine Ahnung. Der Touristenhubschrauber ist drüber weggeflogen und hat gesagt, sie hätten zwei Tiere ein paar Meilen vor Torn Point gesichtet. Ist ein bisschen früh für die Jahreszeit, aber ...»

«Letztes Jahr war es der vierzehnte Juni. So lange ist es nicht mehr bis dahin», sagte Yoshi. «Verflucht und zugenäht! Schau dir Greg an! Bei dem gehen noch ein paar Fahrgäste über Bord, wenn er in dem Tempo weitermacht. Sein Boot ist einfach nicht groß genug, um es mit so hohen Wellen aufzunehmen.»

«Er will eben nicht, dass wir vor ihm da sind.» Lance schaute auf den Geschwindigkeitsmesser. «Volle Fahrt voraus. Dieses Jahr ist die *Moby One* als Erste da, dafür werde ich sorgen. Endlich mal.»

Die Mitglieder der Crews arbeiteten aus den verschiedensten Gründen auf den Booten. Manche machten den Job, um ihre Pflichtstunden an Bord zu absolvieren, damit sie später auf größeren Schiffen und zu besseren Bedingungen anheuern konnten. Einige, wie Yoshi, hatten damit als Teil ihrer Ausbildung begonnen und einfach Gefallen daran gefunden. Aber egal, aus welchem Grund jemand hier war – ich hatte schon lange begriffen, dass von der ersten Walsichtung der Saison ein ganz besonderer Zauber ausging, als könnte man erst dann an eine Rückkehr der Meeresriesen glauben, wenn man sie zum ersten Mal wieder erblickt hatte.

Eigentlich machte es keinen großen Unterschied, wer den Wal als Erster sah. Hatte sich die Neuigkeit erst mal wie ein Lauffeuer verbreitet, schalteten alle fünf Boote, die von der Walmole aus starteten, sofort von der Delphinbeobachtung auf Walbeobachtung um. Doch den Besatzungen war es keineswegs egal. Um genau zu sein, sie drehten fast durch im Bestreben, als Erste zu den Walen zu gelangen.

«Schau dir bloß diesen Idioten an! Ist schon komisch, dass er plötzlich doch einen geraden Kurs halten kann», stieß Lance wütend hervor. Greg war backbord von uns und schien noch an Tempo zuzulegen.

Yoshi angelte sich eine wasserdichte Jacke und warf sie mir zu. «Da! Nur für den Fall, dass wir vorne rausgehen müssen. Wird ziemlich nass.»

«Verflucht noch mal, ich glaub's einfach nicht.» Lance zeigte auf ein weiteres Boot am Horizont. «Da ist Mitchell! Könnte wetten, dass der den ganzen Morgen am Funkgerät gesessen hat, und jetzt taucht er einfach auf, mit einer Handvoll Passagieren an Bord. Irgendwann kriegt die faule Ratte von mir noch mal eine auf die Zwölf, das sag ich dir.»

Über Mitchell Dray gab es immer Beschwerden. Im Gegensatz zu den anderen machte er sich gar nicht erst die Mühe, nach Delphinen Ausschau zu halten; er hörte seelenruhig einfach den Funkverkehr zwischen den Schiffen ab und fuhr dann schnurstracks dorthin, wo alle hinfuhren.

«Werde ich wirklich einen echten Wal sehen?», fragte ich. Unter unseren Füßen klatschte der Bug des Schiffes mit einem lauten Knall auf die Wellen, und ich musste mich am Kartentisch festhalten. Durch das offene Fenster waren die aufgeregten Rufe der Touristen zu hören, das Gekreische derjenigen, die bei besonders hohen Wellen einen Schwall Wasser abbekommen hatten.

«Wenn wir Glück haben, schon.» Yoshis Augen ruhten immer noch konzentriert auf dem Horizont.

Ein echter Wal. Ich hatte noch nie im Leben einen gesehen.

«Da ... Da! Ach nein, das ist nur Gischt.» Yoshi suchte jetzt mit ihrem Feldstecher das Wasser ab. «Kannst du nicht den Kurs ändern? Es blendet so.»

«Nicht, wenn wir als Erste da sein wollen.» Lance schwenkte das Boot trotzdem ein wenig nach steuerbord, damit die Sonne in einem anderen Winkel auf die Wellen schien.

«Wir sollten die Küste anfunken. Nachfragen, wo der Hubschrauber den Wal gesichtet hat.»

«Hat keinen Sinn», sagte Lance. «Der kann mittlerweile schon zwei Meilen weiter sein. Und Mitchell hört mit. Ich gebe diesem Scheißkerl keine weiteren Informationen mehr. Der schnappt uns schon den ganzen Sommer über die Passagiere weg.»

«Halt einfach Ausschau nach dem Blas.»

«Aye, aye. Und nach dem kleinen Schildchen, auf dem steht: Wal.»

«Ich wollte nur helfen, Lance.»

«Da!» Ich hatte den Umriss gesehen, wie ein großer schwarzer Kiesel, bevor er in der Ferne ins Wasser untertauchte. «Nordnordost. Schwimmt direkt auf Break Nose Island zu. Ist gerade abgetaucht.» Mir war ganz schlecht vor Aufregung.

Hinter mir hörte ich, wie Lance anfing zu zählen. «Eins ... zwei ... drei ... vier ... Wal!»

Eine unverwechselbare Fontäne stieg fröhlich am Horizont hoch. Yoshi quiekte vor Begeisterung.

Lance schaute zu Greg, der den Wal aus seiner Position offenbar noch nicht entdeckt hatte. «Wir haben sie!», stieß Lance hervor. Für ihn waren alle Wale weiblich, so wie alle Kinder für ihn «Mäuschen» waren.

Wal. Ich nahm das Wort in meinen Mund und ließ es mir genüsslich auf der Zunge zergehen. Dabei verlor ich die Wasseroberfläche keine Sekunde aus den Augen. Die *Moby One* änderte ihren Kurs, und der riesige Katamaran knallte jedes Mal aufs Wasser, wenn er nach einer Welle wieder landete. Ich stellte mir vor, wie der Wal hinter der Insel aus dem Wasser sprang und der Welt seinen weißen Bauch zeigte, so unbändig und voller Freude, am Leben zu sein.

«Ein Wal», flüsterte ich.

«Wir sind die Ersten», murmelte Yoshi aufgeregt. «Endlich sind wir mal die Ersten da draußen.»

Ich sah, wie Lance das Steuer herumriss und leise vor sich hin zählte, um festzustellen, wie oft der Wal blies. Wenn mehr als dreißig Sekunden zwischen den Blasen lagen, würde er wieder tief hinabtauchen. Dann hatten wir ihn verloren. Lag weniger Zeit dazwischen, hatten wir eine Chance, ihm zu folgen.

«Sieben ... acht ... Jetzt ist sie oben. *Jaaaa.*» Lance schlug mit der Hand auf das Steuerrad und griff dann nach dem Mikrophon. «Meine Damen und Herren, wenn Sie dort hinüber nach rechts schauen, können Sie den Wal erkennen, der gerade auf dem Weg hinter die Landzunge ist.»

«Jetzt hat Greg gemerkt, wo wir hinfahren.» Yoshi grinste. «Bloß einholen kann er uns nicht mehr. Sein Motor ist nicht stark genug.»

«*Moby One* an *Blue Horizon*. Mitchell», brüllte Lance in sein Mikrophon, «wenn du das Schätzchen da draußen sehen willst, musst du aufhören, an unseren Rockschößen zu hängen.»

Mitchells Stimme kam über den Sender. «*Blue Horizon* an *Moby One*. Ich wollte bloß dafür sorgen, dass jemand die Leute aufnimmt, die bei Greg über Bord gehen.»

«Ach, geht es dir etwa gar nicht um den Wal?», antwortete Lance knapp.

«*Blue Horizon* an *Moby One*. Das Meer ist alt und groß, Lance. Ist genug Platz für alle da.»

Ich umklammerte die hölzerne Kante des Kartentischs so fest, dass meine Fingerknöchel ganz weiß wurden, während ich zusah, wie die Landzunge größer wurde. Ich fragte mich, ob der Wal dort langsamer werden und uns gestatten würde, näher an ihn heranzukommen. Möglicherweise würde er den Kopf heben und uns beäugen, und vielleicht würde er sogar an das Boot heranschwimmen und uns sein Junges zeigen.

«Zwei Minuten», sagte Lance. «In etwa zwei Minuten sind wir um die Landzunge herum. Hoffentlich kommen wir noch näher heran.»

«Na los, Mädchen. Zeig uns, was du draufhast», sprach Yoshi wie zu sich selbst, den Feldstecher immer noch vor den Augen.

*Wal*, sprach ich leise zu dem Tier, *warte auf uns, Wal*. Ich fragte mich, ob er mich bemerken würde. Ob er spüren würde, dass gerade ich unter all den Menschen auf dem Boot eine besondere Beziehung zu Meerestieren hatte. Ich war mir ziemlich sicher, er würde es spüren.

«Ich – kann – es – einfach – nicht – glauben.» Lance hatte seine Schirmmütze abgenommen und starrte finster aus dem Fenster.

«Was denn?» Yoshi beugte sich zu ihm.

«Da hinten.»

Ich folgte ihrem Blick. Während die *Moby One* langsam die Landzunge umrundete, wurden wir alle still. Nur eine halbe Meile draußen auf See, kurz vor der Landzunge, mitten im tiefblauen Wasser, lag die *Ishmael* vor Anker. Der frisch gestrichene Rumpf des Bootes glänzte in der Mittagssonne.

Am Ruder stand meine Mutter, lässig über die Reling gebeugt, das Haar zerzaust unter der ausgebleichten Mütze, die sie immer trug, wenn sie aufs Meer hinausfuhr. Milly, unser Hund, lag zu ihren Füßen. Meine Mutter sah so aus, als hätte sie schon seit Jahren dort auf den Wal gewartet.

«Wie zum Teufel hat sie das geschafft?» Lance fing Yoshis warnenden Blick auf und bedachte mich mit einem entschuldigenden Achselzucken. «Sorry, Mäuschen, aber – Mann …»

«Sie ist immer zuerst da.» Yoshis Reaktion war halb amüsiert, halb resigniert. «Ich komme jedes Jahr hierher. Und immer ist sie schon da.»

«Von einer verdammten Engländerin geschlagen. Schlimmer

kann's nicht mehr kommen.» Lance zündete sich eine Zigarette an und warf das Streichholz verärgert über Bord.

Ich trat auf das Deck hinaus. Genau in diesem Moment tauchte der Wal auf. Während wir ihn bestaunten, schlug er mit der Fluke flach auf und blies eine gewaltige Fontäne in Richtung der *Ishmael*. Die Touristen an Deck der *Moby One* brachen in Jubel aus. Das Tier war gigantisch und so nah, dass wir die mit Seepocken bewachsenen Auswüchse an seinem Körper und den gerillten weißen Bauch sehen konnten; so nah, dass ich ihm kurz ins Auge blicken konnte. Dabei war es unglaublich flink – wie konnte etwas, das einen so gewaltigen Körper hatte, bloß so wendig sein?

Mir stockte der Atem. Ich hielt mich mit der einen Hand an den Rettungsleinen fest, hob mit der anderen den Feldstecher vor meine Augen und schaute hindurch – nicht auf den Wal, sondern auf meine Mutter. In diesem Moment hörte ich nichts mehr, weder die erstaunten Ausrufe über die Größe des Tieres noch über die Dünung, die es vor dem kleineren Boot hervorrief, und ganz kurz vergaß ich auch, dass ich mich nicht an Bord der *Moby One* sehen lassen durfte. Selbst aus der Entfernung konnte ich erkennen, dass meine Mom lächelte, während sie mit zusammengekniffenen Augen nach oben blickte. Diesen Gesichtsausdruck zeigte sie an Land nur selten – wenn überhaupt.

\* \* \*

Tante K. ging zum Ende der Veranda und stellte eine Schüssel Garnelen, einen Teller mit Zitronenschnitzen sowie einen großen Brotkorb auf den gebleichten Holztisch. Eigentlich war sie meine Großtante, aber sie meinte, wenn ich sie so nenne, fühle sie sich wie eine alte Schachtel, deshalb sagte ich Tante K. zu ihr. Hinter ihr schimmerte die weiße Holzverkleidung der Hotelfassade in der Abendsonne, die sich wie leuchtend rote aufgereihte Pfirsiche in den acht Fenstern spiegelte. Der Wind hatte etwas aufgefrischt, und das Hotelschild schwang quietschend in der Brise hin und her.

«Womit haben wir uns das denn verdient?» Greg nahm genüsslich einen Schluck aus seiner Bierflasche und hob den Kopf. Er hatte seine Sonnenbrille abgenommen und ziemlich dunkle Ringe unter den Augen.

«Ich hab gehört, Sie könnten was Ordentliches in den Magen vertragen», sagte Tante K. und knallte eine Serviette vor ihm auf den Tisch.

«Hat er Ihnen erzählt, dass vier Fahrgäste ihr Geld zurückverlangt haben, als sie die Aufschrift an seinem Schiffsrumpf gesehen haben?» Lance lachte. «Tut mir leid, Kumpel, aber das war wirklich keine geistige Glanzleistung. Ausgerechnet so was da hinzuschreiben.»

«Sie sind ein feiner Kerl, Miss M.» Ohne Lance zu beachten, griff Greg nach dem Brot.

Tante K. warf ihm einen ihrer berühmten Blicke zu. «Und das wird sich grundlegend ändern, wenn Sie noch einmal so was hinschreiben, wo die kleine Hannah hier es sehen kann.»

«Aufgepasst! Die Hai-Lady hat immer noch ihre scharfen Zähne.» Lance machte eine schnappende Bewegung in Richtung Greg.

Tante K. beachtete ihn nicht. «Hannah, iss ordentlich. Ich könnte wetten, dass du zum Mittagessen mal wieder keinen Bissen zu dir genommen hast. Ich hole noch den Salat.»

«Sie hat jede Menge Kekse gegessen», sagte Yoshi und schälte fachmännisch eine Garnele.

«Kekse.» Tante K. schnaubte verächtlich.

Wie an den meisten Abenden saßen wir zusammen mit den

Leuten von der Walmole vor der Hotelküche. Es kam nur selten vor, dass sich die Besatzungen der Boote nicht auf ein oder zwei Bier trafen, bevor sie sich auf den Heimweg machten. Manche der jüngeren Crewmitglieder, so pflegte Tante K. oft zu sagen, schauten dabei so tief ins Glas, dass sie es gar nicht mehr nach Hause schafften.

Während ich in eine der saftigen Tigergarnelen biss, bemerkte ich, dass die Heizpilze draußen standen. Nur wenige Gäste des Silver Bay Hotel wollten im Juni im Freien sitzen, aber die Besatzungen der Walbeobachtungsboote tauschten sich hier über die Ereignisse des Tages aus, ganz gleich, wie das Wetter war.

Die Zusammensetzung der Mannschaften änderte sich von Jahr zu Jahr, weil die Leute die Jobs wechselten oder aufs College gingen, aber Lance, Greg und Yoshi bildeten schon lange einen festen Bestandteil meines Lebens. Normalerweise schaltete Tante K. die Heizpilze Anfang Juni ein, und bis September brannten sie fast jeden Abend.

«Habt ihr viele Leute an Bord gehabt?» Tante K. stellte den Salat auf den Tisch. Mit ein paar geschickten Handbewegungen mischte sie ihn durch und schaufelte eine große Portion auf meinen Teller, noch bevor ich Einwände erheben konnte. «Bei mir im Museum war heute kein Mensch.»

Yoshi zuckte mit den Achseln. «Die *Moby One* war ziemlich gut besetzt. Viele Koreaner. Bei Greg hing fast die Hälfte über der Reling.»

«Dafür hatten sie eine gute Sicht auf den Wal.» Greg nahm sich noch ein Stück Brot. «Keine Beschwerden. Haben Sie noch ein Bier, Miss M.?»

«Sie wissen ja, wo die Bar ist. Hast du ihn gesehen, Hannah?»

«Er war riesengroß. Ich konnte seine Seepocken erkennen.» Irgendwie hatte ich erwartet, dass die Haut ganz glatt aussehen würde, aber sie war zerfurcht, gerillt und mit anderen Meerestieren besetzt, als wäre der Wal eine lebendige Insel.

«Er war sehr nah. Ich hab ihr gesagt, dass das etwas Besonderes war», sagte Yoshi. «Normalerweise kommen wir nicht so nah heran.»

Greg kniff die Augen zusammen. «Wenn sie bei ihrer Mutter auf dem Boot gewesen wäre, hätte sie ihm die Zähne putzen können.»

«So, so.» Tante K. guckte streng. «Kein Wort», flüsterte sie mir zu. «Das war eine absolute Ausnahme.»

Ich nickte gehorsam. Es war schon die dritte absolute Ausnahme in diesem Monat.

«Ist dieser Mitchell aufgetaucht?», fragte Tante K. laut. «Auf den solltet ihr ein Auge haben. Man munkelt, er bandelt mit den großen Booten von der Reederei aus Sydney an.»

Alle blickten auf.

«Ich dachte, die Leute von der Naturschutzbehörde hätten die endgültig abgeschreckt», meinte Lance.

«Auf dem Fischmarkt», sagte Tante K., «hat man mir erzählt, eins von diesen Booten sei ganz weit draußen am Kap gesichtet worden. Voll aufgedrehte Musik, tanzende Leute an Deck. So 'ne Art schwimmende Diskothek. Der ganze Fang der Nacht war dahin. Aber als die Leute von der Naturschutzbehörde rauskamen, waren sie längst weg. Unmöglich, denen was nachzuweisen.»

Das mit dem Gleichgewicht war in Silver Bay sehr kompliziert. Kamen zu wenige Touristen zur Walbeobachtung, liefen die Geschäfte schlecht; kamen aber zu viele, wurden die Tiere gestört und ließen sich nicht blicken. Auch Lance und Greg waren bereits auf dreistöckige Katamarane mit plärrend lauter Musik und voll besetzten Decks gestoßen, die von der anderen Seite der Bucht kamen, und ihre Meinung war einhellig.

«Die sind der Tod für uns alle», schimpfte Lance. «Unverantwortlich. Sind bloß scharf aufs Geld. Genau das Richtige für Mitchell.»

Ich hatte gar nicht gemerkt, wie hungrig ich war. Ich aß sechs Riesengarnelen hintereinander und begegnete am Schluss noch Gregs Fingern, die ebenfalls in der leeren Schüssel herumsuchten. Er grinste und winkte mir mit einem Garnelenkopf zu. Ich streckte ihm die Zunge heraus.

«Aye, aye, da ist sie ja. Unsere Walprinzessin.»

«Sehr lustig.» Meine Mutter schmiss ihre Schlüssel auf den Tisch und ließ Yoshi ein wenig beiseiterücken, damit sie sich neben mich auf die Bank quetschen konnte. Sie gab mir einen Kuss auf den Kopf. «Hast du einen schönen Tag gehabt, Liebes?» Sie roch nach Sonnencreme und salziger Luft.

Ich warf meiner Tante einen Blick zu. «Alles prima.» Dann beugte ich mich schnell hinab, um Milly an den Ohren zu kraulen, damit meine Mutter nicht sehen konnte, wie rot ich geworden war. Mir schwirrte immer noch der Kopf vom Anblick dieses Wals. Ich hatte das Gefühl, man müsse mir das auch ansehen, aber meine Mutter griff nur nach einem Glas und schenkte sich etwas Wasser ein.

«Was hast du denn gemacht?», fragte sie mich.

«Ja. Was hast du eigentlich heute gemacht, Hannah?» Greg zwinkerte mir zu.

«Sie hat mir mit dem Bettenmachen geholfen.» Tante K. warf ihm einen finsteren Blick zu. «Wie man hört, hattest *du* ja auch einen schönen Nachmittag, Liza.»

«War nicht schlecht.» Meine Mutter stürzte das Wasser hinunter. «Gott, hab ich einen Durst. Hast du denn heute genug getrunken, Hannah? Hat sie genug getrunken, Kathleen?» Ihr englischer Akzent war selbst nach all den Jahren in Australien immer noch deutlich zu hören.

«Sie hatte reichlich zu trinken, ja. Wie viele hast du denn gesehen?»

«Sie trinkt nie genug. Nur den einen. Großes Weibchen. Hat mir einen ganz schönen Schwung Wasser in die Tasche befördert, als es mit der Fluke schlug. Schaut mal.» Sie hielt ihr Scheckbuch hoch, das an den Kanten ganz gekräuselt und krumm war.

«Na ja, typischer Anfängerfehler.» Tante K. seufzte verächtlich. «Hattest du denn niemanden mit draußen?»

Meine Mutter schüttelte den Kopf. «Ich wollte mal das neue Ruder ausprobieren und schauen, wie es sich hält, wenn die See rauer ist. Auf der Werft haben sie mich gewarnt, es könnte klemmen.»

«Und dabei bist du rein zufällig auf einen Wal gestoßen», sagte Lance.

Sie nahm noch einen Schluck Wasser. «Genau.» Ihr Gesicht war plötzlich verschlossen.

Ein paar Minuten lang aßen wir schweigend vor uns hin, während am Horizont langsam die Sonne unterging. Zwei Fischer kamen an uns vorbei und winkten uns zu. Einer von ihnen war Laras Dad, aber ich war mir nicht sicher, ob er mich gesehen hatte.

Meine Mutter aß ein Stück Brot und ein winziges Tellerchen voll Salat, noch weniger als ich, und Salat mag ich gar nicht. Dann schaute sie zu Greg hoch. «Ich habe das von Suzanne gehört.»

«Halb Port Stephens hat das von Suzanne gehört.» Gregs Augen waren müde, und er sah aus, als hätte er sich eine ganze Woche nicht rasiert.

«Ja. Nun ... es tut mir leid.»

«Leid genug, um am Freitag mit mir auszugehen?»

«Nee.» Sie stand auf, schaute auf die Uhr, schob ihr durchnässtes Scheckbuch in die Tasche zurück und machte sich auf den Weg in Richtung Küchentür. «Mit dem Ruder stimmt wirklich was nicht. Ich muss die Werft anrufen, bevor die alle wieder weg sind. Zieh deinen Pullover über, wenn du noch draußen bleibst, Hannah. Es kommt Wind auf.»

Ich schaute ihr hinterher, wie sie wegging, gefolgt von ihrem Hund.

Keiner sagte etwas, bis wir die Fliegentür zuknallen hörten. Dann lehnte sich Lance in seinem Stuhl zurück und schaute auf die Bucht hinaus, wo ganz hinten am Horizont ein Kreuzer vorbeizog. «Unser erster Wal der Saison, und Gregs erster Vollrausch. Passt irgendwie gut zusammen, findet ihr nicht?»

Er bückte sich blitzschnell, während ein Stück Brot an der Stuhllehne hinter ihm abprallte.

# KAPITEL 2

## *Kathleen*

Das Walfangmuseum war in der alten Walverarbeitungsanlage untergebracht, seit man in den frühen Sechzigern in Port Stephens mit dem Walfang aufgehört hatte. Es lag nur ein paar hundert Meter vom Silver Bay Hotel entfernt. Als touristische Attraktion im modernen Sinne hatte es nicht viel zu bieten: Das Gebäude selbst erinnerte an eine große Scheune, mit einem verdächtig rötlich braunen Boden und Holzwänden, die immer noch nach dem Salz rochen, mit dem man das Walfleisch früher gepökelt hatte. Draußen im Hinterhof gab es einen Lokus, und für durstige Kehlen stand jeden Tag ein Krug mit selbstgemachter Limonade bereit. Speisen, so war einem Schild zu entnehmen, seien im Hotel erhältlich. Immerhin konnte die Anlage bei aller Schlichtheit mit etwa doppelt so vielen «Objekten» (wie es heute heißt) aufwarten wie noch zur Zeit meines Vaters.

Unsere Hauptattraktion war ein Teil des Schiffsrumpfes der *Maui II*, eines kommerziellen Walfängers, der im Jahre 1935 glatt in zwei Hälften zerbrochen war, als ein Minkewal das Schiff auf seiner Schwanzflosse in die Höhe hob. Glücklicherweise war ein Fischtrailer in der Nähe gewesen, hatte die Besatzung gerettet und konnte auch ihre Geschichte bestätigen.

Schon seit vielen Jahren besuchten die Menschen der Umgebung das Museum und wurden Zeugen dessen, was die Natur dem Menschen antun kann, wenn sie findet, er habe genug Raubbau an ihr betrieben.

Seit dem Tod meines Vaters im Jahr 1970 hielt ich das Museum geöffnet und erlaubte den Besuchern, auf die Reste des Schiffsrumpfes zu klettern und mit den Fingern über das gesplitterte Holz zu streichen. Dabei beobachtete ich ihre Gesichter, wenn sie sich vorstellten, wie es wohl sein mochte, für ein paar Momente auf der Fluke eines Walfischs zu reiten, und erzählte ihnen alles über die ausgestopften Fische, die die Glasvitrinen an den Wänden zierten. Vor langer Zeit hatte ich sogar für Fotos Modell gestanden, wann immer ein besonders Scharfäugiger in mir das Haimädchen aus den gerahmten Zeitungsartikeln erkannte.

Heutzutage interessierte das alles kaum noch jemanden. Die Touristen, die im Hotel abstiegen, verbrachten meist aus Höflichkeit eine Viertelstunde im Museum, wanderten in den staubigen Räumen umher, gaben ein paar Cent für Walpostkarten aus und setzten vielleicht ihre Unterschrift unter eine Petition gegen die Wiederaufnahme des kommerziellen Walfangs. Doch oft kamen sie nur herein, weil sie auf ein Taxi warteten, weil eine starke Brise herrschte oder weil es regnete und folglich draußen auf dem Wasser nichts zu tun war.

Ich selbst war der Meinung, dass man ihnen eigentlich auch keinen Vorwurf daraus machen konnte. Die *Maui II* verfiel immer mehr zu einem Haufen Treibholz, und es kam nur noch selten vor, dass Leute einen Walknochen oder ein Stück Bartenplatte in die Hand nahmen, bevor der Minigolfplatz und die Spielautomaten im Surf-Club wieder ihre ganze Aufmerksamkeit forderten. Schon seit Jahren riet man mir zu umfassenden Modernisierungen, aber ich ignorierte diese Ratschläge erfolgreich. Wozu das alles? Der Hälfte der Leute, die im Museum herumliefen, schien es peinlich zu sein, etwas zu bewundern, das heutzutage als illegal gilt. Vielleicht wusste nicht einmal ich selbst, warum ich das Museum immer noch geöffnet hielt, aber andererseits war der Walfang ein Teil der Geschichte von Silver Bay, und Geschichte ist das, was gewesen ist, auch wenn sie ihre unappetitlichen Seiten hat.

Ich rückte die Harpune der *Maui II*, die aus mir entfallenen Gründen Old Harry genannt wurde, an ihrem Wandhaken gerade. Anschließend nahm ich eine Angel in die Hand, fuhr mit meinem Staubwedel darüber und drehte an der Kurbel, um zu prüfen, ob sie noch funktionierte, was eigentlich keinerlei Bedeutung mehr hatte, aber ich mochte es, zu wissen, dass die Dinge noch funktionstüchtig waren. Ich zögerte. Und schleuderte – vielleicht einen Moment lang von dem vertrauten Gefühl in meiner Hand in Versuchung geführt – die Schnur nach hinten, als wollte ich sie auswerfen.

«Hier wirst du wohl keinen großen Fang machen.»

Ich fuhr mir mit der Hand an die Kehle. «Nino Gaines! Jetzt hätte ich vor Schreck fast die Angel fallen lassen!»

«Bestimmt nicht.» Er nahm seinen Hut ab und kam von der Tür aus bis in die Mitte des Raumes. «Ich habe jedenfalls noch nie gesehen, dass du dir einen Fang entgehen lässt.» Als er lächelte, blitzte in seinem Mund eine Reihe schiefer Zähne auf. «Hab ein paar Kisten Wein draußen im Truck. Vielleicht hast du Lust, beim Mittagessen eine Flasche mit mir zu köpfen. Würde mich interessieren, wie du ihn findest.»

«Meine Bestellung sollte eigentlich erst nächste Woche kommen, wenn ich mich recht erinnere.» Ich hängte die Angel an die Wand zurück und wischte mir die Hände an der Vorderseite meiner Moleskin-Hose ab. Eigentlich war ich über das Alter hinaus, in dem solche Überlegungen eine Rolle spielten, aber es fuchste mich, dass er mich unfrisiert und in meiner Arbeitshose erwischt hatte.

«Ist ein guter Tropfen. Würde wirklich gerne wissen, was du davon hältst.» Er lächelte noch immer. An den Falten in seinem Gesicht waren all die Tage abzulesen, die er in seinen Weinbergen verbracht hatte, und an der Röte rund um seine Nase all die Abende danach.

«Ich muss noch ein Zimmer für einen Gast fertig machen, der morgen kommt.»

«Meine Güte, wie lange kann es schon dauern, ein Laken unter die Matratze zu klemmen?»

«So kurz vor dem Winter kommen nicht mehr viele Besucher. Dann soll es hier nicht aussehen wie in einer Bruchbude.» Als ich die Enttäuschung in seinem Gesicht sah, gab ich nach. «Na gut, ein paar Minuten kann ich wohl erübrigen, solange du nicht erwartest, dass ich ein großartiges Essen zaubere. Die Lebensmittellieferung vom Großhandel steht noch aus. Dieser verdammte Bursche kommt jede Woche zu spät.»

«Daran habe ich auch gedacht.» Er hob eine Papiertüte in die Höhe. «Hier sind ein paar Pies drin, und zwei Mangos zum Nachtisch. Weiß doch, wie es bei Karrierefrauen wie dir zugeht. Immer nur Arbeit, Arbeit, Arbeit ... Jemand muss wohl dafür sorgen, dass du bei Kräften bleibst.»

Ich musste lachen. Nino Gaines hatte immer schon so mit mir geredet, seit er während des Krieges zum ersten Mal bei uns aufgetaucht war und angekündigt hatte, er wolle sich hier niederlassen. Damals war die gesamte Bucht fest in der Hand von australischen und amerikanischen Soldaten gewesen, und mein Vater hatte es sich zur Gewohnheit gemacht, deutliche Anspielungen auf seine Treffsicherheit mit dem Gewehr zum Besten zu geben, wenn ich hinter der Bar stand und die jungen Männer mir hinterherriefen und -pfiffen. Nino nahm sich zwischen ihnen fast wie ein Gentleman aus: Stets hatte er seine Mütze abgenommen, während er darauf wartete, bedient zu werden, und er versäumte es niemals, meine Mutter «Ma'am» zu nennen. «Trau ihm trotzdem nicht», hatte mein Vater gemurmelt und alles in allem wahrscheinlich sogar recht damit gehabt.

Draußen auf See sah es hell und ruhig aus, ein guter Tag für die Leute auf den Walbooten. Als wir uns setzten, sah ich die *Moby One* und die *Two*, die gerade aus der Bucht schipperten. Meine Augen waren nicht mehr so gut wie früher, aber von hier aus schien es, als hätten sie eine beträchtliche Anzahl von Passagieren an Bord. Liza war schon früher hinausgefahren; sie veranstaltete wie jeden Monat eine Gratisfahrt für die Pensionäre vom Reservistenverein, obwohl ich ihr schon oft genug gesagt hatte, es sei töricht, das Geld so aus dem Fenster zu werfen.

«Machst du den Laden über den Winter dicht?»

Ich schüttelte den Kopf und biss in den Blätterteigkuchen.

«Nein. Die von den *Mobys* versuchen gerade, einen Deal mit mir auszuhandeln – Unterkunft, Verpflegung und eine Walbeobachtungsfahrt zu einem festen Preis, plus kostenlosem Eintritt ins Museum. So ähnlich, wie ich es mit Liza mache. Sie haben schon ein paar Broschüren gedruckt und stellen das Ganze auf eine Tourismus-Website für New South Wales. Angeblich soll das gut fürs Geschäft sein.»

Ich hatte gedacht, er würde etwas über die neuen Technologien in seinen Bart murmeln, die ihm völlig schleierhaft seien, aber Nino meinte: «Gute Idee. Ich verkaufe online mittlerweile vierzig Kisten Wein pro Monat.»

«Du bist im Internet?» Ich schaute ihn über meine Brille hinweg an.

Er hob sein Glas, außerstande, seine Genugtuung darüber zu verbergen, dass er mich überrascht hatte. «Es gibt noch eine ganze Menge Dinge, die du nicht über mich weißt, Miss Kathleen Whittier Mostyn, ganz gleich, was du vielleicht denkst. Ich bin schon seit Jahren im Cyberspace zu Hause. Frank hat das alles für mich eingerichtet. Und um die Wahrheit zu sagen, macht es mir sogar ziemlichen Spaß, ein bisschen herumzusurfen. Hab mir schon alles Mögliche online gekauft.» Er zeigte auf mein Glas – ich sollte endlich den Wein probieren. «Ist ziemlich hilfreich, sich anzuschauen, was die großen Winzer im Hunter Valley so zu bieten haben.»

Ich versuchte, mich auf meinen Wein zu konzentrieren, auch weil ich unmöglich zugeben konnte, wie sehr mich Nino Gaines' offenkundige Vertrautheit mit der neuen Technik aus dem Konzept gebracht hatte. Irgendwie fühlte ich mich überrumpelt, so wie es mir oft auch im Gespräch mit jungen Leuten ging, als wären da irgendwelche lebenswichtigen neuen Kenntnisse in Umlauf, von denen nur ich gerade mal wieder nichts mitbekommen hatte. Ich schnupperte an meinem Glas, nahm einen kleinen Schluck, und das Aroma des Weines erfüllte langsam meinen ganzen Mund. Er war ein wenig zu jung und fruchtig, was ihm aber keinen Abbruch tat. «Der ist sehr lecker, Nino. Ein Hauch von Himbeere ist auch drin.» Wenigstens von Wein verstehe ich immer noch etwas.

Er nickte erfreut. «Dachte mir schon, dass der dir schmecken könnte. Wusstest du übrigens, dass du auch einen Eintrag hast?»

«Was für einen Eintrag?»

«Das Haimädchen. Frank hat deinen Namen mal in eine Suchmaschine eingegeben, und da warst du – mit Bild und allem Drum und Dran. Aus den Zeitungsarchiven.»

«Ein Bild von mir ist im Internet?»

«Im Badeanzug, ja. So hast du immer besonders niedlich ausgesehen. Außerdem gibt es auch noch ein paar Artikel über dich. Irgendein Mädel von der Victoria University hat dich in ihrer Doktorarbeit über Frauen und die Jagd erwähnt. Eine ziemlich beeindruckende Arbeit – voller Symbolismus, Bezügen zu den Klassikern und Gott weiß was noch alles. Ich habe Frank gebeten, es mir auszudrucken, aber leider vergessen, es mitzubringen. Ich dachte, du könntest es vielleicht im Museum aufhängen.»

Jetzt fühlte ich mich erst recht aus der Bahn geworfen. Ich stellte mein Glas auf den Tisch zurück und fragte noch einmal: «Es gibt ein Foto von mir im Badeanzug im Internet?»

Nino Gaines lachte. «Jetzt beruhig dich mal wieder – es ist ja nicht gerade der *Playboy*. Komm einfach morgen vorbei, und ich zeige es dir.»

«Das finde ich aber gar nicht lustig. Ich bin da draußen im Internet, und jeder kann mich anschauen.»

«Es ist das gleiche Foto wie das im Museum. Da macht es dir doch auch nichts aus, wenn die Leute es anschauen.»

«Aber das – das ist etwas anderes.» Noch während ich es sagte, wusste ich, dass diese Unterscheidung jeglicher Logik entbehrte. Doch das Museum unterstand einzig und allein mir, ich konnte bestimmen, wer hineindurfte und wer was zu sehen bekam. Der Gedanke hingegen, dass wildfremde Leute in der Lage waren, in mein Leben, in meine Geschichte einzudringen, so beiläufig, wie sie die Pferdesportseiten in der Zeitung durchblätterten, gefiel mir überhaupt nicht.

«Du solltest ein Foto von Liza und ihrem Boot ins Netz stellen. Vielleicht kriegst du dann ein paar mehr Besucher. Vergiss die Werbung für das Hotel durch die *Mobys* – ein gutaussehendes Mädchen wie sie könnte, denke ich, viel mehr erreichen.»

«Ach, du kennst doch Liza. Sie möchte selbst bestimmen, wen sie mit aufs Boot nimmt.»

«Geschäftstüchtig ist das nicht, klar, aber warum konzentriert ihr euch nicht auf euer eigenes Kapital? Unterkunft, Verpflegung und eine Fahrt auf der *Ishmael* mit Liza. Ihr beide würdet Anfragen aus der ganzen Welt bekommen.»

«Nein.» Ich begann, den Tisch abzuräumen. «Glaube ich nicht. Es ist sehr nett von dir, Nino, aber das ist wirklich nichts für uns.»

«Wer weiß. Vielleicht findet sie so sogar einen Mann. Zeit wäre es jedenfalls, dass sie sich mal umschaut.»

Es dauerte ein paar Minuten, bis er meinen Stimmungsumschwung endlich bemerkte. Das brachte ihn aus dem Konzept, und er versuchte herauszufinden, was er Falsches gesagt hatte. «Wollte dich wirklich nicht kränken, Kate.»

«Hast du auch nicht.»

«Na, irgendwas stimmt doch nicht. Du bist plötzlich so hibbelig.»

«Ich bin überhaupt nicht hibbelig.»

«Aber sicher. Man sieht es doch ganz deutlich.» Er zeigte auf meine Hand, die ruhelos auf dem gebleichten Holz Klavier spielte.

«Seit wann ist es ein Verbrechen, mit den Fingern zu klopfen?» Ich legte meine Hand fest in meinen Schoß.

«Was ist los, Kathleen?»

«Nino Gaines. Ich muss noch ein Zimmer vorbereiten. Wenn du mich jetzt also bitte entschuldigen möchtest, ich habe schon den halben Tag verplempert.»

«Ach, komm, Kate, du hast noch nicht mal dein Glas ausgetrunken. Was ist denn los? Ist es wegen meines Witzes über dein Foto im Internet?»

Niemand außer Nino Gaines nennt mich Kate. Aus irgendeinem Grund gab mir diese kleine Vertrautheit den Rest. «Ich habe wirklich noch eine Menge zu tun.»

«Ich schicke denen eine E-Mail, dass sie es rausnehmen sollen. Vielleicht können wir sagen, es geht ums Copyright.»

«Hörst du jetzt endlich mit dem Geplapper über dieses bescheuerte Foto auf? Ich gehe jetzt rein. Wir sehen uns.» Ich wischte mir ein paar nicht vorhandene Krümel von der Hose. «Danke fürs Mittagessen.»

Er schaute zu, wie ich – die Frau, die er seit über einem halben Jahrhundert liebte und die ihn ebenso lange immer wieder zurückwies – aufstand (weniger schwerfällig, als man es in meinem Alter erwartet hätte), mit zielstrebigen Schritten auf die Küche zumarschierte und ihn mit einem kaum berührten Glas seiner besten Auslese zurückließ. Auf dem Weg ins Haus spürte ich, wie sich sein Blick in meinen Rücken bohrte.

Vielleicht empfand er endlich einmal einen Hauch von Ärger über die Ungerechtigkeit und Willkür, mit der er, wie so viele Male zuvor, behandelt worden war, denn ich hörte, wie er aufstand. Wenigstens dieses eine Mal gelang es ihm nicht, sich zu beherrschen.

«Kathleen Whittier Mostyn – du bist die garstigste Person, der ich jemals begegnet bin», rief er mir hinterher.

«Es hat dich keiner gebeten, herzukommen», gab ich zurück. Und muss zu meiner Schande gestehen, dass ich mir nicht einmal die Mühe machte, den Kopf zu drehen.

\*\*\*

Vor langer Zeit, als meine Eltern starben und mich mit der Leitung des Silver Bay Hotels allein ließen, hatten mir viele Leute gesagt, ich solle die Gelegenheit für eine Modernisierung nutzen, die Zimmer endlich mit eigenen Badezimmern ausrüsten und Satellitenfernsehen einrichten, so wie man es auch in Port Stephens und in Byron Bay getan hatte, und ich solle auch mehr Werbung für die Schönheit unseres kleinen Küstenstreifens machen. Ihnen allen schenkte ich gerade mal zwei Minuten Gehör – unser Mangel an Kundschaft hatte schon lange aufgehört, mir Sorgen zu machen, und ich vermutete, den anderen in Silver Bay ging es nicht anders. Wir hatten erlebt, wie sich unsere Nachbarn an den Küstenstreifen nördlich und südlich von uns eine goldene Nase verdienten, nur um sich dann mit den unerwarteten Folgen des Erfolges herumschlagen zu müssen: dichter Verkehr, betrunkene Feriengäste, ein endloser Wettlauf um ständige Renovierungen und Neuinstallationen. Und der Verlust ihres Friedens.

Mir gefiel der Gedanke, dass wir in Silver Bay gerade noch das Gleichgewicht hielten – genügend Besucher, um ein Auskommen zu haben, aber nicht so viele, um überrannt zu werden. Seit Jahren beobachtete ich nun, wie sich während der Hochsaison im Sommer die Einwohnerzahl fast verdoppelte, um dann in den Wintermonaten wieder zu sinken. Ab und zu hatte das gestiegene Interesse an der Walbeobachtung zu einem außerplanmäßigen Aufschwung geführt, aber im Allgemeinen war es ein gleichmäßiges Geschäft, das uns weder reich machen noch allzu viel Aufsehen erregen würde. Letztlich blieben wir mit den Delphinen und den Walen unter uns. Und das war den meisten nur recht so.

In Silver Bay war man nie besonders gastfreundlich gewesen. Als im späten achtzehnten Jahrhundert die ersten Europäer hier eintrafen, hatte man den Ort mit seinen Felswänden, seinem Buschland und den Wanderdünen für unbewohnbar gehalten – zu schroff und unfruchtbar, um Menschen ein gutes Leben zu ermöglichen. (Aborigines wurden damals vermutlich erst gar nicht als Menschen betrachtet.) Auch die Untiefen und Sandbänke vor der Küste schreckten Interessenten eher ab, weil sie so manches Boot auf Grund schickten, bevor die ersten Leuchttürme errichtet wurden. Doch wie so oft erreichte die Geldgier das, was die Neugier nicht vermocht hatte: Schließlich sorgten die Entdeckung von üppigen Wäldern für die Holzgewinnung in unserem vulkanischen Hügelland und die großen Austernbänke in der Tiefe dafür, dass es mit der Einsamkeit der Bucht bald vorbei war.

Die Bäume wurden so lange abgeholzt, bis die Hügel fast kahl waren. Die Austern wurden abgeerntet, zuerst nur, um den Kalk zu nutzen, später auch für den Verzehr, bis der Raubbau schließlich verboten wurde. Um ehrlich zu sein, benahm sich auch mein Vater, als er damals hier ankam, keinen Deut besser als alle anderen: Das Meer war voll jagbarer Fische – Fächer- und Thunfisch, Haie und Speerfische –, und in allem, was die Natur bot, sah er den möglichen Profit. Ein nie abreißender Strom von Beutegut, direkt vor seiner Haustür. Und so kam es, dass auf diesem letzten felsigen Aufschluss von Silver Bay unser Hotel entstand, erbaut mit seinen und den letzten Ersparnissen von Mr. Newhaven.

Damals war meine Familie völlig getrennt vom übrigen Silver Bay Hotel untergebracht. Meine Mutter mochte es nicht, von den Gästen in etwas gesehen zu werden, das sie «häusliche Aufmachung» nannte, während es meinem Vater mehr darum ging, meine Schwester und mich von der Welt abzuschotten. Nicht dass sich Norah dadurch aufhalten ließ: Sie war schon vor ihrem 21. Geburtstag nach England ausgebüxt. Seit dem Feuer im Westflügel des Hotels lebten wir im unversehrten Teil des Gebäudes, als wäre es ein Privathaus mit Pensionsgästen. Die Gäste schliefen in den Zimmern, die vom Hauptflur abgingen, während wir – das heißt, die meiste Zeit ich allein – auf der anderen Seite der Treppe nächtigten. Die Benutzung der Hotelhalle stand jedem frei, nur die Küche war tabu für Gäste, eine Regel, die wir aufgestellt hatten, als vor ein paar Jahren die Mädchen zu mir gezogen waren.

Die beiden waren so unterschiedlich wie nur möglich. Liza

war eine Einzelgängerin; wenn sie nicht mit den Crews der anderen Boote draußen unterwegs war, verbrachte sie die meiste Zeit in der Küche. Smalltalk mochte sie nicht, weshalb sie um die Halle und den Speisesaal einen großen Bogen machte. Am liebsten war es ihr, wenn sich zwischen ihr und allem Ungeplanten eine gut verschlossene Tür befand. Hannah dagegen war, wie die meisten Mädchen ihres Alters, ein geselliges Wesen und hielt sich am liebsten auf dem Sofa in der Hotelhalle auf, wo sie sich mit Milly zu ihren Füßen hinlümmelte, fernsah, las oder, was immer häufiger vorkam, mit ihren Freundinnen am Telefon plauderte – Gott weiß, was die Mädchen nach acht gemeinsamen Stunden in der Schule überhaupt noch zu besprechen hatten.

«Mum? Bist du jemals in Neuseeland gewesen?» Als Hannah die Küche betrat, sah ich quer über ihrer Wange einen Abdruck von der Polsternaht des Sofas, auf der sie mit dem Gesicht gelegen haben musste.

Liza streckte zerstreut die Hand aus, um die kleine Falte wegzustreichen. «Nein, Liebes.»

«Aber ich», sagte ich. Ich war gerade dabei, eine meiner alten Socken zu stopfen, laut Liza reine Zeitverschwendung, wo sie doch im Supermarkt ganze Packen davon für ein paar Dollar verkauften. Aber ich gehöre einfach nicht zu den Menschen, die nur herumsitzen und Däumchen drehen.

«Daran kann ich mich gar nicht erinnern», meinte Hannah.

Ich rechnete nach. «Na ja, vermutlich ist das über zwanzig Jahre her. Also vor deiner Zeit.»

Hannah schaute mich mit der puren Verständnislosigkeit eines Kindes an, das sich einfach nicht vorstellen konnte, dass man bereits existiert hatte, bevor es geboren wurde, ganz zu schweigen vor so langer Zeit. Ich konnte es ihr nicht verdenken – ich wusste noch ganz genau, wie es war, so jung zu sein wie sie heute, und dass sich ein Abend, den man ohne seine Freundinnen verbrachte, so endlos lang hinzuziehen schien wie eine Gefängnisstrafe. Heutzutage dagegen zuckten ganze Jahre nur noch kurz auf wie ferne Blitze an einem Gewitterhimmel.

«Und bist du da auch in Wellington gewesen?» Sie nahm am Tisch Platz.

«Ja, auch. Rund um den Hafen gibt es jede Menge Häuser, die in die Hügel reingebaut sind. Als ich das letzte Mal dort war, konnte ich mir gar nicht vorstellen, wie die sich da oben halten.»

«Stehen sie auf Stelzen?»

«So was in der Art, ja. Kommt mir aber ziemlich blöd vor – ich habe mal gehört, die ganze Stadt wurde in einem Gebiet erbaut, in dem es häufig Erdbeben gibt. Jedenfalls möchte ich mich lieber nicht in einem Haus auf Stelzen aufhalten, wenn die Erde wackelt.»

Das musste Hannah einen Moment lang verdauen.

«Warum fragst du eigentlich, Liebes?» Liza klopfte auf ihre Beine, um dem Hund zu zeigen, dass er auf ihren Schoß springen sollte. Milly ließ sich nicht zweimal bitten.

Hannah zwirbelte eine ihrer Haarsträhnen zwischen den Fingern. «Es gibt eine Reise von der Schule aus. Nach Weihnachten. Ich habe mich gefragt, ob ich mitdarf.» Sie schaute von Liza zu mir, als wüsste sie schon, was wir sagen würden. «Ist gar nicht so teuer. Wir wohnen in einer Jugendherberge – und ihr wisst ja, wie die Lehrer sind. Wir dürfen bestimmt nirgendwo ohne sie hingehen.» Ihre Stimme überschlug sich. «Und es soll sehr lehrreich sein. Wir lernen alles über die Maori-Kultur und die Vulkane ...»

Es ist schrecklich, einem Kind ins Gesicht zu sehen, das ganz genau weiß, dass es um etwas Unmögliches bittet.

«Ich könnte auch was aus meiner Sparbüchse dazugeben, wenn es zu viel kostet.»

«Ich glaube nicht, dass das geht.» Liza streckte eine Hand aus. «Tut mir wirklich leid, mein Schatz.»

«Alle anderen fahren auch.»

Hannah war zu wohlerzogen, um aufzubegehren. Es war mehr ein Flehen als ein Protest. Manchmal wäre es mir fast lieber, sie würde einmal richtig wütend werden.

«*Bitte.*»

«Wir haben das Geld nicht.»

«Aber ich hab doch fast hundert Dollar gespart. Und es ist noch ewig bis dahin.»

Liza schaute mich an und hob die Schultern. «Schauen wir mal», sagte sie in einem Ton, der unmissverständlich ausdrückte, dass es dazu nie kommen würde.

«Ich habe einen Vorschlag, Hannah.» Ich legte meine Stopfarbeit beiseite. Das Geflickte sah sowieso grauenvoll aus. «Nächstes Frühjahr werden ein paar Ersparnisse von mir frei. Ich dachte, vielleicht könnte ich uns davon alle miteinander zu einem Ausflug in die New Territories einladen. Den Kakadu National Park wollte ich mir immer schon mal ansehen, vielleicht mal ein kleines Ringkämpfchen mit den Krokodilen machen. Was hältst du davon?»

Ihre Gedanken standen ihr ins Gesicht geschrieben: Sie hatte keine Lust darauf, mit ihrer Mutter und einer alten Frau in Australien herumzufahren, wenn stattdessen eine Reise ins Ausland anstand, auf der sie mit ihren Freundinnen in einem Flugzeug sitzen, kichern, lange aufbleiben und fröhliche Postkarten schreiben würde. Aber genau das konnten wir ihr nicht bieten.

«Und wir nehmen Milly mit», versuchte ich es ihr schmackhaft zu machen. «Vielleicht könnten wir sogar Laras Mutter fragen, ob Lara uns begleiten darf.»

Hannah starrte auf den Tisch hinab. «Das wäre nett», sagte sie irgendwann und fügte dann, mit einem Lächeln, das nicht besonders fröhlich aussah, hinzu: «Ich gehe jetzt nach nebenan. Gleich beginnt meine Serie.»

Liza schaute mich an. Ihre Augen sagten alles, was wir beide wussten: Silver Bay ist eine schöne kleine Stadt, aber selbst ein Stückchen Paradies kommt einem irgendwann öde vor, wenn man es nicht verlassen darf.

«Du darfst dir keine Vorwürfe machen», sagte ich, als ich mir sicher war, dass Hannah uns nicht mehr hören konnte. «Du kannst einfach nichts machen. Momentan jedenfalls nicht.»

Den Ausdruck des Zweifels, der in diesem Moment über ihr Gesicht huschte, hatte ich in den letzten paar Jahren oft gesehen.

«Sie kommt schon drüber weg», bekräftigte ich. Ich legte eine Hand auf die ihre, und sie drückte sie dankbar.

Ich weiß nicht, ob auch nur eine von uns wirklich daran glaubte.

# KAPITEL 3

*Mike*

Tina Kennedy trug einen violetten BH, der mit Spitze und vier, vielleicht auch fünf pflaumenfarbenen Rosenknospen auf jedem Körbchen besetzt war. Diese Beobachtung war nicht unbedingt typisch für meinen Arbeitsalltag. Eigentlich wollte ich über Tina Kennedys Unterwäsche nicht nachdenken – besonders jetzt nicht. Doch während sie hinter ihrem Chef stehen blieb und ihm die Akte reichte, um die er sie gebeten hatte, beugte sie sich tief hinab und schaute mich dabei auf eine Art und Weise an, die man mit Fug und Recht als herausfordernd bezeichnen konnte.

Dieser violette BH war eine Botschaft. Ebenso wie ihre mit Lotion gesalbte, leicht gebräunte Haut sollte er mich an den Abend meiner Beförderung vor zweieinhalb Wochen erinnern. Ich bin nicht leicht einzuschüchtern, aber das hier war so ziemlich das Bedrohlichste, was ich jemals gesehen hatte.

Zwanghaft tastete ich in meiner Hosentasche nach meinem Handy. In der vergangenen halben Stunde hatte mir Vanessa drei SMS geschickt, obwohl ich ihr gesagt hatte, diese Sitzung dürfe unter gar keinen Umständen gestört werden. Ich hatte vergeblich versucht, das hartnäckige Vibrieren, mit dem sich die Nachrichten ankündigten, zu ignorieren.

Vergiss nicht, dir die *Men's Vogue* zu besorgen, wegen Anzug auf S. 46. In dem dunklen würdest du super aussehen. XXX

Schatz, bitte Rückruf. Müssen noch mal wg. Sitzordnung reden.

Wichtig: Ruf vor 2 an. Muss Gav wg. Schuhen Bescheid sagen. ICH WARTE. XXX

Ich seufzte, erfüllt von jener Mischung aus Nervosität und Lähmung, die sich einstellt, wenn man zwei Stunden in einem stickigen Sitzungssaal zusammen mit mehreren anderen Anzugträgern verbringt.

«Wie bei allen Projekten dieser Art geht es hier um ein Gesamtpaket. Unser Bauplan sieht vor, den Hotelkomplex durch längerfristig vermietbare Ferienwohnungen mit Luxusausstattung zu ergänzen. Ziel ist, nicht nur in den Sommermonaten, sondern über das ganze Jahr hinweg Umsatz zu generieren.»

An meinem Oberschenkel meldete sich schon wieder das Handy, und ich fragte mich zerstreut, ob es über den Klang von Dennis Beakers Stimme hinweg zu hören war. Ich musste Nessa gegenüber deutlicher werden. Sie würde nicht nachgeben. An diesem Morgen hatte es den Anschein gehabt, als hörte sie mich kaum, während ich ihr erklärte, es würde schwierig sein, mich mitten am Tag von der Arbeit wegzustehlen, und folglich auch, sie anzurufen. Aber derzeit hörte sie sowieso nur wenig, wenn es nicht mit dem Wort «Hochzeit» zu tun hatte.

Unter uns erstreckte sich die bleifarbene Liverpool Street in ihrer ganzen Länge in Richtung City. Wenn ich den Kopf etwas neigte, konnte ich gerade noch die Menschen auf dem Bürgersteig erkennen: Männer und Frauen, alle in Blau, Schwarz oder Grau gekleidet, die mit raschen Schritten unter dem verrußten Mauerwerk entlanggingen, um sich ihr in Plastikboxen verpacktes Mittagessen zu besorgen, das sie dann am Schreibtisch hinunterschlingen würden. Manche Leute hielten den Financial District für eine riesige Tretmühle, aber mich hatte die Gleichförmigkeit da draußen, das gemeinsame Gefühl von Zielstrebigkeit immer getröstet. Selbst wenn es dabei stets nur ums Geld ging. Manchmal, an einem ruhigeren Tag, zeigte Dennis aus dem Fenster auf irgendjemanden da unten und sagte: «Na, was meinst du, was der – oder die – verdient?» Und dann versuchten wir, die Person einzuschätzen, anhand verschiedener Variablen wie dem Schnitt ihrer Jacke, dem Schuhtyp oder daran, wie aufrecht ihr Gang war. Dennis Beaker war der Ansicht, nichts und niemand auf Gottes weiter Erde sei ohne einen Geldwert. Nachdem ich vier Jahre bei ihm gearbeitet hatte, war auch ich dieser Meinung.

Auf dem spiegelglatt gewienerten Tisch vor mir lag unser gebundenes Proposal – ein Hochglanzprodukt, an dem Dennis und ich wochenlang gefeilt hatten, um diesen Deal doch noch vor dem Absturz zu retten. Erst gestern Abend, als ich das Papier noch einmal durchging, hatte Nessa sich beschwert, ich widmete diesem Dokument mehr Energie als dem, was sie für unsere dringlicheren Angelegenheiten hielt. Mein Protest war nur halbherzig gewesen, denn wenigstens wusste ich bei diesem Papier, woran ich war. Ich fühlte mich wesentlich wohler mit irgendwelchen Umsatzgenerierungen oder Einkommensvoraussagen als mit ihren ständig wechselnden Wünschen nach diesem Blumenarrangement und jenem farblich abgestimmten Outfit. Am liebsten hätte ich die ganze Hochzeitsvorbereitung ihr überlassen – bei den wenigen Gelegenheiten, als ich ihren Wünschen gemäß tatsächlich in die Vorbereitungen involviert gewesen war, hatte ich sie in völlige Hysterie versetzt, weil offenbar alles, was ich in die Hand genommen hatte, schiefgegangen war. Es war, als sprächen wir nicht dieselbe Sprache.

Und doch bestand sie darauf, jede Kleinigkeit mit mir durchzugehen.

«Und jetzt würde ich meinen Kollegen Mike gerne um eine kurze Präsentation für Sie bitten. Als kleinen Vorgeschmack auf das, was wir als ausgezeichnete Investitionsmöglichkeit ansehen.»

Tina war zur anderen Seite des Konferenzzimmers gegangen. Sie stand neben dem Kaffeetisch, ihre Haltung war verräterisch entspannt. Ich hatte immer noch freie Sicht auf den violetten BH-Träger. Ich versuchte, die plötzlich aufkommende Erinnerung an ihre Brüste zu verscheuchen, die sich mir auf der Herrentoilette der Bar Brazilia entgegenreckten, und an die lässige Selbstverständlichkeit, mit der sie sich ihrer Bluse entledigt hatte.

«Mike?»

Sie starrte mich schon wieder an. Ich schaute auf und wandte den Blick sofort wieder ab, weil ich sie auf gar keinen Fall ermuntern wollte.

«Mike? Bist du bei uns?» In Dennis' Stimme lag ein Hauch von Drohung.

Ich erhob mich von meinem Sitz und nahm das Dossier zur Hand. «Aber sicher», sagte ich. Und noch einmal, entschlossener: «Sicher.» Ich lächelte der Reihe der regungslos dreinblickenden Investmentmanager von Vallance Equity zu und bemühte mich, etwas von Dennis' Selbstbewusstsein und Jovialität zu versprühen. «Habe nur gerade ... über einige Argumente nachgedacht ... die du ins Feld geführt hast.» Ich holte tief Luft und machte eine Geste quer durch den Raum. «Tina? Das Licht, bitte?»

Dann griff ich nach der Fernbedienung für meine Präsentation, und als mein Handy erneut in der Tasche vibrierte, wünschte ich, ich hätte es herausgenommen. Nervös fingerte ich in meiner Tasche nach dem Abschaltknopf. Tina quittierte die Geste mit einem vieldeutigen Lächeln. Herrje.

«Also dann», sagte ich, stieß den Atem aus und verbot es mir, ihr einen weiteren Blick zu schenken. «Sie dürfen sich glücklich schätzen, meine sehr verehrten Herren, denn ich möchte Ihnen nun in einigen Bildern das vorstellen, was wir in aller Bescheidenheit als *das* Investmentobjekt des Jahrhunderts bezeichnen.»

Leicht amüsiertes Gemurmel kam auf. Sie mochten mich. Da saßen sie nun, eingestimmt durch Dennis' unverfälschten Enthusiasmus und mehr als bereit für meine wohlklingende Aufzählung von Daten und Fakten. Mein Vater sagte oft, ich sei wie geschaffen für die Welt der großen Geschäfte. Dabei dachte er wohl eher an Abschlüsse im traditionellen grauen Flanellanzug und weniger an die moderne Variante von Mega-Deals mit Super-Sexappeal. Denn obwohl ich schließlich tatsächlich in diesem Bereich gelandet war, musste ich zugeben, dass ich von Natur aus nicht gerne Risiken einging. Ich war Mr. Sorgfalt in Person, jemand, der im Leben alles auf Verstandesebene entschied und vor einer Entscheidung die verschiedenen Möglichkeiten zehn Mal drehte und wendete.

Als Kind hatte ich ganze Nachmittage in einem Laden verbracht und die Vorzüge von Action Man gegen die seiner Konkurrenten abgewogen, bevor ich mein mühsam erspartes Taschengeld ausgab, voller Angst vor der niederschmetternden Enttäuschung, falls ich die falsche Entscheidung treffen sollte. Bot man mir verschiedene Nachtische an, so warf ich die relative Seltenheit von Zitronenbaisertorte gegen den bodenständigen Trost eines Schokobiskuits in die Waagschale, prüfte dabei aber sorgfältig, ob nicht auch noch Himbeerwackelpudding zur Auswahl stand.

Das alles war kein Hinweis auf mangelnden Ehrgeiz. Ich

wusste sehr genau, wo ich hinwollte, und hatte schon vor langer Zeit begriffen, dass der Schlüssel zu meinem Erfolg eben darin lag, die Dinge ruhig anzugehen. Während die kometenhaften Blitzkarrieren meiner Kollegen am Geschäftshimmel kurz strahlten und schnell wieder erloschen, hatte ich mir mit Beständigkeit finanzielle Sicherheit erarbeitet, was ich vor allem meiner akribischen Beobachtung von Marktentwicklung und aktuellen Immobilientrends verdankte. Nun, nach sechs Jahren Tätigkeit bei Beaker Holdings – wobei meine Beförderung zum Juniorpartner natürlich nichts mit meiner Verlobung mit der Tochter des Bosses zu tun hatte –, schätzte man mich als jemanden, der vor allen Entscheidungen die Vor- und Nachteile jedes einzelnen Faktors, ob geographisch, gesellschaftlich oder wirtschaftlich, sorgfältig abwog. Noch zwei große Abschlüsse, und man würde mich zum Seniorpartner befördern. Dann fehlten noch etwa sieben Jahre, bis Dennis in Ruhestand ging und ich in seine Fußstapfen treten konnte. So weit mein Plan.

Umso erstaunlicher war mein Verhalten an jenem Abend in der Bar Brazilia gewesen.

«Ich glaube, du kommst in eine etwas verspätete Pubertät», hatte meine Schwester Monica dazu erst vor zwei Tagen bemerkt. Ich hatte sie, sozusagen als Geburtstagsgeschenk, in das angesagteste Restaurant von London eingeladen. Monica arbeitete bei einer großen Tageszeitung, verdiente aber weniger im Monat, als ich an Spesen ausgab.

«Ich mag die Frau noch nicht einmal», sagte ich.

«Seit wann hat denn Sex damit zu tun, ob man jemanden mag?» Sie lachte. «Ich glaube, ich nehme zwei Nachtische. Kann mich einfach nicht zwischen der Schokotorte und der Crème brulée entscheiden.» Meinen Blick hatte sie ignoriert. «Es ist eine Reaktion auf die Hochzeit. Du versuchst unbewusst, jemand anderen zu schwängern.»

«Mach dich nicht lächerlich!» Ich zuckte unwillkürlich zusammen. «Großer Gott! Allein die Vorstellung ...»

«Von mir aus. Aber offensichtlich wehrst du dich gegen etwas. Und zwar *mit Händen und Füßen.*» Sie grinste. «Du solltest Vanessa einfach sagen, dass du noch nicht so weit bist.»

«Aber sie hat recht: Ich werde nie so weit sein. Das ist einfach nicht mein Ding.»

«Dir ist es also lieber, wenn sie die Entscheidungen trifft?»

«In unserem Privatleben ja. Das funktioniert gut.»

«So gut, dass du das Bedürfnis hattest, mit jemand anderem zu bumsen?»

«Geht's noch ein bisschen lauter?»

«Weißt du was? Ich nehme doch nur die Schokotorte. Aber wenn du die Crème brulée nimmst, probier ich mal.»

«Und was, wenn sie es Dennis erzählt?»

«Dann sitzt du ganz schön in der Scheiße – aber das musst du ja wohl gewusst haben, als du dich mit seiner Sekretärin eingelassen hast.»

Ich ließ den Kopf in die Hände sinken. «Ich weiß nicht, welcher Teufel mich da geritten hat.»

Plötzlich war Monica ganz munter. «Mensch, ist das schön, so was aus deinem Munde zu hören. Du kannst dir gar nicht vorstellen, wie erhebend es für mich ist zu wissen, dass *selbst du* in der Lage bist, dir dein Leben zu versauen wie alle anderen auch. Darf ich es Mum und Dad erzählen?»

Den Triumph meiner Schwester plötzlich wieder vor Augen, verlor ich den Faden und musste einen Blick auf meine Notizen werfen. Ich atmete ganz langsam aus und schaute wieder in die erwartungsvollen Gesichter um mich herum. Im Sitzungssaal schien es noch wärmer geworden zu sein. Ich ließ meinen Blick über unsere Gäste schweifen – nein, von den anderen wirkte keiner auch nur im Entferntesten erhitzt. Dennis sagte immer, in den Adern von Investmentmanagern fließe Eiswasser statt Blut. Vielleicht hatte er recht.

«Wie Dennis Ihnen gerade erläutert hat», fuhr ich fort, «liegt der Fokus bei diesem Projekt auf dem hochwertigen Marktsegment. Die Verbraucher, auf die wir bei dieser Anlage abzielen, wollen Neues erfahren und erleben. Es sind Leute, die die letzten zehn Jahre damit verbracht haben, materielle Güter anzuhäufen, ohne dadurch glücklicher zu werden. Sie sind reich an Besitz, aber arm an Zeit und suchen nach neuen Möglichkeiten, ihr Geld auszugeben. Und das wirkliche Wachstumspotenzial liegt in ihrer Vorstellung von Wohlbefinden. Deshalb wird diese Anlage nicht nur Premium-Unterkünfte anbieten, sondern eine Reihe von Freizeitmöglichkeiten, die dieser hochwertigen Unterbringung entsprechen.» Ich drückte auf die Fernbedienung und zeigte die Bilder, die der Graphiker erst an diesem Morgen abgeliefert hatte, womit er Dennis einen kräftigen Anstieg seines ohnehin schon überhohen Blutdrucks beschert hatte. «Sie wird über einen Wellnessbereich auf dem höchsten Stand in Technik und Design verfügen, mit sechs verschiedenen Pools und einem rund um die Uhr beschäftigten therapeutischen Team, und sie wird die allerneuesten ganzheitlichen Anwendungen im Programm haben. Wenn Sie zu Seite dreizehn blättern, sehen Sie den Wellnessbereich und das zu erwartende Angebot im Detail. Für diejenigen, die ihr Wohlbefinden lieber aus etwas mehr Aktivität ziehen, und das sind, mal ehrlich, eher die Männer» – hier hielt ich kurz inne, um das amüsierte Nicken meiner Zuhörer zu würdigen –, «haben wir das Herzstück der ganzen Anlage entworfen: ein integriertes Zentrum, das sich ganz und gar dem Wassersport widmet. Hier kann man surfen, Jet-Ski, Speedboot und Wasserski fahren. Man kann angeln und sportfischen. Ausgebildete Taucher bieten den Gästen maßgeschneiderte Tauchausflüge.

Wir sind der festen Überzeugung, dass eine Kombination aus hochwertiger Ausstattung und einem bestens ausgebildeten Team unseren Kunden einen unvergesslichen Urlaub verschaffen wird.»

«Und das Resort, Herrschaften, ist der Inbegriff von erstklassigen Dienstleistungen und Luxus», warf Dennis ein. «Mike, bring doch mal die Bilder des Architekten. Wie Sie sehen können, liegen die Unterkünfte auf drei verschiedenen Ebenen, um sowohl Singles als auch Familien gerecht zu werden; dazu ein extra Penthouse für VIPs. Nun, Sie werden gemerkt haben, dass wir die Finanzierungsseite noch ausgeklammert haben. Aber es gibt bereits starkes Interesse von ...»

«Ich habe gehört, dass der Standort, den Sie geplant haben, geplatzt ist», warf jemand hinten im Raum ein.

O Gott, nein, dachte ich.

«Tina, machen Sie das Licht wieder an.» Das war Dennis' Stimme, und ich fragte mich, ob er selber antworten wollte, aber er sah mich an.

Ich setzte mein Pokerface auf. «Tut mir leid, was sagten Sie gerade, Neville? Hatten Sie eine Frage?»

«Ich habe gehört, dass die Anlage für Südafrika geplant war und dass Sie die Baugenehmigung nicht bekommen haben. In diesen Unterlagen hier steht nichts davon, wo das Ganze gebaut wird. Sie werden wohl kaum erwarten, dass wir in eine Ferienanlage investieren, für die erst noch ein Grundstück gefunden werden muss.»

Ein Zucken von Dennis' Kinn zeigte mir, dass er selber überrascht war. Wie zum Teufel hatten sie das über Südafrika erfahren?

Meine Stimme war laut und deutlich im Sitzungssaal zu hören, noch bevor ich wusste, was ich sagte: «Ich weiß ja nicht, woher Sie Ihre Informationen haben, aber Südafrika war immer nur eine Option für uns. Nachdem wir uns den möglichen Standort dort näher angesehen hatten, sind wir zu dem Schluss gekommen, dass er unserer Klientel nicht die Art von Urlaub bieten würde, die wir im Sinn haben. Wir stoßen hier auf einen ausgesprochen spezialisierten Markt vor und ...»

«Warum?»

«Warum was?»

«Warum war Südafrika ungeeignet? Meines Wissens ist es einer der wachstumsträchtigsten Tourismusmärkte der Welt.»

Mein Turnbull-&-Asser-Hemd klebte mir mittlerweile am Rücken. Ich zögerte und fragte mich, was Neville über unseren kürzlich gescheiterten Finanzierungsdeal wissen konnte.

«Politik», warf Dennis trocken ein.

«Politik?»

«Der Transfer vom Flughafen bis zum Resort hätte anderthalb Stunden gedauert. Ganz gleich, welche Route man gewählt hätte – immer hätte sie durch ... sagen wir, *weniger wohlhabende* Viertel geführt. Und Feriengäste, die eine ordentliche Stange Geld für einen Luxusurlaub hinblättern, wollen einfach nicht mit Armut und Elend konfrontiert werden. Dann fühlen sie sich ...» Jetzt lächle bloß nicht die Sekretärin unserer Gäste anbiedernd an, flehte ich innerlich. Zu spät. Dennis' Strahlen war ebenso süßlich, wie es missverstanden wurde. «... unwohl. Und das ist gewiss das letzte Gefühl, das wir in den Gästen dieses Resorts hervorrufen wollen. Freude, ja. Aufregung. Befriedigung. Aber Schuldbewusstsein oder Unwohlsein angesichts des Schicksals ihrer ... schwarzen Mitmenschen – nein.»

Ich schloss die Augen. Und ahnte, dass die dunkelhäutige Sekretärin das Gleiche tat.

«Nein, Neville, Politik und Luxusurlaub lassen sich nicht unter einen Hut bringen.» Dennis schüttelte weise den Kopf, als hätte er gerade ein weltbewegendes Orakel ausgesprochen. «Und genau das ist die gründliche Recherche, die wir bei Beaker Holdings anstellen, bevor wir ein größeres Projekt angehen, und auf die wir stolz sind.»

«Sie haben also bereits eine Alternative in petto?»

«Nicht nur in petto, sondern unter Dach und Fach», sagte ich. «Sicher, die Reise ist lang, aber dafür vermeidet man all die potenziellen Minenfelder in Südafrika wie auch in anderen Teilen der Dritten Welt. Das Land ist englischsprachig, hat ein herrliches Klima, und es ist, das kann ich mit voller Überzeugung sagen, eines der schönsten Fleckchen Erde, das ich je gesehen habe. Und wenn man in unserem Bereich arbeitet – das wissen Sie, Neville, so gut wie ich –, kennt man viele schöne Orte.»

Unser Konkurrent RJW Land hatte uns das Grundstück vor der Nase weggeschnappt, und jemand musste Vallance genau das gesteckt haben. In meinem Kopf rasten die Gedanken: Wenn RJW wirklich eine ähnliche Anlage plante, waren sie dann auch wegen der Finanzierung an Vallance herangetreten? Versuchten sie etwa, unseren Deal zu sabotieren?

«Mehr ins Detail gehen kann ich noch nicht», sagte ich aalglatt. «Aber glauben Sie mir, wenn ich Ihnen – im Vertrauen – mitteile, dass wir bezüglich des Grundstückes in Südafrika auch noch auf andere Probleme gestoßen sind, die auf wesentlich geringere zukünftige Umsatzmöglichkeiten hindeuten.»

In Wirklichkeit wusste ich fast gar nichts über den neuen Standort. Aus purer Verzweiflung hatten wir einen Immobilienmakler und alten Kumpel von Dennis mit der Suche nach einem Grundstück beauftragt, und der Vertrag mit ihm war erst vor zwei Tagen zustande gekommen. Wenn ich eines nicht ausstehen konnte, war es das Gefühl, auf Blindflug zu gehen.

«Tim», sagte ich lächelnd, «Sie wissen ja, dass ich ein schrecklicher Langweiler bin, wenn es um Recherchen geht, und dass man mir die Schlafengehenszeit mit nichts besser versüßen kann als mit einem Stapel Wirtschaftsanalysen. Glauben Sie mir, wenn ich gedacht hätte, dass die Anlage in Südafrika auf lange Sicht besser laufen würde, wäre ich nicht so froh gewesen, sie wieder loszuwerden. Aber ich möchte noch einen Schritt weitergehen ...»

«Was Sie vor dem Einschlafen lesen, ist wirklich sehr interessant, Mike, aber es wäre doch hilfreich, wenn Sie ...»

«... und in letzter Instanz dreht sich einfach alles um die Gewinnspannen. Das ist das A und O.»

«Niemand ist wohl mehr an den Gewinnspannen interessiert als wir, aber ...»

Dennis hielt eine dickliche Hand hoch. «Tim. Erlauben Sie – es gibt da noch etwas, das ich Ihnen zeigen möchte. Gentlemen, wenn Sie mir bitte nach nebenan folgen würden, dort haben wir Ihnen eine kleine Überraschung vorbereitet, bevor wir Ihnen dann mitteilen, wo sich die Anlage genau befinden wird.»

Investmentmanager, dachte ich, während ich ihnen folgte, machten eigentlich nicht den Eindruck, als nähmen Überraschungen einen hohen Stellenwert in ihrem Terminkalender ein. Einige von ihnen wirkten regelrecht verstimmt, weil man sie aus der Bequemlichkeit des Sitzungssaales mit seinen Ledersesseln reißen wollte, und brummten missmutig vor sich hin. Außerdem wusste ich, da ich eine halbe Stunde zu spät gekommen war, nicht genau, was Dennis vorhatte. Lass ihn bloß nicht auf die Idee kommen, Tina in einen Bikini zu stecken, flehte ich innerlich. Die Erinnerungen an das hawaiianische Hula-Proposal verfolgten mich bis heute.

Doch was Dennis vorbereitet hatte, war etwas ganz anderes.

Der Tisch, die Stühle und die ausziehbare Projektionswand waren komplett aus Sitzungssaal zwei entfernt worden. Auch der große Bildschirm für Konferenzschaltungen und der Teewagen waren verschwunden. Mitten im Raum stand dagegen riesig, breit und verheißungsvoll ein großer Apparat, umgeben von aufblasbaren blauen Röhren. Sein Mittelstück war ein quietschgelbes Surfbrett. Das Ding sah so unwirklich aus, dass wir alle erstarrten.

«Bitte, meine Herren, ziehen Sie die Schuhe aus, und dann gibt's eine Runde Surfen!» Dennis streckte den Arm in Richtung Apparat aus. «Das ist ein Simulator», verkündete er, als keiner etwas sagte. «Jeder darf mal drauf.»

Im Saal war es still geworden, bis auf das leise Summen des Surf-Simulators. Da stand er, wie ein außerirdisches Raumschiff inmitten dieser grauen See, und auf seinen blitzenden Knöpfen war zu lesen, wer wolle, könne zu seinem Surf-Experiment auch noch ein Lied von den Beach Boys hören.

Ich bemerkte den Ausdruck auf den Gesichtern unserer Gäste und beschloss, dass der beste Weg zur Rettung der Situation der war, sie abzulenken. «Vielleicht möchten die Damen und Herren zuerst einen Happen essen? Einen Drink vielleicht? Tina, wären Sie so gut?»

«Wie Sie wünschen, Mike», sagte sie mit einem trägen Augenaufschlag in meine Richtung. Ich hätte schwören können, dass sie die Hüften schwang, während sie den Saal verließ, aber Dennis bemerkte nichts davon.

«Ich wollte den Herren einfach einen Eindruck davon vermitteln, wie unwiderstehlich unser Proposal ist. Ich habe das übrigens vorhin selbst schon einmal probiert», sagte er und kickte sich schwungvoll die Schuhe von den Füßen. «Es macht richtig Spaß. Wenn sonst keiner sich traut, dann zeige ich Ihnen, wie es geht. Sie stellen sich hier drauf ...» Er hatte sein

Jackett ausgezogen und gab den Blick auf seinen beachtlichen Bauch frei, der über dem Bund seiner Hose hing. «Ich fange erst mal mit ein paar kleinen Wellen an. Sehen Sie? Ist ganz leicht.»

Zu den Klängen von «I Get Around» stellte sich mein Boss, der in den vergangenen drei Jahren Investmentgelder von über siebzig Millionen Pfund gemanagt hatte, ein Mann, dessen Schreibtisch Fotos zierten, auf denen er Henry Kissinger und Alan Greenspan die Hand schüttelte, aufs Surfboard. Seine Arme hoben sich zu einer Art sportlichen Geste und ließen zwei dunkle Schweißflecke sichtbar werden.

«Schalt das Ding an, Mike.»

Ich schaute mich zu den Männern hinter mir um und versuchte mich an einem Lächeln. Irgendwie war ich mir nicht sicher, ob das eine so gute Idee war. Das war doch nicht das Bild, das wir in die Köpfe dieser Leute katapultieren wollten.

«Einfach den Stecker rein, Mike, und ich mache den Rest. Kommen Sie, Tim, Neville, Sie brauchen gar nicht so zu tun, als wollten Sie nicht.»

Mit einem leisen Summen kam Leben in das Surfbrett. Dennis ging in die Knie, streckte eine Hand nach vorn und wackelte mit den Fingern. «Was ich Ihnen noch nicht gesagt habe, Gentlemen, ist, dass es auch in der Anlage solche – hoppla!» Er kämpfte um sein Gleichgewicht. «So, jetzt haben wir's – also, in der Anlage wird es auch solche Simulatoren geben, damit unsere Kunden üben können, bevor es in die Wellen geht. Es ist wirklich ein … hoppla … ein Rundumpaket.»

Selbst die, sagte er etwas außer Atem, die noch nie im Leben draußen auf dem Wasser gewesen seien, könnten das Wellenreiten im stillen Kämmerlein ausprobieren, bevor sie sich den Blicken der anderen Feriengäste aussetzten. Ich wusste nicht, ob es an der bizarren Tatsache lag, dass diese Maschine Teil unseres Proposals war, oder an Dennis' offenkundigem Vergnügen daran, aber nach ein paar Minuten stellte ich erstaunt fest, dass er unsere Gäste allmählich auf seine Seite zog. Ich beobachtete, wie Tim und Neville sich langsam auf den Simulator zubewegten und dabei an dem von Tina ausgeschenkten Champagner nippten.

Der Seniorpartner von Vallance, ein rotgesichtiges Schwergewicht namens Simons, hatte bereits seine Schuhe abgelegt, unter denen überraschend verschlissene Socken zum Vorschein kamen, während zwei jüngere Mitglieder der Firma sich gegenseitig aus der mehrseitigen Broschüre mit Surf-Slang vorlasen, die Tina verteilt hatte. Dennis hatte Phantasie, das musste ich ihm lassen.

«Wie heißt das, wenn man runterfällt, Dennis?» Neville lächelte. Ich fragte mich, ob das ein gutes Zeichen war.

«Tina hat Ihnen ein Glossar – gegeben», antwortete Dennis atemlos. «Ich glaube, dann – hoppala! – dann *schau ich mir das Brett von unten an!*»

Neville war näher gekommen. Er zog sein Jackett aus und reichte seiner Sekretärin seine Brille. «Bis zu welchem Level wollen Sie gehen, Dennis?»

Ich hatte mir fast schon gedacht, dass er der geborene Wettkämpfer war.

Aber Dennis auch. «Alles, was Sie wollen, Nev. Schalt hoch, Mike», schrie er. Sein Gesicht war schweißbedeckt. «Wir werden schon sehen, wer die größte Welle erwischt, oder?»

«Na los, Mike», drängte Neville.

Ich lächelte. Alle hatten einen Riesenspaß. Dennis' hatte mal wieder den richtigen Riecher gehabt: Der alberne Simulator schaffte es, sie völlig von den Gerüchten über Südafrika abzulenken.

«Eine Runde Wellenreiten hat mich immer schon gereizt», sagte Tim und zog ebenfalls sein Sakko aus. Vor ihnen surrte und ratterte der Simulator unter Dennis' Gewicht. «Welche Stufe haben Sie denn da, alter Knabe?»

«Drei», sagte ich. «Und ich glaube, wir sollten erst mal auch ...»

«Na, kommen Sie, das können wir doch besser, oder? Drehen Sie das Ding hoch, Mike. Mal sehen, wer sich am längsten halten kann.»

«Ja, höher, höher», riefen die Anzugträger der Vallance Equity Financing im Chor, und auch das letzte Quäntchen Zurückhaltung war dem kindlichen Spieltrieb gewichen.

Ich schaute zu Dennis, der nickte und dann in Richtung Schalter zeigte. «Na los, Mike, schlag mal ein paar Wellen!»

Trotz seiner offenkundigen Begeisterung schwitzte er jetzt aus allen Poren. Er versuchte zu lächeln, aber ich entdeckte auch einen Hauch Verzweiflung in seinen Augen, während er versuchte, sich auf dem Surfbrett zu halten, das immer heftigere Wellenbewegungen machte.

«Na los, schalte ihn auf Stufe fünf», schrie Neville, trat nach vorne und packte selbst den Schalter. «Mal sehen, wie er sich bei den dicken Brechern schlägt!»

«Ich denke, wir sollten nicht ...», begann ich warnend.

Hinterher wusste keiner mehr genau, wie es passiert war. Dennis gehörte zu den wenigen Personen im Raum, die keinen Champagner getrunken hatten. Aber irgendwie hatte der Simulator ausgerechnet in dem Moment zu seiner höchsten Stufe hochgeschaltet, als Dennis aus dem Gleichgewicht geriet. Mit einem schrecklichen Schrei wurde er über die aufblasbaren Schutzpolster rund um den Apparat und quer durch den Konferenzsaal geschleudert, wesentlich schneller, als es jemandem von seinem Gewicht und seiner Größe guttat, bis er schwer auf seiner Hüfte landete.

Natürlich brach sie. Wir hörten das beunruhigende Krachen,

ein Geräusch, das ich nie im Leben vergessen werde. Es erstickte auch den leisesten Wunsch in mir, die Maschine auszuprobieren. Dann herrschte das totale Chaos. Alle scharten sich um Dennis. Über den besorgten Ausrufen und den Schreien nach einem Krankenwagen waren immer noch das Rotieren des Surfboards und der Gesang der Beach Boys zu hören.

«Australien, oder?», sagte Neville, als Dennis auf eine Krankenliege gebettet und in Richtung Lift geschoben wurde. «Unvergessliche Präsentation. Wir sind auf jeden Fall interessiert. Sobald Sie aus dem Krankenhaus entlassen werden, reden wir weiter.»

«Mike schickt Ihnen eine Kopie des Dossiers über das Anwesen. Machst du das, Mike?» Dennis hatte die Zähne zusammengebissen, während er sprach. Sein Gesicht war grau vor Schmerz.

«Klar.» Ich versuchte, so selbstbewusst auszusehen, wie er geklungen hatte.

Während er in den Krankenwagen gehievt wurde, winkte er mich zu sich. «Ich weiß, was du denkst», flüsterte er. «Stell eben schnell eines zusammen. Lass dir was einfallen.»

«Aber die Zeitplanung ... die Hochzeit ...»

«Ich regle das mit Vanessa. Am besten hältst du dich sowieso weitestgehend aus der Planung raus. Buch dir gleich heute Nachmittag einen Flug. Und, um Gottes willen, Mike, komm mit einer Idee zurück, die diese Anlage zu einem Erfolg macht.»

«Aber wir haben noch nicht mal ...»

«Ich halte die Jungs so lange bei Laune, bis du alles unter Dach und Fach hast. Das hier ist unser größtes Projekt bisher. Wollen mal sehen, was du draufhast, Junge. Zeig mir, dass du das Zeug zum Seniorpartner hast.»

Der Gedanke, dass ich ablehnen und meine persönlichen

Bedürfnisse – oder die seiner Tochter – über die Interessen der Firma stellen könnte, kam ihm gar nicht. Aber warum auch. Ich war ein loyaler Mitarbeiter. Einer, auf den man sich verlassen konnte. Noch am selben Nachmittag buchte ich einen Flug nach Sydney.

## KAPITEL 4

*Greg*

Laut meinem alten Herrn ist direkt nach Mittag Zeit für das erste Bier des Tages. Er pflegte sich Bierchen hinter die Binde zu kippen so wie meine Mutter ihren Tee. Alle paar Stunden köpfte er ein Toohey's, oder immer dann, wenn er bei seiner Arbeit als Maurer eine Pause einlegte.

Er war ein großer, kräftiger Typ, und man merkte gar nicht, dass er so viel trank. Meine Mutter meinte, das liege daran, dass er sowieso immer betrunken war; angesäuselt am Nachmittag, überschwänglich zur Teezeit, ein bisschen benebelt am Morgen vom Trinken am Abend vorher. Niemals hatten wir das Pech, ihn stocknüchtern ertragen zu müssen.

Ich selbst finde, die beste Zeit ist zwei Uhr nachmittags, außer wenn ich arbeitete, weil ich dann gerade die *Suzanne* zurück in den Hafen bringe. Am Steuer wird man mich betrunken nicht erleben – man kann mir manches vorwerfen, aber mein Boot oder meine Passagiere würde ich nie in Gefahr bringen. Aber ein kaltes Bier bei Miss M., wenn die Sonne hoch am Himmel steht, und eine Portion Pommes vor mir auf dem Tisch, das ist genau mein Ding. Ist mir ein Rätsel, warum man da etwas dagegen haben kann. Wie meine Ex.

Wenn es nach Suzanne geht, dann gibt es für mich überhaupt

keine gute Tageszeit, um Bier zu trinken. Sie sagt, ich sei ein schlimmer Säufer, ein ekelhafter Säufer, der zu oft besoffen ist, als dass man ein Auge zudrücken könne. Deshalb hätte sie meinen Anblick auch nicht mehr ertragen. Sie sagt, ich würde langsam nicht mehr gut aussehen. Und dass wir deshalb auch keine Kinder gehabt haben – obwohl sie es rundweg abgelehnt hat, als ich ihr den Vorschlag machte, sie und ich sollten mal zu einem Arzt gehen, damit er schaut, ob noch etwas zu machen ist. Dabei wäre mir das bestimmt nicht leichtgefallen; ich mag ja kein Engel sein, und ich bin der Letzte, der nicht zugibt, dass eine Frau es mit ihm nicht einfach hat, aber es gibt in ganz Australien bestimmt nicht viele Männer, die sich vom Doktor gern an ihrem besten Stück herumfummeln lassen.

Aber daran sieht man, wie sehr ich mir Kinder gewünscht habe. Und das ist auch der Grund, warum ich, kaum dass ich die Kanzlei meiner Anwältin um fünfundzwanzig nach elf verlassen hatte – erstaunlich, wie genau man sich die Uhrzeit merkt, wenn man so eine Tussi nach Zeit bezahlt und auch noch einen Samstagsaufschlag blechen muss –, den Entschluss fasste, heute sei elf Uhr fünfundzwanzig genau die richtige Zeit, um eine kalte Büchse VB aufzumachen. Und das, obwohl es draußen so eisig war, dass ich einen Pullover anhatte und man vor Kälte blau angelaufen wäre, hätte man sich draußen hingesetzt.

Vermutlich war das Bier einfach mein letztes Leck-mich-am-Arsch an sie, nicht mehr und nicht weniger. An sie und ihren bescheuerten Fitnesstrainer, an ihre blöden Forderungen und ihre verfluchte Hälfte von allem. Weil das Bier nämlich, wenn ich ganz ehrlich bin, nicht besonders gut schmeckte. Eigentlich wollte ich eins im Pub trinken, aber als ich mir vorstellte, ganz allein um elf Uhr fünfundzwanzig in der Kneipe zu sitzen, kam mir das doch ein bisschen ... traurig vor. Sogar an einem Samstag.

Also hockte ich mich auf den Fahrersitz meines Pick-ups und trank mein Bier eine Spur langsamer, als ich es sonst getan hätte, bis der Punkt erreicht war, wo ich mich nicht mehr dazu überwinden musste, weil es mir die nächsten Stunden verschönern würde. An dem Tag hatte ich keine Fahrgäste. Es ließ sich nicht leugnen, dass die Anzahl der Leute, die mit mir fahren wollten, deutlich zurückgegangen war, seit ich das Boot neu beschriftet hatte. Liza hatte mir übers Wochenende dabei geholfen, es zu überpinseln, und mir barsch gesagt, wenn ich selber meine Klappe hielt, sei es in ein oder zwei Wochen vergessen. Und das machte ich auch – schließlich würde ich schuften müssen wie ein Hund, wenn ich die Alimente aufbringen wollte, die meine Ex von mir verlangte.

«Einen sauberen Schnitt» hatte Suzanne gewollt. Als wäre sie ein Arzt, der mir irgendwelche Gliedmaßen abschnippelte. Und genau so fühlte es sich auch an. So schmerzhaft, dass mir regelrecht schlecht davon wurde, wenn ich einen Moment zu lange darüber nachdachte.

Momentan jedoch saß ich auf dem Parkplatz in meinem Wagen und dachte an die Touristinnen, die auf ihren hohen Absätzen die Walmole entlanggestöckelt waren, in der Hand ihre Videokameras und ihre frisch erworbenen CDs mit Walgesängen, und wie sie vorsichtig die *Suzanne* beäugten, als könnte sie jeden Moment aus dem Wasser springen und eine neue Unflätigkeit ausspucken.

Hätte ich an jenem Tag keine anderen Pläne gehabt, wäre ich alleine mit ihr rausgefahren. Auch nach einem Bier. Ich hatte die Erfahrung gemacht, dass es manchmal guttat, irgendwo draußen in der Bucht zu liegen und die Tümmler zu beobachten. Sie streckten ihre Schnauzen aus dem Wasser und grinsten einen mit diesem blöden uralten Lächeln an, das sie immer auf dem Gesicht hatten, als wollten sie sich einen Spaß mit dir machen, und meistens konnte man einfach gar nicht anders als lachen, selbst wenn einem innerlich zumute war, als würde man sich am liebsten die Pulsadern aufschlitzen. Wir Bootsleute waren alle ein bisschen so. Wir wussten einfach, was das Beste ist – du ganz allein mit diesen Geschöpfen, draußen auf dem stillen Wasser.

«Wenigstens haben Sie keine Kinder», hatte die Anwältin bemerkt, als sie das gemeinsame Konto prüfte. Sie hatte ja keine Ahnung, was sie da sagte.

Ich war gerade mit dem zweiten Bier fertig, als ich ihn sah. Die Blechdose lag zerknüllt in meiner Faust, und ich wollte sie gerade in den Fußraum des Führerhauses befördern, als er mir auffiel. Er war kaum zu übersehen. Da stand er in seinem dunkelblauen Sesselfurzeranzug, flankiert von zwei überdimensionalen, zueinanderpassenden Koffern, und schaute in Richtung der Hauptstraße von Nelson Bay. Ich starrte ihn an, bis er mich entdeckte, und streckte dann den Kopf aus dem Fenster. «Alles in Ordnung, Kumpel?»

Er zögerte, dann nahm er seine Koffer und kam auf mich zu. Seine schwarzen Schnürschuhe waren so gewienert, dass kein Fünkchen Leben mehr in ihnen zu stecken schien. Es war nicht gerade die Art von Typ, mit der ich mich normalerweise auf ein Schwätzchen einließ, aber er sah fertig aus und tat mir vermutlich leid. Gleich zwei, die völlig am Ende waren.

Als er bei meinem Wagen angekommen war, ließ er die Koffer stehen und kramte einen Zettel aus seiner Tasche. «Ich glaube, der Taxifahrer hat mich an der falschen Stelle abgesetzt. Können Sie mir sagen, ob es hier in der Nähe ein Hotel gibt?»

Ein Engländer. Hätte ich mir gleich denken können. Ich blinzelte ihn an. «Davon gibt's ein paar hier, Kumpel. An welches Ende von Silver Bay wollen Sie denn?»

Er schaute noch mal auf seinen Zettel. «Da steht nur ... Silver Bay Hotel.»

«Zu Kathleen wollen Sie? Das ist eigentlich kein Hotel. Nicht mehr jedenfalls. Eher eine Pension.»

«Ist es weit zu laufen?»

Vermutlich hat mich einfach die Neugier gepackt. Da, wo ich herkomme, sieht man selten jemanden, der so aufgeputzt ist wie ein Pudel im Zirkus. «Das ist immer die Straße entlang. Springen Sie rein. Hab sowieso da zu tun. Ihr Gepäck können Sie hinten draufschmeißen.»

Ein Hauch von Zweifel huschte über sein Gesicht, als wäre eine Mitfahrgelegenheit Grund genug zu Misstrauen. Oder er wollte seine schicken Gepäckstücke bloß nicht gerne zu meinem seetangverschmierten Bootszeug auf die Ladefläche werfen. Das wurmte mich ein bisschen, und fast hätte ich es mir anders überlegt. Aber er zerrte seine Koffer um den Wagen bis zur Hecktür und hievte sie auf die Ladefläche. Dann machte er die Tür auf und kletterte herein, wobei er zuerst die leeren Dosen zur Seite schieben musste, damit seine Füße Platz hatten.

«Passen Sie bei den Dosen da unten mit Ihren Schuhen auf», sagte ich, während ich losfuhr. «Die sollten längst leer sein, aber versprechen kann ich nichts.»

Der Name «Silver Bay» ist eigentlich ein bisschen irreführend. Genau genommen handelt es sich dabei nämlich nicht um eine Bucht, sondern um zwei, getrennt von der Walmole, die auf einer Landzunge liegt und zwischen den Buchten ins Meer hinausragt. Von oben, sage ich immer, sieht das Meer deshalb aus wie ein riesiger blauer Hintern. Suzanne würde bei diesem Vergleich missbilligend die Augenbrauen heben, aber das tut sie ja bei fast allem, was ich von mir gebe.

Miss M.s Haus liegt an der hinteren der beiden Buchten, und dort ganz am Ende, bei der Stelle, an der man vorbeifährt, wenn man aufs offene Meer hinaussegelt. Auf ihrer Seite befinden sich sonst nur noch das alte Haus der Familie Bullen, das Museum und die Sanddünen. Auf der anderen Seite der Walmole liegen MacIver's Seafood Bar, der Fischmarkt, und erst dahinter, am gegenüberliegenden Ende von Miss M.s Haus, erstreckt sich der eigentliche Ort.

Der Typ sagte mir, sein Name sei Mike Irgendwer. Sehr viel mehr sagte er nicht. Ich fragte ihn, ob er aus geschäftlichen Gründen da sei, und er meinte: «Hauptsächlich Vergnügen.» Ich dachte nur: Warum zum Teufel zieht sich ein Typ so an, wenn er in den Ferien ist? Er sagte, er sei erst am Morgen aus dem Flieger gestiegen und habe eigentlich einen Mietwagen bestellt, aber beim Autoverleih sei ein Fehler passiert, und sie hätten ihm versprochen, ihm den Wagen bis morgen aus Newcastle zu bringen.

«Ganz schön langer Flug jedenfalls», sagte ich.

Er nickte.

«Schon mal hier gewesen?»

«In Sydney. Einmal. War aber nicht sehr lange dort.»

Ich schätzte ihn auf Mitte dreißig. Er schaute ständig auf seine Uhr, ziemlich oft für jemanden, der Urlaub hatte. Ich fragte ihn, wie er auf die Idee gekommen sei, bei Miss M. zu buchen. «Ist im Moment nicht gerade ausgelastet», sagte ich und schaute dabei betont auf seinen teuren Anzug. «Ich hätte gedacht, jemand wie Sie würde lieber in einem ... schickeren Hotel wohnen.»

Er schaute stur geradeaus, als müsste er sich seine Antwort genauer überlegen. «Ich hab gehört, die Gegend ist sehr schön.»

«Sie sollten eher im Blue Shoals ein Stück weiter nördlich absteigen», sagte ich. «Ist ein ordentliches, schönes Hotel. Alle Zimmer mit Bad, ein Pool mit Olympiamaßen, lauter solcher Schnickschnack. Von Montag bis Donnerstag gibt es sogar ein passables All-you-can-eat-Buffet. Fünfzehn Dollar pro Kopf kostet es, glaube ich. Am Freitag ist es ein bisschen teurer.» Ich wich schwungvoll einem Hund aus, der über die Straße humpelte. «Dann gibt es noch das Admiral in Nelson Bay. Zu dieser Zeit des Jahres würden die Ihnen dort einen guten Preis machen – zufällig weiß ich, dass momentan kaum jemand da ist.»

«Vielen Dank», sagte er irgendwann. «Wenn ich beschließe umzuziehen, könnte das durchaus nützlich sein.»

Danach hatten wir einander nicht mehr allzu viel zu sagen. Ich war ein bisschen verärgert darüber, dass der Typ sich nicht mehr Mühe gab. Ich hatte ihn mitgenommen, fuhr ihn den ganzen Weg – eine Fahrt mit dem Taxi hätte ihn gute zehn Dollar gekostet – und hatte ihm das Wichtigste über die Gegend erzählt, und er bemühte sich nicht einmal, das Gespräch in Gang zu halten.

Gerade wollte ich eine Bemerkung darüber machen – vermutlich hatte das Bier mich ein bisschen in Fahrt gebracht –, als ich zur Seite schaute und sah, dass er eingeschlafen war. Einfach so. Und nicht einmal ein Geschäftsmann im perfekt gebügelten Anzug sieht wie ein Sieger aus, wenn ihm der Sabber auf die Schulter tropft. Aus irgendeinem Grund fühlte ich mich gleich besser, und ich pfiff den ganzen Weg auf der Küstenstraße nach Silver Bay vor mich hin.

Miss M. hatte den Tisch wunderschön geschmückt. Schon von weitem sah ich die Tischdecke und die Ballons, das weiße Damasttuch, das sich im Wind bauschte, und die Luftballons, die wild auf und ab hüpften, als wollten sie sich jeden Moment losreißen und zum Himmel aufsteigen.

Auf der selbstgebastelten Flaggengirlande stand «Herzlichen Glückwunsch zum Geburtstag, Hannah», und darunter scharte sich die kleine Jubilarin mit einer ganzen Bande ihrer Klassenkameradinnen quietschend um einen Typen, der sich eine Schlange um den Arm gewunden hatte.

Einen Moment lang hatte ich den Neuankömmling in meinem Führerhaus vergessen. Ich stieg aus und ging die Auffahrt hoch. Plötzlich fiel mir wieder ein, dass die Party bereits vor einer Stunde begonnen hatte.

«Greg.» Miss M. hat eine besondere Art, einen von oben bis unten anzuschauen, als wüsste sie ganz genau, woher man kommt. «Nett, dass Sie es doch noch geschafft haben.»

«Wer ist das denn?», fragte ich und wies mit dem Kinn auf den Typen mit der Schlange.

«Der nennt sich, glaube ich, Dr. Grusel. Hat alle möglichen Krabbeltiere dabei. Riesige Kakerlaken, Schlangen, Taranteln … Er lässt die Kinder die Tiere anfassen, in die Hand nehmen, streicheln – alles, was das Herz begehrt. Hannah hat sich das gewünscht.» Sie schüttelte sich. «Kann mir kaum was Ekligeres vorstellen.»

«Zu meiner Zeit ist man da einfach draufgetreten», stimmte ich ihr zu, «und zwar mit Blundstone-Stiefeln an den Füßen.»

Es waren acht Kinder da und eine Handvoll Erwachsene, die meisten davon Bootsleute wie ich. Das überraschte mich nicht. Hannah ist ein seltsames Kind, ihrem Alter weit voraus, und wir alle waren daran gewöhnt, dass sie immer bei uns herumhing. Das machte sie schon, seit sie ein kleines Mädchen gewesen war.

Es war gut, sie auch mal mit ein paar Kids in ihrem Alter zu sehen. Abgesehen von dieser Lara kam das selten vor. Die Hälfte der Zeit vergaß man regelrecht, wie jung Hannah noch war. Liza sagte, sie sei eben so, eine Einzelgängerin. Manchmal fragte ich mich, ob sie damit Hannah meinte oder sich selbst.

Miss M. reichte mir eine Tasse Tee, und ich nahm sie, in der Hoffnung, dass die alte Dame den Alkohol nicht roch. Irgendwie fand ich es nicht in Ordnung, mit einer Bierfahne bei einem Kindergeburtstag aufzukreuzen. Noch dazu bei einem Kind, das ich sehr gernhatte.

«Jetzt sieht Ihr Boot aber ein ganzes Stück besser aus», sagte Miss M. grinsend.

«Ja, stimmt schon. Liza hat mir bei dem neuen Anstrich geholfen.»

«Ihre aufbrausende Art wird Sie noch mal in Schwierigkeiten bringen.» Sie schnalzte vorwurfsvoll mit der Zunge. «In Ihrem Alter sollte man es besser wissen, würde ich sagen.»

«Machen Sie mir Vorwürfe, Miss M.?»

«Dann sind Sie also noch nicht ganz besoffen.»

«Eins habe ich getrunken», protestierte ich. «Okay, vielleicht zwei.»

Sie schaute auf ihre Armbanduhr. «Und wir haben gerade mal Mittag. Na ja, soll mir egal sein.»

Eins muss man der Hai-Lady lassen: Sie sagt einem die Meinung. Das war schon immer so und wird auch so bleiben.

«Hi, Greg.» Hannah lief strahlend an mir vorbei. Ich konnte mich noch gut daran erinnern – wenn man als Kind Geburtstag hat und jeder einem das Gefühl gibt, man sei der tollste Mensch auf der ganzen Welt. Sie blieb gerade lange genug stehen, um das kleine Päckchen zu erspähen, das ich unter dem Arm hatte.

«Das ist für deine Tante Kathleen», sagte ich.

Sie blieb direkt vor mir stehen, den Schalk in den Augen. «Wie kommt es dann, dass es mit Kinderpapier eingewickelt ist?»

«Das ist doch kein Kinderpapier!»

«Es ist für mich», stellte sie frech fest.

«Willst du damit sagen, deine Tante Kathleen ist zu alt für dieses Papier?» Ich setzte mein unschuldigstes Gesicht auf.

Hannah starrte das Päckchen an und versuchte herauszufinden, was wohl darin war. Ich lachte und gab ihr das Geschenk. Ich konnte es selbst kaum abwarten zu erfahren, ob es ihr gefallen würde.

Umringt von ihren Freundinnen, riss sie das Papier auf. Sie alle waren gerade dabei, junge Mädchen zu werden, sie hatten nicht mehr diese dünnen Kinderbeine, und auch die Pausbacken waren verschwunden. Bei einigen konnte man schon sehen, wie sie einmal als Frauen aussehen werden. Bei dem Gedanken, dass sie so enden könnten wie Suzanne, stieg eine Welle von Traurigkeit in mir hoch. Unzufrieden, nur am Meckern ... ohne Zuversicht.

«Es ist ein Schlüssel», sagte Hannah erstaunt und hielt das Metallteil in die Luft. «Versteh ich nicht.»

«Ein Schlüssel?», fragte ich und tat selber ganz verwirrt. «Echt jetzt?»

«Greg ...»

Ich lachte. «Erkennst du den denn nicht?»

Sie schüttelte den Kopf.

«Es ist der Schlüssel zu meinem Schuppen.»

Sie zog die Stirn in Falten, weil sie immer noch nicht begriff.

«Zu dem an der Mole. Mensch – vermutlich habe ich dein Geschenk da vergessen. Du und deine Freundinnen, ihr könnt ja mal runterrennen und nachschauen.»

Bevor ich noch etwas sagen konnte, waren sie schon weg. Man hörte ihr Kichern und das Trappeln ihrer Turnschuhe auf dem Kies. Miss M. schaute mich fragend an, aber ich sagte nichts. Ich wollte den Moment einfach genießen, denn zurzeit gab es nicht viele unbeschwerte Momente in meinem Leben.

Nur wenige Minuten später kamen die Kinder wieder den Pfad hoch. «Ist es das Boot? Ist es das kleine Boot?» Hannahs Wangen waren gerötet, ihr Haar bauschte sich wild um ihr Gesicht. Sie sah ihrer Mutter unglaublich ähnlich.

«Hast du denn den Namen gesehen?», fragte ich.

«*Hannah's Glory*», erzählte sie atemlos ihrer Tante. «Es ist eine blaue Jolle, und sie heißt *Hannah's Glory*. Ist die wirklich für mich?»

«Klar ist sie das, Prinzessin», sagte ich. Ihr Lächeln machte den ganzen versauten Morgen wett. Sie warf ihre kleinen Arme um mich, und ich erwiderte ihre Umarmung. «Können wir damit rausfahren? Kann ich damit rausfahren, Tante K.?»

«Nicht jetzt gleich, Liebes. Erst musst du mal deinen Kuchen anschneiden. Aber sicher kannst du im Schuppen darin sitzen.»

Die Kinder flitzten zum Schuppen zurück. Ihr aufgeregtes Geschnatter war über den ganzen Weg zu hören.

Miss M. wandte sich mir zu, kaum war Hannah außer Hörweite. «Ein Boot?» Eine Augenbraue war hochgezogen. «Haben Sie das mit Liza abgesprochen?»

«Äh ... noch nicht», gestand ich. «Aber ich glaube, ich habe bald die Gelegenheit dazu.»

Liza kam geradewegs auf mich zu, in den Händen einen Teller mit der Geburtstagstorte darauf, den kleinen Hund im Schlepptau. Sie war wunderschön. Wie immer gab sie sich den Anschein, als wollte sie ganz woanders hin, hätte aber im letzten Moment beschlossen, bei mir stehen zu bleiben, als täte sie mir damit einen großen Gefallen.

«Hey. Ich hab gerade dieses Stück Bartenplatte an die Wand gehängt – über ihr Bett, wo sie es hinhaben wollte.» Sie nickte mir zu. «Stinkt zum Himmel, das Ding. Sie hat vier Bücher über Delphine, zwei über Wale und ein Video bekommen. Wenn das so weitergeht, macht sie bald ein eigenes Museum auf. Ein Zimmer, in dem so viel Delphinzeug herumhängt, hast du noch nicht gesehen.» Sie reckte sich. «Wo sind denn die Kinder hin?»

«Das erzählt Greg dir», sagte Miss M. und rauschte davon. Sie hatte eine Hand gehoben, als wollte sie bei dem, was kommen würde, lieber nicht dabei sein.

«Sie – äh – schauen sich mein Geschenk an.»

Liza stellte den Teller auf dem Tisch ab. «Ach ja? Was hast du ihr denn mitgebracht?»

«So ein kleines Skullboot. Der alte Carter hat es verkauft. Ich habe es abgeschmirgelt und ihm einen frischen Lack verpasst. Ist super in Form.»

Es dauerte eine Weile, bis sie begriff, was ich gesagt hatte. Einen Moment lang starrte sie auf den Tisch hinab, dann sah sie zu mir auf. «Du hast ihr *was* geschenkt?»

«Ein kleines Boot. Das allein ihr gehört. Ich dachte, nach ein paar Unterrichtsstunden kann sie mit ihren Freundinnen rausfahren und sich die Tümmler anschauen.» Ihr Gesichtsausdruck brachte mich etwas aus dem Konzept, deshalb fügte ich hinzu: «Irgendwann muss sie ja eins kriegen.»

Liza legte die Hände zusammen und führte sie an ihren Mund. Ein bisschen sah es so aus, als würde sie beten. Irgendwie hatte es nicht den Anschein, als wäre sie mir besonders dankbar.

«Greg?»

«Ja?»

«Hast du jetzt eigentlich komplett den Verstand verloren?»

«Wie meinst du das?»

«Du hast meiner Tochter ein Boot gekauft? Meiner Tochter, die nicht raus aufs Wasser darf? Was zum Teufel hast du dir dabei gedacht?» Ihre Stimme war schneidend scharf.

Ich starrte sie an, weil ich einfach nicht glauben konnte, dass sie so sauer war. «Ich wollte dem Kind zu seinem Geburtstag eine Freude machen.»

«Das steht dir nicht zu», flüsterte sie drohend.

«Sie lebt am Wasser. Alle ihre Freundinnen haben ein Boot. Warum soll sie keins haben?»

«Weil ich es ihr untersagt habe.»

«Und wieso? Was kann das denn schaden? Sie soll es doch lernen, oder?»

«Sie wird es lernen, wenn ich es für richtig halte.»

«Sie ist elf Jahre alt! Wie lange willst du denn noch um sie herumglucken?» Als sie mir keine Antwort gab, deutete ich auf Hannah, die an der Tür des Schuppens stand. «Schau sie dir an – sie freut sich wie eine Schneekönigin.»

Liza baute sich vor mir auf und zischte: «Ja, genau! Und ich bin jetzt die böse, böse Hexe, die ihr sagen muss, dass sie es nicht annehmen darf. Verbindlichen Dank auch, Greg.»

«Dann lass es doch einfach. Sag ihr, sie kann es haben. Wir passen schon auf sie auf.»

«Wir?»

In genau diesem Moment erschien dieser Mike auf der Bildfläche. Ich hatte völlig vergessen, dass er bei mir im Führerhaus eingeschlafen war. Aber da stand er jetzt, etwas unbeholfen, seine Koffer in der Hand, das Gesicht immer noch vom Schlaf zerknittert. Am liebsten hätte ich ihm gesagt, er solle sich verpissen.

Liza hatte ihn nicht einmal bemerkt. Sie war immer noch am Kochen. «Du hättest mich fragen müssen, Greg, bevor du beschlossen hast, den bescheuerten Versuch zu unternehmen, dir die Liebe eines kleinen Mädchens mit einem Scheißboot zu erkaufen – mit der einzigen Sache, von der ich ihr in den letzten fünf Jahren beständig gesagt habe, dass sie sie nicht haben kann.»

«Es ist doch nur ein kleines Ruderboot. Wir reden ja hier nicht von einem Zweihunderter-Speedboot, oder, Liza? Komm wieder runter.» Jetzt wurde ich auch langsam sauer. Sie tat ja gerade so, als wollte ich dem Kind schaden.

«Entschuldigen Sie – kann ich bitte ...»

Sie hob eine Hand und sagte, immer noch an mich gerichtet: «Halt dich endlich aus meinem Leben raus, verdammt noch mal! Ich habe dir schon ein Dutzend Mal gesagt, dass ich keine

Beziehung will, und dass du meiner Tochter hinterherschwänzelst, wird daran auch nichts ändern.» Plötzlich war es totenstill, weil wir beide ihre Worte auf uns wirken ließen. Bei Gott, sie wusste ganz genau, wie sie mich treffen konnte.

«*Hinterherschwänzeln?*» Ich brachte das Wort kaum über die Lippen. «Hinterherschwänzeln? Für was für einen Typ Mann hältst du mich eigentlich?»

«Hau einfach endlich ab, Greg ...»

«Ich möchte wirklich nicht stören, aber ...»

«Mum?»

Hannah stand neben dem englischen Typen, und ihr Geburtstagslächeln war wie weggewischt. Sie schaute von mir zu ihrer Mutter und wieder zurück. «Warum schreist du Greg so an?» Das sagte sie ganz leise und schüchtern, als hätten wir ihr Angst gemacht.

Liza holte tief Luft.

«Ich – äh – könnte mir jemand den Weg zur Rezeption zeigen?» Mike sah so aus, als wollte er noch weniger dort sein, wo er war, als ich.

Erst jetzt registrierte Liza ihn. Noch immer puterrot vor Ärger wandte sie sich ihm zu. «Rezeption? Dann sprechen Sie am besten mit Kathleen, da drüben. Die Dame in der blauen Bluse.»

Er versuchte zu lächeln, sagte etwas über ihren englischen Akzent und verschwand, als Liza nichts erwiderte.

Hannah stand immer noch neben mir. Als ich ihre traurige kleine Stimme hörte, hätte ich ihre Mutter am liebsten geohrfeigt. «Ich vermute, das heißt, dass ich das Boot nicht behalten darf?»

Liza drehte sich zu mir, und jeder einzelne schlechte Gedanke, den sie jemals über mich gefasst hatte, stand ihr deutlich ins Gesicht geschrieben. Es war kein angenehmer Anblick.

«Darüber reden wir noch, Liebes», sagte sie.

«Liza.» Ich versuchte, meine Stimme freundlich zu halten, um des Kindes willen. «Ich hatte nie vor …»

«Kein Interesse», schnitt sie mir das Wort ab. «Hannah, sag deinen Freundinnen, dass es Zeit für die Torte ist.» Als Hannah keine Anstalten machte, sich in Bewegung zu setzen, wedelte Liza mit dem Arm. «Jetzt geh schon. Und ich schau mal, ob wir ein paar Kerzen anzünden können. Wird nicht leicht sein bei dem Wind.»

Ich legte Hannah die Hand auf die Schulter. «Dein Boot wartet in dem Schuppen auf dich, bis du bereit dafür bist», sagte ich mit einem trotzigen Unterton, den ich nicht überspielen konnte. Und dann ging ich mit steifen Schritten davon, Worte vor mich hin murmelnd, auf die ich nicht gerade stolz bin.

Yoshi kam mir hinterhergelaufen, als ich an meinem Wagen war. «Geh nicht, Greg», sagte sie. «Du weißt doch, wie sie bei diesem Thema immer durchdreht. Verdirb Hannah jetzt nicht den Tag.» Sie hatte eine Tüte mit Partygewinnen für die Kinder in der Hand – offenbar war sie aus der Küche losgelaufen, um mich noch zu erwischen.

Nicht ich verdarb Hannah den Tag, wollte ich sagen. Und ich war es auch nicht, der meinem kleinen Mädchen ausgerechnet das untersagte, was es auf der Welt am liebsten tun wollte. Nicht ich tat immer so, als wäre die Kindheit der Kleinen völlig normal und als hätte sie außer Miss M. keine weitere Familie. Und ich war es auch nicht, der drei- oder viermal im Jahr über mich herfiel wie eine Wilde und sich am nächsten Tag so verhielt, als wäre ich ein Stück Scheiße. Ich weiß genau, wann ich etwas verbockt habe, aber ich weiß auch, wann das nicht der Fall ist.

«Sag ihr, ich muss noch mit dem Boot raus», gab ich in einem säuerlichen Ton zurück, der mir hinterher leidtat. Schließlich konnte Yoshi wirklich nichts dafür.

Aber ich würde nicht aufs Meer hinausfahren. Ich würde die nächste Bar ansteuern und mir so lange einen hinter die Binde kippen, bis jemand mir den Gefallen tat und verkündete, dass ein neuer Tag angebrochen war.

# KAPITEL 5

*Kathleen*

Kaum zu glauben, aber eine ganze Weile lang stellte der Walfang den größten Erwerbszweig in Australien dar. Seit dem frühen neunzehnten Jahrhundert kamen die Walfänger aus Großbritannien, luden bei uns einen Haufen Strafgefangene ab, packten dafür ein paar unserer Wale ein und verkauften sie in den Häfen an uns zurück. Tolles Geschäft, wie Nino zu sagen pflegte. Irgendwann fiel bei den Aussies der Groschen, und sie fingen an, ihre Wale selber zu jagen. Denn einen Wal konnte man für so ziemlich alles brauchen – den Tran für Lampenöl, Kerzen und Seife, die Bartenplatte für Korsetts, Möbelstücke, Schirme und Peitschen. Sicher war damals der Bedarf an Peitschen noch etwas größer als heute. In jenen Tagen wurde in erster Linie der Südkaper gejagt – den nannte man so, weil er besonders leicht zu kapern war. Dieses arme Vieh war so ziemlich das langsamste Tier auf der ganzen südlichen Erdhalbkugel, und wenn es erst einmal erlegt war, schwamm es oben, sodass man es prima an Land ziehen konnte. Es hätte den Walfängern ihren Job nur dann noch leichter machen können, wenn es sich selbst harpuniert hätte und anschließend zur Verarbeitungsanlage geschwommen wäre.

Heutzutage sind diese Wale – oder das, was von ihnen

übrig ist – natürlich geschützt. Aber ich erinnere mich noch, als Mädchen einmal dabei zugesehen zu haben, wie einer von ihnen von zwei kleinen Booten in die Bucht gezogen wurde. Schon damals hatte ich das Gefühl von Unrecht, als ich dabei zusah, wie der riesige, aufgeblähte Leib des Tieres unsanft an den Strand gehievt wurde. Sein blankes Auge schaute dabei elend zum Himmel, wie verzweifelt über die Grausamkeit des Menschen. Damals fing ich selbst so ziemlich alles, was mir vor die Angel kam – schon als kleines Mädchen war ich überaus geschickt beim Ködern, Heranziehen und Ausnehmen von Fischen –, aber der Anblick des toten Südkapers trieb mir die Tränen in die Augen.

Eine solche Walfangbesessenheit wie an der Westküste hat es hier im Osten allerdings nie gegeben. Hier wurden vor dem Ende des Krieges nur wenige Wale erlegt. Silver Bay bildete dabei eine Ausnahme, vielleicht, weil die Wale hier so nahe an der Küste vorbeischwammen, dass man sie vom Festland aus sehen konnte. Und so war die Bucht zu einem Standort für Waljäger geworden, ein Ausdruck, den unsere Walbeobachtungs-Crews für sich als Spitznamen übernommen hatten. In meiner Jugend wurden die Meeressäuger mit kleinen Booten gejagt; das schien ein fairer Kampf zu sein, und es hielt die Fangquote niedrig. Bis die Walfänger gierig wurden.

In den Jahren zwischen 1950 und 1962 wurden etwa 12 500 Buckelwale getötet und in Anlagen wie Norfolk Island und Moreton Island verarbeitet. Der Tran und das Fleisch der Wale machten die Menschen reich, und die Walfänger benutzten immer ausgefeiltere Methoden, um ihre Fangquoten zu erhöhen. Die Schiffe wurden größer und schneller und die Fischzüge immer ergiebiger und blutiger. Zu dem Zeitpunkt, als die Jagd auf Buckelwale in australischen Gewässern verboten wurde, benutzte man Echolot, Gewehre und Explosivharpunen – eine wahre Kriegsausrüstung, wie mein Vater angeekelt zu sagen pflegte.

Und natürlich wurden zu viele Tiere getötet. Die Ozeane wurden regelrecht leergefegt, bis fast keine Buckelwale mehr vorhanden waren und das Geschäft mit dem Wal sich selbst den Garaus gemacht hatte. Ein Walfangunternehmen nach dem anderen ging pleite, die Verarbeitungsanlagen wurden geschlossen oder zu Fischfabriken umfunktioniert. Langsam versank die Gegend in einer schäbigen Abgeschiedenheit, und viele hier waren froh darüber. Mein Vater, der durchaus anfällig für die Romantik des frühen Walfangs gewesen war, als der Wal sich noch gegen den Menschen behaupten musste und nicht gegen die Penthritharpune, kaufte Silver Bays Walverarbeitungsanlage und verwandelte sie in ein Museum. Mittlerweile wird die Anzahl der Buckelwale, die auf ihrer jährlichen Wanderung an uns vorbeiziehen, auf höchstens zweitausend geschätzt, und manche Wissenschaftler meinen, ihre Population würde sich wohl nie wieder ganz erholen.

Diese Geschichte erzähle ich gelegentlich den Crews, wenn sie wieder einmal darüber reden, die Flotte zu vergrößern oder ihre Passagierzahl zu erhöhen und davon träumen, die Walbeobachtung zur Touristenattraktion der Zukunft zu machen und Silver Bay einen zweiten Frühling zu bescheren.

Ich finde, die Geschichte des Walfangs sollte uns allen eine Lehre sein. Aber irgendwie werde ich das verdammte Gefühl nicht los, dass keiner zuhört.

\*\*\*

«Hallo! Ein schöner Nachmittag, finden Sie nicht?»

«Nachmittag?» Michael Dormer stand in der Küchentür, auf dem Gesicht den benommenen Ausdruck eines Menschen, dessen innere Uhr immer noch darauf besteht, dass er sich in der falschen Hemisphäre befindet.

«Ich hab vorhin schon mal geklopft und eine Tasse Kaffee vor Ihre Tür gestellt, aber als sie eine Stunde später immer noch unberührt dastand, dachte ich mir, ich lasse Sie lieber noch schlafen.»

Er sah so aus, als würde er gar nicht verstehen, was ich sagte. Ich gab ihm eine Minute und bedeutete ihm dann, sich an den Küchentisch zu setzen. Normalerweise lasse ich die Leute nicht in der Küche sitzen, aber ich hatte den Speisesaal schon für das Abendessen gedeckt. Ich stellte einen Teller mit einem Messer vor ihn hin.

«Es heißt, man braucht eine ganze Woche, bis man wieder richtig durchschlafen kann. Waren Sie denn oft wach?»

Er fuhr sich durchs Haar. Rasiert war er nicht, und er trug ein Hemd und helle Freizeithosen – immer noch etwas Schickeres, als wir es in Silver Bay gewöhnt sind, aber ein Schritt in die richtige Richtung, wenn man bedachte, in welcher Montur er angekommen war.

«Nur einmal.» Er lächelte ein wenig kläglich. «Aber dafür dann etwa drei Stunden.»

Ich lachte und schenkte ihm einen Kaffee ein. Er wirkte sympathisch, dieser Michael Dormer – ein Typ, dem man wenigstens einen Hauch von Selbstreflexion zutrauen konnte, was unter meinen Gästen insgesamt eher Seltenheitswert hat. «Möchten Sie frühstücken?»

«Um Viertel vor eins?» Er schaute auf seine Uhr.

«Wir können es auch Mittagessen nennen. Bleibt unter uns.» Ich hatte noch etwas Teig im Kühlschrank. Ich würde ihm Blaubeerpfannkuchen servieren und noch ein paar Eier mit Speck dazu braten.

Er starrte eine Weile in seinen Kaffee und unterdrückte mit

Mühe ein Gähnen. Ich sagte nichts und schob ihm stattdessen die Zeitung hin, weil mir klarwurde, dass sein desorientierter Zustand sich nach ein oder zwei Tassen Kaffee von selber richten würde. Während ich mit halbem Ohr Radio hörte, bewegte ich mich leise hin und her und überlegte mir beiläufig, was ich an Lebensmitteln für das Abendessen einkaufen musste. Hannah blieb nach der Schule bei einer Freundin, und Liza aß sowieso nur wie ein Vögelchen, weshalb ich mich im Grunde nur um die Gäste zu kümmern hatte.

Als ich Mr. Dormer den Teller Pfannkuchen hinstellte, wirkte er gleich ein wenig munterer. «Wow», sagte er und starrte den hohen Stapel an. «Danke schön.» Man konnte ihm ansehen, dass er zu Hause nicht allzu viel gekocht bekam. Solche Leute sind immer die dankbarsten Gäste.

Essen jedoch tat er, wie es die meisten Männer hier tun: mit Begeisterung und einer Art Zielstrebigkeit, die man an Frauen nur selten beobachten kann. Höchstens bei mir; meine Mutter hat immer gesagt, ich äße wie ein Mann, und ich glaube nicht, dass das als Kompliment gemeint war. Als Mr. Dormer sich mit dem Kopf über seinen Teller beugte, hatte ich Gelegenheit, ihn mir genauer anzuschauen. Männer kommen nur selten ohne Damenbegleitung hierher. Wer als Single reist, steigt meistens in einer der Ferienanlagen ab. Ich muss gestehen, dass ich ihn, wie ich es bei Männern immer tat, im Hinblick darauf musterte, ob er wohl zu Liza passen könnte. Ganz gleich, wie sehr sie sich auch dagegen sträubt, gebe ich die Hoffnung nie auf, sie einmal zu verkuppeln. «Wale bleiben auch nicht ihr ganzes Leben zusammen», spottet sie dann, «und du sagst doch selbst immer, Kathleen, man soll von den Geschöpfen um uns herum lernen.»

Dieses Mädchen hat einfach immer eine Antwort parat. Auf meine Bemerkung, es sei auch für Hannah gut, wenn es irgendwann wieder einen Vater in ihrem Leben gäbe, hat Liza mich einmal so entsetzt und vorwurfsvoll angestarrt, dass ich vor Scham am liebsten im Boden versunken wäre.

Was nicht bedeutet, dass ich mir keine Hoffnungen machen darf.

«Das war wirklich köstlich.»

«Freut mich, Mr. Dormer.»

Er lächelte. «Nennen Sie mich Mike. Bitte.»

Dann war er also doch nicht so steif, wie ich gedacht hatte.

«Gern. Ich bin Kathleen.» Ich setzte mich ihm gegenüber an den Tisch und gönnte mir selbst auch eine Kaffeepause, während ich ihm nachschenkte. «Heute schon irgendwelche Pläne?»

Eigentlich hatte ich ihn auf die Broschüren hinweisen wollen, die in der Eingangshalle lagen, aber er wirkte eher wie jemand, der einen netten Ausflug zum Teetrinken im botanischen Garten einer rauen Bootsfahrt vorzog.

Er schaute in seinen Kaffee hinab. «Dachte, ich komme erst mal richtig an hier. Mein Mietwagen wird erst später gebracht, also kann ich bis dahin ohnehin nicht viel unternehmen.»

«Oh, wenn Sie erst mal einen fahrbaren Untersatz haben, gibt es eine Menge, was Sie sich anschauen können. Ansonsten haben Sie recht. Der Bus nach Port Stephens fährt zwar oben von der Straße ab, aber davon abgesehen sitzen Sie hier ziemlich fest. Was sagten Sie, Sie machen Urlaub hier?»

Seltsamerweise errötete er ein bisschen. «So was in der Art», erwiderte er.

Ich beließ es dabei. Jemanden, der keine Lust zu reden hatte, drängte ich auch nicht dazu. Er würde seine Gründe haben – eine gescheiterte Beziehung, persönliche Überlegungen, eine Entscheidung, die er allein treffen wollte. Ich kann Leute nicht ausstehen, die einen mit Fragen löchern. Mike Dormer hatte für eine Woche im Voraus bezahlt, mir höflich für das Frühstück gedankt, und schon allein für diese beiden Dinge hatte er meine Gastfreundschaft verdient.

«Ich – äh – lasse Sie dann hier weitermachen», sagte er, legte Messer und Gabel ordentlich auf seinen Teller und stand vom Tisch auf. «Vielen herzlichen Dank, Miss Mostyn.»

«Kathleen.»

«Kathleen.»

Ohne weiter darüber nachzudenken, spülte ich sein Geschirr ab.

Es gab andere Gäste in jener Woche, die mir Kummer bereiteten – besonders ein Paar mittleren Alters, das zu seiner Silberhochzeit hier war. Ihre Buchung wäre die erste gewesen, die durch die neue Internet-Werbung zustande kam, wären die *Mobys* nicht komplett ausgebucht gewesen, weshalb Liza gezwungen war, sie auf ihrem Boot rauszufahren. Das allein schon hätte Liza wahrscheinlich in schlechte Laune versetzt – sie hatte hartnäckig darauf hingewiesen, dass sie mit dem Internet-Kram nichts zu tun haben wollte –, aber der Mann beschwerte sich einfach über alles. Das Zimmer war nicht groß genug, die Einrichtung schäbig, in der Dusche roch es nach Moder. Bereits nach zwei Tagen hatte er eine Packung Cornflakes alleine aufgebraucht, und als ich ihm am nächsten Morgen eine neue hinstellte, warf er mir vor, ich hätte ihn nicht nach seiner Lieblingsmarke gefragt. Und als Gipfel beschwerte er sich auch noch darüber, dass Liza später als vereinbart zu ihrer Walbeobachtungstour aufgebrochen war; dabei waren sie selbst zu spät zur Mole gekommen, weil sie unbedingt vorher noch das Museum besichtigen wollten, das ich extra für sie geöffnet hatte. Schließlich war das im Preis inbegriffen.

Seine Frau, eine elegante Erscheinung, die stets so makellos zurechtgemacht war, dass ich mich wunderte, wie viel Zeit und

Aufwand manche Leute bereit sind für derlei Dinge aufzubringen, folgte ihm auf Schritt und Tritt und entschuldigte sich leise bei allen, denen er auf den Schlips trat. Die verschwörerische Beiläufigkeit, in der sie das tat, ließ vermuten, dass es eine allzu vertraute Erfahrung für sie war. Die Reise sei ihr Geschenk für ihn gewesen, teilte sie mir wie zur Entschuldigung mit und warf dabei rasch einen Blick über die Schulter zu ihrem Mann, der gerade mit tief eingezogenem Kopf auf das Hotel zumarschierte. Ich fragte mich, wie viele Jahre die tiefen Furchen in ihrer Stirn wohl gebraucht hatten, um sich einzugraben. «Es gefällt ihm viel besser als unser Trip letztes Jahr», sagte sie, und ich legte ihr mitfühlend eine Hand auf den Arm.

«Von wegen. Er hat sich aufgeführt wie ein Irrer», sagte Liza, als sie später hereinkam. «Wäre sie nicht dabei gewesen, hätte ich die beiden nicht mitgenommen.»

Wir tauschten einen Blick. «Aber ihr hast du den Tag damit gerettet.»

«Kann ich eigentlich nicht behaupten. Kein einziger Wal in Sicht. Ich bin sogar extra eine Stunde länger draußen geblieben, aber die See war wie ausgestorben.»

«Vielleicht wussten die Tiere, wer da an Bord war.»

«Ich habe ihnen per Echolot eine Nachricht geschickt, dass sie sich heute nicht blicken lassen sollen.»

Manchmal kann ich in Liza ihre Mutter erkennen, meine kleine Schwester. Ich sehe sie in der Art, wie Liza den Kopf schief legt, wenn sie nachdenkt, in ihren dünnen, kräftigen Fingern, in ihrem Lächeln, wenn sie ihre Tochter erblickt. In diesen Momenten weiß ich, welch ein Segen es für mich ist, dass meine Nichte hier ist, und Hannah auch. In dem Bewusstsein, dass eine Familie fortdauert und bestehen bleibt, liegt eine tiefe Genugtuung, eine Freude, die wir Kinderlosen sonst vielleicht nie erfahren würden. Es ist jener winzige Moment des Wiedererkennens, wenn ich plötzlich in ihr nicht nur ihre Mutter sehen kann, sondern auch meinen Großonkel Evan, meine Großmutter, manchmal sogar mich selbst. Dafür war ich immer dankbar seit ihrer Ankunft vor fünf Jahren. Der Anblick einer vertrauten Augenpartie, eines familiären Stirnrunzelns oder Kicherns hat sogar in gewisser Weise den Verlust meiner Schwester wettgemacht.

Und doch ist Liza ein ganz eigener Mensch mit ihrem Argwohn, ihrer allgegenwärtigen Traurigkeit, der verblassten weißen Narbe an der Stelle, wo ihr Wangenknochen an ihr linkes Ohr stößt.

Es hätte mich nicht besonders überraschen müssen, dass Nino Gaines sich schon seit Tagen nicht mehr meldete – nicht, nachdem ich ihn bei seinem letzten Besuch so zur Schnecke gemacht hatte. Doch die ungewöhnliche Selbstgenügsamkeit, die er nun an den Tag legte, fing an, mir auf die Nerven zu gehen. Ich wäre nicht so weit gegangen zu sagen, dass er mir fehlte, aber mir gefiel die Vorstellung nicht, dass er vielleicht in Barra Creek hockte und mich verfluchte.

Nach dem Mittagessen wickelte ich deshalb einen Zitronenkuchen in ein Stück Wachspapier, legte ihn auf den Beifahrersitz meines Wagens und machte mich auf den Weg zu Nino. Es war ein schöner Tag, die Luft war so klar, dass man in der Ferne die blauen Umrisse der Berge sehen konnte, und an den Kiefern, die den Straßenrand säumten, war jede einzelne Nadel zu erkennen. Es war ein besonders trockener Sommer gewesen, und während ich in Richtung Westen fuhr, lag rechts und links von mir nur rötliche Erde, auf der ein paar magere Pferde standen und sich die Zeit mit dem Verscheuchen der allgegenwärtigen Fliegen vertrieben. Hier draußen war die Luft ganz anders: Die Staubpartikel hingen förmlich in der Luft, die Atmosphäre war ungefiltert und düster. Ich konnte nicht verstehen, wie Menschen im Landesinneren leben konnten. Mich deprimierte dieses endlose Braun, und auch die schlichten Umrisse der Berge am Horizont waren mir viel zu gleichförmig. Man gewöhnte sich einfach an die Launenhaftigkeit der See – so wie man sich an einen Ehepartner gewöhnt, vermutete ich. Waren erst einmal genügend Jahre vergangen, brach man bei seinem Anblick vielleicht nicht mehr in romantische Verzückung aus, aber er ist einem wenigstens vertraut und man will ihn um sich haben.

Als ich vor Ninos Haus vorfuhr, stand er gerade in der Garage und schraubte an seinem Auto herum. Beim Geräusch meines Motors wischte er sich seine großen Pranken an der Rückseite seiner Hose ab und tippte sich an den Hut. Er trug eine Patchworkweste, von der ich schwören könnte, dass er sie bereits in den Siebzigern besessen hat, als seine zwei Söhne auf die Welt kamen.

Ich zögerte, bevor ich ausstieg. Gestritten hatten wir uns selten, und ich war mir nicht ganz sicher, wie er meinen Besuch aufnehmen würde. Wir standen da und blinzelten uns an, und ich weiß noch, dass ich dachte, was für lächerliche Gestalten wir doch waren: zwei klapprige alte Herrschaften, die sich anschauten wie Teenager.

«Tag», sagte ich.

«Willst du deine Bestellung aufgeben?», fragte er, aber da war ein Funkeln in seinen Augen, bei dem mir wieder etwas wohler wurde. Ein Funkeln, das ich ehrlicherweise nicht verdient hatte.

«Ich hab dir einen Kuchen mitgebracht», sagte ich und beugte mich in den Wagen, um ihn herauszuholen.

«Hoffentlich Zitrone.»

«Warum? Schickst du mich sonst wieder heim?»

«Vielleicht.»

«Wusste gar nicht, dass du wählerisch bist. Dickköpfig, gierig, unverschämt – das alles ja. Aber nicht wählerisch.»

«Du hast Lippenstift aufgelegt.»

«Und indiskret bist du auch.»

Er grinste mich an, und ich konnte kaum das Lächeln zurückhalten, das sich auf mein Gesicht stahl. Das sagt einem nämlich keiner, wenn es ums Alter geht: dass man sich auch als alter Esel immer noch wie ein junges Huhn verhalten kann.

«Komm doch rein, Kathleen. Ich schau mal, ob ich den unverschämt gierigen Dickkopf überreden kann, uns beiden eine Tasse Tee zu machen. Du siehst übrigens sehr hübsch aus.»

Als Nino Gaines zum ersten Mal um meine Hand angehalten hatte, war ich neunzehn Jahre alt gewesen. Beim zweiten Mal war ich neunzehn und zwei Wochen. Bis zum dritten und sehr vorsichtigen Versuch vergingen dann zweiundvierzig Jahre. Letzteres lag jedoch nicht daran, dass er mich vergessen hätte oder mir weniger Aufmerksamkeit schenkte, sondern daran, dass er seine Zukunftspläne mit mir in der Zwischenzeit aufgegeben und Jean geheiratet hatte. Er hatte sie zwei Monate, nachdem ich ihm den zweiten Korb gegeben hatte, kennengelernt, als sie in Woolloomooloo von Bord eines Brautschiffs gegangen und gerade beschlossen hatte, den für sie vorgesehenen Soldaten nicht zu ehelichen. Nino hatte am Kai gestanden und auf einen alten Freund gewartet, blieb mit seinem Blick an ihrer Wespentaille und der schiefen Nylonstrumpfnaht hängen und war dieser Naturgewalt von einer Frau ins Netz gegangen, ehe er sich's versah. Wiederum zwei Monate später trug sie seinen Ring am Finger. Viele fanden, dass sie ein seltsames Paar abgaben – weil sie sich oft stritten, bis die Fetzen flogen –, aber er hatte sie damals zu seinem erst kürzlich erworbenen Weinberg in Barra Creek heimgeführt, wo sie lebten, bis Jean im Alter von siebenundfünfzig Jahren an Krebs gestorben war. Man brauchte kein Psychologe zu sein, um zu erkennen, dass sie trotz ihrer Zwistigkeiten ein gutes Gespann gewesen waren.

Ich konnte Jean ihre Entschlossenheit nicht verdenken. Nino Gaines galt damals weit und breit als der bestaussehende Mann in Silver Bay, selbst wenn er einen Damenbadeanzug trug. Das tat er jedes Jahr, wenn die Soldaten eine Show für die Kinder des Ortes aufführten. Für mich war es ziemlich peinlich, dass er beim ersten Mal ausgerechnet mich im Namen der Armee um meinen Badeanzug bat. Während des Krieges war ich ein großes, kräftiges Mädchen mit breiten Schultern; und bis heute bin ich nicht viel kleiner. Während andere Frauen in meinem Alter schrumpfen, ihr Rückgrat sich zu einem Fragezeichen krümmt und Arthritis und Osteoporose ihre Gelenke verdicken, halte ich mich immer noch ziemlich aufrecht, und meine Glieder sind kräftig geblieben. Meiner Meinung nach ist es dieses Hotel mit seinen immerhin acht Zimmern, bei denen mir nur sporadisch jemand hilft, das mich jung hält. Die Leute von den Booten sagen, Haiknorpel sei bekannt für seine lange Haltbarkeit. Sehr witzig.

Als ich Nino zum ersten Mal sah, bediente ich an der Hotelbar. Er kam hereingeschritten in seiner schmucken Pilotenuniform, schaute mich so intensiv von oben bis unten an, dass es mir die Schamesröte in die Wangen trieb, musterte das Bild aus der Zeitung, das gerahmt neben den Regalen hing, und fragte: «Beißen *Sie* denn?»

Es waren nicht seine Worte, die meinen Vater auf den Plan riefen, sondern das Zwinkern, mit dem er sie begleitete. Ich dagegen war damals so unschuldig, dass sie so wenig Eindruck auf mich machten wie die Kriegsflieger, die über Tomaree Point in Staffeln in die Luft stiegen.

«Nein, sie nicht», sagte mein Vater, der sich an der Kasse hinter seiner Zeitung verschanzt hatte. «Aber ihr Vater schon.»

«Auf den muss man ein Auge haben», berichtete er später meiner Mutter. «Frech wie Oskar.» Und an mich gewandt fügte er hinzu: «Du lässt die Finger von ihm, hast du mich gehört?»

In jenen Tagen waren die Worte meines Vaters für mich das Evangelium. Ich beschränkte meinen Kontakt zu Nino Gaines auf ein Minimum, versuchte, nicht allzu rot zu werden, wenn er mir Komplimente machte, und unterdrückte ein Kichern bei den kleinen Scherzen, die er mir quer durch die Bar zuraunte. Ich versuchte zu ignorieren, dass er jeden Abend vorbeikam, wenn er keinen Dienst hatte, obwohl sich alle in der Gegend einig waren, dass man besser ein Stück die Küste hoch fuhr, wenn man was erleben wollte. Meine kleine Schwester Norah pflegte an Nino hochzuschauen, als wäre er ein Gott, aber das lag vor allem daran, dass er sie mit Schokolade und Kaugummi überschüttete.

Dann hatte mich Nino gebeten, seine Frau zu werden, doch da ich die unangefochtene Meinung meines Vaters über Angehörige der Streitkräfte kannte, musste ich ablehnen. Manchmal denke ich, vielleicht hätte es ja geklappt, wenn er mir seinen zweiten Antrag nicht im Beisein meines Vaters gemacht hätte.

Als Jean starb, was vor etwa fünfzehn Jahren war, hatte ich die Befürchtung gehabt, Nino würde sich völlig abkapseln und einfach von der Bildfläche verschwinden. Derartiges habe ich schon oft bei Männern seines Alters beobachtet – ihre Kleidung wird immer einen Tick unordentlicher, sie vergessen, sich zu rasieren, fangen an, sich nur noch aus Tüten und Dosen zu ernähren. Oft wirken sie irgendwie verloren, als hofften sie ständig, es würde jemand auftauchen und sich um sie kümmern. Das liegt einfach daran, wie diese Generation von Männern aufgewachsen ist. Sie haben nie gelernt, für sich selbst zu sorgen.

Doch Frank und John John, seine Söhne, hielten Nino auf

Trab; sie sorgten dafür, dass ihr Vater nicht allein war, und schmiedeten neue Pläne mit dieser Traubensorte und jener Kreuzung. Frank zog wieder bei Nino ein, und John Johns Frau kam zweimal die Woche, um für alle zu kochen. Ja, Nino kam besser zurecht, als wir alle erwartet hatten. Nach etwa einem Jahr merkte man ihm den großen Verlust, den er erlitten hatte, kaum mehr an. Dann, eines Abends, bei einer schönen Flasche Shiraz-Merlot, hatte er mir gestanden, Jean habe ihm gesagt, sie würde ihm vom Himmel aus eins auf die Rübe geben, sollte er auf die Idee kommen, Trübsal zu blasen, wenn sie nicht mehr da war.

Es trat eine lange Pause ein, nachdem er das gesagt hatte. Als ich von meinem Glas aufblickte, schaute er mir direkt ins Gesicht. Die Stille, die in diesem Moment herrschte, brennt immer noch in mir, wenn ich daran denke.

«Sie hatte völlig recht», sagte ich dann vage und wich seinem Blick aus. «Wäre auch dumm von dir, Trübsal zu blasen. Viel besser, wenn du unter Leute gehst.»

Das war lange her, und Nino hatte längst akzeptiert, dass er und ich nie mehr sein würden als gute Freunde. Ich schätzte seine Freundschaft sehr – wahrscheinlich mehr, als er wusste –, und es kam selten vor, dass einer von uns irgendwo eingeladen wurde, wo der andere nicht dabei war. Wir begegneten uns mit spielerischer Vertrautheit, die wir beide genossen, teils, weil es Spaß machte, einen ebenbürtigen Sparringspartner zu haben, teils, weil wir nicht wussten, wie wir sonst mit der leichten Verlegenheit umgehen sollten, die zwischen uns herrschte. Wir bevorzugten es beide, allzu vertrauliche Gesprächsthemen lieber auszusparen.

«Frank war gestern in der Stadt und ist Cherry Dawson in die Arme gelaufen», sagte er.

Ich hatte gerade auf seine Tischsets gestarrt, die in Bleistift und Aquarell gemalte Sehenswürdigkeiten von London zeigten; er legte sie immer noch zu jeder Mahlzeit auf den Tisch, so wie Jean es gemacht hatte. Ihre Anwesenheit war überall im Haus zu spüren, obwohl sie schon lange tot war. Jean hatte schwere, reich verzierte Möbel bevorzugt, die zu Ninos Charakter gar nicht passen wollten. Mich überraschte, dass das Haus ihn nicht in Depressionen stürzte: Hier sah es aus wie in einem Bestattungsinstitut. Jedenfalls hatte ich sein Wohnzimmer mit der dreiteiligen Sitzgruppe aus Flockfaser und den Sofaschonern noch nie betreten, ohne das dringende Bedürfnis zu verspüren, den ganzen Plunder hinauszuwerfen und den Wänden einen freundlichen hellen Anstrich zu verpassen.

«Arbeitet sie immer noch für den Stadtrat?»

«Klar. Sie hat mir erzählt, dass die Bullens ihre alte Austernfarm verkaufen wollen. Im Stadtrat sind die abenteuerlichsten Gerüchte darüber im Umlauf, was da gebaut werden soll.»

Ich nahm einen Schluck von meinem Tee. Auch die zierlichen Tässchen mit Blumenmuster fand ich grauenvoll. Jedes Mal wollte ich ihm sagen, dass mir ein einfacher Becher lieber wäre, aber das hätte wahrscheinlich wie eine Kritik an Jean geklungen. «Das Land auch?»

«Sicher. Ein schönes Stück an der Küste, einschließlich der alten Brutstation. Aber diese Austernbänke haben mich schon gereizt.»

«Was kann man denn mit so einem Gelände unter Wasser anfangen?»

«Das ist es, was ich mich frage.»

Lange bevor er mit dem Weinanbau begann, hatte Nino mit dem Gedanken gespielt, eine Austernzucht aufzumachen, und als die Bullens so hart gegen die japanischen Importe zu kämpfen hatten, stand er kurz davor, die Farm zu übernehmen. Damals hatte er meinen Vater um Rat gefragt, aber Daddy hatte sich nur lustig über ihn gemacht und gesagt, ein Mann, der so wenig vom Meer verstünde wie Nino Gaines, solle besser die Finger davon lassen. Ich glaube, er hat seine Meinung später ein wenig geändert, als Nino den australischen Weinpreis gewann, und erst recht, als seine Umsätze zum ersten Mal in den sechsstelligen Bereich kletterten, aber es war nicht die Art meines Vaters, das zuzugeben.

«Spielst du immer noch mit diesem Gedanken?»

«Ach, nein. Dein alter Herr hatte wahrscheinlich völlig recht.» Er kippte den letzten Schluck von seinem Tee hinunter und schaute auf die Uhr. Jeden Abend stieg er auf sein Quad und drehte eine Runde auf seinem Besitz, um das Bewässerungssystem zu überprüfen und die Reben auf Schimmelpilze zu untersuchen. Der Gedanke, dass ihm das gesamte Land in Sichtweite gehörte, bereitete ihm noch immer große Genugtuung.

«Aus der Bucht kann man doch nicht viel machen. Es wäre eine Austernfarm unter vielen.»

«Das glaube ich eigentlich nicht.» Nino schüttelte den Kopf.

Ich hatte irgendwie das Gefühl, dass er mehr wusste als ich. «Na ja», sagte ich, als ich merkte, dass er nicht damit rausrücken würde. «Die Fahrrinne müssen sie jedenfalls offen halten, damit die Boote rein- und rausfahren können. Ich kann mir also nicht vorstellen, dass es für die Walboote einen so großen Unterschied macht, was auch immer sie mit der Bucht vorhaben. Da fällt mir ein – habe ich dir erzählt, dass Hannah ihren ersten Wal gesehen hat?»

«Hat Liza sie endlich mit rausgenommen?»

Ich seufzte. «Nein, also halt dich bedeckt. Sie ist mit Yoshi und Lance auf der *Moby One* rausgefahren. An dem Abend danach war sie so glücklich, dass ich mich gewundert habe, wieso Liza ihr nicht auf die Schliche gekommen ist.»

«Irgendwann muss Liza sowieso mal lockerlassen», sagte

er. «Die Kleine kommt jetzt langsam in ein schwieriges Alter. Wenn Liza versucht, sie an der kurzen Leine zu halten, wird Hannah bloß noch mehr dran ziehen.» Er tat so, als ziehe er an einer Angelschnur. «Aber das brauche ich dir ja nicht zu erzählen.»

Ich schaute zu der Uhr auf dem Kaminsims und stand auf. Ich hatte gar nicht gemerkt, wie schnell die Zeit vergangen war. Eigentlich hatte ich ihm ja nur eben den Kuchen vorbeibringen wollen.

Als ich Anstalten machte zu gehen, beugte er sich zu mir, um mir einen Kuss auf die Wange zu geben, und ich berührte ihn einen Moment lang am Arm, was man ebenso als Zeichen meiner Zuneigung betrachten konnte wie als Versuch, ihn auf Distanz zu halten.

«War schön, dich zu sehen, Kate.»

Mein Vater hatte gedacht, Nino sei wie alle anderen. Er war felsenfest davon überzeugt gewesen, dass es ihm nur um meinen Ruhm und das Hotel ging. Erst heute wunderte ich mich manchmal über diesen Mann, der seiner Tochter offenbar nicht zutraute, um ihrer selbst willen geliebt zu werden.

Als ich ins Hotel zurückkam, saß die Walfänger-Riege schon versammelt draußen an den Tischen. Liza hatte sie offenbar bedient, und sie hockten in Reih und Glied mit Bier und Chips auf der Bank. Yoshi und Lance spielten Karten, und alle trugen Fleecepullover und Mützen, um sich gegen den kalten Südwind zu schützen. Keiner hatte daran gedacht, die Heizpilze anzumachen.

«Die Lieferung vom Metzger ist gekommen», sagte Liza und hob eine Hand zum Gruß. Sie war in die Lektüre der Lokalzeitung vertieft. «Ich war mir nicht sicher, was du draußen haben wolltest, deshalb hab ich alles in die Gefriertruhe gepackt.»

«Dann schau ich lieber mal nach, ob er richtig geliefert hat. Letztes Mal hat nichts gestimmt», sagte ich. «Hallo zusammen. Ihr seid aber früh zurück.»

«Wir haben nur eine Delphinschule gesehen, und viel zu weit weg für die Gäste, um großartig was zu erkennen. Waren Sie mit Ihrem Verehrer unterwegs, Miss M.?»

Greg schaute meine Nichte an, während er sprach, aber Liza gab sich Mühe, ihn nicht zu beachten. Ich vermutete, dass sie immer noch nicht mit ihm geredet hatte, und fast tat er mir ein wenig leid. Greg hatte es gut gemeint mit dem Geschenk, aber manchmal schlug er einfach über die Stränge.

Als ich zur Tür ging, sah ich Mike Dormer in der Hotelhalle in der Zeitung blättern, die ich immer für die Gäste hinlege. «Hallo, Mike. Haben Sie Ihr Auto bekommen?» Eigentlich hatte ich meinen Mantel ausziehen wollen, überlegte es mir aber anders, weil ich mich wahrscheinlich nach draußen setzen würde.

«Jawohl. Einen ...» Er zog die Schlüssel aus seiner Tasche. «... Holden.»

«Der ist in Ordnung für Sie. Und, fühlen Sie sich wieder mehr wie ein Mensch?» Er sah immer noch müde aus.

«Bin auf dem besten Wege. Gerade habe ich mich gefragt ... ob es wohl möglich wäre, dass ich heute hier zu Abend esse?»

«Essen Sie doch jetzt, wenn Sie möchten. Ich wollte sowieso gerade Suppe für die Bootsleute auf den Herd stellen. Holen Sie einfach Ihre Jacke und setzen Sie sich zu uns.»

Ich sah sein Zögern. Warum ich ihn eingeladen hatte, wusste ich nicht. Vielleicht lag es daran, dass ich selbst plötzlich schrecklich müde war und einfach keine Lust hatte, ein ganzes Menü für einen einzelnen Gast zu kochen. Vielleicht wollte ich aber auch, dass Liza mal ein männliches Gesicht zu sehen bekam, das nicht das von Greg war.

«Das hier ist Mike. Er isst heute Abend mit uns.»

Alle murmelten ein Hallo. Gregs Blick war ein wenig abschätzig, und nachdem sich Mike gesetzt hatte, wurde seine Stimme lauter, seine Witze deftiger. Während ich in der Suppe rührte und dem Gespräch draußen durch das Küchenfenster lauschte, musste ich fast darüber lachen, wie durchschaubar er war.

Ich brachte das Essen auf zwei Tabletts nach draußen. Eine Auswahl bot ich den Crews erst gar nicht an, sonst würde ich den ganzen Abend am Herd stehen. Jeder von ihnen nahm sich einen Teller Suppe und ein Stück Brot, und als sie mir dankten, schauten sie kaum vom Tisch auf.

Nur Mike stand auf und quetschte sich aus der Bank. «Lassen Sie mich Ihnen helfen», sagte er und nahm mir das zweite Tablett ab.

«Mein lieber Mann», sagte Lance grinsend. «Bei Ihnen hört man aber, dass Sie nicht von hier sind.»

«Vielen Dank, Mr. Dormer», sagte ich und nahm neben ihm Platz.

«Mike. Vielen Dank für das Essen.»

«Ach, bringen Sie Miss M. bloß nicht auf dumme Gedanken», sagte Greg.

In diesem Moment hob Liza den Kopf, und ich sah, wie sie ihn anschaute.

Mike schien die ganze Aufmerksamkeit, die ihm zuteilwurde, unangenehm zu sein. Er setzte sich und sah in seinem gebügelten Hemd irgendwie fehl am Platze aus. Wahrscheinlich war er nicht jünger als Greg, aber im Vergleich zu ihm hatte er erstaunlich wenig Falten. Vermutlich hockte er die ganze Zeit in irgendeinem Büro und kam kaum mal in die Sonne.

«Ist Ihnen nicht kalt?», fragte Yoshi und beugte sich vor. «Es ist schon fast August.»

«Mir kommt es eigentlich ziemlich warm vor», sagte Mike und schaute sich um, als wollte er die Wetterlage begutachten.

«Dir ging es damals genauso, als du herkamst, Liza.» Lance hob einen Finger in Richtung meiner Nichte.

«Und jetzt trägt sie zum Sonnenbaden Thermounterwäsche.»

«Wo kommen Sie denn ursprünglich her?», fragte Mike, aber Liza schien ihn überhört zu haben.

«Was machen Sie beruflich, Mike?», wollte ich wissen.

«Ich habe mit Finanzen zu tun», antwortete er.

«Finanzen», sagte ich ein wenig lauter, weil ich wollte, dass Liza es hörte. Das klang doch solide.

«Ein Jackeroo hält vor einer Bar», sagte Greg unvermittelt und hob die Stimme. «Als er sein Pferd angebunden hat, geht er drum herum, hebt den Schweif hoch und küsst es auf den Arsch.»

«Greg», warnte ich.

«Kommt ein anderer Cowboy vorbei und hält ihn an, als er die Bar betreten will. Er sagt: ‹Entschuldige, Kumpel, aber hab ich da gerade gesehen, wie du dein Pferd auf den Arsch geküsst hast?›»

«*Greg*», ermahnte ich ihn.

«‹Klar hab ich das›, antwortet der Jackeroo. ‹Darf ich fragen, warum?›, will der andere wissen. ‹Klar›, sagt der Jackeroo. ‹Ich hab aufgesprungene Lippen.›» Greg schaute in die Runde, um festzustellen, ob er die ganze Aufmerksamkeit des Tisches hatte. «‹Hilft das denn?›, fragt der Zweite. ‹Nein›, sagt der Jackeroo, ‹aber so lecke ich sie nicht die ganze Zeit ab.›» Er haute vergnügt auf den Tisch.

Niemand lachte. Als ich Mikes Blick bemerkte, seufzte ich tief.

«Der ist furchtbar», sagte Yoshi. «Außerdem hast du ihn schon mal erzählt.»

«Und da war er auch nicht lustiger», meinte Lance. Ich bemerkte, dass sie unter dem Tisch die Beine ineinander verschränkt hatten. Dachten offenbar, es hätte noch keiner gemerkt.

«Wissen Sie denn, was ein Jackeroo ist?» Greg beugte sich über den Tisch zu meinem Gast.

«Ich kann es mir vorstellen. Die Suppe ist übrigens köstlich», sagte Mike, an mich gewandt. «Haben Sie die selbst gemacht?»

«Wahrscheinlich hat sie sogar die Fische darin selber gefangen», sagte Greg.

«Wie gefällt es Ihnen denn in Silver Bay?» Yoshi lächelte Mike zu. «Sind Sie heute überhaupt schon draußen gewesen?»

«Bin nicht viel weiter gekommen als bis zu Miss Mostyns ... Kathleens Küche. Aber was ich so gesehen habe, sieht sehr ... nett aus. Und Sie ... arbeiten Sie alle auf Ausflugsbooten?»

«Waljäger», brummte Greg. «In dieser Jahreszeit jagen wir schwimmenden Speck. Die nichtmenschliche Sorte.»

«Aber Greg ist da nicht so wählerisch», ergänzte Lance.

«Sie jagen Wale?» Mikes Löffel blieb mitten in der Luft hängen. «Ich dachte, das sei illegal?»

«Es ist Wal*beobachtung*», warf ich ein. «Wir nennen das nur so. Sie fahren mit Touristen raus. In der Zeit zwischen jetzt und September ziehen die Buckelwale nach Norden in wärmere Gewässer und kommen hier ganz in der Nähe vorbei. Auf dem Rückweg, ein paar Monate später, kommen sie dann wieder vorbei.»

«Wir sind die Waljäger der Gegenwart», sagte Lance.

Mike machte ein überraschtes Gesicht.

«Ich finde diesen Ausdruck nach wie vor furchtbar», sagte Yoshi mit Nachdruck. «Wir jagen sie doch nicht. Wir beobachten sie nur aus sicherer Entfernung. Bei diesem Wort entsteht ein völlig falscher Eindruck.»

«Wenn es nach dir ginge, Yoshi, wären wir alle ‹staatlich geprüfte Beobachter von Cetacea der Spezies xy›.»

«Momentan *Megaptera novaeangliae*.»

«Hier draußen hat man uns einfach immer so genannt», erklärte Lance an Mike gewandt.

«Ich dachte, deshalb seien Sie auch hier», sagte ich. «Die meisten Leute kommen her, um Wale zu beobachten.»

Mike schaute in seinen Suppenteller hinab. «Na ja ... ich werde sicherlich ... klingt gut, was ich da höre.»

«Seien Sie allerdings vorsichtig, wenn Sie mit Greg rausfahren», sagte Yoshi und wischte den Rand ihres Suppentellers mit einem Stück Brot aus. «Ab und zu verliert er mal einen Passagier. Ungewollt natürlich.»

«Das Mädchen ist *gesprungen*. Eine total Bekloppte», protestierte Greg. «Ich musste einen Rettungsring über Bord schmeißen.»

«Ach so. Aber warum ist sie denn gesprungen?», fragte Lance.

«Sie hatte wohl Angst, von dir ... äh ... harpuniert zu werden.»

Yoshi kicherte.

Greg schaute zu Liza hinüber. «So ein Quatsch.»

«Wie kommt es dann, dass ich gesehen habe, wie du dir später ihre Telefonnummer hast geben lassen?»

«Ich habe ihr meine Nummer gegeben», sagte er langsam, «weil sie sagte, sie wolle mich zu einer Party mitnehmen.»

Die Tischrunde brach in schallendes Gelächter aus. Nur Liza löffelte ungerührt ihre Suppe.

«Oooh», machte Lance. «Eine Party. So wie die Party, die du letzten April für die beiden Stewardessen gegeben hast?»

Mike schaute meine Nichte an. Wie immer sagte sie wenig, aber ihre Zurückhaltung hatte genau den gegenteiligen Effekt als erwünscht. Ich versuchte, sie mit seinen Augen zu sehen: eine schöne Frau, die zur gleichen Zeit älter und jünger wirkte als die zweiunddreißig Jahre, die sie war, das Haar nur einfach nach hinten gestrichen, als wäre es ihr egal, wie sie aussah.

«Und Sie?», fragte er leise und beugte sich zu ihr über den Tisch. «Jagen Sie auch Wale?»

«Ich jage niemanden», sagte sie, und ihre Miene war selbst für mich unergründlich. «Ich fahre dorthin, wo sie vielleicht sind, und halte Abstand. Ich finde, das ist im Allgemeinen das Klügste, was man machen kann.»

Während sich ihre Blicke begegneten, bemerkte ich, dass Greg die beiden beobachtete. Sein Blick folgte Liza, als sie aufstand und sagte, sie müsse Hannah abholen.

Dann wandte er sich an Mike, und ich hoffte, dass ich die Einzige am Tisch war, die die eisige Kälte in seinem Lächeln bemerkte. «Ist im Übrigen auch das Klügste, was man machen kann, wenn es um Liza geht», sagte er, und sein Lächeln war so breit und freundlich wie das eines Haifisches. «Abstand halten.»

## KAPITEL 6

*Mike*

Die Bucht erstreckt sich über eine Fläche von etwa vier Meilen zwischen Taree Point und der davor liegenden Break Nose Island. Man erreicht sie nach kurzer Fahrt in nördlicher Richtung von Port Stephens aus, einem großen Hafen, der vor allem bei Urlaubern beliebt ist. Das Wasser ist klar und geschützt, ideal für alle Wassersportarten sowie in den wärmeren Monaten zum Schwimmen. Die Gezeiten sind kaum wahrnehmbar, wodurch das Baden sehr sicher ist; die Walbeobachtung stellt einen florierenden, wenngleich nur amateurhaft betriebenen Erwerbszweig dar.

Silver Bay liegt etwa drei bis vier Autostunden von Sydney entfernt, wobei hauptsächlich eine größere Fernstraße zu nutzen ist.

Eigentlich besteht die Bucht aus zwei Hälften. Die eine, die nach Norden liegt, ist praktisch unentwickelt, während die andere, die eigentliche Silver Bay, nur eine kurze Autofahrt oder einen zehnminütigen Fußweg entfernt ist. Davon profitieren eine Reihe von kleinen Wohnanlagen und Läden, von denen sich die meisten im Besitz von Menschen aus Sydney und Newcastle befinden. Es gibt also einen existierenden Tourismus, der ...

Ich hielt inne und schaute auf den Monitor.

… von einer Neuausrichtung durchaus profitieren könnte, sowie zahlreiche Gebäude von geringem wirtschaftlichem Wert. Es ist überaus wahrscheinlich, dass deren Besitzer eine faire finanzielle Einigung sowohl für sich selbst als auch für die örtliche Wirtschaftsentwicklung als vorteilhaft ansehen würden.

Was die Konkurrenzsituation anbelangt, so gibt es am Ort keine Hotels von nennenswerter Größe oder Bedeutung. Das einzige Hotel, das innerhalb der Bucht liegt, besteht nur noch aus der Hälfte des ursprünglichen Gebäudes, das vor Jahrzehnten einem schweren Brand zum Opfer fiel. Geführt wird es wie eine Art Frühstückspension. Es besitzt keinerlei touristische Anziehungskraft und dürfte keine ernsthafte Konkurrenz darstellen, sollte die Besitzerin nicht zu einem Verkauf zu bewegen sein.

Das konnte ich keinem ernsthaft vorsetzen, dachte ich. Reines Wischiwaschi. Ganz gleich, wie viele Fakten und Zahlen ich vom örtlichen Planungsamt und der Handelskammer erhielt, hatte ich immer noch das deutliche Gefühl, über etwas zu schreiben, von dem ich nicht die leiseste Ahnung hatte.

Kurz nach meiner Ankunft dämmerte mir, dass das hier ein alles andere als überschaubares Projekt werden würde. Ich war an exakt berechenbare Grundflächen in Citylage gewöhnt; an temporär vermietete Wohnungen für Führungskräfte oder leerstehende Bürogebäude aus den Siebzigern, die nur darauf warteten, die Filiale einer neuen Fitness- oder Wellnesskette oder elegante Büros zu beherbergen. Bei solchen Jobs war ich in meinem Element, weil ich mich unbemerkt umschauen konnte, um die örtlichen Mietkosten gegen die Grundstückspreise abzuwägen, eine Einschätzung des verfügbaren Einkommens der Bewohner aus der Nachbarschaft anzustellen und dann, am Ende des Tages, wieder zu verschwinden.

Dass es hier anders laufen würde, war mir klar, seit ich in Gregs mit Bierdosen übersäten Lieferwagen gestiegen war.

Hier war ich mir meiner eigenen Präsenz mehr als bewusst. Selbst in Jeans und Sweatshirt hatte ich das Gefühl, dass allein schon das Fehlen einer Salzkruste verriet, dass an mir etwas faul war. Und obwohl die Gegend so menschenleer war, machte sie gleichzeitig den Eindruck, als wäre sie fest in den Händen der Bewohner und deutlich von ihnen geprägt. Für mich war das eine neue Erfahrung, die ich irgendwie noch nicht richtig einordnen konnte.

Ich seufzte, öffnete ein neues Dokument und fing an, Überschriften einzutippen: Geographie, wirtschaftliches Klima, örtliche Erwerbszweige, Konkurrenzsituation. Mit einem Anflug von Ärger dachte ich an den neuen Zweisitzer-Sportwagen, den ich mir selbst für den Abschluss dieses Deals versprochen hatte; das Auto wartete auf mich, es stand frisch poliert und bezahlt auf dem Parkplatz des Händlers. Ich schaute auf meine Uhr. Nun saß ich schon fast zwei Stunden da und hatte gerade mal drei Absätze zustande gebracht. Es war mal wieder Zeit für eine Teepause.

Kathleen Mostyn hatte mir das gegeben, was sie als ihr «bestes Zimmer» bezeichnete; und am vorigen Abend hatte sie mir ein Tablett mit allerlei Utensilien zum Zubereiten von Tee und Kaffee hochgebracht. Den letzten Bewohnern meines Zimmers, brummte sie, hätte sie es nicht gegeben, weil die sich «mit Sicherheit darüber beschwert hätten, dass das Wasser nicht schnell genug kocht». Eine Frau wie sie würde in England vielleicht eine Schule leiten oder ein herrschaftliches Anwesen. Die Art von Frau, bei der man denkt: «Das Alter kann ihr nichts anhaben», die mit ihren scharfen Augen alles sieht, immer etwas zu tun hat und deren Verstand ungetrübt ist. Ich mochte sie.

Ich schaltete den Wasserkocher ein und stand am Fenster, während ich den Teebeutel in die Tasse hängte. Der Raum war nicht besonders luxuriös, aber urgemütlich, Welten entfernt von den Zimmern in den teuren Businesshotels, in denen ich üblicherweise absteige. Die Wände waren weiß getüncht, und das Doppelbett mit dem breiten Holzrahmen war mit weißem Leinen bezogen; darüber lag eine blau-weiß gestreifte Decke. Es gab einen betagten Ledersessel und einen persischen Teppich, die irgendwann vielleicht einmal wertvoll gewesen waren. Zum Arbeiten saß ich auf einem Küchenstuhl an einem kleinen Schreibtisch aus gebeizter Kiefer. Wenn ich mich im Silver Bay Hotel so umschaute, hatte ich das Gefühl, Kathleen Mostyn habe schon vor langer Zeit beschlossen, es erfordere einfach zu viel Phantasie, um einen Raum für Gäste auszuschmücken, und stattdessen einfach alles weiß übertüncht. «Leicht zu putzen, leicht zu überstreichen» – ich hörte förmlich, wie sie das sagte.

Ich merkte bald, dass ich der einzige Gast war, der länger hier wohnte. Das Hotel hatte seine Glanzzeit eindeutig hinter sich. Der Großteil der Möbel war eher aus praktischen Gründen gewählt worden als unter ästhetischen Gesichtspunkten. Bei den Bildern handelte es sich in den meisten Fällen um alte, sepiabraune Fotografien von dem Hotel in besseren Zeiten oder irgendwelche Aquarelle mit Küstenmotiven. Auf Kaminsimsen und Regalen hatte ich allerlei sonderbare Ansammlungen von Kieselsteinen oder Treibholz entdeckt – Dinge, die man in anderen Hotels möglicherweise für kunstvolle Arrangements gehalten hätte, die hier jedoch eher wie Zufallsfunde von Spaziergängen wirkten.

Von meinem Zimmer aus schaute man direkt auf die Bucht; nicht einmal eine Straße lag zwischen dem Haus und dem

Strand. In der vergangenen Nacht hatte ich bei offenem Fenster geschlafen, und das Rauschen der Brandung hatte mich in den Schlaf gewiegt, der zum ersten Mal seit Monaten tief und fest war. Erst bei Morgengrauen hatte ich undeutlich das Rumpeln der Pick-ups gehört, deren Reifen knirschend über den nassen Sand fuhren, und die Schritte der Fischer, die über den Kies zur Mole und wieder zurück liefen.

Als ich Nessa am Telefon von meiner Unterkunft erzählte, hatte sie mir vorgeworfen, ich sei ein elender Faulpelz, und gesagt, sie habe ihrem Vater ordentlich die Leviten dafür gelesen, mich einfach wegzuschicken. «Du kannst dir nicht vorstellen, wie viel ich hier zu organisieren habe», hatte sie in vorwurfsvollem Ton gesagt, als hätte ich ihr in London eine große Hilfe sein können.

«Weißt du, wir können es sowieso auch ganz anders machen», schlug ich vor, als ihr langsam die Vorwürfe ausgingen. «Wir könnten irgendwohin fliegen und uns an einem Strand trauen lassen.»

«Nach all der Arbeit?» Ihre Stimme klang ungläubig. «Nach all dem, was ich schon auf den Weg gebracht habe, willst du einfach irgendwohin fliegen? Seit wann hast du denn plötzlich eine Meinung?»

«Vergiss einfach, was ich gesagt habe.»

«Weißt du eigentlich, wie schwierig das alles ist? Ich gebe hier alles, und die Hälfte der geladenen Gäste hat noch nicht einmal zugesagt. Es ist so unhöflich. Wahrscheinlich muss ich jedem Einzelnen hinterhertelefonieren.»

«Hör mal, es tut mir leid. Du weißt, dass ich nicht darum gebeten habe hierherzukommen. Ich wickel das hier so schnell wie möglich ab, und ehe du dich's versiehst, bin ich wieder zurück.»

Als ich sie daran erinnerte, dass es hier drüben Winter war, schien sich ihre Laune etwas zu bessern. Außerdem wusste Nessa, dass ich kein Urlaubstyp bin. Am Strand halte ich es nicht länger als eine Woche aus, und nach ein paar Tagen durchforste ich schon wieder die ortsansässigen Zeitungen nach Geschäftsideen.

«Ich liebe dich», sagte sie, bevor sie auflegte. «Arbeite, so viel du kannst, damit du bald wieder zu Hause bist.»

Aber es war nicht leicht, in einer Umgebung zu arbeiten, die sich offenbar dazu verschworen hatte, selbst jemanden wie mich davon zu überzeugen, ich solle genau das Gegenteil tun. Die Internetverbindung war langsam und launenhaft. Vor Mittag bekam man keine einzige Zeitung zu sehen. Bis dahin lockte der Strand mit seiner elegant geschwungenen Form und seinem weißen Sand zu Spaziergängen. Die hölzerne Mole schrie geradezu danach, dass man sich darauf setzte und die Beine im Meerwasser baumeln ließ. Und der lange gebleichte Tisch, an dem sich die Leute von den Walbooten nach ihrer Rückkehr entspannten, lockte jeden Abend mit eiskaltem Bier und Chips.

Ich öffnete eine E-Mail und begann zu schreiben: «*Dennis. Hoffe, dir geht's gut. War gestern beim Planungsamt und habe mit Mr. Reilly gesprochen. Ihm schienen die Pläne gut zu gefallen, und er sagte, die einzigen möglichen Probleme bestünden darin, dass ...*»

Ich zuckte zusammen, weil es an der Tür geklopft hatte, und klappte schnell meinen Laptop zu.

Als ich die Tür öffnete, stand Hannah davor, Liza McCullens Tochter. Sie hatte einen Teller mit einem Sandwich in der Hand. «Tante K. dachte, Sie hätten vielleicht Hunger.»

Ich nahm den Teller entgegen. Konnte es wirklich sein, dass schon wieder Mittagszeit war? «Das ist aber nett. Sag ihr einen schönen Gruß und vielen Dank.»

Sie spähte um die Ecke und entdeckte meinen Computer. «Was machen Sie denn gerade?»

«Ich verschicke ein paar E-Mails.»

«Und, klappt das mit dem Internet? Alle fluchen immer darüber, wie langsam es hier ist.»

«Ja, das stimmt», lachte ich.

«Ich möchte so gerne auch einen Computer. Alle meine Freunde in der Schule haben einen eigenen.» Sie verlagerte das Gewicht auf ein Bein. «Wussten Sie, dass meine Tante im Internet ist? Ich hab gehört, wie sie es Mum erzählt hat.»

«Ich denke, eine ganze Menge Hotels sind im Internet», sagte ich.

«Nein», erwiderte sie. «*Sie* ist im Internet. Sie selber. Sie redet nicht gerne drüber, aber früher war sie hier mal ganz schön bekannt, weil sie Haie gefangen hat.»

Ich versuchte, mir die alte Dame im Ringkampf mit einem Riesenhai vorzustellen wie dem aus dem berühmten Film. Komischerweise fiel mir das gar nicht so schwer.

Das Kind stand in der Tür und hatte es offenbar überhaupt nicht eilig, wieder zu gehen. Hannah hatte den schmalen, schlaksigen Körperbau, den Mädchen oft haben, kurz bevor sie zu jungen Frauen werden; jenes leicht verschwommene Äußere, bei dem man monate-, manchmal jahrelang unmöglich sagen kann, ob sie einmal eine große Schönheit werden oder ob das Zusammenspiel von Hormonen und Genen sein Übriges tun wird, die Nase hier ein wenig zu lang und das Kinn ein wenig zu spitz werden zu lassen. Ich hatte jedoch den Verdacht, dass sie eher zur ersten Gruppe gehörte. Sie sah ihrer Mutter sehr ähnlich.

Ich senkte den Blick für den Fall, dass sie dachte, ich würde sie anstarren.

«Mr. Dormer.»

«Mike.»

«Mike. Wenn Sie gerade nicht so viel zu tun haben – wenn

Sie nicht zu viel Arbeit haben, meine ich –, dürfte ich dann mal Ihren Computer benutzen? Ich würde mir so furchtbar gerne das Bild von meiner Tante anschauen.»

Die Sonne badete gerade die ganze Bucht in strahlend helles Licht, die Schatten wurden kürzer, und von den Bürgersteigen und dem Sand stiegen funkelnde Lichtreflexionen in die Höhe. Seit ich am Flughafen von Sydney angekommen war, hatte ich mich gefühlt wie ein Fisch auf dem Trockenen. Es war schön, jemanden zu haben, der einen um etwas bat, das einem vertraut war.

«Weißt du was?», sagte ich. «Wir könnten gleich jetzt mal schauen.»

Wir saßen fast eine ganze Stunde da und verstanden uns blendend. Hannah war ein überaus liebenswertes Kind. In gewisser Weise wirkte sie jung für ihr Alter – zum Beispiel interessierte sie sich wenig für ihr Äußeres, ebenso wenig für Popkultur, Musik und all diese Dinge –, aber gleichzeitig verströmte sie einen Hauch von Wehmut und eine Reife, wie sie nur schlecht zu ihrem schmächtigen kleinen Körper zu passen schienen. Normalerweise hatte ich es nicht besonders mit Kindern – ich wusste nie so recht, was ich mit ihnen reden sollte –, aber mit Hannah McCullen zusammen zu sein, machte mir Spaß.

Sie fragte mich über London aus, wie ich dort wohnte und ob ich Haustiere hätte.

Dann wandten wir uns wieder wichtigeren Dingen zu. Im Internet fanden wir zwei verschiedene Fotos der jungen Frau im Badeanzug mit dem Hai, außerdem mehrere Artikel von Leuten, die sie offenbar nie getroffen hatten. Wir besuchten die Website einer bekannten Boygroup, eine neuseeländische Tourismusseite und dann eine Reihe von Websites mit Zahlen und Fakten über Buckelwale, von denen Hannah behauptete, sie kenne sie schon auswendig. Ich erfuhr, dass die Lungen eines

Wales die Größe eines Kleinwagens haben, dass ein neugeborenes Kalb bereits bis zu anderthalb Tonnen wiegen kann und dass Walmilch die Konsistenz von Hüttenkäse hat.

«Fährst du denn manchmal mit deiner Mum raus, um Wale zu beobachten?»

«Ich darf nicht», sagte sie. Man hörte deutlich ihren australischen Akzent, vor allem an der Satzmelodie, die am Ende leicht nach oben ging. «Meine Mum will nicht, dass ich raus aufs Wasser gehe.» Plötzlich fiel mir wieder der heftige Schlagabtausch zwischen Liza McCullen und Greg am Tag meiner Ankunft ein. Ich versuche, mich aus den Privatangelegenheiten anderer grundsätzlich herauszuhalten, aber ich erinnerte mich dunkel, dass es bei der Auseinandersetzung um Hannah und ein Boot gegangen war.

Sie zuckte mit den Achseln, als wollte sie sich selbst davon überzeugen, dass es ihr nichts ausmachte. «Sie will einfach nicht, dass mir etwas passiert. Wir ...» Sie schaute zu mir hoch, als fragte sie sich, ob sie mir noch etwas erzählen sollte, entschied sich dann aber dagegen. «Können wir noch ein paar Bilder über England angucken? Irgendwie erinnere ich mich schon, aber nicht besonders gut.»

«Klar können wir. Was möchtest du dir denn ansehen?» Ich fing an, die Worte einzutippen.

In diesem Moment tauchte Liza McCullen auf. «Ich hab mich schon gefragt, wo du bist», sagte sie. Sie stand in der offenen Tür und schaute vom einen zum anderen, und irgendwie fühlte ich mich plötzlich schuldig, als hätte sie mich bei etwas erwischt, das nicht in Ordnung war. Eine Sekunde später ärgerte ich mich über dieses Schuldgefühl.

«Hannah hat mir ein Sandwich gebracht», sagte ich schärfer als beabsichtigt. «Dann hat sie gefragt, ob sie ein paar Sachen googeln darf.»

«Es gibt dreiundzwanzigtausendeinhundert Einträge über Buckelwale», rief Hannah triumphierend.

Lizas Züge wurden weich. «Und vermutlich wolltest du jeden einzelnen anschauen.» In ihrer Stimme lag ein Hauch von Zerknirschtheit, als wolle sie sich entschuldigen. «Hannah, komm, lass Mr. Dormer jetzt in Ruhe.»

Sie trug dasselbe Outfit, in dem ich sie auch schon die letzten zwei Male gesehen hatte: dunkelgrüne Canvashose, einen Fleecepullover und eine gelbe Windjacke. Sie hatte ihr blondes Haar zu einem Pferdeschwanz zurückgebunden; die Spitzen waren ausgeblichen und fast weiß. Ich dachte an Nessa, die im ersten Jahr unserer Beziehung immer eine halbe Stunde vor mir aufgestanden war, um sich die Haare zu richten und Make-up aufzulegen. Ich hatte fast sechs Monate gebraucht, um herauszufinden, wie sie es machte, mit Lipgloss zu schlafen, ohne das Zeug überall auf dem Kissen zu verschmieren.

«Tut mir leid, wenn sie Sie gestört hat», sagte Liza, ohne mich wirklich anzusehen.

«Sie hat überhaupt nicht gestört. War mir ein Vergnügen. Wenn du willst, Hannah, bringe ich den Computer runter und schließ ihn dir an, wenn ich ausgehe. Dann kannst du ihn benutzen.»

Hannahs Augen wurden ganz groß. «Wirklich? Ganz allein? Mum! Dann könnte ich den ganzen Kram für mein Projekt damit machen!»

Ich schaute ihre Mutter nicht an, weil ich unsicher war, wie ihr das gefallen würde. Dann stöpselte ich den Computer aus, nachdem ich meine passwortgeschützten Dateien geschlossen hatte.

«Gehen Sie denn jetzt aus?»

Mir war ein Gedanke gekommen. Etwas, das Kathleen am Morgen erwähnt hatte.

«Ja», sagte ich und legte den Computer in Hannahs Arme. «Wenn deine Mutter mich mitnimmt.»

* * *

Angesichts der Tatsache, dass Silver Bay wirtschaftlich komplett abhängig war vom Tourismus und laut den Erhebungen der örtlichen Behörden das durchschnittliche Monatseinkommen bei weniger als tausend Pfund lag, hätte man eigentlich denken können, Liza McCullen wäre froh darüber, wenn jemand ihr Boot charterte. Es wäre nur natürlich gewesen, wenn eine Frau, deren Boot gerade zweihundert Dollar an Reparaturkosten verschlungen hatte, die bis Montag für keine weiteren Touren gebucht war und deren Tante mehrere Male betont hatte, sie sei auf dem Wasser wesentlich glücklicher als auf festem Boden, sich auf die Möglichkeit gestürzt hätte, eine bezahlte Fahrt auf See zu unternehmen. Zumal ich ihr angeboten hatte, den Preis für vier Personen dafür zu zahlen – den Mindestbetrag, bei dem es sich angeblich erst lohnt, den Motor anzuwerfen.

«Ich fahre heute nicht raus», sagte sie, die Hände tief in den Taschen vergraben.

«Warum? Ist denn ein Unwetter in Anmarsch?»

«Tante K. hat gesagt, es sei ruhiges Wetter angesagt», mischte Hannah sich ein.

«Ich werde mein Geld nicht zurückverlangen, wenn sich die Wale nicht blicken lassen, Miss McCullen. Ich will einfach nur raus aufs Wasser.»

«Ach, komm schon, Mum. Dann kann ich Mikes Computer benutzen.»

Ich konnte ein Lächeln nicht unterdrücken.

Liza schaute mich immer noch nicht an. «Ich fahre nicht mit Ihnen raus. Suchen Sie sich jemand anderen.»

«Die anderen sind richtig große Boote, oder? Voller Touristen, nehme ich an? Nicht mein Stil.»

«Ich rufe Greg für Sie an. Mal sehen, ob er heute Nachmittag rausfährt.»

«Ist das nicht derjenige, bei dem die Leute aus dem Boot fallen?»

Zu diesem Zeitpunkt war Kathleen aufgetaucht, stand auf dem Treppenabsatz und beobachtete die Szene in meinem Zimmer scheinbar amüsiert.

«Ich gebe Ihnen ein Ticket für den Montag», sagte Liza schließlich. «Dann fahre ich mit drei weiteren Leuten raus. Das ist bestimmt unterhaltsamer für Sie.»

Aus irgendeinem Grund fing mir diese Unterhaltung an, Spaß zu machen. «Nein, glaube ich nicht», sagte ich. «Ich bin lieber allein. Und ich möchte heute rausfahren.»

Da endlich schaute sie mir direkt ins Gesicht und schüttelte ein wenig trotzig den Kopf. «Nein», sagte sie.

Kathleen stand hinter Liza, ohne ein Wort zu sagen, und beobachtete uns genau.

«Okay ... dann dreihundert Dollar», sagte ich und zog das Geld aus meiner Brieftasche. «Das ist dann ein volles Boot, oder? Ich zahle Ihnen dreihundert Dollar, wenn Sie mir alles erzählen, was es über Wale zu wissen gibt.»

Hannah holte scharf Luft. Liza schaute ihre Tante an. Kathleen hob die Augenbrauen.

Ich spürte, wie in dem Zimmer langsam ein Vakuum entstand.

«Dreihundertfünfzig», sagte ich.

Hannah kicherte.

Ich würde nicht lockerlassen. Keine Ahnung, was mich plötzlich so gepackt hatte. Vielleicht war es Langeweile. Vielleicht auch ihre Zurückhaltung. Vielleicht lag es an der Warnung von Greg, die mich neugierig gemacht hatte. Ich wollte mit Liza McCullen rausfahren, auf Teufel komm raus.

Ihre Miene war regungslos.

«Fünfhundert Dollar. Hier, bar auf die Hand.» Ich zog vier weitere Banknoten aus meiner Börse und hielt sie ihr hin.

Liza starrte mich an.

«Und ich erwarte jede Menge Kaffee und Kekse.»

Kathleen prustete.

«Ist Ihr Geld», sagte Liza schließlich und steckte es so nachlässig in die Hosentasche, als handele es sich um ein paar Taschentücher. «Sie brauchen Schuhe mit weichen Sohlen und einen warmen Pullover, nicht so einen Städterfummel, wie Sie ihn anhaben. In fünfzehn Minuten ist Abfahrt.» Der Blick, den sie mir von der Seite zuwarf, sagte mir, dass sie mich für komplett verrückt hielt.

Lizas Boot war das einzige am Anlegesteg. Mit ihrem kleinen Hund an der Seite ging sie ein paar Schritte vor mir, ohne sich mit Smalltalk aufzuhalten, sodass ich die Gelegenheit hatte, mich umzuschauen. Zu sehen gab es in Silver Bay selbst rund um die Mole nur wenig: ein Café, einen Souvenirladen, dessen staubige Auslage vermuten ließ, dass der Absatz sehr gering war, und einen Markt für Fisch und Meeresfrüchte, der in Richtung Hauptort lag und im modernsten Gebäude der Bucht untergebracht war. Er hatte einen eigenen Parkplatz und lag einen kurzen Fußweg entfernt, was bedeutete, dass die Kunden, die anhielten, um frischen Fisch zu kaufen, wahrscheinlich nicht den Umweg auf sich nahmen, um die anderen Läden aufzusuchen – eine Entscheidung, die nicht gut durchdacht war. Ich hätte darauf bestanden, den Fischmarkt direkt gegenüber der Mole zu situieren.

Obwohl Samstag war, sah man kaum Menschen. Die Handvoll Touristen, die derzeit in Silver Bay logierten, waren offenbar mit den anderen Walbeobachtungsbooten draußen auf dem Wasser. Einige wenige Motels, die verstreut an der Landstraße direkt außerhalb der Stadt lagen, priesen schüchtern ihre Zimmer, Frühstück inbegriffen, an, doch ansonsten wirkte die Bucht wie ein Ort, in dem außerhalb der Saison nicht allzu viel los war. Was allerdings nicht heißen soll, dass er einen besonders trübseligen Eindruck machte. Nicht zu vergleichen mit der düsteren und verlassenen Anmutung eines englischen Badeortes im Winter; vielmehr schien das helle Sonnenlicht überall dem Ganzen einen behäbig-fröhlichen Anstrich zu verpassen, und auch die Einheimischen machten einen ungewöhnlich gut gelaunten Eindruck.

Was man von Liza allerdings nicht behaupten konnte. Sie hatte mich an Bord beordert und mich angewiesen, stehen zu bleiben und ihr zuzuschauen, während sie in einer flachen, monotonen Stimme die Sicherheitscheckliste durchging. Dann fragte sie mich in eher grollendem Ton, ob sie Kaffee aufsetzen solle.

«Wenn Sie mir die Maschine zeigen, mache ich das», sagte ich.

«Gehen Sie in die Knie, wenn Sie herumlaufen und wenn Sie nach oben wollen», sagte sie und drehte mir den Rücken zu. «Die Möwen bitte nicht füttern. Das ermutigt sie nur dazu, die Passagiere im Sturzflug anzusteuern, außerdem scheißen sie überall hin.» Und dann sprang sie die Treppe hoch und war verschwunden.

Auf dem unteren Deck standen zwei Tische und Stühle, ein paar plastikbezogene Bänke und eine Glasvitrine, in der Schokolade, Walvideos und Tabletten gegen Seekrankheit auslagen. Auf einem handgeschriebenen Schild wurden die Touristen davor gewarnt, ihre Getränke zu heiß zu machen, weil öfters etwas verschüttet wurde. Ich fand den Wasserkocher und bereitete uns zwei Kaffee zu, wobei mir die hochgezogenen Kanten des Sideboards und die Halterungen für Tee- und Kaffeekannen auffielen, mit denen vermutlich verhindert werden sollte, dass die Kannen bei hohem Seegang über die Kante rutschten. Eigentlich wollte ich mir über ein Meer, bei dem Kannen mit kochend heißem Kaffee durch die Gegend flogen, nicht allzu viele Gedanken machen, aber dann wurde der Motor angeworfen, und ich musste mich festhalten, um nicht das Gleichgewicht zu verlieren. Langsam fuhren wir auf die See hinaus.

Mit wackeligen Knien stieg ich die Treppe zum hinteren Teil des Bootes hoch. Liza stand am Steuerrad, ihr kleiner Hund lag so wohlig über die Steuersäule drapiert, als wäre das sein Stammplatz. Ich reichte Liza einen Henkelbecher mit Kaffee und spürte den Wind auf meinem Gesicht, schmeckte den schwachen Salzgeschmack auf meinen Lippen.

Das hier ist nur Recherche, dachte ich und versuchte zu rechtfertigen, was ich getan hatte. In Bezug auf meine Spesenabrechnung konnte das Ganze durchaus noch interessant werden.

Lizas Blick war auf die See gerichtet, und ich fragte mich, warum sie sich eigentlich so dagegen gesträubt hatte, mit mir hinauszufahren. Vielleicht war sie eine Frau, die sich instinktiv gegen jede Art von Bevormundung oder Inbesitznahme auflehnte. Und ich war tatsächlich sehr forsch aufgetreten.

«Wie lange machen Sie das hier schon?» Ich musste schreien, damit sie mich über das Motorengeräusch verstehen konnte.

«Fünf Jahre. Bald werden es sechs.»

«Läuft das Geschäft gut?»

«Für uns schon, ja.»

«Ist das Ihr eigenes Boot?»

«Früher hat es Kathleen gehört, aber sie hat es mir gegeben.»

«Großzügig von ihr.» Ich konnte die Male, die ich an Bord eines Schiffes war, an einer Hand abzählen, deshalb interessierte mich alles brennend. Ich fragte sie, wie man die einzelnen Teile des Bootes nannte, was steuerbord und was backbord war und wie die ganzen Instrumente hießen. Sie antwortete mit einsilbiger Sachlichkeit.

«Und was ist ein Boot dieser Größe wert?»

«Kommt aufs Boot an.»

«Was ist dieses Boot wert?»

«Dreht sich bei Ihnen eigentlich alles ums Geld?»

Sie klang nicht einmal unfreundlich, aber ihre Worte nahmen mir fürs Erste den Wind aus den Segeln. Ich nippte an meinem Kaffee und nahm einen neuen Anlauf.

«Sie kommen also aus England.»

«Hat Hannah Ihnen das erzählt?»

«Nein, das – äh – das haben die Leute von den Booten gesagt. Und ehrlich gesagt hört man es auch.»

Sie dachte einen Moment lang nach. «Ja. Wir haben früher in England gelebt.»

«Vermissen Sie es?»

«Nein.»

«Sind Sie denn speziell dafür hierhergekommen?»

«Was meinen Sie?»

«Die Walbeobachtung.»

«Nein, eigentlich nicht.»

Sie war wirklich eine zähe Gesprächspartnerin. Unangenehme Scheidung, spekulierte ich. Vielleicht mochte sie auch einfach keine Männer.

«Und kriegen Sie eine Menge Wale zu sehen?»

«Wenn ich an die richtigen Stellen fahre, schon.»

«Ist es eine gute Art zu leben?»

Sie schaute mich misstrauisch an. «Sie haben wirklich eine ganze Menge Fragen.»

Ich wollte ihr kein Kontra geben. Irgendwie hatte ich nicht das Gefühl, dass sie von Natur aus streitsüchtig war. «Ich finde das einfach sehr interessant, deshalb. Ich kann mir nicht vorstellen, dass es hier in der Gegend viele weibliche Skipper aus England gibt.»

«Woher wollen Sie das wissen? Es könnte Tausende von uns geben.» Sie gestattete sich ein winziges Lächeln. «Port Stephens ist richtig berühmt für seine englischen Skipperinnen.»

Ich lachte.

«Okay, eine Gegenfrage, Mr. Dormer. Warum geben Sie für eine simple Bootstour so viel Geld aus?»

Weil das die einzige Möglichkeit war, dich dazu zu bewegen, mich mitzunehmen, dachte ich, aber ich sagte es lieber nicht. Stattdessen wechselte ich die Taktik.

«Hätten Sie es denn auch für weniger gemacht?»

Sie grinste. «Klar.»

Danach veränderte sich etwas. Liza McCullen entspannte sich, oder vielleicht beschloss sie auch, dass ich doch nicht so übel und bedrohlich war, wie sie mich ursprünglich eingeschätzt hatte. Jedenfalls löste sich die eisige Stimmung langsam in Luft auf.

Wir redeten nicht viel. Ich setzte mich auf die Holzbank hinter ihr, schaute auf die See hinaus und genoss die ungewohnte Erfahrung, mich der Kompetenz eines Menschen in einem Bereich auszuliefern, von dem ich selbst nicht die geringste Ahnung hatte. Sie drehte an ihrem Steuerrad, überwachte die Armaturen, funkte eines der anderen Boote an, gab Milly, dem Hund, ab und zu ein Leckerli. Manchmal zeigte sie auf ein Stück Land oder ein Tier, das irgendwie von Interesse war, und erzählte ein wenig darüber.

Aber heute wüsste ich nicht mehr, was sie damals alles sagte. Denn obwohl sie nicht die schönste Frau war, die ich jemals gesehen hatte, und ihr Aussehen ihr offenbar ebenso gleichgültig war wie der Ton, den sie anschlug, und obwohl sie die Hälfte der Zeit entweder von mir abgewandt war oder mich finster anblickte, fand ich Liza McCullen seltsam anziehend. Ich musste mich ziemlich stark darauf konzentrieren, sie nicht die ganze Zeit anzustarren.

Monica würde jetzt anmerken, dass ich kein großer Psychologe bin. Es interessiert mich in der Regel nicht sonderlich, wie Leute ticken, solange ich es nicht wissen muss, um ihnen etwas verkaufen zu können, aber ich hatte noch nie jemanden getroffen, der so wild entschlossen war, möglichst wenig von sich preiszugeben. Man musste Liza jedes Wort aus der Nase ziehen. Zum Beispiel fragte ich sie, wie sie ihren Kaffee mochte, und sie runzelte die Stirn, als hätte ich sie nach ihrer Lieblingsunterwäsche gefragt. Als sie mir sagte: «Ohne Zucker», klang das fast wie eine Lebensbeichte. Und das alles war überschattet von einem Hauch von … Melancholie?

«Lance hat etwa drei Meilen vor uns ein Weibchen gesichtet», sagte sie, nachdem wir rund eine halbe Stunde auf See waren. «Haben Sie Lust, noch weiter hinauszufahren?»

«Klar», sagte ich. Ich hatte ganz vergessen, dass wir ja hier draußen waren, um Wale zu sehen.

Wenn man nicht an das Meer gewöhnt ist, fällt einem als Erstes seine gewaltige Weite auf. Es ist wie eine unendliche Landschaft. Sobald man so weit draußen ist, dass drei Viertel dessen, was man sehen kann, aus einer endlosen Wasserfläche bestehen, verliert sich das Auge gänzlich in seinen wogenden Bewegungen, wird mal angezogen durch eine beleuchtete Stelle, wo die Sonne durch die Wolken scheint und sich glitzernd auf den Wellen bricht, mal durch einen Punkt weiter in der Ferne, wo die Gischt sich aufbäumt wie eine Herde weißer Pferde. Tatsächlich machte es mich ein bisschen nervös – schließlich bin ich eine Landratte –, aber als ich mich erst einmal an das Wogen des Bootes gewöhnt hatte, an das Rauschen und Plätschern unter meinen Füßen, gefiel mir die Einsamkeit dort draußen, die Freiheit des Bootes, sich in dieser Weite frei zu bewegen. Und mir gefiel es zu beobachten, wie Lizas Gesicht langsam seine angespannte Wachsamkeit verlor und sich dieser Freiheit des Meeres und des Himmels öffnete.

«Da hinten fahren wir hin», sagte sie und drehte am Steuer, eine Hand als Schutz gegen das gleißende Licht über die Augen gelegt. Ich konnte nur die Vögel erkennen, die im Sturzflug über einem Stück Wasser hinabschossen, an dem ansonsten nichts Besonderes zu sehen war.

«Das bedeutet, dass dort Fische sind», erklärte Liza. «Und wo Fische sind, sind oft auch Wale.»

Zu diesem Zeitpunkt hatten wir bereits die anderen gesehen. Sie zeigte zu Gregs Boot hinüber, das in etwa dieselbe Größe hatte wie ihres, und weiter entfernt ein Boot, das sie *Moby Two* nannte.

«Da!», sagte sie. «Da bläst er!»

«Wer bläst?», fragte ich, und sie musste lachen.

«*Da!*»

Ich konnte nicht sehen, wohin sie zeigte, und kniff die Augen zusammen. Vielleicht unbewusst nahm sie meinen Arm und zog ihn zu sich. «Schauen Sie!», sagte sie und versuchte, meinen Blick an ihm entlang auszurichten. «Wir fahren ein bisschen näher ran.»

Ich konnte immer noch nichts sehen. Es wäre frustrierend gewesen, hätte mich nicht der Ausdruck kindlichen Vergnügens abgelenkt, der sich jetzt auf ihrem Gesicht ausbreitete. Das hier war eine Liza McCullen, die ich in den sechs Tagen, die ich nun hier war, noch nicht gesehen hatte. Ein breites, offenes Lächeln lag auf ihrem Gesicht, und ihre Stimme klang viel heller als gewöhnlich.

«Oh, ich könnte wetten, dass da auch ein Kalb ist. Ich hab so das Gefühl ...» Es war, als hätte sie völlig vergessen, wie kühl sie sich zuvor gegeben hatte. Sie griff nach dem Funkgerät: «*Ishmael* an *Moby Two* – unser Mädchen liegt backbord von euch, etwa anderthalb Meilen voraus. Ich glaub, sie hat ein Kalb dabei, also halt Abstand, okay?»

«*Moby Two* an *Ishmael*. Hab sie entdeckt, Liza. Ich lass ihr Raum, keine Sorge.»

«Wir bleiben mindestens hundert Meter von den Walen entfernt», erklärte sie. «Und wenn Kälber dabei sind, mindestens dreihundert. Dann lassen wir die Mutter entscheiden. Manche sind neugierig – die bringen uns die Babys regelrecht vorbei, damit sie uns anschauen können. Aber ich habe immer das Gefühl ... man sollte sie nicht dazu ermutigen.» Sie schaute mir direkt ins Gesicht. «Man kann einfach nicht garantieren, dass das nächste Boot, dem sie begegnen, ebenso freundlich gesinnt ist. Okay! Los geht's!»

Ich hielt mich fest, und als folgten sie einer ausgeklügelten Choreographie, bewegten sich die drei Boote langsam aufeinander zu, bis wir so nahe beieinander waren, dass man die winkenden Passagiere auf den anderen Booten erkennen konnte. Die See war ruhig, als die Motoren ausgeschaltet wurden, und ich stand neben Liza, während wir darauf warteten, dass sich der Wal wieder zeigen würde.

«Wird sie denn sicher wieder auftauchen?»

Ich hätte nicht zu fragen brauchen. Als der gewaltige Kopf nicht einmal hundert Meter von uns entfernt aus dem Wasser auftauchte, entfuhr mir unwillkürlich ein «Wow!». Nicht, dass ich noch nie ein Bild von einem Wal gesehen hatte oder mir nicht vorstellen konnte, wie einer aussah. Einem so unglaublich riesigen Geschöpf in seiner eigenen Umgebung zu begegnen, brachte mich allerdings dermaßen aus der Fassung, dass es mir schwerfiel, Worte dafür zu finden.

«Schauen Sie!», rief Liza. «Da ist es! Schauen Sie runter!»

Und dann sah ich, gerade eben zu erkennen, halb unter seiner Mutter geborgen, etwas Gräuliches aufblitzen. Das musste das Kalb sein. Die beiden schwammen zweimal an unserem Boot vorbei, bis uns die entzückten Rufe von den anderen Booten verrieten, dass sie auch dorthin weitergeschwommen waren.

Ich grinste wie ein Idiot. Liza erwiderte mein Lächeln mit triumphierendem Blick, als wollte sie sagen: «Und, verstehen Sie jetzt?»

Dann tauchte die seltsam lange Finne erneut aus dem Wasser auf, und Liza lachte gelöst. «Schauen Sie! Sie winkt», rief sie und musste noch mehr lachen, als ich Anstalten machte zurückzuwinken.

«Sie schwimmt mit dem Bauch nach oben – das heißt, dass sie sich in unserer Gesellschaft wohl fühlt. Wussten Sie, dass sie und das Kleine ihre Brustfinnen dazu benutzen, um sich gegenseitig zu streicheln?»

Dann entdeckte Liza einen weiteren Wal in der Ferne. Ich nahm schwach die Gespräche über Bordfunk zwischen den drei Booten wahr, die freudigen Ausrufe angesichts dieses unerwarteten Erfolgs. Als Liza sich wieder zu mir umdrehte, leuchtete ihr Gesicht. «Wollen Sie mal was Zauberhaftes hören?»

Sie machte einen Abstecher in die Kombüse und kam mit einem seltsam aussehenden Gegenstand an einem Kabel zurück. Dessen eines Ende stöpselte sie in einen Kasten an der Seite, dann warf sie das Kabel ins Wasser.

«Das ist ein Hydrophon», sagte sie und drückte auf ein paar Knöpfe. «Hören Sie gut zu. Vielleicht ist sie ja in Begleitung.»

Ich lauschte angespannt und schaute auf das Meer hinaus, versuchte, den Wal auszumachen, hörte aber nichts außer dem Wasser, das von beiden Seiten ans Boot klatschte, dem Geschrei der kreisenden Vögel über uns und gelegentlich den Stimmen der Passagiere von den anderen Booten, die von einer leichten Brise zu uns herübergetragen wurden. Dann plötzlich kam ein leises, langgezogenes Klagen, fast unheimlich. Ein Geräusch, wie ich es noch nie gehört hatte. Mir lief ein Schauder über den Rücken.

«Schön, nicht?»

Ich starrte sie an. «Das ist ein Wal?»

«Ein Bulle, ja. Sie singen alle dasselbe Lied. Walforscher haben rausgefunden, dass es achtzehn Minuten dauert. Jedes Jahr singen alle Wale aus einer Schule dasselbe Lied. Aber wenn ein neuer Wal mit einem anderen Lied dazustößt, übernehmen sie stattdessen seins. Können Sie sich das vorstellen, wie die sich da unten gegenseitig ein neues Lied beibringen?» Plötzlich sah ich Hannah in ihr, wie ihr Gesicht geleuchtet hatte bei der Aussicht, meinen Computer benutzen zu dürfen. Ich hatte mich getäuscht, als ich gedacht hatte, Liza McCullen sei nicht schön: Wenn sie lächelte, war sie atemberaubend.

Doch urplötzlich löste sich ihr Lächeln in Luft auf. «Was zum ...»

Der Walgesang wurde von einem rumpelnden Geräusch überdeckt, regelmäßig, beständig. Dann wurde es lauter, und ich wusste, es war über Wasser und hatte nichts mit dem Hydrophon zu tun. Ein großes Boot kam um die Landzunge gebogen, mit Wimpelgirlanden geschmückt und vollgestopft mit Passagieren. Laute Musik dröhnte aus vier überdimensionalen Lautsprechern auf dem Oberdeck, und selbst aus der Entfernung, in der wir uns befanden, konnte man das Klirren von Gläsern und das hysterische Lachen von Beschwipsten hören.

«Nicht schon wieder», sagte Liza. «Der Krach macht sie kaputt. Er verwirrt sie ... besonders die Babys. Sie wird es mit der Angst bekommen.» Sie schaltete ihr Funkgerät ein, kurbelte am Sender. «*Ishmael* an *Disco Ship*, oder wie auch immer du heißt. Dreht die Musik leiser. Ihr seid zu laut. Hört ihr mich? Ihr seid zu laut.» Während wir dem statischen Rauschen aus dem Funkgerät lauschten, starrte ich aufs Wasser. Jetzt kam nichts mehr an die Oberfläche. Kein Geräusch war zu hören außer dem steten Wummern der immer lauter werdenden Musik.

Liza zog die Stirn in Falten, als sie merkte, mit welcher Geschwindigkeit das Boot auf uns zukam. «*Ishmael* an unidentifizierten Kat, Ostnordost von Break Nose Island. Schaltet den Motor und eure Musik aus. Ihr seid in der Nähe einer Walkuh mit ihrem Kalb, möglicherweise ist auch ein männliches Tier dabei. Ihr fahrt zu schnell, riskiert einen Zusammenstoß, und euer Lärm ist für die Tiere eine Qual. Habt ihr mich verstanden?»

Ich stand hilflos an ihrer Seite, während sie noch zwei weitere Male versuchte, Kontakt aufzunehmen. Allerdings hielt ich es für unwahrscheinlich, dass die Menschen an Bord über diese Basstöne hinweg überhaupt etwas hören konnten.

«*Ishmael* an *Suzanne* – Greg, kannst du die Küstenwache anrufen? Die Polizei? Die sollen ein Schnellboot rausschicken. Sie sind viel zu nah.»

«Verstanden, Liza. Die *Moby Two* fährt gerade rum, um zu versuchen, sie vom Kurs abzubringen.»

«*Moby Two* an *Ishmael*. Ich kann unsere Wale nicht sehen, Liza. Hoffe, dass sie in der anderen Richtung unterwegs sind.»

«Was kann ich tun?», fragte ich.

«Halten Sie das mal», sagte sie und übergab mir das Steuerrad. Dann ließ sie den Motor an. «So, jetzt halten Sie auf diesen *Disco Billy* da drüben zu, und ich sage Ihnen, wann Sie abdrehen sollen.»

Sie gab mir gar keine Gelegenheit, nein zu sagen, sondern lief nach unten und kam mit einer Reihe von Sachen unter dem Arm zurück. Eine Flüstertüte konnte ich erkennen, hatte aber zu viel damit zu tun, mich auf das Steuer zu konzentrieren, um sonst noch viel zu bemerken. Das hölzerne Rad fühlte sich ungewohnt an, und für mich war es ziemlich beängstigend, mit einer solchen Geschwindigkeit unterwegs zu sein. Unter dem Kiel hüpften die Wellen. Der kleine Hund spürte die Anspannung und stand winselnd auf.

Wir waren noch etwa hundert Meter von dem Schiff entfernt, als Liza mich anwies, auf Parallelkurs zu gehen. Dann lief sie nach vorne in den Bug und rief mir zu, ich solle bleiben, wo ich war.

Sie beugte sich über die Reling, ein Megaphon in der Hand. «*Night Star Two*, ihr seid zu laut und zu schnell unterwegs. Bitte dreht eure Musik leiser. Ihr befindet euch in einer Zone starker Walmigration.»

Weiß Gott, warum die Leute am helllichten Nachmittag so betrunken waren. Die Tanzenden auf dem Oberdeck erinnerten mich an diese Urlaubsreisen für junge Leute in England, deren Hauptziel es ist, bei Tagesausflügen so schnell wie möglich betrunken zu werden. Das hier war dann wohl das australische Pendant.

«*Night Star Two*, wir haben die Küstenwache sowie die Naturschutzbehörde informiert. Dreht eure Musik leiser und verlasst auf der Stelle das Gebiet.»

Wenn es einen Skipper an Bord gab, so hörte er nicht zu. Einer der Stewards, ein junger Typ in einem roten Poloshirt, zeigte Liza den Stinkefinger und verschwand unter Deck. Einen Moment später wurde die Musik deutlich lauter gedreht. Von Bord war Jubelgeschrei zu hören, und noch mehr Leute begannen zu tanzen. Liza starrte zu dem Boot hinüber und bückte sich. Von meinem Platz aus konnte ich nicht genau erkennen, was sie tat. Ich starrte auf den Namen, der an der Seite des Bootes aufgemalt war. Dann kam mir eine Idee.

Ich zog mein Handy aus der Tasche, während es im Funkgerät zu knistern begann: «Liza? Liza? Hier ist Greg. Die Küstenwache ist unterwegs. Komm, lass uns zurückfahren. Je weniger Boote auf dem Wasser, umso besser für die Wale.»

Ich steckte mein Handy in die Tasche zurück und starrte einen Moment lang den Funkempfänger an. Dann nahm ich ihn in die Hand und drückte vorsichtig auf einen Knopf. «Hallo?»

«*Suzanne* an *Ishmael*, hörst du mich?»

«Hier ist … äh … Mike Dormer.»

Nach einer kurzen Pause fragte Greg irritiert: «Was macht sie denn da vorne?»

«Ich weiß es nicht», gab ich zu.

Ich hörte ihn einen Fluch murmeln, und dann gab es eine Explosion. Ich hob den Blick, um ein riesiges Leuchtgeschoss zu sehen, das in einem Winkel von höchstens sechs Metern über dem Discoboot in die Luft stieg. Liza stand im Bug und lud etwas Langes und Dünnes in eine Art Raketenwerfer.

«Sie werden die doch verdammt noch mal nicht beschießen, oder?», schrie ich sie an.

Aber sie schien mich gar nicht zu hören. Mein Herz pochte, ich sah Leute, die rasch vom Oberdeck des anderen Schiffes nach unten liefen, hörte besorgte Schreie und einen Mann, der Liza wüst beschimpfte. Der Hund bellte wild. Dann sah ich, wie Liza noch einmal nachlud, das Leuchtgeschoss steil in die Luft ausrichtete und ein paar Schritte zurücktaumelte, als sie es mit einem gewaltigen Krachen in den Himmel schoss, wo es nicht allzu weit über dem anderen Boot niederging.

Während es in meinen Ohren dröhnte und das Discoboot endlich in Fahrt kam und in die entgegengesetzte Richtung abdrehte, hörte ich eine andere Stimme über den Sender kommen: Sie klang heiser, erfüllt von Ungläubigkeit und Bewunderung.

«*Moby Two* an *Ishmael*. *Moby Two* an *Ishmael*. Großer Gott im Himmel, Liza. Du bist ja wahnsinnig.»

## KAPITEL 7

### Liza

Als wir an der Mole ankamen, stand Kathleen schon da und schrie mich an. Ihr steifer, aufrechter Körper zitterte vor Wut. Ich machte das Boot fest, half Milly an Land und ging mit schnellen Schritten auf meine Tante zu.

«Tut mir leid», sagte ich.

Sie hob die Hände in einer Geste der Verzweiflung über den Kopf. «Ist dir eigentlich klar, was du getan hast? Bist du denn vollkommen durchgedreht, Mädchen?»

Ich blieb stehen und strich mir das Haar aus dem Gesicht. «Ich hab die Beherrschung verloren.»

Die Anspannung in ihrem Gesicht war ebenso groß wie die meine. Ehrlicherweise hätte ich mir am liebsten selber in den Hintern getreten.

«Die haben es sofort der Wasserpolizei gemeldet, Liza. Die werden jeden Moment hier sein.»

«Scheiße. Ich ... äh, ich ... ich wusste einfach nicht, wie ich sie von dem Baby wegkriegen soll.»

Das war eine Riesendummheit gewesen, das wusste ich genau, und Kathleen wusste es auch. Entgegen allen Sicherheitsbestimmungen, entgegen jeglichem gesunden Menschenverstand hatte ich diese beiden Seenotraketen ins Abschussgerät gesteckt und sie genau so ausgerichtet, dass sie den Passagieren des anderen Bootes einen gehörigen Schrecken einjagen würden. Es war kein Geheimnis, wie unberechenbar Leuchtraketen waren. Wäre auch nur eine fehlgeschlagen ... Und doch: Obwohl ich wusste, dass es eine kopflose Aktion gewesen war – wie hätte ich dieses Partyboot sonst verjagen sollen? Ich war auf diese respektlosen Rüpel so stinksauer gewesen.

Ich machte die Augen zu. Erst als ich sie wieder öffnete, fiel mir auf, dass ich Mike Dormer völlig vergessen hatte. Am Knirschen seiner Schuhe merkte ich, dass er auf uns zukam. Sein braunes Haar war zerzaust und feucht von unserer rasanten Rückfahrt. Er sah ziemlich erschüttert aus.

Kathleens Gesicht wurde weich. «Warum gehen Sie nicht schon mal ins Haus, Mike? Ich mache Ihnen gleich einen Tee.»

Er setzte an zu protestieren.

«Bitte, ja?», sagte sie, und da war ein eiserner Unterton in ihrer Stimme. «Wir brauchen ein paar Minuten für uns.»

Ich spürte seinen Blick auf mir ruhen. Er entfernte sich zögernd ein paar Schritte und streichelte Milly, als könnte er sich nicht dazu entschließen zu gehen.

«Was soll ich denn jetzt machen?», flüsterte ich.

«Erst mal abwarten», sagte Kathleen. «Vielleicht erteilen sie dir nur eine Verwarnung.»

«Aber die wollen bestimmt meine Personalien. Und was, wenn sie mich in der Datenbank finden?»

Ich sah es Kathleens Gesicht an, dass sie sich diese Frage auch schon gestellt hatte, und spürte die Panik in mir aufsteigen. Ich schaute hinter mich, wo die *Suzanne* und die *Moby One* vor Anker lagen.

«Ich könnte einfach abhauen», sagte ich.

Plötzlich sah ich es genau vor mir, wie ich mich selbst, Hannah und Milly in den Kombi verfrachtete. Aber in diesem Moment lenkte ein Motorengeräusch meine Aufmerksamkeit auf das andere Ende der Bucht. Es war der weiße Pick-up der Polizei von New South Wales mit seinen typischen Scheinwerfern und dem Logo, der auf der Küstenstraße auf uns zukam.

«Scheiße», sagte ich wieder.

«Tief durchatmen», sagte Kathleen. «Immer erst mal atmen, Mädchen, und dann sag einfach, es war ein Unfall.»

Sie kamen zu zweit und stiegen mit entspannten Mienen, die über ihr ernstes Anliegen jedoch nicht hinwegtäuschen konnten, aus dem Wagen. Es war zum Verzweifeln. Ich hatte mich immer so bemüht, auf der richtigen Seite des australischen Gesetzes zu stehen und kein einziges Knöllchen wegen Falschparkens zu verbuchen. Ich verfluchte mich dafür, die Beherrschung verloren zu haben.

«Tach auch, meine Damen», sagte der Größere der beiden und tippte sich kurz an seine Mütze, als sie näher kamen. Er schaute uns an und ließ seinen Blick über meinen Windbreaker wandern, dann über die Schlüssel in meiner Hand. Mit einem knappen Nicken begrüßte er auch Greg, der zu uns getreten war.

«Officer Trent», sagte meine Tante und lächelte. «Was für ein schöner Nachmittag.»

«Das stimmt», pflichtete der Polizist ihr bei. Er zeigte zur Mole und zur *Ishmael*. «Ist das Ihr Boot?»

«Klar ist es das», erwiderte meine Tante. «Die *Ishmael*. Auf mich zugelassen. Schon seit siebzehn Jahren.»

Er schaute zuerst sie an und dann mich. «Hab einen Anruf von einem Skipper bekommen, der behauptet, heute Nachmittag seien Leuchtraketen auf sein Schiff abgefeuert worden, und zwar von einem Boot, dessen Beschreibung genau auf Ihres passt. Was sagen Sie dazu?»

Ich wollte ihm schon antworten, aber beim Anblick der blauen Uniform klebte mir die Zunge am Gaumen. Aus dem Augenwinkel sah ich Mike Dormer, der Kathleens Anweisung offenbar nicht nachgekommen war. Er stand ein paar Meter von uns entfernt. Der Polizist hatte sich jetzt direkt vor mir aufgebaut und wartete auf eine Antwort. «Ich ...»

Greg stand neben mir. «Ja, Kumpel», sagte er entschlossen und schob seine Mütze in den Nacken. «Das geht wohl auf meine Kappe.»

Der Polizist wandte sich ihm zu.

«Ich war mit einer Gruppe zur Walbeobachtung draußen. Dachte mir gleich, dass es mit den Kids Schwierigkeiten geben würde, aber ich hab nicht genug aufgepasst. Kaum hatte ich ihnen den Rücken zugedreht, haben die kleinen Scheißer zwei Leuchtraketen abgefeuert.»

«Kids?», fragte der Polizist skeptisch.

«Ich weiß, ich hätte sie gar nicht erst mitnehmen sollen», sagte Greg und zündete sich eine Zigarette an. «Aber wir wollen einfach, dass alle Kinder die Wale und Delphine zu sehen bekommen. Bildungsauftrag, wissen Sie.» Unsere Blicke trafen sich kurz, und was ich in seinen Augen sah, erfüllte mich mit Dankbarkeit und ein wenig Scham.

«Warum haben Sie das denn nicht der Seenotrettung mitgeteilt? Sie wissen doch, was passiert wäre, wenn wir eine Rettungsaktion gestartet hätten?»

«Tut mir echt leid, Kumpel. Ich wollte einfach auf dem schnellsten Wege hierher zurück, damit sie nicht noch was anstellen konnten. Ich hatte noch andere Passagiere an Bord, Officer, und ...»

«Welches Boot ist noch mal Ihres, Greg?»

Greg zeigte mit dem Finger darauf. Unsere Boote waren beide achtundvierzig Fuß lange Kreuzer. Seit ich ihm geholfen hatte, sein selbstgemaltes Graffiti zu übertünchen, trugen sie außerdem ein Band in der gleichen Farbe.

«Okay, also wie hießen diese Kids?» Der Polizist holte sein Notizbuch aus der Tasche.

Jetzt mischte sich Kathleen ein: «Darüber führen wir kein Buch. Wenn wir von jeder Person, die wir auf eine Tour mitnehmen, die Personalien aufnehmen würden, kämen wir nie aus dem Hafen raus.» Sie legte dem Polizisten eine Hand auf den Arm. «Schauen Sie, Officer, Sie wissen doch, dass wir nicht irgendein halbseidenes Unternehmen sind. Meine Familie lebt seit über siebzig Jahren hier in der Bucht. Sie werden uns doch nicht wegen ein paar Idioten zu Kriminellen abstempeln, oder?»

«Warum waren die Raketen nicht gesichert, Greg? Die sollten in einer abgeschlossenen Box aufbewahrt werden, wenn Sie Kinder an Bord haben, die sich unter Deck herumtreiben.»

Greg schüttelte den Kopf. «Die kleinen Gangster haben mir die Schlüssel aus der Hosentasche geklaut. Ich habe immer einen Extrabund dabei, wissen Sie? Nur zur Sicherheit.»

Ich war mir ziemlich sicher, dass der Polizist ihm kein Wort glaubte. Er schaute uns der Reihe nach mit finsterer Miene an, und ich tat mein Bestes, bedrückt anstatt verängstigt auszusehen. Er spähte erneut in sein Notizbuch und dann wieder hoch zu mir. «Der Anrufer sagte, eine Frau habe sie beschossen.»

«Der Knabe hatte lange Haare, stimmt», sagte Greg schlagfertig. «Heutzutage kann man sie einfach nicht mehr auseinanderhalten, diese verdammten Hippies. Sehen Sie, Officer, es war wirklich meine Schuld. Ich war mit dem Steuer beschäftigt und bin dafür verantwortlich. Vermutlich habe ich nur eine Sekunde nicht aufgepasst. Aber es ist doch kein Schaden entstanden, oder?»

Ich versuchte verzweifelt, ganz ruhig zu atmen, und begann, eine kleine Schnittwunde in meiner Hand zu betrachten.

«Ihnen ist bewusst, dass das missbräuchliche Abfeuern einer Notsignalrakete einem Verstoß gegen das Waffengesetz gleichkommt und nach dem Recht von New South Wales zur Anklage gebracht werden kann?»

«Genau das habe ich denen ja gesagt», erwiderte Greg. «Was ein großer Fehler war. Daraufhin haben sie die Beine in die Hand genommen und sind verschwunden, kaum dass wir angelegt hatten.»

«Das bedeutet zweitausend Dollar und/oder zwölf Monate Knast. Und wenn wir es ganz genau nehmen würden, könnten Sie auch noch eine Anzeige nach Marinerecht bekommen.»

Greg wirkte überaus zerknirscht. Ich hatte ihn noch nie so kleinlaut erlebt.

«Und ich hoffe für Sie, dass hier kein Alkohol im Spiel ist. Ihre Verwarnung im Juni habe ich noch nicht vergessen», fuhr der Mann fort.

«Officer, Sie können mich gerne ins Röhrchen pusten lassen. Ich rühre keinen Tropfen an, solange ich arbeite.»

Plötzlich tat er mir leid. Ich spürte, wie gedemütigt er war – und ich war verantwortlich dafür.

Die beiden Polizisten schauten zu ihrem Wagen zurück. Der Kleinere wandte sich ab, um eine Nachricht auf dem Funkgerät abzuhören.

«Ich sag Ihnen was», meinte Kathleen. «Warum trinken wir nicht einen Tee, und Sie entscheiden in Ruhe, wie Sie weiter vorgehen wollen? Officer Trent, für Sie mit Zucker, nicht wahr?»

An dieser Stelle trat Mike Dormer zu uns. Das Herz schlug mir bis zum Hals. Geh weg, flüsterte ich ihm in Gedanken zu. Er hatte nicht in Hörweite gestanden. Wenn er jetzt den Mund aufmachte und mit der Wahrheit herausplatzte, waren wir alle dran.

«Entschuldigung, aber darf ich etwas sagen?», fragte er.

«Jetzt nicht, Mike», erwiderte Kathleen barsch.

«Nur zu, Officer», sagte Greg. Er trat nach vorne und stellte sich zwischen Mike und den Polizisten. «Sie können jeden Test mit mir machen, den Sie wollen. Blutprobe, Röhrchen, was auch immer.»

«Ich wollte der Polizei nur etwas sagen», sagte Mike, jetzt lauter.

Ich merkte voller Entsetzen, dass ich keine Ahnung hatte, wie er das Geschehene empfunden hatte. Auf dem ganzen Rückweg hatten wir kein Wort miteinander gesprochen, weil mir der Kopf gebrummt hatte von dem, was geschehen war, und ich so schnell wie möglich an Land wollte. Aber es war zu spät. Er zog etwas aus seiner Tasche.

«Ich glaube nicht, dass Sie uns damit eine Hilfe sein können, Mike», sagte Kathleen entschlossen.

Aber er schien sie gar nicht zu hören.

«Mike.» Mir war ganz schlecht.

«Während wir draußen auf dem Wasser waren», sagte er, «kam so eine Art Partyboot vorbei. Es hat so viel Lärm und Unruhe verbreitet, dass die Wale Angst bekommen haben. Ich schätze, für solche Fälle gibt es Vorschriften.»

Der erste Polizist verschränkte die Arme. «Das ist korrekt», sagte er.

Mike gestattete sich ein kleines Lächeln. Er hielt sein Handy hoch. Der englische Akzent gab seiner Stimme einen Touch sanfter Autorität. «Na ja, ich dachte, vielleicht möchten Sie gerne einen Beweis sehen. Ich habe alles gefilmt. Sie hören da auch den Geräuschpegel ganz gut.»

Während wir alle auf das Display starrten, lief auf Mikes Handy ein Film von der *Night Star Two* ab, auf dem man deutlich erkennen konnte, wie schnell sie unterwegs gewesen war; auch die Umrisse der Feiernden an Deck waren zu erkennen. Sogar das Wummern der Musik konnte man hören.

«Es schien die Wale sehr zu verstören. Nicht, dass ich ein Experte in diesen Dingen bin, aber ...», sagte Mike.

«Schauen Sie», sagte ich und zeigte auf das Bild. «Sie können sehen, dass es hinter der Landzunge ist. Wir haben versucht, die Küstenwache anzufunken, aber sie haben es nicht mehr rechtzeitig bis dahin geschafft.» Meine Stimme war ganz piepsig vor Erleichterung.

«Ich kann Ihnen das Video schicken», sagte Mike. «Falls Sie jemanden strafrechtlich verfolgen wollen.»

Die beiden Polizisten schauten sich das Video gleich noch einmal an.

«Das nenne ich mal eine erdrückende Beweislast», sagte einer von ihnen und reichte Mike seine Karte. «Schicken Sie es an diese Adresse. Und wer sind Sie, wenn ich fragen darf?»

«Oh, ich bin nur ein Gast», sagte Mike. «Michael Dormer. Komme aus England und mache hier Ferien. Ich kann meinen Pass holen, wenn Sie möchten.»

Er streckte seine Hand aus. Ich glaube nicht, dass hierzulande allzu viele Leute einem Polizisten die Hand geben. Die verblüfften Gesichter, mit denen diese Geste quittiert wurde, sprachen jedenfalls Bände.

«Das wird für den Moment nicht nötig sein. Na ja, wir fahren dann jetzt mal wieder. Aber sorgt dafür, dass ihr eure Leuchtraketen ordentlich sichert, Leute, sonst kriegt ihr bald wieder Besuch von uns. Und dann geht es nicht mehr so freundlich zu.»

«Zwei Schlösser», sagte Greg und winkte mit den Schlüsseln.

«Danke, Officers», sagte Kathleen. Sie begleitete die beiden noch ein Stück. «Und passen Sie auf sich auf.»

Ich brachte keinen Ton heraus. Während sie wieder in ihren Pick-up stiegen und wendeten, entwich irgendwo hoch oben in meiner Brust ein bebender Atemzug, und ich merkte, dass meine Beine zitterten.

«Danke», hauchte ich in Richtung Greg und nickte Mike zu. Dann lief ich ins Haus, weil mir jegliche Worte fehlten.

\* \* \*

Es gibt vieles, was ich an Australien liebe. Ich will jetzt nicht drauflosplappern wie die Parodie irgendeiner englischen Tussi, die es nicht mehr zurück nach Hause geschafft hat, weil es mir gar nicht um die üblichen Dinge wie das Wetter, das Licht oder die Weite des Landes geht, wobei natürlich auch diese Dinge ihren Teil beitragen. Es ist auch nicht das gute Essen oder der Wein, die tolle Landschaft oder die gemütliche Gangart, die hier den Alltag beherrscht – allesamt ohne Frage Dinge, die es mir wesentlich angenehmer machen, meine Tochter hier großzuziehen. Der Reiz liegt für mich vor allem darin, dass man an einem ruhigen Fleckchen wie Silver Bay leben kann, ohne Aufmerksamkeit zu erregen.

Obwohl wir gemeinsame Wurzeln haben, konnte ich schon bald entdecken, dass die Australier in vielerlei Hinsicht anders ticken als die Engländer. Zum Beispiel akzeptieren sie einen Menschen einfach so, wie er ist, ohne lästige Fragen zu stellen. Wenn man offen und ehrlich auf sie zugeht, dann tun sie das, insgesamt betrachtet, umgekehrt auch. Fast vom allerersten Tag an, als ich bei Kathleen auftauchte, meine zu Tode erschöpfte kleine Tochter im Schlepptau, wurde ich als ihre Nichte willkommen geheißen. Ohne große Worte und Erklärungen wurden wir von Beginn an in die Gemeinschaft von Silver Bay aufgenommen.

Mir half es, Teil dieser zur See fahrenden Gemeinschaft zu werden. Die Hälfte der Bootsbesatzungen wechselte ständig;

Menschen traten in dein Leben und verschwanden ebenso schnell wieder. Die übrigen blieben, aus unterschiedlichen Gründen. Ganz gleich, zu welcher Gruppe jemand gehörte – viele Fragen wurden nicht gestellt. Und wenn man es vorzog, die Fragen, die gestellt wurden, nicht zu beantworten, so war das auch in Ordnung. Ich wusste, dass ich meine Gefühle nicht immer perfekt vor den anderen verborgen gehalten hatte, und war dankbar dafür, dass die Leute von den Walbooten mit dem Instinkt guter Jäger begriffen, dass es Dinge gab, die man besser auf sich beruhen ließ. In den ganzen fünf Jahren hatte mich nur Greg ständig gelöchert, warum ich aus England weggegangen war. Und jedes Mal, wenn wir überhaupt eine Art von privatem Gespräch geführt hatten, war ich so betrunken gewesen, dass ich mich nicht mehr erinnern konnte, was ich ihm erzählt hatte.

Ich hatte sofort gespürt, dass Mike Dormer dieses Gleichgewicht stören würde. Und ich war in Panik geraten, als ich gehört hatte, wie er Kathleen alle möglichen Fragen darüber gestellt hatte, wer in der Bucht arbeitete, wie lange die Leute hier blieben und wie lange wir selbst schon in Silver Bay lebten. Er sagte, er sei hier, um Ferien zu machen, doch mir war noch nie ein Urlauber begegnet, der so viele Fragen stellte.

Als ich das Kathleen hinterher erzählt hatte, meinte sie, ich würde grenzenlos übertreiben. All die Jahre, die wir jetzt schon hier waren, hatten sie fest in dem Glauben bestärkt, dass man uns hier für immer in Ruhe lassen würde. Sie sagte, ich bildete mir das alles nur ein, und ihr Blick zeigte mir, dass sie auch wusste, warum.

Doch ich hatte gleich den Verdacht, dass Mike meine Grenzen nicht respektieren würde. Wenn ich eine Gruppe auf der *Ishmael* rausfahre, dann reden die Leute miteinander. Wenn ich einzelne Personen fahre, dann wollen sie sich mit mir unterhalten. Sie wollen mir Fragen stellen, einen Teil von mir mit nach

Hause nehmen, zusammen mit den Erfahrungen, die sie auf dem Meer gemacht haben. Das war auch der Grund, warum ich generell nicht mit einer Person allein fuhr.

Genau das wusste auch Greg. «Na, und was sollte denn nun euer kleiner romantischer Ausflug, hm?»

Wir saßen auf der Bank vor dem Haus und sahen dabei zu, wie Hannah im Dämmerlicht Milly am Strand Blasentang suchen ließ. Mike Dormer war oben in seinem Zimmer, und Kathleen holte gerade frisches Bier. Greg sprach leise, sodass Lance und Yoshi ihn nicht hören konnten.

«Geld einbringen, das sollte er.»

Offenbar dachte Greg, bloß weil er mir den Arsch gerettet hatte, habe er ein Recht dazu, mir solche Fragen zu stellen. Er war so leicht zu durchschauen. Ich zog das Bündel Geldnoten aus meiner Hosentasche.

«Fünfhundert», sagte ich. «Für eine Fahrt.»

Er starrte die Scheine an. Suchte eine Weile nach Worten, was ungewöhnlich für Greg ist. «Warum sollte der so viel zahlen, nur um mit dir rauszufahren?»

Ich zuckte mit den Achseln.

«Er taucht hier auf, sieht aus wie ein Angeber, schmeißt mit Knete nur so um sich ... Was soll das denn alles?»

«Ich weiß es nicht, und es ist mir auch egal. Lass den Mann in Ruhe. Er ist sowieso bald wieder weg.»

«Das will ich ihm auch geraten haben. Ich kann ihn nämlich überhaupt nicht leiden.»

«Du magst doch niemanden, den du nicht kennst.»

«Ich mag niemanden, der wie eine Klette an dir hängt.»

Hannah kam auf uns zu gelaufen, atemlos und kichernd. Milly ließ sich zu meinen Füßen nieder. «Sie hat sich in irgendwas Ekligem gewälzt», verkündete Hannah. «Sie stinkt. Ich glaube, es war eine tote Krabbe.»

«Hast du Hausaufgaben zu machen, Liebes?» Ich strich ihr das Haar aus dem Gesicht. Jedes Mal, wenn ich sie anschaute, schien sie ein Stückchen gewachsen zu sein, und ihr Gesicht veränderte sich ständig. Ich musste daran denken, dass sie sich irgendwann ganz von mir lösen würde. Wie immer bei diesem Gedanken wurde mir ganz anders.

«Nur üben. Am Dienstag schreiben wir eine Arbeit in Naturkunde.»

«Dann geh und mach das jetzt. Dann hast du den Rest des Abends frei.»

«Worum geht es denn bei dem Test?», fragte Yoshi. «Bring die Sachen raus, und ich helf dir, wenn du möchtest.»

Über die Jahre hatte ich entdeckt, dass man mit all den Talenten, die in den Mitgliedern der Bootsbesatzungen schlummerten, eine komplette Ausbildung für Hannah hätte bestreiten können. Yoshi zum Beispiel besaß ein Uni-Diplom in Biologie und Meereswissenschaften, während Lance ein wandelndes Lexikon über das Wetter war. Ein oder zwei von den Seeleuten hatten Hannah allerdings auch Dinge beigebracht, von denen ich weniger begeistert war: Von Scottie zum Beispiel hatte sie einige saftige Schimpfwörter aufgeschnappt, und einmal, als ich nicht da war, hatte er ihr sogar angeboten, einen Zug von seiner Zigarette zu nehmen – was Lance allerdings gesehen und mit einem schönen Schlag auf die Glocke quittiert hatte.

Aber sie hatte auch ihre eigenen Begabungen, meine Tochter. Begabungen, die sie, wie ich vermutete, von mir hatte: wie man Leute abschätzt, indem man etwas auf Distanz geht und sie beobachtet, bis man genauer weiß, wer oder was sie sind; oder wie man sich in einer größeren Gruppe von Menschen unsichtbar macht. Und natürlich wie man mit Kummer umgeht. Diese Lektion hatte sie schon ziemlich früh gelernt.

Yoshi setzte sich mit ihr zusammen, und während um uns

herum langsam die Dunkelheit hereinbrach, ackerten sie sich durch etwas, das mit Osmose zu tun hatte und das Yoshi ihr wesentlich besser erklären konnte als ich. Aber ich hatte auch nicht besonders viel Schulausbildung genossen – ein Fehler, den ich beschlossen hatte, Hannah nicht wiederholen zu lassen.

Greg schien zu merken, dass mich die Ereignisse des Tages ziemlich erschüttert hatten, und versuchte, mich mit Geschichten von dem streitenden Paar aufzuheitern, das er bei sich an Bord gehabt hatte. Weder erwähnte er seine Ex noch das Schicksal seines Bootes; ich hoffte sehr, dass Suzanne langsam bei ihm in Vergessenheit geriet. Trotz all der Ablenkung wanderten meine Augen immer wieder die Küstenstraße entlang, als rechnete ich jeden Moment damit, diesen Pick-up wieder auftauchen zu sehen und mit ihm die Männer in den blauen Uniformen.

Greg lehnte sich zu mir herüber. «Hast du Lust, heute Abend mit zu mir zu kommen? Ich hab einem Typen von der Werft eine ganze Wagenladung voll Videos abgekauft. Komödien und so. Vielleicht gefällt dir was davon.» Er versuchte, ganz beiläufig zu klingen.

«Nein», sagte ich. «Aber danke für das Angebot.»

«Es sind doch bloß Filme», meinte er.

«Es sind nie bloß Filme, Greg.»

«Dann ein andermal», sagte er und ließ mich nicht aus den Augen.

«Ein andermal vielleicht», gestand ich ihm zu.

Mike Dormer kam aus dem Haus, als der letzte Rest des Lichts verschwunden war. Wir hatten die Heizpilze angezündet, und Kathleen hatte aus dicken Scheiben Weizenbrot Sandwiches mit Speck gemacht. Hannah hatte sich an mich gekuschelt, zum Schutz gegen die kalte Luft in einen dicken Wollschal gehüllt, das glatte dunkle Haar zu einem Knoten zusammengesteckt. Wenn ich meinen Kopf an ihren legte, roch ich ihr Shampoo.

Kathleen hatte Mike einen Teller gereicht, und er ging um den Tisch herum, um sich auf den letzten freien Platz zu setzen. Offenbar war er frisch geduscht und hatte Hemd und Pullover nach der Bootsfahrt gewechselt. In seinen sauberen, gut geschnittenen Klamotten hob er sich deutlich von uns anderen ab. Bei den meisten von uns konnte es durchaus vorkommen, dass wir tagelang dieselbe Kleidung trugen, solange sie unter Windjacken und Regenhäuten verborgen war.

Mike schaute mich an, dann die anderen, und murmelte: «'n Abend.»

Bei seinem Tonfall zuckte ich immer noch zusammen. In Silver Bay bekommt man nicht viele Engländer zu Gesicht, und es war mehrere Jahre her, seit ich meinen heimatlichen Akzent zuletzt gehört hatte.

Hannah beugte sich vor. «Haben Sie gesehen, was ich geschrieben habe?»

Er legte fragend den Kopf schief.

«Auf Ihrem Computer. Ich hab Ihnen eine Nachricht hinterlassen.»

Er nahm sich ein Sandwich.

«Ich hab noch mal Tante K. gegoogelt. Und dann hab ich Sie gegoogelt.»

Mike hob blitzschnell den Kopf.

«Da ist ein Bild von Ihnen. Von Ihrem Gesicht. Und Ihrer Firma.»

Seltsamerweise schien es ihm peinlich zu sein. Da gerade ich nachempfinden kann, wenn Leute es nicht mögen, dass man ihnen hinterherschnüffelt, gab ich Hannah einen Rüffel.

«Na, und was ist es denn, Kumpel?», wollte Lance wissen. «Drogen? Sklavenhandel mit Weißen? Für die Maus hier können wir Ihnen einen guten Preis machen. Wenn Sie wollen, legen wir den Hund noch obendrauf.»

Hannah gab Lance einen Schubs mit dem Ellbogen.

«Eigentlich sieht es ziemlich langweilig aus», sagte sie grinsend. «Ich glaube nicht, dass ich Lust hätte, in der Stadt zu arbeiten.»

«Ich glaube», sagte Mike, der sich von seiner Überraschung etwas erholt hatte, «hier hast du's auch viel besser erwischt.»

«Und was machen Sie jetzt genau?», fragte Greg. Sein aggressiver Ton zeigte mir, dass er Mike die Verwegenheit unserer Bootsfahrt zu zweit noch nicht verziehen hatte. Irgendwie verspürte ich das Bedürfnis, unseren Gast zu beschützen.

Mike nahm einen großen Bissen von seinem Sandwich. «Hauptsächlich recherchiere ich Hintergrundinformationen für Finanzgeschäfte.» Durch das Kauen verstand man ihn kaum.

«Ach so», meinte Greg abfällig. «So langweiliges Zeug also.»

«Ist es Ihre eigene Firma?», wollte Hannah wissen.

Mike schüttelte den Kopf. Offenbar hatte er den Mund zu voll, um etwas zu sagen.

«Gut bezahlt?», bohrte Hannah weiter.

Mike kaute zu Ende. «Ich komme ganz gut zurecht, ja», sagte er.

Ich wartete, bis Hannah hineingegangen war, bevor ich ihn ansprach. «Hören Sie, es tut mir leid wegen vorhin. Ich meine, wenn ich Ihnen einen Schrecken eingejagt habe. Ich hatte einfach keine Ahnung, wie ich sonst dieses Boot verscheuchen könnte. Aber es war blöd von mir. Ich habe ... sehr vorschnell gehandelt. Besonders mit einem Passagier an Bord.»

Er hatte ein paar Bier getrunken und sah so entspannt aus, wie man es von einem wie Mike Dormer eben erwarten konnte. Unter seinem Pullover lugte ein offener Hemdkragen hervor, und er hatte die Ärmel aufgerollt. Er lehnte sich in seinen Stuhl zurück und starrte auf das schwarze Nichts, wo sich das Meer befand. Eine Wolkenbank schob sich vor den Mond, und im Licht der Veranda konnte ich gerade eben Mikes Lächeln ausmachen.

«Es war schon ein Schreck», sagte er. «Ich dachte wirklich, Sie würden die abschießen.»

Als ich dieses Lächeln von ihm sah, fragte ich mich, wie ich überhaupt auf die Idee hatte kommen können, er würde mich bei der Polizei anschwärzen. Aber so bin ich eben: Wenn ich eine schlechte Angewohnheit habe, dann ist es mein Misstrauen.

«Vielleicht nächstes Mal», sagte ich, und er grinste.

Er war schwer in Ordnung, dieser Mike. Und das hatte ich schon lange nicht mehr über einen Mann gedacht.

Mein Zimmer lag im hinteren Teil des Hotels. Ich schlief am äußersten Ende des Flurs und am äußersten Ende des Hauses, wenn man so will, mit nur ein bisschen Glas und Holz zwischen mir und dem Ozean. Hannahs Zimmer lag direkt daneben, und öfter, als wir beide hätten zugeben wollen, tapste sie mitten in der Nacht über den Gang und kroch in mein Bett, so wie sie es getan hatte, als sie klein war, und ich kuschelte mich an sie, dankbar für ihre Anwesenheit und den süßen Duft ihrer warmen Haut. Richtig tief schlafen konnte ich nur, wenn ich sie neben mir spürte. Gesagt hätte ich ihr das nie: Sie hatte sowieso schon ihr Päckchen zu tragen, und ich wollte sie nicht auch noch damit belasten, dass sie dafür verantwortlich war, wie gut ich schlief. Doch aus der Art, wie sie fast auf der Stelle in einen tiefen Schlummer fiel, kaum dass ich die Decke über sie gezogen hatte, schloss ich, dass es ihr vermutlich nicht anders ging als mir.

Milly schlief zwischen mir und dem Fenster, ausgestreckt auf dem Teppich, und vom Tag meiner Ankunft hier hatte ich es mir zur Angewohnheit gemacht, dieses Fenster offen zu lassen, weil ich es liebte, mich vom Rauschen des Meeres in den Schlaf wiegen zu lassen, während das endlose Sternenzelt mir Trost spendete. Noch nie war eine Nacht so kalt gewesen, dass ich das Fenster hätte schließen müssen. Dort, in zwei Stockwerken Höhe, konnte ich mit meinen Gedanken allein sein und, wenn Hannah nicht da war, auch weinen, ohne dass mich jemand hörte. Nur dann schloss ich das Fenster, damit kein Geräusch von mir nach unten drang, wo noch die Besatzungsmitglieder sitzen mochten oder sonst jemand gerade vorbeiging. Doch genau so, wie der Ostwind das Geräusch meiner erstickten Tränen nach unten trug, wehten mit einer sanften Brise aus Westen oft auch ihre Worte und ihr Gelächter zu mir hoch. So kam es auch, dass ich jetzt Gregs Stimme hörte, als ich mir gerade das Fleece über den Kopf zog und nur noch spärlich bekleidet in meinem Zimmer stand. Gregs Aussprache war vom Alkohol verschliffen, und seine Stimme war eisig.

«Mit ihr kommen Sie nirgendwohin», sagte er aufbrausend. «Ich warte schon vier Jahre auf sie, und ich sage Ihnen, so nah wie ich ist ihr noch keiner gekommen.»

Ich brauchte ein paar Sekunden, bis ich begriff, dass er von mir sprach. Und ich war so wütend über seine Arroganz, darüber, wie er es wagen konnte zu behaupten, er habe irgendwelche Rechte auf mich, und das auch noch gegenüber einem Wildfremden, dass ich mich nur mit Mühe zurückhalten konnte, mich anzuziehen, hinunterzugehen und ihm ordentlich die Meinung zu sagen.

Aber ich tat es nicht. Die Ereignisse des Tages hatten mich ziemlich mitgenommen und jede Lust auf einen weiteren Streit im Keim erstickt. So lag ich einfach wach, verfluchte Greg Donohoe und versuchte, nicht an die Dinge zu denken, die durch einen englischen Akzent wieder in mir hochgekommen waren.

Es dauerte eine gute Stunde, bis mir bewusst wurde, dass ich Mike Dormers Antwort nicht gehört hatte.

## KAPITEL 8

*Kathleen*

Er dachte, man würde es nicht merken. Dabei strahlte er wie ein Leuchtturm, sobald er sie nur anschaute. Ich hätte ihn warnen können, hätte ihm bestätigen können, dass an dem, was Greg ihm gesagt hatte, etwas dran war. Doch was hätte das für einen Sinn gehabt? Die Leute hören eh nur, was sie hören wollen. Und mir war noch nie ein Mann begegnet, der nicht geglaubt hätte, er könnte die Welt aus den Fugen heben, wenn er nur heftig genug daran rüttelte.

Trotzdem war für mich die Erkenntnis, dass Mr. Michael Dormer aus London an meiner Nichte interessiert war, Grund genug, ihn mir ein wenig genauer anzuschauen. Ohne es eigentlich zu wollen, suchte ich auch in den harmlosesten Gesprächen nach Hinweisen auf seinen Charakter und seinen Hintergrund. Hannah hatte gesagt, er arbeite in der City von London, und aus dem wenigen, was er mir noch erzählt hatte, konnte man nichts weiter Aufschlussreiches schließen. Manche Leute hätten sich von der Tatsache beeindrucken lassen, dass er offensichtlich Geld hatte, aber hier war das den meisten egal, und mir sowieso. Die Leitung des Hotels hatte mich so manche Lektion über den Einfluss von Geld auf den Charakter gelehrt, und der ist selten genug positiv. Nein, Mike Dormer schien ein freundlicher Zeitgenosse zu sein, der unfehlbar höflich war, immer Zeit für Hannah fand, ganz gleich, wie belanglos ihre Anliegen waren, und all diese Dinge sprachen sehr für ihn. Er sah gut aus – zumindest fand ich das, auch wenn es, laut Hannah, nicht viel bedeutet – und war trotz seiner ruhigen, zurückhaltenden Art nicht auf den Mund gefallen, wie ich kürzlich an jenem späten Abend bemerkt hatte, als Greg versuchte, ihn von meiner Nichte fernzuhalten. «Danke für Ihren Ratschlag», hatte er erwidert. Ich stand damals in der Tür, unsicher, ob ich mich auf eine Auseinandersetzung gefasst machen musste. Doch er fuhr nur mit seinem scharfen Akzent fort: «Aber ich denke nicht, dass mein Privatleben Sie irgendetwas angeht.» Woraufhin Greg zu meiner großen Überraschung – weil er vielleicht ebenso aus der Fassung gebracht worden war wie ich – einen Rückzieher machte.

Mike Dormer sah immer noch aus wie ein Fisch auf dem Trockenen, selbst nachdem ein Großteil seiner drei Wochen in Silver Bay vergangen waren. Sein Kragen war nicht mehr so eng zugeknöpft, und er hatte sich eine Windjacke gekauft. Doch wenn er abends mit den Bootsleuten zusammensaß, schien er sich immer noch so wenig zu Hause zu fühlen wie ich mich in einem Besprechungszimmer einer Londoner Firma.

Dabei bemühte er sich wirklich: Er lachte gut gelaunt über ihre Witze, nahm ihnen die manchmal deftigen Neckereien nicht krumm und bezahlte oft mehr als seinen Anteil an den Getränken. Und wenn er glaubte, niemand würde ihn beobachten, schaute er meine Nichte an.

Doch da war etwas an Mike Dormer, das mich störte. Ich hatte irgendwie das Gefühl, dass er nicht ehrlich zu uns war. Warum verbrachte ein alleinstehender junger Mann so lange Zeit in einem ruhigen, kleinen Ferienort wie dem unseren? Warum sprach er nie über seine Familie? Eines Morgens hatte er mir erzählt, er sei nicht verheiratet und habe keine Kinder, doch dann wechselte er das Thema. Eigentlich habe ich die Erfahrung gemacht, dass Männer, vor allem erfolgreiche Männer, über sich selber reden, ohne lange nachzudenken, aber er hatte anscheinend überhaupt keine Lust dazu, uns irgendetwas über sich selbst mitzuteilen.

Dann kam der Nachmittag, an dem ich ihn im Rathaus sah. Ich war in der Stadt, um eine neue Schuluniform für Hannah abzuholen. Ich hatte gerade am Automaten Geld abgehoben, als ich Mike die Treppe herunterkommen sah, einen großen Aktenordner unter dem Arm, immer zwei Stufen auf einmal nehmend.

Das allein hätte mich noch nicht beunruhigt. Das Fremdenverkehrsamt lag im Erdgeschoss des Gebäudes, und viele Gäste besuchten es, oft auf mein Anraten. Aber irgendwie wirkte Mike in diesem Moment viel aufrechter, wie ein deutlich dynamischerer Mensch als der, der in meinem Hotel nächtigte. Und dann war da noch sein Gesichtsausdruck, als er mich erblickte: Er fühlte sich ertappt.

Er fing sich ziemlich schnell wieder, kam über die Straße zu mir herüber und verwickelte mich in ein banales Gespräch darüber, was er in der Stadt alles gesehen hatte und ob ich einen Laden wüsste, in dem man Postkarten kaufen konnte. Trotzdem brachte mich unsere Begegnung ins Wanken. Plötzlich hatte ich das deutliche Gefühl, Mike habe etwas zu verbergen.

Nino meinte später, ich hätte zu viel in die Situation hineininterpretiert. Er kannte einen Teil von Lizas Geschichte – so viel er eben wissen musste – und fand, dass ich sie zu sehr beschützte.

«Sie ist schon ein großes Mädchen», sagte er, «und seit sie hierhergekommen ist, hat sie sich auch ziemlich verändert. Lieber Himmel, sie ist zweiunddreißig.»

Und er hatte recht. Wie sehr er recht hatte, das konnte ich an den Fotos ablesen, die sie und meine Schwester mir geschickt hatten und die ich aufgehoben hatte – die Geschichte ihrer fünfzehn Lebensjahre in England.

Eine Lebensgeschichte, erzählt in Fotos, ist nichts Ungewöhnliches, doch frappierend war daran die Tatsache, wie sehr sich Lizas Lebensumstände in ihrem Äußeren widerspiegelten. Man sah es an der Größe ihrer Augen, nachdem meine Schwester, ihre Mutter, gestorben war – ein ganzes Jahr lang trug sie danach auffälliges dunkles Make-up, hinter dem sie sich offenbar verstecken wollte, was sie mir aber völlig fremd gemacht hatte. Es fiel mir schwer zu glauben, dass das Mädchen, das mir ausschweifende Briefe über Ponys und die Nöte einer Viertklässlerin geschrieben hatte, das Kind, das einmal hier zu Besuch gewesen war und entlang der gesamten Mole Rad geschlagen hatte, sich unter diesem Tarnanstrich verbergen sollte.

Dann, ein paar Jahre später, sah ich etwas anderes: die Weichheit und Verletzlichkeit, die oft mit der Mutterschaft einhergeht. Da lag sie, stolz, erschöpft, nur wenige Stunden nach der Geburt ihrer Tochter, das Haar in verschwitzten Strähnen am Gesicht klebend, und später dann, als Hannah im Krabbelalter war, wie sie die Pausbacken des Kindes in irgendeiner beengten Fotokabine küsste.

Nachdem sie Stephen kennengelernt hatte, kamen keine Bilder mehr. Das einzige, das ich aus dieser Zeit besitze, habe ich nie aufhängen wollen – er hatte selbstgefällig den Arm um ihre Schultern gelegt, offenbar stolz darauf, Vater zu sein. Nino hatte auch hier gefunden, dass ich ein wenig übertrieben reagierte. «Sie sieht gut aus», sagte er. «Gepflegt, teure Kleidung.» In meinen Augen jedoch wirkte ihr Blick auf jenem Foto verschleiert und ausdruckslos.

Von der Zeit, als sie hier ankam, besitzen wir überhaupt keine Fotos. Was hätte das Knipsen auch für einen Sinn gehabt?

Und was würde jetzt, fünf Jahre später, ein Foto von ihr zeigen? Eine klügere, stärkere Frau. Jemanden, der vielleicht noch nicht mit seiner Vergangenheit ins Reine gekommen war, der jedoch wild entschlossen war, nicht mehr daran zu denken.

Eine gute Mutter. Ein beherzter, liebevoller Mensch, der allerdings trauriger und verschlossener war, als ich es mir wünschen würde. Das alles wäre auf einem Foto von ihr zu sehen. Wenn sie uns erlauben würde, eins zu machen.

\* \* \*

Am darauffolgenden Morgen, als Hannah und Liza am Küchentisch saßen und frühstückten, fuhr ein Lieferwagen vor und kam mit einem lauten Knirschen auf dem Kies draußen zum Stehen. Der Bote, der unüberhörbar Kaugummi kaute, reichte mir eine Schachtel, die an Mike adressiert war und für die ich unterschrieb. Als Mike schließlich herunterkam – er frühstückte jetzt meistens mit uns in der Küche –, war Hannah vor lauter Neugier schon ganz aufgekratzt.

«Sie haben ein Päckchen gekriegt!», verkündete sie, sobald er auftauchte. «Es kam heute Morgen.»

Er nahm die Schachtel entgegen und setzte sich an den Tisch. Heute trug er den weichsten Pullover, den ich jemals gesehen hatte. Ich unterdrückte den Wunsch, ihn zu fragen, ob er aus Kaschmir sei.

«Ah. Schneller, als ich gedacht habe», bemerkte er. Er hielt Liza das Päckchen hin. «Für Sie», sagte er. Ich fürchte, in dem Blick, mit dem sie ihn bedachte, lag tiefes Misstrauen.

«Wie bitte?»

«Für Sie», wiederholte er.

«Was ist das?», fragte Liza und schaute das Päckchen an, als wollte sie es nicht einmal anfassen. Sie hatte ihr Haar noch nicht zurückgebunden, und es fiel herab und verbarg ihr Gesicht, als sie nach unten blickte. Vielleicht sollte es das ja auch.

«Mach's auf, Mum», sagte Hannah. «Oder soll ich?» Sie griff danach, und Liza nickte gleichgültig.

Während ich Brot aufschnitt, machte sich Hannah an der Plastikverschnürung zu schaffen und bearbeitete die störrischeren Teile mit einem Messer. Ein paar Momente später hatte sie das Papier entfernt und untersuchte die Pappschachtel, die sich darin befand.

«Es ist ein Smartphone!», verkündete sie.

«Mir ist aufgefallen, dass Sie keines haben», sagte Mike. «Ich dachte, das können Sie benutzen, um diese Boote zu filmen, falls sie wiederkommen.»

Liza starrte das kleine silberne Ding lange an. Nach einer Ewigkeit sagte sie: «Wie viel hat das gekostet?»

Mike bestrich gerade eine Scheibe Toast mit Butter. «Machen Sie sich darüber keine Gedanken.»

«Das kann ich nicht annehmen», sagte Liza. «Das war sicher teuer.»

Hannah suchte bereits in der Schachtel nach der Gebrauchsanweisung.

Mike lächelte. «Wirklich, das war nicht der Rede wert. Vor einer Weile habe ich mal mit der Firma einen Deal abgeschlossen. Die haben mir gern eins geschickt.»

Hannah war beeindruckt. «Schicken Ihnen oft Leute was gratis?»

«Manchmal», sagte er.

«Können Sie denn kriegen, was Sie wollen?»

«Normalerweise kriegt man nur etwas, wenn die Person, die es einem gibt, davon ausgeht, dass sie eines Tages etwas dafür zurückbekommt», sagte er und fügte hastig hinzu: «Das gilt natürlich nur fürs Geschäftsleben.»

Dieser Satz ging mir nicht aus dem Sinn, während ich die Milch vor ihn auf den Tisch stellte, ein wenig ruppiger als geplant. Ich fragte mich nun doch, was er tags zuvor im Rathaus gemacht hatte.

«Probieren Sie es doch mal aus», sagte er, als Liza immer noch keine Anstalten machte, das Handy anzufassen. «Wenn Sie wollen, betrachten Sie es als Leihgabe. Nehmen Sie es und benutzen Sie es für die Zeit der Walmigration. Was ich da kürzlich gesehen habe, hat mir nicht gefallen, und irgendwie fände ich es gut zu wissen, dass Sie noch ein bisschen Munition gegen diese Typen sammeln können.»

Es war deutlich zu sehen, dass diese Argumentation bei meiner Nichte Wirkung zeigte. Schließlich nahm sie das Handy vorsichtig von Hannah entgegen. «Ich könnte die Bilder direkt an die Naturschutzbehörde schicken», sagte sie und betrachtete das Gerät in ihrer Handfläche.

«Klar. Sobald Sie sehen, dass jemand etwas macht, das nicht in Ordnung ist», meinte er. «Hätten Sie noch etwas Kaffee, Kathleen?»

«Nicht bloß die Discoboote, sondern auch Tiere in Not, die sich in Fangleinen verheddert haben.»

«Und ich könnte einen Film von den Delphinen aufnehmen und ihn an der Schule zeigen. Ich meine, wenn du mir erlaubst, mit rauszufahren.» Hannah schaute ihre Mutter an, aber Liza blickte immer noch fasziniert auf das Smartphone.

«Ich weiß gar nicht, was ich sagen soll», murmelte sie irgendwann.

«Nicht der Rede wert», sagte Mike und winkte ab. «Wirklich.» Und als wollte er diese Aussage unterstreichen, nahm er die Zeitung in die Hand und fing an zu lesen.

Aber irgendwie konnte ich deutlich sehen, dass er die Buchstaben vor sich auf dem Papier gar nicht richtig wahrnahm. Ich hatte ein komisches Gefühl wegen des Telefons, und das bestätigte sich am selben Tag, als ich sein Bett machte und die Quittung dafür fand. Es war über eine Internetseite in Australien bestellt worden und hatte mehr gekostet als eine Woche Übernachtung mit Frühstück bei mir.

\*\*\*

An dem Tag, als Liza und Hannah hier angekommen waren, fuhr ich die drei Stunden bis zum Flughafen, um sie abzuholen, und als wir ins Hotel kamen, legte sich Liza in mein Bett und stand neun Tage lang nicht mehr auf.

Am dritten Tag bekam ich solche Angst, dass ich den Arzt rief. Fast sah es so aus, als läge sie in einer Art Koma. Sie aß nichts, sie schlief nicht, nur ab und zu nahm sie schluckweise etwas von dem gesüßten Tee, den ich ihr ans Bett stellte, aber sie weigerte sich, mir Antworten auf meine Fragen zu geben. Die meiste Zeit lag sie bloß auf der Seite und starrte an die Wand. In der Mittagshitze schwitzte sie leicht, ihr Haar war schlaff. Im Gesicht hatte sie eine Schnittwunde und auf dem Arm einen großen blauen Fleck. Dr. Armstrong sprach mit ihr und erklärte sie für körperlich gesund; er meinte, ihr Zustand könne ebenso gut mit einer Viruserkrankung wie mit einer Neurose zusammenhängen, und man solle sie einfach in Ruhe lassen.

Vermutlich war ich erleichtert, dass sie nicht hierhergekommen war, um zu sterben, aber sie gab mir auch so genug Anlass zur Sorge. Hannah war damals erst sechs, ein ängstliches und anhängliches Kind, das oft unvermittelt in Tränen ausbrach und nachts weinend in den Gängen des Hotels umhergeisterte. Eine Überraschung war das nicht, wenn man bedachte, dass sie einen Tag und zwei Nächte unterwegs zu einem unbekannten Ort gewesen war, nur um dort in die Obhut einer alten Dame zu geraten, die sie nicht kannte. Es war Hochsommer, und sie bekam einen Hautausschlag von der Hitze, wurde halb zu Tode gestochen von den Moskitos und konnte nicht verstehen, warum ich sie draußen nicht unbeaufsichtigt herumlaufen ließ. Ich hatte wegen ihrer hellen Haut Angst vor der Sonne, hatte Angst, dass sie zu nah ans Wasser ging, und ich hatte Angst, sie würde nicht wiederkommen.

Wenn ich sie nicht im Auge behalten konnte, weil irgendeine häusliche Pflicht mich für kurze Zeit ablenkte, stieg sie meistens nach oben in den ersten Stock und klammerte sich wie ein Äffchen an ihre Mutter, als könnte sie sie durch eine feste Umarmung ins Leben zurückholen. Die Heftigkeit, mit der sie nachts weinte, brach mir das Herz. Irgendwann wandte ich mich sogar an meine Schwester oben im Himmel und fragte sie, was um Gottes willen ich eigentlich mit diesen Nachkommen tun sollte.

Am neunten Tag hatte ich die Nase voll. Ich war am Rande meiner Kräfte, weil ich mich nicht nur um die Gäste zu kümmern hatte, sondern auch um dieses ewig heulende Kind, das nicht in der Lage war, mir die Geschehnisse, die sie hierhergeführt hatten, auf zufriedenstellende Weise zu erklären, ebenso wie ich nicht imstande war, ihr zu helfen. Ich wollte nur mein Bett wiederhaben und einen Moment in Frieden gelassen werden. Eine eigene Familie hatte ich nie gehabt und war folglich auch nicht an das Chaos gewöhnt, das Kinder mit sich bringen, ihre endlosen, sich wandelnden Bedürfnisse und Wünsche. Langsam wurde ich ungehalten.

Zu diesem Zeitpunkt war in mir der Verdacht gewachsen, es könnten Drogen im Spiel sein: Liza war so weit entfernt vom Leben, so bleich und teilnahmslos. Alles war möglich, dachte ich mit einigem Unbehagen – schließlich hatten wir in den letzten paar Jahren nur wenig Kontakt gehabt. Na gut, dachte ich. Wenn es das war, was sie mir ins Haus brachte, musste sie sich dem Problem stellen. Wenn sie bleiben wollte, dann musste sie meine Regeln befolgen.

«Steh auf», sagte ich energisch, öffnete das Fenster und stellte eine frische Tasse Tee neben sie. Als sie nicht reagierte, zog ich ihr die Decke weg und versuchte, nicht zusammenzuzucken, als ich sah, wie dünn sie geworden war. «Jetzt komm, Liza, es ist ein schöner Tag, und es wird Zeit, dass du endlich aufstehst. Deine Tochter braucht dich, und ich muss mich mal wieder um andere Dinge kümmern.»

Ich erinnere mich noch, wie sie den Kopf drehte. Als ich ihre Augen sah, in denen sich dunkel die Erinnerung an schreckliche Ereignisse spiegelte, war meine Entschlossenheit wie weggeblasen. Ich setzte mich auf mein ungelüftetes Bett und nahm ihre Hand.

«Dann sprich endlich mit mir, Liza», sagte ich leise. «Was ist passiert?»

Und als sie es mir erzählt hatte, zog ich sie an meine Brust und drückte sie so fest, dass meine Knöchel ganz weiß wurden, die Augen auf den fernen Horizont gerichtet, während sie endlich, zwölftausend Meilen und mehrere hundert Stunden später, zu weinen begann.

\*\*\*

Es war bereits nach zehn Uhr abends, als wir hörten, dass ein kleiner Babywal gestrandet war. Yoshi hatte mich schon am Nachmittag über Funk verständigt, sie hätten ein weibliches Tier gesichtet, das offenbar in Not war und vor der Mündung der Bucht hin und her schwimme. Sie und Lance waren ziemlich nah herangekommen, hatten aber nicht herausfinden können, was nicht stimmte: Das Tier zeigte keinerlei Anzeichen von Krankheit und zog auch keine losen Netze hinter sich her, an denen es sich verletzt haben könnte. Die Walkuh schwamm einfach nur hin und her, als folgte sie irgendeinem seltsamen, verworrenen Weg. Für einen Wal auf Wanderung war dies ein abnormes Verhalten. Und am Abend, als sie zu einer Nachttour mit einer Bootsladung voll Versicherungsangestellten aus Newcastle hinausfuhren, hatten sie dann das gestrandete Kalb entdeckt.

«Das ist der Kleine, den wir schon gesehen haben», sagte Liza, als sie den Hörer auflegte. «Ich wusste es.»

Wir saßen in der Küche; es war eine kühle Nacht, und Mike hatte sich in die Eingangshalle zurückgezogen, um vor dem Kamin Zeitung zu lesen.

«Kann ich helfen?», fragte er, als er uns auf dem Flur unsere Jacken und Stiefel anziehen sah.

«Könnten Sie hierbleiben, damit Hannah nicht allein ist? Und bitte sagen Sie ihr nicht, was passiert ist, falls sie aufwachen sollte.»

Mich überraschte es, dass Liza ihn darum bat; aber wir mussten so schnell wie möglich hinaus, und ich vermute, sie war zu den gleichen Schlüssen gekommen wie ich, was seinen Charakter anging.

«Könnte sein, dass wir eine Weile weg sind», ergänzte ich und tätschelte seinen Arm. «Warten Sie nicht auf uns. Und was auch immer Sie tun, lassen Sie Milly bitte nicht raus. Der arme Wal hat schon genug Probleme, da braucht er nicht auch noch einen Hund, der um ihn herumrennt.»

Er sah uns zu, als wir in den Wagen stiegen. Ich hatte das Gefühl, er wäre lieber mitgekommen und hätte uns geholfen. Im Rückspiegel sah ich den ganzen Weg die Küstenstraße entlang seine Silhouette in der Tür stehen.

Es gibt nicht vieles, was so herzzerreißend ist wie der Anblick eines gestrandeten Walkalbes. Gott sei Dank habe ich das mit meinen gut siebzig Jahren nur ganze zwei Mal sehen müssen. Das Baby lag im Sand und war etwa zwei Meter lang. Die Wellen der See leckten sanft an ihm, als wollten sie es davon überzeugen, nach Hause zu gehen. Es war höchstens ein paar Monate alt.

«Ich hab schon die Behörden informiert», sagte Greg, der bereits da war und zu verhindern suchte, dass das Tier noch weiter in den Kies hineingesogen wurde. Es war nicht mehr erlaubt, einen gestrandeten Wal ohne offizielle Hilfe zu bewegen; wenn das Tier krank war, konnte man damit mehr Schaden anrichten als ihm nützen. Sollten wohlmeinende Helfer das Tier zum Meer drehen, konnte es durchaus sein, dass es eine ganze Schule von Walen anlockte, die sich dann aus Mitgefühl in schrecklicher Anzahl ebenfalls an Land treiben lassen würden.

«Vielleicht ist es krank», sagte Greg. «Sieht jedenfalls ziemlich schwach aus.» Seine Jeans waren bis zur Hälfte des Beines nass, dort, wo er sich hingekniet hatte. «Möglicherweise wird es noch gesäugt, und ohne Milch kann es nicht lange überleben. Könnte durchaus sein, dass es schon ein paar Stunden hier liegt.»

Das Kalb lag auf der Seite, seine Nase zeigte in Richtung Strand, und es hatte die Augen geschlossen, als hätte es sich seinem Elend ergeben. Es war ein Bild des Jammers.

«Es ist nicht gestrandet, weil es krank ist. Das ist bloß wegen dieser bescheuerten Boote», fauchte Liza, griff nach ihrem Eimer und lief zum Wasser, um ihn zu füllen. «Die Musik ist so laut, dass sie die Orientierung verlieren. Die Kleinen haben dann keine Chance.»

Entlang unserer Küstenstraße gab es keine künstlichen Lichtquellen, und wir drei arbeiteten fast eine Stunde lang in völligem Schweigen und warteten darauf, dass die Leute vom Naturschutz oder von der Seenotrettung eintreffen würden. Nur das Licht unserer Stirnlampen war zu sehen, die hin und her wanderten, während wir zum Wasser und wieder zurückgingen, um das Tier immer wieder zu begießen und damit feucht zu halten. Dabei waren wir so leise wie möglich. Die Größe eines Wales vermittelt oft einen falschen Eindruck, was seine Robustheit angeht. In Wirklichkeit kann man ein solch großes Tier unter Umständen ebenso wenig am Leben erhalten wie einen Goldfisch, den man von einem Jahrmarkt in einem Plastikbeutel nach Hause trägt.

«Na, komm schon, kleiner Wal», flüsterte Liza und strich dem Tier immer wieder über den Kopf. «Halt noch ein bisschen durch, bis wir eine Trage für dich kriegen. Deine Mama ist da draußen und wartet auf dich.»

Wir hatten wirklich den Eindruck, dass das stimmte. Etwa alle halbe Stunde hörten wir es draußen auf dem Wasser platschen, ein Geräusch, das bis in die mit Kiefern bestandenen Hügel hinter dem Strand widerhallte, als wollte die Walkuh das Meer ausloten, um herauszufinden, wie nahe sie herankommen konnte. Es war schrecklich, diese angstvollen Geräusche der Mutter zu hören. Während wir das Kleine umrundeten, versuchte ich, meine Ohren davor zu verschließen. Meine größte Angst war, dass die Mutter in ihrer Verzweiflung selber stranden könnte.

Dreimal rief Greg vom Handy aus an, aber es wurde Mitternacht, als uns die Rangers der Naturschutzbehörde endlich erreichten: Offenbar war das Telefonnetz zusammengebrochen, man hatte die Ortsangabe falsch verstanden, und dann war auch noch jemand mit der einzig verfügbaren Trage verschwunden. Ohne auf die Ausflüchte einzugehen, sagte Liza: «Jetzt hört mal zu. Wir müssen es wirklich schnell aufs Wasser rauskriegen. Wir wissen ja, dass seine Mutter noch da draußen ist.»

«Wir versuchen, es ins flache Wasser zu bringen, damit es treiben kann», sagten die Männer und rollten das Walbaby auf eine Trage für Tümmler. Dann schleppten sie diese, ächzend unter dem Gewicht, zum Wasser, ohne auf dessen eisige Temperatur zu achten. Ich stand am Strand und hörte ihnen zu, wie sie darüber diskutierten, ob sie das Kleine auf ein Boot laden und zu seiner Mutter hinausfahren sollten, aber der Mann von der Naturschutzbehörde meinte, er wisse nicht, ob das Kalb kräftig genug sei, um die Strapazen einer solchen Aktion zu verkraften, ganz zu schweigen vom Schwimmen. Außerdem fürchteten sie, die Mutter könne sich durch das Boot bedroht fühlen und die Gegend verlassen.

«Wenn es uns gelingt, das Baby zu stabilisieren», brummte jemand, «dann kriegen wir es vielleicht weiter raus in die Bucht...»

Sie begannen, das Kalb sanft zu schaukeln, damit es sein inneres Gleichgewicht wiedererlangte. Nach etwa einer Stunde hatten sie es in tieferes Wasser geschafft, Liza und Greg standen bis zur Brust im Wasser, obwohl keiner von ihnen einen Neoprenanzug trug und sie vor Kälte zitterten. Unermüdlich versuchten sie, das kleine Geschöpf dazu zu bringen, zu seiner Mutter zu schwimmen. Lizas Zähne klapperten, und auch ich war völlig durchgefroren.

Das Kalb bewegte sich immer noch nicht.

«Also gut, wir zwingen ihn nicht», sagte einer der Männer, als sie die Hoffnung aufgegeben hatten, dass der Kleine schwimmen würde. «Wir bleiben jetzt einfach ein bisschen stehen und lassen ihn selber herausfinden, wo er ist, während wir ihn am Leben erhalten. Vielleicht braucht er nur ein bisschen Zeit, um sich zu orientieren.»

Selbst halb im Wasser treibend ist ein Walbaby schrecklich schwer. Mit Yoshi neben mir schaute ich vom Strand aus zu, wie die vier dastanden. Lizas schmale Schultern stemmten sich mit aller Kraft gegen das Gewicht des kleinen Wals, während sie ihm aufmunternde Worte zuflüsterte, damit er wieder zu seiner Mutter zurückschwamm. Aber das Kalb schien völlig erschöpft zu sein; seine Atmung war unregelmäßig, und die Augen schlossen sich immer wieder.

Ich weiß nicht, wie lange sie da standen. Die Nacht kam mir seltsam zeitlos vor, und die Stunden schleppten sich in einer Mischung aus Kälte, leisen Gesprächen und wachsender Verzweiflung dahin. Irgendwann kochten Yoshi und ich Kaffee auf der geankerten *Moby One*, dann sprangen Lance und sie ein, damit jeder der Helfer eine Viertelstunde Pause bekam und sich bei einem heißen Getränk aufwärmen konnte. Doch die Nacht zog sich hin, und ich musste mir eine weitere Jacke borgen, die ich über meine eigene zog, weil einem alten Menschen die Kälte offenbar noch tiefer in die Knochen kriecht als einem jungen.

Und dann hörten wir es: ein schreckliches, schwaches Geräusch von weit draußen auf See, ein seltsames Blöken, das klang wie eine Totenklage. Es war der seltene Klang von Walgesang über der Wasseroberfläche.

«Das ist seine Mutter!», schrie Liza. «Sie ruft es!»

Yoshi schüttelte den Kopf. «Die Weibchen singen nicht», sagte sie. «Viel wahrscheinlicher ist es ein Männchen.»

«Wie oft hast du denn Kopf über Wasser Walgesang gehört?», wollte Liza wissen. «Das ist die Mutter, ich weiß es.»

Yoshi bestand nicht auf ihrer Meinung. Irgendwann sagte sie: «Es gibt Studien, nach denen manchmal ein männliches Tier die Mutter und das Baby in gewisser Entfernung begleitet und dabei singt. Wie eine Eskorte. Vielleicht hat er nach ihnen Ausschau gehalten.»

«Scheint dem kleinen Kerlchen aber nicht viel genützt zu haben», sagte einer der Männer von der Naturschutzbehörde, während wir uns in den feuchten Sand setzten. «Er hat wohl keine Kraft mehr, um zu kämpfen.»

Neben mir schüttelte Liza den Kopf. Ihre Finger waren blau vor Kälte. «Er muss aber. Er ist nur desorientiert. Wenn wir ihm lange genug Zeit geben, findet er vielleicht heraus, wo seine Mutter ist. Dass er sie hören kann, muss doch für etwas gut sein.»

Doch keiner von uns war sich sicher, wie viel dieses kleine Walkalb überhaupt noch hören konnte. Für mich sah das arme Ding halbtot aus, und es rang jetzt sichtbar um Luft. Mittlerweile konnte ich mich kaum noch auf den Beinen halten; obwohl ich eine robuste Konstitution habe, bin ich einfach zu alt dafür, die ganze Nacht wach zu bleiben, und ich begann, kaum dass ich mich auf Yoshis Anraten gesetzt hatte, kurz wegzudösen, nur um von der hitzigen Diskussion, die ein paar Meter weiter im Gange war, wieder aus dem Schlaf gerissen zu werden.

Denn das ist das Schlimmste, wenn ein Wal strandet: Offenbar hat sich das Tier dafür entschieden zu sterben, und wir Menschen, die das nicht verstehen können, verlängern einfach nur seinen Todeskampf, indem wir versuchen, ihm das Leben zu retten. Jedes Mal, wenn das geschafft ist und das Tier wieder aufs Meer hinausschwimmt, fühlen wir uns bestätigt in unserem Handeln und sind uns sicherer denn je, dass es richtig war, das Tier zu retten. Doch was, wenn es manchmal besser wäre, es in Ruhe zu lassen? Was, wenn das Baby einfach sterben musste? Und wenn wir es allein gelassen hätten, wäre vielleicht dann die Mutter gekommen und hätte es selbst zurück ins Wasser gelockt? All diese Geschichten hatte ich bereits gehört. Der Gedanke, dass wir das Leid des Tieres noch vergrößert haben könnten, war zu grässlich, um weiter darüber zu grübeln, und so verschloss ich mich davor und versuchte, an irgendwelche häuslichen Dinge zu denken – an Hannahs Sportschuhe, den kaputten Wasserkessel, an das letzte Mal, als ich meine Buchhaltung gemacht hatte. Irgendwann schlief ich dann vermutlich wirklich ein.

Als endlich die Sonne über der Landzunge aufging und ein blassblaues Licht auf unsere kleine Gruppe im Sand warf, wurde ich schlagartig wach, als einer der Männer von der Naturschutzbehörde verkündete, es gebe keine Hoffnung mehr. «Wir sollten es einschläfern», sagte er und rieb sich die Augen. «Wenn wir noch länger warten, gehen wir das Risiko ein, dass die Mutter doch noch herkommt und selber hier strandet.»

«Aber es lebt doch noch», sagte Liza. In dem blassen Licht sah sie grau und erschöpft aus. Sie zitterte wie Espenlaub, weigerte sich aber, etwas Trockenes anzuziehen, das Yoshi ihr angeboten hatte, weil die Kleidung sowieso wieder nass würde, wenn sie erneut ins Wasser ging. «Solange noch Leben da ist, muss man doch ...»

Greg legte ihr den Arm um die Schultern und drückte sie. Seine Augen waren rot unterlaufen, und dunkle Bartstoppeln bedeckten sein Gesicht. «Wir haben getan, was wir konnten, Liza. Wir dürfen die Mutter nicht auch noch in Gefahr bringen.»

«Aber es ist doch überhaupt nicht krank!», schrie sie. «Es sind bloß diese Scheißboote! Wenn wir das Baby raus zu seiner Mutter bringen, kann es das schaffen!»

«Nein, das schafft es nicht.» Der Mann vom Naturschutz legte eine Hand auf den Rücken des Kleinen. «Wir haben es jetzt schon seit acht Stunden hier, wir haben es ins Wasser gezogen, und es hat sich kaum bewegt. Es ist zu jung, um sich zu drehen, und zu schwach, um es bis dort hinaus zu schaffen. Wenn wir es ins Tiefe bringen, ertrinkt es, und ich bin nicht bereit, das zu verantworten. Tut mir leid, Leute, aber der Kleine hier schwimmt nirgendwo mehr hin.»

«Das ist furchtbar», sagte Lance. Yoshi, die er im Arm hielt, hatte angefangen zu weinen, und auch ich kämpfte mit den Tränen.

«Noch eine halbe Stunde, bitte», flehte Liza und strich unablässig mit den Händen über die Haut des Babys. «Nur noch eine halbe Stunde. Wenn wir es nur zurück zu seiner Mutter bringen können … Sie würde es doch wissen, wenn das Baby es nicht schaffen kann, oder? Stimmt's? Sie hätte es doch dann längst zurückgelassen.»

Ich musste den Blick abwenden, weil ich den Kummer in ihrer Stimme kaum ertragen konnte. Der Mann ging auf seinen Pick-up zu. «Seine Mutter kann ihm jetzt nicht mehr helfen. Tut mir leid.»

«Dann lasst das Kleine wenigstens in ihrer Nähe sterben», bettelte Liza. «Lasst es nicht allein sterben. Wir können es da rausziehen, damit es bei ihr ist.»

«Das kann ich nicht machen. Selbst wenn der Weg dahin es nicht traumatisiert, gäbe es keine Garantie, dass sie es in ihre Nähe lassen würde. Möglicherweise stressen wir sie nur noch mehr.»

Danach war ich gegangen, weil ich zu Hause bei Hannah sein wollte, wenn sie aufwachte, aber auch, weil ich einer Situation entfliehen wollte, die für mich unerträglich war. Ich bin froh, nicht gesehen zu haben, wie sie dem Kalb die zwei Injektionen verabreichten und wie der Mann von der Naturschutzbehörde in Panik geriet, als es dennoch nicht gelang, das Junge einzuschläfern. Er brauchte weitere zwanzig Minuten, um ein Gewehr aufzutreiben, aber Yoshi erzählte mir später, kurz bevor sie dem Babywal die Mündung der Waffe an den Kopf gehalten hatte, habe das arme kleine Geschöpf noch einmal einen leisen, gurgelnden Atemzug getan und sei gestorben. Alle standen zitternd im morgendlichen Dunst und weinten. Selbst der stämmige Typ vom Naturschutz, der erzählt hatte, es sei sein zweiter gestrandeter Wal in vierzehn Tagen gewesen.

Liza jedoch war völlig ausgeflippt, wie Yoshi es nannte. Sie schluchzte so heftig, dass sie fast begann zu hyperventilieren, und Greg hatte sie festgehalten, weil er fürchtete, sie könnte durchdrehen. Sie war ins Wasser hinausgewatet, mit ausgestreckten Armen, und hatte sich weinend bei der Mutter entschuldigt, als wäre der Tod des Babys ihre persönliche Schuld. Als man den Kadaver des Kalbs mit einer Persenning abgedeckt hatte, um ihn vor den neugierigen Blicken der Passanten zu verbergen, hatte sie so laut geweint, dass die Männer von der Naturschutzbehörde Lance beiseitegenommen und ihn gefragt hatten, ob Liza denn ganz richtig im Kopf sei.

Erst da, so Yoshi, hatte sich Liza etwas beruhigt. Greg flößte ihr einen Brandy ein – er hatte immer eine Flasche im Handschuhfach seines Wagens. Lance und Yoshi hatten auch ein Schlückchen genommen, um ihre Lebensgeister wieder zu wecken, doch Liza setzte die Flasche gleich noch mal an. Und dann, nach ein paar Schlucken mehr, während langsam die Sonne über Silver Bay aufging und ihr Licht über den Kadaver und die unschuldige Schönheit ringsum ergoss, während die Schreie dessen, von dem wir hofften, dass es doch nicht die Mutter des Tieres gewesen war, verklangen, stieg Liza mit unsicheren Bewegungen in den Wagen und fuhr mit Greg zu ihm nach Hause.

## KAPITEL 9

*Mike*

Dieser verdammte Jetlag. Es war erst kurz nach sechs Uhr morgens, und ich lag wider Willen hellwach im Bett, dachte über das Gespräch nach, das ich gerade mit Dennis in England geführt hatte, und versuchte, mir einzureden, nichts von dem zu fühlen, von dem ich sicher war, dass ich es besser nicht fühlen sollte.

Ich brauchte nicht lange zu überlegen, um zu wissen, was geschehen war. Um kurz nach vier war ich aufgewacht und hatte eine Weile mit einem unguten Gefühl im Dunkeln gelegen, während mir allerlei Gedanken im Kopf herumgingen. Irgendwann war ich aufgestanden, hatte festgestellt, dass die Regenklamotten von Liza und Kathleen immer noch nicht wieder an der Garderobe hingen, und war beunruhigt durch die verlassenen Räume gewandert. Als ich schließlich in mein Zimmer zurückkehrte, hatte ich einen Feldstecher in der Hand, der auf der Anrichte gelegen hatte, und schaute damit aus dem Fenster auf die Bucht hinaus. Unten beleuchteten das Flackern von Taschenlampen und das gelegentliche Aufblitzen von Autoscheinwerfern die Szenerie am Strand. In den Lichtkegeln hatte ich Greg und die anderen Waljäger gesehen, die ins Wasser hinein- und wieder herauswateten, und einige Zeit später auch

– anhand der Farbe ihrer Jacke – Liza erkannt, die im Sand saß, sowie zwei Männer, die neben einer Art Plane standen und sich miteinander unterhielten.

Ich zog den Vorhang wieder vor das Fenster, machte mir Kaffee und unterdrückte den Impuls, noch einmal hinauszuschauen. Ich konnte mich diesem Drama um Leben oder Tod kaum entziehen, selbst wenn nur ein Tier betroffen war, doch ich fühlte mich schäbig dabei, nur zusehen und nicht helfen zu können.

Der Anruf von Dennis lenkte mich ab – er hatte offenbar den Zeitunterschied vergessen und konnte seine Wut darüber, dass er immer noch ans Bett gefesselt war, kaum im Zaum halten. Er bestand darauf, jedes Detail aus den Gesprächen, die ich geführt hatte, haarklein berichtet zu bekommen, und fragte schroff, wie ich mir das weitere Vorgehen vorstellte. Selbst an guten Tagen war er schwer zufriedenzustellen, aber in einer solchen Laune war es schier unmöglich, seinen Ansprüchen gerecht zu werden. Wenn er im Büro in diesem Zustand war, verschwand er manchmal urplötzlich zu irgendwelchen erfundenen Terminen und tauchte erst wieder auf, wenn er sich wie ein Hurrikan ausgetobt hatte. Er war ein Mann der Extreme, der neunzig Prozent der Zeit der großzügigste und optimistischste Mensch sein konnte, die Art von Zeitgenosse, die in einem den Wunsch weckt, selber ein besserer Mensch zu sein, jemand, der einen zu Höchstleistungen anspornte, zu denen fähig zu sein man selbst nicht geglaubt hätte. Das war einer der Gründe, warum ich so gerne für ihn und mit ihm arbeitete. Doch in der übrigen Zeit konnte er ein verdammt harter Knochen sein.

«Hast du die Planungserlaubnis schon?», wollte er wissen.

«Es gibt vielleicht noch ein paar Problemchen … ökologischer Natur.»

«Was zum Teufel soll das bedeuten?»

«Es könnte sein, dass der Wassersport einen ... äh ... negativen Einfluss auf die hiesige Natur hat.»

«Konkreter bitte», muffelte er.

«Ich befürchte einen gewissen Widerstand von den Walbeobachtern.»

«Walbeobachter? Was sind das denn für Typen? Irgendwelche linsenfressenden Greenpeace-Anhänger?»

«Sie betreiben immerhin die größte touristische Attraktion hier in der Bucht.»

«Und zwar?»

«Na ja, sie beobachten Wale, und ...»

«Gut. Und von wo aus beobachten sie die?»

«Von Booten aus.»

«Und sind das etwa Ruderboote?»

«Motorboote.» Ich verstand, worauf er hinauswollte.

Als ich wieder aus dem Fenster schaute, waren alle weg, einschließlich des Wals.

Etwa um sechs Uhr hörte ich, wie die Fliegentür aufging, und kam gerade rechtzeitig nach unten, um Kathleen zu sehen, die sich in der Eingangshalle aus ihrem nassen Mantel schälte. Im bleichen Schimmer des Morgenlichts sah sie völlig erledigt aus, irgendwie älter und hinfälliger als noch vor zwölf Stunden, und ihre Bewegungen wirkten träge vor Erschöpfung. Liza war nicht bei ihr.

«Kommen Sie, ich nehme Ihren Mantel», sagte ich.

Sie schob mich beiseite. «Lassen Sie gut sein», sagte sie, und ich schloss aus ihrem schroffen Ton, was mit dem Walbaby passiert war. «Wo ist Hannah?»

«Schläft noch.» Was man von Lizas Hund nicht behaupten konnte, der vom ersten Moment an, seit sie weggegangen waren, an der Tür gekratzt und gewinselt hatte.

Kathleen nickte. «Danke.» Sie stand tief gebeugt. Es war das erste Mal, dass ich sie ganz deutlich als alte Frau wahrnahm. «Ich mach mir eine Kanne Tee. Möchten Sie auch welchen?»

Es überraschte mich, dass jemand, der als Haitöter zu Ruhm und Ehren gekommen war, solches Mitgefühl für ein gestrandetes Walbaby empfinden sollte. Und während der ganzen Zeit, die ich untätig am Tisch saß, weil Kathleen darauf bestand, den Tee selber zu machen, war mir bewusst, dass ich darauf wartete, das Geräusch von Lizas Ölhautjacke an der Wand zu hören, wenn sie hereinkam und ihre Schlüssel in die Schale in der Eingangshalle fallen ließ.

«Armes Tier», sagte Kathleen, als sie sich endlich hinsetzte. «Hatte wirklich keine Chance. Wir hätten es gleich zu Beginn erschießen sollen.»

Ich hatte schon zwei Tassen Tee getrunken, bevor ich den Mut fand, etwas zu sagen. Schließlich versuchte ich, möglichst beiläufig zu klingen. Ich bemerkte, offenbar habe Liza beschlossen, schon sehr früh mit der *Ishmael* hinauszufahren, doch kaum waren die Worte heraus, warf Kathleen mir einen Blick zu, der deutlich machte, dass mir nicht gefallen würde, was sie als Nächstes sagte.

«Sie ist bei Greg.»

Die Worte blieben in der Luft hängen.

«Ich wusste gar nicht, dass die beiden zusammen sind.» Meine Stimme klang hoch und falsch.

«Sind sie auch nicht», sagte sie müde. Und fügte dann unvermittelt hinzu: «Sie hat den Tod des Walbabys sehr persönlich genommen. Das ist ihre Art, damit umzugehen.»

Es trat ein längeres Schweigen ein, während ich in meine leere Tasse starrte und versuchte, meine Gedanken zu sortieren. «Aber sicher hätte sie doch auch nichts tun können, oder?», fragte ich. Es war ein sinnloser Kommentar. Ich begriff einfach nicht, wieso ein toter Wal bedeuten sollte, dass sie mit Greg schlafen musste.

«Nein. Es ist bloß so, dass ein totes Baby sie vollkommen aus der Bahn wirft. Sie hat selbst ein Kind verloren, bevor sie hierherkam.» Kaum ausgesprochen, senkte sie den Blick und grummelte unzufrieden vor sich hin. Dann sah sie mich an, und all die Müdigkeit der langen Nacht stand ihr ins Gesicht geschrieben. «Das hätt' ich Ihnen nicht erzählen dürfen. Vergessen Sie das schnell wieder.»

Ich nickte benommen. Während ich die Neuigkeiten noch verdauen musste, stützte Kathleen sich mit den Händen auf dem Tisch auf, stemmte sich hoch und verkündete mit einem nur schlecht unterdrückten Gähnen, dass sie jetzt wohl besser Hannah aus dem Bett bekommen würde. Bei dem Licht, das durch das Küchenfenster hereinströmte, sah ihre Haut fahl und blutleer aus, das krasse Gegenteil zu ihrer sonst so gesunden Gesichtsfarbe.

«Ich fahre Hannah in die Schule, wenn Sie möchten», bot ich an. «Ich habe heute Morgen noch nichts weiter vor.»

Plötzlich spürte ich, dass ich eine Aufgabe brauchte, die mich vom Grübeln abhielt. Ich wollte Hannahs fröhliches Geplapper über Wal-Websites hören, über Werkunterricht und Schulpartys. Ich wollte mit dem Auto irgendwohin fahren. Ich wollte raus aus diesem Haus.

«Kathleen, haben Sie mich gehört? Ich fahre sie gern.»

«Sind Sie sicher?» Der dankbare Blick, der mich traf, als ich meine Autoschlüssel holen ging, zeigte mir, wie erschöpft die legendäre Sportfischerin und eigentlich unermüdliche Hotelinhaberin in Wirklichkeit war.

\*\*\*

Nach der Episode mit Tina könnte man mich, wie meine Schwester es formuliert hatte, fälschlicherweise für einen Schwerenöter halten. Tatsächlich hatte ich in den vier Jahren meiner Beziehung zu Vanessa, bis zu dem Abend mit Tina, nicht einmal eine andere Frau geküsst. Das soll nicht etwa heißen, dass mir der Gedanke nicht durch den Kopf gegangen wäre – schließlich bin ich auch nur ein Mensch –, aber bis zu dem Abend unserer Bürofeier war allein die Vorstellung, Vanessa zu betrügen, so weit entfernt vom Möglichen, geschweige denn vom Wahrscheinlichen, dass selbst während ich Tinas schlanken, durchtrainierten Körper in den Armen hielt und ihre Hände sich drängend in Richtung meiner Hose vorwärtsarbeiteten, etwas in mir nur laut hinauslachen wollte angesichts des absurden Gedankens, dass so etwas wirklich geschehen konnte.

Kennengelernt hatte ich Vanessa Beaker in der Marketing-Abteilung von Beaker Holdings. Auch wenn es Leute gab, die das mehr als unglaubwürdig fanden, gingen wir schon mehrere Monate miteinander aus, bevor mir auffiel, was ihr Nachname zu bedeuten hatte. Als ich dann schließlich herausfand, wer sie war, hatte ich sogar in Betracht gezogen, die Beziehung zu beenden; ich wollte meinen Job unbedingt behalten und hatte bereits genaue Vorstellungen davon, wie ich innerhalb der Firma meine Karriere vorantreiben könnte. Die Möglichkeit, sie wegen eines Techtelmechtels mit der Tochter des Chefs in Gefahr zu bringen, schien mir kaum das Risiko wert zu sein.

Doch ich hatte die Rechnung ohne meine neue Freundin gemacht. Sie sagte mir, ich solle mich nicht lächerlich machen, informierte ihren Vater in meiner Anwesenheit von unserer Beziehung und fügte noch hinzu, ob wir zusammenblieben oder nicht, gehe ihn nichts an. Danach verkündete sie mir, sie wisse, dass ich der Richtige für sie sei. Und ich nahm diese Feststellung dankend an, ohne sie weiter zu hinterfragen.

Meine Schwester Monica fand, ich sei faul, was Beziehungen anging. Mir war es nur recht, wenn attraktive Frauen versuchten, mich an die Angel zu bekommen, und ich hatte nur ein einziges Mal selbst eine Beziehung beendet. Vanessa war hübsch, manchmal sogar schön, ein glücklicher, selbstbewusster und kluger Mensch. Sie sagte mir jeden Tag, dass sie mich liebte, obgleich ich das auch gemerkt hätte, wenn sie es mir nicht gesagt hätte, weil sie mich nach Strich und Faden verwöhnte, einen völlig unkomplizierten Appetit auf Sex hatte und endlose Zeit und Energie auf die Sorge um mein Äußeres und mein Wohlergehen verwandte. Ich hatte nichts dagegen, denn das ersparte mir die Mühe. Und ich konnte mich auf Vanessas Meinung verlassen. Wie gesagt, sie war klug und hatte von ihrem Vater einen ausgeprägten Geschäftssinn geerbt.

Warum ich meine Beziehung vor meiner Schwester verteidigen musste, wusste ich selbst nicht, aber ich tat es. Und zwar oft. Sie sagte, Vanessa habe den Charme eines Hockeyschlägers, und meinte, wahrscheinlich würde ich jede Frau heiraten, die sich so um mich bemühte wie Vanessa und mir das Leben so leicht machte. Außerdem behauptete sie, ich sei niemals wirklich verliebt gewesen, was sie aus dem Umstand schloss, dass mich noch nie jemand wirklich verletzt hatte. Darauf erwiderte ich, ihre Vorstellung von einer Beziehung erinnere mich irgendwie verdächtig an Masochismus.

Monica selbst war seit fünfzehn Monaten wieder Single. Das erklärte sie mit der Tatsache, dass sie sich mittlerweile in einem Alter befinde, in dem Männer sie für «zu kompliziert» hielten.

«Was willst du?», fragte sie rüde, als ich sie jetzt anrief.

«Hallo, Bruderherz, wie schön, dass du anrufst», antwortete ich, etwas pikiert. «Wie geht es dir denn so am anderen Ende der Welt? Und nimmt dein toller Deal, der dir so einen riesigen Karrierekick geben wird, langsam Gestalt an?»

«Rufst du mich etwa an, um mir mitzuteilen, dass du auswandern willst? Lädst du mich ein, damit ich dich besuche? Spendier mir ein Business-Class-Ticket, und ich bringe es Mum und Dad schonend bei.»

Ich hörte, wie eine Zigarette angezündet wurde. Im Hintergrund rauschte der Fernseher, und ich schaute auf die Uhr und rechnete nach, wie viel Uhr es zu Hause war. «Ich dachte, du hättest es endlich aufgegeben.»

«Habe ich ja auch», sagte sie und blies deutlich hörbar den Rauch aus. «Muss was mit der Telefonleitung nicht in Ordnung sein. Also, was gibt's?»

«Wollte vermutlich einfach mit jemandem reden.»

Bei dieser Bemerkung horchte sie auf. Ich hatte meiner Schwester gegenüber noch nie ein Bedürfnis geäußert, das irgendetwas mit Gefühlen zu tun hatte.

«Ist alles in Ordnung?»

«Ja, klar. Ich hatte nur ... eine seltsame Nacht. Draußen vor dem Hotel ist ein Walbaby gestorben, und das hat mich ein bisschen ... mitgenommen.»

«Wow! Ein Walbaby? Hat jemand es getötet?»

«Nein. Es ist gestrandet.»

«Oh. Wie traurig.» Ich hörte, wie sie an der Zigarette zog. «Hast du Fotos gemacht? Könnte vielleicht eine interessante Story abgeben.»

«Sei nicht so gefühllos, Monica.»

«Und du sei nicht so empfindlich. Aber wie war das, habt ihr alle versucht, das Baby ins Wasser zurückzuziehen?»

«Ich persönlich nicht.»

«Wolltest dir wohl die Designerhosen nicht dreckig machen, was?»

Plötzlich ärgerte ich mich über ihre einzigartige Unfähigkeit, auch nur einmal nett und freundlich zu sein statt schnippisch und sarkastisch. «Wir beiden sind keine vierzehn mehr, falls du das noch nicht gemerkt hast», hätte ich ihr am liebsten gesagt. Aber stattdessen sagte ich nur: «Ach, vergiss es. Ich leg dann jetzt besser auf.»

«He ... he ... Mensch, Mike. Tut mir leid.»

«Du, wir reden ein andermal weiter.» Eigentlich hätte ich Vanessa anrufen sollen. Leider wusste ich ganz genau, warum ich es nicht getan hatte.

«Mike, sei nicht sauer. Tut mir leid, okay? Was ... was wolltest du mir denn eigentlich sagen?»

Aber der Drang, meiner Schwester mein verwirrtes Herz auszuschütten, war mir nach ihren Frotzeleien so plötzlich vergangen, wie er gekommen war.

Eine Stunde, nachdem ich Hannah an der Schule abgesetzt hatte, sah ich Liza auf der Küstenstraße in Richtung Hotel laufen. Sie war sehr blass und offensichtlich todmüde, ihre Klamotten waren schmutzig und steif. Als sie mich am Strandende der Mole sitzen sah, veränderte sich ihr Gesichtsausdruck nicht, doch sie blieb ein paar Meter von mir im Sand stehen und hob eine Hand zum Schutz gegen die Morgensonne, die ihr in die Augen schien. Sie schwankte leicht, und ich überlegte, ob sie wohl betrunken war. Nach dem, was ich von Kathleen erfahren hatte, sah ich sie mit ganz anderen Augen. Plötzlich schien es so offensichtlich, dass hinter ihrer rauen Schale ein tief verletzter Kern steckte.

«Möchten Sie mit mir einkaufen fahren?», fragte sie mich ohne Begrüßung.

Weil ich sie wegen des Gegenlichts nur als Umriss sah, konnte ich ihr Gesicht kaum erkennen. «Fahren Sie?»

«Ich dachte, Sie könnten vielleicht mich fahren, falls Sie mit der Gangschaltung von diesem Holden endlich zurechtkommen. Kathleen ist sicher zu müde, um heute Einkäufe zu machen, ich möchte sie etwas schlafen lassen.»

Aus dem Munde dieser Frau durfte ich das wohl beinahe als charmante Einladung werten. Ich verkniff mir ein Lächeln und ging nach drinnen, um meine Autoschlüssel zu holen.

Für einen Briten sind australische Supermärkte ein wahres Füllhorn: fremd und doch vertraut, mit leuchtend bunten Früchten und Gemüse im Überfluss, und dann so exotische Köstlichkeiten wie Violet Crumbles oder Green's Pancake Shake. Zu Hause hatte ich mit dem Einkaufen von Lebensmitteln nicht viel zu tun; entweder kümmerte sich Vanessa darum, oder ich drückte gemäß ihren Anweisungen auf der Internet-Shopping-Seite den Knopf «Bestellliste wiederholen», und die Ware wurde geliefert, säuberlich verpackt und mit Aufschriften wie «Gefrierfach», «Kühlschrank» und «Speisekammer» versehen – als hätte irgendjemand in London noch eine Speisekammer. Doch während wir im höhlenartigen Inneren dieses australischen Supermarktes umherwanderten, machte es mir richtig Spaß, all diese neuen Lebensmittel zu studieren, und ich ertappte mich mehrfach dabei, wie ich die Preise in britische Pfund umrechnete – als hätte ich auch nur eine Ahnung, wie viel das britische Äquivalent der Ware gekostet hätte.

Liza marschierte in den Gängen auf und ab und lud mit der Selbstverständlichkeit eines regelmäßigen Einkäufers Artikel in den überdimensionalen Einkaufswagen. Weder ihre Gewandtheit noch die Schnelligkeit ihrer Bewegungen ließen vermuten, dass sie die ganze Nacht auf den Beinen gewesen war.

«Möchten Sie irgendwas Besonderes?», rief sie über ihre Schulter hinweg. «Vorausgesetzt, Sie bleiben überhaupt noch.» Nichts an ihrer Stimme verriet, ob das für sie auch nur den geringsten Unterschied machen würde.

«Ich bin pflegeleicht», sagte ich, stellte eine Schachtel Cracker auf das Regal zurück und überlegte, wie doppeldeutig man diesen Satz interpretieren konnte.

Als es ans Bezahlen ging, bemerkte ich, dass sie in ihren Hosentaschen nach Banknoten und Münzen kramen musste, um den entsprechenden Betrag zusammenzubekommen. Fast hätte ich angeboten, ihr unter die Arme zu greifen, doch ein warnender Blick genügte, damit ich die Hand in der Tasche stecken ließ, wo sie bereits nach der Geldbörse gegriffen hatte. Ich tat so, als hätte ich nur nach einem Taschentuch gesucht, und putzte mir so lautstark die Nase, dass die Frau hinter mir pikiert zurückwich.

Wieder dachte ich darüber nach, was Kathleen mir erzählt hatte, und mir begann einiges klarzuwerden, auf das ich mir vorher keinen Reim hatte machen können. Lizas Weigerung, Hannah aufs Wasser hinauszulassen. Ihre Traurigkeit. Vielleicht war das andere Kind ja ertrunken. Vielleicht war es noch ein Baby gewesen. Vielleicht hatte sie damals auch ihren Mann verloren. Ich betrachtete sie verstohlen, während sie den Einkauf bezahlte. Liza McCullen hatte ein Kind gehabt, das gestorben war. Sie war drei Jahre jünger als ich, und während ich da neben ihr stand, hatte ich auf einmal das Gefühl, als hätte ich selber die Lebenserfahrung und die Selbsterkenntnis einer Amöbe.

Wir saßen schon fast zwanzig Minuten im Wagen, bis wir endlich wieder ein Wort wechselten. Als ich sie vorsichtig nach dem Walbaby fragte, erzählte Liza mir, dass sie vermutete, es sei dasselbe, das von dem Lärm des Partyboots neulich verschreckt wurde. Möglicherweise habe sein Orientierungssinn einen Schaden erlitten, und es sei deshalb gestrandet.

Wir fuhren am Rathaus vorbei, und ich musste an unser Projekt denken und an mein Gespräch mit Dennis. Mir fiel etwas ein, das mir Kathleen vor ein paar Tagen gesagt hatte: dass die Gegend rund um Silver Bay nur deshalb kein Outback mehr sei, weil die Alliierten hier eine Basis errichtet hatten. Sie könne sich noch an eine Zeit erinnern, als es hier nur ihr Hotel, ein paar Häuser und einen Tante-Emma-Laden gegeben hatte. Das hatte sie mit einer gewissen Sehnsucht gesagt, als wäre ihr das damals lieber gewesen. Ich wusste, dass dies der Moment gewesen wäre, um ihr von unserem Bauprojekt zu erzählen. Zum Teil war es vermutlich einfach Feigheit, die mich davon abhielt, denn ich ahnte, wie sie – und alle anderen auch – wahrscheinlich darauf reagieren würde. Ich mochte sie alle. Und der Gedanke, dass sie mich ablehnen könnten, wenn sie erfuhren, warum ich hier war, fühlte sich schrecklich an.

Nach den Erlebnissen bei der Bootstour mit Liza, der Konfrontation mit dem Partyboot und dem Tod des Walbabys war ich von der Richtigkeit unseres Plans einfach nicht mehr überzeugt. Es musste eine Möglichkeit geben, beide Interessen unter einen Hut zu bringen – die unseres geplanten Hotels und die der Walbeobachter. Bis ich hier allerdings eine Lösung gefunden hatte, wollte ich mit niemandem darüber reden. Weder mit Liza noch mit ihrer Tante. Und auch nicht mit Dennis, ganz gleich, wie wütend meine vermeintliche Verschleierung von Tatsachen ihn machen würde.

Ich saß auf dem Fahrersitz, versuchte, mich auf die Straße zu konzentrieren, und war mir doch allzu deutlich bewusst, dass Liza neben mir saß. Wie sie mit der rechten Hand Löckchen in ihr Haar drehte, während sie in Gedanken ganz woanders war als hier mit mir im Auto.

Ich wollte ihr gerne etwas Tröstliches sagen, ohne ihr zu verraten, was Kathleen mir erzählt hatte. Und ich stellte mir vor, wie Greg mich an diesem Abend angrinsen und eindeutige Anspielungen auf ihre gemeinsam verbrachte Nacht machen würde, als wäre sie ein Beleg für seine Warnung an jenem Abend. Männern wie ihm war ich schon öfters begegnet: charismatisch, laut, wie Kinder in ihrem Bedürfnis, immer im Mittelpunkt zu stehen. Mir war es schleierhaft, wie sie es unweigerlich schafften, die nettesten Frauen an Land zu ziehen und diese dann meist schlecht zu behandeln. Ich stellte mir vor, wie er neben Liza auf der Bank saß und besitzergreifend einen Arm um sie legte, und musste mir eingestehen, dass die Vorstellung unerträglich war. Was fand sie bloß an diesem bierbäuchigen Dampfplauderer?

Als Silver Bay in Sichtweite kam, sah ich zwei Boote an der Walmole: die *Moby One* und die *Ishmael*. Mittlerweile konnte ich sie ohne Probleme auseinanderhalten, was mir ein seltsames Gefühl der Genugtuung bereitete. Die Sonne, die hoch am Himmel stand, warf glitzernde Reflexe auf das Wasser hinter ihnen, und die Kiefern, die dicht an dicht die Hügel bedeckten, schimmerten in einem fast unnatürlich saftigen Grün. Jedes Mal, wenn ich bisher dieses Panorama gesehen hatte, hatte ich es mir als Foto in einer Hochglanzbroschüre vorgestellt.

Ich bog auf den Parkplatz. Wir saßen schweigend da, während der Motor abkühlte und sich mit einem leisen Ticken in die Unbeweglichkeit verabschiedete.

Als Liza sich zu mir umdrehte, sah ich, dass ihre Augen rot unterlaufen waren, was vom Schlafmangel kommen mochte oder aber die Folge stundenlangen Weinens war.

«Ich bin so müde», flüsterte sie.

Ich wusste nicht, was ich sagen sollte.

Und so kam es, dass ich mich einfach meinem Impuls hingab. Ich beugte mich vor, nahm Liza McCullens erschöpftes, schönes Gesicht in die Hände und küsste sie. Doch das wirklich Überraschende war, dass sie meinen Kuss erwiderte.

## KAPITEL 10

*Hannah*

Die *Baby Dreamer* hatte einen abgeflachten Bug und ein Sitzbrett in der Mitte des Bootes. Sie war aufgetakelt wie eine Bermuda-Schaluppe mit einem Hauptsegel und zwei Vorsegeln. Außerdem hatte Lara eine kleine Flagge am Mast, die ihr anzeigte, aus welcher Richtung der Wind wehte.

Sie brachte mir die wichtigsten Manöver bei, Halsen und Wenden, wobei gleichzeitig das Ruder, die Segel und das Gewicht der gesamten Mannschaft eingesetzt werden. Lara und ich mussten ständig von einer Seite zur anderen wechseln, was uns zum Kichern brachte, und manchmal tat Lara so, als würde sie ins Wasser fallen, aber ich bekam nie Panik, weil ich wusste, dass sie nur Spaß machte.

Mum erzählte ich nichts davon, dass Lara mich manchmal auf ihrem Boot mitnahm. Aber Laras Mutter wusste es – sie sah uns von ihrem Haus aus zu –, und ich trug ihre Rettungsweste. Da meine Mutter nie viel mit den anderen Müttern redete, vermutete ich, dass mein Geheimnis bei ihr in guten Händen war.

In Laras Familie segelten alle. Lara selbst tat es schon ihr Leben lang, in ihrem Wohnzimmer hing ein Foto von ihr, auf dem sie als Kleinkind abgebildet war, die pummeligen kleinen Hände an einer Ruderpinne, während jemand anderes sie am

Bauch festhielt. Sie konnte sich daran erinnern, wie sie als ganz kleines Kind auf der Familienjacht schlief, und ihre Mutter sagte, sie sei deshalb bis heute eine so schlechte Schläferin, weil sie sich damals daran gewöhnt hatte, von den Wellen in den Schlaf gewiegt zu werden.

Lara hatte einen Kurs in Salamander Bay gemacht und konnte echt gut segeln. Sie kannte all die verschiedenen Winkel, in denen ein Boot auf den Wind treffen kann, zum Beispiel der Gegenwind, mit dem es rückwärts treibt, oder der halbe Wind, bei dem man mit dem Boot am schnellsten vorwärtskommt. Sobald meine Mum mir erlauben würde, mit *Hannah's Glory* rauszufahren, wollten wir zusammen noch einen Kurs in Salamander Bay machen, wo sie einem so praktische Sachen beibrachten wie das Segeln mit nur einem Segel oder ohne Kielschwert. Die Kurse fanden in den Schulferien statt, und es war ziemlich cool, wenn man mit seinem eigenen Boot ankam, anstatt sich mit den schuleigenen Booten abzuwechseln. Seit meiner Geburtstagsparty hatte ich Mum noch einmal wegen Gregs Dinghi gefragt, und sie hatte mir mit einem so klaren Nein geantwortet, dass ich es aufgegeben hatte. Aber Tante K. meinte, ich solle das ruhig ihr überlassen, und wenn wir es nur klug anstellten, würden wir Mum schon rumkriegen. Sie meinte, das ist wie beim Fischen: Man muss lernen, sich ganz ruhig zu verhalten und Geduld haben, dann kann man an Land ziehen, was man will. Hoffentlich hat sie recht.

Es war ziemlich warm, selbst draußen auf dem Wasser, und wir trugen nur unsere Fleecepullover. Laras Mum hatte uns eingeschärft, die ganze Zeit auch die Schwimmwesten zu tragen, und die hielten uns zusätzlich warm. Die See war ruhig, und wir hatten die Erlaubnis, zwischen den beiden nächsten Bojen durch und, so weit wir wollten, links die Küste hochzufahren, solange wir nicht bis zur Fahrrinne hinaussegelten. Lara hielt sich immer an das, was ihre Mum sagte. Sie erzählte, ihr Dad hätte mal jemanden gekannt, der versehentlich in die Fahrrinne geraten war und fast von einem Containerschiff überfahren wurde.

In der Nähe der Landspitze kamen die Delphine zu Besuch. Wir hatten gerade die Segel gefiert, um unsere Schokolade auszupacken, und ich erkannte sofort Brolly und ihr Kleines. Ich zeigte Lara Brollys Rückenfinne, die genau die Form der Unterseite eines Regenschirms hat. Ihr Baby war so süß, dass Lara fast weinte. Wir waren uns ziemlich sicher, dass sie uns erkannten – zu den Tourbooten schwammen sie nicht immer hin, aber zu uns kamen sie jetzt schon zum dritten Mal. Und immer sahen sie aus, als würden sie lächeln.

Wir verbrachten fast eine ganze Stunde damit, ihnen da draußen in der Nähe der Landspitze beim Spielen zuzuschauen. Brollys Kleines war ganz schön gewachsen, seit ich es das letzte Mal gesehen hatte, und Brolly kam nahe genug an das Boot heran, dass wir ihr die Schnauze streicheln konnten. Ich konnte einfach nicht widerstehen, sie anzufassen, obwohl Yoshi immer sagt, man soll die Tiere gar nicht dazu ermutigen, so nah an die Boote heranzukommen, weil sie dann denken, alle Menschen sind nett zu ihnen. Sie hatte mir erzählt, letztes Jahr hätte jemand südlich von hier an der Küste ohne erkennbaren Grund einen Delphin erstochen. Er fuhr einfach mit einem Jet-Ski raus, nahm ein Messer und stach auf das Tier ein. Ich weinte, als ich das hörte, weil ich immer an diesen armen Delphin denken musste, der mit seinem lieben grinsenden Gesicht zu dem Wassermotorrad hinschwamm und dachte, er hätte einen neuen Freund gefunden. Am Ende weinte ich so sehr, dass Yoshi meine Mutter holen musste, damit sie mich wieder beruhigte.

Delphine waren Lettys Lieblingstiere gewesen. Sie hatte vier aus Kristall in verschiedenen Farben, die sie zu ihrem vierten Geburtstag bekommen hatte. Ich stellte die Figuren oft um, worüber sie sich immer schrecklich ärgerte. Eigentlich stritten wir uns ziemlich viel, weil sie nur vierzehn Monate jünger war als ich und Mum immer sagte, wir seien uns wie aus dem Gesicht geschnitten. Manchmal dachte ich noch daran zurück, wie wir uns immer gezankt hatten, und dann wurde ich ganz traurig, denn wenn ich gewusst hätte, was einmal passieren würde, hätte ich jeden Tag versucht, netter zu ihr zu sein. Nur «versucht», weil es ziemlich schwer war, jeden Tag nett zu jemandem zu sein. Selbst meine Mum ging mir manchmal auf die Nerven, aber ich war immer nett zu ihr, weil ich wusste, dass sie traurig war, und weil sie nur noch mich hatte. Die Delphine aus Kristall hatte ich immer noch. Der eine sah ein bisschen so aus wie Brolly, weshalb ich ihm diesen Namen gegeben und den kleinsten der Delphine zu seinem Baby erklärt hatte, auch wenn das mit der Größe nicht ganz hinhaute. Aber ich bewahrte sie in einer Schachtel auf, weil sie wertvoll waren. Und weil all das immer wieder hochkam, wenn ich sie sah.

Als ich sie Lara zum ersten Mal gezeigt hatte, nahm sie sie ganz vorsichtig in die Hand und fragte: «Denkst du noch oft an deine Schwester?»

«Ich spreche eigentlich nicht über sie, weil Mum sich dann immer so aufregt», sagte ich, «aber ich vermisse sie immer noch.» Mehr konnte ich wirklich nicht dazu sagen. Das alles war immer noch so schwer.

«Ich kann meine Schwester nicht leiden», sagte Lara. «Sie ist eine Hexe. Ich wäre viel lieber ein Einzelkind.»

Irgendwie konnte ich es ihr nicht richtig erklären, aber ich würde immer eine Schwester haben. Dass Letty nicht mehr am Leben war, machte mich trotzdem nicht zum Einzelkind, höchstens zur Hälfte von dem, was ich einmal war.

\* \* \*

Am Donnerstag bat mich Mum schon zum dritten Mal in der Woche, Mike sein Frühstück zu bringen.

«Kannst du das nicht machen?», fragte ich. «Ich hab meine Haare noch nicht geflochten.» Tante K. sagte, ihre alten Finger seien zu steif, um damit Zöpfe zu flechten, und Mum war es ja sogar egal, wie ihre eigenen Haare aussahen, weshalb mir nichts anderes übrigblieb, als es selbst zu machen.

«Nein», sagte sie. Und damit ließ sie sein Tablett auf der Treppe vor meinem Zimmer stehen.

Irgendwie war sie ganz komisch. Ich wusste nicht, ob es daran lag, dass sie ihn nicht leiden konnte, aber sie saß abends nicht mehr mit den anderen draußen, und wenn sie es doch machte, tat sie immer so, als wäre er Luft, obwohl er sich jeden Abend so hinsetzte, als wartete er auf sie. Ich meinte zu Lara, das sei doch wirklich ziemlich kindisch, so wie manche Mädchen bei uns in der Klasse so tun, als wäre man gar nicht da, obwohl man doch direkt vor ihnen steht.

«Bist du sauer auf Mike?», fragte ich Mum schließlich.

Sie war ein bisschen erschrocken. «Nein, wieso fragst du denn?»

«Du siehst so aus, als wärst du sauer auf ihn.»

Sie fing an, mit ihren Haaren zu spielen. «Ich bin nicht sauer auf ihn, Schatz. Ich finde bloß, es ist keine gute Idee, wenn man sich mit den Gästen zu sehr anfreundet», sagte sie.

Später hörte ich dann sie und Tante K. in der Küche reden, als sie dachten, ich würde fernsehen. Die Waljäger saßen draußen, aber Mum wollte nicht zu ihnen, obwohl es ziemlich dringend nötig gewesen wäre, weil sie ausmachen wollten, ob sie die Fahrpreise erhöhten. Die Benzinpreise waren wieder gestiegen. Es ging dauernd um die Benzinpreise.

«Ich verstehe nicht, warum du dich eigentlich über alles so aufregst», sagte Tante K. gerade.

«Wie kommst du darauf, dass ich mich über alles aufrege?»

«Weil du zum Beispiel gerade diese Tomate vor lauter Anspannung zerquetscht hast?»

«Oh. Tut mir leid.»

«Liza, Liebes, du kannst dich nicht ewig verstecken.»

«Warum? Wir sind doch glücklich, oder? Uns geht es doch gut.»

Tante K. sagte nichts.

«Ich kann nicht, okay? Es ist einfach keine gute Idee.»

«Aber Greg ist eine gute Idee?»

Greg kann Mike nicht leiden. Er hat ihn einen «Scheißkerl» genannt, als Tante K. einmal mit ihm redete und er glaubte, es würde keiner zuhören.

Mums Stimme klang ganz gepresst, als sie sagte: «Ich glaube einfach nur, es ist besser für Hannah und mich, wenn ich mich ... auf nichts einlasse.» Dann ging sie hinaus. Und Tante K. machte wieder dieses Schnauben mit der Nase.

Anschließend schlug ich «einlassen» im Lexikon nach. Darin stand, es bedeutet, «eine romantische oder sexuelle Beziehung einzugehen, bei der die Gefahr besteht, dass sie zu kompliziert oder schwer zu führen ist». Als ich Tante K. das später zeigte, weil ich wissen wollte, welches von beiden denn nun stimmt, unterstrich sie mit dem Finger den Text und sagte, dass beide Möglichkeiten zusammengenommen die Sache ganz gut trafen.

In der Schule wurde über die Reise geredet. Manchmal konnte man meinen, es gäbe sowieso nur dieses eine Thema, obwohl das Ganze noch Monate hin war und unser Lehrer sagte, wenn wir uns nicht ein bisschen mehr ins Zeug legten, würde überhaupt nichts draus und keiner würde fahren. Wir saßen gerade alle auf der langen Bank draußen im Hof, und Katie Taylor fragte mich, ob ich mitfahren würde, und ich sagte, vielleicht könnte ich nicht. Mehr wollte ich nicht sagen, weil sie so eine ist, die einem das Wort im Mund rumdreht, aber natürlich baute sie sich vor allen auf und fing an, mich zu löchern. «Warum denn? Habt ihr nicht genug Geld?»

«Nein, das ist es nicht», sagte ich und wurde knallrot, weil ich den wahren Grund nicht sagen konnte.

«Warum dann? Alle anderen aus unserer Klasse fahren doch auch.» Wie immer hatte sie zwei rote Stellen neben den Ohren, weil ihre Mutter ihr die Zöpfe zu fest flicht. Lara behauptet, das ist auch der Grund, warum sie immer so gemein ist.

«Nicht alle», meinte Lara.

«Alle außer den armen Würstchen.»

«Ich komme nicht mit, weil wir woanders hinfahren», sagte ich, ohne lang darüber nachzudenken. «Wir machen selber eine Reise.»

Lara nickte, als wüsste sie das schon seit Ewigkeiten.

«Zurück nach England?»

«Vielleicht. Oder ins Northern Territory.»

«Du weißt also noch nicht mal, wohin?»

«Mensch, ihre Mutter hat sich einfach noch nicht entschieden», sagte Lara. Sie konnte ihre Stimme so verändern, dass klar wurde, dass sie keine Widerrede duldete. «Jetzt mach dich nicht so wichtig, Katie. Es geht dich wirklich nichts an, wohin sie fahren.»

Später legte mir Lara den Arm um die Schultern, als wir zu ihr nach Hause gingen. Meine Mutter würde mich nach dem Tee bei ihr abholen, so wie jeden Dienstag, und Lara sagte immer, es sei lustig, weil es mir bei ihr am besten gefiel, so wie ihr umgekehrt bei mir. Ich mochte es, wie alle in ihrer Familie immer laut und glücklich waren, auch wenn sie sich gerade anschrien, und ich mochte auch, wie ihr Vater sie immer aufzog oder mit ihren nackten Füßen über sein stoppeliges Kinn fuhr und sie «Kätzchen» nannte. Manchmal dachte ich an ihn, wenn mich Lance «Mäuschen» nannte, aber es war nicht dasselbe. Mit Lance würde ich nie knuddeln, so wie Lara es mit ihrem Dad tat. Als Laras Dad einmal meine Füße nahm und sich damit über das Stoppelkinn fuhr, war mir das nur peinlich, weil ich das Gefühl hatte, alle würden so tun, als gehörte ich dazu, bloß weil ich selber keinen Dad habe. Lara sagte, ihr gefällt es bei mir zu Hause, weil keiner bei mir ins Zimmer geht und in meinen Sachen herumschnüffelt und weil uns Tante K. manchmal den Schlüssel zum Walfangmuseum gibt und uns erlaubt, darin herumzulaufen, ohne dass einer auf uns aufpasst. Tante K. sagte, sie wüsste, dass wir nichts kaputt machen, weil wir so brave Mädchen sind. Die bravsten, die sie kennt. Dass Lara einmal eine von den Zigaretten ihrer Mutter geklaut hat und wir sie in der Ecke hinter der *Maui II* geraucht haben, bis uns schlecht wurde, wusste sie allerdings nicht.

«Hannah», sagte Lara, als wir am Ende ihrer Straße angelangt waren, und ihre Stimme klang ganz lieb, als wollte sie mir zeigen, dass sie immer noch meine beste Freundin war. «Geht es doch ums Geld? Ist das der Grund, warum du nicht mit nach Neuseeland darfst?»

Ich kaute an meinen Nägeln. «Es ist ein bisschen kompliziert.»

«Du bist meine beste Freundin», sagte sie. «Ich würde es niemandem sagen, was auch immer es ist.»

«Ich weiß.» Ich drückte ihren Arm. Eigentlich hätte ich sehr gern mit ihr darüber gesprochen. Aber ich wusste selbst nicht so ganz, was eigentlich das Problem war. Bloß dass Mum mir gesagt hatte, dass wir Australien niemals verlassen könnten und dass ich mit niemandem darüber reden dürfte. Schon gar nicht über den Grund dafür.

Und dann fing Katie Taylor am nächsten Tag wieder damit

an. Sie sagte, ich könne nicht mitfahren, weil das Silver Bay Hotel pleite sei. Dann sagte sie, sie vermute, es sei Tante K. gewesen, die das Walbaby getötet habe, so wie sie den Hai getötet hatte. Sie sagte, wenn ich einen Dad hätte, könnte ich vielleicht an mehr Schulausflügen teilnehmen, und dann fragte sie mich, wie er heiße, weil sie wusste, dass ich das nicht sagen konnte, und dann lachte sie noch auf diese wirklich fiese Art, bis Lara aufstand und ihr einen Schubs gab. Katie packte ihre Hand und bog ihr die Finger nach hinten, und dann fingen sie an, sich richtig zu prügeln, bis Mrs. Sherborne kam und dazwischenging.

«Sie ist eine blöde Kuh», sagte Lara zu mir, als wir zur Garderobe gingen. Sie spuckte auf den Boden, weil ein paar von Katies Haaren in ihrem Mund hängen geblieben waren. «Am besten hörst du gar nicht auf die.»

Aber die Sache war die: Plötzlich war ich nicht mehr sauer auf Katie oder auf eine von ihren doofen Freundinnen, sondern auf meine Mum. Weil ich mir nichts mehr wünschte, als das zu tun, was alle anderen auch taten. Ich hatte gute Noten und redete längst nicht so viel über Letty, wie ich es mir eigentlich wünschen würde, weil ich immer die Gefühle von anderen respektieren soll. Wenn wir also das Geld für eine Reise nach Neuseeland zusammenkriegen könnten, wie Tante K. gesagt hatte, und wirklich jeder in meiner Klasse fahren durfte – sogar David Dobbs, von dem alle wissen, dass er noch ins Bett macht und seine Mutter manchmal im Laden etwas mitgehen lässt, ohne es zu bezahlen – warum war es trotzdem bloß immer ich, die nicht mitmachen durfte? Warum war immer ich diejenige, die nein sagen musste?

Wenn man einmal außer Acht ließ, woher wir kamen, war ich die Einzige in meiner Klasse, die noch nie weiter gereist war als bis zu den Blue Mountains.

Ich war immer noch sauer, als ich nach Hause kam. Mum holte mich ab, und ich hätte fast etwas gesagt, aber sie war so in Gedanken, dass sie nicht einmal merkte, wie still ich war. Und dann fiel mir wieder ein, dass wir diese schreckliche Familie als Gäste bei uns im Hotel hatten, mit zwei Jungs, die mich immer anstarrten, als wäre ich bescheuert. Und das machte mich erst recht wütend.

«Hast du Hausaufgaben auf?», fragte Mum, als wir vor dem Hotel ankamen. Milly hatte während der ganzen Autofahrt auf Mums Taschenlampe herumgekaut, und ich hatte es gemerkt, aber keinen Mucks gesagt.

«Nein», antwortete ich und stieg aus dem Auto, bevor sie nachschauen konnte. Ich wusste, dass sie mich ansah, aber Katies Worte klangen mir immer noch in den Ohren, und ich wollte einfach nur eine Weile in meinem Zimmer allein sein.

Als ich die Treppe hochkam, sah ich, dass Mikes Zimmertür offen stand. Er war am Telefon. Ich blieb im Türrahmen stehen, war mir aber nicht sicher, ob ich warten sollte, bis er fertig war.

Ich glaube, er spürte meine Anwesenheit, weil er sich umdrehte. «Ein S94. Richtig. Und er sagte, das dürfte unsere Chance um hundert Prozent erhöhen.» Er schaute mich an. «Okay – kann jetzt nicht weiterreden, Dennis. Ich ruf dich zurück.» Dann legte er sein Handy zur Seite und grinste mich breit an. «Hallo. Wie geht's denn so?»

«Furchtbar», sagte ich und ließ meine Tasche auf den Boden fallen. «Ich hasse sie alle.» Das überraschte mich selbst, weil ich so etwas normalerweise nie von mir gebe. Aber ich fühlte mich gleich besser.

Er machte weder «Pst!», weil ich was Schlimmes gesagt hatte, noch meinte er, es stimme doch gar nicht, dass ich mich so fühlte, so wie meine Tante das immer macht, als wüsste ich nicht am besten, wie ich mich fühle.

Er nickte nur. «Ich hab auch manchmal solche Tage.»

«Heute auch?»

Er zog die Stirn kraus. «Heute was?»

«Ob heute auch so ein Tag ist. Ein furchtbarer Tag.»

Er dachte eine Minute nach und schüttelte dann den Kopf. Als er grinste, dachte ich, dass er fast so gut aussieht wie Greg.

«Nein», antwortete er. «Im Moment sind die meisten Tage eigentlich ziemlich gut. Hier», er gab mir ein Zeichen, mich zu setzen, «vielleicht muntert dich einer von denen hier ein bisschen auf. Ich habe mir vorgenommen, alle australischen Kekse zu probieren, die es gibt.»

Als er seine Schublade aufzog, sah ich, dass er all meine Lieblingsplätzchen hatte: Iced Vovos, Anzacs, Chocolate Tim Tams und Arnott's Mint Slices.

«Die machen aber dick», warnte ich ihn.

«Keine Sorge. Ich gehe fast jeden Morgen laufen», sagte er. «Einen guten Stoffwechsel habe ich auch. Und ganz abgesehen davon machen sich die Leute viel zu viele Gedanken über diese Sachen.»

Er kochte sich einen Tee und nahm dann auf dem Ledersessel Platz, während ich mich an seinen Computer setzte und er mich eine Runde damit spielen ließ. Er zeigte mir ein Programm, mit dem man Fotos bearbeiten kann, und einfach so zum Spaß luden wir noch mal das Bild von Tante K. mit dem Hai herunter und zauberten ihm ein fettes Grinsen aufs Gesicht, und bei einem anderen zeichnete ich Tante K. einen Schnurrbart und ein Paar richtig große Füße und gab ihr ein Schild in die Hand, auf dem stand: «Unsere Hai-Lady empfiehlt Haiodent – damit Sie auch morgen noch kraftvoll zubeißen können.»

Als ich gerade damit fertig war, spürte ich, wie er mich anschaute. Das funktioniert wirklich, jemanden dazu zu bringen, dass er sich umdreht, wenn man ihn nur fest genug anstarrt. Ich hatte das Gefühl, dass er mir von hinten auf den Kopf schaute, deshalb drehte ich mich ganz schnell um und stellte fest, dass es stimmte.

«Hattest du eigentlich einen Bruder oder eine Schwester?», fragte er. «Ich meine, das Geschwisterchen, das gestorben ist.»

Ich war so erschrocken darüber, dass jemand das laut aussprach, dass ich fast mein Chocolate Tim Tam ausgespuckt hätte. Kein Erwachsener redet je über Letty. Zumindest nicht so direkt. Tante K. bekommt einen wehmütigen Ausdruck im Gesicht, wenn ich Lettys Namen sage, als könnte sie es kaum ertragen, und Mum wird immer so traurig, wenn ich mit ihr über sie spreche, dass sie zu nichts mehr zu gebrauchen ist und ich es einfach nicht ertragen kann.

«Eine Schwester», sagte ich. «Ihr Name war Letty.» Und als ich sah, dass er weder erschrocken aussah noch mich anschaute, als sollte ich besser still sein, fügte ich noch hinzu: «Sie ist gestorben, als ich fünf war, bei einem Autounfall.»

Jetzt zuckte er ein bisschen zusammen. «Das ist wirklich schlimm», sagte er. «Tut mir leid.»

Plötzlich hatte ich das Bedürfnis zu weinen. So etwas hatte noch nie jemand zu mir gesagt. Noch nie hat jemand darüber auch nur nachgedacht, wie es für mich war, meine Schwester zu verlieren, oder gesagt, dass das bestimmt schrecklich war. Außer Lara. Niemand fragte mich, ob ich sie vermisse oder ob ich das Gefühl hätte, es sei meine Schuld. Fast so, als würden alle denken, bloß weil ich noch ein Kind bin, sind meine Gefühle egal. Andauernd hörte ich: «Wenn man jung ist, fängt man sich wieder. Irgendwann kommt sie darüber hinweg.» Sie sagten: «Gott sei Dank kann sie sich an nicht so viel erinnern.» Und: «Das ist das Schlimmste, was man sich vorstellen kann, ein Kind zu verlieren.» Aber nie sagten sie: «Arme Hannah, hat den liebsten Menschen verloren, den sie auf der Welt hatte.» Nie sagten sie: «Komm, Hannah, lass uns mal über Letty reden. Lass uns über all die Dinge reden, die du vermisst, seit sie nicht mehr da ist, und all die Dinge, die dich traurig machen.» Aber irgendwie fand ich, dass ich ihm das nicht sagen konnte: Es war zu tief in mir drin vergraben, irgendwo da, wo ich gelernt hatte, es am besten zu verstecken. Als mir dann doch die Tränen kamen, tat ich so, als ginge es um die Klassenreise, und ich erzählte ihm, wie mich Katie Taylor aufgezogen hatte und dass ich die Einzige in meiner ganzen Klasse war, die nicht fahren durfte. Und irgendwann hatte ich es geschafft, dass ich nicht mehr an Letty denken musste, sondern nur noch an die Klassenreise, und wie schrecklich es sein würde, wenn alle nach Neuseeland fahren, bloß ich nicht, und darüber musste ich weinen.

Mike gab mir sein Taschentuch und tat so, als wäre er besonders interessiert an irgendeiner Sache vor dem Fenster draußen, während ich mich ein bisschen zusammenriss. Er saß ganz still da, bis ich mit dem Schniefen aufgehört hatte, beugte sich dann vor, schaute mir direkt in die Augen und sagte: «Okay, Hannah McCullen, ich mache dir jetzt einen Geschäftsvorschlag.»

Mike bat mich, rund um die Bucht Fotos zu machen. Er ging in einen Laden, kaufte drei Wegwerfkameras und sagte, er würde mir für jede gute Aufnahme, die ich machte, einen Dollar zahlen. Er meinte, wenn er wieder nach Hause fuhr, würden seine Freunde bestimmt wissen wollen, was er hier so alles gesehen hatte, und er selber sei kein sehr guter Fotograf, deshalb sollte ich überall in der Bucht Bilder machen, damit er seinen Freunden zeigen konnte, wo er gewesen war, die schönsten Stellen eben. Dann bat er mich noch, eine Liste zu machen mit den Sachen, die gut an meiner Schule sind und an Silver Bay, und mit allem, was man verbessern könne.

«Zum Beispiel, dass unser Schulbus kaputtgegangen ist und wir keinen neuen gekriegt haben? Oder dass unsere Bibliothek immer noch keinen Raum hat?»

«Genau so was», sagte er und gab mir einen Stapel Blätter. «Nicht, wen du in der Schule magst oder etwas über dieses doofe Mädchen, das dich ärgert, sondern Fakten. Eine Art kleines Forschungsprojekt.» Er sagte, er würde mir ein faires Honorar zahlen, je nachdem, wie gut ich es machte. «Hast du Lust darauf?»

Ich nickte, weil ich die Idee aufregend fand, Geld zu verdienen. Vielleicht konnte ich Mum doch noch überzeugen, wenn ich wirklich selbst etwas zu den Reisekosten beisteuerte und ihr so zeigte, wie wichtig mir die Fahrt war?

«Aber wie lange bleiben Sie eigentlich noch?», fragte ich ihn. Ich versuchte, mir auszurechnen, wie viel Zeit mir blieb, um das Geld zu verdienen, und ob Mum, wenn ich ihr bewies, dass ich genug Geld hatte, das Gefühl haben würde, dass sie es mir nicht mehr abschlagen konnte. Darauf sagte er, seine Abreise sei eine der Unwägbarkeiten des Lebens, und fast hätte ich ihn gefragt, was das bedeutete, aber ich wollte nicht, dass er dachte, ich bin dumm, deshalb nickte ich einfach nur, so wie bei Yoshi, wenn sie anfängt, über Sachen zu reden, von denen ich keinen blassen Schimmer habe.

Das Allerkomischste an dem Abend war, dass ich glücklich war. Wäre ich wie geplant direkt auf mein Zimmer gegangen, hätte ich die ganze Nacht geweint; aber so hatten wir richtig Spaß miteinander, fast als feierten wir eine Party.

Die anderen Gäste waren an dem Abend ausgegangen, weshalb mir der Anblick der beiden sommersprossigen Jungs erspart blieb, die mich jedes Mal so blöd anglotzten, wenn ich durch die Halle ging. Lance hatte beim Pferderennen gewonnen und gab eine Pizza für alle aus, die er in einem großen Stapel

Schachteln mitbrachte. Er sagte Tante K., sie solle die Füße hochlegen, und Mike sei zwar ihr Gast, könne aber momentan ebenso gut irgendeins ihrer abgewetzten Möbelstücke sein, weshalb sie sich keine Sorgen um ihn machen sollte. Und Mike setzte sein kleines Lächeln auf, als wollte er nicht, dass irgendjemand sah, wie froh er war, ein Möbelstück zu sein, und dann ließ er mich die ganze Salami von seiner Pizza essen, weil das meine Leibspeise ist.

Richard und Tom von der anderen *Moby* kamen vorbei und sagten, sie hätten draußen bei Break Nose Island eine Schule von fünf Walen gesehen, und an Bord hätten sie einen Amerikaner gehabt, der jedem von ihnen vor lauter Begeisterung über den Anblick fünfzig Dollar Trinkgeld gegeben hätte. Und dann kam noch Mr. Gaines vorbei mit Wein, von dem Tante K. sagte, er sei viel zu schade für uns, aber sie machte die beiden Flaschen trotzdem auf, und sie fingen an, über die gute alte Zeit zu reden, was die beiden eigentlich meistens machen, wenn sie zusammensitzen.

Greg war nicht da. Die anderen sagten, er sei seit vier Tagen nicht mehr auf seinem Boot gesichtet worden. Tante K. meinte, so sei das eben, wenn man sich von jemandem trennt, und dass manche Leute sich einfach schwerer damit tun. Ich fragte sie, wo er denn sei, und sie meinte, vermutlich irgendwo am Boden einer Flasche. Das hat sie schon öfters gesagt, und ich finde es richtig lustig, weil es bestimmt in ganz Australien weit und breit keine Flasche gibt, die Platz für einen ausgewachsenen Mann hätte, ganz zu schweigen von Greg, der ziemlich groß ist.

Es war ein kalter Abend, aber wir hatten alle Heizpilze angeknipst und saßen zusammengequetscht auf der Bank, bis auf Lance und Yoshi, die zusammen in dem großen Sessel hockten, und Tante K. und Mr. Gaines, die auf zwei Korbstühlen mit Kissen Platz genommen hatten, weil Tante K. sagte, in ihrem Alter hätte sie sich ein wenig Komfort verdient. Mum saß mir gegenüber, und als ich meine Pizza aufgegessen hatte, erzählte ich ihr von Mikes Geschäftsvorschlag, und sie setzte das Gesicht auf, das sie immer macht, wenn sie mir gleich etwas verbietet. Mir wurde auf der Stelle ein bisschen übel.

«Du gibst ihr Geld, damit sie diese Fotos macht?»

Mike nahm einen Schluck Wein. «Was ist daran so verwerflich?»

«Du bist ja genauso schlimm wie Greg», sagte Mum mit einem Unterton, der nichts Gutes ankündigte.

«Ich bin überhaupt nicht wie Greg. Und das weißt du.»

«Benutz sie nicht, Mike», flüsterte sie, als könnte ich es nicht hören. «Versuch nicht, sie zu benutzen, um an mich heranzukommen, weil das nämlich nicht funktioniert.»

Aber Mike schien das nicht besonders zu bekümmern. «Das hat mit dir überhaupt nichts zu tun. Hannah ist ein außergewöhnlich nettes Kind, und ich habe etwas zu erledigen, das sie übernehmen kann. Wenn ich sie nicht gefragt hätte, dann wäre es eben jemand anders gewesen, aber offen gesagt arbeite ich lieber mit Hannah zusammen als mit jemand anderem.»

Er biss ein großes Stück von seiner Pizza ab, und als er wieder etwas sagte, tat er es mit vollem Mund. Ich versuchte, nicht darüber nachzudenken, ob ich wirklich ein außergewöhnlich nettes Kind bin. Irgendwie hatte ich das Gefühl, dass ich ein bisschen verknallt in Mike war.

«Jedenfalls», sagte er beim Kauen, «bist du ganz schön anmaßend. Wie kommst du darauf, dass ich mich an dich heranmachen will?»

Es trat ein kurzes Schweigen ein, während Mum ihn ziemlich scharf anschaute. Dann sah ich, wie ihre Mundwinkel zitterten, als würde sie gleich anfangen zu lächeln und könnte nichts dagegen tun, und ich entspannte mich ein bisschen, denn wenn sie mir hätte verbieten wollen, Geld zu verdienen, dann hätte sie es gleich und auf der Stelle gesagt.

Sie starrte ihre Hände an, als überlegte sie etwas. «Wofür sind eigentlich diese Fotos?», wollte sie wissen.

Mike leckte sich die Finger ab. «Das kann ich dir leider nicht sagen. Geschäftsgeheimnis. Hannah, kein Wort», sagte er. Aber er lächelte auch.

«Sie kann gut fotografieren», sagte Mum.

«Das hoffe ich.»

«Wie viel bezahlst du ihr denn?»

«Das ist auch vertraulich.» Er zwinkerte mir zu. «Wenn du versuchen willst, deine Tochter zu unterbieten, dann höre ich mir dein Angebot gerne an.»

Ich verstand nicht so recht, worüber sie eigentlich redeten, aber sie schienen so glücklich dabei zu sein, dass ich mir keine Gedanken mehr darüber machte.

«Und, wie lange bleibst du jetzt noch?», fragte sie.

Er wollte ihr gerade eine Antwort geben, als wir die Scheinwerfer sahen, die auf der Küstenstraße langsam näher kamen. Wir schwiegen und versuchten herauszufinden, wer das wohl war – Gregs Wagen hat vorne Nebelscheinwerfer, deshalb wussten wir, dass er es nicht sein konnte.

«Das werden die Buchmacher sein», sagte Mr. Gaines und beugte sich zu Lance hinüber. «Die wollen Ihnen sagen, dass gerade Ihr letztes Pferd ins Ziel gegangen ist.» Worauf Lance, der den Mund voll hatte, ihm mit der Bierflasche zuprostete.

Aber es war ein Taxi. Als es auf den Hotelparkplatz fuhr, stand Tante K. vom Tisch auf und brummte vor sich hin, dass man aber auch nie zur Ruhe käme.

«Also?», sagte Mum und wandte sich wieder Mike zu. «Du hast meine Frage noch nicht beantwortet.»

Ich war mindestens so neugierig wie sie. Doch Tante K., die

mit dem Koffer von jemandem die Einfahrt hochkam, lenkte mich ab. Hinter ihr ging eine junge Frau mit sehr glatten blonden Haaren und einer weichen rosa Strickjacke, die sie sich um die Schultern gebunden hatte. Sie trug hochhackige Schuhe mit Pailletten, als wäre sie auf dem Weg zu einer Party, und während sie ging, brachte das Licht vom Hotel die Glitzerdinger zum Funkeln. Tante K. kam auf Mike zu, mit hochgezogenen Augenbrauen, und stellte ihm den Koffer vor die Füße. «Da ist Besuch für Sie», sagte sie.

«Dad hat mir freigegeben», sagte die Frau.

Neben mir stand Mike auf, und ich hörte, wie er den Atem einzog.

«Ich dachte, ich komme, um dir ein bisschen zu helfen. Wir könnten ja unsere Flitterwochen vorfeiern.»

## KAPITEL 11

*Mike*

Es war seltsam. Man hat ja diese Bilder im Kopf, was geschieht, wenn man seine Liebste nach einer langen Trennung wiedersieht – wie man in Zeitlupe aufeinander zuläuft, sich endlos küsst, wie man sich aneinanderpresst und festhält. Als gäbe es da ein festgelegtes Protokoll für ein solches Wiedersehen, einen Ausbruch von großen Gefühlen, die Bestätigung all dessen, was man einander bedeutet. Und dann war das Einzige, was ich empfand, als ich Vanessa sah, dieses seltsame Gefühl, das ich manchmal als Kind hatte, wenn man bei Freunden zu Hause ist und deine Mutter dich früher abholt als verabredet.

Ich hatte Gewissensbisse, weil etwas fehlte, von dem ich wusste, dass sie es erwartete – und was ich selbst von mir erwartet hätte –, und das spürte sie auf der Stelle.

«Ich dachte, du würdest dich freuen», sagte sie, als wir später in der Nacht nebeneinanderlagen. Das war auch so eine seltsame Sache: dass wir uns dabei nicht berührten.

«Natürlich freue ich mich», antwortete ich. «Ich war nur so in die Arbeit versunken, dass ich überhaupt nicht an zu Hause gedacht habe.»

«Das hat man gemerkt», sagte sie trocken.

Ich schloss die Augen. «Ich war nie ein Freund von Überraschungen. Das weißt du. Es war fast vorprogrammiert, dass ich dich enttäusche.»

Ihr Schweigen zeigte mir, dass sie zumindest im letzten Punkt meiner Meinung war.

Ehrlicherweise waren es wahrscheinlich die schwierigsten zwanzig Minuten unserer ganzen Beziehung gewesen. Da stand sie nun wie einer Modezeitschrift entsprungen vor den Waljägern und schaute von einem zum anderen, während ihr langsam dämmerte, dass sie einen kapitalen Fehler gemacht hatte. Kathleen war hineingegangen, um ihr etwas zu trinken zu holen. Mr. Gaines hatte Vanessa galant seinen Stuhl angeboten, nicht ohne vorher das Kissen gründlich auszuklopfen, was noch deutlicher machte, wie fehl am Platze sie hier war. Und die ganze Zeit über riss Lance Witzchen darüber, was ich doch für ein stilles Wasser sei, und machte damit so lange weiter, bis man förmlich dabei zusehen konnte, wie Vanessa langsam begriff, welch geringe Rolle sie seit meiner Ankunft in Australien in meinem Leben gespielt hatte.

Und Liza saß die ganze Zeit an meiner Seite. Ihr Gesicht war zu einer japanischen Maske erstarrt, während ihr Blick kühl über diese unerwartete Komponente meines Lebens wanderte. Am liebsten hätte ich sie beiseitegenommen, um ihr alles zu erklären, aber das war unmöglich. Nach etwa zehn Minuten steifen Smalltalks schüttelte sie Vanessa die Hand und verkündete, man solle sie und Hannah entschuldigen, weil Hannah am nächsten Morgen früh zur Schule müsse.

Ich spürte ihre Anwesenheit dort am anderen Ende des Korridors wie eine vibrierende Hochspannungsleitung. Es war seltsam, Vanessa in diesem Zimmer bei mir zu haben: Ich hatte es so gänzlich in Besitz genommen, dass sie mir darin vorkam wie eine mahnende Stimme aus einem anderen Leben. Ich hatte

Gefallen an der kargen Ästhetik des Raums gewonnen, die im Gegensatz zu dem gewohnten Komfort zu Hause irgendwie befreiend wirkte. Jetzt jedoch, wo Vanessa hier war, mit ihrem Kofferset, ihrer Unzahl von Schuhen, ihrer Batterie von Cremchen und Salben – ja, durch ihre ganze Anwesenheit –, waren die Dinge aus dem Gleichgewicht geraten. Alles erinnerte mich an mein Leben in London. Und ich fragte mich, ob ich eigentlich wirklich so glücklich dort war, wie ich geglaubt hatte.

Allein bei dem Gedanken fühlte ich mich mies. Ich drehte mich auf die Seite und legte meine Hand auf Vanessas Bauch, der mit einem seidigen Stoff bedeckt war.

«Irgendwie scheinst du dich auf all das hier ziemlich … eingelassen zu haben», sagte sie.

Ich lag mucksmäuschenstill da und versuchte einzuordnen, was genau sie damit meinte.

Dann fuhr sie fort: «Ich vermute, dass das an einem so kleinen Ort gar nicht anders möglich ist. Die Leute näher kennenzulernen, meine ich.»

«Es ist nicht …», ich geriet ins Stocken, «irgendein Nullachtfünfzehn-Business-Hotel.»

«Das habe ich schon gemerkt.»

«Es ist mehr ein Familienbetrieb.»

«Scheinen alle sehr nett zu sein.»

«Sind sie auch. Es ist ganz anders als das, woran ich – woran wir so gewöhnt sind.» Ich war froh, dass sie mein Gesicht nicht sehen konnte.

«Du wirktest fast so, als wärst du hier zu Hause.» Sie verlagerte ihre Position neben mir, das Bett quietschte. «Es war wirklich ein komisches Gefühl, dich inmitten dieser Leute zu sehen, in Jeans und dieser Fischerjacke oder was das ist. Ich kam mir wie ein richtiger Außenseiter vor. Selbst dir gegenüber.»

Sie setzte sich auf und schwang auf ihrer Seite die Beine über die Bettkante, sodass sie mir den Rücken zudrehte. Im Dunkeln war nur ihr Umriss zu erkennen und ihr vom Liegen ziemlich zerzaustes Haar, was ein ganz seltsames, zärtliches Gefühl für sie in mir weckte. Mit verwuschelten Haaren hatte ich Vanessa noch nicht oft gesehen.

«Es war so komisch ohne dich», sagte sie.

Ich lehnte mich in die Kissen zurück. «Ich wäre nicht hierhergekommen, wenn dein Dad nicht diesen blöden Unfall gehabt hätte.»

«Es ist bloß dreieinhalb Wochen her, aber mir sind sie vorgekommen wie Jahre.» Ich sah, wie sie den Kopf schief legte. «Ich dachte, du würdest mich öfter anrufen.»

«Wenn ihr dort drüben Tag habt, ist es hier Nacht – das weißt du doch.»

«Du hättest mich jederzeit anrufen können.» Ihr Parfüm war sehr stark. Bis heute hatte es in dem Raum nur nach salziger Luft gerochen.

«Ich stecke mitten in einem Deal, Ness. Du weißt doch genau, wie das ist.»

Sie drehte sich weg. «Ja, stimmt. Tut mir leid. Ich hatte bloß so ein Gefühl ...»

«Das ist bestimmt der Jetlag», sagte ich, ein bisschen erschüttert, weil es gar nicht zu ihr passte, so unsicher zu sein. Sonst war Vanessa in allem so entschieden. Das war es auch, was ich am meisten an ihr mochte.

«Für mich hat es sich nach der Ankunft noch tagelang so angefühlt.» Es war kein schöner Gedanke, dass ich sie verunsichert hatte. Ich hatte mich nie verantwortlich für Vanessas Glück gefühlt – und die Möglichkeit, dass sie mehr von mir abhängig sein könnte, als mir bewusst gewesen war, gefiel mir gar nicht.

Ich streckte die Arme nach ihr aus, damit sie sich wieder hinlegte, und weil ich dachte, wenn wir uns liebten, würden wir uns vielleicht weniger wie Fremde fühlen. Doch sie wich mir aus, stand auf und ging um das Bett herum zum Fenster. Der Mond stand hoch am Himmel, und die Nacht war so klar, dass man die ganze Bucht sehen konnte. Die See hatte einen fast magischen Schimmer, und die Lampen von fernen Booten schickten kleine Leitern aus Licht über die tintenschwarzen Wellen zu uns, während rund um die Bucht die Schatten auf den Hügeln sich ihre Geheimnisse zuraunten.

«Es ist schön hier», sagte sie leise. «Genau wie du gesagt hast.»

«Du bist schön», sagte ich. Sie war wie eine Figur aus einem Film, wie sie sich da im Mondlicht als Silhouette abhob, die Kurven ihres Körpers kaum sichtbar unter dem dünnen Stoff ihres Nachthemds. Sie wandte sich zu mir um. Das ist die Frau, die ich heiraten werde, sagte ich mir. Das ist die Frau, die ich lieben werde bis ans Ende meiner Tage. In diesem Moment schaute sie mich an, und in mir keimte plötzlich die Hoffnung auf, dass alles wieder gut würde.

«Also, wie steht es jetzt mit der Planungsgenehmigung?», fragte sie.

Am Tag zuvor hatte ich mehrere Stunden auf dem Planungsamt verbracht, hatte mich durch verschiedene Formulare gequält und die entsprechenden Beamten gesprochen. Innerhalb der letzten Wochen hatte ich es immerhin bis zu Mr. Reilly geschafft, der in der Rangordnung dieser Abteilung ganz oben stand. Ich mochte diesen großen sommersprossigen Mann, der in seiner Laufbahn schon so ziemlich alles an Planungsgesuchen erlebt hatte, was man sich nur vorstellen konnte. Ich hatte klargestellt, dass wir durchaus bereit seien, unsere Pläne so weit zu modifizieren, wie er es für nötig erachten würde. Wobei meine

Zurückhaltung einzig und allein dazu dienen sollte, nicht wie irgendeine ausländische Investmentfirma aufzutreten, die die Gegend für ihre Interessen ausbeuten wollte. Obwohl das natürlich durchaus der Fall war.

Bis zu einem gewissen Grad hatte sich meine vorsichtige Herangehensweise ausgezahlt. Im Verlauf mehrerer Gespräche hatte Reilly durchblicken lassen, dass ihm sowohl der geplante Aufbau als auch die Schaffung von Arbeitsplätzen sowie das Potenzial zur Neubelebung einer Gegend gefielen, die seit langem nicht gerade eine wirtschaftliche Blütezeit durchlief. Auch die zu erwartenden Impulse für den örtlichen Einzelhandel sagten ihm zu, nachdem ich ihm die positiven Auswirkungen ähnlicher Projekte an anderen Orten der australischen Küste dargelegt hatte. Architektonisch versprach ich ihm eine Anpassung an den Stil der Gegend, auch die Baumaterialien würden von heimischen Standorten bezogen.

Was ihm nicht gefiel, waren, wie befürchtet, die möglichen Auswirkungen des Projekts auf die Umwelt. Dabei ging es nicht so sehr um den Lärm und die Unruhe durch den Bauprozess, sondern vor allem um die zu erwartende Einschränkung des maritimen Gebiets. Die Menschen in Silver Bay, so Reilly, seien diesbezüglich sehr empfindlich. Ein vorangegangener Versuch der Einrichtung einer Perlenzucht sei auf so massiven Widerstand gestoßen, dass das Projekt schließlich abgeblasen werden musste.

«Aber unser Vorhaben bringt der Region doch deutlich mehr Vorteile.»

«Sicher», sagte Mr. Reilly, «aber wir haben derlei schon öfter erlebt, und Sie können mir einfach nicht erzählen, dass Sie Ihre Profite in die Gemeinde zurückfließen lassen werden. Das Projekt wird von Risikokapitalgebern unterstützt – britischen Risikokapitalgebern. Und die wollen ja wohl entsprechende

Gewinne sehen, oder? Was Sie da vorschlagen, ist kein Dienst an der Gemeinde hier.»

Ich wies auf die Pläne. «Mr. Reilly, Sie wissen so gut wie ich, dass Sie den Fortschritt nicht aufhalten können. Dies hier ist ein hochattraktives Gebiet, die perfekte Umgebung für Familien, die hier Urlaub machen wollen – australische Familien. Alles, was wir wollen, ist, ihnen dies zu ermöglichen.»

Er seufzte, legte nachdenklich die Fingerspitzen aneinander und zeigte dann auf das Dokument. «Mike – darf ich Mike sagen? Bevor wir weiterreden können, müssen Sie mir ein Konzept vorlegen, um die Belastung des Ökosystems in der Bucht zu minimieren. Man richtet hier ein immer größeres Augenmerk auf die Wale und Delphine, und die Leute hier wollen nichts tun, was ihnen schaden könnte. Auf rein wirtschaftlicher Ebene sind sie für sich selbst genommen schließlich auch eine touristische Attraktion.»

«Wir sind nicht wie die Perlenfischer. Wir würden keine riesigen Abschnitte der Küste für uns in Anspruch nehmen», sagte ich.

«Aber Sie würden trotzdem einen Teil davon unbrauchbar machen.»

«Es würde sich nur um die gleichen Aktivitäten handeln, mit denen sich Touristen normalerweise beschäftigen, nichts Großes oder Kontroverses.»

«Aber darum genau geht es. Touristen dieser Art kommen an sich gar nicht nach Silver Bay. Die Leute schwimmen, paddeln mit einem Dinghi hinaus, aber Wetbikes, Jet-Ski und so weiter machen viel mehr Krach und stören auch mehr.»

«Mr. Reilly, Sie wissen so gut wie ich, dass auch vor einer Gegend wie dieser hier die Entwicklung nicht haltmachen wird.»

Er legte seinen Stift weg und schaute mich mit einer Mischung aus Kampfeslust und Sympathie an. «Schauen Sie, mein

Lieber, wir alle hier sind für den Fortschritt, für alles, was der Gemeinde helfen kann. Wir wissen, dass wir Arbeitsplätze schaffen und die Infrastruktur verbessern müssen. Aber die Geschöpfe des Meeres, unsere Flora und Fauna, dürfen nicht zu kurz kommen. Wir sind hier nicht wie die europäischen Großstädte – zuerst bauen und sich dann um die Umwelt kümmern. Bei uns gehört das zusammen. Und Sie werden hier in der Stadt niemanden überzeugen, wenn Sie das Problem mit der Umweltbelastung nicht lösen.»

«Okay, Mr. Reilly», sagte ich und raffte meine Papiere zusammen. «Alles sehr löblich. Aber ich hätte noch mehr Sympathien für Ihre Argumentation, wenn ich diese Woche nicht hätte zuschauen müssen, wie zwei Wale durch ein Partyboot halb zu Tode erschreckt wurden, ein Vorfall, der in Ihrer ach so umweltfreundlichen Gegend offenbar nicht polizeilich geahndet wird. Sie können mir gerne vorhalten, dass mein Projekt einen negativen Einfluss haben wird – aber die Bedrohung der Wale ist dort draußen längst real, und sie ist wesentlich schlimmer als ein Hotelkomplex. Und soweit ich erkennen kann, tut niemand etwas dagegen. Wir schlagen Ihnen ein klar umrissenes Projekt vor und sind überaus gewillt, Umweltbelange zu berücksichtigen, Experten zu Rate zu ziehen und uns, wenn nötig, eine behördliche Genehmigung erteilen zu lassen. Aber Sie können einfach nicht behaupten, Ihre Gegend sei ein Musterbeispiel für Umweltfreundlichkeit, denn ich habe dieses tote Walbaby gesehen, habe gesehen, was es in den Tod getrieben hat. Ich war selbst draußen zur Walbeobachtung, die, ich muss es leider sagen, durchaus auch ein störender Eingriff in die Natur ist.»

«Das wissen Sie doch gar nicht.»

«Und Sie wissen nicht, ob ein paar Leute, die Wasserski fahren, wirklich eine Walmigration beeinträchtigen können, die seit Jahrhunderten stattfindet. Man kann die Dinge einfach nicht mit zweierlei Maß messen.»

«Ich werde das alles zur Diskussion stellen», sagte er. «Aber seien Sie nicht überrascht, wenn es dazu eine öffentliche Anhörung gibt. Die Leute kriegen Wind von diesen Plänen.»

Ich war schlechter Laune, als ich zurückkam, und rief Dennis an, wobei es mich mit einer perversen Genugtuung erfüllte, als ich den Zeitunterschied ausrechnete und feststellte, wie lange er geschlafen hatte. Nachdem ich ihm einen kurzen Abriss des Gesprächs gegeben hatte, musste ich verdutzt feststellen, dass er hellwach war, obwohl ich ihn offenbar aus dem Tiefschlaf gerissen hatte.

«Es ist kompliziert, Dennis. Das lässt sich nicht leugnen oder schönreden. Aber ich habe da eine ganz neue, radikale Idee. Was, wenn wir ... Wie wäre es, wenn wir den Wassersport aufgeben und mehr in den Wellnessbereich gehen? Das wäre durchaus möglich, mit Glamourfaktor natürlich. Ein Platz zum Relaxen für Prominente.»

«Aber der Wassersport ist das Hauptverkaufsargument des Projekts», eiferte sich Dennis. «Denk doch mal an die Sitzung mit Vallance. Bei dem Projekt *muss* der Sport im Mittelpunkt stehen. Es geht um eine totale Körpererfahrung, mit der man Frauen wie Männer ansprechen kann. Eine Luxus- und Genusserfahrung. Geht es denn wieder um diese bescheuerten Walstreichler? Was haben die gesagt?»

«Gar nichts haben sie gesagt. Sie wissen es noch gar nicht.»

«Wo liegt dann dein Problem?»

«Ich möchte, dass das auf allen Ebenen funktioniert.»

«Das ist doch Blödsinn.»

«Dennis, wir hätten beim Planungsamt eine wesentlich bessere Basis, wenn wir den Wassersportbereich kleiner halten würden.»

«Wir hätten beim Planungsamt eine wesentlich bessere Basis, wenn du deinen Job richtig machen und betonen würdest, was für eine grandiose Chance unser Projekt für diese problematische Gegend ist und wie viel Geld für alle Seiten dabei herausspringt.»

«Es geht aber nicht nur um Geld ...»

«Es geht *immer* ums Geld.»

«Okay. Aber weißt du, wenn du hier draußen bist, kriegst du eben auch ein Gefühl für die», ich fuhr mir mit der Hand durch die Haare und suchte nach Worten, «die Bedeutung der Wale.»

Es trat eine Pause ein, bevor er wieder etwas sagte. «Die Bedeutung der Wale.»

Ich machte mich auf das Schlimmste gefasst.

«Mike, das ist nicht das, was ich von dir erwarte. Dafür habe ich dich nicht befördert. Das ist nicht, was ich von dir hören möchte, wenn ich hier auf glühenden Kohlen sitze und auf Nachrichten über ein Einhundertdreißig-Millionen-Pfund-Luxus-Hotelprojekt warte, für das du immer noch nicht die Planungsgenehmigung hast, obwohl du seit drei Wochen in Australien bist. Wir müssen jetzt diese Erlaubnis unter Dach und Fach bekommen, und zwar zack, zack. Also red mit deinen bescheuerten Walstreichlern, schmeiß Mr. Reilly ein bisschen Geld in den Rachen oder lass ihn mit einer litauischen Stripperin ablichten – ist mir scheißegal! –, aber tanz mir innerhalb der nächsten achtundvierzig Stunden mit einem konkreten Plan an, den ich Vallance präsentieren kann, wenn sie am Montag hier auftauchen. Okay? Sonst könnte es nämlich sein, dass die Wale nicht die Einzigen sind, die absaufen.» Er holte tief und lautstark Luft. Ich war heilfroh, dass viele tausend Meilen zwischen uns lagen. «Hör mal, du willst hier doch Partner werden – beweis mir, dass du es verdient hast. Sonst könnte es nämlich sein, dass du – den ich liebe wie einen Sohn, so wahr mir Gott helfe – auf deinem Hintern meinen metaphorischen Stiefelabdruck finden wirst. Zusammen mit deinem Zeugnis. Hast du verstanden?»

Deutlicher hätte er nicht werden können. Ich lehnte mich in meinem Stuhl zurück, schloss die Augen und dachte an all das, wofür ich in den letzten Jahren gearbeitet hatte, alles, worauf ich mich für die Zukunft gefreut hatte. Plötzlich fiel mir ein, was Hannah über ihren Schulbus gesagt hatte. Und darüber, dass es keine feste Bibliothek gab.

«Okay ...», sagte ich. «Es gibt nur eine Möglichkeit, wie wir das durchkriegen. Kannst du dich erinnern, dass ich mal die S94-Bestimmung erwähnt habe?»

Mr. Reilly hatte es mir folgendermaßen erklärt: Für jedes Tourismusprojekt in der Gegend von Silver Bay erwartete der Stadtrat im Allgemeinen einen fünfzigprozentigen Beitrag des Unternehmers zum Ausgleich für die zusätzliche Belastung öffentlicher Aufgaben – Straßen, Parkplätze, Feuerwehr und Rettungsdienste, all diese Dinge. Das war nicht ungewöhnlich; auch bei anderen Projekten waren wir auf ähnliche Bestimmungen gestoßen, aber meistens hatte ich – genau wie in Silver Bay – eine Klausel gefunden, die einen Erlass genau dieser Zahlungen ermöglichte, wenn das Projekt an sich bereits als nützlich für die Gemeinde eingestuft worden war.

Das Dokument des Stadtrats basierte auf gründlicher Recherchearbeit, indem es nicht nur die demographischen Perspektiven der Gegend darstellte, sondern auch die Kosten für die Annehmlichkeiten auflistete, die benötigt wurden, um sie zu erlangen. Ich begann, diese Liste zu durchforsten, kalkulierte dabei die Kosten für unser Projekt und versuchte, diejenigen hervorzuheben, die den günstigsten Eindruck auf die Öffentlichkeit hinterlassen würden. Ich hatte kerzengerade dagesessen, auf das Papier gestarrt und nachgedacht. Doch als ich mir das S94-Dokument näher anschaute, kam mir der Gedanke, dass man es ebenso gut auf den Kopf stellen konnte: Was, wenn unsere Firma eine Spende deutlich über dem üblichen Niveau machte und dadurch, zum Beispiel, die Errichtung einer neuen Bibliothek für die Schule in Silver Bay, die Anschaffung eines neuen Schulbusses oder eine Renovierung des Walfangmuseums ermöglichte?

Während unseres Gesprächs hatte Mr. Reilly die Miene eines Menschen aufgesetzt, der das alles schon x-mal gehört hatte. Doch Beaker Holdings würde nicht, wie die meisten Bauträger, versuchen, seine Ferienanlage zu bauen und dabei den geringstmöglichen materiellen Beitrag zum Gemeinwohl zu leisten. Stattdessen würde es sich als Vorbild für eine verantwortungsbewusste Planung gerieren. Es würde mehr zu den öffentlichen Belangen beitragen als nötig und dabei so großzügig und einfühlsam vorgehen, dass eine solche Planung, mit ein wenig Glück, auch beim nächsten Projekt als Vorbild dienen konnte.

Gemeinderichtlinien für den Beitrag von Firmen zu öffentlichen Projekten gehörten weiß Gott nicht zu den spannendsten Lektüremöglichkeiten, aber an jenem Nachmittag, als Hannah nach oben gekommen und mich gestört hatte, hatte mich ein städtischer Finanzierungsplan so sehr in Aufregung versetzt, wie das nur irgend möglich war.

Vanessa schlief am nächsten Morgen bis nach elf Uhr. Als der Morgen dämmerte, lag ich eine Weile neben ihr, betrachtete ihr Gesicht, schaute ihren schläfrigen Bewegungen unter der Bettdecke zu. Irgendwann, als mir meine Gedanken zu kompliziert wurden, stand ich auf, ohne sie zu wecken. Es war erst halb acht, als ich nach unten schlich, die Tür aufschloss und fünf Meilen auf der Küstenstraße auf und ab lief, wobei ich die feuchte, frische Morgenluft und das Gefühl der Ruhe und Einsamkeit genoss, das nur das Laufen mit sich brachte.

Ich lief länger und schneller als gewöhnlich und schälte mich aus mehreren Kleiderschichten, fühlte mich dabei aber nicht erschöpfter als sonst. Ich brauchte die körperliche Anstrengung und Zeit zum Nachdenken. Während ich die Schotterpiste entlanglief, die den Bürgersteig vom Strand trennte, versuchte ich, mir die neue Ferienanlage vorzustellen; hier zum Beispiel könnte man in preisgünstigen Gebäuden die Angestellten unterbringen. Vielleicht konnte man ja einige Läden und Cafés entstehen lassen. Oder vielleicht sogar, wenn das Projekt genügend abwarf, ein Zentrum für medizinische Versorgung. Während ich mich auf den Rückweg machte, versuchte ich bewusst, nicht zum Silver Bay Hotel zu schauen. Sollten unsere Pläne in die Tat umgesetzt werden, würde es von unserem Riesen überragt oder, im schlimmsten Fall, abgerissen werden.

Zweimal hob jemand, den ich mittlerweile vom Sehen kannte, die Hand zum Gruß, und wenn ich zurückwinkte, fragte ich mich, was sie wohl von meinen Plänen halten würden. All die Menschen, die an diesem Ort zu Hause waren und seine Ruhe liebten.

Irgendwo auf der Küstenstraße von Silver Bay hatte ich dann eine Erleuchtung. Monatelang war ich von diesem Projekt besessen gewesen, hatte es nur als Mittel zum Zweck gesehen, um meine Karriere und meine Firma voranzubringen. Jetzt wurde ich damit konfrontiert, was dabei auf dem Spiel stand. Und plötzlich ging es mir nicht mehr nur um den erfolgreichen Abschluss des Deals und den größtmöglichen Profit. Ich wollte, dass Kathleen und Liza mit dem Ergebnis ebenso gut leben konnten wie die Investoren mit ihren kalten Augen. Ich wollte, dass die Wale und Delphine weiter hier existieren konnten, ohne von dem Projekt beeinträchtigt zu werden. Oder zumindest so wenig beeinträchtigt, wie es eben geht, wenn Tiere in großer Nähe zum Menschen leben. Noch hatte ich diesen

Kompromiss nicht gefunden, aber nachdem mir der Kopf nur so schwirrte von Naturschutzgebieten und nostalgischen Museen, glaubte ich fest daran, es könnte mir noch etwas Gutes einfallen.

Um halb neun kehrte ich zurück, schweißnass, mit einem durch die Anstrengung angenehm betäubten Gehirn und in der Hoffnung, mir etwas zum Frühstück besorgen zu können, ohne irgendjemanden zu treffen. Es beschämt mich etwas, es zuzugeben, aber ich hatte meine Rückkehr bewusst auf die Zeit gelegt, wenn Liza und Hannah zusammen zur Schule fuhren, was meine Chancen erhöhte, ein leeres Haus vorzufinden.

Doch Kathleen saß noch am Küchentisch, das graue Haar zurückgebunden und in einem dunkelblauen Pullover, der von der nahen Ankunft des Winters zeugte. Sie hatte für mich gedeckt und mir Kaffee und Müsli hingestellt. Ein weiterer Platz war demonstrativ daneben gedeckt.

«Stille Wasser sind tief», bemerkte sie hinter ihrer Zeitung hervor, als ich mich setzte.

Wie konnte ich ihr bloß erklären, dass es mir selbst so vorkam, als hätte ich gerade tief in mir etwas bislang Verborgenes entdeckt?

## KAPITEL 12

*Greg*

Die Narbe in Lizas Gesicht bemerkte man nur, wenn man ganz dicht vor ihr stand, mit der Hand über ihre Wange strich oder ihr eine Haarsträhne hinters Ohr schob. Mittlerweile war sie schon ziemlich verblasst, etwa vier Zentimeter leicht verdickte perlweiße Haut, ein bisschen gezackt, als wäre sie nicht rechtzeitig genäht worden. Die Hälfte der Zeit trug sie sowieso ihre alte Baseballkappe, wodurch dieser Teil ihres Gesichts im Schatten lag. Wenn sie die Mütze abnahm, hing ihr das Haar immer ins Gesicht oder kringelte sich in einzelnen Strähnen, die aus dem Pferdeschwanz herausrutschten. Wenn sie lachte, war die Narbe fast gar nicht zu sehen bei all den kleinen Fältchen, die das Meer und die Sonne rund um ihre Augenwinkel in die Haut gegraben hatten.

Aber ich sah sie trotzdem. Und selbst ohne die Narbe hätte man gemerkt, dass Liza einmal schwer verletzt worden war.

Als ich ihr zum allerersten Mal begegnete, war sie wie ein Gespenst. Das klingt vielleicht ein bisschen komisch, aber ich könnte schwören, dass man das Gefühl hatte, durch sie hindurchsehen zu können. Sie war wie Dunst über dem Meer, als wollte sie sich gleich in Luft auflösen.

«Das ist meine Nichte», sagte Miss M., als wir an jenem

Nachmittag alle auf unser Bier warteten, als müsste man nicht mehr wissen über jemanden, von dessen Existenz die meisten von uns keine Ahnung gehabt hatten. «Und das ist ihre Tochter Hannah. Aus England. Sie bleiben hier.»

Ich begrüßte sie ebenso wie die anderen Waljäger, und Liza sagte auf diese seltsame Weise hallo, bei der sie niemandem ins Gesicht schaute. Sie war vom Jetlag völlig erledigt. Das Kind hatte ich schon ein paar Tage vorher an Miss M.s Hand gesehen und gedacht, es gehöre zu irgendwelchen Gästen. Liza war eine gutaussehende Frau (blond und langbeinig, genau mein Typ), aber damals gab es nicht viel mehr über sie zu sagen. Sie war blass und hatte tiefe dunkle Ringe unter den Augen, und ihr Haar hing ihr wie ein Vorhang ums Gesicht. Damals war ich mehr neugierig als interessiert, muss ich sagen.

Hannah aber liebte ich vom ersten Moment an, und ich bin mir ziemlich sicher, sie mochte mich auch. Sie stand da, hinter Miss M.s Rücken versteckt, und schaute einen mit diesen riesigen braunen Augen an, so groß wie die eines Opossums, und dabei sah sie so aus, als würde sie umfallen und vor Schreck sterben, wenn man nur «Buh!» machte.

Ich ging also in die Knie – sie war damals noch winzig klein – und sagte: «Guten Tag, Hannah. Hat dir deine Tante Kathleen denn gesagt, was es direkt vor deinem neuen Zimmer gibt?»

Miss M. schaute mich scharf an, als wollte ich etwas über den Bi-Ba-Butzemann oder so sagen. Ich beachtete sie nicht weiter und fuhr fort: «Da wohnen Delphine. Im Wasser da draußen in der Bucht. Das sind die klügsten und verspieltesten Tiere, die man sich vorstellen kann. Wenn du nur eine Weile lang aus deinem Fenster schaust, kannst du sie sehen, da wette ich drauf. Und weißt du was? Die sind so klug, dass sie wahrscheinlich auch die Nase aus dem Wasser stecken und gucken, wer du bist.»

Hannah machte noch größere Augen.

«Hast du schon mal einen Delphin aus der Nähe gesehen?»

Sie schüttelte ihren kleinen Kopf. Aber ich hatte jetzt ihre ganze Aufmerksamkeit.

«Die sind wunderschön. Sie spielen mit uns, wenn wir mit den Booten rausfahren. Sie springen herum, schwimmen unter uns hindurch. Genauso klug wie du und ich. Und ziemlich neugierig sind sie. Sie kommen und wollen schauen, was wir da machen. Stimmt's, Miss M.?»

Die alte Dame nickte.

«Wenn du willst, nehme ich dich mal mit, dann kannst du sie besuchen», sagte ich.

«Nein», kam da eine Stimme.

Ich richtete mich auf. Plötzlich war Leben in Miss M.s Nichte gekommen.

«Nein», wiederholte sie. Um ihr Kinn zeigte sich ein entschlossener Zug. «Aufs Wasser darf sie nicht raus.»

«Keine Sorge, Miss. Bei mir ist sie so sicher wie in Abrahams Schoß», sagte ich. «Fragen Sie Ihre Tante. Veranstalte jetzt schon fast fünfzehn Jahre Delphinfahrten. Mein Boot und die *Mobys* sind am längsten hier ansässig, gleich nach Miss M. Und die Kinder kriegen immer Schwimmwesten. Sagen Sie's ihr, Miss M.»

Aber Miss M. war ganz anders als sonst. «Jeder braucht ein bisschen Zeit, um sich an eine neue Umgebung zu gewöhnen. Kein Grund zur Eile.»

Es folgte ein betretenes Schweigen. Liza starrte mich an, als hätte ich irgendetwas ganz Furchtbares mit dem kleinen Mädchen vorgehabt. Miss M. schien mich mit ihrem Lächeln um Nachsicht bitten zu wollen. So hilflos hatte ich sie noch nie erlebt.

Ich bin ein einfacher Kerl, und wenn ich auf Schwierigkeiten stoße, bin ich nicht drauf erpicht, mich noch weiter hineinzureiten. Ich beschloss also, meine Süße an diesem Abend schon etwas früher als sonst zu beglücken. Das war natürlich zu einer Zeit, bevor sie angefangen hatte, mit ihrem Waschbrettbauch auf zwei Beinen herumzuschäkern.

«Schön, dich kennenzulernen, Hannah. Halt einfach schon mal Ausschau nach diesen Delphinen», sagte ich zu dem kleinen Mädchen, tippte mir an die Mütze, und sie schenkte mir ein winziges Lächeln, das mir das Herz erwärmte. Liza McCullen schien schon vergessen zu haben, dass ich überhaupt da war.

\* \* \*

«He, Greg. Hast du das gesehen?»

Ich hockte in MacIvers Seafood Bar, das fünf Minuten zu Fuß entfernt von der Walmole lag, und versuchte, meinen schmerzenden Kopf mit einem Kaffee und einem Stück Pastete zu besänftigen. Vielleicht war das ja die richtige Mischung aus dem Frühstück, das ich verpasst hatte, und einem Mittagessen, das ich sowieso selten zu mir nahm. Eigentlich hatte es sich gar nicht groß gelohnt, nach Hause zu gehen; ich hatte die Bar erst gegen zwei Uhr morgens verlassen, nachdem ich mit Del, dem Besitzer, einige Runden gebechert hatte, und war buchstäblich meinen eigenen Fußstapfen zurück gefolgt, kaum hatte ich es aus der Dusche geschafft.

In der Bar war es still, die Sonne warf immer noch lange Schatten über die Bucht, die steife winterliche Brise schreckte auch die letzten verbliebenen Touristen von einer Bootsfahrt ab, und so kam er zu mir herüber, setzte sich und schob mir die Zeitung über den Tisch.

«Schon gesehen?»

«Was denn?» Ich hatte noch ziemliche Probleme, mich zu konzentrieren.

«Auf der ersten Seite. Über dieses große Projekt in Silver Bay?»

«Wovon redest du?» Ich kniff die Augen zusammen, zog die Zeitung zu mir her und überflog die Titelseite unter der Überschrift «Großer Touristenboom in Silver Bay erwartet». Darin hieß es, ein mehrere Millionen Dollar schweres Bauprojekt für das Land entlang der Bucht vor Miss M.s Hotel sei genehmigt worden. Eine internationale Firma habe nach der Zusicherung, die natürliche Umgebung des Ortes und des Meeres rundum zu erhalten, den Zuschlag bekommen.

Vallance Equity, die Finanzgruppe, die hinter den Plänen steckt, hat eine Reihe von Vorschlägen vorgelegt, zu denen auch ein Informationszentrum über die Walmigration gehört. Damit soll unter den Touristen ein neues Bewusstsein für die Geschöpfe des Meeres vor Port Stephen geschaffen werden, außerdem walfreundliche Wassersportmöglichkeiten, wobei alle Kurse von Walrettungspersonal begleitet werden. Zudem plant die Firma, in die Infrastruktur der Stadt zu investieren, etwa durch den Bau einer neuen Bibliothek und einen Schulbus für die Grundschule von Silver Bay.

«Wir hoffen, dies ist erst der Beginn einer fruchtbaren Partnerschaft mit der hiesigen Gemeinde», sagte Dennis Beaker von Beaker Holdings, einem in Großbritannien ansässigen Bauunternehmen. «Wir wollen die Beziehungen weiter pflegen, um einen Markstein zu setzen für eine verantwortungsvolle Baupolitik in der Region.»

Der Bürgermeister von Silver Bay, Don Brown, sagte: «Wir haben ausführlich und intensiv darüber beraten, ob dieses Projekt hierherpasst. Doch nach einem längeren Planungsprozess heißen wir sowohl die Vorteile für den Arbeitsmarkt als auch für die Infrastruktur willkommen, die der neue Hotelkomplex mit sich bringen wird. Am meisten jedoch freuen wir uns über die verantwortungsvolle und durchdachte Haltung der Firma gegenüber unseren Gewässern.»

«‹Und über das saftige Schmiergeld, das ich bereits einstecken konnte›», spottete Del. «Weiß Kathleen schon davon?»

«Keine Ahnung. Ich bin ein paar Tage nicht da gewesen.»

«Na ja, jetzt wird sie's vermutlich wissen.» Del warf sich sein Geschirrtuch über die Schulter und watschelte zum Grill zurück, wo ein Hamburger unter der Dunstabzugshaube Funken sprühte.

«Was zum Henker sollen bitte ‹walfreundliche Wassersportarten› sein?», fragte ich.

«Vielleicht wollen sie den Tieren Synchronschwimmen beibringen», kicherte Del. «Oder die Delphine ziehen Leute auf Wasserskiern!»

Langsam wurde mein Kopf wieder klar. «Das ist eine richtige Katastrophe», sagte ich, während ich weiterlas. «Die haben das alte Bullen-Haus mitsamt dem ganzen Land gekauft.»

Del sagte nichts, sondern wendete nur den Burger.

«Wahrscheinlich müssen wir uns als Nächstes eine Genehmigung besorgen, wenn wir mit den Booten rausfahren wollen. Ich kann gar nicht glauben, was ich da lese.»

«Aber Greg, findest du nicht, wir könnten hier in der Stadt das Geschäft gebrauchen?»

«Meinst du wirklich?» Plötzlich sah ich die Bar mit den Augen eines Besuchers. In den fünfzehn Jahren, seit ich in Silver Bay lebte, war der Linoleumboden nicht ausgetauscht worden, und die Tische und Stühle waren eher bequem als schick. Aber genau so mochten es die Leute hier. Und ich auch.

Ich stürzte meinen Kaffee runter und ging zu der kleinen Hütte rüber, wo die Tickets für die Bootstouren verkauft wurden. Eine Studentin war hier den Winter über angestellt. Meistens fand sich ein delphinbesessener Teenager, der den Job für ein paar Kröten machte.

«Heute Nachmittag hast du schon vier Passagiere», sagte Leonie und winkte mit einem Zettel, «dann am Mittwochmorgen eine sechsköpfige Familie und zwei Gäste am Freitag, aber ich habe ihnen gesagt, du wirst die Buchung noch bestätigen, weil die Wettervorhersagen nicht so gut sind.»

Ich nickte, ohne ihr richtig zuzuhören.

«Ach, und Greg», sagte sie. «Liza kommt heute Nachmittag rüber. Sie will mit dir und den anderen Jungs über dieses neue Bauvorhaben reden. Ich glaube, sie macht sich ein bisschen Sorgen.»

«Da ist sie nicht die Einzige», sagte ich. Ich zündete mir eine Zigarette an und setzte mich in meinen Pick-up.

Als Liza McCullen und ich zum allerersten Mal miteinander ins Bett gingen, war sie so betrunken, dass ich mir bis zum heutigen Tage nicht sicher bin, ob sie sich hinterher überhaupt daran erinnern konnte, was wir getan hatten. Das war etwa ein Jahr nach ihrer Ankunft in Silver Bay. Sie war etwas aufgetaut, zeigte insgesamt aber immer noch allen die kalte Schulter. Unterhalten konnte man sich nicht viel mit ihr. Damals hatte sie angefangen, mit ihrer Tante auf der *Ishmael* rauszufahren. Miss M. gab ihr Unterricht, während die Kleine in der Schule war, und je mehr Zeit Liza auf dem Wasser zubrachte, umso glücklicher wurde sie. Ich zog sie ein paarmal damit auf, dass sie ja jetzt Konkurrenz sei, aber Miss M. warf mir immer so böse Blicke zu, dass ich lieber ein paar Witzchen über die Hai-Lady machte.

Mittlerweile saß Liza an manchen Abenden mit mir und den

anderen Walfängern draußen – Ned Durrikin und dieses französische Mädchen mit dem Damenbart fuhren damals auf der *Moby Two* –, aber viel reden tat sie nicht. Man musste ihr jedes Wort aus der Nase ziehen.

Eigentlich machte ich die ganze Zeit Witze, wenn sie da war. So langsam ärgerte es mich, wieso ich – der ein Mädel gern zum Lachen bringt – es an manchen Abenden nicht ein Mal schaffte, dass ihre Mundwinkel sich nach oben bewegten. Diese unnahbare schöne Frau hatte meinen Ehrgeiz geweckt. Ich war so beschäftigt mit ihr, dass Suzanne damals auch allmählich die Schnauze voll von mir hatte. Oft blieb ich den ganzen Abend bei Miss M. draußen sitzen, kippte mir ein paar Drinks hinter die Binde, und ehe ich mich's versah, kam ich schon wieder angesäuselt nach Hause, und Suzanne saß da mit einem sauertöpfischem Gesicht und erkaltetem Essen.

Aber an jenem Abend merkte man gleich, dass etwas anders war. Liza war nicht rausgekommen, und Miss M. saß mit verkniffenem Gesicht da und sagte, sie würde im Haus bleiben. Also ging ich hinein und setzte mich zu Liza in die Küche. Ich sagte nichts dazu, dass sie dasaß und irgendein Foto betrachtete, weil sie es gleich in ihre Jackentasche schob, als ich reinkam. Ihre Augen waren gerötet. Zum ersten Mal in meinem Leben schaffte ich es, meine große Klappe zu halten, weil ich das Gefühl hatte, hier war was im Busch, und wenn ich es geschickt anstellte, könnte es vielleicht zu meinem Vorteil sein.

Dann, nachdem wir ein paar Minuten nur still dagesessen hatten und ich versucht hatte, nicht auf meinem Stuhl herumzurutschen (ich hasse es stillzusitzen, seit ich ein kleines Kind war), schaute sie zu mir auf. Ihre großen Augen blickten so traurig, dass ich selber am liebsten geweint hätte, und sie fragte: «Greg, hilfst du mir dabei, mich zu betrinken? Ich meine, so richtig zu betrinken?»

«Na ja», sagte ich und schlug mir auf die Knie. «Da gibt's wohl in ganz Silver Bay keinen, der kompetenter ist.»

Ohne ein Wort zu Miss M. gingen wir runter zu meinem Wagen, stiegen ein und fuhren zu Del, wo sie einen Jim Beam nach dem anderen kippte, als käme er gleich morgen aus der Mode.

Wir gingen erst, als die Bar zumachte, und zu diesem Zeitpunkt war Liza so dicht, dass sie kaum mehr stehen konnte. Sie gehörte nicht zu den fröhlichen Betrunkenen wie Suzanne, die alberne Lieder sang und frech wurde, was bei einer Frau, wie ich ihr immer sagte, ebenso wenig attraktiv ist, wie wenn sie im Suff wütend wird. Nein – Liza benahm sich wie jemand, den etwas von innen auffrisst.

«Noch nicht betrunken genug», lallte sie, als ich sie in den Pick-up schob. «Brauch noch mehr.»

«Die Bars sind jetzt geschlossen», sagte ich. «Ich glaube nicht, dass es diesseits von Newcastle noch eine gibt, die offen hat.» Ich hatte auch einiges gebechert, aber wenn man jemandem zuschaut, der es wirklich darauf anlegt, sich abzuschießen, dann hält einen das selber davon ab, es zu übertreiben.

«Zu Kathleen», sagte sie. «Wir fahren zurück und trinken bei Kathleen weiter.»

Ich konnte mir nicht vorstellen, dass die alte Hai-Lady allzu begeistert sein würde, wenn sie wüsste, dass wir mitten in der Nacht ihre Bar plünderten, aber es war, zum Teufel, nicht meine Idee gewesen.

Es war immer noch so heiß, dass einem die Klamotten am Körper klebten, und wir setzten uns mit unserem Bier nach draußen. Im Mondlicht konnte ich den Schweiß auf ihrer Haut glitzern sehen. Alles fühlte sich seltsam an in dieser Nacht, als wäre die Atmosphäre wie aufgeladen. Es war die Art von Nacht, in der manchmal auf See ein plötzlicher Sturm aufzieht.

Ich lauschte den Wellen, die sich am Strand brachen, und dem Zirpen der Grillen und versuchte, nicht über die Frau nachzudenken, die da neben mir saß und gierige Schlucke von ihrem Bier nahm. Ich weiß noch, dass wir an einem bestimmten Punkt unsere Schuhe auszogen und auf die Idee kamen, paddeln zu gehen. Sie lachte dabei so hysterisch, dass ich mir nicht sicher war, ob sie nicht in Wirklichkeit weinte. Und dann, als sie am Kai das Gleichgewicht verlor, fiel sie auf mich und klammerte sich fest, und ich erinnere mich immer noch an den Geschmack ihres Kusses – diese Mischung aus Jim Beam und Verzweiflung. Keine allzu angenehme Mischung.

Was mich jedoch von nichts abhielt.

Das zweite Mal war etwa sechs Monate später. Suzanne und ich hatten uns vorübergehend getrennt, und sie wohnte bei ihrer Schwester in Newcastle. Diesmal war Liza noch betrunkener als beim ersten Mal, und ich hatte ihr die Haare weggehalten, als sie sich übergab, bevor sie sich wieder so weit unter Kontrolle hatte, um in meinen Wagen zu steigen. Und dennoch trank sie noch eine ganze Flasche von Mr. Gaines' bestem Shiraz, als wir bei mir waren. Sie war wirklich seltsam – jeden Abend unter der Woche stocknüchtern, aber ab und zu schien sie einfach zu beschließen, sich bis zur Ohnmacht zu betrinken. In jener Nacht wachte ich am frühen Morgen auf und merkte, dass sie weinend neben mir im Bett lag. Sie hatte mir den Rücken zugedreht, ihre Schultern bebten, und sie hatte das Gesicht in ihren Händen vergraben.

«Habe ich dir weh getan?» Ich war noch ganz benommen vom Schlaf. Und wer wachte schon gerne neben einer weinenden Frau auf, kurz nachdem man sie verwöhnt hatte? «Liza? Was ist denn los, Liebes?»

Als ich sie dann an der Schulter berührte, merkte ich, dass sie schlief. Das erschreckte mich ein bisschen, und ich rief ihren Namen, schüttelte sie.

«Was?», fragte sie. Und schaute sich im Zimmer um. «O Gott, wo bin ich?»

«Du hast geweint», sagte ich. «Im Schlaf. Ich dachte ... ich dachte, es ist wegen mir.»

Sie war schon aufgestanden und griff nach ihren Jeans. Es war schwer, ihr Verhalten nicht als Beleidigung zu empfinden. «He, mal langsam mit den jungen Pferden. Du musst doch nirgendwo hin. Ich wollte nur schauen, ob es dir gutgeht.» Ich sah ihren BH weiß aufblitzen, als sie ihn zuhakte.

«Das hat nichts mit dir zu tun, Greg. Tut mir leid, ich muss gehen.»

Sie benahm sich wie ein Mann. Sie war wie ich, damals, als ich Suzanne noch nicht kannte und um die Häuser zog und mir, wenn ich dann bei jemandem aufwachte, lieber den Arm abgebissen hätte, als liegen zu bleiben.

Nachdem sie gegangen war, wurde mir bewusst, dass sie ja gar kein Auto dabei hatte. Doch als ich die Treppe herunterkam, war sie schon außer Sichtweite. Vermutlich war sie die halbe Küstenstraße entlang gerannt, um schnell nach Hause zu kommen.

Am nächsten Tag, als ich mich neben sie auf die Bank setzte, benahm sie sich so, als wäre nichts gewesen.

Viermal war das noch passiert. Kein einziges Mal waren wir zusammen gewesen, wenn sie nüchtern war. Ich hätte längst sauer auf Liza sein sollen, aber das ging einfach nicht mit ihr. Sie hatte etwas Besonderes an sich. Ich kannte niemanden, der so war wie sie.

Als sie mir das mit dem Kind erzählte, war sie allerdings nüchtern. Und sie wollte, dass ich es keinem Menschen weitersagte. Auf Fragen wollte sie nicht antworten. Sie verriet mir nicht einmal, wie die Kleine umgekommen ist. Sie sagte es mir nur, weil ich einmal wütend wurde und sie frisch von der Leber weg fragte, warum zum Teufel sie sich eigentlich so betrinken musste, um mit mir ins Bett zu gehen.

«Ich betrinke mich nicht, um mit dir ins Bett zu gehen», sagte sie da. «Ich betrinke mich, um zu vergessen. Mit dir ins Bett zu gehen, ist nur ein Nebeneffekt davon.» So direkt sagte sie es, als könnte nichts davon meine Gefühle verletzen. «Und frag bloß Hannah nicht danach. Ich will nicht, dass du irgendwas aufwirbelst.» Sie sah aus, als bereute sie schon, es mir gesagt zu haben.

«Meine Güte, hast du eine schlechte Meinung von mir», sagte ich.

«Nein, ich bin nur vorsichtig.» Sie ballte die Hände zu Fäusten. «Zurzeit bin ich einfach nur vorsichtig.»

Del hatte nichts dagegen, dass unser Treffen bei ihm stattfand – er wusste, dass er dadurch ein paar Dollar mehr einfahren konnte –, aber er hatte mir von vornherein gesagt, dass er nicht gegen das Bauvorhaben sei. Bei der Lage seiner Bar, nur wenige Meter von dem geplanten Komplex entfernt, sagte er und wischte sich die Hände an seiner Schürze ab, würde er das Geschäft seines Lebens machen. Als würde die Kundschaft, von der hier die Rede war, bei einem alten Schmierlappen wie MacIver zum Mittagessen absteigen. Ich wusste, dass ich den alten Kerl nicht umstimmen konnte, aber ich hatte richtig vermutet, dass sein schlechtes Gewissen ihn dazu bringen würde, ein Sandwich springen zu lassen, und so saß ich, als die Zeit für das Treffen gekommen war, draußen, ließ mir das Brot schmecken und spülte es mit einem guten starken Kaffee hinunter.

Ich hatte die Trommel gerührt, und ein paar Hotelbesitzer aus dem Ort, einige Fischer und die Waljäger – alles Leute, die von dem Bauprojekt betroffen sein würden – hatten sich eingefunden. Wir saßen oder standen draußen vor MacIver's und warteten darauf, dass noch ein paar mehr kamen. Einige hielten die Zeitung in der Hand. Manche murmelten sich gegenseitig etwas zu, während andere einfach ganz normal plauderten, als stünde der Stadt nicht eine komplette Veränderung bevor.

Mit Liza sprach ich nicht, als sie eintraf, und sie schien es auch nicht eilig zu haben, mit mir zu reden. Aber ich winkte Hannah zu, die herüberkam und sich zu mir setzte.

«Dein Boot ist immer noch im Schuppen», sagte ich leise, weil ich sie lächeln sehen wollte.

«Werden jetzt alle Delphine von hier wegziehen?», fragte sie.

Gerade war Miss M. gekommen und legte ihr die Hand auf die Schulter. «Ich bin mir sicher, dass die schon Schlimmeres erlebt haben», sagte sie. «Im Krieg hatten wir Schiffe der Marine in der Bucht, Bomber flogen über uns hinweg, dann die U-Boote ... aber die Delphine waren immer noch da. Mach dir keine Sorgen.»

«Die sind schlau, nicht? Sie wissen ganz genau, wann sie den Menschen aus dem Weg gehen müssen.»

«Schlauer jedenfalls als die meisten Menschen hier», sagte Miss M. Ich mochte es gar nicht, wie sie mich bei diesen Worten ansah.

Lance stand auf. Wir waren übereingekommen, dass er das Reden übernahm – mein Ding war das nicht, Yoshi redete immer gleich so wissenschaftlich daher, dass keiner mehr folgen konnte, und wir alle wussten, dass Liza eher gestorben wäre, als das Wort zu ergreifen. Lance sagte, ihm sei die Tatsache durchaus bewusst, dass das Bauprojekt der Stadt einige wirtschaftliche Vorteile bringe, aber durch die Wassersportkurse bestehe das Risiko, dass ausgerechnet der Bereich, der einen Zuwachs im Tourismus ermögliche, zerstört würde: die Wale und Delphine.

«Ich kann mir schon denken, dass das dem einen oder anderen hier egal ist, aber das ist der Punkt, durch den sich Silver

Bay von anderen Touristenorten wesentlich unterscheidet, und die meisten von euch wissen auch, dass die Touristen, wenn sie bei uns von Bord gehen, auf dem Heimweg gerne noch in den Cafés oder Läden hier vorbeischauen. Oder sie steigen sogar in euren Hotels und Motels ab.»

Es erhob sich zustimmendes Gemurmel.

«Dieses Projekt wird von ausländischem Geld finanziert», fuhr Lance fort. «Ja, es werden ein paar neue Jobs geschaffen, aber ihr könnt Gift darauf nehmen, dass die Profite nicht hier in Silver Bay hängenbleiben. Nicht einmal in New South Wales. Ausländische Investitionen bedeuten immer, dass das Geld ins Ausland zurückfließt. Außerdem kennen wir noch gar nicht das volle Ausmaß dieses Projekts. Wenn es zum Beispiel seine eigenen Cafés und Bars haben wird, dann verliert ihr hier ebenso viel, wie ihr gewinnt.»

«Es könnte aber die Geschäfte im Winter ankurbeln», kam eine Stimme von hinten.

«Und zu welchem Preis? Wenn die Wale und Delphine verschwinden, dann wird es hier bald gar keine Geschäfte mehr im Winter geben», sagte Lance. «Überlegt doch mal. Wie viele Leute würden im Juni, Juli, August hierherkommen, wenn es nicht die Walmole gäbe? Hm?»

Schweigen.

Neben mir las Hannah in der Zeitung. Ich könnte schwören, dieses Gör wurde gerade so schnell erwachsen, dass es wahrscheinlich übermorgen schon den Führerschein machen würde.

«Greg», sagte sie stirnrunzelnd.

«Was ist denn, Schätzchen», flüsterte ich. «Möchtest du, dass ich dir was zum Essen hole?»

«Das da ist Mikes Firma.» Ihr kleiner Finger zeigte auf eine Stelle in dem Artikel. «Und das ist der, der auf der Website abgebildet ist.»

Ich brauchte ein oder zwei Minuten, bis ich begriff, was sie sagte, und noch ein bisschen länger, um zu verstehen, was es bedeutete.

«Beaker Holdings», las ich. «Bist du sicher, Liebes?»

«Ich hab es mir gemerkt, weil es klingt wie BIC, die Kugelschreiber. Hat Mike Silver Bay gekauft?»

Ich konnte für den Rest der Versammlung kaum mehr geradeaus schauen, so aufgeregt war ich, und riss mich nur zusammen, als Lance eine Abstimmung vorschlug. Als abgestimmt wurde, den Typen vom Planungsamt anzurufen und eine Beschwerde einzureichen, schaffte ich es gerade noch, die Hand zu heben. Und dann, als sich alles zerstreute, fragte ich Miss M., ob Mike im Hotel sei.

«Denke, schon», sagte sie. «Ich glaube, seine Freundin ist shoppen gegangen.» Sie schnaubte. Dann schaute sie zu mir hoch. «Greg? Alles in Ordnung?»

«Können Sie Liza holen?», fragte ich und bemühte mich, meine Stimme vor der Kleinen nicht zu scharf klingen zu lassen. «Es gibt da etwas, das ihr wissen müsst.»

Es dauerte ein Jahr, bis Liza McCullen mit mir ins Bett ging, und fast zwei Jahre mehr, bis sie mir genug vertraute, um mir das von ihrer Tochter zu erzählen.

Das war auch der Grund, warum ich es nicht glauben wollte, als ich an dem Tag, nachdem das Walbaby gestorben war, zum Hotel fuhr, um ihr die Schlüssel zu bringen, die sie bei ihrem gewohnt hastigen Aufbruch bei mir vergessen hatte. Was ich da auf dem Parkplatz sah, hat sich mir so eingebrannt, dass ich seither nicht mehr im Hotel gewesen war – ganz gleich, wie viele Bierchen ich mir auch hinter die Binde kippte, das Bild kriegte ich nicht mehr aus dem Kopf: wie sie da nur wenige Stunden, nachdem sie sich nicht davon hatte abhalten lassen, aus meinem

Bett aufzustehen, auf dem Parkplatz des Silver Bay Hotels im Auto saß, eng umschlungen mit diesem Engländer.

Wie sich herausstellte, saß er in der Küche, wo sonst nur die Familie sitzt, als hätte er schon besondere Rechte in dem Haus erworben. Als wir auf der Türschwelle erschienen, blickte er auf. Er hatte in einem alten Reiseführer gelesen und trug ein schickes Hemd. Der bloße Anblick von ihm in dieser Umgebung machte mich so wütend, dass ich ihm am liebsten eine gescheuert hätte.

Er brauchte einen Moment, bis er begriff, was los war. Aber mehr Zeit gab Liza ihm auch nicht. Sie knallte die Zeitung vor ihm auf den Tisch.

«Das ist es also, was du hier treibst.»

Er schaute auf die Schlagzeile und wurde käseweiß. So etwas hatte ich noch nie gesehen, aber man konnte richtig zuschauen, wie das Blut aus seinem Gesicht wich.

«Du sitzt jetzt bald einen Monat hier im Hotel, schließt Freundschaften, stellst Fragen, umgarnst meine Tochter, und dabei schmiedest du die ganze Zeit Pläne, wie du uns ruinieren kannst?»

Er starrte auf die Titelseite.

«Ausgerechnet du – von allen Leuten! Wie konntest du das bloß tun?»

Großer Gott, so wütend hatte ich sie noch nie gesehen. Noch nicht mal, als ich Hannah das Boot schenkte.

Er richtete sich auf. «Liza, ich kann dir das erklären ...»

«Erklären? Was denn bitte? Dass du hierhergekommen bist und so tust, als machtest du Urlaub, und dabei steckst du mit diesem Scheiß-Stadtrat unter einer Decke und bist die ganze Zeit auf diese hinterfotzige Art dabei, unser Leben zu zerstören?»

«Nein. Es wird nichts zerstört. Dagegen gibt es eine ganze Reihe von Schutzmaßnahmen, die ich derzeit ausarbeite.»

Darauf lachte sie, ein hohles, beinahe wahnsinniges Lachen. Ich musste zugeben, dass sie mir langsam ein bisschen unheimlich wurde.

«Schutzmaßnahmen? Was kann denn eine gigantische Wassersportanlage mitten in unseren Gewässern beschützen? Da werden Schnellboote herumflitzen mit Leuten auf Wasserskiern im Schlepptau, jeden Tag. Du hast doch erlebt, was das für die Wale bedeutet.»

«Es sind auch nur Bootsmotoren. Genau wie eure. Die Leute werden sich von den Migrationspfaden fernhalten. Es wird Regeln geben. Richtlinien.»

«Richtlinien? Denkst du etwa, ein Teenager auf einem Jet-Ski hält sich an irgendwelche Richtlinien?» Sie zitterte vor Wut. «Du hast zugesehen, wie wir versucht haben, das Walbaby zu retten, und jetzt stellst du dich hierher und behauptest, dein bescheuerter Wassersportpark hätte keine Auswirkungen? Und was noch schlimmer ist: Du hast meine Tochter dazu benutzt, dir die nötigen Informationen heranzuschaffen, damit du dich bei der Planungsbehörde einschleimen kannst.»

«Ich dachte, es kommt etwas Gutes dabei heraus», protestierte er. «Sie sagte, es gebe Dinge, die sie brauchen.»

«Das waren Dinge, die *du* gebraucht hast, um dieses beschissene Planungsamt auf deine Seite zu bringen. Du bist krank, weißt du das? Krank.»

«Aber nein», sagte er hilflos. «Ich hab mein Bestes getan, damit diese Sache für alle gut ausgeht.»

«Sie haben Ihr Bestes getan, um sich eine goldene Nase zu verdienen», sagte ich. Ich machte einen Schritt auf ihn zu und sah, wie er sich aufrichtete, als machte er sich auf einen Schlag gefasst.

Liza hatte Tränen in den Augen. Sie schüttelte den Kopf und sagte bitter: «Alles, was du gesagt hast, war eine Lüge. *Alles* ...»

Jetzt sah er zum ersten Mal wütend aus. «Nein», sagte er drängend und streckte eine Hand aus. «Das stimmt nicht. Ich wollte mit dir reden. Ich will immer noch mit dir reden, aber ...»

Sie schob ihn von sich weg, als hätte er eine ansteckende Krankheit. «Du glaubst doch nicht im Ernst, du könntest noch *irgendetwas* zu sagen haben, das ich hören möchte?»

«Es tut mir leid. Ich wollte euch von dem Bauprojekt erzählen», fuhr er fort. «Aber ich musste es zuerst auf den richtigen Weg bringen. Als ich begriffen habe, was euch die Wale hier bedeuten, wollte ich eine Lösung finden, die für alle gut ist.»

«Das glaubst du doch wohl selbst nicht», fauchte sie ihn an. «Dein tolles Hotel wird die Wale zerstören, und es wird uns zerstören. Aber solange deine Investoren einen guten Gewinn machen, ist ja alles in Butter.»

Um ihre Rede zu unterstützen, stellte ich mich dicht neben ihr vor Mike hin, stemmte die Arme in die Hüften und schaute ihn finster an.

«Ach, sei doch nicht so ein Idiot», sagte Liza, drängte sich mit einem herablassenden Winken, das uns beiden zu gelten schien, an mir vorbei und war aus der Küche verschwunden.

Als ich ihr nachsah, entdeckte ich die junge Frau, die in der Halle stand. Eine Blondine mit teuren Klamotten und einem Witz von einer Handtasche, die sie an ihre Brust drückte. Sie trat beiseite, um Liza vorbeizulassen, und fragte verunsichert: «Ist alles okay?»

Noch eine aus England. Das muss seine Freundin sein, dachte ich. Nicht, dass er sie verdient hätte.

«Ich krieg dich noch, Typ», sagte ich und zeigte mit dem Finger auf ihn. «Glaub bloß nicht, dass irgendwas hier in Vergessenheit geraten wird.»

«Jetzt regen Sie sich ab, Greg», sagte Miss M. entnervt und schob mich aus der Küche. Als wäre das alles meine Schuld. Als wäre irgendetwas davon meine Schuld.

«Vanessa, vielleicht möchten Sie hereinkommen und sich setzen. Ich mache uns eine Kanne Tee.»

# KAPITEL 13

## *Kathleen*

**Newcastle Observer, 11. April 1947**
Der größte jemals in der Geschichte von New South Wales gesichtete Ammenhai wurde in einer Fischergemeinde nördlich von Port Stephens an Land gezogen – von einem siebzehnjährigen Mädchen.

Miss Kathleen Whittier Mostyn, Tochter von Angus Mostyn, dem Besitzer des Silver Bay Hotel, brachte das Tier am Mittwochnachmittag aus den Gewässern in der Nähe von Break Nose Island nach Hause. Sie hievte es ohne weitere Hilfe in ein kleines Ruderboot.

Ihr Vater sagte: «Ich war aufrichtig erschrocken, als mir Kathleen ihren Fang zeigte. Wir brachten das Tier als Erstes an Land und benachrichtigten die zuständigen Behörden, da ich mir schon denken konnte, dass sie möglicherweise einen Rekord gebrochen hatte.»

Ein Sprecher der Fischereibehörde bestätigte, es handle sich um den größten Hai seiner Art, der jemals in dieser Gegend ins Netz gegangen ist. «Das ist eine außerordentliche Leistung für eine junge Dame», sagte Mr. Saul Thompson. «Selbst für einen richtigen Sportangler wäre es nicht leicht, ein solches Tier an Land zu ziehen.»

> Der Hai ist bereits zur Attraktion geworden, die zu bestaunen die Fischer und Schaulustigen aus der ganzen Region herbeiströmen, wobei sie beachtliche Wege zurücklegen. Mr. Mostyn plant, ihn ausstopfen zu lassen und im Hotel auszustellen, als Erinnerung an den bemerkenswerten Fang seiner Tochter. «Wir müssen nur noch eine Wand finden, die stark genug ist, um ihn zu halten», witzelte er.
>
> Die Mitarbeiter des Hotels sagen, seit die Nachricht von Miss Mostyns Fang durch die Presse gegangen sei, hätten sich die Buchungen verdreifacht: ein Rekord, der sicher seinen Beitrag zum Ruf der Gegend als erstklassiger Fischgrund leisten wird.

Ich staubte den Glasrahmen ab und hängte den vergilbten Zeitungsausschnitt zurück an die Wand, neben die Fotos mit dem ausgestopften Hai. Die Präparation des Tieres selbst war nicht besonders gut gelungen – offenbar hatte mein Vater es dermaßen eilig mit dem Ausstellen des Prachtexemplars gehabt, dass er den Auftrag an keinen besonders fähigen Präparator vergab –, und das Tier hatte sich bereits bei seinem Umzug vom Hotel ins Museum in seine Bestandteile aufgelöst, wobei das Füllmaterial aus den Nahtstellen rund um die Finne und am Schwanzansatz quoll. Irgendwann hatten wir uns geschlagen gegeben und das Ding auf den Abfall geworfen. An dem Tag, als die Müllmänner kamen, stand ich amüsiert am Fenster, um ihre Reaktion zu beobachten.

Dass nahezu jeder Besucher, der jemals unser Hotel betrat, den Hai angefasst hatte, war ihm auch nicht besonders gut bekommen. An einem ausgestopften Hai ist einfach etwas, das in den Leuten den Wunsch weckt, ihn zu berühren. Vielleicht liegt es an diesem besonderen Kitzel, dass man unter normalen Umständen etwas Derartiges nicht wagen kann, ohne den Verlust eines Armes oder gleich den Tod in Kauf nehmen zu müssen. Vielleicht schenkt es manchen Menschen auch ein seltsames Gefühl der Macht. Möglicherweise steckt ja in uns allen das perverse Bedürfnis, uns den Dingen zu nähern, die uns zerstören könnten.

Ich löste mich bewusst von den Fotos und fuhr mit dem Staubwedel über all die anderen Objekte und Kuriositäten, wobei ich versuchte, das Museum mit den Augen eines Touristen zu sehen, der Interesse an einer erstklassigen Wassersportanlage hätte. In den letzten zehn Tagen hatte ich keinen einzigen Besucher gehabt. Vielleicht war das auch niemandem zu verübeln, dachte ich, während ich sorgfältig eine Harpune zurück auf ihre Haken hängte. Das hier war immer weniger ein Museum als vielmehr eine Ansammlung von alten Fischgräten in einer heruntergekommenen Scheune. Eigentlich hielt ich es nur noch im Andenken an meinen Vater in Betrieb.

Die Crews saßen alle draußen vor dem Hotel und diskutierten bei Bier und Chips lauthals ihre Ideen zur Bekämpfung der Entscheidung des Planungsamtes. Ich hatte keine Lust gehabt, mich zu ihnen zu setzen, weil ich keine Empörung über noch unbegangene Verbrechen gegen die Geschöpfe des Meeres heucheln wollte. Meine Gefühle und Vorbehalte waren da ganz anders gelagert.

Als ich die Tür quietschen hörte, drehte ich mich um und erkannte Mike Dormers Silhouette. Sein Gesicht war schwer zu erkennen, weil er im Gegenlicht stand, deshalb winkte ich ihn zu mir her.

«Hier drinnen bin ich noch gar nicht gewesen», sagte er und schaute sich um, während sich seine Augen an die Dunkelheit gewöhnten. Er hatte die Hände tief in den Taschen vergraben, und seine sonst so gerade Gestalt wirkte gebeugt. Um nicht zu sagen: gebeutelt.

«Richtig», sagte ich. «Hier waren Sie noch nicht.»

Er ging langsam umher und schaute zu den Balken hoch, an denen uralte Taue, Netze und Bojen hingen, außerdem die Overalls von Walfängern aus den dreißiger Jahren. Er schien sich in einer Weise aufrichtig dafür zu interessieren, wie man sie an Besuchern sonst selten beobachten kann.

«Das Bild hier kenne ich», sagte er und blieb vor dem Zeitungsausschnitt stehen.

«Na ja ... Wenn wir nun eines über Sie wissen, Mike, dann ist es, dass Sie Ihre Recherchen gründlich machen.»

Das war mir eine Spur unfreundlicher herausgerutscht als geplant, aber ich war müde und fühlte mich noch immer aus dem Gleichgewicht gebracht durch die Tatsache, dass ich ihn so lange unter meinem Dach beherbergt und doch nicht durchschaut hatte.

«Tut mir leid», sagte er. «Sie haben ja recht.»

Ich schnaubte und fing an, die Souvenirs auf dem Klapptisch gleich neben der alten Kasse abzustauben. Sie sahen kitschig und mitleiderregend zugleich aus: Walschlüsselanhänger, Delphine in durchsichtigen Flummis, Postkarten und Geschirrtücher mit grinsendem Meeresgetier darauf. Geschenke für Kinder. Aber was hatte das eigentlich für einen Sinn, wenn gar keine Kinder mehr hierherkamen?

«Schauen Sie, Kathleen. Ich kann mir vorstellen, dass Sie momentan keine Lust haben, mit mir zu reden, aber ich muss Ihnen etwas sagen. Es ist wichtig für mich, dass Sie es verstehen.»

«Ach, ich verstehe es ja, ist schon in Ordnung.»

«Nein, das tun Sie nicht. Ich wollte mit Ihnen reden», wiederholte er. «Wirklich. Ich kam mit der Absicht hierher, das Projekt geradlinig und zügig abzuwickeln. Ich dachte, ich würde kurz auftauchen und ebenso schnell wieder weg sein, und dass wir in einer Gegend bauen würden, in der niemand großes Aufhebens darum machen würde. Als ich merkte, dass das nicht der Fall war, habe ich versucht, eine Lösung zu finden, die sowohl meinen Boss in England als auch die Leute hier zufriedenstellen würde. Dafür musste ich so viel herausfinden wie nur irgend möglich.»

«Das hätten Sie uns doch mitteilen können. Wir hätten unseren Beitrag dazu leisten können. Besonders ich, die ich seit mehr als siebzig Jahren hier in der Gegend wohne.»

«Das weiß ich mittlerweile auch.» Ich bemerkte mit einer seltsamen Genugtuung, dass seine Schuhe neuerdings ziemlich ramponiert waren. «Aber das war mir unmöglich, als ich Sie alle erst einmal kennengelernt hatte.»

«Besonders Liza, stimmt's?», fragte ich.

«Ja», gab er zu. «Und Hannah.»

«Na gut, Mike. Für ein stilles Wasser haben Sie hier ganz schön für Aufruhr gesorgt.» Ich war immer noch am Wienern, weil ich nicht wusste, was ich mit meinen Händen anfangen sollte. Einfach vor ihm stehen wollte ich nicht. Wir schwiegen ein paar Minuten lang, während ich mit dem Rücken zu ihm zugange war. Ich spürte, dass er mich anstarrte.

«Wie auch immer», sagte er mit einem Hüsteln. «Ich wollte Ihnen sagen, wie leid es mir tut, und wenn es irgendetwas gibt, das ich tun kann, um – na ja, um die Auswirkungen dieses Projekts abzumildern, dann lassen Sie es mich doch bitte wissen.»

Ich hielt inne, den Staubwedel in der Hand, und wandte mich zu ihm um. Meine Stimme hallte in dem höhlenartigen Raum ungewöhnlich laut wider. «Wie wollen Sie denn die Tatsache abmildern, dass Sie einem siebzigjährigen Familienunternehmen den Todesstoß verpasst haben, Mike?», fragte ich.

Er schaute mich erschüttert an, aber nichts anderes hatte ich erwartet.

«Wissen Sie was? Das Hotel kümmert mich nicht die Bohne,

ganz gleich, was Sie denken. Gebäude an sich haben für mich keine große Bedeutung, und das hier ist schon seit Jahren dabei, zur Bruchbude zu verfallen. Nicht einmal die Bucht bedeutet mir so viel. Und was die Wale und Delphine angeht, so hoffe ich, dass die ganzen Wichtigtuer, die heute die Stimme für sie erhoben haben, schon dafür sorgen werden, dass es ihnen gutgeht.» Ich trat von einem Bein aufs andere und nahm den Staubwedel in die andere Hand. «Aber es gibt da etwas, das Sie wissen sollten, Mike Dormer. Wenn Sie diesen Ort hier zerstören, dann zerstören Sie Hannahs Sicherheit. Das hier ist der einzige Ort auf der ganzen Welt, an dem sie ein sorgloses Leben führen und sicher und unberührt aufwachsen kann. Mehr kann ich Ihnen dazu nicht erklären, aber Sie sollten es wissen. Ihr Handeln hat Auswirkungen auf dieses kleine Mädchen. Und das kann ich Ihnen nicht verzeihen.»

«Aber – aber warum müssten Sie denn hier weg?»

«Wie können wir es uns denn leisten, in einem Hotel zu leben, das keine Gäste mehr hat?»

«Wer sagt denn, dass Sie keine Gäste mehr haben? Ihr Hotel ist doch ganz anders als der geplante Komplex. Für ein charmantes Hotel wie Ihres wird es immer Gäste geben.»

«Wenn nebenan eins steht, das über hundertfünfzig Zimmer mit Bad und Satellitenfernsehen verfügt? Und im Winter mit Rabatten und einem beheizten Hallenbad lockt? Das glaube ich nicht. Unser einziger Vorteil hier war die Einsamkeit. Unsere Gäste wollen in der Pampa wohnen. Sie wollen nachts das Meer rauschen hören, das Rascheln des Grases auf den Dünen und sonst nichts. Was sie nicht hören wollen, das ist allabendliches Karaoke in der Buckelwal-Lounge und das Röhren von achtundvierzig Automotoren auf dem Parkplatz, kurz bevor das subventionierte Buffet eröffnet wird. Kommen Sie schon, Mike, Sie kämpfen mit harten Bandagen, wenn es ums Geschäft geht. Sagen Sie mir mal, wie sich ein Unternehmen wie dieses hier bei solcher Konkurrenz über Wasser halten soll.»

Er wollte etwas sagen, schüttelte dann aber stumm den Kopf.

«Gehen Sie zurück zu Ihren Herren und Meistern, Mike. Sagen Sie ihnen, dass Sie getan haben, was von Ihnen verlangt wurde. Dass der Deal unter Dach und Fach ist, oder wie es bei Ihnen heißt.»

Ich war den Tränen nahe, was mich so wütend machte, dass ich wieder mit dem Abstauben anfing, damit er mein Gesicht nicht sehen konnte. Da hatte ich ganze sechsundsiebzig Jahre auf dem Buckel und war kurz davor, zu heulen wie ein Backfisch. Aber ich konnte nicht anders. Jedes Mal, wenn ich daran dachte, wie Liza und Hannah verschwinden würden, wie sie sich irgendwo anders niederlassen mussten, um noch einmal von vorne anzufangen, stockte mir der Atem.

Ich hatte fast damit gerechnet, dass er gehen würde, weil ich ihm so lange den Rücken zugekehrt hatte. Aber als ich mich umdrehte, stand er immer noch da, starrte immer noch auf den Boden, dachte immer noch nach.

Dann endlich hob er den Kopf. «Ich werde dafür sorgen, dass es nicht so kommt», sagte er. «Ich weiß noch nicht, wie, aber ich bringe das wieder in Ordnung.»

Ich muss ungläubig aus der Wäsche geschaut haben, denn er machte einen Schritt auf mich zu. «Das verspreche ich Ihnen, Kathleen. Ich bringe das wieder in Ordnung.»

Schließlich drehte er sich auf dem Absatz um und ging den Pfad entlang zurück zum Haus.

Am Tag darauf setzte ich Hannah an der Schule ab und nahm dann die Straße ins Landesinnere, um Nino Gaines zu besuchen. Er war einer der wenigen Menschen, mit denen ich eine ehrliche Unterredung über das Thema Geld führen konnte.

Der Versuch, Liza zu vermitteln, wie wenig nur noch übrig war, hätte sie nur noch nervöser gemacht, und ich bemühte mich seit jeher, vor ihr zu verbergen, wie wenig ihre Walbeobachtungsfahrten zu den Kosten für unsere Haushaltsführung beitrugen.

«Und, wie viel hast du noch?»

Wir saßen in seinem Büro. Vor dem Fenster konnte ich die Reihen von Rebstöcken sehen, die zu dieser Jahreszeit unbelaubt waren, wie Bataillone nackter Zweige vor einem ungewöhnlich grauen Himmel. Hinter Nino standen seine Weinbücher und ein gerahmtes Poster der ersten Supermarktwerbung, in der auch sein Shiraz gelistet war. Mir gefiel Ninos Büro; es war das eines visionären Unternehmers, der auf Innovation setzte und damit Erfolg hatte.

Ich kritzelte ein paar Zahlen auf den Block, der vor mir lag, und schob ihn zu ihm hinüber. Vielleicht klingt es albern, aber in meiner Generation gilt es als unhöflich, über Geld zu reden, und selbst in meinem hohen Alter fällt es mir schwer, dergleichen laut auszusprechen.

«Das sind die Einnahmen vor Steuern. Und das hier bleibt grob hängen. Wir schlagen uns durch. Aber wenn ich ein neues Dach brauche, werde ich das Boot verkaufen müssen.»

«So knapp ist es also?»

«So knapp.»

Nino war ziemlich überrascht. Nur weil mein Vater einmal ein großer Hecht in der Gegend gewesen war, als wir uns damals kennenlernten, war er wohl davon ausgegangen, ich müsse auf einem schönen Polster sitzen. Doch seit der Blütezeit des Hotels waren fünfzig Jahre ins Land gegangen. Und auch schon zehn Jahre, seit das Silver Bay so etwas wie einen regelmäßigen Gästezustrom hatte verzeichnen können. Steuern, Reparaturkosten und die Verköstigung von zwei weiteren Menschen – von denen einer schier endlose Mengen an Schuhen, Büchern und Kleidern benötigte – hatten auch noch meine letzten Ersparnisse aufgezehrt.

Nino nahm einen Schluck von seinem Tee.

«Möchtest du, dass ich in das Hotel investiere, damit du ein paar Renovierungsarbeiten vornehmen kannst? Die Zimmer aufpeppen? Satellitenfernsehen einrichten? Ich hab durchaus noch ein paar gute Jahre vor mir und hätte nichts dagegen, ein bisschen Kohle in etwas Neues zu stecken.» Er grinste. «Risikostreuung. Darauf soll ich mich konzentrieren, sagt mein alter Buchhalter. Du könntest meine Risikostreuung sein.»

«Was hat das für einen Sinn, Nino? Du weißt doch so gut wie ich, wenn erst einmal dieses Monster bei der Mole steht, sind wir kaum mehr wert als ein Schuppen am Ende ihres Gartens.»

«Könntet ihr denn nicht von der Walbeobachtung leben? Sicher fährt Liza doch öfter raus, wenn mehr Leute kommen. Vielleicht könnt ihr in ein weiteres Boot investieren. Und jemanden bezahlen, der für euch damit rausfährt.»

«Aber genau darum geht es doch. Sie bleibt nicht hier, wenn mehr Leute kommen. Sie – es macht sie nervös. Sie muss an einem ruhigen Ort leben.» Die Worte klangen selbst in meinen eigenen Ohren angreifbar. Ich hatte es schon seit langem aufgegeben, das offenkundige Rätsel, das meine Nichte war, zu rechtfertigen.

Wir saßen schweigend da, während Nino verdaute, was ich gesagt hatte. Er trank seinen Tee aus und stellte die Tasse zurück aufs Tablett. Dann lehnte er sich über den Schreibtisch zu mir herüber. «Okay, Kate. Du weißt, dass ich normalerweise meine Nase nicht in fremde Angelegenheiten stecke, aber jetzt frage ich dich doch.» Er senkte die Stimme. «Wovor zum Teufel läuft Liza eigentlich davon?»

In diesem Moment kamen mir die Tränen, und ich merkte voller Entsetzen, dass ich sie nicht mehr aufhalten konnte. Ich schluchzte so heftig, dass meine Brust und Schultern bebten, als hinge ich an Gummibändern, die auf- und abschnalzten. Ich glaube nicht, dass ich seit meiner Kindheit jemals so geweint hatte, aber ich konnte einfach nicht aufhören. Ich wünschte es mir so sehr, meine Mädchen beschützen zu können, aber Mike Dormer und seine idiotischen, hinterlistigen Pläne hatten mir wieder deutlich vor Augen geführt, wie verletzlich sie waren. Und dass unser vermeintlicher Zufluchtsort am Ende der Bucht so leicht untergehen konnte wie ein Dinghi im Sturm.

Als ich mich wieder etwas gefasst hatte, schaute ich ihn an.

Sein Lächeln war voller Mitgefühl, und er blickte besorgt. «Kannst es mir nicht sagen, oder?»

Ich schüttelte den Kopf.

«Vermutlich ist es was ziemlich Schlimmes, sonst wärst du nicht so durcheinander.»

«Du darfst nicht schlecht von ihr denken», flüsterte ich. Ein weiches, oft gewaschenes Taschentuch wurde mir gereicht, und ich fuhr mir damit unelegant über die Augen. «Niemand hat mehr gelitten als sie selbst.»

«Mach dir nicht zu viele Gedanken. Ich kenne deine Mädchen gut genug und weiß, dass sie schwer in Ordnung sind. Ich werde dich nicht mehr danach fragen, Kate. Ich dachte bloß, wenn du es mal erzählst ... was auch immer es ist ... könnte es dir ein bisschen Erleichterung verschaffen.»

Ich streckte den Arm aus und griff nach seiner großen alten Hand. Lange lagen seine Knöchel über meinen, und es war ein gewaltiger Trost für mich, mehr als ich erwartet hatte.

So saßen wir ein paar Minuten da und lauschten dem Ticken der Kaminuhr. Ich spürte die ungekannte Wärme seiner Hand, die von meiner Haut aufgesogen wurde, und merkte, dass ich keine Lust hatte, nach Hause zu gehen. Mir fehlte die Kraft, Liza, die vor Nervosität fast wahnsinnig war, zu beruhigen. Ich hatte keine Lust, zu Mike Dormer und seinem Modepüppchen von Freundin nett zu sein und dabei daran zu denken, was sie mir angetan hatten. Ich hatte noch nicht mal Lust, ihnen die Rechnung auszustellen. Ich wollte nur ungestört in diesem Zimmer sitzen, in diesem stillen Tal, und jemanden haben, der sich um mich kümmerte.

«Du könntest hierherziehen.» Seine Stimme war ganz sanft.

«Ich kann nicht, Nino.»

«Warum nicht?»

«Ich hab's dir doch gesagt. Ich kann die Mädchen nicht im Stich lassen.»

«Ich meinte natürlich dich und die Mädchen. Warum nicht? Hier ist jede Menge Platz. Es ist sogar nahe genug, dass Hannah auf ihrer Schule bleiben kann. Schau dir mal dieses große alte Haus an. Diese Räume hier wären froh, mal wieder junge Stimmen zu hören. Frank bleibt doch nur noch bei mir, weil er mich nicht allein lassen will.»

Ich sagte nichts. Mir war ganz schummrig im Kopf.

«Komm und wohn bei mir. Wir können es so einrichten, wie du willst – du in deinem eigenen Zimmer oder …»

Er schaute mich aufmerksam an, und ich erkannte in seinen Augen mit den schweren Lidern den großspurigen Piloten von damals wieder.

«Ich frage dich nicht noch mal. Aber ich weiß, dass es uns beide glücklich machen würde. Und ich würde dabei helfen, die Mädchen vor all dem zu beschützen, um das du so besorgt bist. Mensch, ich sitze hier doch wirklich mitten in der Pampa, und das weißt du. Selbst der olle Postbote muss manchmal nach uns suchen.»

Ich musste lachen. Wie gesagt: Das hat Nino Gaines immer schon geschafft – mich zum Lachen zu bringen.

Dann schloss sich seine Hand fester um meine. «Ich weiß,

dass du mich liebst, Kate.» Als ich nichts erwiderte, fuhr er fort: «Ich denke immer noch an jene Nacht zurück. An jede einzelne Minute. Und ich weiß, was sie bedeutete.»

Mein Kopf fuhr hoch. «Sprich nicht von jener Nacht», schnauzte ich ihn an.

«Ist das der Grund, warum du mich nicht heiraten willst? Weil du dich schuldig fühlst? Heiliger Strohsack, Kate, das war eine einzige Nacht, und sie ist zwanzig Jahre her. Unzählige Ehemänner haben sich Schlimmeres zuschulden kommen lassen. Es war eine Nacht – und wir waren uns darin einig, dass sie sich nicht wiederholen würde.»

Ich schüttelte den Kopf.

«Und das haben wir auch eingehalten, oder? Ich war Jean ein guter Ehemann, und das weißt du.»

Oh, das wusste ich. Ich hatte mein halbes Leben darüber nachgedacht.

«Dann warum also? Jean hat mir gesagt – und das war auf ihrem Sterbebett –, sie wolle, dass ich glücklich bin. Sie hätte mir ebenso gut sagen können, dass wir zusammen sein sollen. Was zum Teufel hält uns davon ab? Was zum Teufel hält *dich* davon ab?»

Ich musste jetzt aufstehen und gehen. Ich winkte ihm zu, während ich mit unsicheren Schritten das Zimmer verließ.

Ich konnte es ihm nicht sagen – konnte ihm die Wahrheit nicht sagen. Dass das, was Jean zu ihm gesagt hatte, eine Botschaft war, stimmte, aber es war eine Botschaft an mich gewesen. Sie hatte mir sozusagen über ihn mitgeteilt, dass sie es gewusst hatte – dass sie es all die Jahre gewusst hatte. Und diese Frau hatte auch gewusst, wenn ich das erfuhr, würde es mich bis ans Ende meiner Tage mit Schuldgefühlen erfüllen. Jean Gaines hatte uns beide besser gekannt, als Nino dachte.

An diesem Abend setzte ich mich nicht hinaus zu den Waljägern. Ich ließ Liza das Bedienen übernehmen und zog mich mit angeblichen Kopfschmerzen in mein kleines Büro hinter der Küche zurück, wo ich die Buchhaltung für das Hotel machte, und starrte auf die Kassenbücher aus vielen Jahren, all die Abrechnungen, die die Geschichte des Hotels dokumentierten. Die Jahre von 1947 bis 1960 waren in dicken Aktenordnern abgelegt, deren breite Rücken eine deutliche Sprache über die Beliebtheit des Hotels sprachen. Gelegentlich klappte ich sie auf und schaute mir die pergamentartigen Rechnungen für Rinderhälften, importierten Brandy oder Zigarren an – Zeugnisse von Feiern anlässlich eines guten Fangs. Mein Vater hatte auch die winzigsten Belege aufgehoben, eine Gewohnheit, die ich von ihm übernommen hatte. Damals war das Meer noch voller Fische gewesen, die Hotelhalle war von lautem Gelächter erfüllt, und das Leben war einfach, denn unser Lebensinhalt bestand darin, das Ende des Krieges zu feiern und den neuen Wohlstand danach zu genießen.

Der Rücken des Kassenbuches vom vergangenen Jahr war nicht einmal einen Zentimeter breit. Ich strich mit der Hand über die ledergebundenen Folianten, spürte mit den Fingerspitzen, wie die Breite der Buchrücken sich langsam verringerte. Dann schaute ich zu dem Foto meiner Eltern auf, die in ihren Hochzeitsgewändern auf mich herabsahen. Ich fragte mich, was sie wohl über die Zwickmühle gedacht hätten, in der ich mich befand. Nino hatte mir gesagt, wahrscheinlich könne ich das Hotel an die Investoren verkaufen; und dass ich, wenn ich einen guten Makler hatte, auch den Preis dafür in die Höhe treiben könnte. Vielleicht war ja sogar so viel dabei herauszuschlagen, um irgendwo neu anzufangen. Aber ich war zu alt, um nach einem neuen Haus Ausschau zu halten, zu alt, um mein letztes Hab und Gut in einen winzigen Bungalow zu quetschen.

Ich hatte keine Lust darauf, mich an einem neuen Ort inmitten von modernen Arztzentren und Supermärkten zurechtzufinden, mit neuen Nachbarn höfliche Unterhaltungen zu führen. Mein Leben steckte in diesen Wänden, diesen Büchern. Alles, was mir jemals etwas bedeutet hatte, war hier. Während ich die alten Ordner anschaute, wurde mir bewusst, dass ich dieses Haus mehr brauchte, als ich zugegeben hätte.

Ich bin keine große Trinkerin, aber an diesem Abend griff ich in die Schreibtischschublade meines Vaters, schraubte seinen alten silbernen Flachmann auf und genehmigte mir ein Schlückchen Whisky.

Es war schon Viertel nach zehn, als Liza an die Tür klopfte. «Wie geht's deinem Kopf?», fragte sie und zog die Tür hinter sich zu.

«Ganz gut.» Ich schloss das Kassenbuch und hoffte, dass ich so aussah, als hätte ich wirklich gearbeitet. Kopfschmerzen hatte ich keine. Aber alles andere tat mir weh, und ich fühlte mich unendlich müde und erschöpft.

«Mike Dormer ist gerade hereingekommen und direkt nach oben gegangen. Er verhält sich ganz so, als würde er nirgendwo hingehen. Ich finde, du könntest ein Wörtchen mit ihm reden.»

«Nein, das werde ich nicht. Er hat bis zum Ende des Monats gezahlt», sagte ich und stand auf, um das Buch aufs Regal zurückzustellen.

«Dann gib ihm das Geld zurück. Wir wollen ihn hier nicht mehr haben.»

«Denkst du, ich kann auf das Geld einfach so verzichten?», fuhr ich sie an. «Ich verlange von ihm dreimal so viel wie von den anderen.»

«Es geht hier doch nicht ums Geld, Kathleen.»

«Doch, das tut es schon, Liza. Es *geht* ums Geld. Weil wir nämlich jeden Penny brauchen werden, und das bedeutet, auch der letzte Gast, der hier wohnen will, wird von mir willkommen geheißen, selbst wenn mir bei dem Gedanken das Blut gerinnt.»

Sie war schockiert. «Aber denk doch daran, was er gemacht hat», sagte sie.

«Zweihundertfünfzig Dollar die Nacht, Liza, das ist es, woran ich denke. Außerdem noch die Mahlzeiten für ihn und seine Freundin. Sag du mir mal, womit wir sonst so viel Geld machen können.»

«Mit den Leuten von den Walbooten. Die sitzen jeden Abend da draußen.»

«Was denkst du denn, wie viel Geld ich mit denen mache? Ein paar Cent pro Flasche Bier. Einen Dollar pro Mahlzeit. Glaubst du wirklich, ich könnte denen richtiges Geld abverlangen, wo ich weiß, dass die Hälfte von ihnen sich von den Gratiskeksen an Bord ernährt? Um Himmels willen, hast du eigentlich noch nicht gemerkt, dass Yoshi an den meisten Tagen überhaupt kein Geld hat, um bei uns zu bezahlen?»

«Aber er wird uns zugrunde richten. Und du lässt ihn da oben in deinem besten Zimmer hocken, während das alles geschieht.»

«Was passiert ist, ist passiert, Liza. Ob es mit diesem Hotelkomplex vorangeht, liegt nicht in unserer Macht. Wir müssen uns jetzt darauf konzentrieren, so viel Geld einzunehmen, wie es geht, solange es überhaupt noch Einnahmen gibt.»

«Und scheißen auf Prinzipien?»

«Prinzipien können wir uns nicht leisten, Liza, so sieht es leider aus.»

Ich wusste, was sie eigentlich sagen wollte und was keine von uns laut aussprach, weil es unerträglich war.

Wie konnte ich willentlich den Mann hier beherbergen, der ihr das gebrochen hatte, was von ihrem Herzen noch übrig war? Wie konnte ich Liza den Schmerz zumuten, den es ihr bereiten musste, ihm und diesem Mädchen dabei zuzuschauen, wie sie hier in ihrem Zuhause herumscharwenzelten und stolz ihr Liebesglück zur Schau stellten?

Wir starrten uns finster an. Ich spürte, wie mir der Atem stockte, und legte mir eine Hand an die Brust, um mich zu beruhigen.

Lizas Lippen waren fest aufeinandergekniffen, so verletzt und wütend war sie. «Weißt du was, Kathleen? Manchmal versteh ich dich nicht.»

«Na ja, du musst mich auch nicht verstehen», gab ich knapp zurück und tat so, als würde ich meinen Schreibtisch aufräumen. «Mach du einfach deinen Job und lass mich dieses Hotel hier führen.»

Ich glaube nicht, dass in den fünf Jahren, seit sie hier lebte, einmal ein böses Wort zwischen uns gefallen war, und ich spürte, dass der Streit uns beide schwer mitnahm. Der Flachmann in der Schublade rief nach mir, aber ich wollte ihn in ihrer Anwesenheit nicht herausholen, weil ich ihr kein schlechtes Beispiel sein wollte und fürchtete, sie könne sich selber betrinken, was möglicherweise nur zu einer weiteren zerstörerischen Begegnung mit Greg führen würde.

Schließlich drehte sie sich abrupt um und ging wutentbrannt, ohne ein weiteres Wort, aus dem Raum.

Ich biss mir auf die Zunge und sagte nichts. Ich konnte ihr nicht verraten, was in Wirklichkeit hinter meiner Entscheidung steckte, denn sie wäre nicht meiner Meinung gewesen: Sie würde selbst auf die dezenteste Anspielung auf das, was ich glaubte, negativ reagieren. Denn es ging nicht nur ums Geld. Trotz allem, was geschehen war, sagte mir mein Bauchgefühl, wenn wir Mike Dormer in unserer Nähe behielten, war das für uns die beste Chance zu überleben.

## KAPITEL 14

*Mike*

Die Hundebesitzer, die ich immer beim Joggen traf, hatten aufgehört zu winken. Am ersten Tag dachte ich noch, sie hätten mich nicht erkannt. Vielleicht war mir meine Strickmütze zu tief ins Gesicht gerutscht. Ich hatte mich an unsere kleinen morgendlichen Begegnungen gewöhnt und freute mich immer, vertraute Gesichter zu sehen. Als ich jedoch am zweiten Morgen die Hand hob, um zu winken, verstand ich, dass ich auch für sie über Nacht zum Staatsfeind Nummer eins geworden war.

Dasselbe galt für die Tankstelle, bei der ich mein Benzin zapfte, für die Kasse des Supermarkts und für das kleine Fischcafé an der Anlegestelle, als ich versuchte, einen Kaffee zu bestellen. Es dauerte fast vierzig Minuten und bedurfte mehrerer Nachfragen, bevor er vor mir auf dem Tisch stand.

Vanessa war da härter im Nehmen. «Irgendjemand muss immer ein paar Federn lassen», sagte sie herablassend. «Erinnerst du dich noch an diese Schule, die in East London gebaut werden sollte? Die Leute in den Wohnungen gegenüber waren nicht begeistert davon, bis sie verstanden, wie sehr das den Wert ihrer Apartments in die Höhe treiben würde.»

Aber das war etwas ganz anderes gewesen, wollte ich ihr

sagen. Mir war es damals völlig egal, was diese Leute von mir dachten. Außerdem musste Vanessa nicht Liza gegenübertreten, die so tat, als existierte ich nicht mehr, und mich mit eisiger Verachtung strafte.

Bei einer Gelegenheit hatte ich sie allein in der Küche angetroffen – Vanessa war oben auf unserem Zimmer – und versucht, mit ihr zu reden. «Ich werde mich bemühen, die Sache aufzuhalten. Es tut mir leid.»

Der Blick, den sie mir zuwarf, nahm mir sofort den Wind aus den Segeln. «Was tut dir denn leid, Mike? Dass du dabei bist, uns zu ruinieren, oder dass du ein falsches Arsch...»

«Du hast mir gesagt, du willst keine Beziehung.»

«Und du hast mir nicht gesagt, dass du bereits eine hast.»

Im nächsten Moment war ihr Gesicht wieder ganz verschlossen gewesen, als hätte sie schon zu viel von sich preisgegeben. Doch ich wusste, wie sie sich fühlte.

Jenen Moment im Auto hatte ich wieder und wieder in meinem Kopf abgespult. Ich erinnerte mich an jedes einzelne Wort, das wir zueinander gesagt hatten. Es war wie eine Mahnung, die mich an meine eigene Verlogenheit in so vielen Dingen erinnerte, und an diesem Punkt rief ich meist Dennis an oder suchte mir irgendeine Aufgabe, die mit dem Bauprojekt zu tun hatte. Das ist das Schöne am Geschäft: Es bringt ganze Myriaden praktischer und konkreter Probleme mit sich. Man kann sich prächtig von Dingen ablenken, die sich nicht so leicht lösen lassen.

Ich sagte Vanessa, warum ich der Ansicht war, die Planung des Bauvorhabens sei falsch. Sie glaubte mir nicht, weshalb ich eine Tour auf der *Moby One* buchte, um ihr die Delphine zu zeigen. Yoshi und Lance waren höflich, aber mir bereitete der Mangel an gut gelaunter Unterhaltung an Bord fast körperliches Unwohlsein, und sogar Lance' beißende Kommentare und Flüche fehlten mir. Ich gehörte nicht mehr dazu, das zeigten sie mir überdeutlich.

Dieses Gefühl stillschweigender Missbilligung verfolgte mich überall in der Bucht, bis ich davon überzeugt war, dass selbst die koreanischen Touristen auf dem Oberdeck ahnten, was ich auf dem Kerbholz hatte. «Ich könnte auch gleich eine Harpune in die Hand nehmen und mir ein Schild mit der Aufschrift *Walmörder* um den Hals hängen», jammerte ich, als mir das Schweigen zu viel wurde.

Vanessa meinte, ich sei zu sensibel. «Was kümmert es dich, was die denken?», sagte sie. «In ein paar Tagen wirst du keinen von ihnen mehr wiedersehen.»

«Es kümmert mich, weil ich das hier richtig machen will», sagte ich. «Und ich glaube, wir können es auch richtig machen. Moralisch *und* wirtschaftlich.» Ich wusste, es war unabdingbar für mich, Vanessa auf meiner Seite zu haben, wenn ich Dennis davon überzeugen wollte, die Pläne zu ändern.

«Moralisch?» Sie hob eine Augenbraue, schien den Gedanken an sich aber nicht total von sich zu weisen.

Und dann teilten sich, wie als Antwort auf meine Bedenken, die Wellen. Yoshis Stimme kam über den Lautsprecher, aufgeregt wie immer angesichts eines nahen Wales. «Meine Damen und Herren», sagte sie, «wenn Sie backbord aus dem Fenster schauen – das ist links, für diejenigen, die es nicht wissen –, können Sie jetzt einen Buckelwal erkennen. Möglicherweise kommt er direkt auf uns zu, wir schalten deshalb den Motor aus und hoffen, dass er sich nähert.»

Erregtes Geplapper kam vom Oberdeck. Ich wickelte mir den Schal ums Gesicht, zeigte auf die Stelle, wo ich gerade den Blas erkannt hatte, und schaute in Vanessas Gesicht. Ich wusste, dass dieser Moment entscheidend sein könnte, und hoffte, dass auch der Wal ahnte, was gut für ihn war, und sie beeindrucken würde.

Dann, wie aufs Stichwort, tauchte er auf, keine zwanzig Meter von uns entfernt, und drehte seinen riesigen prähistorischen Kopf in unsere Richtung, als er platschend wieder untertauchte. Wie ich konnte auch Vanessa einen leichten Aufschrei nicht unterdrücken, und ihr Gesicht wurde ganz weich, erfüllt von einer fast kindlichen Freude. Ich nahm ihre Hand und drückte sie. Sie erwiderte den Druck.

«Siehst du, was ich meine?», fragte ich. «Verstehst du jetzt, dass es unmöglich ist?»

«Aber die Planung geht trotzdem durch», sagte sie, als sie es endlich schaffte, den Blick abzuwenden. «Und das ist dein Verdienst.»

«Ich werde es mir nicht verzeihen», sagte ich. «Ich habe gesehen, was passieren kann, und möchte nicht verantwortlich dafür sein, wenn hier etwas für immer zerstört wird.»

Wir standen da und sahen zu, wie der Wal noch einmal an die Oberfläche kam, weiter weg diesmal, und dann unter den Wellen verschwand, als ihn die Neugier nicht mehr davon abhielt, seinen Kurs in Richtung Norden zu verfolgen. Die Touristen um uns herum hingen über der Reling, in der Hoffnung, er würde noch einmal auftauchen, und zogen dann aufgeregt zurück zu den Plastikstühlen und -bänken, um die Bilder auf den Displays ihrer Kameras zu vergleichen. Ich dachte an Lance, der unter uns im Cockpit saß und wieder einmal einen Seufzer der Erleichterung ausstieß, weil eine Walbeobachtungstour einen erfolgreichen Abschluss gefunden hatte. Vielleicht sprachen er und Yoshi über die Bewegungen des Tieres oder machten über Funk mit den anderen Booten Pläne, wo es als Nächstes hingehen sollte. Wenn das hier Vanessa auf die Sprünge hilft, dachte ich, dann haben wir wirklich eine Chance, diese Sache auf den richtigen Weg zu bringen.

Ich stand da und ließ meinen Blick um dreihundertsechzig

Grad schweifen, sah in der Ferne die Küste, die vielen kleinen, unbewohnten Inseln, die wie Wachposten vor dem Festland aus dem Wasser ragten. Über uns kreisten die Vögel und schossen herab, und ich versuchte, mir ins Gedächtnis zu rufen, welche Namen mir die Leute von den Booten genannt hatten: Fischadler, Australtölpel, Weißbrustseeadler. Um uns herum wogte die See, auf und ab, hell glitzernd auf der einen Seite, dunkler und deutlich weniger lieblich auf der anderen. Jetzt fühlte ich mich hier draußen nicht mehr fremd. Trotz ihres Geldmangels, ihres unsicheren Lebensstils und ihrer einseitigen Ernährung mit billigen Keksen, Chips und Bier beneidete ich die Waljäger plötzlich.

In diesem Moment begann Vanessa zu sprechen. Sie hatte ihre Mütze tief in die Stirn gezogen, sodass ich ihr Gesicht nicht genau erkennen konnte. «Mike?»

Ich drehte mich zu ihr. Sie trug die Brillantohrringe, die ich ihr zum dreißigsten Geburtstag geschenkt hatte.

«Ich weiß, dass da etwas im Gange ist», sagte sie vorsichtig. «Ich weiß, dass ich dich ein bisschen verloren habe. Aber ich will einfach mal so tun, als wäre nichts von alldem passiert, ich werde so tun, als wäre zwischen dir und mir alles in Ordnung und das, was geschehen ist, nur eine sonderbare Reaktion auf die Tatsache, dass du bald heiraten wirst.»

Mein Herz setzte einen Schlag aus. «Nessa», sagte ich, «nichts ist geschehen ...»

Aber sie unterbrach mich mit einer abwehrenden Geste und schaute mich durchdringend an. Ich fühlte mich furchtbar, als ich in ihrem Blick erkannte, wie verletzt sie war.

«Ich möchte nicht, dass du es mir erklärst», sagte sie. «Ich möchte nicht, dass du das Gefühl hast, mir etwas sagen zu müssen. Wenn du glaubst, alles wird wieder gut und dass du mich lieben und mir treu sein kannst, dann möchte ich, dass wir einfach fortfahren wie bisher. Ich möchte, dass wir heiraten, das hier vergessen und mit unserem Leben weitermachen. Ich helfe dir, das hier zu einem guten Abschluss zu bringen. So, wie du es dir wünschst.»

Die Motoren liefen wieder. Ich spürte die Vibrationen unter meinen Füßen, und als dann das Boot eine Wende machte, der Wind auffrischte und Lance etwas über den Lautsprecher verkündete, war ich mir nicht mehr sicher, ob sie noch etwas gesagt hatte.

Sie drehte sich zum Meer zurück und zog ihren Kragen bis übers Kinn. «Okay?», fragte sie.

«Okay», sagte ich und machte einen Schritt auf sie zu. Sie ließ es zu, dass ich sie umarmte.

In den fünf Tagen, die uns bis zu unserem Rückflug noch blieben, verbrachten Vanessa und ich die meiste Zeit auf unserem Zimmer. Dabei waren wir keineswegs in der Weise beschäftigt, wie es Kathleen und Liza wohl vermuteten, sondern ich saß über meinen Laptop gebeugt und versuchte herauszufinden, wie man die Pläne in einer Weise verändern konnte, die sowohl Vanessas Vater als auch die Kapitalgeber zufriedenstellen würde. Das war alles andere als eine einfache Aufgabe.

«Wenn wir das Hauptverkaufsargument nicht überzeugend rüberbringen, dann können wir es knicken», sagte Vanessa. Ich dankte Gott dafür, dass sie so viel Erfahrung im Marketing hatte. «Ohne den Wassersport sind die Wale das Hauptargument. Wir müssen nur eine Möglichkeit finden, sie zu einem Teil des Ganzen zu machen, ohne alle Walbeobachter hier gegen uns aufzubringen. Das heißt zum Beispiel, nicht selber in das Geschäft einzusteigen, obwohl das meine erste Wahl gewesen wäre. Es muss einfach noch einen anderen Weg geben, den Zugang zu diesen Tieren zu ermöglichen.» Sie war in verschiedenen Nationalparks gewesen und hatte versucht, mit den Naturschützern über die Delphine zu reden, aber die hatten abgewinkt, sie würden Touristen nicht dazu ermutigen, mehr Kontakt zu den Tieren zu haben, als das sowieso schon der Fall war.

«Vielleicht etwas ganz Spektakuläres», überlegte sie. «So eine Art Plattform in der Mündung der Bucht, mit einem Besichtigungsbereich unter Wasser.»

«Zu teuer. Und die Leute von den Walbooten hätten vermutlich auch was dagegen. Wir könnten eine neue Mole bauen, mit einem Restaurant obendrauf und einem Besichtigungsbereich darunter.»

«Aber was wird man denn so nahe am Festland groß sehen können?» Sie knabberte am Ende ihres Bleistifts. «Wir könnten eine ganz neue, radikale Idee für einen Wellnessbereich ausarbeiten.»

«Dein Dad hatte für diesen Wellnesskram nicht viel übrig.»

«Oder wir legen die Pläne ganz ad acta und suchen uns einen neuen Standort. Irgendwie kann ich mir nicht vorstellen, wie man das Hotel in seiner jetzigen Form ohne den Wassersport nutzen soll. Es hebt sich durch nichts von anderen Locations auf dem Luxussektor ab.»

«Und wie wäre es mit Tennis?», fragte ich. «Reiten?»

«Neuer Standort», meinte sie. «Wir haben fünf Tage, um für ein Hundertdreißig-Millionen-Bauprojekt einen neuen Standort an der Küste zu finden.» Wir schauten uns an und mussten beide lachen: Es laut auszusprechen, machte das Ganze noch unwahrscheinlicher, als es sowieso schon war.

Aber Vanessa Beaker war nicht umsonst die Tochter ihres Vaters. Innerhalb einer Stunde, nachdem wir beschlossen hatten, dass das der richtige Weg war, hatte sie sich an die Strippe gehängt und weitere vier Stunden später mit so ziemlich jedem

Immobilienmakler zwischen Cairns und Melbourne gesprochen.

Zwischen meinen eigenen Telefonaten hörte ich immer wieder dieselben Fragen.

«Können Sie mir ein paar Bilder mailen?»

«Gehören die Gewässer zu einem geschützten Gebiet?»

«Haben Sie dort Meeressäuger oder andere heimische Tiere, die durch ein solches Bauvorhaben beeinträchtigt werden könnten?»

«Wären diese Leute an einem Verkauf interessiert?»

Am Ende des zweiten Tages hatten wir zwei mögliche Standorte vorgemerkt. Das eine war ein existierender Hotelkomplex eine Stunde südlich von Brisbane. Zu seinen Pluspunkten gehörte eine eigene geschützte Bucht, die ohne Probleme für Wassersport genutzt werden konnte. Aber es war dort nicht so schön wie in Silver Bay, und in der Gegend gab es bereits mehrere Fünf-Sterne-Hotels. Der andere Standort lag eine halbe Stunde von Bundaberg entfernt und war zugänglicher, allerdings auch um ein Drittel teurer.

«Dad wird das gar nicht gefallen», sagte Vanessa und lächelte mich strahlend an. «Aber nichts ist unmöglich, oder? Wenn wir es nur richtig versuchen. Ich meine, schau doch mal, was wir schon erreicht haben.»

«*Du* hast es erreicht», sagte ich liebevoll und strich ihr das Haar aus dem Gesicht. «Du bist der Star.»

«Vergiss das nicht», erwiderte sie. Den scharfen Unterton in ihrer Stimme glaubte ich mir nur eingebildet zu haben.

In dieser Nacht liebten wir uns zum ersten Mal, seit sie nach Silver Bay gekommen war. Keiner von uns hatte die alte Vertrautheit mit dem anderen gespürt – eine Unsicherheit, die wir all die Tage mit dem Vorwand kaschiert hatten, zu müde zu sein oder zu viel Wein getrunken zu haben. Ich selbst war mir auch der dünnen Wände im Hotel allzu deutlich bewusst gewesen.

Wir waren in der Stadt zum Essen gewesen und gingen händchenhaltend langsam an der Bucht entlang zum Hotel zurück. Der Wein, das Mondlicht und die Tatsache, dass ich Silver Bay möglicherweise doch noch vor dem Schicksal bewahren konnte, das ich selbst beinahe heraufbeschworen hätte, trugen ihren Teil dazu bei, den seltsamen Widerstand zu brechen, den Vanessa und ich in den letzten Wochen empfunden hatten, wenn wir uns in den Armen hielten.

Beinahe hätte ich alles in den Sand gesetzt, sagte ich mir, während wir langsam dahinschlenderten, aber eben nur beinahe. Wir würden dieses Projekt retten, wir würden die Wale retten, und wir würden unsere Beziehung retten. Wir hatten neue Dinge aneinander schätzen gelernt. Ich hatte eine zweite Chance bekommen.

In meinem Zimmer ließen wir das Licht ausgeschaltet und zogen uns wortlos aus. Ich ließ die sinnliche Schönheit von Vanessas Silhouette auf mich wirken und richtete mein Denken ganz auf den körperlichen Genuss aus, während wir uns auf dem alten Bett ausstreckten, Haut an Haut, und ihre Hände kundig über meinen Körper wanderten. Leise Geräusche der Lust drangen aus ihrem Mund. Ich ließ meine Hände über ihre Haut gleiten, vergrub mein Gesicht in ihrem Haar. Ich genoss ihren vertrauten Geruch und den sanften Schwung ihres Körpers unter meinen Fingerspitzen. Und dann endlich drang ich in sie ein, vergaß alles um mich herum und ließ es zu, dass ein verzweifelter Schrei der Erleichterung sich meiner Kehle entrang.

Danach lagen wir schweigend da, während sich um uns herum ein Hauch von Trauer und Melancholie herabsenkte.

«Alles okay?», fragte ich und griff nach ihrer Hand.

«Bestens», sagte sie nach einer Pause. «Es war schön.»

Ich starrte in die Dunkelheit, lauschte den Wellen, die sich auf dem Sand brachen, dem Zuschlagen einer Autotür in der Ferne, dem Geräusch eines Motors, der angelassen wurde, und dachte über das nach, von dem ich in meinem tiefsten Inneren wusste, dass es gefehlt hatte. Dachte darüber nach, was ich verloren hatte.

\* \* \*

Am Samstag reisten wir ab. Ich ging in aller Frühe nach unten und beglich meine Rechnung bei Kathleen.

«Wir bleiben in Verbindung», sagte ich. «Es wird nicht lange dauern. Glauben Sie mir.»

Sie schaute mich gefasst an. «Ich hoffe es», sagte sie.

Ohne es zu zählen, steckte sie das Geld in eine Dose auf dem Schreibtisch. Ich nahm es als Zeichen dafür, dass sie mir zumindest in bescheidenem Umfang weiterhin vertraute. Die Erleichterung darüber und eine aufkeimende Zuversicht in mir, dass alles wieder gut würde, erfüllten mich mit Heiterkeit.

«Ist – ist Liza irgendwo?», fragte ich, als mir klarwurde, dass sie von selbst nichts sagen würde.

«Sie ist mit der *Ishmael* draußen», sagte sie.

«Bitte richten Sie ihr meine Grüße aus.» Ich versuchte, nicht so unbeholfen zu klingen, wie ich mich fühlte. In diesem Moment spürte ich, dass Vanessa die Treppe heruntergekommen war und hinter mir stand.

Kathleen antwortete mir nicht, schüttelte jedoch Vanessa die Hand. «Auf Wiedersehen», sagte sie. «Ich wünsche Ihnen viel Glück für Ihre Hochzeit.»

Das konnte man verstehen, wie man wollte, überlegte ich, als ich nach oben ging, um das Gepäck zu holen, und bei keiner denkbaren Auslegung kam ich besonders gut weg. Eigentlich wollte ich direkt wieder nach unten gehen, aber als ich an dem Flur der Familie vorbeikam, hörte ich Musik. Hannah. Seit die Sache mit dem Bauprojekt ans Licht gekommen war, hatte sie kaum mehr mit mir gesprochen, und das Schweigen dieses Kindes hatte mich mehr als alles andere davon überzeugt, dass ich einen Riesenfehler gemacht hatte.

Ich blieb an der Tür stehen und klopfte. Irgendwann machte sie auf, und ein Schwall von Musik erfüllte den Raum hinter ihr.

«Ich dachte, ich sage noch schnell tschüs», begann ich.

Sie gab keine Antwort.

«Oh ... und dann wollte ich dir noch das hier geben.» Ich streckte ihr einen Umschlag hin. «Dein Honorar. Die Bilder waren sehr gut. Vielen Dank.»

Sie blickte auf das Kuvert hinab. Als sie sprach, lag ein Hauch von Bedauern in ihrer Stimme. «Meine Mum sagt, ich darf kein Geld von dir annehmen.»

«Ach so», sagte ich und versuchte, weniger bestürzt zu klingen, als ich es war. «Na gut, ich lege es auf den Tisch in der Eingangshalle, und wenn du es wirklich nicht nehmen darfst, dann hoffe ich, du spendest es einer Hilfsorganisation für Delphine. Ich weiß, wie sehr du sie liebst.»

Ich hörte, wie unten Vanessas Handy klingelte, und nickte, als wäre das mein Zeichen zum Aufbruch.

Hannah stand in der Tür und musterte mich. «Warum hast du uns angelogen, Mike?»

Ich ging einen Schritt zu ihr zurück. «Ich weiß es nicht», sagte ich. «Wahrscheinlich habe ich einen großen Fehler gemacht, aber ich versuche, ihn wiedergutzumachen.»

Sie blickte zu Boden.

«Auch Erwachsene machen Fehler», sagte ich.

Sie hob den Kopf, und ich sah ihrem Blick an, dass sie diese

Lektion schon vor langer Zeit gelernt hatte. Mein Verhalten hatte sie nur in dem Gefühl bestärkt, wie fehlbar die Erwachsenen waren.

«Aber ich versuche, es einzurenken. Ich hoffe, du ... ich hoffe, du glaubst mir.»

Wir standen einen Moment lang schweigend da, der Businessman aus der Stadt und das kleine Mädchen. Ich holte tief Luft, und dann streckte ich ihr, fast instinktiv, die Hand entgegen. Es dauerte eine Ewigkeit, aber sie nahm sie.

«Was ist mit dem Handy?», rief sie mir plötzlich hinterher, und ich blieb am Treppenabsatz stehen. «Wir haben immer noch dein Handy.»

«Behaltet es», sagte ich. «Ihr könnt es bestimmt gebrauchen.»

Vanessa saß bereits im Auto und wartete. Sie trug das, was sie immer ihr Reiseoutfit nannte – einen Hosenanzug aus einem knitterfreien Stoff. Über ihrer Reisetasche lag ein Kaschmirpullover, den sie im Flugzeug über die Bluse ziehen würde. Ich hatte sie mit einer gewissen Belustigung gefragt, ob sie noch irgendwelche Termine hätte, und sie hatte geantwortet, bloß weil ich nicht mehr auf mein Äußeres achtete, hieße das noch lange nicht, dass sie ihres ebenfalls vernachlässigen müsse. Ich vermutete, dass ihre Äußerung auf meine Jeans gemünzt war, die ich mittlerweile fast jeden Tag trug. Sie waren bequem und weit geworden, und mir kam es irgendwie übertrieben vor, für einen Flug einen Anzug anzuziehen.

«Bis dann», sagte Kathleen, die mit verschränkten Armen am Auto stand. Es war eine deutlich andere Kathleen als die, die mich vor fünf Wochen willkommen geheißen hatte.

«Bis dann», sagte ich. Ich machte nicht den Versuch, ihr die Hand zu schütteln. Etwas an der stählernen Art, wie sie die Arme verschränkt hatte, sagte mir, es wäre eine sinnlose Geste gewesen. «Ich lasse Sie nicht im Stich, Kathleen», sagte ich leise, und sie warf den Kopf in den Nacken, als wäre es das Höchste, was sie bereit war, mir zuzugestehen.

Sie hatte mir gesagt, Liza sei draußen auf der *Ishmael*. Ein Teil von mir dachte, es sei wohl am besten, wenn ich sie nie wiedersah. Sie selber hatte es treffend formuliert: Was könnte ich schon noch sagen, das sie von mir hören wollte?

Und doch warf ich, als wir die Straße hinunter- und an der Walmole vorbeifuhren, einen Blick in den Rückspiegel. Eine blonde Frau stand am Ende der Mole, ihr schmaler Umriss hob sich deutlich vor dem glitzernden Meer ab. Sie hatte die Hände tief in die Taschen geschoben, der Hund saß zu ihren Füßen. Sie schaute unserem weißen Wagen hinterher, während wir auf der Küstenstraße davonfuhren.

Der Flug war so angenehm, wie es ein Vierundzwanzig-Stunden-Flug eben sein konnte. Wir zankten uns über das richtige Terminal, tauschten verschmähte Speisen von unseren Essenstabletts und schauten uns mehrere Filme an, von denen ich mich an keinen erinnern kann, aber ich war dankbar für die Ablenkung. Irgendwann schlief ich ein, und als ich aufwachte, sah ich, dass Vanessa neben mir irgendwelche Zahlenreihen durchging. Wieder war ich ihr dankbar dafür, dass sie mir Rückhalt gab.

Als wir landeten, war es sechs Uhr morgens, aber bis wir es durch die Passkontrolle geschafft hatten, fast sieben. Heathrow war überfüllt, chaotisch und grau, selbst zu dieser frühen Stunde und in einer Jahreszeit, die man allgemein als Hochsommer bezeichnet. Jeder fühlt sich irgendwie unwohl, wenn er aus dem Ausland zurückkehrt, sagte ich mir und rieb mir meinen steifen Nacken, als wir zum Gepäckkarussell gingen.

Wie vorauszusehen, war das Gepäck verspätet.

«Ich könnte dringend einen Kaffee brauchen», sagte Vanessa. «Hier muss es doch irgendwo ein Café geben.»

Sie sah erschöpft aus, selbst mit ihrem sorgfältig frisierten Haar und dem aufgefrischten Make-up. Auf Flügen schlief sie nie gut.

«Ich muss ein Klo finden», sagte ich. «Ich glaube, Cafés gibt es erst nach der Zollkontrolle. Halt du doch mal nach dem Gepäck Ausschau.»

Als ich alleine durch den Gang lief, atmete ich erleichtert auf. Im vergangenen Monat hatte ich mich daran gewöhnt, allein zu sein, und es war schwer gewesen, auf engstem Raum eine Woche mit Vanessa zu verbringen und praktisch ohne Unterbrechung an ihrer Seite zu arbeiten und zu schlafen. Noch erschwert wurde dies durch die Tatsache, dass nur wenige Leute noch mit uns hatten reden wollen, sodass ein Kontakt nach außen oder das Zusammensitzen mit den Waljägern fast unmöglich war. Aber ich hatte auch gar nicht den Versuch unternommen – weil ich befürchtete, Greg mit seiner schwelenden Antipathie und seiner Launenhaftigkeit könnte Vanessa mit dem konfrontieren, was er zwischen Liza und mir vermutete. Wir hatten das Unausgesprochene hinter uns gelassen; ich war nicht überzeugt davon, dass wir die gleiche Gelassenheit aufgebracht hätten, hätte die Wahrheit vor uns auf dem Tisch gelegen.

Ich habe das Richtige getan, sagte ich mir, obwohl ich diesen Gedanken als illoyal empfand und mich schlecht dabei fühlte. Ich bin dabei, das Richtige zu tun.

Als ich zurückkam, sah ich das Gepäckkarussell in Bewegung. Seltsamerweise hatte Vanessa unser Gepäck noch nicht heruntergeholt, obwohl es bereits auf seinem einsamen, holprigen Weg entlang des Förderbandes seine Runden drehte.

«Du bist bestimmt müde», sagte ich und lief auf die Koffer zu.

Doch als ich mich umdrehte und das Gepäck mit einiger Mühe vom Band auf den Boden hievte – meine Freundin hielt nicht viel von der Idee, mit leichtem Gepäck zu reisen –, schaute Vanessa auf ihr Handy.

«Doch nicht etwa dein Dad», sagte ich müde. Konnte er uns nicht wenigstens die Zeit lassen, nach Hause zu fahren und unter die Dusche zu springen? Ich fürchtete, dass uns bei dem ersten Treffen eine heftige Auseinandersetzung bevorstand, selbst wenn Vanessa dabei war, und wünschte mir dringend ein wenig Zeit, um mich darauf einzustellen.

«Nein», sagte sie, und ihr Gesicht war ganz untypisch blass geworden. «Nein, das ist dein Handy. Es ist eine SMS. Von Tina.»

Und mit diesen Worten hielt sie mir die Botschaft unter die Nase und verließ den Flughafen. Den Rest ihres Gepäcks ließ sie auf dem Förderband zurück, wo es weiter langsam seine Runden drehte.

Als ich sie das nächste Mal wiedersah, waren fast achtundzwanzig Stunden vergangen, und ich kam zu meinem Krisentreffen mit Dennis ins Büro. Er war wieder auf den Beinen, und zu seiner wiederhergestellten physischen Mobilität war eine Schärfung seiner Denkstrategien gekommen, die an Wahnsinn grenzte.

«Wie geht's, wie steht's, alter Junge?», sagte er und griff nach meiner Mappe mit den Planungsunterlagen. «Alles paletti?»

Das Büro kam mir fremd vor, und die City draußen war so laut und überfüllt, dass ich es einfach nicht schaffte, meine Desorientierung allein auf meinen Jetlag zu schieben. Wenn ich die Augen schloss, sah ich immer noch den luftigen Horizont von Silver Bay vor mir. Öffnete ich sie dann wieder, waren da graue Bürgersteige, verschmutzte Gullys, der 141er Bus, der purpurrote Dämpfe von sich gab. Und das Büro von Beaker Holdings, das mir einst vertrauter gewesen war als meine eigene Wohnung, erschien mir kalt und bedrohlich. Als ich davorstand und zögerte, versuchte ich, mir einzureden, ebenso wie der Jetlag mich in Australien niedergeworfen hatte, würde er mich wahrscheinlich auch in England zur Strecke bringen.

Und dann war da Dennis, und ich hatte keine Gelegenheit mehr, über irgendetwas nachzudenken.

«Also, wie steht's? Stolz auf deinen großen Coup? Bei Vallance wird schon gefeiert, das kann ich dir sagen.» Weil er so lange ans Bett gefesselt gewesen war, war Dennis blass und hatte an Gewicht zugelegt. Er wirkte wie eine groteske XXL-Ausgabe der drahtigen, sonnengegerbten Menschen, mit denen ich es im vergangenen Monat zu tun gehabt hatte.

«Du siehst beschissen aus», sagte er. «Ich lass uns mal einen Kaffee kommen.»

In dem kurzen Moment, als er den Konferenzraum verlassen hatte, setzte ich mich neben Vanessa. Sie versuchte hartnäckig, nicht in meine Richtung zu schauen, und hockte vor einem leeren Block Firmenpapier. Sie trug das, was sie ihren Power-Anzug nannte.

«Tut mir leid», murmelte ich. «Es ist nicht so, wie es aussieht. Können wir uns nachher treffen? Ich erkläre es dir.»

«Nicht, wie es aussieht», schnaubte sie und kritzelte auf ihrem Block herum. «Dieser nette kleine Willkommensgruß schien mir aber durchaus eindeutig zu sein.»

«Nessa, bitte. Du bist nicht mal ans Telefon gegangen. Gib mir wenigstens fünf Minuten. Hinterher. Fünf Minuten.»

«Okay», sagte sie irgendwann.

«Großartig. Danke.» Ich drückte ihren Arm und wappnete mich dann für das, was vor uns lag.

Dennis hörte mir aufmerksam zu, als ich in Grundzügen darlegte, was ich während meines Aufenthalts in Silver Bay getan hatte. Er und die anderen beiden Seniorpartner machten sich eifrig Notizen, während ich meine Überlegungen bezüglich der ökologischen Auswirkungen darlegte. Ich sagte ihnen, warum die S94-Option ein Fehler gewesen war und dass der Planungsprozess immer noch negativ auf uns zurückfallen konnte, wenn es zu einer öffentlichen Anhörung kam, so wie es bei der Perlenzucht geschehen war.

«Fazit ist», sagte ich, «dass zwar die Idee für unser Bauvorhaben und sein Hauptverkaufsargument» – hier schaute ich zu Vanessa hinüber – «sehr stark sind, dass der existierende Standort jedoch aus den genannten Gründen falsch gewählt ist.» Ich reichte ihnen die Seiten, die ich an diesem Morgen fotokopiert hatte: eine Liste mit alternativen Standorten sowie eine Aufschlüsselung der geschätzten Kosten für eine Anpassung des Projekts. «Wir haben bereits neue Standorte ausfindig gemacht und mit Maklern vor Ort gesprochen, und ich bin nach all diesen Recherchen der festen Überzeugung, dass diese Standorte hier eine deutlich bessere Alternative sind, sowohl was die mögliche negative Publicity als auch unser neues, zusätzliches Hauptverkaufsargument angeht, das auf ein verantwortungsbewusstes, standortfreundliches Vorhaben hinausläuft.» Ich wies in Richtung Tisch. «Vanessa ist mit mir draußen gewesen. Sie hat diese Tiere hautnah erlebt, sie hat den Lebensraum der Wale gesehen und erfahren, wie stark unsere emotionale Reaktion auf diese Tiere ist. Wir sind uns einig, dass für die Firma die beste Vorgehensweise eine der neuen Optionen ist. Ich weiß, dass es zu Verzugsstrafen kommen wird, aber ich glaube, wenn du mich zu Vallance mitnimmst, könnte ich sie umschwenken lassen.»

«Verflucht und zugenäht», sagte Dennis und studierte die Zahlen, die vor ihm lagen. «Das ist aber eine ganz schöne Veränderung, die du da vorschlägst.» Er sog an seinen Lippen, blätterte die untersten Seiten durch. «Das wird fast zwanzig Prozent des gesamten Budgets schlucken.»

Immerhin, bemerkte ich voller Hoffnung, hatte er das Ganze nicht gleich rundweg abgelehnt. «Aber wir sparen uns die S94-Kosten, wenn wir an einem bereits existierenden Standort bauen. In Spalte drei siehst du, dass wir damit unter dem Strich kostengünstiger rauskommen. Es ist die deutlich risikoärmere Variante. Wirklich.»

«Risikoärmer, ja?» Dennis wandte sich an Vanessa. «Wir sollen also die ganze Sache in den Papierkorb schmeißen? Bist du denn auch für eine Standortverlegung?»

Sie schaute ihn an und drehte sich dann langsam zu mir um. Ihre Augen blickten kalt.

«Nein», sagte sie. «Ich habe mir das alles genau überlegt. Ich denke, wir machen so weiter wie geplant.»

## KAPITEL 15

*Liza*

Am Vormittag hatte ich einen Wal gesehen, einen der letzten der Saison. Die Walkuh kam mit ihrem Kalb bis ans Boot heran, lag dann auf der Steuerbordseite in dem klaren blauen Wasser und schaute uns an, als hätte sie nichts anderes zu tun auf der Welt. Sie kam näher heran, als gut für sie war, nahe genug, dass ich jeden kleinen Schnitt im «Fingerabdruck» der Mutter sehen konnte, das Muster ihrer Schwanzflosse, und auch das Kalb konnte ich erkennen, das ganz ruhig und geschützt unter dem Bauch seiner Mutter schwamm. Die Gäste an Bord waren begeistert – sie schrien auf, machten Fotos und Videoaufnahmen, und viele sagten, es sei eine Erfahrung, die ihr Leben verändert habe, etwas, das sie nie vergessen würden. Sie hätten bereits gehört, dass ich für das Aufspüren von Walen berühmt sei, und jetzt, wo sie gesehen hatten, dass es stimmte, würden sie mich all ihren Freunden weiterempfehlen. Aber mir war nicht nach Lächeln zumute. Am liebsten hätte ich dem Wal zugebrüllt, er solle abhauen und sein Baby weit wegbringen. Ich sah immer noch jenes arme Kalb vor mir, das an den Strand gespült worden war, mit einer Plane abgedeckt. Ich wollte einfach nicht, dass die Walkuh uns so sehr vertraute, wie sie es tat.

Vermutlich hätte ich nicht so schockiert sein dürfen über

das, was Mike getan hatte. Aber ich war es. Nach allem, was ich durchgemacht hatte, war ich mir sicher gewesen, jemanden wie ihn sofort zu entlarven. Und die Erkenntnis, dass ich gescheitert war, quälte mich, riss mich immer wieder aus dem bisschen Schlaf, der mir gewährt wurde. Sie senkte sich über mich herab wie eine dunkle Decke und schien mich zu verhöhnen, wenn ich erwachte. Es war ein Spottlied, das ich schon so oft gehört hatte: wie viel nämlich von dem, was ich in meinem Leben angepackt hatte, schiefgegangen war.

Vermutlich war die nackte Wut, die mich in diesen ersten Tagen erfüllte, vor allem gegen mich selbst gerichtet. Wut darauf, dass ich so dumm gewesen war. Darauf, dass ich es zugelassen hatte, wie wir blindlings der Gefahr in die Arme gelaufen waren. Und vielleicht auch darauf, dass ich, wenngleich nur kurz, geglaubt hatte, mein Leben könne doch noch einen anderen Verlauf nehmen als den, mit dem ich mich schon vor langer Zeit abgefunden hatte.

Doch im Grunde war ich auf so ziemlich jeden wütend: auf Mike, weil er uns angelogen hatte; auf das Planungsamt, weil es sein Vorhaben genehmigt hatte, ohne an die Wale zu denken; auf Kathleen, weil sie ihn im Hotel wohnen ließ, zusammen mit seiner parfümierten Komplizin, die mit blitzendem Verlobungsring im Haus herumdackelte und so tat, als ginge es um nichts; und dann auch noch auf Greg, weil er – ja, weil er ein solcher Idiot war. Er hing an mir wie eine eifersüchtige Klette. Und jedes zweite Mal, wenn wir aufeinandertrafen, schrien wir uns irgendwann an. Ich glaube, wir waren alle beide ein bisschen von der Rolle, und keiner von uns hatte die Energie, nett zu sein.

Ich hatte mich schon lange nicht mehr so gefühlt, aber während jener ersten Woche, als Mike und seine Freundin noch im Hotel waren, fiel es mir morgens oft unendlich schwer, mich aus dem Bett zu quälen.

Und dann war er weg. Was es irgendwie auch nicht besser machte.

Hannah hatte es bemerkt. Sie hatte mir, ein wenig bockig, erzählt, Mike habe sie für ihre Fotos bezahlt, und mir den braunen Umschlag gezeigt, der dick mit Banknoten gefüllt war, aber bevor ich auch nur ein Wort sagen konnte, hatte sie verkündet, sie wolle das Geld dem National Park spenden, um damit gestrandete Meerestiere zu retten. Sie habe bereits mit den Leuten dort gesprochen, und offenbar reiche das Geld für die Anschaffung einer neuen Delphintrage. Wie konnte ich es ihr abschlagen? Ich wusste, dass es da irgendwo in meiner Tochter etwas gab, das Mike in Schutz nehmen wollte, und dafür hasste ich ihn noch mehr.

Hannah kam mir bedrückt vor. Sie hatte es aufgegeben, nach der Neuseelandreise zu fragen, und sie verbrachte viel Zeit in ihrem Zimmer. Als ich sie fragte, was denn los sei, antwortete sie sehr höflich, es gehe ihr gut, aber sie tat es auf eine Weise, die mir sagte, meine Anwesenheit sei nicht erwünscht. Dabei vermisste ich meine Tochter. Nachts, wenn sie wie sonst zu mir ins Bett kroch, klammerte ich mich an ihren schlafenden Körper, als könnte ich damit all die Male über Tag wettmachen, wenn sie mich nicht in ihrer Nähe haben wollte.

So kam es, dass in jenem Winter jeder im Haus seiner Wege ging. Oft blieben die Waljäger abends weg, als ließe ein Beisammensein sie nur noch deutlicher spüren, was vielleicht bald verloren sein würde. Yoshi, erzählte mir Lance, rauche wie ein Schlot und denke darüber nach, ihre Universitätslaufbahn fortzusetzen. Gregs Ex verzichtete endgültig auf ihren Anteil an der *Suzanne*, aber er schien das nicht als großen Sieg zu betrachten. Ich glaube, nachdem er endlich aufhören konnte, sich wegen des Bootes mit ihr zu zanken, war in seinem Kopf plötzlich Platz genug, um sich bewusst zu werden, was er verloren hatte.

Ende August wurde das Bullen-Haus abgerissen. Über Nacht wurde um das Grundstück Stacheldraht gezogen, Leute von einer Baufirma von außerhalb kamen mit einer Reihe riesiger gelber Monstermaschinen, rissen große Löcher in das Gebäude und trugen es ab. Drei Tage später war der Zaun wieder verschwunden, und es blieb nichts mehr übrig außer einem Stück aufgewühlter Erde, dort wo früher das Haus und die Schuppen gestanden hatten. Wenn ich in die Bucht hinein- und wieder hinausfuhr, sah es aus wie eine große Narbe auf dem Land, ein trauriges Mahnmal des Protests.

Was unserer trostlosen Stimmung den Rest gab, war die Tatsache, dass der Himmel meist grau war. Eine in Grau eingehüllte Stadt am Meer wirkt immer wie ein Ort, aus dem jemand wie mit einem riesigen Besen die Freude weggebürstet hat. Die Gästezahl war zurückgegangen, und die Motels im Ort senkten ihre Preise, um wenigstens den Wochenendumsatz wiederzubeleben. Wir alle stemmten uns tapfer gegen den Wind und versuchten einfach, nicht zu viel über all das nachzudenken.

Und die ganze Zeit zogen draußen auf dem Meer diese Partyboote ihre Kreise. Es war, als hätten sie von dem neuen Hotelkomplex gehört und beschlossen, die Jagdsaison zu eröffnen. Zweimal war ich draußen bei Break Nose Island und sah die Boote mit den drei Decks, die an der Küste entlangfuhren, voller Betrunkener, die Musik so laut, dass sogar das Meeresrauschen nicht mehr zu hören war. Eines davon pries seine Leistungen in der Lokalzeitung an, ironischerweise mit den Worten «Erleben Sie die ganze Spannung einer Walbeobachtungsfahrt!». Nachdem ich das Blatt angerufen und ihm meine Meinung darüber gesagt hatte, dass es dieses Inserat abgedruckt hatte, sagte mir Kathleen freiheraus, wenn ich so weitermachte, würde ich noch ein Magengeschwür bekommen.

Seltsamerweise schien sie sich mit unserem Schicksal abgefunden zu haben. Jedenfalls redeten wir seit unserem Gespräch in ihrem Büro nicht mehr viel darüber. Ich konnte nicht verstehen, warum sie gewillt war, Mike von jeglicher Schuld freizusprechen, und sie wollte mir ihre Gründe auch nicht nennen. Abend für Abend zog sich Kathleen in ihren Teil des Hauses zurück, und ich lag in meinem kleinen Zimmer am Ende des Flurs, lauschte dem Meeresrauschen und fragte mich, wie lange ich wohl dieses Geräusch noch würde hören können, bevor es unvermeidlich wurde, dass Hannah und ich unsere Koffer packten und weiterzogen.

Anfang September kündigte das Planungsamt die öffentliche Anhörung an. In Silver Bay hatten nur wenige Hoffnung, dass es einen großen Unterschied machen würde, was wir zu sagen hatten: In den vergangenen Jahren hatten wir so viele Bauvorhaben in den verschiedenen Buchten ringsum erlebt, und in neun von zehn Fällen waren sie auch trotz heftigster Gegenwehr aus dem Ort in die Tat umgesetzt worden. Angesichts der großen Menge von angeblichen Vorteilen, die Mikes Firma in Aussicht gestellt hatte, hielt ich diese Anhörung für nichts weiter als ein Lippenbekenntnis.

Außerdem war der Widerstand im Ort alles andere als einhellig. Das Thema war immer schon strittig gewesen und hatte die Bevölkerung gespalten: Da gab es diejenigen, die uns Waljägern vorwarfen, wir würden das Los der Wale dramatisieren; einige, denen das alles mehr oder weniger egal war; und wieder andere, die darauf hinwiesen, dass auch das, was wir taten, ein störender Eingriff in die Natur sei. Letzteres war nur schwer zu widerlegen, zumal wir mit der Tatsache konfrontiert waren, dass auch ohne Hotelkomplex schon andere Boote mit einem wesentlich lässigeren Verhaltenskodex unsere Gewässer zunehmend in Besitz nahmen. Die Cafébesitzer und Boutiqueninhaber hatten ein Interesse an einer Belebung der Stadt, und auch wenn das paradox klingt, konnte ich es ihnen nicht verübeln. Wir alle mussten schließlich unseren Lebensunterhalt verdienen.

Natürlich waren da auch die Waljäger, die Fischer und jene, die einfach Freude an den Delphinen und Walen hatten, sowie diejenigen, die es nicht zulassen wollten, dass unsere ruhige Bucht laut und belebt wurde wie so viele Orte, die Menschen wie wir scheuen wie der Teufel das Weihwasser. Dennoch hatte es den Anschein, als gehörten unsere Stimmen zu den leiseren, und manchmal sah es so aus, als würden sie möglicherweise überhaupt nicht gehört werden.

Die Zeitungen verfolgten die Debatte mit Begeisterung – es war die beste Story, die die Lokalpresse seit dem großen Pub-Feuer im Jahre 1984 erlebt hatte. Sie wehrten sich standhaft gegen den Vorwurf der Befangenheit, der von beiden Seiten kam, und appellierten unermüdlich an das Planungsamt, die Bauträger wie auch den Stadtrat, ihre Positionen zu begründen. Zweimal wurde Mikes Name erwähnt, und ich las, ohne es eigentlich zu wollen, was er zu sagen hatte. Er sprach von Kompromissen. Ich hörte seine Stimme so klar in meinem Kopf, als hätte er wirklich gesprochen, und fragte mich, wie jemand so viel reden und zugleich so wenig zu sagen haben konnte wie er.

\*\*\*

Als ich das erste Mal einen Buckelwal sah, war ich ein kleines Mädchen von acht Jahren. Es war in den Ferien, und ich war zusammen mit Tante Kathleen und meiner Mutter zum Fischen, was meine Mutter eigentlich nicht mochte, aber sie wollte mich auch nicht allein mit meiner Tante auf dem Boot hinausfahren lassen. Ihre Schwester, sagte sie scherzhaft, würde wahrscheinlich alles um sich herum vergessen, sobald sie einen größeren Fisch an der Angel hatte, und sie wollte nicht, dass ich über die Reling plumpste, wenn Kathleen gerade einen dicken Brummer an Bord zog. Heute vermute ich, dass sie einfach nur nach einem Vorwand suchte, mit ihrer Schwester zusammen zu sein – damals hatten sie bereits mehrere Jahre auf verschiedenen Kontinenten verbracht, und dieses Getrenntsein tat ihnen beiden weh.

Ich liebte die Ferien in Silver Bay. Ich liebte das Gefühl von Sicherheit, das Gefühl, wie selbstverständlich zu einer Familie zu gehören, von der ich gar nicht gewusst hatte, dass sie überhaupt existierte. In England hatte ich keinen Vater; meine Mutter nannte Ray McCullen «nachlässig», was Tante Kathleen gern etwas deftiger formulierte, bis meine Mutter den Kopf schüttelte, als dürfte das nicht in meiner Anwesenheit gesagt werden.

Aufgezogen worden war ich von Frauen – von meiner Mutter in England und, wenn sie uns das Geld für den Flug schickten, von Tante Kathleen und meiner Großmutter in Australien. Meine Großmutter hielt sich immer etwas im Hintergrund – ihre Gestalt ist in meiner Erinnerung ebenso verschwommen wie Kathleen klar umrissen. Sie gehörte zu einer Generation von Frauen, die keine eigenen Interessen hatten, sondern hauptsächlich kochten und eine Familie versorgten und, sobald diese Aufgaben erledigt waren, etwas verloren wirkten. Kathleen sagte manchmal, ihre Mutter sei eine Frau ihrer Zeit gewesen. Meine wenigen Erinnerungen an sie stammten von meinen beiden Besuchen als Kind bei ihr und zeigten mir eine gütige, etwas distanzierte Person in den hinteren Räumen des Hotels, die gerne Seifenopern im Fernsehen anschaute und mir Fragen stellte, die nicht zu meinem Alter passten.

Kathleen – das sagte jeder, der alt genug war, sich zu erinnern – geriet ganz nach ihrem Vater. Sie war immer beschäftigt, nahm Fische aus oder schmuggelte mich in das leere Walfangmuseum hinein, das für mich als Achtjährige der Inbegriff der Freiheit war. Meine Mutter, die gute fünf Jahre jünger war als Kathleen, schien stets die reifere von beiden zu sein und war immer wie aus dem Ei gepellt, mit makelloser Frisur und Make-up. Kathleen dagegen, mit ihren abgewetzten Hosen und ihrem ungekämmten Haar, ihrer deftigen Ausdrucksweise und ihren Haigeschichten, war eine Offenbarung für mich. Dass sie in meinen Augen einer Göttin gleichkam, wurde bei unserem zweiten Besuch besiegelt, als sie mich mit meiner Mutter zum Fischen mitnahm und wir unerwarteten Besuch erhielten.

Sie war gerade dabei, mir die verschiedenen Köder in ihrem kleinen Stoffetui zu erklären und einen an der Schnur zu befestigen, als, kaum mehr als drei Meter von uns entfernt und praktisch ohne ein Geräusch außer dem sanften Durchstoßen der Wellen zu machen, ein riesiger schwarzweißer Kopf auftauchte. Mir stockte der Atem, und mein Herz klopfte so laut, dass ich dachte, dieses furchterregende Geschöpf könne es hören.

«Tante Kathleen», wisperte ich. Meine Mutter lag dösend auf einer der Ruderbänke, ihr mit Lippenstift bemalter Mund stand leicht offen. Ich erinnere mich noch, dass ich mich kurz fragte, ob es vorzuziehen sei, im Schlaf getötet zu werden, weil man dann nichts davon mitbekam. «Wa-was ist das?»

Ich dachte ganz im Ernst, dass wir gleich aufgefressen würden, denn da war aus allernächster Nähe etwas zu sehen, das ich für Zähne hielt, und ein riesiges, abschätzendes Auge. Ich hatte die alten Stiche von bösartigen Seeungeheuern gesehen, hatte die *Maui II* mit ihrem gebrochenen Rumpf im Museum besichtigt, ein beeindruckendes Zeugnis des Zornes der Natur auf den Menschen. Die riesige Kreatur schien uns von Kopf bis Fuß zu mustern, als wären wir ein köstlicher Leckerbissen, der ihr in einem Boot serviert wurde.

Aber meine Tante hob nur kurz den Blick und wandte sich dann wieder ihrem Köder zu. «Das, mein Schatz, ist ein Buckelwal. Achte gar nicht weiter auf ihn, er ist bloß ein bisschen neugierig. Bald ist er wieder weg.»

Sie schenkte ihm nicht mehr Aufmerksamkeit als einer Möwe. Und tatsächlich glitt wenige Minuten später der große Kopf unter die Wellen zurück, und der Wal war verschwunden.

Genau das ist es, was ich an diesen Tieren liebe: dass sie trotz ihrer gewaltigen Größe, ihrer Muskelkraft und ihrem furchteinflößenden Äußeren zu den gutmütigsten Geschöpfen überhaupt gehören. Sie kommen, um zu schauen, und dann verschwinden sie wieder. Wenn sie einen nicht mögen, zeigen sie das allerdings ziemlich deutlich. Finden sie zum Beispiel, dass die Delphine von unseren Passagieren zu viel Aufmerksamkeit bekommen, werden sie eifersüchtig, kommen auf halbem Wege bis in die Bucht hinein und vertreiben die Kleineren. An ihrem Verhalten ist oft etwas Kindliches, eine Verschmitztheit. Fast so, als könnten sie einfach nicht widerstehen zu entdecken, was da so los ist.

Die frühen Walfänger bezeichneten die Buckelwale wegen ihres übermütigen Verhaltens als «fröhliche Wale», und als ich vor fünf Jahren mit den Bootstouren begonnen hatte, entdeckte ich, dass dieser Spitzname sehr passend ist. Eines Tages zum Beispiel rief ich die anderen Waljäger über Bordfunk an, weil ich einen Wal entdeckt hatte, der buchstäblich an der Oberfläche auf dem Rücken schwamm und mit einer Brustflosse wedelte. Am nächsten Tag war mir dann einer begegnet, der in einem vollkommenen Bogen von hundertachtzig Grad komplett aus dem Wasser sprang, wie eine überdimensionale Ballerina, die aus reiner Freude an der Sache eine Pirouette dreht.

Ich bin mir ziemlich sicher, dass niemand mich als fröhlich bezeichnen würde, aber Kathleen hat mir einmal gesagt, ich fühlte mich deshalb so sehr den Walen verbunden, weil sie einsame Kreaturen sind. Es gibt keine Bindung zwischen Männchen und Weibchen – zumindest keine dauerhafte. Das männliche Tier spielt bei der Aufzucht der Jungen keine nennenswerte Rolle. Die Weibchen leben nicht monogam, sind aber bewundernswerte Mütter. Einmal habe ich einen Buckelwal gesehen, der das Risiko einging zu stranden, nur um sein Baby in tieferes Wasser zurückzulotsen. Ich habe Gesänge der Liebe und des Verlustes gehört, die mitten auf dem Ozean die Stille durchbrachen, und ich habe mitgeweint. In jenen Gesängen hört man die ganze Freude und den ganzen Schmerz, die zum Glück einer Mutter gehören, wenn sie weiß, dass das Herz ihres Babys für sie schlägt.

Nachdem Letty gestorben war, kam eine Zeit, in der ich dachte, ich würde nie wieder glücklich sein. Es gibt keine Erlösung, wenn man ein Kind verloren hat, und auch keine moralischen Lektionen, die man daraus lernen kann. Der Verlust ist einfach zu groß, zu überwältigend, zu finster, um überhaupt Worte dafür zu finden. Es ist ein düsterer, unendlich tiefer Schmerz, der erschreckend intensiv ist und der jedes Mal, wenn man das Gefühl hat, man könnte auch nur einen Zentimeter vorangekommen sein, mit der Wucht einer gewaltigen Woge zurückkehrt, die einen erneut mit sich nach unten reißt.

Wenn man sich selbst die Schuld am Tod dieses Kindes gibt, dann sind die Tage, die man den Kopf über Wasser halten kann, noch seltener. Mir bereitete es in jenen frühen Tagen Mühe, mich daran zu erinnern, dass ich noch eine Tochter hatte. Heute kann ich Hannah dankbar dafür sein, dass ich noch am Leben bin, aber in den Wochen, nachdem wir hierherkamen, war ich so außer mir, dass ich ihr nichts zu geben hatte. Kein Selbstvertrauen, keinen Trost, keine Liebe. Ich hatte mich an einen

Ort zurückgezogen, wo ich unberührbar war, während meine Nervenenden glühten vor Schmerz, an einen Ort, der so hässlich war, dass ich Hannah davor bewahren wollte, ihm zu nahe zu kommen.

Dann kam die Zeit, in der ich begriff, dass das Meer meine einzige Chance war, mich zu befreien. Ich sah es nicht als einen Ort der Schönheit, der mich mit seiner ewigen Beständigkeit trösten konnte, sondern so, wie ein Alkoholiker ein geheimes Whiskyversteck betrachtet: indem er die Tatsache genießt, dass es da ist, und sich an der möglichen Erleichterung erfreut, die es bereithält. Denn von Lettys Fehlen gab es keine Erlösung, weder in meinen wachen Stunden noch während meines ruhelosen, von Albträumen heimgesuchten Schlafes. Ich spürte, wie sie neben mir lag, roch den honigsüßen Duft ihres Haares und wachte schreiend auf, wenn mir bewusst wurde, wo sie in Wirklichkeit lag. In der Stille hörte ich ihre Stimme, und in meinem Kopf hallten jene letzten, markerschütternden Schreie wider, kurz bevor wir getrennt worden waren. In meinen Armen, dort, wo ich sie gehalten hatte, war nichts mehr, und diese Leere wuchs trotz der Anwesenheit meiner anderen Tochter zu einem riesigen Abgrund heran.

Kathleen ist nicht dumm. Sie musste gleich erraten haben, was ich vorhatte, als ich Interesse an jenem Boot bekundete. In meiner Niedergeschlagenheit hatte ich mich so abgekapselt, dass mir gar nicht der Gedanke kam, ich könnte zu durchschauen sein. Eines Nachmittags, während wir an der Landzunge den Anker warfen, machte sie die *Ishmael* fest, drehte sich weg und sagte mit einem schnappenden Unterton: «Dann los jetzt.»

Ich starrte ihren Rücken an. Es war ein strahlend schöner Nachmittag, und ich weiß noch, dass sie sich nicht mit Sonnenschutz eingecremt hatte. «Was soll ich denn machen?»

«Springen. Das hattest du doch vor, oder?»

Ich hatte geglaubt, völlig abgestumpft zu sein, aber ihre Worte trafen mich wie ein Schlag in die Magengrube.

Sie drehte sich um und fixierte mich mit einem bohrenden Blick. «Du musst mich entschuldigen, wenn ich dir nicht dabei zuschauen will. Ich möchte deine Tochter nicht anlügen, wenn sie mich fragt, was mit ihrer Mutter passiert ist. Wenn ich nicht hinschaue, kann ich einfach behaupten, du seist über Bord gegangen.»

Ich hüstelte. Die Luft entrang sich meiner Brust in kleinen Stößen, und ich brachte keinen Ton heraus.

«Dieses kleine Mädchen hat einfach zu viel durchgemacht», fuhr Kathleen fort. «Wenn sie erfährt, dass du sie nicht genug geliebt hast, um mit ihr hier zu bleiben, dann wird ihr das den Rest geben. Wenn du es also tun willst, dann bitte, solange ich dir den Rücken zukehre. Ich habe keine Lust, mir den Kopf darüber zu zerbrechen, wie ich ihr die Wahrheit beibringen soll.»

Unwillkürlich schüttelte ich den Kopf. Sprechen konnte ich immer noch nicht, aber mein Kopf bewegte sich langsam von einer Seite zur anderen, als wollte ich ihr – und mir – sagen, dass ich nicht tun würde, was sie vorausgesagt hatte. Dass ich mich irgendwie dafür entscheiden würde, zu leben. Und doch, während mein Körper diese Entscheidung für mich traf, war da in meinem Kopf etwas, das sich fragte: Aber wie soll ich leben? Wie kann man mit so viel Schmerz nur existieren? Einen Moment lang war die Aussicht, mit all dem, was in mir war, weitermachen zu müssen, schier überwältigend.

Und genau in diesem Moment sah ich sie. Sieben Wale, ihre Körper glänzend vom Meerwasser, die sich direkt vor Kathleens Boot tummelten. In ihren Bewegungen war eine solche Anmut, ein solch wunderbarer Einklang, ein endloses Fließen, das von ihrer langen, langen Reise erzählte. Nachdem sie das Boot umrundet hatten, tauchten sie wieder ab. Jeder kam noch einmal kurz hoch, dann verschwanden sie alle unter den Wellen.

Dieses Naturschauspiel riss mich aus der größten Verzweiflung, die ich jemals empfunden hatte. Erst später, als wir nach Hause kamen und ich mein armes, trauerndes Kind in die Arme nahm, begriff ich, dass in dem, was ich gesehen hatte, eine Botschaft lag. Sie erzählte von Leben, Tod und vom ewigen Kreislauf, von der Bedeutungslosigkeit der Dinge und vielleicht auch von der Gewissheit, dass alles einmal vorübergeht. Eines Tages werde ich wieder mit meiner Letty zusammen sein, obwohl ich nicht mehr damit rechne, diesen Zeitpunkt selbst bestimmen zu können. Bis dahin werde ich für Hannah sorgen und ihr eine gute Mutter sein.

Seit jenem Tag auf dem Boot hatte ich nie wieder ein Problem, die Buckelwale aufzuspüren – Kathleen sagte immer, ich hätte einen Riecher für sie, und obwohl das vielleicht seltsam klang, stimmte es auch irgendwie. Offenbar wusste ich einfach, wo sie waren. Ich fuhr meiner Nase nach, und obwohl es mir oft genug eigentlich wie ein Ding der Unmöglichkeit erschien, diese Wellen anzustarren und dabei zu hoffen, sie würden sich in eine Schnauze oder eine Finne verwandeln, zeigte sich in neun von zehn Fällen, dass ich richtiglag.

Gegen Ende des Winters geschah jedoch etwas Seltsames. Zuerst war es das Schlagen. Wenn ein Wal eine Warnung abgeben will, ob nun an Menschen oder andere Wale, hebt er die Fluke aus dem Wasser und lässt sie entweder mit dem ganzen hinteren Teil des Körpers aufs Wasser klatschen oder peitscht es nur mit der Fluke selbst, was in jedem Fall ein Geräusch verursacht, das meilenweit zu hören ist. Diesen sogenannten Flukenschlag bekommen wir normalerweise nicht oft zu sehen – weil wir versuchen, die Wale nicht in Aufregung zu versetzen –, aber mir schien plötzlich fast jedes Tier, das auftauchte, mit der Fluke zu schlagen.

Und dann, mindestens zwei Wochen eher, als es laut dem Migrationsschema eigentlich zu erwarten gewesen wäre, verschwanden sie. Vielleicht lag das an dem zusätzlichen Bootsverkehr; vielleicht spürten die Tiere irgendwie, dass sich die Dinge veränderten, und hatten beschlossen, uns nicht mehr die Ehre ihrer Anwesenheit zu geben. Jedenfalls fanden es alle, die von der Mole aus losfuhren, zunehmend schwerer, Wale aufzuspüren – selbst zu einer Zeit, in der es durchaus normal gewesen wäre, pro Tour zwei oder drei von ihnen zu sichten. Zuerst wollten wir uns das gegenseitig nicht eingestehen – es war immer wie eine Art Ehrenabzeichen, wenn man Wale sichtete, und nur Leute wie Mitchell Dray begnügten sich damit, einfach den anderen am Rockzipfel zu hängen. Als wir endlich darüber sprachen, merkten wir jedoch, dass unsere Erfahrungen keine Einzelerscheinungen waren.

Bis Mitte September war die Flaute so ausgeprägt, dass die beiden *Mobys* zeitweise auf Delphintouren rund um die Bucht umschwenkten. Das war weniger lukrativ, ging aber auch mit geringerer Enttäuschung bei den Gästen einher und damit, was noch wichtiger war, mit weniger Geld-zurück-Forderungen.

Dann schienen auch die Delphine zu verschwinden. Als es auf den Oktober zuging, war ich die Einzige, die noch jeden Tag hinausfuhr, mehr erfüllt von Hoffnung als von Erwartung. Die See, die dunkel um mich her wogte, kam mir selbst an freundlicheren Tagen fremd vor. Ich spürte die Abwesenheit der Wale deutlich und konnte einfach nicht glauben, dass sie uns verließen, dass sie ein jahrhundertealtes Verhalten einfach so abstreifen würden. So kam es, dass ich eines Tages, voller Kummer über die Ereignisse der letzten Wochen und bereits angeschlagen durch zu viel Trauer in meinem Leben, ganz allein auf meinem Boot stand und sie anschrie. Ich stand da, hielt das Steuerrad, und meine Stimme hallte auf den Wellen wider, unbeachtet von den Tieren, die vielleicht in diesem Moment unter mir schwammen und sich vor einer zunehmend feindlichen Welt versteckten.

«Was zum Teufel soll ich bloß machen?», rief ich, bis sogar Milly erschrocken von der Brücke aufsprang und zu winseln begann. Doch ich wusste, dass es irgendwie meine Schuld war, dass ich die Geschöpfe des Meeres im Stich gelassen hatte, so wie ich meine Kinder im Stich gelassen hatte.

Um vier Uhr nachmittags am letzten Donnerstag im September rief John John an und teilte uns mit, dass Mr. Gaines einen Herzinfarkt erlitten hatte. Meine Tante Kathleen war eine zähe Frau. Nicht umsonst nannte man sie die Hai-Lady. Es war das erste Mal, dass ich sie weinen sah.

## KAPITEL 16

*Mike*

Monicas Gästezimmer war nur bedingt ein Gästezimmer im eigentlichen Sinn. Es wurde eher selten für Besucher hergerichtet, und als Schlafzimmer konnte man es nur deshalb bezeichnen, weil es neben vierzehn Umzugskartons, zwei elektrischen Gitarren, einem Mountainbike, neunundvierzig Paar Schuhen, einer Kiefernkommode aus den sechziger Jahren, gerahmten Postern verschiedener Rockgruppen, von denen ich noch nie gehört hatte, sowie meiner Modelleisenbahn aus Kindertagen auch ein Feldbett beherbergte.

«Ich mach dir Platz», hatte sie versprochen, als ich zu dem Schluss gekommen war, dass es für mich nicht in Frage kam, längerfristig im Hotel zu wohnen, und vorsichtig die Möglichkeit erfragt hatte, bei ihr einzuziehen. Doch in Monicas Welt bedeutete das nicht, dass sie einige Kisten entsorgt oder das Fahrrad in den Hausflur gestellt hätte; sie räumte einfach einen Müllsack und ein paar Kleider zur Seite, damit gerade eben Platz genug war, um das Feldbett aufzuklappen.

Und da lag ich nun, Nacht für Nacht, die Bettfedern bohrten sich durch die Schaumstoffmatratze in meinen Rücken, und der ledrige Geruch der alten Schuhe meiner Schwester drang durch den staubigen Raum, während ich, wie ein Büßer, über das Durcheinander nachdachte, das ich in meinem Leben angerichtet hatte – ein Leben, das ich bis vor kurzem eigentlich als ziemlich in Ordnung beschrieben hätte.

Ich hatte eine Ex-Verlobte, deren Hass auf mich nur noch durch ihre eiserne Entschlossenheit überboten wurde, den Bau des Hotels voranzutreiben, den ich so dringend verhindern wollte. Seit sie mir in einem am Computer getippten Brief mitgeteilt hatte, das Mindeste, was sie von mir erwarte, sei die Möglichkeit, mir meine Hälfte der Wohnung abzukaufen, saß ich auf der Straße. Sie hatte mir einen marktüblichen Preis versprochen, wobei ich mir nicht einmal die Mühe gemacht hatte zu prüfen, worauf sich dieser wohl belaufen könnte, sondern einfach zustimmte. Das alles kam mir mittlerweile ziemlich irrelevant vor, und wenn sie sich besser dabei fühlte, mich um ein paar Tausender zu prellen, so wollte ich ihr die Freude gerne lassen.

In der Firma fühlte ich mich wie ein Mann in der Todeszelle, denn obwohl ich meine Position als Juniorpartner noch nicht verloren hatte, wurde ich bei Deals nicht mehr einbezogen, ganz zu schweigen von einem Mitspracherecht; nicht einmal die Sekretärinnen wandten sich mit Fragen an mich. In dem Moment, als mir Vanessa bezüglich des Projektes in Silver Bay widersprochen hatte, war meine Autorität auf fatale Weise untergraben worden. Ich fand heraus, dass «entscheidende» Sitzungen im Pub stattfanden, zu denen ich nicht eingeladen wurde, und Nachrichten für mich landeten auf wundersame Weise nicht bei mir, sondern bei anderen. Dennis ignorierte mich. Selbst Tina, die meinen schwindenden Status witterte, zeigte mir die kalte Schulter. Folglich blieben mir nur zwei Möglichkeiten: Entweder ich kämpfte darum, meinen Job zu behalten, indem ich über jeden hinwegtrampelte, der mir im Wege stand, um endlich wieder, wie Dennis es so elegant formulierte, der brünftige Platzhirsch im Büro zu werden, oder ich verließ die Firma und bot die mickrigen Reste meines guten Namens der Konkurrenz an. Auf beides hatte ich keine große Lust.

Das Schlimmste von allem jedoch war, an den Sitzungen bei Vallance teilzunehmen, die kopierten Unterlagen zu lesen und auf eine Entfernung von mehreren tausend Meilen dem langsamen, aber stetigen Fortschritt des Projektes zuzuschauen, das Silver Bay ruinieren würde, ebenso wie das Leben derjenigen, die im Silver Bay Hotel lebten. Der Baugrund war vorbereitet, das alte Gebäude der Bullens bereits abgerissen. Es fand eine Anhörung des Planungsamtes statt, bei der unser Antrag, wie man uns versicherte, «mit einem augenzwinkernden Nicken» durchgehen würde. Ich wusste, dass Dennis mich nur wegen Vallance auf meinem Posten hielt – wenn in einem so entscheidenden Moment ein Kernmitglied seines Teams plötzlich von der Bildfläche verschwand, hätte das mit Sicherheit für Irritation beim Kapitalgeber gesorgt.

Ich wusste, wenn ich nach diesem Deal beruflich überleben wollte, musste ich etwas unternehmen. Doch ich war festgefahren, unfähig, mit meinem alten analytischen Scharfsinn den Zustand meiner Karriere unter die Lupe zu nehmen, wie gelähmt durch Unentschlossenheit und Schuldgefühle.

Und Nacht für Nacht lag ich schlaflos auf meinem Feldbett, umgeben vom Müll des Lebens eines anderen, und wartete darauf, dass mein eigenes Leben wieder einen Sinn bekam.

Eines war klar: Vanessa hatte mir in dem Moment den Laufpass gegeben, als sie sagte, sie wolle, dass wir mit dem Bauvorhaben weitermachen. Als sie mich damals angeschaut hatte, war auch das letzte Quäntchen Liebe aus ihren Augen verschwunden, und das Ausmaß ihrer Feindseligkeit hatte mich auf den Boden der Tatsachen zurückgeholt.

«Verdammt noch mal. Du kannst es ihr nicht verdenken.»

Monica reichte mir ein Glas Wein. Zu den vielen Bedingungen, die mit meinem Unterschlupf bei ihr verknüpft waren, gehörte auch das Zusammenbauen einer Schubladenkommode, die in ihre Einzelteile verpackt geliefert worden war, weshalb ich gerade inmitten ganzer Stapel von Pressspanplatten und durchsichtigen Beuteln mit zu wenig Schrauben saß. Im Interesse eines effektiveren handwerklichen Geschicks wäre es vermutlich besser gewesen, nur Wasser zu reichen.

Ich hatte im vergangenen Monat einiges gebechert – wenn man es genau nahm, war ich die meiste Zeit über betrunken gewesen. Nicht, dass irgendjemand etwas davon gemerkt hätte. Schließlich war ich nicht wie Greg, der laut, aufmüpfig und polternd wurde, wenn er betrunken war. Ich war ein unauffälliger Säufer. Den dritten Whisky kippte ich nebenbei. Aus einem Glas Wein wurden anderthalb Flaschen. Im Allgemeinen war ich kein suchtgefährdeter Mensch, aber Trennungen tun dem männlichen Verhalten nun mal nicht gut. Wir Männer haben meistens keine fürsorglichen Freundinnen, die uns wieder aufpäppeln und endlose Analysen über das Benehmen des ehemaligen Partners anstellen. Ein Aromabad mit Duftkerzen – «um sich was Gutes zu tun» – erscheint uns ebenso wenig hilfreich wie die Lektüre von aufbauenden Artikeln in den einschlägigen Zeitschriften. Wir gehen entweder in den Pub oder sitzen allein vor der Glotze und süffeln vor uns hin.

«Ich mache es ihr ja nicht zum Vorwurf», sagte ich. «Ich weiß, dass ich an allem schuld bin.»

«Wer hätte gedacht, dass du dich zum Serienvögler entwickelst. Pass auf, die Schraube da ist gleich weg.»

«Ich bin kein Serienvögler.»

«Eher ein Knutscher.» Sie kicherte. «Genau. Ein Serienknutscher bist du.» Ich konnte auch nicht anders als lachen. Es klang einfach so lächerlich.

«Da», sagte sie und zeigte mit ihrer Zigarette auf mich. Sie saß im Schneidersitz auf einem Teppich. «Da – siehst du? Du kannst sie doch unmöglich richtig geliebt haben, sonst wärst du am Boden zerstört. Ich hab's dir immer gesagt.»

«Du bist herzlos», warf ich ihr vor.

Aber vielleicht hatte sie ja *wirklich* recht. Zugegeben, ich fühlte mich mies und schuldig und überhaupt ziemlich schrecklich, aber ich wusste, dass ich nicht deshalb trank, weil ich Vanessa verloren hatte. Ich trank, weil ich nicht mehr wusste, wer ich war. Ich hatte nicht nur materielle Dinge verloren – die Wohnung, meine Stellung bei Beaker Holdings –, sondern auch die Eigenschaften, von denen ich glaubte, dass sie mich ausmachten: meine analytischen Fähigkeiten, meinen strategischen Blick. Meinen Biss. Und ich war mir nicht sicher, ob ich die Elemente meines Charakters, die in letzter Zeit ans Tageslicht getreten waren, besonders mochte.

Ich trank auch, weil ein Gedanke über all den anderen schwebte: dass ich unwissentlich das Leben dreier Menschen zerstört hatte, die keine Möglichkeit hatten, sich dagegen zu wehren.

«Was soll ich bloß machen, Monica? Wie kann ich dieses Vorhaben noch verhindern?» Ich ließ den Schraubenzieher neben mir auf den Boden fallen.

«Warum willst du das tun?», fragte sie mich, hob das Werkzeug auf und las in der Bauanleitung. «Du verlierst deinen Job, wenn du es verhinderst.»

Ich starrte auf die Holzteile vor mir, die nicht einmal aussahen wie richtiges Holz, und dachte an die massiven, soliden Tische vor dem Silver Bay Hotel, die Tag für Tag Wind und Wetter trotzten.

«Weil es mir wichtig ist», sagte ich.

«Mikey, was genau ist da drüben eigentlich passiert? Du bist als Superman rübergefahren und kommst als Jammerlappen zurück.»

Da erzählte ich es ihr. Ich erzählte ihr alles. Und das Komische daran war, dass mir in dem Moment, als ich es aussprach, bewusst wurde, was wirklich los war. Ich brauchte etwa zwei Stunden und ein paar weitere Gläser Wein, aber da saß ich zusammen mit meiner Schwester in ihrer überfüllten, unordentlichen Wohnung in Stockwell und redete bis in den frühen Morgen. Ich erzählte ihr von Kathleen und dem Hotel, von Hannah, Liza und den Waljägern, und während ich das tat, wurden ihre Gesichter in mir lebendig, und ich hatte kurz das Gefühl, wieder dort bei ihnen im Freien zu sitzen, mit nur dem Rauschen der See in meinen Ohren und der salzigen Brise auf meiner Haut. Ich erzählte ihr von Lettys Tod und dem Walbaby und von dem Geräusch, das ich gehört hatte, als Liza das Hydrophon ins Wasser hinuntergelassen hatte. Und als ich zu dem Teil kam, wo ich sah, wie die schmale, blonde Gestalt in meinem Rückspiegel langsam kleiner wurde, hatte ich endlich begriffen.

«Ich hab mich verliebt», sagte ich leise. Die Worte waren einfach aus mir herausgerutscht. Ich lehnte mich benommen gegen das Sofa und sagte sie noch einmal. «Mein Gott. Ich bin verliebt.»

«Halleluja», sagte meine Schwester und drückte ihre Zigarette aus. «Kann ich dann jetzt ins Bett gehen? Ich warte schon, seit du hier eingezogen bist, dass du endlich von selber draufkommst.»

\*\*\*

Wenn Dennis Beaker gähnte, machte er das gleiche Geräusch wie ein großer Hund, der geweckt wird. Es war ein ganz eigenes Geräusch, das man unmöglich wiedergeben kann, und ich wusste, dass er dieses Gähnen als Taktik einsetzte, wenn Untergeordnete oder Angehörige von Konkurrenzfirmen ihm etwas präsentierten oder jemand den Versuch machte, etwas zu sagen, was er nicht hören wollte. Und das war ziemlich oft der Fall.

Jetzt lehnte er sich in seinem Ledersessel zurück und gähnte so ausgiebig, dass ich die Amalgamfüllungen in seinem Oberkiefer zählen konnte. «Entschuldige, Mike. Was war es, das du sagen wolltest?»

Ich stand vor ihm und sagte gleichmütig: «Ich kündige.» Eigentlich hatte ich mir in meinen schlaflosen Stunden ein paar erklärende Worte zurechtgelegt, aber als es dann so weit war, waren es nur noch diese beiden Wörter, die ich sagen wollte.

«Bitte?»

«Ich reiche meine Kündigung ein. Hier hast du's schriftlich.» Ich legte den Umschlag auf seinen Schreibtisch und sah ihm ins Gesicht.

Dennis' Gähnen wurde jäh unterbrochen. Er schaute mich unter finster zusammengezogenen Augenbrauen an und richtete sich auf.

«Mach dich nicht lächerlich», sagte er. «Wir müssen bis zum Frühjahr diesen Carter-Deal durchziehen. Das war von Anfang an dein Ziehkind.»

Ich zuckte mit den Achseln. «Der Carter-Deal ist mir egal», sagte ich. «Ich habe noch genug Überstunden, um mein Büro gleich zu räumen.»

«Jetzt red keinen Scheiß, Mikey. Ich hab für so was keine Zeit.»

«Ich meine es todernst.»

«Wir reden heute Nachmittag noch mal. Jetzt lass mich erst mal allein. Ich warte auf einen Anruf aus Tokio.»

«Heute Nachmittag werde ich nicht mehr da sein.»

An diesem Punkt begriff er, dass ich es wirklich ernst meinte. Er sah verärgert aus, als führte ich irgendetwas im Schilde.

«Geht's dir ums Geld? Ich hab dir schon gesagt, dass im Januar die Gehälter neu verhandelt werden.»

«Es geht nicht ums Geld.» Mein Hemdkragen kam mir zu eng vor, und ich musste mich beherrschen, nicht den Krawattenknoten zu lösen.

«Ist es wegen Vanessa?»

«Vanessa hat nichts damit zu tun. Schau mal ... ich weiß, du willst nicht, dass ich gehe, solange Vallance am Wackeln ist.»

«Wer sagt denn, dass Vallance am Wackeln ist?»

«Ich bin nicht blöd, Dennis. Die Zeichen sind eindeutig.»

Er nahm seinen Füllfederhalter in die Hand und ließ den Blick im Raum umherschweifen. Schließlich ruhten seine Augen wieder auf mir, und er nickte mir widerwillig zu. «Meine Güte, jetzt setz dich doch mal. Wenn du stehst, sieht alles gleich so unordentlich aus.»

London war in diesem Herbst nicht besonders schön: Die Wolken hingen tief, bedrohlich und grollend am Himmel, es regnete beinahe pausenlos, und das Wasser aus den Pfützen auf den unebenen Bürgersteigen spritzte einem bis an die Hosenbeine hoch. Manchmal schienen die Wolken so nah über den Dächern zu hängen, dass man fast Platzangst bekam. Aber eigentlich hätte jede Jahreszeit sein können, dachte ich, als ich aus dem Fenster schaute. Ich war eh nie draußen. Ich bekam überhaupt nicht mit, was für ein Wetter war. In den Wintermonaten hatte ich gelegentlich einen Mantel dabei, und im Sommer trug ich vielleicht ein dünneres Hemd, aber im Grunde konnten für jemanden, der Tag für Tag eingepfercht in klimatisierten Räumen mit Lärmschutzfenstern saß und zur Arbeit entweder im wohltemperierten S-Klasse-Wagen fuhr oder im Taxi gekarrt wurde, ganze Jahre vergehen, ohne dass er überhaupt die Notwendigkeit verspürte, sich den wechselnden Wettersituationen anzupassen.

Ich setzte mich. Von draußen waren Hupen und irgendeine verbale Auseinandersetzung zu hören. Normalerweise ließ sich Dennis nie eine saftige Streiterei entgehen und hätte seine Arbeit unterbrochen, um aus dem Fenster zu schauen, aber in diesem Moment saß er nur da und blickte auf seine Hände hinab. Wartete, dachte nach.

«Schau mal, Dennis. Das mit Vanessa tut mir leid», sagte ich schließlich in die Stille hinein. «Ich wollte sie nicht verletzen.»

In diesem Moment veränderte er seine Haltung. Seine Schultern sackten ein wenig nach unten, und er beugte sich zu mir, während sein Gesichtsausdruck weicher wurde.

«Sie wird darüber hinwegkommen», sagte er. «Sie wird jemand Besseren finden. Eigentlich müsste ich sauer auf dich sein, weil sie immerhin meine Tochter ist, aber mir ist durchaus bewusst, was Tina für ein Luder ist. Wäre ihr in den letzten Jahren mehrfach beinahe selber in die Falle gegangen. Hab es bloß nicht gewagt, weil Vanessas Mutter das meiste unseres Besitzes auf ihren Namen überschrieben hat.» Er stieß einen tiefen Seufzer aus und warf quer über den Tisch mit seinem Füller nach mir. «Verdammt noch mal, Mike. Was ist los?»

Ich fing das Schreibwerkzeug auf und legte es zurück auf den Tisch. «Ich kann einfach dieses Projekt nicht mittragen, Dennis. Das hab ich dir doch gesagt.»

«Wegen so ein paar bescheuerten Fischen?»

«Es geht nicht nur um die Wale. Wir werden auch den Menschen … das Leben ruinieren.»

«Das hat dich doch noch nie gestört.»

«Hätte es vielleicht aber besser.»

«Du kannst den Leuten den Fortschritt nicht ersparen. Das weißt du so gut wie ich.»

«Wer sagt denn, dass das der Fortschritt ist? Außerdem müssen manche Leute geschützt werden.»

Ich merkte, dass er kaum glauben konnte, was er da hörte. Er schüttelte den Kopf und malte ein paar Kreuzchen auf seinen Telefonblock. Dann schaute er mich an.

«Tu es nicht, Mike. Ich gebe zu, dass ich dich ein bisschen außen vor gelassen habe, seit du zurück bist, aber du bist ein solcher Moralapostel geworden. Ich kann dir einfach nicht vertrauen, wenn du nicht hundertprozentig auf meiner Seite stehst.»

«Ich bin auf deiner Seite, Dennis, aber nicht bei diesem Projekt.»

«Die Sache ist einfach schon viel zu weit fortgeschritten, um jetzt noch einen Rückzieher zu machen.»

«Das stimmt nicht. Wir haben uns für zwei weitere Standorte vormerken lassen. Beide sind machbar, und das weißt du.»

«Sie sind teurer.»

«Nicht, wenn wir die S94-Kosten gegenrechnen. Ich bin das alles durchgegangen.»

«Das Ding wird gebaut, ob es dir nun gefällt oder nicht.» Das sagte er eher entschuldigend als unnachgiebig, und ich begriff plötzlich, dass es hier gar nicht ums Geschäft ging: Es ging um Vanessa. Er konnte mir verzeihen. Aber die Autorität seiner Tochter öffentlich zu untergraben, das war zu viel verlangt. «Tut mir leid, Mike. Aber das Projekt wird umgesetzt wie geplant.»

Ich schüttelte bedauernd den Kopf. «Dann muss ich gehen.» Ich stand auf und streckte ihm die Hand hin. «Tut mir wirklich leid, Dennis. Mehr, als du denkst.»

Als er mir die Hand nicht schütteln wollte, machte ich mich auf den Weg zur Tür.

Seine Stimme folgte mir, ein bisschen schrill vor Wut: «Diese

Scheiße ist doch total lächerlich. Bloß wegen ein paar Fischen wirst du doch nicht eine verdammt gute Karriere aufs Spiel setzen! Na, komm schon, Junge. Wir beide sind doch Kumpels, oder? Wir schaffen das schon.»

An der Tür zögerte ich. Seltsamerweise spiegelte sich in seiner Stimme genau das wider, was ich selbst empfand – ein Bedauern, das fast größer war als das bezüglich meiner Trennung von Vanessa.

«Tut mir leid», sagte ich.

Als ich die Tür öffnete, hob er wieder an zu sprechen. «Du wirst in dieser Sache nicht gegen mich arbeiten, Mike.» Das war ebenso eine Drohung wie eine Feststellung. «Wenn du gehen musst, dann geh, aber versuch nicht, mir meinen Deal zu versauen.»

Ich hatte gehofft, er würde mich darum nicht bitten. «Ich kann nicht einfach dasitzen und zuschauen», sagte ich und schluckte schwer.

«Ich mach dich zur Sau, wenn es sein muss.» Er nickte, als wollte er sichergehen, dass die Botschaft angekommen war.

«Ich weiß.»

«Erwarte keinen Schongang von mir. Du weißt, wozu ich fähig bin.»

Ich nickte wieder. Wenn jemand das wusste, dann ich.

Wir starrten uns an.

«Ach, scheiß drauf.» Dennis trat auf mich zu und nahm mich unbeholfen in die Arme, bis Tinas Stimme über die Sprechanlage kam und verkündete, sein Anruf aus Tokio werde jetzt durchgestellt.

Ich traf mich mit Monica in einer Bar, die ganz in der Nähe der Zeitung lag, bei der sie arbeitete. Sie hatte sich auf einen schnellen Drink wegstehlen können, wollte aber an ihren Schreibtisch zurückkehren und bis in den Abend hinein an einem Artikel schreiben. Weil ich immer noch über mein Gespräch mit Dennis nachgrübelte, fragte ich sie mehr aus Höflichkeit denn aus wirklichem Interesse, worum es bei ihrem Artikel gehe. Sie murmelte etwas von betrügerischen Bauern und EU-Subventionen und schaute mich dann trotzig an.

«Ich hasse Storys, bei denen es um Finanzen geht», brummte sie. «Erst braucht man drei Wochen, bis man überhaupt die Zahlen begreift, und wenn der Artikel dann erscheint, will ihn keiner lesen, weil der menschliche Aspekt auf der Strecke geblieben ist.»

«Soll ich dir helfen?», bot ich an. «Ich bin zwar kein Spezialist in Wirtschaftskriminalität, aber bei einer Tabellenkalkulation komme ich noch mit.»

Ich musste zugeben, zu den unerwarteten positiven Ergebnissen des Zusammenbruches meines persönlichen Lebens gehörte die Tatsache, dass meine Schwester und ich, zu unser beider Überraschung, entdeckt hatten, dass wir uns mochten. Ich fand sie immer noch zu bissig, überehrgeizig und chaotisch, und ihr Männergeschmack war grauenvoll. Aber ich hatte begriffen, dass sich unter ihrem Sarkasmus Unsicherheit verbarg und zumindest ein Teil ihres Ehrgeizes daher rührte, dass sie einen Bruder hatte, der die Karriereleiter anscheinend mühelos erklommen hatte, und Eltern, die – das sah ich mit gewisser Scham – diesen Erfolg unablässig und gedankenlos als Druckmittel gegen ihre Tochter verwendet hatten. Wenn wir uns weiter annäherten, wenn wir es schafften, uns auch diese Tür offen zu halten, würde ich eines Tages einmal mit ihr darüber reden. Eines Tages.

«Hast du die Fotos mitgebracht?»

Ich griff in meine Tasche und reichte ihr einen Umschlag mit Bildern. Sie begann, sie durchzublättern, hielt sie mit gesenktem Kopf ins Licht. «Ich hab schon darüber nachgedacht und glaube, am meisten erreichst du wohl mit Publicity. Du gehst davon aus, dass Vallance nervös ist wegen möglicher negativer Reaktionen aus der Öffentlichkeit. Also suchst du dir am besten eine wirkungsvolle Galionsfigur, um den Plänen entgegenzutreten, einen Sprecher. Und dann musst du auf zwei Ebenen arbeiten, auf der lokalen und auf der nationalen.»

«Das bedeutet?»

«Auf der lokalen Ebene mit Flugblättern, Plakaten, den ortsansässigen Zeitungen. Versuch, eine Art Oppositionsbewegung ins Leben zu rufen. Auf nationaler oder sogar internationaler Ebene brauchst du ein paar gut platzierte Reportagen, die vielleicht sogar dazu führen, dass der Fall im Fernsehen aufgegriffen wird. Möglicherweise kannst du ein paar Experten aus dem Naturschutz ins Boot holen oder neue Forschungsergebnisse hinzuziehen. Bestimmt findest du da was. Gibt es nicht eine Organisation zum Schutz der Wale, die dir helfen kann?»

Ich hatte begonnen, mir ein paar Notizen zu machen. Das hier war eine Monica, die ich nie kennengelernt hatte, und ihre Kenntnisse waren wertvoll.

«Eine Organisation zum Schutz der Wale», murmelte ich. «Delphine auch?»

Sie hielt eines der Bilder hoch, das Hannah aufgenommen hatte und Liza zeigte, wie sie an der Walmole stand. Sie hatte den Kopf schief gelegt und lächelte direkt in die Kamera, so wie sie oft ihrer Tochter zulächelte – berstend vor Liebe und Herzlichkeit. Ihr Haar war offen, wie sonst selten, und der Hund saß neben ihr und schaute ergeben zu ihr auf.

«Ist sie das?»

Ich nickte, einen Moment lang zum Schweigen verurteilt.

«Sie ist hübsch. Sieht ein bisschen aus wie dieses Mädchen aus dem Fernsehen, das in der Wildnis lebt.»

Ich hatte keine Ahnung, von wem sie redete.

Sie gab mir die Fotos zurück und tippte auf das von Liza, das jetzt ganz oben lag. «Mach sie zur Leitfigur der Kampagne. Sie sieht gut aus, und die meisten Leute erwarten in so einem Kontext bloß eine miesepetrige Kuh, die alles besser weiß. Wahrscheinlich könnte ich ein oder zwei Reportagen über sie an Land ziehen. Schmeiß sie und die alte Dame zusammen, und deine Chancen stehen noch besser. Vielleicht bringst du sie sogar in die Panorama-Seiten der großen Tageszeitungen. Hast du nicht gesagt, es gebe alte Zeitungsartikel über sie?»

«Ich denke, die kann ich mir aus dem Internet runterladen.»

«Wenn seither nichts mehr über sie geschrieben wurde, könnte man etwas daraus machen. Habe ich schon die lokalen Radiosender erwähnt? Mensch, genau. Zuallererst musst du eine Presseerklärung herausgeben, etwas, das du an alle Nachrichtenagenturen schicken kannst und in dem deine Kontaktadresse klar hervorgehoben ist. Und dann, Bruder, musst du richtig taff werden. Du musst aus der Deckung kommen und dich dem Kampf stellen.»

«Ich?»

Sie schaute zu mir hoch.

«Ich hab dich gefragt, wie *sie* es schaffen können.»

«Du willst ihnen nicht helfen?»

«Na ja, ich tue von hier aus, was ich kann.»

Die Enttäuschung stand meiner Schwester deutlich ins Gesicht geschrieben.

Der Barkeeper fragte uns, ob wir noch einen Drink wollten, und etwa eine Minute schien es, als hätte sie ihn nicht gehört. Dann schaute sie auf ihre Uhr und lehnte ab. «Und er hier will auch keinen mehr», fügte sie hinzu und nickte in meine Richtung.

«Ach nein?»

«Du hast gesagt, du liebst sie», sagte sie vorwurfsvoll, als der Mann weg war.

«Heißt noch lange nicht, dass sie mich auch liebt», erwiderte ich und nahm den letzten Schluck aus meinem Glas. «Zufällig weiß ich aus zuverlässiger Quelle, dass sie mich hasst wie die Pest.»

Meine Schwester hob auf eine Weise die Augenbrauen, die mich sofort in unsere Kinderzeit versetzte. Mit dieser Geste hatte sie Jungs als nutzlose Spezies abgekanzelt, denen Mädchen wie sie selbst haushoch überlegen waren. Damit sagte sie mir, dass ich – wieder einmal – alles verbockt hatte. Ich hätte sie am liebsten zu Boden gerungen wie damals und mich auf sie draufgesetzt, damit sie endlich damit aufhörte und ihr klarwurde, wer hier der Boss war.

Doch zu meinem Ärger musste ich diesmal akzeptieren, dass sie recht hatte.

Sie lehnte sich auf ihrem Barhocker zurück und verschränkte die Arme. «Mikey, was zum Teufel sitzt du eigentlich noch hier rum?»

«Weil ich ein blöder Depp bin, der nicht einmal in der Lage ist, eine Entscheidung zu treffen, die ihm das Leben retten könnte?»

Meine Schwester schüttelte den Kopf.

«O nein», sagte sie und grinste. «Du *hast* eine Entscheidung getroffen. Du bist bloß zu blöd, um es zu merken.»

Zum ersten Mal in meinem Leben als Erwachsener machte ich keine Preisvergleiche für das Flugticket. Ich versuchte weder, die Beinfreiheit gegen die Kosten aufzuwiegen, noch, den Vorteil von Vielflieger-Meilen gegenüber der Qualität der Mahlzeiten, die an Bord serviert wurden. Ich buchte einfach den ersten freien Platz in einer Maschine nach Sydney. Dann, bevor ich noch groß nachdenken und mich anders entscheiden konnte, packte ich einen Koffer mit dem Nötigsten, und meine Schwester fuhr mich zum Flughafen.

«Du tust genau das Richtige», sagte sie und rückte fast liebevoll mein Jackett zurecht, als wir uns vor dem Terminal verabschiedeten. «Ganz im Ernst.»

«Sie wird nicht mit mir reden wollen», sagte ich.

«Dann musst du dich eben zum ersten Mal in deinem Leben anstrengen und dich um etwas bemühen, Bruderherz.»

Während des Fluges wurde ich zunehmend nervöser. Als der Flieger in Hongkong zwischenlandete, um aufzutanken, war ich dermaßen zappelig, dass es sich nicht nur mit dem Zeitunterschied erklären ließ. Ich dachte fieberhaft darüber nach, was ich ihr sagen würde, wenn ich sie sah, aber jeder Eröffnungssatz kam mir unpassend vor. Eigentlich war überhaupt meine ganze Anwesenheit dort unpassend. Mehrere tausend Kilometer von Monica und ihren guten Ideen entfernt, lösten sich meine vagen Träume von einem leidenschaftlichen Wiedersehen in Luft auf wie die Kondensstreifen eines Flugzeuges am Himmel.

Ich hatte nicht einhalten können, was ich Kathleen versprochen hatte, nämlich das Bauvorhaben zu stoppen. Im Gegenteil, es ging sogar in noch größerem Tempo voran als zunächst geplant. Trotz meiner Gefühle für Liza war ich folglich immer noch das falsche Arschloch, als das sie mich bezeichnet hatte: Hätte Tina nicht jene belastende SMS geschickt, hätte ich mich dann von Vanessa getrennt? Ich konnte mir einreden, dass es sowieso passiert wäre, aber mir schien der Bezug zu meinen eigenen Gefühlen dermaßen abhandengekommen zu sein, dass ich selbst das nicht mit absoluter Gewissheit sagen konnte.

Die gemurmelten Worte, die ich mir für Liza zurechtgelegt hatte, wurden von anderen Stimmen überlagert. Mit der Klarheit eines silbernen Glöckchens hörte ich Hannahs Stimme:

«Mike, warum hast du uns angelogen?» Und dann ihre Mutter, die mir vorwurfsvoll mitteilte, alles, was ich je gesagt hatte, sei eine Lüge gewesen. Ich dachte an Vanessas finsteren Gesichtsausdruck, als sie die SMS auf meinem Handy gelesen hatte, und wusste, dass ich nie wieder einem anderen Menschen einen solchen Schmerz zufügen wollte.

Während jenes Fluges in Richtung Osten entdeckte ich bereits vor dem Ende des ersten Spielfilms, dass ich keinen blassen Schimmer hatte, was ich da eigentlich sollte. Es war unwahrscheinlich, dass Kathleen und Liza meine Hilfe wollten, selbst wenn ich genauer gewusst hätte, wie ich gegen die Baupläne vorgehen wollte. Nur wenige Menschen in der Stadt würden mich willkommen heißen. Ich wusste noch nicht mal, wo ich wohnen sollte.

Ich trank eine Menge während des Fluges, trotz der Warnungen meiner Schwester, zum Teil, weil ich mich nur so entspannen konnte, und zum Teil auch, weil ich wenigstens etwas in der Hand hielt, wenn ich am Wein nippte. Immer wieder fiel ich in einen unruhigen Schlaf, und je mehr Kilometer das Flugzeug hinter sich brachte, desto größer wurde der Knoten in meinem Magen.

Gute dreißig Stunden später stieg ich aus dem Mietwagen, in dem ich von Sydney aus nach Silver Bay gefahren war, streckte mich im strahlenden Sonnenlicht und musste den schier überwältigenden Drang bekämpfen, wieder in den Wagen zu steigen und zum Flughafen zurückzufahren.

Meine Mutter hatte ich nur ein einziges Mal weinen sehen: als sie meinem Vater eine ihrer geliebten Porzellanschäferinnen an den Kopf geworfen hatte. Natürlich war sie zerbrochen – kein so zartes Dekorationsstück hätte einen solchen Wurf überlebt. Als das Teil kaputt war, ließ meine Mutter sich zu Boden sinken, sammelte die Scherben vorsichtig ein und weinte dabei so herzzerreißend, als wäre sie gerade Zeugin eines schrecklichen Unfalls geworden. Ich weiß noch, wie ich in der Tür stand und völlig schockiert war angesichts dieses so ungewohnten Ausbruchs von Verzweiflung meiner Mutter. Mein Vater, über dessen Stirn das Blut lief, stand immer noch am Sofa und sagte nichts. Als fände auch er, dass er diesen Schlag verdient hatte.

Mein Vater besaß ein kleines Ingenieurbüro, das meine Eltern in Hippiemanier geführt hatten, indem sie sich von jedem reinreden ließen und ihr Bestes taten, eventuelle Gewinne unter ihren Freunden zu verteilen. Überraschenderweise waren sie etwa zehn Jahre lang gut damit gefahren. Die Firma wuchs und gedieh, meine Eltern entwickelten Ehrgeiz und beschlossen irgendwann, eine zweite Firma etwa eine Autostunde entfernt zu gründen. Und während die Überschüsse komplett in die neue Firma flossen, hatten meine Eltern zu ihrer Freude ein großes Landhaus aufgetan, das wegen seines reparaturbedürftigen Zustandes für fast umsonst zu mieten war. Das Heißwassersystem war abenteuerlich und die Hälfte der Räume zu feucht, um darin zu wohnen, aber in jener Zeit waren unrenovierte Häuser dieser Art nichts Außergewöhnliches, und Zentralheizung galt nicht als Notwendigkeit. Meine Schwester und ich liebten das Haus. Fünf Jahre lang durchstreiften wir die Wälder ringsum, bauten Biwaks in den ungenutzten Flügeln des Hauses und machten uns weiter keine Gedanken darüber, dass sich die Feuchtigkeit langsam ausbreitete und dementsprechend die Zahl der nutzbaren Zimmer sank. Meine Eltern wiederum waren geschäftlich so eingespannt, dass sie kaum mehr als das absolute Minimum an Reparaturen vornahmen.

Irgendwann hatten die Besitzer des Hauses verkündet, sie würden für das kommende Jahr den Vertrag nicht verlängern. Was auch kein Weltuntergang sei, meinte mein Vater, weil es wahrscheinlich sowieso an der Zeit sei, etwas Eigenes zu kaufen.

Erst jetzt wurden sie auf das Kleingedruckte unter ihrem Mietvertrag aufmerksam gemacht. Mein Vater hatte nämlich eine Klausel unterschrieben, nach der er für alle Reparaturen und Renovierungsarbeiten verantwortlich war, und sich folglich damit einverstanden erklärt, das Haus beim Auszug in einen Zustand zurückzuversetzen, den es mehrere Jahrzehnte nicht mehr gehabt hatte. «Machen Sie sich nicht lächerlich», protestierte mein Vater. «Das Haus war schon kaum bewohnbar, als wir eingezogen sind.» Doch der Anwalt des Vermieters zeigte nur auf die Stelle im Vertrag. Mein Vater hätte den Vertrag besser lesen sollen, sagte er. Er hätte Fotos machen sollen, um den ursprünglichen Zustand des Mietobjekts zu dokumentieren. Ansonsten jedoch könne er nicht um etwas streiten, das schwarz auf weiß auf dem Papier stünde. Dann las der Anwalt die geschätzte Summe vor, die man für die Reparaturen benötigen würde, und meine Eltern wussten, dass sie ruiniert waren. Die kleine Porzellanschäferin war das erste Opfer dieses Ruins gewesen.

Meine Schwester und ich wurden auf eine freudlose Schule geschickt, gezwungen, uns in einer düsteren Wohnung unter dem Dach ein Zimmer zu teilen, und jahrelang gab es keine anderen Ferien als in geborgten Wohnwagen in billigen Badeorten.

Jahrelang war jene Nippesfigur für mich ein Symbol dessen, was passieren konnte, wenn man jemandem auf den Leim ging, bei einem Vertragsabschluss nicht genau aufpasste oder dem Glauben anhing, der Mensch hätte von Natur aus die Tendenz, korrekt mit anderen umzugehen.

Mittlerweile sah ich die Dinge anders. Mein Vater hatte seine Firma später zu einem letztlich noch erfolgreicheren Unternehmen ausgebaut, das wesentlich effizienter geleitet wurde.

Meine Schwester und mich hatte die Geschichte widerstandsfähiger gemacht, denn wir lernten früh, was es hieß, einen Verlust zu erleiden.

Meine Eltern waren heute noch zusammen. Die Schäferin, die sorgfältig zusammengeklebt worden war, stand immer noch auf dem Kamin. «Das hat uns gezeigt, was wichtig ist», sagte meine Mutter manchmal und fuhr mit dem Finger zärtlich die Klebestellen nach.

Vielleicht klingt es blöd, aber mir wurde erst jetzt bewusst, dass sie damit nicht gemeint hatte, dass man immer das Kleingedruckte lesen muss.

Ich klopfte dreimal an die Hintertür, bevor ich den Zettel sah. «Lance / Yoshi: Bedient euch, wir sind im Krankenhaus. Sind bald zurück. Schreibt einfach ins Buch, was ihr euch nehmt. L.»

Eine Minute lang stand ich reglos mit dem Zettel da, weil es mich verwirrte, eine Notiz von ihr in der Hand zu halten, und schaute dann zur Mole hinab. Außer der *Ishmael* lagen keine Boote da, und da es erst Viertel nach zehn am Vormittag war, konnte es durchaus sein, dass Liza und Kathleen noch ein paar Stunden weg sein würden. Und warum Krankenhaus? Ich setzte mich ein paar Minuten auf eine der leeren Bänke und ging dann zu MacIver's Seafood Bar hinüber und bestellte einen Kaffee. Mein Körper wollte eigentlich keinen – meine innere Uhr sagte mir, dass es immer noch tief in der Nacht war, ganz im Gegensatz zu dem, was meine Augen sahen. Ich trank nur die Hälfte und ließ den Rest als dunkelbraunen Ring in der blassblauen Tasse stehen.

«Sie sind doch der Engländer, oder?» Der Besitzer, ein dicker Typ mit einer schmuddeligen Schürze, schaute mich an.

«Ja», sagte ich. Welchen Engländer er meinte, lag auf der Hand.

«Der Typ von der Baufirma, stimmt's? Der in der Zeitung war?»

«Ich wollte bloß in aller Ruhe einen Kaffee hier trinken. Wenn Sie wegen des Bauprojekts Streit anfangen wollen, dann gehe ich, wenn Sie nichts dagegen haben.» Ich steckte meine Geldbörse in die Tasche und griff nach meinem Koffer.

«Mit mir kriegen Sie deswegen keinen Streit, Kumpel», sagte er, nahm einen Teller in die Hand und trocknete ihn mit einem Geschirrtuch ab, das noch dreckiger war als seine Schürze. «Ich freu mich drauf. Bringt mehr Kundschaft.»

Ich sagte nichts.

«Nicht jeder ist dagegen, wissen Sie, ganz gleich, was in den Zeitungen steht. Es gibt viele wie mich, die finden, dass die Stadt ein paar Investitionen gut gebrauchen kann.»

Ich muss etwas ungläubig geschaut haben, denn er redete weiter, kam zu mir herüber und setzte sich ans andere Ende meines Tisches. «Ich hab wirklich jede Menge Respekt für die Walleute – Greg ist ein alter Kumpel von mir –, aber mal ehrlich, ich finde, die machen ein ganz schönes Geschiss um die Viecher. Diese Riesenfische schwimmen schon eine Million Jahre an dieser Bucht vorbei, da werden ein paar Jetbikes keinen Unterschied machen. Sicher, ein bisschen still ist es schon um sie geworden, aber die kommen bestimmt wieder.»

«Still?»

Er zeigte mit dem Daumen in Richtung Mole. «Ach, die sind alle am Jammern, sagen, sie wären schon weg. Als wüssten die Fische, was da im Anmarsch ist. Da frag ich Sie doch ...»

«Wer ist weg?» Ich hatte Schwierigkeiten, ihm zu folgen.

«Na, die Wale. Lassen sich nicht mehr blicken. Die mussten die Walbeobachtung frühzeitig abbrechen und fahren jetzt bloß noch in der Bucht rum, um die Delphine zu zeigen. Glaube nicht, dass es einen großen Unterschied beim Umsatz macht.

In der Zeit, wo sie eine Waltour machen, können sie zweimal zu den Delphinen rausfahren. Weiß nicht, worüber die sich eigentlich beklagen.»

Ich saß eine Weile da und versuchte zu verdauen, was er gesagt hatte. Dann wandte ich mich an ihn und fragte: «Sie würden mir wohl keinen Drink servieren, oder?» Plötzlich hatte ich das Gefühl, dass ich mir für das nächste Gespräch mehr Mut antrinken musste als für dieses hier.

Er stemmte seinen schweren Körper vom Tisch hoch, und seine speckigen Hände lagen einen Moment lang vor mir auf dem Tisch, während er sich in eine aufrechte Position hievte. «Kumpel, ich denke, dass ihr Jungs mir einen großen Gefallen tut. Der Drink geht aufs Haus.»

Ich brauchte fast eine Stunde zurück zum Silver Bay Hotel, eine Strecke, die ich laufend mehrfach in weniger als zehn Minuten zurückgelegt hatte. In Gehtempo hätte es normalerweise etwa zwanzig Minuten gedauert. Doch der Jetlag war auf unvorteilhafte Weise eine Verbindung mit mehreren großen Scotch Whiskys eingegangen, die mir mein neuer Busenfreund Del von MacIver's Seafood Bar aufgedrängt hatte, weshalb ich trotz der elegant geschwungenen Küstenstraße Schwierigkeiten hatte, geradeaus zu gehen. Mehrmals musste ich mich auf meinen Koffer setzen und dachte krampfhaft darüber nach, wie ich meinen Weg fortsetzen sollte. Da vorne war das Hotel, nur einen Katzensprung entfernt, aber irgendwie bewegte es sich immer weiter von mir weg, wie eine Luftspiegelung in der Wüste.

Zweimal, nachdem ich wieder aufgestanden war, fiel mir erst Minuten später ein, dass ich meinen Koffer im Sand hatte stehenlassen, und ich musste zurück, um ihn zu holen, wobei es mir weder erspart blieb, den Griff zu verfehlen, noch über den

Koffer zu stolpern. Überall war Sand, in meiner Nase, meinen Haaren und meinen Schuhen, aber meine Brieftasche hatte ich fest im Griff: Ich trug sie mit ausgestrecktem Arm vor mir her, um sie immer im Blickfeld zu haben. Meine Eltern hatten mir stets eingeschärft, in einem fremden Land besonders gut auf meine Börse zu achten.

Als ich es endlich bis zum Hotel geschafft hatte, war ich von diesem Erfolg regelrecht euphorisiert, was nur durch die Tatsache etwas gedämpft wurde, dass ich mich nicht mehr daran erinnern konnte, warum es mir überhaupt so wichtig gewesen war, hierherzukommen. Ich ließ meinen Koffer draußen vor der Tür stehen und schaute dann auf die Nachricht, die vor meinen Augen verschwamm. Auch mehrere Versuche, nach ihr zu greifen, damit sie nicht mehr so hin- und herwackelte, schlugen fehl.

Plötzlich fühlte ich mich unendlich müde, und ich beschloss, dass es an der Zeit war, mich hinzulegen. Die Holzbänke waren dazu zu schmal – ich war mir nicht sicher, ob ich es geschafft hätte, mich hinzusetzen, geschweige denn, mich darauf zu legen –, und der Strand war an diesem Abschnitt eher kieselig. Als ich den einladend schummrigen Umriss des Walfangmuseums ganz in der Nähe vor mir auftauchen sah, stolperte ich darauf zu. Dort würde ich mich kurz aufs Ohr legen, und wenn ich wieder aufwachte, würde mir schon einfallen, was zum Teufel ich hier eigentlich wollte.

Ich erwachte davon, dass jemand schrie. Zuerst war es ein Teil meines Traums gewesen – ich saß in einem Flugzeug, und die Stewardess war dabei, alle zu wecken, weil das Ding erst vom Boden abheben konnte, wenn wir alle mit den Flügeln schlugen. Irgendwann jedoch, durch den Schleier aus Jetlag und Whisky, wurde mir bewusst, dass sich die Stewardess zwar langsam in

Luft auflöste, das Geschrei jedoch noch lauter wurde und der Griff um meinen Arm unangenehm fest war.

«Loslassen», lallte ich. «Ich will keine Erdnüsse.»

Doch dann gingen meine Augen auf, gewöhnten sich langsam an das Licht, und ich merkte, dass ich das Gesicht kannte. Über mich gebeugt, ihr gelbes Ölzeug um sich gebauscht wie die Flügel eines großen Vogels, stand Liza McCullen. Und sie schrie mich an.

«Ich glaub das einfach nicht! Der hat uns wirklich gerade noch gefehlt – dieser scheiß Mike Dormer taucht einfach hier auf, und besoffen ist er auch noch! Du stinkst, weißt du das? Du stinkst nach Whisky. Und was zum Teufel denkst du dir eigentlich dabei, hier einfach so reinzukommen, als würde das Haus dir gehören?»

Langsam ließ ich meine Augen wieder zuklappen und spürte, wie eine seltsame Ruhe sich über mich herabsenkte. Das Komische an der Sache war nämlich eins: Kurz bevor ich die Augen schloss, hätte ich schwören können, dass ich Kathleen gesehen hatte, die hinter ihrer Nichte stand und lächelte.

## KAPITEL 17

*Kathleen*

Er sagte mir, ich solle «auftreten». Er sagte mir, er habe das alles mit seiner Schwester besprochen, die Journalistin sei und sich mit solchen Dingen auskenne, und dass ich im Mittelpunkt einer Reportage mit dem Titel «Die Hai-Lady kämpft um die Rettung der Wale» oder so ähnlich stehen könnte. Er sagte, Publicity sei die beste Chance, die wir hätten, um den Widerstand gegen das Bauprojekt zu mobilisieren, und dass man weit über diese Stadt hinaus die Öffentlichkeit wachrütteln müsse, um genug Druck aufbauen zu können.

Ich sagte ihm, ich wolle das alles nicht noch einmal aufwühlen, und ganz gewiss wolle ich nicht Thema einer Reportage sein. Er schaute mich an, als wäre ich nicht ganz richtig im Kopf.

«Kathleen, ich habe Ihnen gesagt, ich würde das alles in Ordnung bringen, und ich tue mein Bestes. Aber wir müssen eine Strategie entwickeln, und glauben Sie mir, das ist momentan die einzige, die uns zur Verfügung steht.»

Mike hatte drei Tage gebraucht, um wieder auf die Beine zu kommen, und obwohl er immer noch müde aussah, zeigte er wieder diese ganz besondere Zielstrebigkeit und Professionalität, die er schon in jener ersten Zeit hier an den Tag gelegt hatte. Wenn überhaupt möglich, war er seit seiner Rückkehr noch ernsthafter geworden. Er sei zurückgekommen, um uns zu retten, hatte er mit einem gewissen Trotz verkündet, als wir im Walfangmuseum über ihn gestolpert waren. Es ist schwer, einen Mann – selbst einen lang ersehnten Retter – ernst zu nehmen, sagte ich ihm hinterher, wenn er betrunken auf dem Boden liegt, nasse Schuhe an den Füßen und Seegras in den Nasenlöchern. Das schien er sich zu Herzen genommen zu haben. Heute trug er ein makellos gebügeltes Hemd.

«Wirklich. Ich habe mir speziellen Rat von Medienseite eingeholt.»

«Mike, ich weiß, Sie meinen es gut, und es berührt mich, dass Sie die Mühe auf sich genommen haben zurückzukommen, um uns zu helfen. Aber ich habe überhaupt keine Lust, diese alte Hai-Lady-Geschichte noch einmal aus der Versenkung zu holen. Sie verfolgt mich schon mein Leben lang, und ich will diese Aufmerksamkeit nicht.»

«Ich dachte, vielleicht sind Sie stolz darauf.»

«Da sieht man, wie wenig Sie wissen.»

«Aber du solltest wirklich stolz darauf sein», mischte Hannah sich fröhlich ein. Sie hatte sich gefreut, Mike wiederzusehen – ganz gewiss mehr als ihre Mutter. «Ich wäre stolz darauf, wenn ich einen Hai getötet hätte.»

«Ich glaube nicht, dass man überhaupt stolz darauf sein kann, zu töten», brummte ich.

«Na gut, dann benutzen Sie den Tod dieses Hais dazu, den Walen zu helfen.» Mike nickte mir auffordernd zu.

«Ich werde keine Hai-Lady mehr sein. Ich habe genug am Hals, auch ohne das alles noch einmal aufzuwärmen.» Ich schürzte trotzig die Lippen und hoffte, er würde es dabei belassen.

«Dann überreden Sie Liza», raunte er mir mit einem Blick zum Küchentisch zu. Meine Nichte hatte ihr Bestes getan, ihn zu ignorieren, und sich hinter ihrer Zeitung verschanzt. Aber immerhin saß sie hier bei uns in der Küche statt auf ihrem Zimmer oder an Bord der *Ishmael*, den Orten, an die sie sich sonst immer zurückzog.

«Liza was?», meldete sie sich zu Wort, ohne von ihrer Zeitung aufzublicken.

«Du würdest eine großartige Galionsfigur für die Kampagne abgeben.»

«Warum?»

«Na ja ... es gibt nicht viele weibliche Skipper. Und du weißt eine Menge über Wale. Du bist ...», er unterstrich seine Worte mit einem anmutigen Hüsteln und wurde rot, «... eine gut aussehende Frau. Ich hab mir erklären lassen, wie man eine medienwirksame Kampagne startet, und ...»

«Nein», sagte sie abrupt.

Ich stand mucksmäuschenstill an der Spüle und wartete darauf, was sie als Nächstes sagen würde.

Nach einem Moment fügte sie, etwas vorsichtiger, hinzu: «Ich möchte nicht, dass Hannah ... all dem ausgesetzt wird.»

«Mir macht das nichts aus», sagte Hannah prompt. «Ich würde eigentlich gern in der Zeitung stehen!»

«Es ist die einzige Möglichkeit, das Bauprojekt zu stoppen», sagte Mike. «Ihr müsst die Leute aufrütteln, um so viel Unterstützung zu bekommen wie möglich. Wenn die Menschen erst einmal wissen, was ...»

«*Nein.*»

Er schaute sie an. «Warum bist du denn so stur? Wir können es doch wenigstens versuchen.»

«Nein.»

«Ich dachte, für die Wale würdest du alles tun.»

«Sag du mir bitte nicht, was ich für die Wale tun soll.» Liza klappte ihre Zeitung zusammen und knallte sie auf den Tisch.

«Wenn du nicht wärst, dann wäre das alles überhaupt nicht passiert, und wir würden nicht in diesen Scheißschwierigkeiten stecken.»

«Liza», fing ich an.

«Glaubst du das denn wirklich?», warf Mike ein. «Glaubst du wirklich, diese Gegend hier wäre immer so unberührt geblieben, wie sie mal war?»

«Nein – aber vielleicht noch eine Weile. Wir hätten mehr Zeit gehabt ...» Ihre Stimme verlor sich.

«‹Mehr Zeit› wofür, Liza?»

In dem kleinen Raum wurde es still. Hannah schaute auf und senkte den Blick dann wieder auf ihre Hausaufgaben.

Liza sah mich an und schüttelte den Kopf, eine ganz leichte, kaum wahrnehmbare Bewegung.

Mike bemerkte sie, und ich sah, wie sich auf seinem Gesicht Enttäuschung breitmachte. Ich fing an, die leeren Tassen wegzuräumen, um mich abzulenken.

«Noch mal», sagte Mike schließlich. «Eine Kampagne mit euch beiden ist die beste Chance, die wir haben, um dieses Bauprojekt zu stoppen, und momentan ist selbst diese Chance eher dünn. Ich werde alles tun, was in meiner Macht steht, um euch zu helfen, aber ihr müsst mitmachen.»

«Nein.» Liza funkelte ihn an. «Weder Hannah noch ich werden in der Öffentlichkeit auftreten. Ich mache alles andere, was du vorschlägst, aber das nicht.»

Mit diesen Worten stand sie auf und verließ die Küche. Milly war ihr auf den Fersen. Hannah nahm ihre Sachen vom Tisch, lächelte Mike bedauernd zu und folgte ihrer Mutter.

Ich hörte, wie er einen tiefen Seufzer ausstieß.

«Mike, ich werde drüber nachdenken», sagte ich, mehr aus Freundlichkeit, als weil ich das wirklich vorhatte. Er war so enttäuscht, dass ich einfach etwas sagen musste. Nach Lizas

Abgang sah er aus wie ein hungernder Mann, dem man sein letztes Stück Brot weggenommen hat. Seine Gefühle standen ihm so deutlich ins Gesicht geschrieben, dass ich wegschauen musste.

«Gut», sagte er. «Dann machen wir eben mit Plan B weiter.» Er schenkte mir ein schiefes Grinsen und riss ein Blatt Papier von seinem Block. «Ich muss bloß noch überlegen, wie der aussehen könnte.»

Ich hatte ziemlich schnell verstanden, dass Mike Dormer alle Brücken hinter sich abgebrochen hatte, um zurück nach Silver Bay zu kommen. Er gab zu, dass er sowohl seinen Job verloren als auch seine Verlobung gelöst hatte, und offensichtlich hatte er auch keine Adresse mehr.

«Bezahlen kann ich aber», sagte er, als er mich bat, ihm wieder sein altes Zimmer zu geben. «Mein Bankkonto ist ... Na ja, um Geld brauche ich mir keine Sorgen zu machen.»

In dem Monat seiner Abwesenheit war eine seltsame Veränderung mit ihm vorgegangen. Seine Glätte war verschwunden, und eine neue Unsicherheit hatte sich klammheimlich seiner bemächtigt. Wenn er etwas sagte, fragte er eher, als eine Feststellung zu machen, und seine Gefühle traten deutlicher zutage. Ich fand den neuen Mike Dormer noch liebenswerter als den alten.

Mittlerweile fanden jedes Discoboot und jeder armselige Bootsbesitzer, der einmal einen Delphin gesehen hatte und seine Fahrten als «Öko-Tour» verkaufte, ihren Weg in die Gewässer, die unsere Crews früher allein für sich in Beschlag genommen hatten. Es war so, als lauerten sie uns auf, um herauszufinden, wie viel von unserem Geschäft sie uns abluchsen konnten. Die Küstenwache hatte mir erzählt, es gebe Pläne, die

Walmole zu vergrößern, damit sie von mehr Booten genutzt werden konnte. Zweimal waren Discoboote bis in unsere Bucht hereingekommen, und Lance hatte sich bei der Naturschutzbehörde beschwert und ihnen die Schuld am Verschwinden der Wale gegeben. Die offizielle Begründung für das Ausbleiben der Meeressäuger lautete, dass sich möglicherweise die Migrationsmuster verändert hätten und sich aufgrund der globalen Erwärmung entweder der zeitliche oder der räumliche Rahmen der Wanderungen verschoben habe. Das nahmen die Waljäger den Behörden nicht ab – Yoshi hatte mit einigen von ihren alten Freunden an der Universität gesprochen, die vermuteten, es handle sich eher um ein lokales Problem. Delphine ließen sich gelegentlich noch in der Bucht blicken, aber ich begann mich zu fragen, ob sie sich nicht belästigt fühlten, jetzt, wo sich die ganze Aufmerksamkeit auf sie richtete, weil sie das Einzige waren, was man den Passagieren noch zeigen konnte. Auf eine Schule kamen mittlerweile zwei oder drei Boote pro Fahrt, die ganz nahe bei ihnen anhielten, während die Touristen mit ihren Kameras über der Reling hingen.

Vielleicht lag es daran, dass Liza so abgelenkt war durch das Schicksal der Wale und – obwohl sie das nicht zugegeben hätte – auch durch Mikes Rückkehr, jedenfalls konnte ich sie davon überzeugen, Hannah Segelunterricht zu erlauben. Zur ersten Stunde fuhr ich sie und ihre Freundin zur Salamander Bay und begriff sofort, als ich sie draußen auf dem Wasser sah, dass sie nicht das erste Mal ein Dinghi segelte. Hinterher gestand sie es mir grinsend ein, doch wir beschlossen, es ihrer Mutter besser nicht zu sagen.

«Glaubst du, sie erlaubt mir mal, mit *Hannah's Glory* rauszufahren?», fragte sie, als wir nach Hause fuhren. Der Hund lag glücklich sabbernd an ihrer Schulter. «Wenn die Lehrer sagen, dass ich gut genug bin?»

«Ich weiß nicht, Schätzchen. Immer eins nach dem anderen, denke ich.»

«Hm. Okay. Kann man eigentlich den Namen eines Bootes ändern?», fragte sie dann, den Blick in die Ferne gerichtet.

«Warum?»

«Ich dachte, ich könnte vielleicht meins umtaufen. Wenn ich erst mal damit rausfahren darf.»

«Das kann man schon», sagte ich. Ich war etwas abgelenkt, weil ich mir überlegte, was ich zum Abendessen kochen sollte. «Aber vielleicht ist es besser, wenn du den Namen nicht änderst – manche sagen, das bringt Unglück.»

«Ich werde es *Darling Letty* nennen.»

Ich bremste so hart ab, dass mir der Hund fast in den Schoß geschleudert wurde.

Einen Moment lang sagte keine von uns etwas, dann wurden Hannahs Augen ganz groß. «Darf ich denn noch nicht mal ihren Namen sagen?», fragte sie.

Ich fuhr auf den Seitenstreifen und hob bedauernd eine Hand für den Lastwagen, der gezwungen gewesen war, abrupt zu bremsen. Als er weg war, drehte ich mich in meinem Sitz um, strich ihr über die Wange und versuchte, weniger erschüttert auszusehen, als ich mich fühlte. «Schätzchen, du darfst sagen, was du willst. Es tut mir leid. Du hast mich nur erschreckt.»

«Sie ist doch meine Schwester», sagte Hannah, und ihre Augen füllten sich mit Tränen. «Sie war meine Schwester. Und ich möchte wenigstens ab und zu mal über sie reden.»

«Das weiß ich.» Der Hund kletterte auf ihren Schoß und winselte. Milly fand es schrecklich, wenn jemand weinte.

«Ich dachte, wenn mein Boot nach ihr heißt, dann könnte ich ihren Namen sagen, so oft ich will, ohne dass gleich alle ausflippen.»

Ich schaute meine Großnichte an und wünschte, es gebe

etwas, irgendetwas, das ich sagen könnte, um den Schmerz zu lindern, den sie offenbar die ganze Zeit für sich behalten hatte.

«Ich möchte über sie reden, ohne dass Mum so aussieht, als würde sie gleich einen Nervenzusammenbruch kriegen.»

«Das ist wirklich eine schöne Idee, Hannah, und eine sehr schlaue. Aber ich bin mir nicht sicher, ob das jemals möglich sein wird. Jedenfalls nicht in absehbarer Zeit. Deine Mum ist einfach noch zu traurig, weißt du.»

Als wir zu Hause ankamen, stieg ich langsam die Treppe zu meinem Zimmer hoch und zog die Schublade auf, in der ich ein Foto von Liza mit ihren beiden kleinen Mädchen aufbewahrte. Es war an der einen Seite etwas krumm, wo ich diesen für meinen Geschmack etwas zu entschlossen wirkenden Mann herausgeschnitten hatte. Liza fand, der einzige Weg, sie alle zu beschützen, sei es, Letty zu begraben, das wusste ich. Es war der einzige Weg, damit sie selber weiterleben konnte und damit sie beide in Sicherheit waren.

Doch so einfach war die Sache nicht. Sie hatten Letty damals nicht begraben können, und das konnten sie bis heute nicht. Und wenn sie versuchte, so zu tun, als wäre es anders, war das erst recht kein Leben.

\*\*\*

Jeden Nachmittag besuchte ich Nino Gaines im Krankenhaus. Ich bürstete ihm das Haar, brachte frische Wäsche, und wenn ich den Mut aufbrachte, versuchte ich sogar, ihn zu rasieren – nicht aus sentimentalen Gründen, sondern weil sonst niemand da war, der es getan hätte.

Okay, Frank hätte es tun können, oder auch John John oder John Johns Frau, aber die jungen Leute waren immer so beschäftigt. Sie führten ihr eigenes Leben. Deshalb sprang ich ein und saß jeden Tag ein paar Stunden bei ihm, las ihm Artikel aus der Zeitung vor, an denen er vielleicht Freude haben könnte, und stauchte gelegentlich die Krankenschwestern zusammen.

Ich musste kommen. Ich konnte mir denken, dass er selbst es schrecklich fand da drinnen, wo ihm Tag und Nacht der Geruch nach Desinfektionsmittel in die Nase stieg, sein kräftiger alter Körper an piepsende Monitore angeschlossen war und ihm irgendwelche undefinierbare künstliche Nahrung mit Schläuchen eingeflößt wurde. Nino Gaines war für ein Leben an der frischen Luft gemacht, wo er wie ein antiker Koloss zwischen seinen Rebstöcken einherschritt und ab und zu seinen Hut abnahm und sich bückte, um diese oder jene Traube genauer zu betrachten und etwas über Reifezeit und Säure zu murmeln. Ich versuchte, ihn nicht so zu sehen, wie er jetzt aussah: zu groß für sein Krankenhausbett, aber zugleich auch irgendwie geschrumpft. Es war klar, dass er nicht schlief, ganz gleich, wie sehr ich mir das auch einzureden versuchte.

Seine Familie war froh, dass ich da war; sie kamen und brachten Blumen mit, die er weder sehen noch riechen konnte. Sie brachten ihm Fotos, für den Fall, dass er die Augen öffnete, und Musik, falls er hören konnte. Sie flüsterten miteinander, hielten seine Hand und steckten mit den Ärzten die Köpfe zusammen, um über Prognosen und die Verabreichung von Medikamenten zu sprechen, beruhigt durch die EEGs, die zeigten, dass sein Gehirn gut funktionierte.

Das hätte ich ihnen auch sagen können. Ich sprach mit ihm: über den Weinberg, dass Frank gesagt hatte, die ersten Knospen des Jahres seien gerade am Durchbrechen, und dass irgendein Supermarktkunde den ganzen Weg aus Perth zurückgelegt hatte, um ihn zu besuchen, weil er gehört hatte, wie gut seine Weine seien, und sich einen Vorrat davon anlegen wollte. Ich erzählte ihm von der Anhörung des Planungsamts, bei der eine unvorhergesehen große Anzahl von öffentlichen Einsprüchen eingegangen war, darunter eine Mappe mit Unterschriften der Kinder von der Grundschule in Silver Bay, die ihre Wale für wichtiger hielten als einen schicken neuen Schulbus.

Ich erzählte ihm von Mike und den vielen Stunden, die er allein in seinem Zimmer am Telefon verbrachte, weil er alles in seiner Macht Stehende tun wollte, um das Bauprojekt zu verhindern. Ich erzählte Nino, dass mir der junge Mann immer mehr ans Herz wuchs, trotz all dem, was er uns eingebrockt hatte, schilderte ihm die Wachsamkeit in seinen Augen, in der sich all die Erwartungen, die er an sich selbst stellte, spiegelten. Und ich erzählte, wie seine Augen jedes Mal zu leuchten begannen, wenn er meine Nichte sah, und warum ich das Gefühl hatte, es sei richtig gewesen, ihn bei uns wohnen zu lassen.

Ich berichtete ihm von den verschwundenen Walen und den armen, belagerten Delphinen und von meiner Nichte, die Mike Dormers Rückkehr so aus der Bahn geworfen hatte, dass sie nichts mehr mit sich anzufangen wusste. Sie hatte zu tun und auch wieder nicht. Sie fuhr allein mit der *Ishmael* hinaus und kam schlechter gelaunt zurück als zuvor. Bei jeder Mahlzeit ignorierte sie Mike und schimpfte mit ihrer Tochter, wenn sie nicht dasselbe tat. Auf mich war sie sauer, weil ich ihm erlaubt hatte, im Hotel zu bleiben. Sie schwor, dass sie nichts für ihn empfand – und als ich schließlich meinte, sie könne vor lauter Bäumen den Wald nicht mehr sehen, besaß sie die Frechheit, mir zu sagen, da solle ich mir mal an die eigene Nase fassen.

Und Nino Gaines lag nur da, ganz still, wie es überhaupt nicht seine Art war, mit mehreren Schläuchen, die in ihn hinein- und wieder hinausführten. Er sagte nichts, tat nichts, ließ mich nur all meine Sorgen über ihm ausschütten, als hätte er auf dieser Welt nicht schon genug Kummer. Manchmal machte mich seine Reglosigkeit wahnsinnig. Eines Tages erwischte mich eine der

Schwestern dabei, wie ich ihm ein so heftiges «Wach auf!» entgegenschleuderte, dass sie damit drohte, den Arzt zu rufen.

Doch wenn ich dann in jenem kleinen Zimmer allein mit ihm war und meine Wange ganz vorsichtig an seine alte Hand legte – diejenige, bei der keine Kanüle unter der fast durchscheinenden Haut steckte –, dann war ich sicher, dass Nino Gaines spürte, wie sehr ich hoffte, dass er wieder aufwachte.

Als ich bei Einbruch der Dunkelheit nach Hause fuhr, kam ein Unwetter auf. Mein Vater hätte es altmodisch einen Orkan genannt, während meine Mutter immer gebrummt hatte, Unwetter sei Unwetter, da gebe es keinen Unterschied. Ich wusste damals schon, was er meinte – es war eines dieser bitterernsten, biblischen Gewitter mit Donnerschlägen, bei denen einem die Zähne klappern, und mit einer raschen Abfolge von Blitzen draußen auf See. Zu Hause angekommen rief ich direkt die Küstenwache an – aus Angst vor den sogenannten Wasserhosen, Tornados über dem Wasser, die aussehen wie Gottes Finger, der aus dem Himmel herabzeigt, sich aber verhalten, als kämen sie direkt aus der Hölle –, doch dort sagte man mir, es gebe keinen Grund zur Beunruhigung, weil das Schlimmste bereits vorüber sei.

Ich schloss alle Fensterläden, machte Feuer im Kamin, und Liza, Hannah und ich setzten uns vor den Fernseher, wo Hannah gebannt eine ihrer Lieblingssendungen verfolgte, während Liza und ich unseren eigenen Gedanken nachhingen. Draußen tobte der Wind ums Haus, und die Lichter flackerten, als wollte uns jemand daran erinnern, dass wir immer noch Gottes Gnade ausgeliefert waren.

Gegen Viertel nach sechs hörte ich Lärm in der Halle, und als ich nachschaute, traf ich auf Yoshi, Lance und Greg, die ihr Ölzeug auszogen. Sie brachten kalte, feuchte Luft mit rein, ihre Haut schimmerte vom Regen.

«Ist es okay, wenn wir vorbeischauen, Kathleen? Dachten, wir könnten bei Ihnen was trinken, bevor wir uns auf den Nachhauseweg machen.» Lance entschuldigte sich für die Wasserpfütze, die seine Füße auf dem Boden hinterlassen hatten.

«Ihr seid bei dem Wetter die ganze Zeit draußen gewesen? Seid ihr verrückt?»

«Jemand hatte keinen Wetterbericht gehört», sagte Yoshi und schaute zu Lance. «Wir dachten, wir fahren mal ein bisschen weiter raus, schippern um die Küste herum in Richtung Kagoorie Island und schauen, ob da vielleicht Wale sind. Das Unwetter kam verdammt plötzlich.»

«War schon okay, wir hatten ja keine Passagiere», sagte Greg. «Bloß auf dem Rückweg waren die Wellen ganz schön heftig. Hatten die ganze Zeit Gegenwind.»

«Dann kommt mal rein und setzt euch», sagte ich. «Hannah, mach Platz. Ich setz eine Suppe auf.» Ich tat so, als würden die jungen Leute mir Umstände machen, aber in Wirklichkeit war ich froh, sie hier zu haben. Im Hotel war es in letzter Zeit sehr still geworden, und ihre Anwesenheit war irgendwie beruhigend.

«Habt ihr denn welche gefunden?» Liza legte ihre Zeitung beiseite.

«Keine Spur.» Yoshi kramte in ihrer Tasche und holte einen Kamm hervor. «Da ist was Seltsames im Gange, Liza, das sag ich dir. Heute auch keine Delphine. Wenn die auch verschwinden, dann kriegen wir alle Probleme.»

«Verschwinden? Wohin denn?» Hannah riss sich vom Bildschirm los.

Liza warf Yoshi einen warnenden Blick zu, aber es war zu spät. «Die Delphine verstecken sich bloß irgendwo da draußen, bis das Wetter wieder besser wird», sagte Liza entschlossen. «Bald sind sie wieder zurück.»

«Wahrscheinlich bei den Felsen», meinte Hannah. «Da hinten bei der kleinen Bucht. Da würde ich mich verstecken, wenn ich ein Delphin wäre!»

«Bestimmt, Mäuschen», sagte Lance. «Gott, schmeckt das gut», brummte er, als er seinen ersten Schluck Bier getrunken hatte.

Yoshi stand an der Tür zur Küche und lehnte sich herein. «Kathleen, kann ich vielleicht eine Tasse Tee bekommen? Ich könnte was Warmes gebrauchen.»

Ich entspannte mich ein bisschen, als ich merkte, dass das Schlimmste des Unwetters vorüber war. Schon als Mädchen hatte ich die Sekunden zwischen Blitz und Donner gezählt, um auszurechnen, wie weit ein Gewitter noch entfernt war. Erst jetzt, wo ich sicher war, dass das Unwetter sich langsam auf das Meer zurückzog, konnte ich mich auf das Gespräch um mich herum konzentrieren. Ich erinnerte mich immer noch gut an das Unwetter von 1948, als zwei Kreuzer vor unserer Küste in Seenot geraten waren und mein Vater und die anderen Männer die halbe Nacht draußen auf dem Wasser verbrachten, um die Schiffbrüchigen aufzulesen. Sie hatten auch Ertrunkene eingesammelt, aber das hatte ich zum Glück erst Jahre später erfahren, als meine Mutter mir verriet, die Leichen seien eine Weile im Museum aufgebahrt gewesen, bis die Behörden sie abholen konnten.

Greg nahm neben Liza Platz. Er murmelte ihr etwas zu, und sie nickte kurz. Dann wurden seine Augen schmal. «Was zum Teufel macht der denn hier?», fragte er scharf.

Mike stand im Türrahmen, in der Hand ein Bündel Papier, und schien ein wenig erschrocken zu sein, so viele Leute in der Lounge vorzufinden.

«Er ist zahlender Hotelgast, Greg», sagte ich knapp. Ich hatte ihm nicht erzählt, dass Mike wieder da war, und Liza offenbar auch nicht.

Greg schien noch etwas sagen zu wollen, aber als er meinen Gesichtsausdruck sah, verstummte er mit einem hörbar verdrießlichen Schnaufen.

Mike kam zu mir herüber. «Sind die Telefonleitungen gestört?», fragte er leise. «Ich komme nicht ins Internet.»

«Das ist bei starkem Regen hier oft so», sagte ich. «Bleiben Sie einfach dran, die Verbindung kommt später bestimmt wieder. Der Regen wird nicht die ganze Nacht anhalten.»

«Und was machen Sie hier? Noch ein paar Leute ruinieren?»

«Lass gut sein, Greg», schnitt ihm Liza das Wort ab.

«Du nimmst ihn auch noch in Schutz? Wie kannst du nur zulassen, dass er hier herumhockt, nach all dem, was er getan hat?» Gregs Stimme hatte sich zu einem unschönen Keifen erhöht, und er schaute Mike finster an.

«Ich nehme ihn nicht in Schutz.»

«Du hättest ihm mit einem Arschtritt den Weg zur Tür zeigen sollen.»

«Als ob dich das auch nur das Geringste ...», fing Liza an.

Aber Mike hatte schon angebissen. «Ich versuche, dieses ganze Kuddelmuddel hier in Ordnung zu bringen, okay? Ich habe mit Beaker Holdings nichts mehr zu tun. Ich möchte das Bauprojekt aufhalten.»

«Hört, hört ...»

«Wie, zum Teufel, meinen Sie das?»

Greg antwortete nicht und schaute stattdessen mich forsch an. «Und woher wissen Sie, dass er kein Spitzel ist, Miss M.?»

Ich lachte auf, so absurd schien mir der Gedanke.

«Die Firma muss wissen, dass sich hier Widerstand zusammenbraut. Was hält die davon ab, ihn hierherzuschicken, damit er uns ausspioniert?»

Mike machte einen Schritt auf ihn zu und sagte mit gepresster Stimme: «Was fällt Ihnen ein? Warum sollte ich das tun?»

Ich hielt den Atem an, weil ich spürte, dass die Stimmung langsam kippte.

Greg reckte den Nacken und äffte seinen englischen Akzent nach. «*Warum sollte ich das tun?* Warum hast du denn den ganzen Scheiß erst angezettelt, erklär das doch mal! Warum sollten wir dir überhaupt noch irgendwas glauben, hä?»

«Dir bin ich überhaupt nichts schuldig. Und ich lasse mich auch nicht als Spitzel bezeichnen, das ist ja ...»

«Spitzel», schrie Greg und trat einen Schritt auf Mike zu. Er stand sehr dicht vor ihm, als er weitersprach: «Und ob ich dich einen Spitzel nenne. Und außerdem noch einen Lügner und Betrüger, einen Scheißkerl, einen dreckigen Sesselfurzer, einen ... Ach, scheiß drauf.»

Greg holte aus und landete einen Faustschlag seitlich an Mikes Kopf. Mike taumelte, Greg zog ihn am Kragen hoch und holte noch einmal aus, aber Lance trat dazwischen und fing den Schlag mit einem hörbaren Ächzen auf. Mike richtete sich blitzschnell wieder auf und stellte sich Greg mit erhobenen Fäusten entgegen.

«Dann komm doch!», schrie er in Rage.

«Zurück!», rief Lance, fuhr herum und schubste Mike nach hinten, wobei er unbeabsichtigt ein Tischchen umstieß. «Um Himmels willen, zurück mit euch!»

Mein Herz klopfte so schnell, dass mir fast ein wenig schwindelig wurde. Ich erstarrte, während der Raum um die beiden Männer kleiner zu werden schien.

Mike hob die Hand an sein Gesicht, sah Blut an seinen Fingern und machte einen Satz vorwärts. «Du verdammter Scheißkerl ...»

Yoshi schrie auf.

«Aufhören! Ihr seid so armselig, alle beide.» Liza stand jetzt zwischen den beiden und warf die Hände in die Luft. «Raus hier! Habt ihr gehört? In meinem Haus gibt es so etwas nicht, verstanden?»

Lance nahm Mike beim Oberarm und hielt ihn fest, während Greg sich von Liza in den Flur schieben ließ.

Erst als die beiden Streithähne sich in verschiedenen Räumen befanden, konnte ich wieder ruhiger atmen.

«Verflucht und zugenäht!», sagte Lance. «Verflucht noch mal.»

Mike fing an, sein Gesicht mit einem Taschentuch zu säubern. Während er sich bückte, um das Tischchen wieder aufzustellen, hörte ich meine Nichte und Greg, die in der Küche in einen lautstarken Streit verwickelt waren.

Erst da bemerkte ich Hannah. Sie saß zusammengekauert auf dem Sofa und hatte Milly an sich gepresst.

«Liebling», sagte ich und versuchte dabei, meine Stimme zu beruhigen. «Alles ist in Ordnung. Es ist bloß der Sturm, der alle verrückt macht.»

«Sie werden sich nicht mehr prügeln, oder?» Ihre braunen Augen waren ängstlich aufgerissen. «Bitte, sie dürfen sich nicht mehr prügeln.»

Als ich den Blick hob, sah ich Mike, der sie anschaute, offenbar entsetzt über die Wirkung, die das Geschehene auf sie hatte.

«Hannah, es ist alles okay», sagte er. «Du musst keine Angst haben.»

Sie starrte ihn an, als wüsste sie nicht mehr, wer er war.

«Wirklich», sagte er und ging vor ihr auf die Knie. «Es tut mir leid. Ich hab nur einen Moment lang die Beherrschung verloren. Das hat nichts zu bedeuten.»

Sie schien nicht überzeugt zu sein und wich vor ihm zurück. Auf ihrem Gesicht stand eine Mischung aus Wut und Angst.

«Sieh mal», sagte er. «Ich zeig's dir.» Während ich sie an mich presste, stand er auf und ging zur Küche. «Greg?», rief er, und ich spürte, wie Hannah in meinen Armen zusammenzuckte.

«Greg?» Mike verschwand. Eine Sekunde später erschienen sie beide in der Tür. «Schau», sagte er und streckte eine Hand aus – es war ihm anzusehen, wie schwer ihm diese Geste fiel. «Wir sind Kumpel, wirklich. Wie deine Großtante gesagt hat, der Sturm hat uns einfach ein bisschen verrückt gemacht.»

«Genau», sagte Greg, nahm Mikes Hand und schüttelte sie. «Kein Grund, Angst zu haben. Tut mir leid, Liebes.»

Hannah schaute mich an, dann ihre Mutter. Lizas Lächeln schien sie zu beruhigen.

«Wir gehen jetzt.» Mike versuchte sich an einem Lächeln. «Tut mir leid, Hannah, okay?»

«Mir auch», sagte Greg. «Und Liza», fügte er bedeutungsvoll hinzu. «Du weißt ja, wo du mich findest.»

Ich sah ihr an, dass sie etwas erwidern wollte, aber in dem Moment klingelte das Telefon. Sie ging an Greg vorbei in die Hotelhalle und hob ab.

«Miss M., Hannah.» Greg war sehr kleinlaut geworden. «Tut mir wirklich leid. Um alles in der Welt wollte ich dir keine Angst einjagen, Schatz. Du weißt doch ...»

Ich drückte Hannahs Schultern, aber sie schien immer noch nicht reagieren zu wollen.

Plötzlich stand Liza wieder im Zimmer. Sie hatte ihr Ölzeug schon fast an.

«Das war Tom», sagte sie mit gepresster Stimme. «Er sagt, in der Bucht treiben Geisternetze.»

## KAPITEL 18

*Mike*

In der Hotelhalle herrschte ein riesiges Durcheinander. Ich stand mittendrin, drückte das Taschentuch an meine blutende Schläfe und wollte noch fragen, was ein Geisternetz sei, aber alle schienen dem Ruf einer Trommel zu folgen, die ich nicht hören konnte.

«Ich fahre mit dir raus», sagte Kathleen zu Liza und zog ihre Handschuhe an. «Ich übernehm das Steuer, du schneidest.»

Yoshi hatte schon ihre Jacke an. «Hat jemand die Küstenwache angerufen?», fragte sie.

Lance hielt ein Handy hoch. «Kein Rufzeichen.»

«Du bleibst hier, Schatz», sagte Liza zu Hannah.

«Nein.» Hannahs Verletzlichkeit von zuvor war vergessen. «Ich will mithelfen.»

«Nichts da. Du bleibst hier. Da draußen bist du nicht in Sicherheit.»

«Aber ich will mithelfen ...»

«Dann bleib hier, und wenn die Leitungen wieder funktionieren, hängst du dich ans Telefon. Ruf bei der Naturschutzbehörde an, bei den Wal- und Delphinschützern, bei allen, die dir einfallen. Und sie sollen so viele Leute schicken, wie sie können, okay? Die Nummern stehen in dem Buch hinterm Tresen.»

Sie ging in die Hocke und schaute ihrer Tochter ins Gesicht. «Es ist sehr wichtig, dass du das tust, Hannah. Wir werden so viele Leute brauchen wie möglich.»

Hannah schien besänftigt. «Okay.»

Kathleen kam in Ölzeug in die Halle zurück, eine große Stablampe unter dem Arm. «Ich hab die Neoprenanzüge hinten in den Wagen gelegt. Und eine extra Lampe ... Haben alle einen Cutter?»

Greg zog sich seine Wollmütze tief ins Gesicht. «Ich hol noch ein paar aus meinem Schuppen. Lance, nimm uns mit zur Mole – dann sind wir schneller.»

Ich schaute Liza an und fühlte mich so wie damals, als ich hier angekommen war: als nutzloser Außenseiter. «Was kann ich tun?», fragte ich. Ich hätte so gern unter vier Augen mit ihr gesprochen und mich für Gregs und meine Dummheit entschuldigt; aber sie war mit den Gedanken schon ganz woanders.

«Bleib hier», sagte sie und schaute zu Hannah. «Ist das Beste, wenn jemand bei ihr bleibt. Und lass den Hund nicht raus. Wie sieht das Wetter aus, Kathleen?» Sie schob ihr Haar unter die Mütze und spähte nach draußen.

«War schon mal besser», sagte Kathleen, «aber das können wir jetzt auch nicht ändern. Okay, dann los. Wir bleiben über Funk in Verbindung.»

Während sie hinausmarschierten, erklärte mir Hannah, riesige Fischernetze, manche davon mehrere Meilen lang, seien in die Bucht getrieben. Auch «Todeswände» genannt, war diese Art von Treibnetzen in australischen Gewässern verboten worden, doch die Folge davon war, dass viele über Bord geworfen oder von ihren Schiffen weggerissen worden waren. Dann trieben sie so lange im Wasser, bis das Gewicht der Meerestiere, die sich in ihnen verfingen und verendeten, sie nach unten zog und sie am Meeresboden liegen blieben.

«Das haben wir in der Schule gelernt», sagte sie, «aber ich hätte nie gedacht, dass sie bis zu uns kommen würden.» Sie biss sich auf die Lippe. «Ich hoffe, unseren Delphinen passiert nichts.»

«Ich bin mir sicher, deine Mum und die anderen tun alles, was sie können, damit ihnen nichts passiert», sagte ich. «Na, komm – hast du nicht ein paar Anrufe zu erledigen?»

Die Leitung funktionierte wieder. Ich machte mir eine Tasse Tee und hörte Hannah zu, die mehrere dringliche Nachrichten auf Anrufbeantwortern hinterließ und gelegentlich jemanden an der Strippe hatte, der vielleicht sogar von einer Behörde war. Sie war erstaunlich zielgerichtet, dachte ich, für eine Elfjährige. Aber ich hatte ja auch noch keine Elfjährige getroffen, die so viel über Delphine wusste wie sie.

Draußen waren Donner und Blitz weitergezogen, aber es regnete unvermindert. Wasser strömte in Bächen die Fenster hinab, und das Prasseln der Tropfen war wie ein stetes Trommelfeuer auf dem flachen Dach der Veranda. Ich legte noch ein paar Scheite Holz nach und ging in der Küche auf und ab. Der Hund verfolgte mit den Augen jeden meiner Schritte zur Tür und wieder zurück.

«Warst du erfolgreich?», fragte ich, als Hannah hereinkam.

«Glaub schon», sagte sie. «Die Küstenwache ist schon rausgefahren. Ich wünschte, ich könnte auch helfen.» Sie spähte sehnsüchtig durch das regenverspritzte Fenster.

«Das tust du doch – jemand musste die Anrufe erledigen.»

«Ist doch keine richtige Hilfe. Du kriegst einen blauen Fleck da.» Sie zeigte auf mein Gesicht.

«Geschieht mir recht.» Ich grinste.

Hannah streckte den Arm nach dem Hund aus, der die Schnauze hob. «Ich hab oben aus dem Fenster geschaut und ganz viele Boote in der Bucht gesehen, mit Scheinwerfern.»

«Siehst du», erwiderte ich. «Alle sind draußen und helfen.»
Aber sie schien mich gar nicht zu hören.

In genau diesem Moment hörte ich ein schrilles Geräusch aus dem oberen Stock – mein Handy klingelte.

«Bin gleich zurück», sagte ich und nahm zwei Stufen auf einmal, wobei ich mich flüchtig fragte, ob es Liza war. Ich starrte den Namen auf dem Display an, das blinkende Signallicht, und drückte auf den Knopf.

«Hallo?»

Stille.

«Vanessa?»

«Mike.»

Ich schaute aus dem Fenster in die dunkle Nacht hinaus, wo die Lichter der Boote inmitten der tintenschwarzen Finsternis gerade eben zu erkennen waren. Ich wusste nicht, was ich sagen sollte.

«Ich hab von deiner Kündigung erfahren», sagte sie. Ihre Stimme klang so nah, als wäre sie nebenan.

Ich setzte mich auf den ledernen Armsessel. «Vor einer Woche, ja. Ich – äh – konnte gleich aufhören.» Es kam mir jetzt schon vor, als sei es ein Leben lang her.

«Ich war nicht da», sagte sie. «Dad hat es mir heute erst gesagt.»

«Ich hätte dich angerufen», sagte ich, «aber …»

«Ja.»

Langes Schweigen.

«Ich wollte einfach nicht mehr ins Büro», sagte sie. «Nicht, wenn du da bist und – und sie …»

Ich ließ den Kopf in meine Hand sinken und holte tief Luft. «Es tut mir so leid, Ness.»

Wieder trat Stille ein. Ich spürte ihre Verletztheit und war erschüttert.

«Ich wollte dir sagen ... ich war blöd und – und du hast was Besseres verdient. Aber du sollst wissen, dass es nur ein einziges Mal war und ich es mehr bedauert habe, als ich sagen kann. Wirklich.»

Wieder Schweigen. Vermutlich musste sie meine Worte erst einmal verdauen.

«Warum hast du gekündigt?»

Ich runzelte die Stirn. «Wieso fragst du?»

«Hat Dad gewollt, dass du gehst? Weil ich nämlich nie wollte, dass du deinen Job verlierst. Ich weiß, dass ich dir bei der Sitzung damals in den Rücken gefallen bin, aber ich wollte einfach nur ... ich fühlte mich so ...»

«Nein», sagte ich. «Es war meine eigene Entscheidung. Ich dachte, es sei ... das Beste, weißt du, angesichts ...» Kurz wurde ich abgelenkt durch das Bellen des Hundes. «Dein Dad hat mich darum gebeten, zu bleiben.»

«Da bin ich froh», sagte sie. «Ich hatte mir wirklich Sorgen gemacht. Mike?»

«Hm?» Der Hund klang so, als wäre er an der Vordertür. Ich überlegte, runterzugehen, aber ich wusste, wenn Milly weiterbellte, würde ich kein Wort von dem verstehen, was Vanessa sagte. Und es war mir wichtig, dass wir reinen Tisch machten. «Vanessa, ich ...»

«Was ist das für ein Geräusch?»

Der Hund scharrte irgendwo und winselte. Ich stand auf und ging zu meiner Zimmertür. Vielleicht wollte ja einer der Waljäger wieder herein. Aber die Hoteltür war nur selten verschlossen.

«Der Hund», sagte ich zerstreut.

«Du hast keinen Hund», erwiderte sie.

«Nicht mein Hund.» Ich hielt meine Hand über das Telefon. «Hannah?», rief ich nach unten.

«Wo bist du?», fragte Vanessa.

Ich zögerte.

«Mike?»

«Ich bin in Australien», antwortete ich.

In diesem Moment wurde mir bewusst, dass ein benommenes Schweigen etwas ganz anderes ist als eine normale Stille. Es zieht sich hin, bekommt immer mehr Gewicht, um schließlich unter der Last unausgesprochener Fragen zu zerplatzen.

«Australien?», fragte sie matt.

«Ich musste zurückkommen», sagte ich und lehnte mich jetzt über das Treppengeländer. «Ich hab dir ja gesagt, dass ich das Bauprojekt für einen Fehler halte, Ness, und ich bin hier, um alles wieder einzurenken. Aber ich muss jetzt Schluss machen – hier ist etwas passiert –, und es tut mir leid, okay? Alles tut mir leid. Ich muss jetzt aufhören.» Ich legte auf und lief nach unten. Milly warf sich immer wieder gegen die Eingangstür und bellte heftig.

«Hannah?», rief ich, streckte meinen Kopf durch die Küchentür und hoffte, sie könne mir sagen, was los war.

Aber sie war nicht in der Küche oder im Wohnzimmer. Auch auf ihrem Zimmer war sie nicht und in keinem der anderen Räume oben. Das Telefon im Flur war verwaist. Ich war immer noch so orientierungslos durch mein Gespräch mit Vanessa, dass ich viel länger brauchte als nötig, um zu merken, dass auch ihre Jacke nicht da war.

Ich starrte auf den leeren Haken, dann auf den Hund, der immer noch bellte und immer wieder zu mir schaute, als sollte ich endlich etwas unternehmen. Mir rutschte das Herz in die Hose.

«O mein Gott», sagte ich und griff nach einer Öljacke. Dann tastete ich nach Millys Leine und befestigte sie an ihrem Halsband. «Okay, altes Mädchen», sagte ich und machte die Tür auf. «Zeig mir, wo sie hin ist.»

Der schlimmste Teil des Sturms war wohl vorüber, aber der Regen war unvermindert stark. Er ging in schier undurchdringlichen Wasserwänden vor uns nieder, schluckte mit seinem Prasseln jedes andere Geräusch, ergoss sich in Bächen über meine Füße, während ich hinter Milly her den Küstenweg entlanghastete. Ich glaube nicht, dass ich jemals einen solchen Regen erlebt hatte – es regnete mir in den Mund, wenn ich Hannahs Namen rief, und meine Jeans und Schuhe waren innerhalb von Sekunden durchweicht. Nur meine obere Hälfte war durch den Schutz der Ölhaut trocken geblieben.

Milly zerrte an der Leine, ihr ganzer Körper war wie ein glänzendes kleines Geschoss, das nur durch meine Langsamkeit auf dem unbeleuchteten Pfad gebremst wurde. «Nicht so schnell!», rief ich, aber die Worte wurden vom Wind geschluckt. Ich lief durch die Dunkelheit, versuchte, mich an die Lage der Schlaglöcher zu erinnern, und sah Pick-ups an der Mole eintreffen, deren Scheinwerferlicht durch die Feuchtigkeit in der Luft verschwommen war. Als ich näher kam, sah ich die Lichter der Boote in der Bucht, die jeweils etwa dreißig Meter voneinander entfernt im Wasser lagen und im Kampf gegen die Wellen auf und ab schaukelten. Was an Bord genau geschah, konnte ich nicht erkennen.

«Hannah!», schrie ich, aber ich wusste, es war sinnlos. Ich betete, dass Milly sie aufspüren würde.

Bei ein paar großen Schuppen kam der Hund schlitternd zum Stehen – es waren die Unterstände, in denen viele der Waljäger ihre Sachen aufbewahrten. Ein paar Türen standen offen, als hätten es die Bootsleute so eilig gehabt, aufs Wasser hinauszukommen, dass sie nicht daran gedacht hatten, ihre Habseligkeiten zu schützen, und Milly rutschte in einen der Schuppen hinein. Ihre Pfoten gerieten auf dem glatten Betonboden ins Schlingern.

Ich zögerte, weil es plötzlich so still war, und die nasse Leine rutschte mir durch die Finger, während ich versuchte, mich zu orientieren. «Hannah?», schrie ich. Der Regen trommelte dumpf auf das Flachdach und tropfte in endlosen Rinnsalen durch winzige Risse in den Dachrinnen. Eine schwache Glühbirne hing in der Mitte von der Decke, und an der Wand war gerade eben eine Reliefkarte zu erkennen, die offenbar die Meerestiefen anzeigte. Es standen verschiedene Plastikkanister herum, Holzkisten mit Werkzeug darin und an der gegenüberliegenden Wand lagen Taue, Bojen und aufgerollte Segel. Ich roch Benzin.

«Hannah?»

Mein Blick fiel auf die gerahmte Lizenz an der Wand. Greg Donohoe. Das war also Gregs Schuppen. In jenem winzigen Moment der Stille fiel mir der Fetzen eines Gesprächs ein, das ich einmal mitangehört hatte und in dem es um ein kleines Boot gegangen war, dessen Benutzung verboten war. Ein Boot, das in Gregs Schuppen untergebracht war.

«O mein Gott», sagte ich in den leeren Raum um mich herum und griff nach einer Taschenlampe, die ich auf einem Bord entdeckte, während Milly, der vielleicht derselbe Gedanke gekommen war, schon aufs Wasser zusprang.

Ich lief, meine Finger fest um die Hundeleine geschlossen, und versuchte, die in mir aufsteigende Panik zu unterdrücken, während ich sah, mit welchen Bedingungen die Boote da draußen zu kämpfen hatten. Große, schwere Wellen donnerten an den Strand und zerrten an den Befestigungen; die hübschen kleinen Wellen, an denen ich so viele freundliche Morgen vorbeigejoggt war, waren nur ein müder Abklatsch davon. Draußen in der Bucht, vielleicht eine halbe Meile entfernt, schaukelten mehrere Boote mit jaulenden Motoren in dem Versuch, ihre Position zu halten, und jetzt hörte ich auch Stimmen, die sich kurz über das Prasseln des Regens erhoben. Ich suchte den Horizont ab und versuchte, mir das Wasser aus den Augen zu wischen, während der Hund wie verrückt an der Leine zerrte. Ich hatte nicht die leiseste Ahnung, wo in jener tintenschwarzen Dunkelheit das Kind sein könnte, aber ich konnte erkennen, dass selbst die erfahrenen Bootsbesatzungen unter diesen Bedingungen Probleme hatten.

«Hannah!», schrie ich.

Ich lief auf die Mole zu, der dünne Lichtstrahl der Taschenlampe wanderte suchend über den Boden vor mir. Etwa dreißig Meter weiter traf ich auf zwei Männer, die ein kleines Motorboot in Richtung Wasser zogen. Beide trugen Schwimmwesten. Ihre Gesichter konnte ich kaum erkennen.

«Ich brauche Ihre Hilfe», keuchte ich. «Da ist ein Kind, ein kleines Mädchen – ich glaube, sie ist raus aufs Wasser gefahren.»

«Wie bitte?» Einer der beiden Männer trat auf mich zu, und ich erkannte in ihm einen der Hundebesitzer, die ich bei meinem vorigen Aufenthalt morgens immer beim Joggen getroffen hatte. «Du musst rufen, Kumpel. Ich kann dich sonst nicht hören.»

«Ein Mädchen.» Ich zeigte in Richtung Bucht. «Ich glaube, sie hat sich ein Dinghi genommen und ist alleine damit rausgefahren. Sie ist noch ein Kind.»

Die beiden Männer tauschten einen Blick und schauten dann zum Boot. «Zieh die über», rief der eine und warf mir eine Schwimmweste zu. Ich wusste nicht, wo ich den Hund lassen sollte, also schubste ich Milly mit aufs Boot und half den anderen, es aufs Wasser hinauszuschieben.

«Hannah McCullen», schrie ich, als der Motor ansprang. «Das kleine Mädchen aus dem Hotel.»

Der Mann bedeutete mir, mit der Taschenlampe aufs Meer hinauszuleuchten. Während ich mich mit der anderen Hand am

Bootsrand festhielt, nahm er seine eigene Lampe und hakte sie vorne am Boot ein, um damit die Wellen abzusuchen.

Wäre ich nicht so besorgt um Hannah gewesen, hätte ich Angst gehabt. Während das Boot über den Wellen nach oben sprang und dann mit solcher Wucht wieder unten auf dem Wasser auftraf, dass es mir durch und durch ging, wäre ich überall auf der Welt lieber gewesen als in diesem Boot auf stürmischer See.

«Siehst du was?», schrie der Mann mit der blauen Kappe. Ich schüttelte den Kopf. Mittlerweile zitterte ich, was es schwer machte, Milly sicher zwischen meinen Beinen festgeklemmt zu halten. Ich band ihre Leine seitlich an die Reling, denn ich musste mich jetzt ganz darauf konzentrieren, Hannah zu finden.

«Pass auf die Netze auf», rief der andere Mann. «Wenn unsere Schraube sich in einem von ihnen verheddert, sehen wir alt aus.»

Langsam wurde mir klar, was sie vorhatten. An der Mole beginnend, wollten sie eine Runde in der Bucht drehen und sich alle Boote anschauen, die im Blickfeld waren, um zu sehen, ob Hannah auf einem von ihnen war. Ich klammerte mich fest an die Reling, mein Magen machte jedes Mal einen Satz, wenn wir über die Wellen hinweghüpften. Der Lichtkegel meiner Taschenlampe wanderte suchend übers Wasser, zeigte aber nichts als das dunkle, aufgepeitschte Meer unter uns. Während wir uns den anderen Booten näherten, hatte es den Anschein, als wäre die Hälfte der Bevölkerung von Silver Bay auf großen Kreuzern und kleinen Motorbooten in See gestochen. Ich sah menschliche Körper in Neoprenanzügen, andere in Ölzeug, die große Scheren weiterreichten. Sie bemerkten uns nicht. Sie alle waren auf ihre eigene Aufgabe konzentriert und versuchten, ihre Boote auf Kurs zu halten.

«Das Ding ist riesig», schrie einer der Männer. Ich nahm an, dass er von dem Netz sprach, aber sehen konnte ich es nicht. Wir pflügten durch die Wellen, näherten uns dem nächsten Boot. Hannah entdeckten wir nicht. Vielleicht hatte ich mich ja getäuscht, und das kleine Boot war gar nicht mehr in Gregs Schuppen untergebracht. Vielleicht war sie auch immer noch zu Hause, und ich hatte sie nur nicht gefunden. Aber dann dachte ich wieder an Millys aufgeregtes und angespanntes Gebell zurück, und beschloss, ihr zu vertrauen. Ich konnte es einfach nicht riskieren, zu glauben, dass Hannah nicht hier draußen war.

Als wir am sechsten oder siebten Boot vorbeikamen und langsam auf die Mündung der Bucht zufuhren, sah ich zum ersten Mal die Geisternetze. Wir fuhren gerade an einer der *Mobys* und einer anderen Jacht vorbei, als in dem helleren Licht, das sie verbreiteten, im Wasser etwas sichtbar wurde, das aussah wie ein verworrenes Gewebe, das auf den lichtdurchfluteten Wellen trieb. Darin waren undeutliche Umrisse zu erkennen, und ich versuchte, genauer auszumachen, was ich da eigentlich sah.

Dann fing Milly an zu bellen, ein lautes, ängstliches Bellen, und ich hörte Schreie.

Der Hund sprang auf, zerrte an seiner Leine. Ich schwenkte meine Lampe und rief den Männern zu: «Macht den Motor aus!»

Kaum kam die Maschine zur Ruhe, war plötzlich Hannah zu hören – ein dünnes, verängstigtes Schreien. Während die Männer den Motor wieder anwarfen und der Richtung meines ausgestreckten Armes folgten, sah ich, kurz beleuchtet vom schwachen Schein meiner Lampe, ein kleines Boot, das wie eine Nussschale von den Wellen hin und her geworfen wurde, und eine kleine Gestalt, die sich an die Reling klammerte.

«Hannah!», rief ich, und das Motorboot schwenkte auf sie zu. Das Geräusch des Motors wurde fast geschluckt, so laut bellte der Hund. «Hannah!» In diesem Moment fiel das Bootslicht auf sie, und ich konnte sie deutlich erkennen: das Gesicht verzerrt vor Angst, die Hände an die Reling geklammert, die Haare vom strömenden Regen ins Gesicht geklatscht.

«Wir kommen!», rief ich, aber ich war mir nicht sicher, ob sie mich hören konnte.

«Hilf mir, Mike!», schluchzte sie. «Mein Ruder hat sich in den Netzen verfangen. Ich komme nicht weiter.»

«Alles in Ordnung, Hannah!» Ich wischte mir den Regen aus den Augen. «Wir kommen.» Ich drehte mich um, als ich spürte, wie der Motor unter mir verlangsamte. «Näher!», schrie ich den Männern zu. «Wir müssen näher ran!»

Einer von ihnen fluchte laut. «Ich kann nicht näher ran», schrie er. «Dann verfangen wir uns selber in den Netzen. Ich funke ein Rettungsboot an.»

«Können wir ihr keine Leine zuwerfen?»

«Wenn ihr Ruder sich in den Netzen verfangen hat, wird ihr das nichts nützen.»

Hannahs Schrei, als eine riesige Welle auf sie traf, ließ mich erstarren. «Ich hole sie», sagte ich und streifte die Schuhe ab.

Beide sahen mich ungläubig an.

«Was zum Teufel sollen wir denn sonst machen?», rief ich und zog meine Jacke aus.

Einer der Männer reichte mir ein Teppichmesser. Der andere zurrte meine Schwimmweste vorne zusammen und verknotete die Bänder.

«Pass bloß auf, dass du dich nicht selber in den Netzen verheddernst», rief er. «Ich versuche, dir zu leuchten. Schwimm da lang, wo ich mit der Lampe hinzeige, okay? Folge dem Lichtstrahl.»

Selbst mit Schwimmweste war die Wucht und Kälte des Meerwassers wie ein Schlag. Ich hielt die Luft an, als sich eine Welle über mir brach, Salzwasser brannte in meinen Augen. Ich kämpfte mich an die Wasseroberfläche zurück und blinzelte ins

Licht, um herauszufinden, in welche Richtung ich schwimmen musste. Ich machte eine feste Faust um den Cutter, und dann, als eine weitere Welle über mir brach, begann ich zu schwimmen.

Hannah war höchstens zehn oder zwölf Meter von mir entfernt, aber diese Strecke zu schwimmen war das Anstrengendste, was ich jemals getan hatte. Immer wieder zogen mich die Wellen und die Strömung von ihr weg, und jedes Mal, wenn eine Woge über meinem Kopf zusammenschlug, verstummte ihr Schreien. Ich holte so oft Luft, wie ich konnte, tauchte dann mit dem Kopf ein und pflügte durchs Wasser, in die Richtung, in der ich sie vermutete. Die Rufe der Männer hinter mir waren immer noch zu hören, und langsam wurden Hannahs Schreie lauter. Für Angst war keine Zeit. Ich wurde zur Maschine, die einen Arm nach dem anderen aus dem Wasser hob, das sie nach unten zog, die auf jeder heranrollenden Welle nach oben schwamm. Obwohl es nicht danach aussah, redete ich mir ein, dass ich mit jedem Armschlag näher an das kleine Boot herankam.

Ich war noch etwa drei Meter entfernt, als ich erkennen konnte, dass sie eine Schwimmweste trug.

«Hannah!», schrie ich, als sie sich über die Reling zu mir beugte. «Du musst jetzt schwimmen.»

Und dann sah ich es. Als der Lichtstrahl der Männer herumschwenkte, hob die Dünung das Netz an, das sich um Hannahs Ruder gewickelt hatte, und plötzlich, angestrahlt im dunklen Wasser, sah ich etwas, das ich nie mehr vergessen werde. Gefangen zwischen den feinen Fäden des verworrenen Netzes und nur einen winzigen Moment lang sichtbar, hingen die Körper von Fischen, Meeresvögeln, Stücke von Tieren, die vielleicht schon vor Wochen verendet waren. Sie alle hatten sich in dem fast unsichtbaren Netz verfangen, dieser im Wasser treibenden todbringenden Wand. Ich sah ein Schildkrötenbaby, einen riesigen, möwenartigen Vogel, dessen Federkleid halb gerupft war, und, noch schlimmer, einen Delphin direkt unter der Oberfläche, das eine Auge geöffnet, den ganzen Körper dicht verschnürt in den Fäden des Netzes. Auch ohne ein Experte zu sein, erkannte ich, dass der Säuger noch am Leben war. Und dann sah Hannah, die über der Reling hing, den Delphin.

Ich hörte ihren gellenden Schrei, und als ich die Hand zur Bootswand hob, erkannte ich in ihren riesigen Augen das gleiche Entsetzen, das ich selbst empfunden hatte. Ich streckte eine Hand nach ihr aus und hoffte, dabei nicht mit den verwesenden Kadavern unter uns in Berührung zu kommen.

«Hannah!», schrie ich. «Du musst jetzt schwimmen. Komm.»

Das Licht schwenkte von uns weg, kam dann wieder. Eine Tausendstelsekunde sah ich ihr Gesicht, das immer noch auf das Wasser gerichtet war. Jegliche Farbe war daraus gewichen. Sie schluchzte herzzerreißend und war so gelähmt von dem, was sie da unter sich gesehen hatte, dass sie mich gar nicht hörte.

«Hannah!», flehte ich. Zu ihr hoch konnte ich nicht; meine Glieder waren zu kalt, und es gab auch nichts, an dem ich mich hätte festhalten können.

«Hannah!» Ich zog unwillkürlich ein Bein an, als ich spürte, wie es an etwas stieß.

Und dann hörte ich, über das Prasseln des Regens hinweg, über meine Schreie und Millys Gebell, ihr verzweifeltes Gellen: «*Brolly!*»

Es ging mir durch Mark und Bein.

Hannah streckte die Hand nach mir aus, und als ich mich zu ihr drehte, wurde etwa fünfzehn Meter von uns entfernt das Geisternetz mit seiner gruseligen, hilflosen Beute erneut erleuchtet. Ich dachte mit einem Schauder daran, wie lang es sein musste, und an all die vielen Tiere, die in diesem Moment unter uns darin verendeten, während die Waljäger und all die anderen Leute auf den Booten verzweifelt versuchten, sie aus dem tödlichen Netz zu befreien.

«Du musst sie da rausholen!», schrie Hannah. «Hol sie da raus!»

«Hannah, wir müssen zum Boot zurück!», rief ich.

Aber sie war fast hysterisch vor Angst. «Schneid sie los. Bitte, Mike! Schneid sie los!»

Es war keine Zeit für Diskussionen. Ich holte tief Luft, und als das Licht wieder herumschwenkte, griff ich nach dem Cutter und tauchte unter.

Das Überraschendste war die Stille da unten. Nach all dem Lärm und dem Wind und dem Regen und Hannahs Schreien bereitete es mir eine gewisse Erleichterung, weg von all dem Chaos zu sein. Dann trieb der große Umriss des gefangenen Delphins in mein Blickfeld, und ich machte einen Satz hinterher, wobei mir schlagartig bewusst wurde, wie leicht ich mich selbst in diesem Netz verfangen, wie leicht es mich hinabziehen konnte. Ich holte mit dem Cutter nach dem Netz aus, versuchte, ihn anzusetzen, während das Geisternetz mit erstaunlicher Sogkraft daran zog. Dann schnitt ich, und während ich noch mit dem Netz kämpfte, spürte ich, wie die Nylonfäden nachgaben. Der Delphin drehte sich, vielleicht weil er aus Angst vor dieser neuen Bedrohung aus seiner tödlichen Betäubung erwacht war.

Während der Lichtschein über uns auf und ab schaukelte, sah ich, dass das Tier blutete, dass seine Rückenfinne fast komplett abgetrennt war und seine Haut viele Schnitte aufwies, dort, wo es gegen das Netz gekämpft hatte. Weil immer neue Meerestiere zu mir hochschwappten, musste ich wieder und wieder die Augen schließen. Das Netz drehte sich wie in einem Wirbel um mich und drohte mich jeden Moment selbst zu einem Teil seines schrecklichen Fangs zu machen.

«*Mike!*»

In der Ferne hörte ich Hannahs ersticktes Wimmern. Und dann, ganz plötzlich, hatte ich das letzte Stück Netz durchtrennt, der Delphin konnte sich befreien und floh mit einem unsteten Gleiten in die trübe Dunkelheit, dorthin, wo hoffentlich offenes Gewässer war.

Ich durchstieß die Wasseroberfläche und japste nach Luft. «Hannah!», rief ich und hielt das Schneidwerkzeug in die Luft. Da endlich glitt sie über die Bootswand und in meine Arme, das Antlitz schneeweiß vor Angst, und drückte ihr Gesicht so fest an meines, dass ich nichts mehr von dem sah, was um uns herum war.

Nachdem sie sich wieder und wieder vergewissert hatte, dass ich den Delphin freigeschnitten hatte, sagte sie nichts mehr, während wir mit dem Boot in Richtung Hafen fuhren. Als sie, den Mund an mein Ohr gepresst, fragte, ob ich ein Delphinbaby gesehen hatte, und ich verneinte, barg sie das Gesicht in Millys nassem Nackenfell.

Während wir unter dem heftigen Schaukeln des Bootes langsam aufs Festland zufuhren, hielt ich sie fest an mich gedrückt und versuchte, nicht allzu heftig zu zittern, aber die Blicke, die die beiden Männer uns zuwarfen, zeigten mir, wie viel Glück wir gehabt hatten.

Liza lief schon auf uns zu, als wir an der Mole ankamen. Sie trug einen Neoprenanzug, und ihre Augen waren dunkel vor Angst. Sie sah mich nicht einmal, so groß waren ihre Verzweiflung und ihr Verlangen, ihre Tochter an sich zu drücken.

«Es tut mir leid, Mum.» Hannah weinte, ihre durchgefrorenen, blutleeren Arme fest um den Hals ihrer Mutter geschlungen. «Ich wollte bloß helfen.»

«Das weiß ich, Liebling. Ich weiß ...»

«Aber Brolly ...» Hannah begann heftig zu schluchzen. «Ich hab gesehen, wie ...»

Liza griff nach der Decke, die ihr jemand hinstreckte, wickelte ihre Tochter darin ein, ließ sich auf die Knie hinab und schaukelte sie wie ein Baby hin und her. Eine kleine Menschenmenge hatte sich um sie versammelt und stand in dem dunklen Sand, beleuchtet von den Scheinwerfern des Autos. «O Hannah», sagte sie wieder und wieder, und die Verzweiflung, die ich aus ihrer erstickten Stimme heraushörte, hätte mich fast umgeworfen.

«Es tut mir so leid, Liza», sagte ich, als sie endlich aufschaute. Ich zitterte wie Espenlaub, trotz der Decke, die mir jemand um die Schultern gelegt hatte. «Ich war bloß fünf Minuten oben, und dann ...»

Sie schüttelte stumm den Kopf, und in der Dunkelheit konnte ich nicht ausmachen, ob sie mir verziehen hatte oder ob sie mir bedeuten wollte, ja nicht näher zu kommen. Vielleicht schüttelte sie ja auch den Kopf über die unglaubliche Dummheit eines Mannes, der nicht einmal dazu in der Lage war, eine Viertelstunde auf ein elfjähriges Mädchen aufzupassen.

«Ich denke, das kleine Boot kann man vergessen», sagte jemand. «Die Netze haben sich komplett ums Ruder gewickelt. Würde mich nicht überraschen, wenn es sinkt.»

«Das Boot ist mir scheißegal.» Liza hielt ihr Gesicht fest an das ihrer Tochter gepresst. Und als Hannahs Schluchzen wieder lauter wurde, sagte sie: «Alles gut, Kleines, du bist jetzt in Sicherheit.» Es war schwer zu sagen, ob sie mehr Hannah tröstete oder sich selbst.

Ich schaute die beiden an und hätte am liebsten die Arme um sie gelegt. Wieder spürte ich dieses unheimliche Ziehen, das ich bemerkt hatte, als ich versuchte, das Netz zu zerschneiden, und mir dämmerte, dass ich wahrscheinlich gerade meine letzte

Chance bei Liza verwirkt hatte und was meine mangelnde Aufmerksamkeit ihr beinahe angetan hätte.

Eine Frau, die ich nicht kannte, reichte mir eine Tasse mit gesüßtem Tee. Dann tauchte Kathleen hinter mir auf. «Wir gehen jetzt besser zurück», sagte sie und legte mir eine knochige Hand auf die Schulter.

Plötzlich kam Greg in der Dunkelheit auf uns zugelaufen. «Liza?», rief er. «Liza?» Seine Stimme war angsterfüllt. «Gerade habe ich es gehört. Geht es Hannah gut?» Da war etwas Besitzergreifendes in seiner Stimme, aber in diesem Moment empfand ich eher Mitleid mit ihm als Ärger.

«Es tut mir leid», sagte ich wieder, in die Dunkelheit hinein und in der Hoffnung, Liza würde mich hören. Dann, gestützt von Menschen, die ich nicht kannte, drehte ich mich um und ging langsam den Pfad zum Hotel hoch.

Es war fast ein Uhr in der Früh, als mir endlich langsam wieder warm wurde. Kathleen hatte mir von dem heißen Bad abgeraten, mir aber so lange Tee aufgedrängt, bis ich sie bitten musste, mich damit zu verschonen. Sie hatte in meinem Zimmer Feuer gemacht – in dem Kamin, den ich bislang für Dekoration gehalten hatte –, und während ich unter mehreren Federbetten vor mich hin zitterte, brachte sie mir einen Trank, den sie selbst gemixt hatte und der heiße Zitrone, Honig, etwas Würziges und eine große Menge Brandy enthielt.

«Wie geht es Hannah?», fragte ich, als sie noch ein Holzscheit ins Feuer legte und Anstalten machte, hinauszugehen.

«Sie schläft», sagte Kathleen und strich sich eine imaginäre Staubfluse von der Hose. «Die kleine Maus ist völlig erschöpft. Aber es geht ihr gut. Sie hat die gleiche Medizin bekommen wie Sie – nur ohne Brandy.»

«Sie war ... sehr schockiert von dem, was sie gesehen hat.»

Kathleens Gesicht war einen Moment lang voller Ingrimm. «Kein Anblick, den ich irgendjemandem wünschen würde», sagte sie. «Aber wir haben getan, was wir konnten. Drüben, in der Nähe des Hillman-Grundstücks, wurde ein Wal befreit. Und es sind immer noch Leute draußen. Was dieses Netz uns genommen hätte, wenn die Jungs es nicht entdeckt hätten, ist nicht auszudenken ...»

Ich sah wieder das trübe Wasser vor mir, sah die schlaff dahintreibenden Kadaver der Tiere und versuchte, wie all die Stunden zuvor, das Bild zu verdrängen.

«Kathleen», sagte ich leise. «Es tut mir so leid ...»

Aber sie schnitt mir das Wort ab. «Sie müssen sich jetzt ausruhen», sagte sie entschlossen. «Wirklich. Schlafen Sie ein bisschen.» Und weil ich hundemüde war, gehorchte ich ihr.

\*\*\*

Als ich das Geräusch hörte, wusste ich nicht, ob ich Stunden oder nur Minuten geschlafen hatte. Ich stützte mich auf einen Ellbogen auf und blinzelte in die Dunkelheit, immer noch gefangen in jenem seltsamen Raum zwischen Traum und Wirklichkeit.

Einen Moment lang wusste ich nicht, wo ich überhaupt war, bis die erlöschende rote Kohle im Kamin es mir wieder ins Gedächtnis rief. Ich setzte mich aufrecht hin, das Bettzeug rutschte weg, meine Augen gewöhnten sich langsam an die Dunkelheit.

Jemand stand neben meinem Bett.

«Was ...»

Dann erkannte ich sie. Liza McCullen beugte sich vor und legte einen Finger an meine Lippen.

«Sag nichts», murmelte sie.

In dem abgedunkelten Raum konnte ich kaum mehr als ihre

Silhouette erkennen. Aber ich konnte das Meer riechen, und ich spürte die schwache Körnigkeit des Salzes auf ihrer Haut, als ihre Hand mein Gesicht berührte, ihre Finger meine Wange entlangstrichen. Dies war kein Traum. Und dann, als sie näher kam, spürte ich ihren Atem, die betäubende Weichheit ihrer Lippen, als ihr Mund mich streifte.

«Liza», flüsterte ich und war mir doch nicht sicher, ob ihr Name nur meine Gedanken überflutet hatte oder ob ich ihn wirklich ausgesprochen hatte. *Liza.*

Wortlos schlüpfte sie neben mir ins Bett. Ihre Glieder waren noch kalt und klamm von der Nachtluft. Ihre Finger erkundeten mein Gesicht, meine Lippen, verweilten kurz bei dem Bluterguss, den mir Greg zugefügt hatte, und wühlten sich dann in mein Haar. Sie küsste mich mit einer Entschlossenheit, die mich völlig überrumpelte. Ich spürte ihr zartes Gewicht auf mir, die plötzliche Kühle ihrer Haut an meiner, als sie sich das Hemd über den Kopf zog, und hörte entfernt das leise Knistern der Flammen im Kamin. Dann wurde die Verwirrung in meinem Kopf so groß, dass ich Liza Einhalt gebieten musste. Ich nahm ihr Gesicht in die Hände, versuchte, sie zu sehen, versuchte, zu erkennen, auf welchen Sturm ich nun zusteuerte.

«Liza», sagte ich. «Was wird das denn?»

Sie hielt inne. Beugte sich zu mir herab und umschloss mit beiden Armen fest meinen Hals.

«Danke», flüsterte sie in mein Ohr. «Danke dafür, dass du mir meine Tochter zurückgebracht hast.»

Ihr Herz klopfte wild an meinem. Es war, als pulsierte jede Faser ihres Körpers vor Energie, als wäre sie eine Naturgewalt, deren Dämme endlich gebrochen sind, ein Flaschengeist, der sich nach langem Kampf befreien kann. Schon so viele Wochen hatte ich mir das ausgemalt, hatte mir gewünscht, diese traurige Frau lieben zu dürfen und ihr die Traurigkeit von den Augen zu küssen. Doch mit der Frau, die sich hier um mich schlang, hatte ich im kühnsten Traum nicht gerechnet: Sie war begierig, lebendig, betörend. Ihr Körper war so geschmeidig wie der eines Aals und bewegte sich mit der sanften Beständigkeit der Wellen. Die Leichtigkeit, mit der sie sich mir hingab, überwältigte mich. Ist das ein Dankeschön?, wollte ich sie in einem kurzen Moment des Zweifels fragen. Ein Akt der traurigen Verzweiflung? Irgendwo in den Abgründen meiner Erinnerung hallten Kathleens Worte wider, dass Liza den Tod von Meerestieren nur schwer ertragen konnte. Greg, der die Faust über meinem Kopf schwang.

Ich wollte etwas sagen, aber dann verschmolzen Lizas Lippen mit meinen, ihre Haut presste sich warm an mich, und ich hörte auf zu denken.

Als ich wieder aufwachte, war das Bett neben mir leer. Noch bevor ich wach genug war, um einen klaren Gedanken zu fassen, wurde mir bewusst, dass ich damit gerechnet hatte. Ich blinzelte mehrfach in das Licht der Morgendämmerung hinaus und ließ die Geschehnisse der vergangenen Nacht langsam auf mich wirken.

Sie hatte sich geöffnet. Ich hatte in diese schimmernden Augen geschaut und einen Blick in ihre Seele geworfen. Und so hatte sie mir gestattet, der Mann zu sein, der ich immer hatte sein wollen für sie, der Mann, der ich schon mein ganzes Leben lang sein wollte. Stark, selbstsicher, voller Leidenschaft – nicht jemand, der mit dem bloßen Abklatsch von Liebe zufrieden ist. Ich fühlte mich, als wäre ich um zwanzig Jahre gereift, und zugleich frisch wie ein kleiner Junge. Ich hatte das Gefühl, Bäume ausreißen zu können.

Während sich meine Augen an das Licht gewöhnten und ich mich in den Kissen aufstützte, war ich mir plötzlich unsicher, ob ich Glück empfinden durfte angesichts dessen, was mir geschenkt worden war, oder schon trauern musste um das, was mir bereits wieder genommen war.

So sicher war ich mir gewesen, allein aufzuwachen, dass ich einige Minuten brauchte, um die Anwesenheit einer zweiten Person im Zimmer zu spüren. Liza saß in dem Ledersessel, den sie sich ans Fenster gestellt hatte. Sie trug Jeans und hatte die Knie bis zum Kinn hochgezogen und die Arme darum gelegt. Ich sah auf meine Uhr. Es war Viertel nach fünf.

Dann schaute ich Liza an, hätte sie am liebsten bis in alle Ewigkeit so angeschaut und wusste doch, wenn sie merkte, dass ich wach war, musste ich genau das vor ihr verbergen.

«Guten Morgen», sagte ich leise. Und fügte insgeheim hinzu: Bitte zieh dich nicht zu weit vor mir zurück. Bitte mach es nicht zu offensichtlich, dass du das hier bedauerst.

Langsam wandte sie sich um. Ihr Blick traf meinen, und ich merkte, wie weit ihre Gedanken von mir entfernt gewesen waren. Wie war das möglich, fragte ich mich, wo ich selbst das Gefühl hatte, ihren Körper noch überall auf meinem zu spüren, von ihr erfüllt zu sein?

«Mike», sagte sie, «du hast doch gesagt, du verstehst was von Publicity.»

Meine Gedanken gerieten ins Stolpern.

«Was, wenn jemand, der etwas richtig Schlimmes getan hat, es zugibt? Etwas, von dem noch niemand weiß? Das würde doch für Publicity sorgen, oder?»

Ich fuhr mir mit der Hand durch die Haare. «Äh. Ja. Bestimmt», fing ich an. «Tut mir leid. Ich verstehe nicht ...»

«Ich will dir erzählen, wie Letty gestorben ist», sagte sie, und ihre Stimme war leise, aber so klar wie eine Glocke, «und dann kannst du mir sagen, ob es als PR-Geschichte zur Rettung der Bucht was taugt.»

## KAPITEL 19

*Liza*

Nitrazepam / Mogadon lautete der Handelsname. Zweiundvierzig Tabletten in einer Glasflasche. Pillen, die mir helfen sollten, einzuschlafen. Vollkommen gerechtfertigt, mehr als verständlich angesichts meiner postnatalen Depression und des Stresses, den es mit sich brachte, eine junge Familie zu versorgen. Der Arzt hatte mir die Pillen gern verschrieben. Er kannte mich schon eine Weile. Hatte mich durch eine Schwangerschaft begleitet. Kannte meine Schwiegermutter, den Vater des Babys, wusste von meiner Herkunft. «Ich muss endlich mal wieder richtig schlafen», sagte ich. «Wenigstens eine Weile. Ich weiß, dass ich dann auch wieder besser zurechtkomme.»

Er hatte mir das Rezept überreicht, ohne auch nur einen Moment zu zögern, und sich dann wieder seinem Computerbildschirm zugewandt, um sich auf den nächsten Patienten vorzubereiten. Wenige Momente später stand ich auf dem Parkplatz vor der Apotheke und schaute auf das Etikett der Flasche in meiner Hand. Sah die Warnungen, die da abgedruckt waren. Schlaftabletten. Mit der richtigen Menge davon konnte man sich das Leben nehmen. Plötzlich erfüllte mich eine seltsame, leere Erregung. Mir würden diese Pillen das Leben zurückgeben.

Als ich mein Leben in Australien begann, überzeugte mich Kathleen davon, zu einem Arzt zu gehen und mir etwas geben zu lassen, damit ich besser schlafen konnte. Meine Albträume plagten mich immer noch so sehr, dass ich manchmal Angst hatte, die Augen zu schließen. Im Schlaf sah ich wieder Lettys schreckerfülltes Gesicht, hörte sie nach mir rufen, und ich betete um Vergessen. Die erste Medizin, die mir der australische Arzt anbot, waren wieder diese Pillen. Genau dieselben. Als mir bewusst wurde, was da auf dem Rezept stand, das er mir hinhielt, machte ich taumelnd einen Schritt auf ihn zu und fiel in Ohnmacht.

Es hieß, ich käme aus einem zerrütteten Elternhaus, aber mir war es nie zerrüttet vorgekommen. Ein Vater hatte mir nie gefehlt: Meine Mutter ersetzte ihn mir mehr, als man sich wünschen konnte, denn sie war mit einem unzähmbaren Willen gesegnet, platzte schier vor mütterlicher Liebe und Stolz und war der festen Überzeugung, dass ich all die Fehler, die sie selbst gemacht hatte, vermeiden würde, wenn ich nur eine anständige Erziehung genoss. Sie behütete und umsorgte mich, sie schimpfte mich aus und betete mich an, und obwohl wir offenkundig weder eine reiche noch eine konventionelle Familie waren, hatte ich nie das Gefühl, dass es mir an etwas mangelte. Ich wusste, dass ich kein schlechtes Los erwischt hatte. Meine Mutter hielt uns mit mies bezahlten Teilzeitjobs über Wasser, durch die sie aber viel bei mir sein konnte. Oft arbeitete sie, wenn ich schlief, und heute frage ich mich, wie sie es manchmal schaffte, beim Frühstück ein Lächeln in ihr Gesicht und eine richtige Mahlzeit auf den Tisch zu zaubern.

Wir lebten in einem kleinen Häuschen in einer Gegend außerhalb von London, die noch halb Vorstadt und schon halb Land war; das Haus mietete meine Mutter von einer Frau, für die sie einmal gearbeitet hatte. Ich hatte Dutzende von Freundinnen in einem Umkreis von einem Kilometer, einem Umkreis, in dem ich so ziemlich tun und lassen konnte, was ich wollte. Zweimal flogen wir während meiner Kindheit nach Australien, was mich unter meinen Freundinnen zur Expertin in Sachen Weltreisen machte. Eines Tages, versprach mir Mum, würden wir ganz zu Tante Kathleen ziehen, um bei ihr zu leben. Aber meinen Großeltern wollte sie nicht zu nahe sein und hatte nur wenig Gutes über sie zu sagen. Als dann mein Großvater starb, fand sie andere Gründe – ihren neuen Job, meine Schulausbildung, einen Mann, den sie mochte –, um nicht alle Brücken abzubrechen und ans andere Ende der Welt zu ziehen.

Und dann war es zu spät. Der Krebs meiner Mutter breitete sich erschreckend schnell aus. Sie hatte stark abgenommen – worauf sie zunächst stolz war, bis sie entdeckte, dass dies nicht nur aufs Kalorienzählen zurückzuführen war. Der letzte «nette» Mann – ein Geschiedener, der eine Zugstunde entfernt wohnte – fand Ausflüchte, wenn es darum ging, sie zu besuchen, und machte sich dann ganz aus dem Staub, als die Behandlung kompliziert und unangenehm wurde und ihre emotionalen Anforderungen an ihn wuchsen. Vielleicht aus Betroffenheit über seinen Abgang – denn sie war stolz bis zum letzten Atemzug – hatte meine Mutter Kathleen nicht gesagt, dass sie im Sterben lag. Erst hinterher fand ich heraus, dass sie ihr einen Brief geschickt hatte, der erst nach ihrem Tod eintreffen würde. Darin bat sie Kathleen, immer für mich da zu sein, wohin es mich auch verschlagen mochte, aber keinen Druck auf mich auszuüben, nach Australien zu gehen. Das sollte sich als die einzig falsche Entscheidung ihrer Mutterschaft herausstellen.

Es gibt kein gutes Alter, um seine Mutter zu verlieren, aber ich als Siebzehnjährige war besonders schlecht darauf vorbereitet, mit einem Leben allein konfrontiert zu sein. Ich sah zu, wie meine stolze Mutter dahinschrumpfte und immer kleiner wurde. Ich sah, wie ihr Appetit aufs Leben dahinschwand, vergraben unter einer dicken Schicht aus Morphium und Verwirrung. Zuerst tat ich mein Bestes, mich um sie zu kümmern, doch als dann die Krankenschwestern das Regiment übernahmen und mir klarwurde, was mir zu gestehen sie nicht tapfer genug gewesen war, zog ich mich mehr und mehr vor ihr zurück. Ich redete mir ein, dass das alles gar nicht geschah, und während die Freundinnen meiner Mutter sich hinter vorgehaltener Hand zuflüsterten, wie tapfer und tüchtig ich sei, saß ich alleine zu Hause, starrte auf die eintreffenden Rechnungen und wünschte mir nichts so sehr wie ein Leben, das ganz allein mir gehörte.

In einer dunklen, schmerzerfüllten Novembernacht starb meine Mutter. Ich war bei ihr und sagte ihr, sie solle aufhören, sich Vorwürfe zu machen.

«In meiner blauen Tasche ist Geld», sagte sie mit heiserer Stimme in einem der letzten Momente, als sie noch bei klarem Verstand war. «Nimm es, um zu Kathleen zu fliegen. Sie wird sich um dich kümmern.» Doch als ich dann nachschaute, waren es kaum mehr als hundert Pfund.

Vermutlich hielt mich mein Stolz davon ab, Kathleen um Hilfe zu bitten. Vielleicht kannte ich sie auch einfach zu wenig, um den Mut zu finden. Ich ging von der Schule ab und nahm einen Job als Packerin im Supermarkt an, nur um dann zu entdecken, dass ich mit diesem Lohn das Haus meiner Mutter nicht würde halten können. Die Mietrückstände sammelten sich so lange an, bis mir die Vermieterin bedauernd sagte, dass sie es sich nicht mehr leisten könne, mich dort wohnen zu lassen. Sie bot mir einen Job als Kindermädchen mit Kost und Logis an und war erleichtert, als ich ihr sagte, ich könne bei einer Freundin unterkommen.

Mein Leben wurde immer chaotischer. Ich verkaufte den

Schmuck meiner Mutter, obwohl sich damit kaum mehr als mein Essen für ein paar Monate bezahlen ließ. Ich lebte in einem besetzten Haus, entdeckte das Nachtclubleben und arbeitete als Bardame, wobei ich dafür sorgte, jeden Abend betrunken genug zu sein, um nicht darüber nachdenken zu müssen, wie einsam ich war. Und als ich einundzwanzig war, wurde ich schwanger von einem der Männer, die in dem besetzten Haus in Victoria kamen und gingen, einem Riesen von Mannsbild, dessen Nachnamen ich nie erfuhr, der aber einen großartigen Linseneintopf kochen konnte, mir übers Haar strich und mich in einer der Nächte, als ich genug Geld gehabt hatte, um sehr, sehr betrunken zu werden, «Liebling» nannte.

Die Schwangerschaft veränderte alles. Ich weiß nicht, ob es die Hormone waren oder ob ich den gesunden Menschenverstand meiner Mutter geerbt hatte, jedenfalls war der Überlebensinstinkt in mir stärker als alles andere. Ich dachte über Dinge nach, denen ich in den letzten vier Jahren erfolgreich aus dem Weg gegangen war, und stellte mich der Frage, was meine Mutter wohl gesagt hätte, wenn sie gesehen hätte, wo ich gelandet war. Das Baby loszuwerden kam mir nie in den Sinn. Ich war froh darüber, dass ich wieder eine Familie haben würde.

Und so wurde ich die lila Färbung meiner Haare los, besorgte mir einen Job als Kindermädchen, und als Hannah geboren wurde, bekam ich von Freunden derselben Familie eine Stelle in einem Geschäft für Bilderrahmen angeboten. Für sie war es kein Problem, dass ich nur bis halb zwei arbeitete, um dann Hannah von der Krippe abzuholen. Gelegentlich schrieb ich Kathleen und schickte ihr Fotos. Sie antwortete mir immer postwendend und legte dem Umschlag stets ein paar Pfund bei, damit ich «dem Baby etwas kaufte». Oft schrieb sie, wie stolz sie auf mich sei, weil ich meinen eigenen Weg gegangen war. Immer lud sie mich ein, zu Besuch zu kommen, wann ich wollte.

Es war kein leichtes Leben, immer wieder gab es finanzielle Engpässe, aber im Grunde war ich glücklich.

Bis eines Tages Stephen Villiers in den Laden kam und nach einem vergoldeten Gipsrahmen mit dunkelgrünem Passepartout für einen Druck fragte, den er sich gekauft hatte. Bis das Leben, das ich mir aufgebaut hatte, sich für immer veränderte.

Ich war tief in meinem Herzen einsam. Ich wusste durchaus, wie glücklich ich mich schätzen konnte, diese Familie zu haben, die mich und ein Baby bei sich aufgenommen hatte, aber oft sah ich voller Neid zu, wie sie um den Küchentisch saßen, vor dem Fernseher miteinander lachten oder sich auf dem Sofa liebevoll rauften. Ich beneidete sie sogar, wenn es Streit gab. Ich hätte einiges darum gegeben, auch jemanden zum Streiten zu haben.

Während ich dabei zusah, wie Hannah von einem flaumigen, maunzenden Baby zu einem strahlenden, anhänglichen Krabbelkind wurde, wünschte ich mir all das auch für sie. Ich wollte, dass sie einen Vater hatte, der sie liebte und sie im Garten an den Armen nahm und herumwirbelte, der sie auf seinen Schultern reiten ließ und gut gelaunte Kommentare über den Inhalt ihrer Windeln abgab. Ich wollte jemanden haben, mit dem ich über sie sprechen konnte, jemanden, der eine Meinung dazu hatte, ob ich ihr das Richtige zu essen gab, der sich mit mir Gedanken über ihre Schule oder ihre Schuhe machte.

Ich hatte schon bald herausgefunden, dass Männer an Frauen mit Babys nicht interessiert waren – zumindest die Männer, die ich kannte. Sie hatten kein Verständnis dafür, dass ich mich nicht abends mit ihnen in der Kneipe treffen konnte und stattdessen einen Spaziergang im Park am Sonntagnachmittag vorschlug. Sie sahen nicht den Charme dieses süßen kleinen Mädchens, sondern nur, dass es mir ein Klotz am Bein war. Als ich dann Stephen Villiers vor dem Supermarkt in die Arme lief und er Hannah nicht wie eine ansteckende Krankheit beäugte, sondern sogar anbot, den Kinderwagen für mich zu schieben und mich nach Hause zu begleiten, war es da wirklich eine Überraschung, dass ich mein Herz an ihn verlor?

Zuerst erinnerte er mich an den Vater der Familie, bei der ich wohnte. Seine Kleidung war genau die gleiche Mischung aus schäbig und teuer. Doch das war genau genommen auch schon die einzige Ähnlichkeit zwischen den beiden. Stephen war eher kompakt, wirkte aber groß, weil er eine Art natürlicher Autorität verströmte. Er war ein Mensch, von dem man unwillkürlich Abstand hielt, ohne genau zu begreifen, warum. Er lebte mit seiner Mutter in Virginia Water, in einem schönen Haus, wie man es in Hochglanzzeitschriften sieht, mit hohen, säuberlich geschnittenen Hecken und einem Bad pro Schlafzimmer. Es überraschte ihn, als ich dem, was er besaß, mit Ehrfurcht begegnete, denn er gehörte zu der Sorte Mensch, die davon ausgeht, dass ihre Lebensweise der Norm entspricht, und sich niemals die Mühe macht, sie zu hinterfragen.

Angesichts seines familiären Hintergrundes und seines offensichtlichen Vermögens war ich mir lange unsicher, was er eigentlich an mir fand. Es war nicht zu übersehen, dass ich keines der schicken, wohlhabenden Mädchen aus seinen Kreisen war. Ich hatte ihm nichts zu bieten. Heute sehe ich auf den alten Fotos genau, was er damals an mir fand: Ich war schön. Trotz meiner angespannten Lebenssituation strahlte ich eine Entrücktheit aus, die Männer anziehend fanden. Ich hatte weder Freunde noch Familie und war deshalb formbar. Emotional war ich seit der Geburt meiner Tochter etwas instabil, auf der Suche nach Liebe und Unterstützung. Ich hielt Stephen für meinen Rettungsengel, und alles, was ich sagte und tat, zeigte ihm das auch.

Als ich das erste Mal mit ihm schlief, lag ich hinterher in seinen Armen und erzählte ihm von meinem Leben, von den

Fehlern, die ich gemacht hatte, während er mich an sich drückte, mir einen Kuss auf den Scheitel gab und mir sagte, alles würde gut. Wenn man einsam und verletzlich ist, liegt etwas ausgesprochen Verführerisches in einer solchen Aussage. Er meinte, es sei ihm vorbestimmt, mit mir zusammen zu sein, und dass er glaube, ich sei seine Berufung. In diesem Moment war ich so dankbar, so vernarrt, dass ich an jener Aussage nichts Beunruhigendes fand.

Sechs Wochen nach unserer ersten Begegnung hielt er um meine Hand an. Ich zog bei ihm und seiner Mutter ein. Meine Kleidung wurde konventioneller – er suchte sie aus –, und mein Haar war ordentlicher frisiert, so wie es der Verlobten eines Mannes seines Standes eben gebührte. Ich arbeitete voller Stolz an meinen hausfraulichen Fähigkeiten und passte mich unter der barschen Anleitung meiner zukünftigen Schwiegermutter allmählich der neuen Situation an. Ab und zu gab es Unstimmigkeiten, aber Hannah und ich lernten schnell, die Regeln des Hauses Villiers streng zu befolgen. Ich war erwachsen geworden, sagte ich mir. Mich anzupassen, war eine Herausforderung, der ich mich gerne stellte.

Etwa vier Monate später stellte ich fest, dass ich wieder schwanger war. Stephen freute sich. Letty wurde am frühen Morgen des 16. April geboren, als es gerade hell wurde, und während Hannah und Stephen sich über das kleine Wesen beugten und es bewunderten, dankte ich Gott dafür, endlich eine eigene Familie zu haben. Eine richtige Familie.

Letty war als Baby nicht gerade eine Schönheit – eigentlich sah sie ein paar Monate länger als üblich so zerknittert aus wie ein chinesischer Faltenhund –, aber wir trugen sie auf Händen. Oft beobachtete ich Stephen und seine unkomplizierte Liebe zu ihr, sah, wie seine Mutter sie mit Zuneigung überschüttete, und wünschte, Hannah hätte das auch erleben dürfen.

Vielleicht lag es an meinem Schlafmangel oder an dem hektischen Leben mit einem Neugeborenen, dessen Bedürfnisse von einem Moment zum anderen gestillt werden mussten. Jedenfalls merkte ich erst mehrere Monate nach Lettys Geburt, dass Stephen Hannah kaum mehr beachtete. Bis dahin hatte ich mir eingeredet, dass er sie liebte, dass seine gelegentliche Gedankenlosigkeit ihr gegenüber keine bewusste Unterlassung war. Ich kannte mich mit männlichen Familienmitgliedern nicht aus. Meinen Vater kannte ich nicht, meinen Großvater hatte ich selten gesehen, und so war mir die Art, wie Männer mit Kindern umgingen, nicht vertraut. Stephen sorgte gut für uns – was seine Mutter nicht müde wurde, zu betonen –, und wenn die zweijährige Hannah ihn mit ihren Trotzanfällen und ihrer Mäkeligkeit bei Tisch nervte, konnte es kaum verwundern, wenn er sie streng zu Bett schickte.

Heute sage ich mir, dass man oft nur das sieht, was man sehen will. Dass es schwer ist, einzusehen, dass man am falschen Platz ist, wenn man ihn sich so erkämpft hat. Doch tief in meinem Herzen hätte ich es wissen sollen. Ich hätte schon früher begreifen müssen, dass meine ältere Tochter nicht nur deshalb immer stiller wurde, weil es ihr schwerfiel, sich an das Geschwisterchen zu gewöhnen. Ich hätte erkennen müssen, dass meine Schwiegermutter und mein Verlobter Hannah immer härter anfassten und ihre Kritik an ihr immer offener formulierten. Ich hätte Hannah viel früher schützen müssen.

Aber vor allem hätte ich diese Frau und ihren Dünkel durchschauen müssen. Sie hatte mir nie verziehen, dass ich ihrem Sohn – dem so vielversprechenden leitenden Angestellten – ein Kind angehängt hatte, das nicht seines war. Sie konnte sich nicht mit der Tatsache abfinden, dass ich, wie sie es nannte, keinen «Werdegang» hatte. Oh, anfangs war sie durchaus höflich zu mir, eine von diesen Bridge spielenden Damen mit bläulich getöntem Silberhaar und feiner Strickjacke, für die allem, was ich tat, der Ruch von Verantwortungslosigkeit und Nutzlosigkeit anhaftete, ob ich nun einen Linseneintopf kochte (Hippiefraß) oder Hannah noch mit zwei Jahren bei mir im Bett schlafen ließ.

Zunächst, als Stephen und ich frisch verliebt waren und auf Wolke sieben schwebten, wagte sie noch nicht, etwas zu sagen. Sie hatte ihn in dem Glauben bestärkt, seit sein Vater gestorben war, sei er das Familienoberhaupt, und kam erst jetzt darauf, dass sie sich damit ein Eigentor geschossen hatte, weil er nicht bereit war, mit ihr über meine angeblichen Verfehlungen zu diskutieren.

Bis Letty auf die Welt kam und ich den Erwartungen von Mutter und Sohn nicht gerecht wurde. Erst jetzt trat meine Unfähigkeit, zwei Kinder so großzuziehen, wie Stephen und seine Mutter es erwarteten, langsam zutage. Jetzt, wo das Spielzeug überall auf dem Boden herumlag, die Betten oft bis zum Nachmittag ungemacht blieben, meine Kleidung mit Babymilch befleckt war und Hannah heulend in einer Ecke saß, wohin man sie wegen einer angeblichen Verfehlung verbannt hatte, machte meine Schwiegermutter die Entdeckung, dass sie durchaus sagen und tun konnte, was ihr beliebte.

Einmal, bevor alles eskalierte, wagte ich Stephen die Frage zu stellen, ob wir uns etwas Eigenes suchen könnten, wo wir vielleicht glücklicher miteinander wären, aber der Blick, den er mir zuwarf, war vernichtend.

«Du kriegst es ja kaum alleine hin, die beiden Mädchen morgens anzuziehen», sagte er, «geschweige denn, einen Haushalt zu führen. Glaubst du wirklich, du würdest auch nur fünf Minuten ohne meine Mutter zurechtkommen?»

Im Rückblick fällt es mir schwer, mich in der Liza von damals wiederzuerkennen. Auf Kathleens Fotos, aus denen Stephen längst herausgeschnitten ist, sehe ich eine sonderbare, verwirrte junge Frau mit einer Frisur, die nicht zu ihr passte, und komischen, braven Kleidern. Aus ihren Augen spricht eine ängstliche Entschlossenheit, nicht zu erkennen, in was sie sich da hineingeritten hatte. Was war schließlich die Alternative? Ich hatte nichts – kein Zuhause, kein Geld, keine Unterstützung. Ich hatte zwei kleine Töchter und einen Mann, der ihren und meinen Lebensunterhalt zahlte. Ich hatte eine Schwiegermutter, die mich in ihrem schönen Haus wohnen ließ, obwohl es bei weitem die Verhältnisse übertraf, die ich gewohnt war.

Mit Hilfe seiner Mutter lernte Stephen im Laufe der Jahre, meine Fehler zu erkennen. Von Hochzeit wurde nur noch selten gesprochen, irgendwann gar nicht mehr. Ohnehin war Stephen nur noch selten zu Hause, seit er in den Gemeinderat gewählt worden war und seine Karriere bei der Bank erst richtig losging. Hannah lernte, beim Essen den Mund zu halten und dass die Chance, nicht ausgeschimpft zu werden, stieg, wenn sie sich gut benahm. Und ich lernte, wenn ich lange Ärmel trug, hörten die Mütter in der Spielgruppe damit auf, Bemerkungen über meine blauen Flecken zu machen.

Ich war in dem Glauben aufgewachsen, Gewalt in der Familie habe mit Armut zu tun und mit dem Mangel an Erziehung. Stephen jedoch lehrte mich eine andere Lektion: Schuld daran sei meine eigene Unzulänglichkeit, meine Unfähigkeit, das Vertrauen zu belohnen, das er in mich gesetzt hatte, mein fehlendes Talent, halbwegs anständig auszusehen, den Haushalt nach seinen Vorstellungen zu führen und seinen sexuellen Wünschen nachzukommen, wann und wie auch immer er wollte.

Als er mir das erste Mal weh tat, war ich so schockiert, dass ich es hinterher für ein Versehen hielt. Wir waren oben, und die Mädchen schrien, weil sie sich um irgendein Spielzeug stritten. Ich war von ihrem Gezänk so abgelenkt, dass ich nicht merkte, wie sich das Bügeleisen langsam durch sein Hemd brannte. Er war ins Zimmer gekommen, wütend über den Lärm, hatte die Mädchen angebrüllt, und als er dann das angeschmorte Hemd sah, hatte er mir einen Schlag versetzt, als wäre ich ein Hund.

«Au!», rief ich. «Du tust mir weh!»

Er drehte sich zu mir, auf dem Gesicht einen Ausdruck von Ungläubigkeit, als wäre sein Handeln völlig gerechtfertigt gewesen. Und während ich dastand und mir mein pochendes Ohr hielt, ging er ohne ein Wort der Entschuldigung mit schnellen Schritten die Treppe hinab.

Heute glaube ich, dass dieses erste Mal für ihn eine Art Initialzündung war. Denn jetzt, wo er die Grenze einmal überschritten hatte, schien es ihm nicht schwerzufallen, sie immer wieder zu überschreiten. Manchmal geschah monatelang gar nichts, aber es gab auch Zeiten, in denen fast alles, was ich tat – Kartoffeln zu dick schälen oder vergessen, die Schuhe zu putzen –, mit einem Faustschlag oder einer Ohrfeige quittiert wurde. Richtig fest verprügelte er mich nicht, dazu war er zu schlau. Er wollte sich nichts nachweisen lassen können; ihm ging es nur darum, mir zu zeigen, wer der Herr im Haus war.

Als ich endlich merkte, was unvermeidbar wurde, um mich selbst und meine Kinder vor Schlimmerem zu schützen, war ich nur noch ein Schatten meiner selbst. Eine Frau, die begriffen hatte, dass es besser war, keine Meinung zu haben, keine unerwünschte Antwort zu geben und niemals die Aufmerksamkeit auf sich zu lenken. Dass Narben schnell verblassten, selbst wenn die Erinnerung an ihr Entstehen blieb. Doch dann sah ich das Gesicht meiner Tochter an dem Tag, als er sie schlug, weil sie es versäumt hatte, ihre Schuhe auszuziehen, bevor sie den blassgrünen Teppich in der Diele betrat, und meine Entschlossenheit war geweckt.

Ich legte Geld auf die Seite. Ich bat um eine bestimmte Summe, um einen Mantel für Letty zu kaufen, und erwarb ein gut erhaltenes Kleidungsstück im Secondhandladen; die Differenz wanderte in meine Tasche. Oder ich zweigte Geld von den Supermarkteinkäufen ab; mit wenig auszukommen, hatte ich schließlich in jungen Jahren gelernt.

Zu diesem Zeitpunkt empfand ich nur noch Hass für Stephen. Der Nebel meiner Niedergeschlagenheit lüftete sich, und ich erkannte klar und deutlich, was mit mir geschehen war. Was er aus mir gemacht hatte. Ich sah seine Kälte, seine Arroganz, seinen blinden Ehrgeiz. Ich sah, wie sehr er entschlossen war, meiner älteren Tochter das Gefühl zu geben, dass sie in seinem Haus als Bewohnerin zweiter Klasse galt, obwohl sie gerade mal sechs Jahre alt war. Ich sah, dass andere Familien nicht so lebten wie wir, und schließlich, dass die Klasse, der er angehörte, seine Herkunft und seine finanzielle Stellung ihn nicht davon abhielten, das zu tun, was man Misshandlung nennt. Ich sah mit Erleichterung, dass meine Töchter sich trotz allem innig liebten, dass ihre Zärtlichkeit, ihre Spiele und ihre Zankereien sich in nichts von anderen Geschwisterpaaren unterschieden. Ich sah, wie Letty ihre pummeligen Ärmchen wie zufällig um den Hals ihrer Schwester legte, hörte, wie sie Hannah mit ihrer hohen Piepsstimme Geschichten aus ihrem Alltag in der Vorschule erzählte oder wie sie sie bat, ihr «eine schöne Frisur» zu machen; ich sah, wie Hannah abends zusammengekuschelt neben Letty lag und ihr eine Geschichte vorlas, wie das blonde Haar der beiden sich vermischte und ihre Nachthemden ein einziges Knäuel aus pastellfarbenem Stoff bildeten. Die Kinder hatte er noch nicht vergiftet.

Doch meine Situation zu erkennen allein half mir nicht – ich hätte mich problemlos mit Hannah absetzen können, und Stephen und seiner Mutter wäre es egal gewesen. Aber Letty würde er mir nicht überlassen. Als ich bei einem Streit damit gedroht hatte, ihn zu verlassen, hatte er mich ausgelacht:

«Was für ein Richter würde dir denn das Sorgerecht an meiner Tochter zusprechen? Schau doch mal, was du zu bieten hast, Elizabeth. Schau dir deine Vorgeschichte an – besetzte Häuser und Gott weiß was –, deinen Mangel an Bildung und an Perspektiven, und dann schau dir an, was Letty bei mir bekommt. Du hättest nicht den Hauch einer Chance.»

Zu diesem Zeitpunkt hatte ich den Verdacht, dass er eine Geliebte hatte. Körperlich verlangte er immer seltener nach mir – was eine große Erleichterung für mich war. Seine Haltung mir gegenüber war schizophren. Wenn ich mir etwas Hübsches anzog, sagte er mir, ich sei hässlich, und wenn ich ihm mit Zuneigung begegnete, meinte er, ich ekelte ihn an. Schaute mich aber mal ein anderer Mann an, nahm er mein Gesicht zwischen die Hände und sagte mir, kein anderer dürfe mich jemals berühren. An dem Abend, als einer seiner Kollegen einen anerkennenden Kommentar über meine Beine machte, fiel er hinterher im Bett so brutal über mich her, dass ich am nächsten Tag kaum aufstehen konnte.

Was mich durchhalten ließ, war die Tatsache, dass das Geld, das ich ins Futter meines grünen Mantels einnähte, immer mehr wurde. In den Stunden, von denen er und seine Mutter dachten, ich verbrächte sie mit gedankenlosem Bügeln, Waschen oder Plaudern mit den anderen Müttern im Park, plante ich in Wirklichkeit meine Flucht, auf meinem Gesicht eine friedliche Miene, die mein brennendes Verlangen Lügen strafte.

Mutter und Sohn waren Gewohnheitstiere. Jeden Dienstag und Donnerstag spielte sie Bridge. Schon seit Jahren ging er donnerstags und freitags in den «Club» – eine elegante Umschreibung seiner Schäferstündchen mit der anderen Frau, wie ich vermutete –, und am Samstag spielte er Golf. Ich liebte die Donnerstagabende, wenn ich wusste, dass ich ein paar ungestörte Stunden mit meinen Mädchen verbringen konnte, um mit ihnen zu lachen, herumzurennen, zu blödeln und mich daran zu erinnern, wer ich war, bevor mich dann das Geräusch eines Schlüssels im Schloss wieder zu einem stillen und verschüchterten Wesen machte.

Dann, eines Donnerstags, kam Stephen früher nach Hause und entdeckte den Brief, in dem ich Kathleen schilderte, was er mir angetan hatte. Er wütete und tobte. Dann sagte er seiner Mutter, dass ich nicht mehr allein gelassen werden durfte, was dazu führte, dass ich fortan nur noch in Begleitung eines der beiden das Haus verlassen durfte. Und wann immer ich ausging, fand sich ein Grund, Letty in den Park zu bringen oder zu Hause zu lassen.

Ab diesem Zeitpunkt war ich nie mehr allein mit meinen beiden Mädchen. Ich denke, damals ahnte er, dass er dabei war, die Kontrolle zu verlieren; jener Brief an Kathleen (den ich zum Glück noch nicht adressiert hatte) erschreckte ihn, weil er ihm zeigte, dass ich doch den Mut aufbringen könnte, jemandem zu erzählen, wozu er fähig war. All die gemeinen Worte, die Beschreibungen von aufgeplatzten Lippen und gebrochenen Fingern schwarz auf weiß zu lesen und sein Handeln als das zu sehen, was es war – nämlich das Benehmen eines Tyrannen –, muss ihn beunruhigt haben, selbst wenn er es noch immer mit meiner Unzulänglichkeit rechtfertigte. Er war nicht dumm. Mein Brief ließ ihn verstehen, dass er sich jeden Tag in seinen eigenen vier Wänden strafbar machte. Umso wichtiger für ihn, mein Schweigen zu bewahren.

Ich wartete ab. Ich hatte gelernt, mich in Geduld zu üben. Ich musste es nur schaffen, zu Kathleen zu kommen. Alles andere konnte ich von dort aus regeln. Ihr Zuhause wurde für mich zur Fata Morgana in der Wüste, nach der ich in den Nächten, wenn die Düsternis meines Lebens mich zu überwältigen drohte, sehnsüchtig die Arme ausstreckte. Stephen wusste nur, dass es diese entfernte Tante gab. Wo sie lebte, davon hatte er keine Ahnung.

Als ich mir endlich einen Plan und ein Datum für seine Ausführung zurechtgelegt hatte, war ich so nervös, dass es mich wunderte, als er es nicht bemerkte. Schon seit Wochen hatte ich beim Essen fast nichts mehr heruntergebracht. Der Knoten in meinem Magen machte mich unbeholfen und das ewige Hin- und Herschieben von Plänen in meinem Kopf so zerstreut, dass Stephen und seine Mutter fast nur noch über meine Unfähigkeit herzogen und zu Hannah sagten, wenn sie sich nicht zusammenreiße, würde sie so enden wie ich. Selbst wenn die Mädchen etwas spürten, ließen sie sich nichts anmerken. Ich sah ihnen beim Spielen zu, lauschte ihren Gesprächen, sah, wie sie gedankenverloren an ihren Fischstäbchen kauten, und stellte mir vor, wie sie die Walmole in Silver Bay entlangliefen. Dann schickte ich Stoßgebete zum Himmel und flehte Gott an, er möge ihnen diese Freiheit schenken. Ich wollte, dass sie frei waren, stark, unabhängig und glücklich. Für mich selbst wagte ich so unbeschwerte Gefühle kaum mehr zu erhoffen.

«Deine Tochter muss dringend zum Friseur», sagte Stephen an jenem Morgen. «Am Samstag wird ein Familienfoto für meine Wahlbroschüre für den Gemeinderat gemacht. Sorg dafür, dass ihr halbwegs vorzeigbar seid. Und trag dein blaues Kleid, ja.» Er küsste mich auf die Wange – ein kaltes, formelles Küsschen, seiner Mutter wegen, vermutete ich. Sosehr sie mich auch missbilligte, eine Affäre hätte sie noch weniger gutgeheißen.

«Bist du zum Abendessen zurück?», fragte ich und bemühte mich, meine Stimme so leicht und unbedarft klingen zu lassen wie möglich.

Er schien schon die Frage ärgerlich zu finden. «Heute Abend habe ich eine Sitzung», sagte er, «aber ich bin zu Hause, bevor Mutter ausgeht.»

Ich erinnere mich kaum noch an jenen Tag, außer dass es heftig regnete und die Mädchen quengelig waren, weil sie drinnen spielen mussten. Es waren Schulferien, und Hannah den ganzen Tag zu Hause zu haben, hatte meine Schwiegermutter so sehr verärgert, dass sie einen ihrer Migräneanfälle bekam. Sie warnte mich, wenn ich es nicht schaffte, einigermaßen für Ruhe im Haus zu sorgen, würde sie sich bei Stephen darüber beschweren. Ich erinnere mich noch an mein bedauerndes Lächeln und daran, dass ich insgeheim hoffte, ihr Kopfweh sei der Vorbote eines Tumors.

Wahrscheinlich schaute ich alle halbe Stunde nach, ob die Pässe noch da waren. Sie und die Flugtickets steckten sicher im Futter meines Mantels. Während Stephens Mutter sich hingelegt hatte, hatte ich das Allernötigste in zwei Reisetaschen untergebracht, so wenig, dass es bei einem flüchtigen Blick in die Schubladen der Kinder gar nicht auffallen würde. Irgendwann war Hannah hochgekommen und hatte mich gefragt, was ich tue – als sie die Schlafzimmertür aufmachte, hatte mein Herz einen solchen Satz gemacht, dass ich dachte, es würde mir aus der Brust springen. Ich legte einen Finger an die Lippen, versuchte, jegliche Nervosität aus meinem Gesicht zu verbannen, und sagte ihr, sie solle wieder nach unten gehen, weil ich dabei sei, eine Überraschung vorzubereiten, die aber nur funktionieren würde, wenn sie das Geheimnis für sich behielt.

«Fahren wir in die Ferien?», fragte sie, und ich musste mich zurückhalten, ihr nicht die Hand auf den Mund zu legen.

«So etwas Ähnliches. Ein kleines Abenteuer», flüsterte ich. «Jetzt geh wieder runter, Hannah, und verrate Letty nichts davon. Das ist ganz wichtig.»

Sie machte den Mund auf, um etwas zu sagen, aber ich schob sie grob aus dem Zimmer. «Jetzt geh, Hannah. Wir dürfen Großmutter Villiers nicht aufwecken, sonst ist Daddy böse auf uns.»

Das brauchte man Hannah nicht zweimal zu sagen: Sie verließ mein Zimmer, und ich schob die Taschen so leise wie möglich unter das Bett.

An diesem Abend kam er spät, so wie ich es bereits vorausgesehen hatte. Meine Schwiegermutter wurde immer ungeduldiger, als die Zeit überschritten war, zu der er versprochen hatte, zu Hause zu sein.

«Jetzt komme ich seinetwegen noch zu spät zum Bridge», sagte sie zum wiederholten Male schlecht gelaunt und schaute auf die regennasse Auffahrt hinaus. Ich sagte nichts. Ich hatte schon lange gelernt, dass das die sicherste Methode war.

Und dann stand sie, wie durch ein Wunder, auf. «Ich kann nicht länger warten», verkündete sie. «Sag Stephen, dass ich wegmusste. Und lass den Eintopf nicht anbrennen. Du hast die Hitze viel zu hoch eingestellt.»

Wahrscheinlich war es der Eintopf, der sie auf irgendeine verdrehte Art glauben ließ, ich könne mich unmöglich aus dem Staub machen, solange etwas auf dem Herd stand.

«Viel Spaß», sagte ich und versuchte dabei, eine besonders ausdruckslose Miene aufzusetzen. Sie warf mir einen fragenden Blick zu, weshalb ich mir rasch mit den Tellern zu schaffen machte, als wollte ich den Tisch decken.

«Vergiss nicht, dass im Ofen Brot zum Aufbacken ist», sagte sie.

Und dann war sie schwungvoll davongerauscht. Ich stand in der Küche, die Mädchen schwatzten zu meinen Füßen über irgendein Spiel, das sie gerade spielten, und die Freiheit war so nahe, dass ich sie schmecken konnte. Sie schmeckte nach Metall.

Als ihr Auto aus der Auffahrt bog, lief ich die Treppe hoch und holte die Pillen aus ihrem Versteck im Schrank. Ich ging hinunter, und während die Mädchen sich ein Video anschauten, zerbrach ich mehrere der Kapseln und schüttete den Inhalt in ein Glas, fügte Wein hinzu, rührte um und probierte. Die Droge war nicht herauszuschmecken. Ich goss noch mehr Wein ein und leerte vier weitere Kapseln in das Glas, um auf Nummer sicher zu gehen. Wieder probierte ich – mit etwas Glück, wenn ich den Eintopf pikant genug würzte, würde er nichts schmecken. Es war fast halb acht.

Er würde essen, in einen tiefen Schlaf fallen, und dann hatte ich mehrere Stunden Zeit bis zur Rückkehr seiner Mutter. Mehrere Stunden, in denen ich es in seinem Auto bis ins nahe Heathrow schaffen konnte. Um an Bord eines Flugzeuges zu gehen. Die Donnerstagabendtreffs meiner Schwiegermutter konnten sich gut und gerne bis nach Mitternacht hinziehen. Bis dahin wären wir längst in der Luft. Es war ein guter Plan. Ein fast perfekter Plan.

Ich fuhr zusammen, als ich hörte, wie Stephens Auto die Auffahrt hochkam, und versuchte, die Unruhe, die sich in meinem Magen ausbreitete, zu bekämpfen. Noch nie zuvor hatte ich darum gebetet, er möge eher früher nach Hause kommen als später. Das Lächeln auf meinem Gesicht, als er den Schlüssel im Schloss drehte, war so unschuldig, wie ich es in den letzten Jahren kaum mehr zustande gebracht hatte.

Mike hielt meine Hände. «Ist schon gut», sagte er, und seine Augen blickten sanft. «Alles ist gut.»

Mein Atem kam nur noch stoßweise, Tränen strömten mir übers Gesicht. «Ich kann nicht ...», sagte ich und schüttelte den Kopf. «Ich kann nicht ...» Meine Brust war so eng, dass ich kaum Luft holen konnte. Ich rang um Atem, und meine Lungen füllten sich mit einem schmerzlichen Seufzer.

Ich spürte, wie er seine Arme um mich legte. «Du musst nichts mehr sagen», murmelte er mir ins Ohr. «Du musst mir nichts mehr erzählen.»

«Letty ... ich ...»

Er hielt mich wortlos fest. Er saß nur da und drückte sein Gesicht so fest an meine Wangen, dass seine Haut meine Tränen aufgesogen haben muss. Fest genug, um mir Trost zu spenden. Sanft genug, um mich meiner Freiheit zu vergewissern.

«Mum?»

Hannah stand im Nachthemd in der Tür. Sie schaute von mir zu Mike und wieder zurück. Ihr Haar war vom Schlaf ganz zerzaust.

Ihr Anblick riss mich vom Abgrund zurück. Ich machte mich von Mike los und wischte mir die Tränen aus den Augen. Meine schöne Tochter, meine schöne, verängstigte, tapfere, lebendige Tochter.

«Warum weinst du?», wisperte sie.

Am liebsten hätte ich es ihr gesagt, aber ich wollte sie auch beschützen. Schon seit Jahren hatte ich in ihrer Anwesenheit nicht mehr über Letty gesprochen. Schon seit Jahren versuchte ich, sie – weil mir nicht klar war, wie viel sie überhaupt noch wusste – vor der Erinnerung an jene schreckliche Nacht zu bewahren, an jene Nacht, in der unser Leben durch meine Schuld in die Brüche gegangen war.

«Hannah ...» Ich streckte die Hand aus, um sie zu berühren, doch die Worte blieben mir im Halse stecken.

Mikes Stimme hallte durch das Zimmer, ganz ruhig und fest: «Es ist wegen Letty», sagte er sanft. «Wir sprechen gerade über Letty, Hannah.»

Und während sie auf ihn zulief, um seine ausgestreckte Hand zu nehmen, brach es mir das Herz, so überwältigt war ich, nicht von dem Schmerz oder von der Erinnerung an meine arme, verlorene Tochter, sondern von der großen Liebe, die in diesem Moment in diesem Zimmer spürbar war. Und dann musste ich hinauslaufen, flüchten, fliehen.

## KAPITEL 20

*Hannah*

Nach unserer Ankunft sprach Mum bestimmt zwei Wochen lang überhaupt nicht mit mir. Sie lag bloß im Bett, wie eine Tote. Sie war da, aber auch wieder nicht da, als wäre sie ein Loch in einem Raum. Tante K. kümmerte sich um mich und schaffte es, dass ich ihr etwas von dem erzählte, was passiert war. Und sie hielt mich im Arm, wenn ich nicht aufhören konnte zu weinen. Als sie dann beschloss, dass ich nicht mehr allein sein sollte, lud sie Lara zu uns ein und half uns beim Kuchenbacken, als könnte man auch eine Freundschaft einfach zusammenrühren und in den Ofen schieben. Als wollte sie für mich einen Ersatz für Letty finden. Und als ich sie fragte, was denn mit meiner Mum los sei, warum sie überhaupt nicht mehr aufstand, da sagte Tante K.: «Du und deine Mum, ihr habt etwas unvorstellbar Schlimmes durchgemacht, Hannah, und sie kommt eben nicht so gut damit zurecht wie du. Wir müssen ihr einfach ein bisschen Zeit geben.»

Und so gaben wir ihr ein bisschen Zeit, und dann noch ein bisschen, und dann, glaube ich, beschloss Tante K., dass es genug war. «Deine Mum und ich werden uns jetzt mal miteinander unterhalten», sagte sie zu mir. «Du und Lara, ihr bleibt hier bei Yoshi und passt auf den Hund auf.» Ich weiß nicht, was sie da redeten, aber sie fuhren mit Tante K.s Boot weit raus aufs offene Meer, und als sie zurückkamen, sah Mum nicht mehr ganz so leer aus wie vorher. Sie ging an der Walmole an Land, kam auf mich zu und nahm mich in die Arme. Ich hatte das Gefühl, es war das erste Mal seit Ewigkeiten, dass sie mich richtig sah.

«Es tut mir so leid, Mum», sagte ich, als die Tränen kamen. Ich konnte ihre Rippen durch das T-Shirt spüren.

Ihre Stimme klang anders als sonst. «Dir braucht gar nichts leidzutun, Liebes. Du hast alles richtig gemacht. Ich war es, die alles falsch gemacht hat.»

Aber ich wusste genau, wenn Letty und ich damals nicht diesen Streit gehabt hätten, als Stephen gekommen war … wenn Letty nicht gesagt hätte, dass sie nicht in die Ferien fahren wollte … Plötzlich fehlte mir Letty ganz schrecklich. Ich konnte einfach nicht glauben, dass sie nicht mehr am Leben war.

«Ich wünschte, sie wäre hier!», rief ich.

Mum fing an zu weinen und drückte mich noch fester. «Ich auch, Liebes», sagte sie leise, «ich auch.»

Mum hatte mir doch gesagt, ich solle nichts verraten. Aber ich hatte den Gedanken so aufregend gefunden, dass ich, Mum und Letty irgendwo hinfahren würden, hatte mir ausgemalt, dass wir wochenlang kichern und all die Sachen machen könnten, die Großmutter Villiers nicht leiden konnte.

«Ich wollte es ihr gar nicht verraten», flüsterte ich. Da nahm mich meine Mutter an den Schultern, und als sie mir ins Gesicht schaute, waren ihre Augen ganz hell, hellblau wie der Himmel, und ihre Wimpern waren vom Weinen wie kleine spitze Sterne.

«Der Tod deiner Schwester war nicht deine Schuld, ist das klar?» Ihre Stimme klang ganz streng, fast so, als würde sie mich ausschimpfen. Aber ihre Augen guckten ganz lieb. «Kein bisschen davon war deine Schuld, Hannah. Kein bisschen. Und jetzt musst du vergessen, dass das alles überhaupt passiert ist.»

Ein paar Wochen später hielten wir eine Messe für Letty ab. Draußen auf See. Nur ich, Mum, Tante K. und Milly. Wir fuhren mit der *Ishmael* zu dem Punkt hinaus, von dem Tante K. sagte, es sei der hübscheste in ganz Australien, und während die Delphine um uns heruomsprangen und die Sonne ganz rot wurde und nur ein paar Wolken hoch oben über den Himmel zogen, sprach Tante K. ein Dankgebet für das Leben von Letty und sagte, dass Lettys Seele in diesem Moment bei uns war. Ich hoffte die ganze Zeit, gleich würde ein Delphin neben uns auftauchen und vielleicht seinen Kopf zu uns herausstrecken, aber obwohl ich eine Ewigkeit hinschaute, kamen sie einfach nicht näher. Lettys Seele hätte das sicher auch gut gefallen.

Als wir dann endlich die zweite der Reisetaschen auspackten, fand Mum Lettys Kristalldelphine. Sie musste sie wirklich vorsichtig eingepackt haben, weil keine einzige der kleinen Finnen zerbrochen war. Sie hielt einen von ihnen lange, lange Zeit in der Hand. Dann holte sie tief Luft und gab ihn mir. «Kümmer du dich um sie», sagte sie. «Schau … schau, dass es ihnen gutgeht.»

Und dann sprachen wir nicht mehr über Letty. Von da an musste ich mich allein an sie erinnern. Zum Beispiel daran, wie wir einmal ein Biwak in unserem Schlafzimmer gemacht hatten, oder wenn wir draußen im Garten herumrannten und uns gegenseitig mit dem Schlauch nassspritzten. All das versuchte ich mir ganz fest einzuprägen, weil ich mir Sorgen machte, dass sie langsam verschwinden und ich mich bald nicht mehr an sie erinnern würde. In meiner Schublade habe ich zwei Fotos von ihr, und wenn ich sie mir nicht jeden Abend anschauen würde, wüsste ich schon nicht mehr genau, wie ihr Gesicht aussah, wie sie lächelte, mit ihrer Zahnlücke, wie sie sich mit dem Finger über die Nase strich, während sie am Daumen lutschte, und wie es sich anfühlte, wenn sie bei mir im Bett schlief.

Manche Dinge würde ich aber lieber vergessen. Wie jenen Abend, als Mum Letty und mich in die Arme nahm, nachdem Großmutter Villiers gegangen war, und uns sagte, jetzt würde sich alles ändern. Ich war zu ihr ins Zimmer gekommen, und sie hatte unsere Taschen gepackt, und ich war so froh, dass sie meinen alten Flanellhund Spike nicht vergessen hatte, ohne den ich nicht einschlafen konnte, und dass sie mir eingeschärft hatte, Daddy oder Großmutter nichts zu verraten, weil wir sie doch überraschen wollten. Sie merkte nicht, dass ich ihr dabei zusah, wie sie die beiden Taschen unter dem Bett versteckte. Ich erinnere mich noch an die blauen Flecken, die sie auf den Armen hatte, die ein bisschen so aussahen wie der, den ich bekommen hatte, als ich mit Filzstiften auf dem Küchentisch malte und Stephen mich so heftig von meinem Hocker gezerrt hatte, dass es weh tat.

Und ich erinnere mich daran, dass ich so aufgeregt gewesen war – ein bisschen wie vor Weihnachten –, dass ich es Letty sagen musste, obwohl ich ihr auch dazu sagte, dass es ein Geheimnis ist.

Und dann weiß ich noch, wie wir ein Video anschauen durften – *Pinocchio* –, obwohl doch gar kein Wochenende war, und dass Stephen nach Schnaps roch, als er nach Hause kam, dass Mum ihm aber trotzdem ein großes Glas Wein einschenkte, und wie sie dastand und ihn anlächelte, bis er sagte, sie sehe aus wie eine Idiotin. Als sie das Abendessen auftrug, konnte ich sehen, wie sie ihn aus dem Augenwinkel beobachtete, als würde sie auf etwas warten.

Und dann hatten Letty und ich einen blöden Streit wegen irgendwelcher Buntstifte, weil wir beide dasselbe Grün haben wollten, das viel besser war als dieses bräunliche Grün, das auf dem Papier immer so komisch aussah. Ich hatte es mir genommen, weil ich die Ältere war, und dann fing Letty an zu weinen und sagte, sie wolle nicht wegfahren, und Stephen fragte: «Wieso wegfahren?»

Und dann schaute er zu Mum, und sie starrten sich ein paar Sekunden lang an. Und dann drängte er sich an ihr vorbei und ging nach oben, und ich hörte, wie er alle Schubladen rauszog. Als er zurückkam, sah er so wütend aus, dass ich mich unter dem Tisch versteckte und Letty mit zu mir hinunterzog.

Ich hörte ihn schreien: «Wo sind die Pässe?», und seine Stimme war ganz hart, und ich kniff die Augen ganz fest zu, und während sie zu waren, gab es ein furchtbares Gerumpel, und Mum fiel auf den Boden und schlug sich den Kopf, und Stephens Hände kamen unter den Tisch, und er hob Letty hoch, die schrie wie am Spieß, und er sagte, sie müsse nirgendwo hinfahren, keine Sorge, und seine Stimme klang wie unter Wasser. Ich versuchte, Letty festzuhalten, aber er gab mir einen festen Stoß, und dann ging er mit Letty auf dem Arm raus, und sie schrie und schrie, aber er ließ sie nicht los. Und dann, als Mum gerade wieder zu sich kam, hörte ich sein Auto auf der Auffahrt, und der ganze Kies knirschte, und Mum fing an zu weinen, und sie merkte gar nicht, dass ihr Gesicht blutete, und ich klammerte mich an sie, weil ich solche Angst hatte, um Letty und um uns alle.

Ich weiß nicht, wie lange wir da saßen. Mum hielt mich fest und sagte immer wieder: «Sie kommen bald zurück, sie kommen bestimmt bald zurück», aber ich war mir nicht sicher, ob ich ihr glauben sollte. Und ich hatte auch Angst davor, weil ich dachte, wenn Stephen nach Hause kam, würde er wirklich sehr böse sein.

Irgendwann klingelte das Telefon. Mum saß zitternd auf dem Boden, an ihrem Kopf war immer noch das Blut, und ich nahm den Hörer ab, und dann war Großmutter Villiers dran, und ihre Stimme klang ganz komisch. Sie sagte: «Deine Mutter, bitte», als wäre ich eine Fremde. Und dann fing sie an, Mum anzuschreien, ich konnte ihre Stimme durch den Hörer durchhören, und Mum wurde ganz grau im Gesicht und stöhnte ganz komisch, und ich klammerte mich an ihre Beine, damit sie nicht mehr so zitterten. Und sie sagte wieder und wieder: «Was hab ich getan? Was hab ich getan?»

Das war die längste Nacht in meinem Leben. Trotzdem bin ich irgendwann auf dem Fußboden eingeschlafen, und als Mum mich weckte, war es schon fast hell. Sie sagte in einer komischen Stimme, dass wir jetzt gehen müssten. Ich fragte: «Was ist mit Letty?», und sie sagte, es sei ein Unglück geschehen, Stephen habe mit dem Auto einen Unfall gehabt, und Letty sei tot, und ihre Zähne klapperten, als würde sie in einem Pool schwimmen, in dem zu kaltes Wasser ist.

Danach kann ich mich an viel mehr nicht erinnern – nur dass ich in einem Taxi saß und dann in einem Flugzeug, und wenn ich weinte und sagte, ich wolle nicht wegfahren, antwortete Mum, das sei die einzige Möglichkeit, mich zu beschützen. Und dann erinnere ich, wie Tante K. an der Schranke im Flughafen stand und mich umarmte, als würde sie mich kennen, und zu mir sagte, alles würde gut werden, obwohl alles überhaupt nicht gut war. Und die ganze Zeit wollte ich zu Mum sagen: «Aber wie können wir denn Letty zurücklassen?» Was, wenn sie gar nicht tot war und im Krankenhaus auf uns wartete? Und selbst wenn sie tot war, hätten wir sie doch mitnehmen können, anstatt sie so viele Kilometer entfernt liegen zu lassen, wo wir nicht mal Blumen auf ihr Grab legen konnten, damit sie wusste, dass wir sie immer noch lieb hatten. Aber ich sagte nichts. Weil ich vielleicht schon merkte, dass meine Mum so lange, lange Zeit gar nichts mehr sagen konnte.

Das alles erzählte ich Mike, an dem Morgen, als ich zu ihm ins Zimmer kam und er dasaß und Mum im Arm hielt. Das erzählte ich ihm, nachdem sie weggelaufen war, obwohl ich es noch nie jemandem hatte erzählen können, nicht einmal Tante K., zumindest nicht alles. Aber ihm habe ich es erzählt, weil ich spürte, dass sich die Dinge geändert hatten und dass Mum es okay finden würde, wenn Mike es wusste.

Und dann hat Mike geweint, ganz still, und ich war sehr erstaunt, weil ich noch nie einen Mann hatte weinen sehen.

## KAPITEL 21

*Mike*

Während der Rest von Silver Bay am nächsten Morgen ausschlief und das Meer unter einem klaren, blauen Himmel langsam wieder zur Ruhe kam, erwachte Nino Gaines im Port Summer Hospital aus seinem Koma.

Kathleen hatte am Fußende seines Bettes gesessen, schwer auf die Lehne eines blauen, gepolsterten Stuhls gestützt. Nachdem sie zu Hause alle ins Bett gesteckt hatte, war sie am späten Abend noch ins Krankenhaus gefahren, wobei sie hinterher erklärte, sie habe einfach ihrem ältesten Freund ein wenig von dem erzählen wollen, was in dieser ereignisreichen Nacht so alles passiert war. Als der Morgen dämmerte, hatte die Erschöpfung sie übermannt, und sie war eine Weile eingedöst, hatte dann in der Zeitung des vergangenen Tages geblättert und ab und zu auch laut etwas daraus vorgelesen, wenn sie meinte, es könne Nino interessieren. Als sie zu einem Bericht über einen Mann kam, den sie beide kannten und der ein Restaurant eröffnet hatte, krächzte Nino: «Der größte Reinfall aller Zeiten.»

So erschöpft war sie von ihrer Angst um Hannah nach deren Verschwinden und dem Schrecken der Geisternetze, dass Kathleen erst noch zwei Sätze weiterlesen musste, bevor ihr klarwurde, was sie da gehört hatte.

Er war sehr schwach und ein wenig desorientiert, aber unter dem weißen Krankenhaushemd, dem Gewirr aus Schläuchen und Drähten kam unzweifelhaft der alte Nino Gaines zum Vorschein, und dafür, schien es, war die ganze Bevölkerung von Silver Bay dankbar. Die Ärzte stellten eine Unmenge von Untersuchungen mit ihm an, die er als «verdammte Zeitverschwendung» beklagte, machten Computertomographien und Kardiogramme, konsultierten ihre Lehrbücher und erklärten ihn schließlich für erstaunlich gesund für einen Mann seines Alters, der so viele Tage lang bewusstlos gewesen war. Man erlaubte ihm, sich aufzusetzen, nahm einige der Schläuche ab, die man ihm in den Arm gepikst hatte, und die zunächst nur langsam tröpfelnde Reihe von Besuchern wurde zu einem regelrechten Strom. Kathleen durfte die ganze Zeit bei ihm am Bettende sitzen – ein Privileg, das normalerweise nur einer Ehefrau vorbehalten war –, solange sie nicht für eine Erhöhung seines Blutdrucks sorgte.

«Den erhöht sie schon seit über fünfzig Jahren», sagte Nino in Kathleens Anwesenheit den Schwestern. «Und es hat mir immer nur mächtig gutgetan.»

Und Kathleen strahlte. Seither hat sie mit dem Strahlen eigentlich gar nicht mehr aufgehört.

\*\*\*

Nur wenige haben das Glück, schon früh in ihrem Leben ein Ziel ausmachen zu können. Sie entdecken für sich eine Bestimmung, ob das nun die Religion, die Kunst, das Geschichtenerzählen oder der Kampf für die Menschenrechte ist. Ich war mir meiner Bestimmung endgültig an einem klaren Morgen zu Beginn des australischen Frühlings sicher, als ein elfjähriges Mädchen meine Hand nahm und mir ein Geheimnis anvertraute. Von jenem Moment an begriff ich, dass ich fortan jedes auch noch so kleine bisschen Energie dem Schutz dieses Mädchens und seiner Mutter widmen wollte.

Die Tatsache, dass ich in Liza verliebt war – vielleicht überhaupt zum ersten Mal in meinem Leben richtig verliebt – und dies auch ausdrücken konnte, erfüllte mich mit Euphorie. Und sie schien meine Gefühle zu teilen. Nachdem mir die beiden von Letty erzählt hatten, befürchtete sie, ich könne meine Meinung über sie ändern und sie anders sehen – als rücksichtslose, hinterlistige Person, oder schlimmstenfalls sogar als Mörderin.

Als ich nach Hannahs Geständnis meine Fassung wiedererlangt hatte (Hannah hatte ihre Arme um mich gelegt, als ich weinte, eine Geste, die ich auf fast unerträgliche Weise rührend fand), machte ich mich auf die Suche nach ihr und fand sie in ihrem Zimmer, am Fenster sitzend, ihr Gesicht eine Maske des Elends. Ich ging hinein, schloss die Tür hinter mir, kniete vor ihr nieder und zog sie einfach an mich, ohne etwas zu sagen, sondern nur im Vertrauen darauf, dass meine Anwesenheit für sich sprechen konnte. Erst später verstand ich den wahren Grund dafür, warum sie es mir erzählt hatte.

Sie wollte sich stellen.

«Ich denke, das solltest du nicht tun», sagte ich.

Sie hob den Kopf von meiner Schulter. «Ich muss, Mike.»

«Du bestrafst dich selbst für etwas, was nicht deine Schuld war. Wie hättest du denn wissen sollen, dass er so reagieren würde? Wie hättest du wissen sollen, dass er den Wagen zu Schrott fahren würde? Mein Gott, er hat dich misshandelt. Du hattest Angst vor ihm. Man könnte auch sagen, du warst ...» Ich rang um die Worte. «... zeitweise von Sinnen.»

«Ich muss es tun.» Ihre Augen waren geschwollen vom vielen Weinen, aber sie blickten entschlossen und klar. «Ich habe praktisch meine kleine Tochter umgebracht. Fast hätte ich auch ihren Vater umgebracht. Ich kann mich mit dieser Schuld nicht mehr verstecken. Und wer weiß, vielleicht bringt der Fall die Publicity, von der du immer redest, und wir können sie dazu nutzen, öffentlich zu machen, was hier draußen vorgeht.»

«Aber das könnte alles umsonst sein. Eine sinnlose Geste mit verheerenden Folgen.»

«Dann lass mich mit deiner Schwester reden. Sie wird schon wissen, ob das etwas bringen könnte.»

«Liza, begreifst du denn nicht? Wenn das alles so war ... wie du sagst, dann kannst du dafür ins Gefängnis gehen.»

«Glaubst du, das wüsste ich nicht?»

«Und wie soll Hannah ohne dich zurechtkommen? Hat sie nicht schon genug verloren?»

Sie putzte sich die Nase. «Kathleen wird für sie da sein. Und es wird nicht für immer sein. Danach können wir von vorn anfangen. Ich kann von vorn anfangen.» Sie hielt mich an den Händen. «Mike, ich lebe seit Jahren nur ein halbes Leben. Lange Zeit habe ich mir etwas vorgemacht, aber es ist nur ein halbes Leben, ein Leben voller Angst. Ich möchte nicht, dass Hannah so aufwächst. Ich möchte, dass sie hingehen kann, wo sie will, dass sie sich anschauen kann, was sie will. Dass sie reisen kann. Was für ein Leben ist das hier schon für sie?»

«Ein verdammt gutes Leben», protestierte ich, aber sie schüttelte den Kopf.

«Sie kann Australien nicht verlassen. In dem Moment, wo sie ihren Pass vorzeigt, sind wir geliefert. Nicht einmal Silver Bay kann sie verlassen – es ist der einzige Ort, an dem ich das Gefühl habe, dass sie in Sicherheit ist.» Sie beugte sich vor. Ihre Worte waren sorgfältig gewählt, wie perfekt geformte Kieselsteine, die sie in vielen, vielen Jahren in den Gezeiten ihres Kopfes hin und her gerollt hatte, bis sie ganz rund und glatt waren. «Es ist wie ein Leben mit Geisternetzen», sagte sie. «Die ganze

Geschichte ... was ich getan habe. Letty, Stephen ... Es mag Tausende von Kilometern entfernt sein, aber dennoch ist alles da draußen und wartet nur darauf, mich wieder einzuholen. Wartet darauf, mir langsam die Gurgel zuzudrücken, mich in den Abgrund zu ziehen. Und das schon seit Jahren.» Sie schob sich das Haar hinter die Ohren, und mein Blick fiel auf eine kleine weiße Narbe. «Wenn das Bauprojekt in die Tat umgesetzt wird, müssen wir weiterziehen», sagte sie. «Und wo auch immer wir hingehen, das alles wird einfach immer hinter uns her treiben.»

Ich barg mein Gesicht in meinen Händen. «Das ist alles meine Schuld. Wäre ich bloß nie hierhergekommen ... Gott, in was für eine Lage ich dich gebracht habe ...»

Ich spürte ihre Hand auf meinem Haar. «Du konntest es nicht wissen. Wenn nicht du, dann wäre irgendwann jemand anders gekommen. Ich bin nicht so naiv zu glauben, dass wir für immer so hätten weitermachen können.» Sie schluckte. «So sieht es aus. Ich habe mir das gründlich überlegt. Wenn ich mich stelle, gebe ich Hannah ihre Freiheit und lenke die Aufmerksamkeit auf die Wale. Die Leute werden mir einfach zuhören müssen.» Sie lächelte mich zaghaft an. «Und ich werde am Ende auch frei sein. Das musst du verstehen, Mike, dass ich mich auch davon freimachen muss. So frei, wie es nur eben geht.»

Ich starrte sie an und spürte schon in diesem Moment, wie sie mir langsam entglitt. «Tu mir einen Gefallen», sagte ich und streckte die Hand nach ihr aus. «Unternimm nichts, bevor ich nicht mit meiner Schwester gesprochen habe.»

Am Abend rief ich also Monica an. Und nachdem ich ihr Stillschweigen erbeten hatte, erzählte ich ihr in allen Einzelheiten, an die ich mich erinnern konnte, was Liza mir gestanden hatte.

Als ich geendet hatte, war es lange still in der Leitung.

«Großer Gott, Mike, du hast aber auch ein Händchen», sagte Monica schließlich. Ihre Stimme war ganz leise. Und dann fragte sie, während ich ihren Stift übers Papier kratzen hörte: «Stimmt das auch alles? Das hat sie sich doch nicht ausgedacht, oder?»

Ich dachte daran, wie Liza in meinen Armen gezittert hatte. «Nein, das stimmt alles. Glaubst du, man könnte eine Geschichte daraus machen?»

«Machst du Witze? Die Boulevardpresse würde sich die Finger danach lecken.»

Ich zögerte. «Wenn wir das machen, Monica, dann muss ihr Fall dabei so sympathisch dargestellt werden wie nur irgend möglich. Die Leute müssen verstehen, wie sie überhaupt in eine solche Situation kommen konnte. Wenn du sie kennen würdest ... wenn du wüsstest, was für ein Mensch, was für eine Mutter sie ist ...»

«Du möchtest, dass *ich* es schreibe?» Ihre Stimme klang ungläubig.

«Ich vertraue niemandem sonst.»

Kurze Pause.

«Danke. Danke, Mike. Ich ...» Sie wirkte etwas abgelenkt, als würde sie ihre Notizen durchgehen. «Ich werde mal mit unserer Justiziarin reden und mir ihre Einschätzung der Rechtslage einholen. Ich möchte nichts schreiben, das einen künftigen Rechtsstreit negativ beeinflussen könnte.»

Ich starrte den Hörer an. Gerade eben hatte sie die ganze unbequeme Wahrheit über Lizas Situation und was sie bedeuten könnte, ausgesprochen. «Und du glaubst ... Denkst du, sie könnte mit ihrem Auftreten die Sache der Wale in ein neues Licht rücken?»

«Wenn es ihr gelingt, klarzumachen, dass sie nicht nur in eigener Sache an die Öffentlichkeit tritt, sondern auch, um eine

Menge Walbabys zu schützen, könnte das die Leute durchaus für sie einnehmen. Die Leute lieben diese Walgeschichten, und was noch wichtiger ist, sie lieben exzentrische Persönlichkeiten. Besonders, wenn sie blond und hübsch sind, das hab ich dir schon mal gesagt.»

«Wenn du das Interview selbst führen würdest, könntest du dafür sorgen, dass alles richtig rüberkommt. Dass man ihr die Worte nicht im Mund rumdreht.»

«Das mache ich gerne, Mike. Für euch. Aber du musst sehr genau mit ihr absprechen, ob sie das wirklich will. Denn wenn alles stimmt, was du sagst, kann ich nicht einschätzen, was mit ihr passieren wird, sobald die Sache ans Licht kommt. Andere werden die Geschichte aufgreifen und sie drehen, wie es ihnen passt. Und es wird nicht gut aussehen, dass sie damals weggelaufen ist.»

«Ihre Tochter war gestorben. Sie hörte, dass Stephens Zustand bedrohlich war. Sie musste Hannah schützen.»

«Aber selbst wenn es mir und allen anderen gelingt, sie als Unschuldsengel hinzustellen, könnte sie immer noch verhaftet werden und im Gefängnis landen. Besonders, wenn dieser Typ – ihr Ex – auch gestorben ist. Wenn die Staatsanwaltschaft nachweisen kann, dass sie ihm diese Pillen gegeben hat, obwohl sie wusste, dass er vorher Alkohol getrunken hatte, und dass sie ihn in sein Auto steigen ließ – na ja, ich meine, ich sage es nicht gern, aber das ist im besten Falle Totschlag.»

«Und Mord im schlimmsten?»

«Ich weiß es nicht. Ich bin keine Gerichtsreporterin. Aber eins nach dem anderen. Buchstabier mir noch mal seinen Namen. Ich schau mal, was ich herausfinden kann, und melde mich dann wieder bei dir.»

\*\*\*

Die Einsprüche bei der öffentlichen Anhörung nahm man zwar offiziell zur Kenntnis, doch wurde weitgehend mit einer Ablehnung gerechnet. In den Zeitungen diskutierte man im Zusammenhang mit dem Bauvorhaben in Silver Bay nunmehr vorrangig das «Wann», nicht mehr so sehr das «Ob». Und wie zur Bestätigung tauchten jetzt rund um den Drahtzaun des Abbruchgeländes großformatige Schilder auf, die «aufregende Investitionsmöglichkeiten für 2-, 3- und 4-Zimmer-Ferienwohnungen als Teil eines einzigartigen Erholungskonzepts» versprachen.

Wenn ich die Slogans las, die ich selbst einmal formuliert hatte, wurde mir ganz schlecht. Die schimmernden, vier Meter hohen Infotafeln wirkten an diesem verlassenen Stück Strand völlig fehl am Platze und betonten noch die Schäbigkeit des Silver Bay Hotels, das seinen blätternden Putz und die brüchigen Verschalungen mittlerweile trug wie ein Kriegsveteran seine Tapferkeitsmedaille. Es stand da wie ein schweigendes Mahnmal einer längst vergangenen Zeit.

Eines Morgens, als ich wieder einmal zuschaute, wie eine ganze Busladung voll wildfremder Menschen herangekarrt wurde, die ausstiegen, zwischen den Anschlagtafeln herumliefen und dabei unablässig in ihre Handys plapperten, drehte ich mich zur Seite und sah, dass Kathleen neben mir stand. Für sie musste sich das Ganze anfühlen wie eine Invasion von Außerirdischen, dachte ich. Nachdem ihr ein ganzes Leben lang nur die See und eine Handvoll Freunde Gesellschaft geleistet hatten, sah es nun so aus, als würde sie für den Rest ihrer Tage einen nicht enden wollenden Strom von Fremden vor ihrer Haustür vorbeiziehen sehen.

Sie sagte nichts. Ihr windgegerbtes Profil hob sich scharf vom Himmel ab, während sie die Menschen beobachtete. Als sie schließlich sprach, schaute sie immer noch geradeaus.

«Wann müssen wir also anfangen zu packen?», fragte sie.

Mein Magen krampfte sich zusammen. «Es ist noch nicht vorbei, Kathleen», erwiderte ich.

Sie sagte nichts.

«Selbst wenn wir den Kampf gegen das Bauprojekt verlieren, gibt es noch eine Menge Möglichkeiten für uns, die Auswirkungen auf Ihr Hotel abzuschwächen. Ich werde einen Businessplan erstellen. Wir könnten uns ein paar Modernisierungsmaßnahmen einfallen lassen ...»

Sie legte mir eine Hand auf den Arm, um mich zu unterbrechen. «Ich habe großen Respekt vor Ihnen, Mike Dormer. Und er wäre noch größer, wenn ich mich darauf verlassen könnte, dass Sie mir die Wahrheit sagen.»

Doch wie sah die Wahrheit aus? Yoshi stand in Kontakt mit den Organisationen für Wal- und Delphinschutz, die sich bemühten, einen Bericht über die zerstörerische Wirkung von Lärm auf Meeressäuger zu beschleunigen. Sie hatte angefragt, ob es möglich sei, darin auch auf die Folgen von Motorbooten und Jet-Skis einzugehen. Wir hatten eine Petition mit immerhin siebzehnhundert Unterschriften eingereicht. Wir hatten eine Website gebaut, die täglich mehrere hundert Mal besucht wurde, und erhielten Unterstützermails aus der ganzen Welt. Diverse Wal- und Naturschutzorganisationen hatten Protestbriefe an den Stadtrat geschickt.

Nach der Schule saß Hannah oft am Computer und schickte E-Mails an andere Schulen, um mehr Kinder zum Mitmachen zu bewegen. Mein Laptop war mittlerweile praktisch in ihren Besitz übergegangen, und ich verbrachte so viele Stunden wie möglich am Telefon und versuchte, Leute aus der Stadt davon zu überzeugen, gegen das Projekt auf die Barrikaden zu gehen. Ich war dem Rat meiner Schwester gefolgt und versuchte, sowohl vor Ort als auch landesweit Aufmerksamkeit zu erregen.

Nichts davon zeigte jedoch Wirkung. Im Gegenteil: Jedes Mal, wenn ich vor die Tür trat, schien das zernarbte Gelände vor unserer Nase noch mehr Aufmerksamkeit auf sich zu ziehen als vorher. Immer mehr Leute in Anzügen, immer mehr Arbeiter in Sicherheitshelmen tummelten sich auf der Baustelle.

Ich schüttelte den Kopf. «Es ist noch nicht vorbei.» Meine beruhigenden Worte galten genauso mir selbst wie Kathleen.

Sie begann, mit schweren Schritten den Pfad zum Hotel hochzusteigen. «Klingt mir sehr nach Oper und Melodram», rief sie, über ihre Schulter hinweg.

Wie befürchtet war die *Hannah's Glory* in jener Nacht untergegangen, unter den hohen Wellen begraben, nachdem sich ihr Ruder in den Geisternetzen verheddert hatte. Wenn ich jetzt auf das Meer hinausschaute, empfand ich die schiere Macht der Wogen als geradezu überwältigend. Das Meer verschluckte die Dinge auf einen Satz, und hinterher war es so, als hätte es sie nie gegeben. Kein kleines Boot, keine Netze, keine Meerestiere, die darin verendeten. Niemand sprach mehr über die Jolle, als erst einmal klargeworden war, dass sie irgendwo auf dem Meeresboden ihre letzte Ruhestätte gefunden hatte. Greg fühlte sich spürbar unwohl bei dem Gedanken, dass er ungewollt eine Mitschuld an der lebensbedrohlichen Situation trug, in die Hannah sich gebracht hatte, und mir selbst ging es nicht anders. Die Vorstellung von ihr da draußen in dem Boot verfolgte uns beide.

Dann, wie aus heiterem Himmel, verkündete Liza eines Tages beim Frühstück, dass sie für Hannah ein Boot suche.

«Wie bitte?»

*Hannah's Glory* erwähnte sie mit keinem Wort. «Ich finde, du bist jetzt alt genug. Ich habe Peter Sawyer darum gebeten, mal die Augen offen zu halten. Soll ein kleiner Kutter sein, wie der von Lara. Aber du musst Unterricht nehmen. Und wenn ich dich jemals dabei erwische, dass du ohne Erlaubnis rausfährst, dann war's das. Kein Boot mehr, endgültig.»

Hannah ließ mit einem Klirren ihren Löffel fallen, sprang vom Stuhl auf und warf sich ihrer Mutter an den Hals. «Ich werde nie mehr irgendwohin fahren, ohne es dir zu sagen», rief sie. «Gar nichts werde ich tun. Richtig brav werde ich sein. Oh, danke, Mum.»

Liza versuchte, ganz streng zu gucken, als ihre Tochter sie drückte und vor Glück auf und ab sprang.

«Ich vertraue dir», sagte sie.

Hannah nickte mit glänzenden Augen. «Kann ich Lara anrufen und es ihr erzählen?»

«Du siehst sie doch in einer halben Stunde in der Schule.»

«*Bitte.*» Das Zögern ihrer Mutter war ihr Bestätigung genug. Wir hörten, wie sie durch den Flur lief, und dann ihre hohe Stimme am Telefon.

Liza blickte auf ihr Frühstück hinab, als wäre es ihr peinlich, dass sie ihre Meinung geändert hatte. Kathleen und ich starrten sie immer noch an. Möglich, dass mein Mund offen stand.

«Sie wohnt schließlich am Meer», murmelte Liza. «Irgendwann muss sie es ja lernen.»

«Wohl wahr», sagte Kathleen und wandte sich wieder dem Herd zu. «Peter findet bestimmt ein gutes Boot für sie.»

«Außerdem», fügte Liza hinzu, und ihr Blick begegnete meinem, «ist es nur vernünftig. Vielleicht bin ich ja nicht immer hier, um auf sie aufzupassen.»

Liza und ich hatten nicht über «uns» gesprochen. Mehrere Wochen lang ging ich einfach davon aus, dass es ein «Wir» gab, obwohl es zwischen uns eine unausgesprochene Vereinbarung gab, vor Kathleen, Hannah oder den Waljägern unsere Zuneigung nicht zu zeigen. Die Walmigration nach Süden hatte begonnen, wenngleich nur spärlich, und wenn ich manchmal unter Tag eine Pause von der Telefoniererei brauchte, fuhr ich mit Liza hinaus, saß als schweigender Helfer an Deck ihres Bootes und beobachtete, wie sie sich mit sicheren Schritten darauf bewegte. Ich mochte den ehrfürchtigen Unterton in ihrer Stimme, wenn sie Geschichten über die Wale erzählte, mochte die liebevolle Beiläufigkeit, mit der sie Milly hinter den Ohren kraulte, während sie steuerte, und die freudigen Rufe, die sie ausstieß, wenn sie einen Wal entdeckte. Ich war mir ihrer körperlichen Präsenz nur allzu bewusst, wenn sie mich beim Vorübergehen streifte, ihrer geschmeidigen Bewegungen, wenn sie am Steuerrad drehte oder sich über die Reling hängte. Es gefiel mir, wie das Boot zu einem Teil von ihr wurde und mit welcher Selbstverständlichkeit sie es bediente. Es war eine Ironie des Schicksals, dass alle durch die Protestaktion viel zu tun hatten und es morgens wie nachmittags Passagiere gab, aber wir hätten ebenso gut allein an Bord sein können, so wenig achtete ich auf alles andere, wenn ich mit Liza zusammen war.

Mit Ausnahme von Hannah. Hannah war für mich ein fester Bestandteil der Liebe, die ich für ihre Mutter empfand. Außerdem verspürte ich ein geradezu überwältigendes Verlangen danach, sie zu beschützen, sie vor all dem Schrecken abzuschirmen, den sie bereits durchgemacht hatte. Und ich verstand, warum Liza alles aufgegeben hatte, um dafür zu sorgen, dass Hannah in Sicherheit war. Hannah wusste, was zwischen ihrer Mutter und mir vorging, sagte aber nichts. Doch die verschwörerische Art und Weise, wie sie mich angrinste und ab und zu heimlich meine Hand nahm, machte mich so stolz über ihre stillschweigende Zustimmung, dass es mir manchmal den Atem raubte. Wenn ich jemals ein Kind haben würde, sollte es genauso sein wie Hannah. Ich wünschte mir nichts so sehr, wie ein Teil ihres Lebens zu sein, wenn Liza das zuließ.

Wir hatten nicht von Liebe gesprochen, aber ich spürte sie in jeder Faser meines Körpers pulsieren und trug sie mit mir herum wie eine Wolke oder den Meeresdunst, der mich umgab. Lizas gehobene Stimmung, ihr häufiges Lächeln, die Art, wie sie errötete, zeigten mir, dass sie ebenso empfand. Ich musste sie gar nicht dazu bringen, es auszusprechen, so wie Vanessa mich damals fast genötigt hatte. Diese Frau, die beinahe alles verloren hatte, deren Vertrauen so gewaltsam missbraucht worden war, hatte mir den Zugang nicht nur zu ihrem Körper, sondern auch zu ihrem Herzen gewährt. In den meisten Nächten kam sie leise über den Flur in mein Zimmer herüber, und in dem schummrigen Licht schlug ich die Bettdecke zurück und ließ sie zu mir schlüpfen. Und wenn sie dann mit ernster und fast ungläubiger Miene die Fingerspitzen über mein Gesicht gleiten ließ, wusste ich, dass ich genau denselben Ausdruck auf dem Gesicht trug wie sie.

Ich glaube nicht, dass ich jemals so glücklich gewesen war wie in jenen Momenten, wenn ich voller Vorfreude auf ihr Kommen wartete, dabei auf die Gespräche zwischen Kathleen und Hannah im Erdgeschoss lauschte, hörte, wie die Badezimmertür ging, das «Gute Nacht», und dabei wusste, dass sie in nur wenigen Stunden die meine sein würde.

Es gab nichts an ihr, das ich nicht staunend bewunderte. Ich liebte ihr Haar, das immer aussah wie frisch von der Meeresbrise durchgepustet. Ich liebte ihre Haut, die stets einen leisen Hauch von Salz auf sich hatte, die verblasste Narbe, deren Herkunft ich jetzt kannte, und die Sommersprossen, die ein Leben an der frischen Luft mit sich brachte. Ich liebte ihre Augen, die eine Sekunde noch unergründlich und nachdenklich blicken konnten, nur um im nächsten Moment gierig und verlangend zu werden, wenn wir allein waren. Wenn wir miteinander schliefen, behielt ich die Augen offen und schaute Liza an, und wenn ich zum Höhepunkt kam, glaubte ich oft, darin zu ertrinken. Sie war die meine. Das wusste ich, und es erfüllte mich mit tiefer Dankbarkeit.

Jetzt, wo ich sie gefunden hatte, war mir der Gedanke, sie zu verlieren, schier unerträglich. Ich lag nachts wach, schaute sie an, versuchte, sie mir vorzustellen, wie sie in einem kalten grauen Land Millionen von Kilometern entfernt in einer Gefängniszelle saß, umgeben von unfreundlichen Gesichtern. Doch das Bild wollte sich nicht einstellen. Liza in einer Gefängniszelle – das war einfach nicht kompatibel. Sie lachte über mich, wenn ich dieses Wort benutzte.

«Es wird schon alles gut», sagte sie und schmiegte sich an mich, den Arm über meine Brust gelegt.

Ich empfand sein Gewicht wie einen Segen. «Ich kann mir dich nicht vorstellen weg vom Meer.»

«Ich bin ja kein Wal. Ich kann schon außerhalb des Wassers überleben.» Ich hörte ihrer Stimme an, dass sie lächelte. Doch ich war mir da nicht so sicher. «Ich werde helfen, mich um Hannah zu kümmern», sagte ich. «Wenn du willst.»

«Ich erwarte nicht von dir, dass du bleibst.»

«Ich möchte aber.»

«Aber ich weiß nicht, wie lange ich weg sein werde.»

«Umso mehr ein Grund für mich, hier zu sein.»

Als sie wieder anhob zu sprechen, spürte ich, dass es ihr nicht leichtfiel. «Mike. Ich möchte nicht ... ich möchte nicht, dass Hannah noch jemanden verliert. Ich möchte nicht, dass sie dich liebgewinnt, und dann, vielleicht in ein paar Jahren, merkst du doch, dass dir alles zu viel wird. Das Warten, meine ich.»

«Glaubst du das wirklich, dass ich so denken könnte?»

«Man kann nie wissen.» Sie hielt inne. «Ich habe am eigenen

Leib erfahren, dass die Dinge sich manchmal anders entwickeln als geplant. Und das hier wird schließlich kein Spaziergang.»

Ich lag neben ihr und dachte darüber nach, was sie mir gerade gesagt hatte.

«Ich würde es dir nicht übelnehmen», sagte sie leise, «wenn du auch abreist, sobald ich weg bin. Du bist uns ... ein guter Freund gewesen.»

«Ich gehe nirgendwo hin», sagte ich. Und mit diesen Worten breitete sich eine ganz neue Stimmung zwischen uns im Dunkeln aus, ein Gefühl von Beständigkeit.

Ich hatte nicht einmal darüber nachgedacht, was ich sagen würde, aber nun war es so weit: In meinen Worten spiegelte sich das wahre Abbild meiner selbst, meiner Gefühle. Ich nahm ihre Hand, und mein Daumen fuhr sanft über ihre Knöchel, als sich ihre Finger fest um die meinen schlossen.

Ihre Stimme brach. «Hannah wird so viele Freunde brauchen, wie sie nur kriegen kann.»

Ich wusste, dass sie gerade dabei war, ihre Tochter aus ihren Gedanken zu verdrängen und sich von ihr zu lösen, in einem Versuch, das zu tun, was richtig war. In solchen Momenten spürte ich ihren Schmerz ganz deutlich, und ich wünschte, ich hätte ihn ihr irgendwie abnehmen können.

«Du musst es nicht tun», sagte ich, wohl zum hundertsten Mal.

Sie brachte mich mit einem Kuss zum Schweigen. «Ich weiß, dass das für dich schwer zu verstehen ist, aber ich habe das Gefühl, zum ersten Mal in meinem Leben die Dinge selbst in die Hand zu nehmen.» Ich spürte ihr tapferes Lächeln in der Dunkelheit. «Ich bin am Ruder.»

«Mein Skipper», sagte ich und drückte sie an mich.

«Ich versuche mein Bestes», erwiderte sie und schlang mit einem Seufzen ihre Beine um mich.

Meine Schwester rief um Viertel nach drei an jenem Morgen an. Den Zeitunterschied hatte sie einfach nicht auf dem Schirm. Liza rührte sich neben mir, und ich tastete nach meinem Handy.

«Also, willst du zuerst die gute Nachricht hören oder die schlechte?»

«Ich weiß nicht», sagte ich im Halbschlaf und rieb mir die Augen. «Wie du meinst.»

«Die gute Nachricht ist, dass ich ihn gefunden habe und dass er am Leben ist. Es hat ein bisschen gedauert, weil er einen Doppelnamen trägt. Ich glaube, er hat noch den Namen seiner Frau angenommen. Die Mutter ist tot, was hilfreich ist, weil es so weniger Leute gibt, die seinen Standpunkt untermauern können. Das heißt, deine Freundin wird schon mal nicht wegen Mordes vor Gericht stehen.»

Sie hielt inne, während ich das Gesagte verarbeitete und dabei versuchte, mich zu der Erleichterung zu zwingen, die mir angebracht schien.

«Die schlechte Nachricht, Mike, ist, dass er Stadtrat ist. Ein angesehenes Mitglied seiner Gemeinde. Verheiratet, wie gesagt, drei Kinder, eine stabile, makellose Existenz. Vorsitzender zahlreicher Wohltätigkeitsorganisationen, alles vom Feinsten. Ein Stadtratsmitglied mit Ambitionen für das Parlament. In zig Zeitungsartikeln sieht man ihn auf Fotos, wie er irgendeinem Polizeichef die Hand schüttelt oder einen Scheck für einen guten Zweck überreicht. All das wird es Liza nicht gerade leichter machen.»

## KAPITEL 22

*Liza*

Mike arbeitete Tag und Nacht daran, das Bauprojekt zu stoppen. Manchmal war er abends noch zu so später Stunde beschäftigt, dass ich Angst hatte, er würde irgendwann krank werden. Kathleen reichte mir Tabletts mit Essen, die ich ihm hochbringen sollte, und ich setzte mich zu ihm und tat, was ich konnte, aber ich bin nicht besonders gut im Umgang mit Menschen. Wenn ich ihn so hörte, wie er die Leute beschwatzte und umgarnte, wie er die Dinge mit einer Bestimmtheit darstellte, die keinen Widerspruch zu dulden schien, drehte sich mir der Kopf. Er hatte keine Angst, mit jemandem zu reden, ganz gleich, wer es war. Wer auch immer ans Telefon ging, er wollte immer den Ranghöheren sprechen, und wenn der ihm keine zufriedenstellende Antwort geben konnte, dann eben den darüber. Er hatte ein gutes Gedächtnis für Zahlen – zum Beispiel konnte er mit einer Selbstverständlichkeit Statistiken ins Gespräch werfen, als hätte er sie schwarz auf weiß vor sich liegen, und jeden, mit dem er sprach, warnte er vor Lärmbelästigung und Umweltverschmutzung, vor Zusatzkosten und verminderten Umsätzen. Er erklärte, wie das Geschäft von den örtlichen Bars, Restaurants und kleinen Hotels abgezogen würde. Er zeigte auf, wo die Profite aus dem geplanten Hotel wirklich landen würden.

Und doch reichte es nicht aus. Er hatte Yoshis Kumpel von der Uni dazu gebracht, die Auswirkungen von Lärm auf die Wale zu untersuchen, aber, so hatte sie mir gesagt, als er einmal außer Hörweite war, diese Dinge brauchten einfach ihre Zeit. Es war nicht so, als könnte man einen Wal in eine Petrischale legen und ihn anstupsen, um zu sehen, wie er reagierte. Die Migration war in vollem Gange, die Wale waren auf dem Weg in die Antarktis, nach November würden sie monatelang nicht mehr in unsere Gewässer zurückkehren, und dann war es zu spät. Aber Mike schien es gar nicht zu hören, wenn ich diese Dinge erwähnte, sondern senkte nur den Kopf und fing wieder an zu telefonieren.

Ich glaube, er dachte, wenn er das Projekt stoppen könnte, würde ich nicht nach England gehen und irgendwie würde schon alles ins Lot kommen. Meine größte Angst war, dass die «Story», wie er es nannte, nicht ausreichen würde, um die Tiere zu retten.

Er hatte auf allen Booten Unterschriftenlisten ausgelegt und versuchte, eine Protestaktion für den Tag auf die Beine zu stellen, an dem das Modell des neuen Hotelkomplexes im Blue Shoals Hotel ausgestellt würde. Er fand, dass es nur zäh voranging; viele Leute hatten sich mit dem Bauprojekt längst abgefunden und dachten über Möglichkeiten nach, wie sie selber daraus Kapital schlagen könnten. Und selbst bei denjenigen, die es nicht wollten, konnte man nicht sicher sein, dass sie zu Aktionen bereit waren. Die Leute in Silver Bay waren keine Menschen, die auf die Barrikaden gingen. Vielleicht lag das am Meer: Die Nähe zu dieser unkontrollierbaren Naturgewalt machte einen sehr schicksalsergeben.

Hannah war Mikes größte Unterstützung. Er hatte sie und Lara dazu gebracht, Plakate zu malen, auf denen stand, ihre Schule wolle weder das Geld noch die neuen Einrichtungen, wenn diese die Folge des Bauprojekts seien. Auch dort waren Unterschriftenaktionen gestartet worden, die Mädchen hatten ihre Klassenkameraden zusammengetrommelt und sogar im örtlichen Radiosender über die verschiedenen Charaktere der Delphine in der Bucht gesprochen. Als Kathleen und ich Hannahs Stimme im Radio gehört hatten, waren wir vor Stolz fast geplatzt. Mike hatte ihr eine E-Mail-Adresse eingerichtet, damit sie alle Wal- und Delphinschutzorganisationen informieren konnte, die sie im Internet fand. Diese geballte Aktivität hatte ihr gutgetan und ihr geholfen, den Schock über ihr Erlebnis mit den Geisternetzen zu überwinden. Sie schien ein ganz anderer Mensch zu sein, ein selbstbewusstes, begeisterungsfähiges, entschlossenes Mädchen.

Sobald ich konnte, sagte ich es meiner Tochter. Eines warmen Freitagnachmittags nach der Schule lud ich sie auf ein Eis ein, und wir setzten uns ans Ende der Walmole, ließen winzige silbrige Fischchen an unseren Zehen knabbern, während Milly, voller Hoffnung auf die Eiswaffel, uns die Schultern vollsabberte. Die Anwältin hatte mir gesagt, wenn ich zurückginge, würde der Fall vor Gericht kommen, und ich würde erklären müssen, was geschehen war. Wahrscheinlich würde auch Hannah befragt werden und die Geschehnisse so schildern müssen, wie sie es Mike gegenüber getan hatte. Das alles sagte ich ihr.

Sie saß da, ihr Eis war unberührt. «Muss ich dann wieder bei Stephen wohnen?», fragte sie.

Schon bei der Erwähnung seines Namens lief es mir eiskalt den Rücken hinunter. «Nein, Liebes. Du bleibst bei Kathleen. Sie ist deine nächste Blutsverwandte nach mir.»

«Musst du ins Gefängnis?»

Ich hatte nicht vor, meine Tochter anzulügen, weshalb ich ihr sagte, das sei durchaus möglich. Aber ich fügte hinzu, wenn ich

Glück hätte, würde der Richter befinden, dass ich damals vorübergehend psychisch aus dem Gleichgewicht gewesen war, sodass ich vielleicht nur eine kurze Gefängnisstrafe zu verbüßen hatte oder sogar eine, die zur Bewährung ausgesetzt wurde.

So viel hatte mir die Anwältin gesagt, die Mike und ich am Tag zuvor aufgesucht hatten. Mike hatte mit grimmiger Miene vor ihr gesessen und unter dem Schreibtisch meine Hand gehalten. «Ihnen ist schon bewusst, dass es nicht ihre Schuld war?», hatte er sie mehrfach gefragt, als wäre sie die Person, die er überzeugen musste. Erst danach dämmerte mir, dass er nur einen Testballon starten wollte, um auszuprobieren, welche Reaktion meine Schilderung hervorrufen würde, wenn sie anderswo vor weniger wohlwollenden Ohren vorgebracht wurde. Die Anwältin hielt sich allerdings professionell bedeckt, trotz des überhöhten Honorars, das Mike ihr für ihre kostbare Zeit zahlte. Das Einzige, was er aus ihr herausbekam, war die Aussage, die Entwicklung der Dinge sei «ungünstig». Dann hatte sie noch gesagt, es sei nicht ihre Aufgabe, sich ein Urteil über das zu bilden, was geschehen sei, doch sagte sie das in einem Ton, der vermuten ließ, dass sie es längst getan hatte.

Das Allerwichtigste, sagte ich Hannah und zwang mich dabei zu einem Lächeln, sei, dass wir endlich frei über unser Leben verfügen könnten, wenn das alles vorüber war.

«He», sagte ich und nahm sie in den Arm, «vielleicht kannst du dann ja sogar nach Neuseeland fahren. Dieser Schulausflug, über den du gesprochen hast. Wie findest du das?»

Zuerst sah ich ihr Gesicht nicht. Sie schaute zur anderen Seite der Bucht und hatte den Kopf weggedreht. Als sie schließlich zu mir herschaute, erschrak ich über das tiefe Entsetzen, das sich in ihrem Gesicht widerspiegelte.

«Ich will nicht nach Neuseeland», sagte sie, und ihre Züge sackten in sich zusammen. «Ich will, dass du bei mir bleibst.»

Ich konnte ihr nichts vormachen. In ihren Augen standen nur Angst und Verzweiflung, und ich fühlte mich schrecklich, weil ich es gewesen war, die ihr diese Angst machte.

«Alle lassen mich allein», flüsterte sie.

«Nein, Liebes, das stimmt nicht ...»

«Und jetzt gehst du auch noch weg, und ich hab niemanden mehr.»

Sie brach in Tränen aus, und ich ließ mein Eis fallen und nahm sie in die Arme, verzweifelt bemüht, nicht mit ihr zu weinen. In Wahrheit machte mich die Vorstellung, von meiner Tochter getrennt zu werden, regelrecht krank. Die Aussicht, dass sie all die kostbaren Jugendjahre ohne mich durchleben würde. Würde sie mir vergeben? Würde sie sich selbst vergeben? Ich schloss die Augen, atmete den Duft ihres Haares ein und spürte darin einen entfernten Hauch meiner verlorenen Letty. Als mir bewusst wurde, dass ich kurz davor war, die Fassung zu verlieren, riss ich mich zusammen und konzentrierte mich mit aller Kraft auf Hannah. Um sie sollte es jetzt gehen, nicht um mich.

Sie fasste sich wieder. Die Tapferkeit und Selbstkontrolle meiner Tochter zerriss mir das Herz. Während sie sich mit dem Handballen über die Augen wischte, entschuldigte sie sich. «Ich wollte nicht weinen», sagte sie.

«Jetzt fühlt es sich vielleicht schrecklich an, aber es wird wieder besser», sagte ich, um ihr Sicherheit zu vermitteln, die ich selbst nicht empfand. «Wir können uns schreiben und telefonieren, und dann sind wir schneller wieder beisammen, als du denkst.» Ein Halm Seegras hatte sich in ihrem Haar verfangen, und ich pustete ihn weg.

Sie schniefte.

«Und was noch wichtiger ist, wann immer ich über Letty spreche, werde ich auch über die Wale reden. Und die Delphine.»

«Glaubst du denn, das kann das Hotelprojekt stoppen?»

«Ich hoffe es. So könnte ihr Tod ja doch noch etwas Gutes bedeutet haben.»

Wir saßen da, starrten aufs Wasser hinaus und grübelten über das nach, was ich gesagt hatte. Hannah war zu höflich, um es mir zu sagen, aber ich merkte trotzdem, was sie dachte: dass aus Lettys Tod niemals etwas Gutes erwachsen könne.

Dann drehte sie sich mir zu: «Hat sie denn ein Grab in England? Wo du ihr Blumen hinbringen könntest?»

Ich musste ihr sagen, dass ich es nicht wusste. Ich wusste nicht einmal, ob meine eigene Tochter begraben oder eingeäschert worden war.

«Ist auch nicht wichtig, wo Letty ist», sagte sie schnell, vielleicht weil sie sah, wie ich mich quälte, «weil sie immer hier ist.»

Sie nahm meine Hand und legte sie auf ihr Herz. Den Rest des Satzes sagte sie nicht, aber ich konnte ihn in ihren Augen sehen, in ihren zusammengepressten Kiefern: *So wie du auch.* Und ich wusste nicht, ob ich das als Versprechen interpretieren sollte oder als Vorwurf.

\*\*\*

Kathleen war nicht gerade ein Fan von Partys. Trotz ihrer Tätigkeit als Hotelbesitzerin war sie im Grunde einer der am wenigsten geselligen Menschen, die ich kannte: Sie war glücklicher allein in ihrer Küche oder draußen auf ihrem Boot, als wenn sie mit Gästen oder Besuchern Smalltalk machen musste. Deshalb überraschte es auch alle, als sie, nur zwei Tage, nachdem Hannah und ich unser Gespräch geführt hatten, den Waljägern verkündete, Nino Gaines sei aus dem Krankenhaus entlassen worden, und sie wolle ihm eine kleine Feier ausrichten. Das Ganze würde hier draußen vor dem Hotel stattfinden, damit er die frische Luft genießen, das Meer betrachten und all seine Freunde wiedersehen könne.

«Lance, Sie können den Mund auch wieder zumachen. Wird doch Zeit, dass wir endlich mal wieder was zu feiern haben», sagte sie, als die Waljäger an den gebleichten Tischen vor Erstaunen verstummt waren.

«Außerdem», fuhr sie fort, «kommt in den nächsten Wochen wenigstens nicht andauernd jemand bei ihm vorbei, wenn er gleich alle auf einen Schlag sieht. Wie soll man sich gesund fühlen, wenn sich die wohlwollenden Besucher bei einem die Klinke in die Hand geben.»

Drei Tage später, an einem Nachmittag, der warm genug war, um uns einen Hauch des bevorstehenden Sommers erahnen zu lassen, saßen wir draußen unter sorgfältig gespannten Sonnensegeln, als Kathleens Wagen vor dem Hotel vorfuhr und Frank seinem Vater vom Rücksitz half.

«Willkommen zu Hause!», riefen wir im Chor, und Hannah lief Nino auf dem Pfad entgegen, um ihm um den Hals zu fallen. Schließlich war er für sie so etwas wie ein Großvater.

Es bereitete Nino Mühe, sich aufzurichten. Er hatte abgenommen – sein Hemdkragen stand ein Stück weit vom Hals ab – und wirkte etwas zerbrechlich, wie er sich ein wenig unsicher auf seinen Stock stützte. Mit einer Hand hielt er sich an der Wagentür fest und blinzelte uns unter seiner Hutkrempe hervor an.

«War diese Ansammlung von armen Schluckern hier wirklich das Beste, was du für meine Rückkehr auftreiben konntest, Kate? Ach, komm, bring mich wieder zurück ins Krankenhaus.» Er tat so, als wollte er sich wieder ins Auto ducken, und ich konnte mir ein Lächeln nicht verkneifen.

«Undankbarer alter Knochen», sagte Kathleen und hievte seine Tasche aus dem Auto.

«Du sollst mich verwöhnen», sagte er. «Schließlich könnte ich jeden Moment wieder umkippen.»

«Dafür werde ich sorgen, wenn du noch weiter drauf rumreitest», sagte sie und knallte ihre Wagentür zu.

«Sie müssen sich neben mich setzen, Mr. Gaines», sagte Hannah und hielt ihn an der freien Hand, während er sich langsam auf dem Weg vorwärtstastete. «Wir haben einen besonderen Stuhl für Sie.»

«Der hat aber hoffentlich keine Bettpfanne im Sitz, oder?», fragte er, und Hannah kicherte.

«Ich meinte, dass er ganz viele Kissen hat.»

«Ach so, na, dann ist's ja gut», sagte Nino.

Er zwinkerte mir zu, und ich machte einen Schritt auf ihn zu, um ihn zu umarmen. «Wir freuen uns, dass Sie wieder zu Hause sind, Nino», sagte ich.

«Na ja, Liza, jemand muss ja bei Ihrer Tante nach dem Rechten sehen. Wir wollen doch nicht, dass sie vor die Hunde geht, oder?»

Jetzt übertrieb er ein bisschen, aber ich konnte ihn gut verstehen. Für einen Mann wie Nino Gaines war es bestimmt schwer, wie ein Krüppel behandelt zu werden.

Es war ein herrlicher Nachmittag. Die Bootsleute hatten sich freigenommen und folgten alle der stillschweigenden Übereinkunft, nicht über das Bauprojekt oder das, was vor uns lag, zu sprechen. Stattdessen plauderten wir über das Wetter, die Footballergebnisse, das grässliche Essen im Krankenhaus und den Südkaper, den jemand jenseits von Elinor Island gesichtet hatte. Wir tranken Bier und sahen Hannah, Lara und Milly beim Tollen im Sand zu, Lance und Yoshi tanzten zu Hannahs Musik, und ein paar Fischer, Nachbarn und entfernte Verwandte von Nino schauten auf ein Bier vorbei. Mike saß neben mir auf der Bank, und ab und zu griff er unter dem Tisch nach meiner

Hand. Seine Zärtlichkeit und seine Kraft brachten meine Gedanken auf Abwege und an Orte, an die man sich während einer Familienfeier um halb vier Uhr nachmittags eigentlich nicht begeben sollte.

Ich staunte über mich selbst, als mir jener Gedanke kam, und sah den Mann verstohlen von der Seite an, der so plötzlich in meinem Leben gelandet war und nun neben mir saß. Dann sah ich Hannah, Kathleen und Nino an, und die Waljäger, die mir in all den Jahren mehr Freundschaft und Unterstützung geschenkt hatten, als die meisten Blutsverwandten es je getan hätten. Was auch immer geschah und obwohl es jemanden gab, der für immer und schmerzlich fehlte, hatte ich eine Familie. Und dieser Gedanke erfüllte mich mit einem plötzlichen Glücksgefühl. Mike schien das zu spüren, denn er hob eine Augenbraue, wie zu einer stummen Frage. Ich lächelte, und er hob meine Hand und küsste vor allen anderen meine Finger.

Da hob auch Nino Gaines die Augenbrauen und schaute Kathleen an. «Wie lange, sagtest du, war ich außer Gefecht?»

«Frag nicht», sagte sie und winkte ab. «Ich komme bei diesen jungen Leuten selbst nicht mehr mit.»

«Wo ist eigentlich Greg?», fragte Hannah vom anderen Ende der Tische aus. «Er wollte doch längst da sein.»

«Der hat sich heute Morgen sehr rätselhaft benommen», sagte Kathleen. «Hab ihn auf dem Fischmarkt getroffen. Er sagte, er habe etwas vor.»

«Ach so? Und wie heißt sie?» Nino zog sich den Hut tief ins Gesicht und lehnte sich in seinem Stuhl zurück. «Ach, ist das schön, wieder hier zu sein, Kate.»

Zu meiner Überraschung beugte sie sich vor und gab ihm einen Kuss auf die Stirn.

«Gut, dich wieder hier zu haben, du alter Esel», sagte sie.

Noch bevor einer von uns etwas sagen konnte, hörten wir

das Röhren von Gregs Pick-up auf der Straße näher kommen. Wie aufs Stichwort fuhr er vor dem Hotel vor.

«Tut mir leid, wenn ich störe», sagte er und kletterte aus seinem Führerhaus. Er trug ein gebügeltes Hemd, war glattrasiert – was bei Greg selten vorkam – und sah ungewohnt selbstzufrieden aus. «Ich dachte nur, ihr solltet es alle wissen – vielleicht habt ihr Lust, in etwa einer halben Stunde in meinem Schuppen vorbeizukommen.»

«Wir feiern hier eine Party, falls Ihnen das entgangen sein sollte, mein Lieber.» Kathleen stützte die Hände in die Hüften. «Und eigentlich sollten Sie schon vor zwei Stunden hier sein.»

«Tut mir wirklich leid, Miss M., aber es ist wirklich wichtig.»

«Was ist denn los, Greg?», fragte ich.

Er bemühte sich, mit dem Grinsen aufzuhören, wie ein Schuljunge, der einen Streich vorbereitet hat.

«Muss euch etwas zeigen», sagte er zu mir, ohne auf Mike zu achten. Das war nicht ungewöhnlich: Seit jener Prügelei tat er so, als gebe es Mike gar nicht. Er starrte auf seine Füße hinab und schaute dann zu Yoshi.

«Yosh – bist du dabei?»

Sie nickte.

«Gut. Ich muss euch allen etwas zeigen. Schön, dass Sie wieder da sind, Mr. Gaines. Später hebe ich gerne ein paar Bierchen mit Ihnen.» Er tippte sich an die Mütze, ging mit einem leichten Schwanken auf seinen Wagen zu und wendete ihn so schwungvoll in Richtung Schuppen, dass der Kies spritzte.

«Hat er wieder mal zu tief in die Flasche geguckt?» Nino schaute ihm hinterher.

Yoshi und Lance tauschten einen Blick. Sie wussten etwas, aber es war offensichtlich, dass sie es uns anderen noch nicht verraten wollten.

«Ihr kennt doch Greg», sagte Kathleen mit einem Achselzucken. «Immer für eine Überraschung gut.»

Nino blieb zusammen mit Hannah im Hotel zurück, aber der Rest von uns schlenderte langsam den Küstenweg entlang, genoss die Sonne und beobachtete mit gelindem Erstaunen, dass sich eine Menschenmenge vor Gregs Schuppen gebildet hatte. Auch Reporter und Fotografen waren da, und ich fragte mich, wie es sich wohl anfühlen würde, wenn sie ihre Objektive auf mich richteten. Ich hatte es im Film gesehen: Würde eine Traube von Journalisten auf der Treppe vor dem Gericht stehen, wenn ich herauskam? Würden sie mich verfolgen? Trotz des warmen Tages schauderte mich, und ich versuchte, den Gedanken zu verdrängen.

«Yoshi?», sagte ich, aber sie tat so, als würde sie mich nicht hören. Lance hatte eine übertrieben ausdruckslose Miene aufgesetzt.

Greg stand vor seinem Schuppen und rauchte eine Zigarette. Er starrte in die Menge, als wollte er sichergehen, dass auch wirklich alle da waren. Einige Male wechselte er murmelnd eine Bemerkung mit einem der Fischer neben ihm. Sein Wagen war nicht da.

Schließlich warf er seine Zigarette auf den Boden und drückte sie mit seinem Absatz in den Staub. Dann steckte er den Schlüssel ins Schloss, öffnete mit einem Ächzen langsam die beiden verwitterten Tore und knipste das Licht an. Während wir in das abgedunkelte Innere schauten, zog er mit einem Ruck eine Plane von der Ladefläche seines Pick-ups und offenbarte uns seine Beute: einen riesigen Tigerhai, dessen Augen noch ganz klar waren. Er hatte den Mund wie entrüstet leicht offen stehen und zeigte eine beeindruckende Reihe schiefer, spitzer Zähne. Durch die Menge ging ein hörbarer Aufschrei.

Selbst tot, reglos und an einer Winde aufgezogen war es eine furchterregende Kreatur.

«Bin heute Morgen draußen zum Fischen gewesen», sagte Greg zu den Reportern und tätschelte die Haut des Fisches. «Direkt hier in der Mündung der Bucht. Hier kann man oft einen guten Fang an Land ziehen. Zuerst dachte ich, ich hätte einen blauen Marlin gefangen – und nun schauen Sie sich diesen Brummer an, der da an meiner Angel hing! Der hat mich vielleicht in meinem Cockpit rumgezerrt, man glaubt es kaum! Tony, fahr ihn mal raus!», rief er dem Mann im Führerhaus zu.

Während er einen Schritt beiseite machte, fuhr der Wagen langsam rückwärts nach draußen ins Licht. Ein paar Kameras klickten.

«Ich habe Sie alle angerufen, weil wir so nahe noch nie Tigerhaie hatten, und ich möchte jedem hier in der Bucht raten, seine Kinder aus dem Wasser zu halten. Man kann sich einfach nicht darauf verlassen, dass diese Ungeheuer nicht in die Bucht hereinkommen. Sie wissen ja, dass der Tigerhai ein raffiniertes Biest ist.» Er versetzte dem Hai einen anerkennenden Klaps. «Ich hab ihn auf den Fischmarkt gebracht, und die Jungs dort haben ihn für mich identifiziert und gewogen. Wie ich hörte, ist er nicht der Einzige, den man hier in unseren Gewässern gesichtet hat.»

Beim Anblick des Hais lief es mir eiskalt den Rücken hinunter. Ich dachte an Mike und Hannah in jenem dunklen, aufgewühlten Wasser, an die Dinge, die gegen seine Beine geschwappt waren, wie er mir erzählt hatte.

Möglicherweise empfand er genau das Gleiche, denn er griff von hinten nach meiner Hand und drückte sie.

Yoshi trat nach vorne und fing an, Informationen für die Reporter abzuspulen. «Tigerhaie», sagte sie, «sind bekannt als die Müllschlucker des Meeres. Dieser hier wurde möglicherweise durch das Geisternetz und die gewaltige Anzahl von Tieren, die sich darin verfangen hatten, in die Bucht gelockt. Es ist sehr wahrscheinlich, dass dieser Brummer hier nicht allein war und da draußen noch andere seiner Sorte unterwegs sind, die hier seit beträchtlicher Zeit ihr Unwesen treiben. Sie fressen alles: Fische, Schildkröten, Menschen ...» Sie ließ das Wort lange genug im Raum schweben, bis ihre Zuhörer begannen, sich nervöse Blicke zuzuwerfen. «Aber fragen Sie nicht bloß mich», fügte sie hinzu. «Die Naturschutzbehörde wird Ihnen bestätigen, dass es alles andere als toll ist, wenn man solche Tiere hier herumschwimmen hat.»

«Wir brauchen Hainetze», sagte jemand in der Menge. «An anderen Stränden gibt es die auch.»

«Was soll man denn in einer Bucht voller Delphine mit Hainetzen anfangen?», fragte Greg scharf. «Auch Wale können sich darin verfangen. Hainetze in dieser Bucht – nur über meine Leiche.»

«Haie sind schlau», warf Yoshi ein. «Wenn wir die Netze in der Mündung der Bucht auswerfen, schwimmen sie einfach drüber weg oder drum herum. Schauen Sie sich die Statistiken an, dann werden Sie feststellen, dass die Zahl der Todesfälle immer konstant ist, ob die Strände nun über Hainetze verfügen oder nicht.»

«Ich habe den Eindruck, Sie machen aus einer Mücke einen Elefanten.» Ich erkannte einen Hotelbesitzer in dem Redner. Diese Art von Publicity zu Beginn der Saison würde ihn alles andere als glücklich machen, das war klar. «Jeder weiß, dass es statistisch gesehen wahrscheinlicher ist, von einem Blitz getroffen zu werden als von einem Hai gefressen.»

«Und Sie glauben, dieser alte Knabe hier schert sich um Zahlen?» Greg lehnte sich über den torpedoförmigen Leib des Fisches. «Der hat wahrscheinlich gedacht, die Chance, dass er in eine Angelschnur beißt, stünde null zu einer Million.»

Die Leute lachten.

«Sie sollten vor Tigerhaien auf der Hut sein, weil sie auf der Suche nach Meeresschildkröten sehr nahe an die Küste herankommen», sagte Yoshi ernst. «Und sie sind hartnäckig. Sie sind nicht wie die Weißen Haie – sie kehren immer wieder zurück, wenn sie erst einmal auf den Geschmack gekommen sind.»

Der Hoteltyp schüttelte den Kopf. Greg sah das und erhob die Stimme.

«Okay, Alf – dann gehen Sie ruhig schwimmen. Ich dachte nur, es sei meine Pflicht, euch allen hier zu sagen, was da draußen los ist.»

«Angriffe durch Haie nehmen deutlich zu», sagte Yoshi. «Das ist eine bekannte Tatsache. Dagegen kann man mit verschiedenen Präventionsmöglichkeiten angehen. Vielleicht können wir Bereiche, in denen das Schwimmen ungefährlich ist, mit Bojen und Netzen kennzeichnen. Ich bin mir sicher, die Küstenwache wird das übernehmen. Diese Bereiche werden bloß nicht besonders groß sein.»

«In der Zwischenzeit, wie gesagt», Greg zog seine Mütze tief ins Gesicht, sodass seine Augen nicht mehr zu sehen waren, «würde ich Ihnen raten, Ihre Fußknöchel aus dem Wasser rauszuhalten. Wir werden es der Küstenwache sofort mitteilen, sollten wir weitere Tiere in der Bucht sichten.»

Es gab ein besorgtes Gemurmel. Einige Leute wandten sich mit den Handys am Ohr ab, andere näherten sich dem Pick-up, weil sie den Hai berühren wollten. Ich dachte daran, dass ich Hannah ein Boot versprochen hatte. Ich konnte mir nicht vorstellen, dass irgendjemand in Silver Bay seinen Kindern erlauben würde, mit dem Boot hinauszufahren, solange Haie in der Gegend waren. Ihr das zu sagen, würde jedoch alles andere als leicht werden. Während ich darüber nachdachte, trat Kathleen nach vorne und schaute sich das tote Tier auf der Ladefläche des Transporters an.

«Sie kennen sich ja mit Haien aus, Miss M.», sagte Greg und drehte den Fisch an der Winde ein Stück höher, damit die Fotografen ihn besser aufnehmen konnten.

«Wo, sagten Sie, haben Sie ...»

«Das hier, Gentlemen», sagte Greg und zeigte auf Kathleen, bevor sie noch weiterreden konnte, «ist die weltberühmte Hai-Lady aus Silver Bay, Kathleen Whittier Mostyn. Diese Dame hat vor einem halben Jahrhundert eigenhändig einen Hai gefangen, der noch größer war als der hier. Der größte Ammenhai, der jemals in New South Wales gefangen wurde, stimmt's, Miss M.? Ist das nicht eine tolle Geschichte?»

Kathleen schaute ihn wortlos an. Hätte der Ausdruck purer Missbilligung in ihren Augen mir gegolten, ich hätte nur noch das Weite gesucht und mich irgendwo verkrochen. Sie ließ sich gar nicht gerne vorführen.

Greg plapperte trotzdem weiter: «Also, Herrschaften. Es gibt wieder Haie in Silver Bay. Die Naturschützer werden begeistert sein, aber Sie als Bürger dieses Ortes möchte ich dringend davor warnen, ohne die allergrößte Vorsicht schwimmen zu gehen, zu surfen oder irgendeine andere Wassersportart auszuüben, solange die Gefahr eines Haiangriffs besteht.»

Die Leute von der Presse scharten sich um Kathleen und hielten ihr ihre Notizblöcke und Mikrophone unter die Nase. Mehrfach wurde geblitzt. Greg posierte immer noch neben seinem toten Hai. Nach dem Schrecken der Geisternetze hatten die lokalen Zeitungen innerhalb von nur vierzehn Tagen eine weitere Titelstory aus der Bucht auf dem Präsentierteller serviert bekommen, und man konnte ihren Fragen anhören, wie entzückt sie darüber waren.

«Was ich noch vergaß zu erwähnen – der hübsche Bursche

hier ist zu verkaufen, falls jemand ihn haben will», rief Greg. «Er ist taufrisch. Könnte man jede Menge Sushi draus machen.»

«Ich dachte immer, Delphine und Haie teilen sich nie ein Revier», sagte Mike, als wir zum Hotel zurückschlenderten.

Der Nachmittag war klar und sonnig, in der Ferne glitzerte freundlich das Meer. Etwa einen Kilometer vor uns konnte ich Hannah und Lara ausmachen, die Nino Gaines ein paar Tanzschritte vorführten und sich schließlich kichernd in den Sand fallen ließen. Es war einer dieser Tage, an denen ich mir wirklich einzureden vermochte, dass es doch eine gute Welt war, in der ich lebte.

«Manchmal glaube ich, unser ganzer Planet steht kopf», sagte ich, strich mir das Haar aus dem Gesicht und schaute zu ihm auf. Ich hätte ihn so gerne geküsst in diesem Moment – eigentlich wollte ich ihn ständig küssen.

Ich muss mir das alles einprägen, sagte ich mir und wünschte, ich könnte es in mir speichern, mich mit all den kostbaren Momenten vollsaugen, damit ich sie in ferner, ferner Zukunft wieder für mich abspielen könnte, klar und deutlich.

\*\*\*

«Geh nicht», sagte Mike in jener Nacht. Er stand im Bad und putzte sich die Zähne, ein Handtuch um seine Hüften geschlungen, und ich war hinter ihm hereingekommen, um mir ein Glas Wasser zu holen.

«Wohin denn?», fragte ich und hielt das Glas unter den Wasserhahn. Ich hatte gerade über all die Dinge nachgedacht, die ich am nächsten Tag zu tun hatte. Lauter unangenehme Dinge wie eine Vollmacht für die Anwältin oder die Eröffnung eines gemeinsamen Kontos für mich und Kathleen. Die Anwältin hatte gesagt, es sei ratsam, alle persönlichen Angelegenheiten zu regeln, bevor ich mit irgendjemandem sprach, und von der Fülle der Dinge, die ich noch zu erledigen hatte, schwirrte mir regelrecht der Kopf.

«Tu es nicht. Es ist Wahnsinn. Bitte.» Sein Blick schien mich sogar aus dem Spiegel zu durchbohren, und die Starre seines nackten Rückens verriet mir, dass ich mir die Anspannung, die ich an diesem Abend in seinem Gesicht zu sehen glaubte, nicht eingebildet hatte.

Er hatte mehrere Stunden lang kein Wort gesagt, wobei Greg so geschwätzig und die Waljäger so betrunken waren, dass es sowieso schwer für ihn gewesen wäre, zu Wort zu kommen. Ich hatte gedacht, seine Schweigsamkeit liege an Greg, der alles getan hatte, um ihn hochzunehmen. «Nichts für ungut, Kumpel», sagte er nach jeder gehässigen Bemerkung, die Mike stets mit einem steifen Lächeln quittiert hatte. Nur ich sah das winzige Zittern in seinem Kiefer. Wir konnten sie von unten immer noch hören, obwohl Nino, der eigentliche Ehrengast der Party, längst zu Bett gegangen war.

Ich seufzte. «Mike, ich habe keine Lust, das jetzt alles noch mal durchzukauen», sagte ich. Ich wollte den Tag einfach so genießen, wie er war, und ihn friedlich ausklingen lassen.

«Das Bauprojekt wird durch nichts aufzuhalten sein», sagte er und spülte seinen Mund aus. «Ich weiß, wie die bei Beaker sind. Die wittern hier das große Geld, und wenn Dennis Beaker erst einmal angefangen hat zu schnuppern, dann wird ihn nichts mehr davon abhalten. Es ist schon alles zu weit gediehen. Du wirst dir grundlos dein Leben ruinieren, und das von Hannah noch dazu.»

«Was meinst du mit grundlos? Sind denn mein Seelenfrieden und der von Hannah nichts wert?»

«Aber dir geht es doch gut», sagte er. «Euch beiden geht es

doch gut. Vielleicht kannst du nicht alles tun, was du willst – aber wer kann das schon? Hannah lebt ein sicheres und glückliches Leben, umgeben von Menschen, die sie liebt. Du bist glücklich – so glücklich, wie ich dich noch nie gesehen habe. Dieser Typ – Stephen – ist noch am Leben, ist verheiratet und hat Kinder, was die Vermutung nahelegt, dass er auch glücklich ist. Niemand wird dich erkennen, besonders nicht nach all der Zeit. Wir könnten zusammen leben und hier bleiben und ... schauen, was daraus wird. Warum das alles riskieren für etwas, das du vielleicht gar nicht verhindern kannst?»

«Mike, das alles haben wir doch schon tausendmal durchgekaut. Es ist unsere einzige Hoffnung für die Wale. Ich brauche das auch für mich. Und ich will jetzt nicht mehr darüber reden. Können wir nicht einfach ins Bett gehen?»

«Warum? Jedes Mal, wenn ich das Thema anschneide, sagst du dasselbe. Was ist an jetzt so falsch?»

«Ich bin müde.»

«Wir sind alle müde. Das ist nur menschlich.»

«Ja, okay, dann bin ich eben zu müde, um zu reden.» Es ärgerte mich, weil er recht hatte. Ich wollte wirklich nicht darüber reden: Wenn wir redeten, beschäftigte ich mich mit dem, was ich vorhatte, und ich befürchtete, wenn jemand mich allzu sehr forderte, könnte meine Entschlossenheit dahin sein.

Unten stimmte Greg ein Lied an. Ich hörte, wie die anderen ihm zujubelten. Lance pfiff durchdringend.

«Das betrifft aber nicht nur dich allein.»

«Glaubst du, das wüsste ich nicht?», gab ich barsch zurück.

«Hannah weicht dir kaum mehr von der Seite. Heute Abend hat sie regelrecht an dir geklebt.»

Ich starrte ihn finster an. «Bezüglich meiner Tochter brauche ich niemanden, der mich belehrt, vielen Dank auch.» Langsam wurde ich wütend. Ich hasste es, dass er mich auf Hannahs

Kummer hinwies. Und ich hasste es, dass er die Angst auf Hannahs Gesicht gesehen hatte.

«Aber du kannst das doch nicht einfach so alleine durchziehen. Du hast es nicht einmal mit Kathleen besprochen.»

«Ich werde mit Kathleen reden, wenn ich dazu bereit bin.»

«Du willst es ihr nicht sagen, weil du weißt, dass sie es genauso sehen wird wie ich. Hast du mal darüber nachgedacht, was Gefängnis eigentlich bedeutet?»

«Behandle mich nicht wie ein kleines Kind, Mike. Du warst auch noch nie im Knast, oder etwa doch?»

«Kannst du dir vorstellen, wie es ist, dreiundzwanzig Stunden am Tag eingesperrt zu sein? Und durch die anderen Insassen als Kindsmörderin abgestempelt zu werden?»

«Darüber rede ich jetzt nicht», sagte ich und fing an, meine Kleidung einzusammeln.

«Wenn du es nicht mal aushalten kannst, dass ich diese Dinge anspreche, wie willst du es dann vor Gericht aushalten? Wenn die Polizei dir Fragen stellt? Oder sensationslüsterne Journalisten? Glaubst du, die scheren sich darum, was wirklich passiert ist?»

«Warum tust du mir das an?»

«Weil ich nicht glaube, dass du dir das alles wirklich gut überlegt hast. Ich glaube nicht, dass du weißt, worauf du dich einlässt.»

«Kannst du jetzt mal aufhören, so zu klugscheißern? Weißt du was, ich glaube, ich schlafe heute drüben. Ich bin müde.»

«Du läufst schon wieder weg, Liza. Soll ich dir mal was sagen? Ich glaube nicht, dass das alles hier überhaupt noch etwas mit den Walen zu tun hat.»

«Wie bitte?»

«Du hast beschlossen, dich für Lettys Tod zu bestrafen. Dieses Bauprojekt hat dich dazu gezwungen, dich mit dem zu beschäftigen, was passiert ist, und jetzt hast du das Bedürfnis, dafür zu büßen, indem du dich opferst.»

Unten hatte das Singen aufgehört. Das Fenster stand offen, aber mittlerweile war mir das egal.

«Aber das ist sinnlos. Du hast schon bezahlt für das, was geschehen ist, Liza. Millionenfach hast du dafür gezahlt.»

«Ich möchte reinen Tisch machen. Und wir müssen ...»

«Die Wale retten. Ich weiß.»

«Und warum lässt du mich dann nicht endlich machen?»

«Weil du einen Fehler begehst. Und dazu noch aus den falschen Gründen.»

«Wer zum Teufel bist du eigentlich, meine Gründe zu verurteilen?»

«Ich verurteile sie nicht. Aber du musst über diese Dinge nachdenken, Liza. Du musst wissen, dass du ...»

«Und *du* musst dich aus meinen Angelegenheiten raushalten.»

«... dass du, wenn du das hier durchziehst, auch Hannah mit reinreißt.»

Mir wurde eiskalt vor Wut. Ich konnte einfach nicht glauben, dass er mich so angriff. Hätten seine Worte sich nicht wie ein Messer mitten in mein Herz gebohrt, hätte ich wahrscheinlich nicht das gesagt, was ich nun sagte: «Und wer zum Teufel hat uns in diese beschissene Lage gebracht, Mike? Schau mal in den Spiegel, bevor du das nächste Mal anfängst, mich zu verurteilen. Wie du richtig gesagt hast, ging es uns gut hier, bevor du aufgekreuzt bist. Wir waren glücklich. Na ja, und wenn Hannah und ich am Schluss wirklich die nächsten fünf Jahre getrennt voneinander leben müssen, dann kannst du dir an deine eigene Nase fassen und dich fragen, wessen verdammte Schuld das ist.»

Es herrschte Stille, drinnen wie draußen. Nur das Meer war

zu hören und dann, nach ein paar Momenten, das leise Knirschen eines Stuhles, als jemand unten aufstand und anfing, die Gläser einzusammeln.

Ich starrte in Mikes aschgraues Gesicht und wünschte, ich könnte zurücknehmen, was ich gesagt hatte.

«Mike ...»

Er hob die Hand. «Du hast recht», sagte er. «Es tut mir leid.»

In diesem Moment begriff ich mit einem schmerzlichen Stich die ganze Wahrheit: Natürlich hatte er mich nicht verletzen wollen. Er konnte einfach nur den Gedanken nicht ertragen, mich zu verlieren.

## KAPITEL 23

*Monica*

Das Verhalten meines Bruders in den vergangenen Monaten hatte mich ziemlich überrascht. Hätte man mir um diese Zeit vor einem Jahr eine Wette angeboten, wie es mit seinem Leben weitergehen würde, so hätte ich gesagt, bis März wäre er sicher mit Vanessa verheiratet, die auf dem besten Wege sein würde, schwanger zu werden, während er sich auf der schmierigen Karriereleiter in seiner Bauplanungsfirma weiter hocharbeitete. Eine schicke Wohnung, vielleicht ein neues Haus, dazu noch eine Ferienwohnung in irgendeinem warmen Land, ein flottes Auto, Skifahren, teure Restaurants, blablabla. Das Radikalste, was Mike jemals tun würde, wäre ein Wechsel seines Aftershaves oder vielleicht der Farbe seiner Krawatte.

Mittlerweile hatte ich nicht mehr den blassesten Schimmer, wo er im März sein würde. Vielleicht würde er eine Ausbildung zum Bootsbauer machen. Vielleicht ließe er sich Dreadlocks wachsen. Oder er beschützte eine Frau, die mit ihrem Kind auf der Flucht war, und rettete nebenbei ein paar Wale. Als ich meinen Eltern eine bereinigte Version davon am Telefon erzählte (das wird er mir verzeihen müssen, ich konnte einfach nicht widerstehen), hatte Dad vor Entsetzen beinahe sein Gebiss ausgespuckt. «Was meinst du damit, er hat seinen Job geschmissen?», sprudelte es aus ihm heraus, und ich hörte, wie Mum ihn im Hintergrund ermahnte, an seinen Blutdruck zu denken. «Wie lange will er denn in Australien bleiben?» Und dann: «Eine *alleinerziehende Mutter*? Aber was ist denn mit Vanessa?»

Ich hatte gedacht, Mike erlebe vielleicht eine etwas verfrühte Midlife-Crisis und Liza sei wirklich seine erste große Liebe – die Leute machen einfach seltsame Dinge, wenn sie sich zum ersten Mal verlieben. Vielleicht war ja auch eine Bauplanungsfirma doch nicht so das Gelbe vom Ei.

Und dann hatte er mich letzte Woche angerufen und mir diese Geschichte erzählt. Ich will nicht lügen. Mein erster Gedanke war nicht gewesen: Wie können wir sie beschützen? Dazu war die Story einfach zu gut: die misshandelte Freundin eines ambitionierten Politikers, die, nachdem sie ungewollt ihr Kind umgebracht hat, aus dem Land geflohen ist. Diese Geschichte hatte einfach alles – ein Gewaltverbrechen, lang begrabene Geheimnisse, ein totes Kind, eine schöne Blondine –, jede Menge Spannung und Tragik. Um Himmels willen, es kamen ja sogar Wale und Delphine darin vor.

Bloß dass das alles irgendwie nicht zusammenpasste. Ich las alles über diesen Typen, was Google und unser Archiv hergaben. Ich verbrachte fast eine Woche damit, nur die Fakten dieser Geschichte nachzuprüfen, sehr zum Ärger meines Chefredakteurs, dem ich nicht sagen konnte, woran ich überhaupt saß. Und trotzdem passte das alles irgendwie nicht zusammen.

## KAPITEL 24

*Mike*

Milly machte uns Sorgen. Sie fraß kaum etwas und schlief nur noch ab und zu. Sie war nervös, ängstlich und unausgeglichen, hatte sich zweimal daneben benommen, indem sie bei Passagieren auf der *Ishmael* die Zähne fletschte und auf den Teppich in der Hotelhalle pinkelte. Überall, wo Liza hinging, klebte sie ihr an den Fersen, wie ein kleiner, schwarz-weißer Schatten. Mit der Intuition eines Hundes spürte sie, dass ihr Frauchen sich mit dem Gedanken trug, sie zu verlassen, und schien zu fürchten, sobald ihre Wachsamkeit auch nur ein wenig nachließe, könnte sich Liza auf der Stelle in Luft auflösen.

Ich konnte es ihr nachempfinden. Die Angst. Das Gefühl der Ohnmacht. Seit dem Abend der Willkommensparty für Nino hatten wir nicht mehr über Lizas Pläne gesprochen. Ich legte mich in meinem Kampf gegen das Bauprojekt noch mehr ins Zeug, teils, weil mir das der einzige Weg schien, sie doch noch aufzuhalten, teils auch deshalb, weil es immer stärker weh tat, mit ihr zusammen zu sein, und ich mich ablenken musste. Ich konnte sie nicht anschauen, berühren, küssen, ohne daran zu denken, wie es sich anfühlen würde, ohne sie zu sein. Wenn man es in der rüden Sprache der Finanzwelt ausdrücken wollte, so war ich einfach nicht in der Lage, noch mehr in etwas zu investieren, von dem ich wusste, dass es mir sowieso bald genommen werden würde.

Kathleen wusste mittlerweile offenbar über Lizas Pläne Bescheid und ging so damit um, wie es ihrer Art entsprach: indem sie einfach weiterackerte und den pragmatischen Aspekt in den Vordergrund stellte. Ich hatte nicht mit ihr darüber gesprochen, weil ich das Gefühl hatte, es stünde mir nicht zu. Es war jedoch nicht zu übersehen, dass Kathleen Hannah noch mehr Aufmerksamkeit schenkte und Pläne für Ausflüge und andere Dinge, die ihr Freude machten, schmiedete. Außerdem führte sie offenbar auch in eigener Sache etwas im Schilde. Mr. Gaines kam mittlerweile fast jeden Tag, und wenn Hannah in der Schule war, konnte man die beiden oft in der Küche antreffen, wo sie am Tisch saßen und sich im Flüsterton unterhielten oder friedlich miteinander die Zeitung lasen und dem lauschten, was sie beide immer noch «Musiktruhe» nannten. Ich war froh darüber, dass Kathleen das Ganze nicht allein bewältigen müsste, und beneidete sie auch ein wenig um ihr Glück.

Meinen Wutausbruch hatte Liza mir verziehen. Sie begegnete mir mit Zärtlichkeit und strich ab und zu liebevoll mit dem Finger über meine Wange. Bei Nacht legte sie eine immer größere Leidenschaft an den Tag, als hätte sie den Entschluss gefasst, auch das letzte Quäntchen Glück aus der Zeit zu ziehen, die uns noch blieb. Manchmal musste ich ihr sogar sagen, dass ich nicht konnte – so traurig und wütend war ich über das, was bald geschehen würde.

Sie machte nie eine Bemerkung dazu. Sie schlang einfach ihre dünnen Glieder um mich, barg ihr Gesicht an meinem Nacken, und dann lagen wir beiden da in der Dunkelheit. Jeder wusste vom anderen, dass er wach war, und keiner brachte es über sich, etwas zu sagen.

Mehrere Male fragte sie mich, ob meine Schwester schon gesagt hatte, wann sie das Interview mit ihr führen wollte. Wenn sie sich erkundigte, versuchte sie, einen möglichst beiläufigen Ton anzuschlagen, aber ich wusste, dass es ihr wichtig war, die Dinge endlich in Bewegung zu bringen. Und dass sie wissen wollte, wie viel Zeit ihr noch blieb. Zuerst hatte ich abgeblockt, dann mehrere Male versucht, Monica zu erreichen, aber immer bekam ich nur ihren Anrufbeantworter dran. Und jedes Mal, wenn das Gespräch nach London nicht zustande kam, empfand ich nichts anderes als Erleichterung.

Meine Niedergeschlagenheit wurde durch die ungebremsten Fortschritte des Bauprojekts nicht gerade gemildert. Langsam gingen mir die Ideen und die Energie aus, und trotz der größten Bemühungen war es mir nicht gelungen, an dem Tag, als das Modell des Hotelkomplexes öffentlich präsentiert wurde, eine Demonstration auf die Beine zu stellen. Der Besitzer des Blue Shoals Hotel rief mich an, um mir mitzuteilen, er hege zwar durchaus Sympathien für meine Bestrebungen, wünsche jedoch keinerlei Provokationen, da zur Mittagszeit in seinen Räumlichkeiten eine Tauffeier stattfinde, wofür ich sicherlich Verständnis hätte. Er klang wie ein netter Typ, und ich hatte auch nicht die Absicht, einer Familie einen so besonderen Anlass zu verderben, weshalb ich die Protestaktion abblies. Kathleen hatte nur trocken gelacht, als ich es ihr erzählte, und meinte, ich hätte wahrlich einen prächtigen Revolutionär abgegeben. Was ich ihr nicht sagte, war, dass sowieso nur eine Handvoll Leute überhaupt Interesse gezeigt hatte, an der Demonstration teilzunehmen.

Liza war draußen auf der *Ishmael* und Hannah in der Schule, weshalb ich, nachdem ich mit meiner Arbeit am Schreibtisch nicht weiterkam, beschloss, mich zum Blue Shoals zu begeben, wobei ich wider Willen den leuchtend blauen Himmel und die warme Brise genoss. In diesen Tagen, in denen es langsam wärmer wurde, kam mir Silver Bay vor wie der schönste Platz auf Erden. Seine Landschaft war mir vertraut geworden, die Bergkette am Horizont beruhigte mein Auge, selbst die Reihen von Bungalows und Ferienwohnungen störten mich nicht mehr, und an den Imbissbuden und Getränkeständen war ich zum Stammgast geworden. Alles, was ein Mensch brauchte, gab es in diesem kleinen Winkel der Welt, dachte ich. Eine der wenigen Gewissheiten, mit denen ich mich oft tröstete, war die Tatsache, dass ich beschlossen hatte hierzubleiben. Ich würde Kathleen in ihrem Kampf, sich über Wasser zu halten, beistehen, und mich um Hannah kümmern, bis Liza wieder nach Hause kam.

Unter den gegebenen Umständen war das das Mindeste, was ich tun konnte.

Als ich an die Rezeption des Blue Shoals Hotel trat, wies die Empfangsdame, die mich vielleicht erkannt hatte, nur mit dem Daumen auf das kurze Ende des L-förmigen Korridors. Und da stand es, etwa anderthalb mal zwei Meter groß, in einem Plexiglaskasten und umgeben von Stellwänden aus Pappe, auf denen die geplanten Besucherzahlen und der Nutzen für die Gemeinde aufgelistet waren.

Es war genau so, wie ich es mir vorgestellt hatte. Eigentlich, fand ich, als ich mich darüber beugte, war es sogar noch besser. Es bestand aus vier Gebäuden, die sich in einem eleganten Bogen um eine Reihe von Innenhöfen mit Swimmingpools gruppierten. Sonnendächer imitierten mit ihren spitzen Winkeln die Umrisse der Bergkette dahinter. Die Gebäude selbst waren weiß, glänzend, makellos – und teuer. Trotz des statischen Eindrucks, der sich bei architektonischen Modellen immer einstellt, sah man all die Menschen vor sich, die am Pool lagen und nach einem Tag am Strand zu ihren Zimmern zurückschlenderten. Der Wassersportbereich, der weit in die Bucht hineinragte, war mit kleinen Plastikbooten und sogar zwei Menschen auf Wasserskiern gekennzeichnet, selbst an die Gischtfontänen hatte man gedacht. An der Walmole ankerten teure weiße Jachten und Katamarane. Der Sand war weiß, und die Gebäude, eine Mischung aus weißem Verputz und Glas, strahlten und funkelten. Dahinter kletterten kleine Kiefern die Bergkette hoch, die See war türkisgrün. Ich musste zugeben, es hatte etwas von einem Stück Paradies, und der Geschäftsmann in mir konnte nicht umhin, kurzzeitig eine perverse Bewunderung für meine eigenen Fähigkeiten zu empfinden. Dann schaute ich zu der winzigen Bucht hinab und sah, dass sowohl Kathleens Hotel als auch das Walfangmuseum nicht mehr existierten. An ihrer Stelle war nur noch weißer Sand, die Landzunge und sonst nichts.

In mir stieg wieder Ärger auf.

«Sieht doch ziemlich gut aus, finden Sie nicht?»

Ich blickte auf und sah Mr. Reilly, den Mann vom Planungsamt, mit dem ich die Verhandlungen für das Projekt geführt hatte.

«Sie müssen sehr zufrieden mit sich sein.»

Ich richtete mich auf und versuchte, meine Gedanken zu sortieren.

«Ich frage mich, woher sie die ganzen kleinen Figürchen haben», sagte Reilly.

«Dafür gibt es spezielle Firmen», sagte ich kurz angebunden. «Die machen sie auf Bestellung.»

«Einer meiner Söhne ist ganz wild auf Modelleisenbahnen.» Er ging in die Hocke, um alles auf Augenhöhe zu betrachten. «Ich sollte bei denen ein paar Figürchen für ihn anfertigen lassen. Das würde ihm gefallen.»

Ich starrte auf die Stelle, wo Kathleens Hotel stehen müsste.

«Ist noch mal ganz anders, wenn man es in 3-D sieht», bemerkte er. «Schon richtig lebendig, nicht wahr?»

Ich sah ihn an. «Mr. Reilly. Ich halte das Ganze mittlerweile für einen Riesenfehler. Für die Gegend hier wird es eine Katastrophe.»

Reilly richtete sich auf. «Ich hab schon gehört, dass Sie jetzt hier wohnen. Sehr überraschend, Mike, wenn man bedenkt, wie hart Sie für dieses Projekt gekämpft haben.»

«Ich habe einfach begriffen, was auf dem Spiel steht», sagte ich, «und wollte dabei nicht mehr mitmachen.»

«Ich glaube nicht, dass wir so viel verlieren werden.»

«Nur Ihre Wale und Delphine.»

«Jetzt tragen Sie aber schon ein bisschen dick auf, alter Freund. Sehen Sie, die Küstenwache will bei diesen Discobooten jetzt härter durchgreifen. Schon seit zehn Tagen wurde hier keins mehr gesichtet. Die Botschaft ist offenbar angekommen.»

«Bis Sie mit dem Bauen anfangen.»

«Mike, es gibt keinerlei Hinweise darauf, dass eine Bautätigkeit an der Küste die Tiere beeinträchtigt.»

«Der Wassersport wird das schon.»

«Beaker hat versprochen, dass sie ziemlich harte Bestimmungen herausgeben.»

«Glauben Sie denn, ein Teenager auf einem Jet-Ski schert sich um irgendwelche Bestimmungen?», fragte ich und hätte beinahe den Faden verloren, als ich merkte, dass Liza mir genau diese Frage vor ein paar Monaten gestellt hatte. «Die Wale sind ja ohnehin schon wachsenden Belastungen ausgesetzt.»

«Aber das ist doch Schwarzmalerei», erwiderte er. «Diese Woche sind mindestens zwei Buckelwale gesichtet worden, was genau diesem Zeitpunkt so spät in der Saison entspricht. Die Walbeobachtungsboote fahren wieder raus. Verzeihen Sie mir, wenn ich das sage, aber ich kann Ihre Sorge wirklich nicht teilen.»

Ich holte tief Luft und zeigte auf das Modell. «Mr. Reilly, tun

Sie mir einen Gefallen. Sagen Sie mir, was Sie sehen, wenn Sie sich das hier anschauen.»

Er schob die Hände in die Taschen. «Abgesehen davon, dass ich nichts dagegen hätte, selber dort Urlaub zu machen? Ich sehe Arbeitsplätze. Ich sehe Leben in einer Gegend, die davon nicht mehr viel hat. Ich sehe einen neuen Bus und ein Backsteingebäude, in dem sich die neue Schulbibliothek befindet, und ich sehe Handel. Ich sehe Chancen.» Er lächelte mich ironisch an. «Sie sollten das wissen, Mike. Sie waren es nämlich, der mich dazu gebracht hat, all diese Dinge zu sehen.»

«Und jetzt sage ich Ihnen, was ich sehe», erwiderte ich. «Ich sehe Männer, die ein paar Bier zu viel hatten und ein paar Stundenkilometer zu schnell in der Bucht herumrasen. Ich sehe Delphine, die von Ruderblättern verletzt werden, wenn sie es nicht schaffen, ihnen rechtzeitig auszuweichen. Ich sehe Discoboote, die um Laufkundschaft buhlen, und zu viele Walbeobachter. Ich sehe Wale, die die Orientierung verloren haben und an dieser makellosen weißen Küste stranden. Ich sehe, was von der Buckelwalpopulation übrig bleibt, wenn sie ihre Migrationsroute ändern muss, die vielen Tiere, die dabei möglicherweise auf der Strecke bleiben, ebenso wie die Leute, die von ihnen abhängig waren. Und ich sehe ein riesiges klaffendes Loch, wo einst ein feines kleines Hotel stand, ein über siebzig Jahre alter Familienbetrieb.»

«Es gibt keinen Grund für die Annahme, dass das Silver Bay Hotel nicht genauso weiterbestehen kann, wenn die neue Hotelanlage fertig ist.»

Ich zeigte auf das Modell. «Scheint aber anders geplant.»

«Man kann nicht erwarten, dass sie jedes einzelne Gebäude des Ortes hier abbilden.»

«Was würden Sie darauf setzen, dass das Silver Bay Hotel ein Jahr nach der Eröffnung dieses Dings hier immer noch steht?»

Wir verfielen in Schweigen. Ein älteres Paar stand in der Tür des Hotels und schaute uns nervös an. Erst jetzt merkte ich, dass ich geschrien hatte. Ich musste mich besser unter Kontrolle halten. Ich war erschöpft und verlor langsam mein Ziel vor Augen.

Reilly nickte den beiden aufmunternd zu und wandte sich dann wieder an mich. «Eins kann ich Ihnen sagen, mein Lieber. Sie haben mich wirklich überrascht. Das war eine ganz schöne Kehrtwendung.» Seine Stimme klang nicht unfreundlich, eher anerkennend. «Sagen Sie mir eins, Mike. Jetzt sind Sie gegen das Bauprojekt, aber es ist und bleibt Ihr Baby. Also sagen Sie mir: Was haben Sie denn gesehen, als Sie diesen Plan ausgeheckt haben – Hand aufs Herz?»

Ich schaute das Ding an, betrachtete seine unaufhaltsame Wucht, und mein Herz fühlte sich an wie Blei.

«Geld», sagte ich. «Nur Geld hab ich gesehen.»

Als ich zurück ins Silver Bay Hotel kam, saß Hannah in meinem Zimmer am Computer. Das Fenster stand offen, und strahlendes Sonnenlicht strömte auf die weiß gestrichenen Bodendielen herein. Draußen auf der Straße tönte Musik aus einem vorbeifahrenden Auto, ein hallendes, beständiges Dröhnen, in der Ferne brummte ein Geländemotorrad in den Dünen. Eine leichte Brise wehte durch das offene Fenster herein. Mittlerweile schloss ich meine Tür nur noch selten – seit Wochen schon gab es keine Gäste mehr, und Kathleen behandelte mich, als würde ich hier wohnen. Sie nahm nicht einmal mehr Geld für das Zimmer.

«Mike!», rief Hannah aus. Sie drehte sich auf dem Stuhl um, winkte mich zu sich und zeigte mir eine E-Mail aus Hawaii, wo eine ähnliche Hotelanlage verhindert worden war. «Die Leute schicken uns eine Liste der Organisationen, die ihnen damals geholfen haben», sagte sie. «Vielleicht können die uns auch helfen.»

«Das ist toll», erwiderte ich und versuchte, positiv zu klingen. Dabei hätte ich am liebsten den Kopf in die Hände gelegt, so deprimiert war ich. «Gute Arbeit.»

«Lara und ich haben allen gemailt. Ich meine, wirklich *allen*. Jemand vom *South Bay Examiner* hat angerufen und will wegen der Unterschriftensammlung ein Foto von uns machen.»

«Was sagt deine Mutter dazu?»

«Sie meinte, ich soll dich fragen.» Hannah grinste. «Ich habe eine Liste angelegt über alles, was wir heute gemacht haben. Sie liegt in dem blauen Ordner. Jetzt muss ich zum Hockeytraining, aber wenn ich zurückkomme, mache ich weiter. Fährst du immer noch mit mir und Mum raus?»

«Hhmm?» Ich dachte an Mr. Reilly. Die Anhörung beim Planungsamt würde in drei Tagen abgeschlossen, hatte er mir gesagt, als er das Blue Shoals verließ. Aber, so hatte er unter dem Siegel der Verschwiegenheit hinzugefügt, es sei kein Einwand eingegangen, der überzeugend genug gewesen war, um das Entscheidungsgremium von seiner Meinung abzubringen.

«Mum sagte, wir drei könnten rausfahren, auf der *Ishmael* – erinnerst du dich?»

«Oh», sagte ich und versuchte zu lächeln. «Klar.»

Sie zog ihre Schulstrickjacke an und warf mir eine Zeitung zu. «Hast du Tante K.s Foto mit dem Hai gesehen? Sie ist stinksauer. Sie sagt, sie macht Hackfleisch aus Greg.»

Die Überschrift lautete «Hai-Lady warnt vor der Rückkehr des Tigers». Kathleens Gesichtsausdruck auf dem Foto war beinahe so furchteinflößend wie der des toten Hais. Daneben war, in einem kleinen Rahmen, das Foto von ihr als Siebzehnjähriger im Badeanzug abgedruckt.

«Ich habe es eingescannt. Das hier muss ich Mr. Gaines zurückgeben, aber er hat gemeint, ich solle Tante K. bloß nicht verraten, dass er sich einen Abzug hat machen lassen, sonst würde sie ihn mit der Harpune aufspießen. Der Artikel liegt da auf deinem Schreibtisch, falls du ihn lesen willst, zusammen mit den beiden anderen, aus dem *Sentinel* und dem *Silver Bay Advertiser*, aber da sind die Bilder nicht so gut.»

Die arme Kathleen. Sie hatte recht: Dieser Hai würde sie verfolgen bis ans Ende ihrer Tage.

Ich schaute Hannah dabei zu, wie sie ihre Sachen einsammelte und mit einem fröhlichen Winken die Treppe hinunterlief. Die drohende Abreise ihrer Mutter schien sie völlig verdrängt zu haben. Vielleicht sind manche Dinge einfach zu groß, um darüber nachzudenken, wenn man erst elf Jahre alt ist. Vielleicht hoffte sie insgeheim auch, wie ich, auf eine göttliche Intervention.

Ich hörte ihre Singsang-Stimme, während sie und ihre Freundin sich die Straße hoch auf den Weg machten. Zum wer weiß wievielten Male schickte ich ihr insgeheim eine Entschuldigung für alles, was geschehen war.

In diesem Moment klingelte mein Handy. Ich nahm ab, ohne aufs Display zu schauen.

«Monica?» Ich sah auf die Uhr. In England musste es fast zwei Uhr morgens sein.

«Wie läuft's?», fragte Vanessa.

Meine erste flüchtige Reaktion war: Wo zum Teufel war meine Schwester? Meine zweite war Verärgerung. Vanessa wusste vermutlich ganz genau, dass ich mit meinem Widerstand gegen die Pläne nichts hatte ausrichten können.

«Wie läuft was?»

«Das Leben. Wie's dir geht. Das Projekt habe ich nicht gemeint», sagte sie.

«Mir geht's gut», erwiderte ich.

«Ich höre, du bist immer noch in Australien», sagte sie. «Vorgestern habe ich mit deiner Mutter gesprochen.»

«Spiele immer noch David gegen Goliath», sagte ich.

Bei ihr gab es ein gedämpftes Geräusch im Hintergrund, und plötzlich stand unser Apartment vor meinem inneren Auge, der formschöne Flachbildschirm des Fernsehers in der Ecke, die breiten Sofas aus Wildleder, die ganze teure Einrichtung. Ich hatte nichts davon vermisst.

«Dad hat eine Pressemappe angelegt», sagte sie, «mit allen Artikeln, die auf deine Veranlassung hin gegen den Bau erschienen sind. Er benutzt sie jeden Tag als Zielscheibe.»

«Warum erzählst du mir das?»

«Ich weiß nicht. Vielleicht, damit du weißt, dass das, was du tust, nicht völlig umsonst ist.»

«Aber das hält ihn nicht davon ab, die Sache durchzuziehen.»

Es trat eine kurze Pause ein.

«Nein», gab sie zu. «Das nicht.»

Draußen war eine Schar Papageien in einem Baum gelandet. Ich schaute ihnen zu, immer noch mit diesem Anflug von Überraschung darüber, dass etwas so Lebendiges ganz unbekümmert in freier Wildbahn leben konnte.

«Tina ist gegangen.»

Na und, wollte ich sagen und schaute aus dem Fenster. Ich schloss die Augen. Ich war so müde. Tagsüber verbrachte ich meine Zeit damit, einen Ringkampf gegen das Unvermeidliche zu führen, indem ich mir den Kopf nach neuen Möglichkeiten und Hintertürchen zermarterte, während ich nachts oft wach lag und Liza anschaute, voller Angst, die letzten Momente zu verpassen, bevor sie verschwinden würde.

«Ich vermisse dich», sagte Vanessa.

Ich schwieg.

«So hab ich dich noch nie erlebt, Mike. Du hast dich verändert. Du bist stärker, als ich dachte.»

«Und?»

«Und ... ich habe nachgedacht.» Sie holte tief Luft. «Ich kann ihn davon überzeugen, das Ganze abzublasen. Ich weiß, er wird auf mich hören.»

Einen Moment lang hatte ich das Gefühl, die Welt würde stillstehen.

«Wie bitte?»

«Wenn dir so viel daran liegt, dann werde ich es aufhalten. Aber dann möchte ich – bitte –, dass wir es noch einmal versuchen.»

Die Luft, die in meiner Brust aufgestiegen war wie eine Blase, blieb stecken.

«Du und ich?»

«Wir waren doch ein gutes Team, findest du nicht?» Sie war unsicher, sie bettelte. «Und wir können noch besser sein. Das hast du mir gezeigt.»

«Oh», sagte ich leise.

«Du hast mich verletzt, Mike, das will ich nicht leugnen. Aber Dad sagt, dass Tina immer nur Schwierigkeiten gemacht hat, und ich glaube nicht, dass du mich absichtlich hintergehen wolltest. Deshalb ... deshalb denke ich auch, dass ich das nicht verlieren möchte, was wir hatten. Wir waren ein gutes Team. Ein großartiges Team.»

Ich starrte auf den Boden, ohne irgendetwas wahrzunehmen.

Als ich schließlich wieder sprach, war meine Stimme eher ein Krächzen, so trocken war mein Mund. «Du sagst, wenn ich zu dir zurückkomme, wirst du das Bauprojekt stoppen?»

«Wenn du es so ausdrücken willst. Aber das hier ist kein *quid pro quo*, Mike. Ich vermisse dich. Ich habe einfach nicht begriffen, wie viel dir das alles bedeutete, deshalb will ich es wiedergutmachen. Und wir könnten immer noch an einem der alternativen Standorte etwas Tolles aufziehen.»

«Wenn wir wieder zusammen sind.»

«Ist das denn eine so schreckliche Vorstellung?» Sie klang gereizt. «Dass wir beide es noch einmal miteinander probieren? Als wir das letzte Mal gesprochen haben, da ...»

Ich schüttelte den Kopf, versuchte, Klarheit in meine Gedanken zu bringen.

«Mike?»

«Vanessa, du hast mich wirklich ... überrascht. Schau – ich muss jetzt weg, aber lass mich dich später noch mal anrufen. Okay? Ich rufe dich später an. Morgen früh. Deine Zeit», sagte ich, als sie anhob zu protestieren.

Ich legte auf und saß mit dröhnendem Kopf eine Weile da. Ich musste nirgendwo hin. Und Vanessa Beaker war die einzige Person auf der ganzen Welt, die in der Lage war, dieses Bauprojekt zu stoppen.

Am Ende fand ich eine Ausrede. Ich schützte Kopfschmerzen vor und sagte, ich hätte einige Telefonate zu erledigen. Dass ich gleich zwei Ausreden benutzt hatte, wo eine völlig ausgereicht hätte, ließ Liza sofort die Wahrheit erahnen: dass es noch andere Gründe geben musste, warum ich an dem geplanten Bootsausflug nicht teilnahm. Während Hannah mich mit einem unverhohlenen Ausdruck der Enttäuschung auf dem Gesicht anflehte, ich sollte es mir doch noch einmal überlegen, schaute mich ihre Mutter nur fragend an und sagte nichts.

«Wir sehen uns dann, wenn ihr zurück seid», sagte ich und versuchte, ganz beiläufig zu klingen.

«Wie du meinst», sagte Liza. «Wir sind ein paar Stunden weg.» Der Hund stand schon auf der Brücke des Bootes, fest an die Beine der beiden gedrückt.

Eigentlich wollte ich es gar nicht, aber ich musste nachdenken. Liza und ich waren so aufeinander eingestellt, auf die Stimmungen und Gedanken des anderen, dass sie mich in null Komma nichts durchschaut hätte, wären wir jetzt zusammen gewesen. Ich winkte den beiden hinterher, während der Motor auf Hochtouren schaltete und sich das Boot über die Wellen und von mir weg bewegte. Ich winkte so lange, bis ich sie nicht mehr sehen konnte. Dann, als sie um die Landzunge herum verschwunden waren, setzte ich mich in den Sand, zog die Knie an und ließ meinen Kopf in die Hände sinken. Es war mir egal, ob mich jemand sah.

So begann ich den längsten Nachmittag meines Lebens. Weil ich es nicht über mich brachte, schon ins Hotel zurückzugehen, stand ich auf und schritt die Küstenstraße entlang, über die Dünen, und dort ging ich einfach mehrere Stunden ziellos auf und ab, ohne meine Umgebung wahrzunehmen. Ich musste einfach gehen, denn die Vorstellung, still dazusitzen, mit diesen Gedanken im Kopf, war noch schlimmer.

Die Hände in den Hosentaschen und mit gesenktem Kopf nickte ich den Leuten zu, die mich grüßten, und versuchte, den Blick derer zu meiden, die es nicht taten. Langsam wurden meine Schritte selbst auf dem unebenen Gelände so regelmäßig und schwer wie die eines Packpferdes. Ich war ohne Hut unterwegs, und als ich mir einen Weg durch den Kiefernbestand bahnte und bei der Landstraße nach Newcastle herauskam, spannte die Haut auf meinem Nasenrücken bereits. Ich verspürte weder Hitze noch Durst oder Müdigkeit, obwohl ich auch noch eine schlaflose Nacht hinter mir hatte. Ich ging und ging und dachte dabei nach, doch alles, was mir in den Sinn kam, schien die Situation für einen von uns zu verschlimmern.

Ich, Michael Dormer, der bekannt war für seine Fähigkeit, klare Entscheidungen zu treffen, das Pro und Kontra einer

Situation abzuwägen und zur richtigen Lösung zu kommen, musste nun feststellen, dass ich bei jeder der Möglichkeiten, die ich in Betracht zog, am liebsten in die Knie gegangen wäre und geheult hätte wie ein kleiner Junge. Und der einzige Mensch, den ich hätte fragen können und dessen Meinung ich respektiert hätte, war genau die Person, die ich vor dem schützen musste, was ich wusste.

Bei ihrer Rückkehr stand ich wieder an der Walmole. Es muss so ausgesehen haben, als wäre ich gar nicht weggegangen.

Ich schaute zu, wie die *Ishmael* um die Landzunge bog und aus einem winzigen weißen Fleck langsam ein sanft in den Wellen schaukelnder weißer Katamaran wurde. Die Netze waren zwischen den Rümpfen gespannt; hier hatte Hannah bestimmt sitzen dürfen, um die Delphine besser beobachten zu können. Als sie näher kamen, konnte ich sie sehen, die Schwimmweste umgeschnallt, wie sie mit sicheren Schritten in Badeanzug und Shorts auf dem Deck herumlief. Milly stand vorne am Steuerruder vor Liza und schien sich ebenso auf die Rückkehr nach Hause zu freuen, wie sie sich jeden Morgen auf die Fahrt hinaus aufs Wasser freute. Die beiden sahen schön und glücklich aus, und unter anderen Umständen wäre mir schon bei ihrem Anblick da draußen auf dem Wasser das Herz aufgegangen.

Hannah stand mit den Beinen in die Biegung des Bugs gepresst. Als sie mich sah, winkte sie, ein großes, scheibenwischerähnliches Winken, bei dem sie von einem Fuß auf den anderen trat.

«Wir haben Brolly gesehen!», rief sie. Während sie langsam näher kamen, wurde auch ihr Rufen immer lauter, weil sie den Lärm des Motors und das Klatschen der Wellen gegen den Bug übertönen wollte. «Es geht ihr gut! Keine Schnitte oder so was. Es war gar nicht sie in den Netzen, Mike. Es war gar nicht sie, die du freigeschnitten hast! Und weißt du noch was – sie hatte ihr Baby dabei!» Sie strahlte – beide strahlten, Liza mit der ganzen Freude einer Mutter über die ungezügelte Begeisterung ihrer Tochter. Ich stand auf und wünschte mir plötzlich, ich wäre doch mit ihnen gefahren und dass wir alle zusammen einen harmlosen Ausflug mit lauter schönen Erlebnissen verbracht hätten.

Auch andere Abenteuer hatte es noch gegeben. Sie hatten einen Buckelwal gesehen, obwohl er nicht nahe herangekommen war, und einige besonders große Meeresschildkröten, und dann hatten sie ein Stück Barte aus dem Wasser gefischt, das sie in der Nähe der Meerenge entdeckt hatten, aber Milly hatte den größten Teil davon gefressen, als sie einmal kurz nicht aufgepasst hatten.

«Mir tut der andere Delphin richtig leid», sagte Hannah und sprang auf die Mole, während ihre Mutter das Boot langsam in Position brachte und der Motor mit einem leisen Knirschen ausging. «Aber du hast ihn wahrscheinlich gerettet, nicht, Mike? Bestimmt hat er es geschafft. Und ich bin so glücklich, dass mit Brolly alles in Ordnung ist. Ich bin mir sicher, sie hat mich erkannt. Mum hat mir erlaubt, mich in die Netze zu setzen, und Brolly ist gaaanz, gaaanz lange beim Boot geblieben.»

Liza sprang geschickt auf die Mole und fing an, das Boot festzumachen. Sie hatte ihre Mütze auf, weshalb ich ihr Gesicht nicht sehen konnte.

«Ich konnte es kaum glauben, als ich sie zuerst gesehen habe», plapperte Hannah atemlos, hievte Milly an Land und drückte den Hund an ihre Brust. «Ich konnte es kaum glauben.»

«Siehst du? Manchmal geschehen auch gute Dinge», sagte Liza. Ihr Gesicht war gerötet vom Festzurren der Knoten. «Wenn wir nur daran glauben.»

In diesem Moment hatte ich das Gefühl, Hannahs strahlendes Lächeln habe mich meine Entscheidung endgültig fällen lassen, aber ich war mir nicht mehr sicher, ob sie richtig war.

\*\*\*

In jener Nacht schlief ich allein in meinem Zimmer – oder besser, ich saß in dem abgewetzten Armsessel, bis meine Gedanken so verdreht und abgenutzt waren wie die Leinen der *Ishmael*. Meine Zurückgezogenheit hatte ich Liza nicht erklären müssen, weil Hannahs Stimmung an diesem Abend urplötzlich gekippt war, in direkter Umkehrung zu ihrer guten Laune am Nachmittag, und sie die Nacht im Zimmer ihrer Mutter verbrachte. Während ich aus dem Fenster in die Dunkelheit hinaussah, in der nur die Lichter der Fischerboote zu erkennen waren, konnte ich sie schluchzen hören und Lizas tröstendes Murmeln dazu.

Am frühen Morgen stand ich auf und traf Kathleen in der Küche. Sie war im Morgenrock. Sie schaute mich an und schüttelte den Kopf. «Für sie ist es so schwer», sagte sie, und ich wusste nicht genau, wen von beiden sie meinte.

Man sagt, eine Mutter sei genetisch darauf vorprogrammiert, das Schreien ihres Babys zu unterbinden. Nun, in jener Nacht hätte auch ich alles getan, um Hannahs Tränen zum Versiegen zu bringen. In ihrem Schluchzen hörte ich den riesigen Verlust, den sie erlitten hatte, und all die Verluste, die ihr noch bevorstanden, und obwohl ich mich nie für besonders empfindsam gehalten habe, machte mich ihr Kummer fast krank. Wer sich davon nicht hätte erweichen lassen, musste wirklich ein Herz aus Stein haben.

Als ich schließlich einschlief, wurde es gerade wieder hell, und Hannah war einige Stunden ruhig gewesen. Doch ich spürte, wie anfällig ihr Schlaf war, ebenso wie ich Lizas Anwesenheit auf der anderen Seite des Flurs spürte, und ich wusste, dass auch sie dort hinter der weiß gestrichenen Tür wach lag.

Am darauffolgenden Morgen, als Liza Hannah in die Schule gebracht hatte und ins Hotel zurückkehrte, wartete ich auf dem Parkplatz auf sie. Ich hatte mich direkt vor die Rückwand des Hotels gestellt, wo ich von niemandem gesehen werden konnte.

«Hallo, schöner Mann», rief sie heiter, als sie mit ihrem Wagen rückwärts einparkte. In ihrem Lächeln lag auch eine Spur Erleichterung darüber, mich allein anzutreffen. Sie stieg aus dem Wagen und machte die Tür hinter sich zu.

«Komm, geh ein Stück mit mir», sagte ich.

Sie blinzelte und schaute mich misstrauisch an.

Keiner von uns hatte sich auf den anderen zubewegt. Normalerweise hätte ich sie längst in den Armen gehalten, hätte diesem kurzen Moment der Zweisamkeit kaum widerstehen können und sie an mich gezogen, um ihre Haut an der meinen zu spüren.

«Mike?»

Ich zwang mich zu der ausdruckslosesten Miene, zu der ich in der Lage war. «Ich habe ein paar Neuigkeiten.» Ich straffte die Schultern. «Ich werde das Bauprojekt stoppen. Ich – ich habe mit jemandem gesprochen, und ich glaube, ich kann die Firma davon überzeugen, sich anderweitig zu orientieren.»

«Wie bitte?»

«Ich glaube, ich kann es aufhalten – ich weiß, dass ich es kann.»

Sie runzelte die Stirn. «Das Bauprojekt wird einfach gestoppt? Keine Anhörung mehr? Nichts? Einfach so?»

Ich schluckte. «Ich glaube, ja.»

«Aber – wie?» Ein Lächeln spielte um ihre Lippen, als könnte sie es noch nicht recht glauben.

«Ich möchte, dass du noch niemandem etwas sagst, bis alles unter Dach und Fach ist. Ich fliege nach London zurück.»

«Was?» Jenes kleine Lächeln war wie weggeblasen.

«Du musst also nicht mehr dorthin», sagte ich langsam. «Du musst nirgendwo mehr hin.»

Sie blickte auf ihre Füße, dann hinaus auf die See. Irgendwohin, nur nicht zu mir. «Du weißt, dass das Bauprojekt für mich nur der halbe Grund ist, Mike. Ich will reinen Tisch machen. Ich will endlich nicht mehr davonlaufen.»

«Dann tu es, wenn Hannah älter ist. Sag es den Behörden, wenn sie dich nicht mehr so dringend braucht. Das reicht auch noch.»

Sie stand da, und ich konnte ihr jeden Gedanken vom Gesicht ablesen, der ihr durch den Kopf ging, wie Wolken, die am Himmel vorbeiziehen. Die Möglichkeit, doch nicht gehen zu müssen, war eine große Verlockung. Aber ich konnte auch deutlich erkennen, dass sie sich geistig bereits auf eine Abreise eingestellt hatte und es schwer fand, diese Entscheidung rückgängig zu machen.

Schließlich schaute sie mir direkt ins Gesicht. «Was geht hier vor, Mike?»

«Ich werde dafür sorgen, dass du in Sicherheit bist», sagte ich, «und dass Hannah bei ihrer Mutter aufwachsen kann.»

Sie schaute mich lange Zeit an, ihre Augen blickten fragend. Sie trat nach einem Kieselstein. «Kommst du zurück?»

«Wahrscheinlich nicht», erwiderte ich.

Jetzt war es heraus.

«Aber ... Ich dachte ... Ich dachte, du wolltest mit uns zusammen sein.»

«Du musst mir vertrauen», sagte ich.

«Du kommst nicht zurück?»

Ich schüttelte den Kopf. Ich wusste, dass sie mich gerne gefragt hätte, wie ich das tun konnte, wenn ich ihr doch gesagt hatte, dass ich sie liebte. Ich wusste, dass sie noch eine Million weitere Fragen an mich hatte. Ich wusste, am liebsten hätte sie mich gebeten zu bleiben. Aber bei ihrer Tochter zu bleiben und in Frieden zu leben, das wünschte sie sich noch viel mehr.

«Warum vertraust du mir nicht genug und redest mit mir darüber?», fragte sie.

Weil ich es dir nicht zumuten kann, eine Wahl zu treffen, sagte ich insgeheim zu ihr. Aber ich kann dir diese Bürde abnehmen. Ich machte einen Schritt vorwärts und nahm sie in die Arme, spürte, wie sie sich steif machte, und wusste, dass es mir das Herz gebrochen hatte.

Es wurde schnell dunkel in Silver Bay, und die Dunkelheit kam mit den typischen Vorboten der Nacht: Vögel erklären das Ende des Tages mit zunehmend lautem Zwitschern und werden dann ganz still; Autos biegen in Einfahrten; Kinder werden zum Abendessen hereingerufen und machen sich hüpfend oder trödelnd auf den Heimweg; irgendwo in der Ferne bellt ein kleiner Kläffer, als würde gleich die Welt untergehen. In Silver Bay gab es noch weitere Signale für die hereinbrechende Nacht: das Quietschen verzogener Schuppentüren; das Zischen und Knirschen von Reifen im Sand entlang der Küstenstraße, wenn die Fischer ihre Boote klarmachten; das Ächzen und die gut gelaunten Rufe derjenigen, die gerade ihre Kähne zu Wasser ließen. Und dann, wenn die Sonne langsam hinter den Bergen verschwand, das zarte Aufblinken der ersten Lichter in der Bucht, Stille, ab und zu der ferne Lichtschein eines vorüberfahrenden Öltankers am Horizont, und dann schließlich Finsternis. Eine Finsternis, in der man fast alles verbergen konnte: den Gesang eines ungesehenen Wales, den Schlag eines Herzens, die Endlosigkeit einer Zukunft, die man sich nicht gewünscht hat.

Das alles beobachtete ich von meinem Armsessel aus. Und so war mein letztes Gespräch des Tages angesichts der Dramatik dessen, was bald geschehen würde und bereits geschehen war, fast enttäuschend nüchtern.

«Vanessa?»

Sie hatte schon beim zweiten Klingeln abgehoben. Ich schaute aus dem Fenster und zog dann, vielleicht etwas heftiger als gewollt, die Jalousie herunter.

«Mike ...» Sie stieß lange den Atem aus. «Ich war mir nicht sicher, ob du wirklich anrufen würdest.»

Sie klang unsicher. Ich fragte mich, wie lange sie wohl schon gewartet hatte, denn mein versprochener Anruf hätte schon Stunden vorher kommen sollen. Aber ich hatte nur in dem Zimmer gesessen, das Telefon angestarrt, und meine Finger hatten sich geweigert, die Nummer zu wählen. «Mike?»

«Willst du mich denn noch?»

«Willst *du mich* denn?»

Ich schloss die Augen.

«Wir haben eine Menge durchgemacht», sagte ich. «Wir haben uns gegenseitig weh getan. Aber ich will's noch mal versuchen. Ich will es wirklich noch mal versuchen.»

Ich war fast erleichtert, als sie zuerst nichts sagte. Doch dann kam die unvermeidbare Frage: «Wann kommst du nach Hause?»

## KAPITEL 25

*Monica*

Mike sagte ich nichts von meinen Plänen; ich befürchtete, dass er sie nicht gutheißen würde. Vermutlich war er höllisch sauer auf mich – er hatte mir zunehmend ungehaltene Nachrichten auf der Mailbox hinterlassen, und jedes Mal, wenn ich mein Handy einschaltete, war wieder ein Anruf aus Australien eingegangen, den ich nicht entgegengenommen hatte. Am vorigen Abend hatte er ein halbes Dutzend Mal angerufen und mich immer wieder ermahnt, ja nichts zu unternehmen, solange ich nicht mit ihm gesprochen hatte.

Aber ich würde ihn nicht zurückrufen, zumindest nicht, bis ich mir auf das, was geschehen war, einen Reim machen konnte. Ich bin nicht gerade die beste Journalistin der Welt – im Grunde habe ich mich nie der Illusion hingegeben, mehr zu sein als eine mittelmäßige Vielschreiberin –, aber ich merke, wenn eine Story heiß ist, und ich hatte Blut geleckt. Wenigstens in dieser Hinsicht ähnele ich meinem Bruder: Wenn ich eine Sache angefangen habe, dann bringe ich sie auch zu Ende. So kam es, dass ich an meinem freien Tag nach Surrey fuhr, mir am Bahnhof ein Taxi nahm und dem Fahrer die Adresse nannte, die ich mir auf einem Zettel notiert hatte. Um kurz nach zehn stand ich vor einem großen Haus in Virginia Water.

«Hübsches Anwesen», sagte der Fahrer und warf einen Seitenblick aus dem Fenster, während er mir eine Quittung ausstellte.

«Hm», machte ich abwesend.

Mir wurde auf der Stelle klar, dass es unmöglich sein würde, mir das Haus so unauffällig anzusehen, wie ich mir das vorgestellt hatte: Es war von hohen Hecken umgeben und lag so weit entfernt von der Straße, dass ich Aufmerksamkeit auf mich gezogen hätte, sobald ich nur in die Nähe der Auffahrt käme. Ich hatte mich in aller Ruhe umschauen, vielleicht einiges über die Bewohner des Hauses herausfinden und mir darüber klarwerden wollen, wonach ich eigentlich suchte. Stattdessen stand ich nun am Beginn der Auffahrt, halb hinter einem Baum vor dem schweren Eisentor versteckt, und wartete.

Es war ein großes Anwesen im Tudor-Stil mit Bleifenstern und einem Garten zum Verlaufen. Die Rasenflächen und Blumenbeete waren gut in Schuss, selbst jetzt im Oktober, und ließen auf regelmäßige Pflege durch einen Gärtner schließen. Fünf oder sechs Zimmer, schätzte ich von meinem Platz auf der Straße aus. Mindestens drei Bäder. Jede Menge Teppiche und teure Vorhänge. Ein Volvo Kombi parkte in der Einfahrt, und hochpreisige Spielgeräte aus Holz standen im feuchten Garten. Trotz meines dicken Mantels zitterte ich vor Kälte. An diesem Haus war bei allem Prunk etwas Ungemütliches, und ich glaubte nicht, dass ich mir das einbildete. Mike hatte mir erzählt, was damals darin vorgefallen war, und ich konnte nicht umhin, mir die junge Frau vorzustellen, die auf die Einfahrt hinausblickte und ihre Flucht plante.

Mehrere Autos fuhren vorbei, und ihre Insassen reckten die Hälse nach mir: In dieser Gegend ging man nicht zu Fuß. Während ich mir einen neuen Plan überlegte, fiel mein Blick auf eine Frau, die an einem der Fenster im oberen Stockwerk vorbeiging: das Aufblitzen eines pastellfarbenen Pullovers, dunkles, zu einem kurzen Bob geschnittenes Haar. Wahrscheinlich war das die Ehefrau. Ich fragte mich, was er ihr wohl von seinem früheren Leben erzählt hatte. Und ich fragte mich, ob wohl auch sie bereits darüber nachdachte, sich abzusetzen, oder ob er sie besser behandelte als damals Liza. Ob es diesmal eine Ehe unter Gleichberechtigten war. Während ich immer noch unschlüssig war, was ich als Nächstes tun sollte, kam ein Mädchen in einem dicken blauen Pullover und Jeans um das Haus herum. Vielleicht hatte sie die Tür offen stehen lassen, denn von drinnen war jetzt das dumpfe Gemurmel eines Radios zu hören, dann das Schreien eines Babys. Während ich mich schnell duckte, kam sie auf mich zu, bis zum Ende der Auffahrt, und begab sich zum Briefkasten, um die Post zu holen. Ich trat hinter dem Baum hervor und versuchte, mir den Anschein zu geben, als sei ich gerade eben vorbeigekommen.

«Hallo, du da, ist Mr. Villiers da?», fragte ich. Mein Atem stand in kleinen Wölkchen vor meinem Mund.

«Wenn es um Gemeindeangelegenheiten geht», sagte sie, «er empfängt immer am Freitag.»

«Freitag.»

Sie nickte.

«In seinem Büro hat man mir gesagt, er arbeite heute zu Hause.» Ich wusste nicht genau, warum ich log. Vielleicht konnte ich sie ja in ein Gespräch verwickeln und so ein wenig mehr über ihn herausfinden.

«Er ist in London», sagte sie. «Donnerstagabend ist er immer in London.»

«Oh», sagte ich. «Da muss ich was falsch verstanden haben. Er ist also noch in der Bank, stimmt's?»

«Ja.»

Ich könnte sie bitten, ob ich hereinkommen durfte, um auf

ihn zu warten, überlegte ich. Aber ich hätte nicht gewusst, was ich seiner Frau sagen sollte. Ich hatte mir keine Story zurechtgelegt, die ich präsentieren könnte, und solange ich nicht wusste, als wen ich mich ausgeben sollte, ergab das alles keinen Sinn. *Hallo, Mrs. Villiers. Ich bin Journalistin. Können Sie mir sagen, ob Ihr Mann – die Säule der Gemeinde – in Wirklichkeit ein Soziopath ist, der seine Frau schlägt? Ist es richtig, dass er ein brutaler, untreuer Ehemann mit Kontrollfimmel ist, der Mitschuld am Tod seiner eigenen Tochter trägt? Hübsche Vorhänge übrigens.*

«Dann rufe ich ihn im Büro an. Vielen Dank noch mal.» Ich lächelte auf freundliche, geschäftsmäßige Art, als hätte das alles weiter gar keine Bedeutung. Ich würde ins Dorf gehen und einen Kaffee trinken. Zurück konnte ich immer noch kommen, wenn ich mir erst einmal überlegt hatte, wie ich am besten vorging. Vielleicht konnte ich ja so tun, als wäre ich eine Boulevardjournalistin aus der Gegend, die scharf darauf war, etwas über die Familie Villiers zu schreiben. Wenn ich die Ehefrau persönlich sprechen konnte, bei einer Tasse Tee, würde sie ja vielleicht etwas Nützliches preisgeben.

«Dann also tschüs.»

«Tschüs.»

Das Mädchen stand immer noch vor mir, ohne mich großartig zu beachten, und schob sich das Haar hinters Ohr. Als sie dann den Rückweg in Richtung Haus antrat, bemerkte ich, dass sie hinkte. Und mein Herz machte einen Hüpfer.

Ich hasse Klischees. Beim Schreiben habe ich immer versucht, einen großen Bogen darum zu machen. Und doch fühlte es sich genau so an.

Ich stellte meine Tasche neben mich auf den Bürgersteig, stand ganz ruhig da und schaute ihr hinterher.

«Entschuldigung», rief ich laut, denn jetzt war es mir egal, wer mich hörte. «Entschuldige!»

Ich rief weiter, bis sie sich umdrehte und langsam wieder zu mir zurückkam.

«Was denn?», fragte sie, den Kopf auf die Seite gelegt. Und dann sah ich es. Mein Puls raste.

«Wie ... wie heißt du?», fragte ich zurück.

## KAPITEL 26

*Kathleen*

Ich war mit Hannah in der Küche, als ich hörte, wie die Tür ins Schloss fiel. Das ist in diesem Haus nichts Ungewöhnliches, nicht mit einem Hund, einem halbwüchsigen Mädchen und Hotelgästen, die zu Hause anscheinend keine Türen haben oder lieber den Meereswind die Arbeit für sie erledigen lassen. Doch die Heftigkeit, mit der meine alte Tür zufiel, und die erregten Schritte von Mike, der mit voller Wucht mehrere Stufen auf einmal nahm, entlockten mir einen kleinen Fluch. Seine Schritte klangen wie ein Presslufthammer. Er stapfte in sein Zimmer, wo er offenbar das Fenster offen gelassen hatte, denn nun fiel auch seine Zimmertür lautstark ins Schloss und brachte das ganze Haus zum Beben.

«Noch ist nicht die Zeit für eine Abrissbirne gekommen», schrie ich in Richtung Zimmerdecke und wischte mir die Hände an der Schürze ab. «Wenn Sie meinen Fußboden durchstoßen, können Sie mir gleich einen neuen bezahlen!»

Wir hatten das Radio an, weshalb ich zuerst nicht hören konnte, was er schrie, aber Hannah und ich hielten inne und lauschten dem Lärm, der von oben kam.

«Glaubst du, er hat wieder Krach mit jemandem?», fragte Hannah.

«Du machst jetzt mal weiter deine Hausaufgaben, mein Fräulein», sagte ich. Aber das Radio schaltete ich doch ab.

Das hier ist ein altes Haus, massiv aus Holz gebaut und an einigen Stellen etwas klapprig, weshalb man von der Küche aus vieles von dem hören kann, was im ersten Stock vorgeht, und als Mike durch das Zimmer stürmte und den Stuhl lautstark hinter seinem Schreibtisch hervorzog, entfuhr mir noch ein Fluch.

«Vielleicht hat ihn ja eine Redback-Spinne gebissen», sagte Hannah, plötzlich sehr interessiert.

«Monica?», schrie er ins Telefon. «Schick es jetzt rüber. Schick es *auf der Stelle.*»

Hannah und ich wechselten einen Blick.

«Das ist seine Schwester», sagte sie ruhig. Ich aber dachte: Das ist die Journalistin, und mit meiner friedfertigen Stimmung war es vorbei.

Ich machte gerade ein Käseomelett und verquirlte mit wilden Rührbewegungen die Eier, in dem verzweifelten Versuch, meinen düsteren Gedankenfluss zu durchbrechen. Seit Liza mir von ihren Plänen erzählt hatte, hatte ich den Kochlöffel geschwungen wie eine Besessene, und auch das Hotel war so sauber wie nie zuvor. Schade, dass keine anderen Gäste da waren – sie hätten einen nie da gewesenen Fünf-Sterne-Service genießen können. Ich senkte den Kopf über der Schüssel und rührte wie verrückt, bis ich vergessen hatte, worüber ich überhaupt nachdachte, und die Eier so luftig-leicht geschlagen waren, dass sie fast aus der Schüssel hüpften. Erst ein paar Minuten später merkte ich, dass nach Mikes Ausruf keine Geräusche mehr von oben gekommen waren. Nicht einmal das gewohnte Tapsen seiner Schritte, wenn er von seinem Schreibtisch zum Ledersessel ging, oder das Quietschen des Bettes, wenn er sich hinlegte, war zu hören.

Ich nahm die Pfanne vom Herd und ging zur Tür. «Mike?», rief ich die Treppe hoch. «Alles klar?»

Nichts.

«Mike?», fragte ich, hielt mich am Geländer fest und nahm eine Stufe nach oben.

«Kathleen», sagte er, und seine Stimme zitterte. «Ich glaube, Sie kommen besser mal hoch.»

Als ich den Raum betrat, bat er mich, auf dem Bett Platz zu nehmen. Dabei war er so bleich im Gesicht, dass ich einige Sekunden brauchte, um seiner Bitte Folge zu leisten. Er kam auf mich zu und ging vor mir auf die Knie, als wollte er mir einen Heiratsantrag machen. Dann sagte er diese beiden kleinen Worte, und als ich sie ihn laut aussprechen hörte, spürte ich, wie mir alles Blut aus dem Gesicht wich. Hinterher sagte Mike, er habe befürchtet, ich würde einen Herzinfarkt erleiden wie Nino Gaines.

«Was zum Teufel sagen Sie da?», fragte ich, als ich meiner Stimme wieder mächtig war. «Soll das etwa ein Witz sein?» Plötzlich war ich wütend auf ihn, aber er schüttelte nur den Kopf und holte seinen Computer.

Und da war sie. Unglaublich. Auf seinem Bildschirm. In Farbe. Und schaute uns mit einem Ausdruck argwöhnischer Verständnislosigkeit an, die in der meinen ihre Entsprechung fand. Meine Hände fingen an zu zittern.

«Das hat Monica heute aufgenommen. Sieht doch ganz nach ihr aus, oder?»

Mein Mund blieb offen stehen, und meine Hand klebte an meiner Brust. Ich konnte den Blick einfach nicht losreißen von diesem Gesicht. Und dann berichtete er mir in stockenden Worten, was seine Schwester ihm gesagt hatte.

«Hannah», krächzte ich. «Holen Sie Hannah.»

Aber als ich den Blick vom Bildschirm abwandte, stand sie

schon in der Tür, den Füllfederhalter in der Hand. Ihre Augen huschten von mir zu Mike und wieder zurück.

«Hannah, Liebes», sagte ich und hob eine zitternde Hand in Richtung Computer. «Du musst dir etwas anschauen. Ich möchte, dass du mir sagst, ob das hier ... ob sie so aussieht wie ...»

«*Letty.*» Hannah ging auf den Bildschirm zu, hob einen Finger und zog den Umriss der Nase ihrer Schwester nach. «*Letty.*»

«Sie lebt, Liebes», sagte ich, und mir kamen die Tränen. Die Stimme versagte mir, und ich spürte, wie Mike mir die Hand auf die Schulter legte. «Gott schütze uns, sie ist am Leben.»

Ich hatte Angst um Hannah, hatte Angst, sie würde noch mehr Schock und Unglauben empfinden, als ich es tat. Meine Gedanken waren in Aufruhr, mein Herz wie betäubt beim Anblick dieses Kindes, das ich nie kennengelernt hatte, dessen Leben und Tod jedoch wie ein Schatten über diesem Haus gehangen hatten, als wäre es mein eigenes Kind. Wie um alles in der Welt sollte Hannah damit zurechtkommen?

Aber sie war die Einzige von uns dreien, die nicht weinte.

«Ich hab's gewusst», sagte sie, und ein strahlendes Lächeln machte sich auf ihrem Gesicht breit. «Ich wusste, dass sie nicht tot war. Es hat sich nie so *angefühlt*, als wäre sie tot.» Sie wandte sich wieder dem Bildschirm zu und fuhr mit dem Finger an dem Bild entlang. Sie waren sich so ähnlich, dass man meinen konnte, sie schaute in einen Spiegel.

Mike war zum Fenster gegangen und rieb sich den Hinterkopf. «Diese Schweine», sagte er und schien völlig vergessen zu haben, dass Hannah im Zimmer war. «Wie konnten sie ihr das antun? Wie konnten sie dem Kind das antun?»

Plötzlich wurde auch mir das ganze Ausmaß des Betrugs bewusst, und die Worte, die meinem Mund entschlüpften, waren Flüche, wie ich sie seit meinen Zeiten als Barmädchen während des Krieges nicht mehr gehört hatte. «Diese Bestie! Dieser gelbbäuchige, rattenfressende Sohn eines tollwütigen Hundes! Dieser ...»

«Hai?», schlug Mike vor und hob eine Augenbraue.

«Hai», stimmte ich zu und schaute zu Hannah. «Ja. Dieser Hai. Jedenfalls hätte ich größte Lust, ihm die Därme rauszureißen, als wäre er einer.»

Plötzlich stand das Bild von Old Harry, meinem Harpuniergewehr, vor meinem inneren Auge, das an der Wand des Walfangmuseums hing.

Dann ergriff Hannah wieder das Wort: «Ich habe immer noch eine Schwester», verkündete sie, und die schlichte Freude in ihrer Stimme ließ uns beide aufhorchen. «Schaut nur! Meine Schwester!» Und während Hannah ihr Gesicht neben das vergrößerte Foto hielt, wandten Mike und ich uns einander zu.

«Liza», sagten wir im Chor.

Wir wussten nicht, wie wir es ihr sagen sollten. Wir wussten nicht, wie wir ihr diese Nachricht überbringen konnten. Sie war mit dem Boot draußen, und die Nachricht war einfach zu überwältigend, zu schockierend, um es ihr über Funk mitzuteilen. Andererseits wollten wir nicht warten, bis sie wieder im Hafen war. Am Ende borgten wir uns Sam Gradys Kutter und fuhren hinaus. Mit Mike und Hannah im Bug und mir am Ruder segelten wir an der Bucht vorbei in Richtung Break Nose Island. Es war eine leichte Brise aufgekommen, doch das Meer war glatt, und innerhalb weniger Minuten waren wir von mehreren Delphinschulen umgeben, deren fröhliches Springen wunderbar zu der Stimmung bei uns an Bord passte. Während wir über die Wellen schaukelten, beugte sich Hannah über die Reling und erzählte es ihnen.

«Sie wissen es schon!», rief sie lachend. «Sie sind gekommen, weil sie es wissen.»

Anders als sonst versuchte ich ihr die Idee nicht auszureden. Wer wusste schon, wie das Leben funktionierte? Stand es mir denn zu, zu behaupten, diese Kreaturen könnten nicht mehr wissen als ich? In diesem Moment hatte ich das Gefühl, nichts könne mich mehr überraschen.

Und da war sie dann, auf dem Rückweg in den Hafen. Sie stand am Steuer, Milly neben sich, und schien sich darauf zu freuen, wieder an Land zu gehen. Sie hatte ein voll ausgebuchtes Boot, hauptsächlich Taiwanesen. Die Touristen beugten sich neugierig über die vordere Reling, weil sie wissen wollten, warum wir auf sie zufuhren, manche hielten immer noch ihre Kamera in der Hand und knipsten wie wild los, als sie die Delphine in unserer Bugwelle sahen.

Als Liza uns entdeckt hatte und auf uns zuhielt, stand die Sonne direkt hinter ihr, und ihre Haare sahen aus wie in Flammen. «Was gibt's denn?», schrie sie, als wir längsseits anlegten. Sie vergaß sogar, Hannah auszuschimpfen, weil sie keine Schwimmweste trug: Als sie entdeckte, dass wir uns alle drei an Bord des winzigen Bootes gequetscht hatten, wusste sie, dass es dafür einen besonderen Grund geben musste.

Ich schaute Mike an, der mir zunickte, und ich begann zu rufen, aber noch bevor ich die Worte ausgesprochen hatte, liefen mir schon die Tränen übers Gesicht. Meine Stimme brach. Ich brauchte mehrere Anläufe und Mikes Taschentuch, das er mir schnell zusteckte, bevor ich mir Gehör verschaffen konnte.

«Sie lebt, Liza. Letty ist am Leben.»

Liza schaute von mir zu Mike und wieder zurück. Über uns kreisten zwei Möwen und kreischten, als wollten sie mich für das, was ich gesagt hatte, verspotten.

«Es stimmt! Letty lebt! Mikes Schwester hat sie gesehen. Sie ist wirklich, wirklich am Leben.» Ich schwenkte das Foto, das Mike ausgedruckt hatte, aber der Wind ließ es zu stark flattern in meiner Hand, und Liza war zu weit weg, um etwas zu erkennen.

«Was sagt ihr da?», rief sie, ihre Stimme war brüchig vor Schmerz. Sie schaute zu den Passagieren zurück, die das Geschehen nicht aus den Augen ließen. Alle Farbe war aus Lizas Gesicht gewichen. «Was soll das heißen?»

Ich stemmte die Beine fest gegen die Reling, um nicht den Halt zu verlieren, nahm das Foto in beide Hände und hielt es über meinen Kopf wie ein Banner. «Sie haben dich angelogen! Diese Schweine haben dich angelogen, Liza! Sie ist bei dem Autounfall nicht umgekommen! Letty lebt, und sie kommt nach Hause.»

Die Touristen wurden mucksmäuschenstill, und ein paar der Taiwanesen, die vielleicht spürten, dass sie Zeugen eines ganz besonderen Moments wurden, brachen spontan in Beifall aus. Wir sahen Liza an, unsere Gesichter strahlten vor Glück und Erwartung, und dann, während die Möwen fortflogen, um irgendeinem vorbestimmten Weg zu folgen, wandte Liza kurz das Gesicht gen Himmel und fiel in Ohnmacht.

Mike sagte, ihm sei bis zu diesem Tag gar nicht bewusst gewesen, wie sehr er seine Schwester liebte. In einem dreistündigen Telefonat, bei dem Liza ganz dicht neben ihm saß und mithörte, immer noch bleich von dem Schock, erzählte Monica ihm, wie sie mit Stephen Villiers ein Treffen in seinem Büro verabredet hatte und ihm erst dann, mit einer Tasse Tee in der Hand, gesagt hatte, sie sei der Geschichte eines angesehenen Gemeinderatsmitglieds auf der Spur, der seiner früheren Freundin gesagt hatte, ihre Tochter sei tot, um der Mutter das Kind vorzuenthalten. Eines Ratsmitglieds, das seine Freundin immer wieder verprügelt hatte, bis sie aus Todesangst geflohen war. Eine Freundin, die Fotos von ihren Verletzungen angefertigt und von einem

Arzt hatte bestätigen lassen. Gut, in diesem Punkt hatte Monica etwas geflunkert, aber sie sagte, sie habe sich dermaßen in Rage geredet, dass sie einfach noch eins draufsetzte, um den Sieg davonzutragen. Nach allem, was ich so hörte, gefiel sie mir, diese Monica Dormer.

Erschreckend war gewesen, wie leicht Villiers dazu zu bewegen war, einzulenken. Er wurde ganz still, und dann fragte er schlicht: «Was wollen Sie?»

Er hatte geheiratet und zwei Söhne bekommen, und als Monica ihm sagte, irgendwann würde Letty sowieso erfahren, was er getan hatte, merkte sie seiner Stimme an, dass das Gespräch eine Wendung nahm, mit der er wahrscheinlich schon länger gerechnet hatte. Sie hatten Folgendes ausgehandelt: Das Kind dürfe zur Mutter zurück, und das Ganze würde nicht an die Öffentlichkeit gehen. Die Einwilligung kam so schnell, dass Monica sich fragte, warum er Liza seinerzeit so vehement verboten hatte, zu gehen.

Und jetzt kam das Beste. Er hatte seit Jahren gewusst, wo Liza sich aufhielt – wahrscheinlich durch seine Kontakte bei der Polizei oder durch irgendwelche privaten Ermittler. Die besondere Ironie lag darin, dass er sie sich ebenso vom Leib halten wollte wie sie sich ihn. Er erzählte, seine Mutter habe Liza aus reiner Boshaftigkeit gesagt, das Kind sei tot. Als sie bemerkten, dass Liza verschwunden war, beschlossen sie, es könne durchaus nützlich sein, sie in dem Glauben zu lassen, das kleine Mädchen sei tot, weil es eine gute Methode war, sich Liza vom Hals zu halten. Sie hielten sie für unberechenbar, ein Risiko für Stephens Karriere und seine Zukunft und ein Hindernis für sein Liebesglück mit der eleganten, dunkelhaarigen Deborah. Monica sagte, immerhin habe Villiers den Anstand besessen, ein wenig beschämt dreinzuschauen.

Dann waren sie, in Begleitung eines Anwalts und einer Kinderpsychologin, zu dem Haus gegangen, um Letty zu sagen, sie dürfe ihre Mutter besuchen.

Alles ging ganz schnell. Später machten wir uns Sorgen, dass sie vielleicht doch etwas überstürzt gehandelt hatten, wenn man bedachte, was für einen Schock es dem Mädchen bereitet haben musste, als man ihm alles erklärte. Monica gab zu, dass sie bis zum letzten Schritt auf der Auffahrt des Hauses befürchtet hatte, Villiers würde es sich noch einmal anders überlegen.

In Lettys Leben gab es nun vieles, von dem sie begreifen musste, dass es eine Lüge gewesen war, so viele Geheimnisse. Mikes Schwester sagte, sie sei ein kluges Mädchen und dass sie alles ganz genau wissen wolle.

In London war es jetzt Abend, und man ließ sie schlafen, aber gleich am Morgen, wenn es bei uns Abend war, würde Monica uns anrufen, und Liza würde nach fünf langen Jahren endlich wieder mit Letty sprechen können. Ihre Tochter, ihr Baby, war von den Toten auferstanden.

Ich sah, dass im Walfangmuseum noch Licht brannte, als ich Milly an diesem Abend zum letzten Mal rausließ, und dachte mir ziemlich schnell, wer das wohl sein könnte. Meistens machte ich mir gar nicht die Mühe, die frühere Scheune abzuschließen – etwas richtig Wertvolles, das zu stehlen sich lohnen würde, gibt es da nicht, und Milly würde sowieso anschlagen, wenn irgendwelche Fremden sich auf dem Gelände herumtrieben.

Liza und Hannah waren oben und saßen am Telefon. Es war ein Anruf, bei dem sie allein sein mussten, weshalb ich zwei Flaschen Bier holte und zum Museum ging. Mike fühlte sich wahrscheinlich, genau wie ich, ein wenig überflüssig. Es war Hannahs und Lizas Moment. Wir konnten uns für sie freuen, waren sogar überglücklich, aber da wir Letty nicht kannten, konnten wir nur einen Bruchteil von dem nachempfinden, was sie fühlten. Im Haus drüben zu sein, solange im oberen Stock jenes Telefonat im Gange war, hätte einem das Gefühl gegeben, zu stören, als belauschte man eine Liebesnacht.

Außerdem hatte es mich neugierig gemacht, was mir Liza am Tag zuvor gesagt hatte, bevor ihre ganze Welt sich wieder geändert hatte – darüber, dass das Bauprojekt unter Umständen doch nicht in die Tat umgesetzt werden würde. Es sei noch nicht sicher, hatte sie gesagt, und sie solle auch mit niemandem darüber reden, solange es nicht bestätigt sei. Doch sie sagte, Mike habe das alles erreicht, und dann hatte sich ihre Miene verfinstert, als sie hinzufügte, er würde übermorgen endgültig abreisen. Danach hatte sie nicht mehr viel gesagt.

Zuerst hörte er mich gar nicht. Er saß auf einem der modernden Balken der *Maui II*, mit einer Hand abgestützt, und seine Schultern waren gebeugt, als trüge er eine große Last. Nach all dem, was er erreicht hatte, schien mir das eine eher seltsame Haltung.

Milly schoss an mir vorbei, lief schwanzwedelnd auf ihn zu, und er blickte auf.

«Oh. Hi», sagte er. Er saß fast direkt unter den Neonröhren, die lange Schatten auf sein Gesicht warfen.

«Dachte mir, vielleicht haben Sie Lust auf ein Bierchen.» Ich hielt ihm eins hin. Als er es genommen hatte, setzte ich mich auf den Stuhl, der ein paar Meter von ihm entfernt stand, und machte mir selber das andere auf.

«Sieht Ihnen gar nicht ähnlich», sagte er.

«Heute ist einfach alles anders», erwiderte ich.

Wir saßen da und tranken in geselligem Schweigen. Die Scheunentore standen offen, und dahinter waren, in der nahen Dunkelheit, die Küste und die entfernten Scheinwerfer von Autos und Fischerbooten zu sehen, die zu ihrer nächtlichen

Arbeit hinausfuhren. Das ruhige Einerlei eines Abends in Silver Bay, so wie es schon seit einem halben Jahrhundert vor sich hin dümpelte. Ich konnte immer noch nicht glauben, was man mir gesagt hatte – dass Mike es schaffen könnte, uns doch noch vor dem Abgrund zu bewahren. Es war mir schier unvorstellbar, dass man uns wirklich in Ruhe lassen würde.

«Danke», sagte ich leise. «Ich danke Ihnen, Mike.»

Er schaute von seinem Bier auf.

«Für alles. Ich weiß nicht, wie Sie das alles hingekriegt haben, aber danke.»

Er ließ den Kopf wieder sinken, und ich wusste, dass etwas nicht stimmte. Der düstere, nachdenkliche Ausdruck auf seinem Gesicht ließ erahnen, dass er nicht hier draußen saß, damit Liza ihre Ruhe hatte. Er war hier, weil er allein sein musste.

Ich wartete. Ich bin lange genug auf der Welt, um zu wissen, dass man immer noch die meisten Fische fängt, wenn man sich ganz ruhig verhält.

«Ich möchte eigentlich gar nicht gehen», sagte er, «aber es ist die einzige Möglichkeit, das Bauprojekt zu stoppen.»

«Ich bin mir nicht sicher, ob ich Sie richtig verstehe ...»

«Es gab etwas zu entscheiden ... und ich konnte nicht zulassen, dass sie diese Entscheidung trifft. Sie hat schon so viele harte Entscheidungen fällen müssen.»

Er hatte sich stark unter Kontrolle, und ich hätte schwören können, dass er sich vor Anspannung kaum zu bewegen vermochte.

«Ich möchte, dass Sie Folgendes wissen, Kathleen. Was auch immer Sie in Zukunft hören, was Sie über mich hören – es ist wichtig, dass Liza weiß, dass sie geliebt wurde.» Er sah mich so intensiv an, dass ich mich ein wenig unwohl fühlte. «Ich möchte nicht, dass Sie schlecht von mir denken», sagte er mit erstickter Stimme, «aber ich habe ein Versprechen abgegeben ...»

«Warum sagen Sie mir nicht einfach, worum es eigentlich geht?»

Er schüttelte den Kopf.

Ich wollte ihn nicht bedrängen.

«Mike», sagte ich schließlich. «Sie haben Liza gerettet. Sie haben meine beiden Mädchen gerettet. Das ist alles, worauf es ankommt.»

«Sie wird glücklich sein, oder?» Er schaute mich nicht an, und das fand ich sehr merkwürdig.

«Es wird alles gut. Sie hat ihre beiden Mädchen.»

Er stand auf und begann langsam, im Museum umherzugehen, mit dem Rücken zu mir. Erst in diesem Moment wurde mir bewusst, wie leid es mir tat, dass er ging. Was auch immer er uns an Unrecht getan hatte, er hatte es doppelt und dreifach wiedergutgemacht. Ich bin keine große Romantikerin – davon weiß Nino Gaines ein Liedchen zu singen –, aber ich hatte durchaus auf ein Happy End zwischen ihm und Liza gehofft. Mittlerweile wusste ich, dass er ein anständiger Mensch war, und davon gibt es nicht so viele. Wie gerne hätte ich ihm das gesagt, aber ich war mir nicht sicher, wen von uns beiden das in größere Verlegenheit gestürzt hätte.

Er blieb vor dem Bild mit der Hai-Lady stehen. Als ich spürte, dass ein wenig Nähe es ihm leichter machen würde, stand ich auf und ging zu ihm hinüber.

Da hing ich, immer noch im Originalrahmen, sepiabraun und vergilbt. Und neben mir standen immer noch mein Vater und Mr. Brent Newhaven mit ihren unsichtbaren Drähten. Ich lächelte in die Kamera, ein siebzehnjähriges Ding im Badeanzug, auf einem Bild, das mich bis ans Ende meiner Tage verfolgen würde.

Ich holte tief Luft.

«Ich verrate Ihnen jetzt ein Geheimnis», sagte ich. «Ich hab diesen bescheuerten Hai nie gefangen.»

Das riss ihn aus seiner Versenkung. Er schaute mich überrascht an.

«Pustekuchen», sagte ich. «Der Partner von meinem Dad hat ihn gefangen. Meinte, es wäre gut für das Hotel und würde Werbung für uns machen, wenn wir so taten, als hätte ich ihn gefangen.» Ich nahm noch einen Schluck Bier. «Ich hasste es, zu lügen. Hasse es immer noch. Aber mittlerweile habe ich etwas begriffen. Wenn der Hai nicht gewesen wäre, hätte dieses Hotel die ersten fünf Jahre nicht überlebt.»

«Oder wäre in den letzten zwanzig fünfstöckig gewesen», sagte Mike ironisch.

Ich drehte das Bild zur Wand. «Manchmal», sagte ich, «ist eine Lüge die beste Möglichkeit, sich Kummer zu ersparen.»

Ich legte Mike Dormer meine Hand auf den Arm und wartete, bis er wieder in der Lage war, mir ins Gesicht zu sehen. Er nickte in Richtung Tür, als wollte er sagen, wir würden jetzt besser gehen, und wir schauten zum Haus hoch, wo in Lizas Schlafzimmer immer noch das Licht brannte.

«Wissen Sie was? Ich habe in dieser Bucht noch nie einen Tigerhai gesehen. Nie», meinte ich und trat in die Dunkelheit hinaus.

«Greg schon», sagte er und zog hinter uns die Türen ins Schloss.

«Sie hören mir nicht richtig zu», sagte die Hai-Lady.

## KAPITEL 27

*Mike*

In meinem Koffer war so viel Platz, dass ich mühelos einen weiteren darin untergebracht hätte. Genauso wie dieser leere Raum fühlte ich mich tief in mir drinnen. Vermutlich würde ich der einzige Passagier sein, dem man eine Strafe aufbrummen würde, weil er mit seinem Gepäck unter dem zulässigen Mindestgewicht blieb. Irgendwie hatte ich mich während meiner Zeit hier der Hälfte meiner Garderobe entledigt und trug fast nur noch das eine meiner zwei Paar Jeans, manchmal sogar Shorts, wenn es ein wirklich warmer Tag war. Angesichts der Umwälzungen in meinem Leben, die ich gerade durchmachte, gab es eigentlich nicht viel herzuzeigen, dachte ich mir, als ich die Sachen zum Packen auf dem Bett ausbreitete. Ich würde für meine Eltern den halben Duty-free-Shop kaufen können.

Meine Ölhaut packte ich nicht ein; irgendwie war sie zu stark mit diesem Ort hier verknüpft, und ich wollte sie einfach nicht in der falschen Umgebung an einem Haken hängen sehen. Auch meine Anzüge waren nicht mehr da, weil ich sie dem Gemeindeladen von Silver Bay für Bedürftige gespendet hatte. Weder packte ich das T-Shirt ein, das ich getragen hatte, als Liza das erste Mal zu mir ins Bett kam, noch den Pullover, den ich ihr geliehen hatte, als wir einmal bis zwei Uhr morgens ganz alleine draußen gesessen hatten, und von dem ich insgeheim hoffte, sie würde ihn behalten. Auch meinen Laptop nahm ich nicht mit; ich hatte ihn für Hannah im Wohnzimmer stehen lassen, weil ich wusste, dass sie ihn dringender brauchte als ich. Außerdem war es zwar möglicherweise nur noch eine Sache von Stunden, bis Letty zu ihnen zurückkehrte, aber ich konnte einfach nicht den Gedanken ertragen, Hannah und Liza von Lettys grob gerastertem Foto zu trennen. Es mag komisch klingen, aber für mich hätte es sich so angefühlt, als würde ich sie wieder auseinanderreißen. Stundenlang saßen die beiden vor dem Bildschirm, redeten, verglichen Lettys und Hannahs Gesichter und malten sich aus, wie sich die Jüngere der beiden wohl verändert oder eben doch nicht verändert hatte.

Liza war draußen auf der *Ishmael* – ihre letzte Fahrt, bevor auch sie zum Flughafen fahren würde. Seit dem vorigen Tag hatte ich sie kaum gesehen und fragte mich, ob wohl ein stiller Abgang ohne große Verabschiedung das Beste für uns sei. Wenigstens würden die beiden beschäftigt sein, dachte ich mir; an diesem Nachmittag würden sie Lettys Zimmer fertig herrichten. Hannah hatte für heute schulfrei bekommen, und sie waren schon seit Tagen damit beschäftigt, die Wände zu streichen, neue Vorhänge aufzuhängen, das Zimmer mit allen möglichen Dingen zu schmücken, die einem neunjährigen Mädchen gefallen könnten, und auch Lettys Delphine aufzubauen. Hannah war jetzt oben und hängte bei dröhnender Musik Plakate an die Wand, nur um sie unentschlossen wieder abzuhängen. «Glaubst du, die mögen diese Gruppe in England? Was mögen denn englische Mädchen?», fragte sie mich wieder und wieder nervös, als hätte ausgerechnet ich davon eine Ahnung.

Ich beobachtete sie aus der Distanz, halb zurückgezogen von ihrem Glück und zu traurig über den bevorstehenden Verlust meines eigenen. Vielleicht würden sie mich ja ein wenig vermissen, aber sie konnten sich auf etwas viel Schöneres freuen und hatten ein ganz neues Leben vor sich. Ich würde der Einzige sein, der heute Nacht ein paar Tränen vergoss. Ich schaute auf die kleine Bucht hinaus, auf die fernen Berge und auf Silver Bays verstreute Dächer. Ich lauschte dem Vogelgezwitscher, den Motoren in der Ferne, Hannahs Musik, die über mir hämmerte, und hatte das Gefühl, als würde man mich von meinem Zuhause wegreißen. Wohin kehrte ich zurück? Zu einer Frau, von der ich mir nicht sicher war, dass ich sie lieben konnte, und einer Stadt, in der ich mittlerweile das Gefühl hatte zu ersticken.

Ich würde die Scherben meines alten Lebens wieder zusammensetzen müssen, würde mit lärmenden Bekannten aus der City die einst vertrauten Bars und Restaurants aufsuchen, mir einen Weg durch überfüllte Straßen bahnen und in einem nichtssagenden Bürogebäude bei einem neuen Job meine Sporen verdienen. Ich dachte an Dennis, der zweifelsohne versuchen würde, mich zur Rückkehr zu bewegen. Dann sah ich mich in einem neuen Anzug in eine U-Bahn gequetscht, schloss die Augen und sah Hannah vor mir, wie sie den Strand hinunterwetzte, mit Milly auf den Fersen. Ich dachte an Vanessas Lächeln, an ihr Parfüm und die hochhackigen Schuhe, an unsere schicke Wohnung, meinen Sportwagen, all die Verlockungen unseres früheren Lebens, und wusste, dass das alles nichts bedeutete. Ich wollte hier sein. Ich wollte es bis in die letzte Faser meines Seins.

Das Schlimmste daran war, dass ich Vanessa immer noch mochte. Ich wollte sie nicht noch einmal verletzen. Und auch meine Integrität war mir wichtig. Allein aus diesen Gründen war es unabdingbar, dass ich mich an unsere Vereinbarung hielt, wenn sie das Gleiche tat.

Hunderte von Malen am Tag würde ich mir diesen Sermon

in den kommenden Monaten vorbeten. Vor meinem geistigen Auge sah ich mich nachts wach liegen, vor mir die Erinnerung an Lizas Gesicht, ihr zögerliches Lächeln, ihren wissenden Blick von der Seite, der mich verfolgen würde. Ich stellte mir vor, wie ich mein Gesicht in das eine T-Shirt drücken würde, das vielleicht noch einen Hauch von ihrem Duft in sich barg.

Und ich würde mit einer Frau ins Bett gehen, deren Körper nicht zu dem meinen passte, als wäre er für ihn gemacht.

Na, komm schon, sagte ich mir streng, als ich mit forschen Schritten zu dem Mietwagen ging, um ihn vor den Eingang des Hotels zu fahren. Liza hatte ihre Mädchen, und ich sorgte mit meiner Entscheidung für ihre sichere Zukunft. Wenn drei von vier Leuten glücklich waren, so konnte man das durchaus eine gute Ausbeute nennen. Ich stieß in die erste Parklücke zurück, blieb eine Weile sitzen und starrte auf das Armaturenbrett.

Mein Flug ging erst am nächsten Morgen, aber als all diese Gedanken über mich hereinbrachen, beschloss ich, schon jetzt abzureisen. Ich würde in die Stadt fahren und mir für die Nacht ein Zimmer nehmen. Wenn ich auch nur eine Stunde länger blieb, könnte meine Entschlossenheit dahin sein. Ich würde zwar meine Schwester verpassen und nicht Zeuge des großen Wiedersehens sein, aber ich wusste, Monica würde es verstehen. Wenn ich noch bis morgen blieb, wenn ich mich auch nur fünf Minuten dem fälschlichen Glauben hingab, ich könnte ein Teil dieser neuen Familie sein, dann würde ich nicht mehr in der Lage sein, mein Versprechen einzuhalten.

Ich stieg aus und war gerade zu Fuß auf dem Weg zur Küstenstraße, als ich ein vertrautes Motorenjaulen hörte. Gregs Pick-up schlitterte in die Einfahrt und kam abrupt zum Stehen, mit der Stoßstange nur wenige Zentimeter von der meinen entfernt. Die Bojen und Fischernetze rutschten mit einem hohlen Rumpeln gegen die Hinterwand des Führerhauses.

Er stieg aus und zog sich den Rand seiner Mütze tief in die Stirn. «Hab schon die Neuigkeiten über die Kleine gehört. Unglaublich. Wirklich un-glaub-lich.»

«Spricht sich schnell herum», sagte ich. Gleich gestern Abend war Hannah zur Mole gerannt und hatte jedem der Waljäger einzeln die gute Nachricht überbracht. Niemand kannte die genauen Umstände, aber man wusste, dass Liza eine kleine Tochter in England gehabt hatte, die nun zu ihr zurückkehren durfte, und alle waren klug genug, das nicht weiter zu hinterfragen. Jedenfalls nicht offen.

«Morgen Abend kommt sie, richtig?»

Ich nickte.

Er zog ein Päckchen Zigaretten aus seiner Tasche und zündete sich eine an. «Gute Arbeit, Kumpel. Kann zwar nicht behaupten, dass ich ein besonderer Fan von dir bin, aber, zum Teufel, wird sich jemand mit einem Typen anlegen, der Kinder von den Toten auferstehen lässt?»

Er nahm einen tiefen Zug, und wir schauten eine Weile zur Walmole, wo Gregs Boot als einziges vor Anker lag.

«Danke», sagte ich schließlich.

«Na ja. Bitte.»

Hinter uns im Hotel klingelte ein Telefon. Monica konnte es nicht sein – die war schon ein paar Stunden in der Luft. Kathleen hatte angeboten, sie könne hier bleiben, so lange sie wolle. Das sei doch das Mindeste, was sie tun könne, hatte sie strahlend gesagt, und plötzlich beneidete ich meine Schwester. Schon morgen würde sie in dem Zimmer schlafen, das ich mittlerweile als das meine betrachtete. Silver Bay würde für mich dann der Vergangenheit angehören. Eine kleine, seltsame Episode in meinem Leben, an die ich wehmütig zurückdenken würde; eine Reihe von Was-wäre-wenns, über die ich lieber nicht weiter nachdenken wollte.

Als ich an meine Schwester dachte, fiel mir wieder mein Koffer ein, und ich ging nach drinnen, um ihn zu holen. Als ich ihn hinaustrug, stand Greg immer noch da, an seinen Pick-up gelehnt. Er schaute auf mein Gepäck hinab und dann zu mir hoch.

«Wohin?»

«London», sagte ich, hob den Koffer mit einem Schwung in den offenen Kofferraum und machte die Klappe zu.

«London, England?»

Ich machte mir nicht die Mühe zu antworten.

«Bleibst du länger?»

Am liebsten hätte ich ihm eine Lüge aufgetischt – aber was hätte das für einen Sinn gehabt? Er würde es bald genug erfahren. «Ja.»

Eine kleine Pause. In seinem Gehirn schien es zu arbeiten. «Kommst du wieder?»

«Nein.»

Sein Gesicht leuchtete tatsächlich auf. Er war so durchschaubar wie ein Kind. «Du kommst nicht zurück. Na ja, das ist schade. Für dich, meine ich.»

Ich hörte, wie er wieder an seiner Zigarette zog, hörte das Lächeln in seiner Stimme, als er sagte: «Ich hab dich immer schon für einen komischen Kauz gehalten, Kumpel, und jetzt weiß ich, dass ich recht hatte.»

«Großartiger Psychologe», sagte ich. Ich wünschte, er würde sich vom Acker machen.

«Verlässt uns alle, was? Ich bin mir sicher, da hast du die richtige Entscheidung getroffen. Schuster, bleib bei deinen Leisten, oder? Und ich bin mir sicher, Liza kommt drüber hinweg. Die wird ja jetzt vermutlich sowieso ein ganz anderer Mensch. Viel glücklicher. Und, na ja, du brauchst dir auch keine Sorgen zu machen – ich sorg schon dafür, dass sie genügend ... Aufmerksamkeit bekommt.»

Er hob eine Augenbraue, und die Genugtuung stand ihm deutlich ins Gesicht geschrieben. Wäre es nicht möglich gewesen, dass Hannah uns zusah, hätte ich ihm eins in die Fresse gegeben. Ich wusste genau, dass er sich das wünschte. Er versuchte schließlich schon seit Wochen, mich zu einer Prügelei zu verführen.

«Wenn ich mich recht erinnere, Greg», sagte ich leise, «dann warst es nicht du, für den sich Liza interessiert hat.»

Er nahm einen letzten Zug von seiner Zigarette und warf den Stummel in den Staub. «Ach, Kumpel», sagte er. «Das mit Liza und mir geht schon so lange. Ich bin ein erwachsener Mann. Wenn du mich fragst, warst du nur ein Zeitvertreib.» Er hielt den Zeigefinger und den Daumen etwa einen Zentimeter voneinander weg. «So ein kleiner Ausschlag auf dem Radar.»

Um ein Haar hätten wir ernst gemacht. Umso besser, dass Kathleen aus dem Haus kam. «Mike!», rief sie mit ärgerlicher Stimme. «Was machen Sie denn da mit Ihrem Koffer? Ich dachte, Sie fahren erst morgen?»

Ich riss meinen Blick von Greg los und ging auf sie zu. «Ich – ich warte noch auf einen Anruf. Dann werde ich wohl losfahren.»

Sie starrte mich an. Und dann Greg.

«Schauen Sie nicht mich an», sagte Greg grinsend. «Ich hab wirklich mein Bestes getan, ihm zu sagen, wie sehr er hier erwünscht ist.»

«Möchten Sie eine Minute reinkommen?», fragte sie mich.

«Macht euch wegen mir keine Umstände.» Greg zuckte mit den Achseln.

«Hab ich sowieso nie.»

Ich folgte ihr ins Wohnzimmer.

«Sie können jetzt nicht abreisen», sagte sie, die Hände in die Hüften gestützt. «Sie werden Letty nicht sehen. Sie haben sich von niemandem verabschiedet. Verdammt noch mal, ich wollte Ihnen zu Ehren heute Abend sogar eine kleine Feier geben.»

«Das ist wirklich nett von Ihnen, Kathleen, aber ich glaube, es ist am besten, wenn ich jetzt gehe.»

«Wollen Sie nicht wenigstens abwarten, bis Liza zurück ist? Ihr auf Wiedersehen sagen?»

«Lieber nicht.»

Sie schaute mich an, und ich war mir nicht sicher, ob es Sympathie oder Ärger war, was ihr im Gesicht stand. «Ach, kommen Sie. Wenigstens bis nach dem Mittagessen?»

Ich versuchte, einen klaren Gedanken zu fassen bei der lauten Discomusik, die von oben aus Hannahs Zimmer dröhnte, während mein Herz vor Aufregung nach der verhinderten Prügelei mit Greg immer noch überhastet schlug. Man konnte sie singen hören, ihre quietschende kleine Stimme ganz atemlos und mit etlichen falschen Tönen. Ich machte einen Schritt vorwärts und streckte eine Hand aus.

«Danke für alles, Kathleen», sagte ich. «Wenn heute noch irgendwelche Anrufe für mich kommen, würden Sie bitte meine Handynummer weitergeben? Ich rufe Sie an, sobald ich etwas Sicheres über das Bauprojekt weiß.»

Sie schaute auf meine Hand und dann hoch in mein Gesicht. Mir fiel es schwer, sie direkt anzusehen. Dann umarmte sie mich. Ihre alten Arme drückten mich mit erstaunlicher Kraft an sich.

«Rufen Sie mich an», sagte sie, an meine Schulter gepresst. «Sie dürfen nicht einfach so verschwinden. Schon gar nicht wegen diesem blöden Bauprojekt. Rufen Sie mich an.»

Ich verließ das Hotel und stieg in meinen Wagen, bevor der schmerzliche Unterton in ihrer Stimme mich dazu bringen konnte, es mir anders zu überlegen.

Auf der Küstenstraße musste ich langsam fahren, nicht wegen der vielen Schlaglöcher und Unebenheiten, sondern weil ich offenbar etwas in beiden Augen hatte und nicht richtig sehen konnte. Als ich zur Walmole kam, blieb ich stehen, um mir die Augen zu wischen, und war plötzlich von der sinnlosen Hoffnung erfüllt, gleich würde die *Ishmael* um die Landzunge und in die Bucht biegen und ich könnte ein letztes Mal ihre schmale Gestalt sehen, ihr zerzaustes Haar unter der Mütze und den Hund neben ihr am Steuerrad. Nur einen einzigen letzten Blick, bevor mein Leben seinen Kurs auf die andere Seite der Erde einschlagen würde.

Doch da war nur glitzerndes Wasser, die lange Reihe von Bojen, die die Fahrrinne kennzeichneten, und, auf der anderen Seite, die mit Kiefern bestandenen Hügel, die sich bis in den blauen Himmel hinein erstreckten.

Ich konnte mir nicht vorstellen, was sie sagen würde, wenn sie zurückkam und ich nicht mehr da war. Nicht einmal einen Abschiedsbrief hatte ich zustande gebracht, denn wenn ich ihr meine Gefühle gestanden hätte, dann hätte ich ihr auch die Wahrheit sagen müssen, und das konnte ich nicht. Du hast es richtig gemacht, sagte ich mir, während ich auf die Küstenstraße zurückfuhr. Einmal in deinem Leben hast du etwas Gutes getan.

So selten hatte ich das Richtige getan, dass ich nicht wusste, ob die schreckliche Angst, die ich jetzt dabei empfand, das Gefühl war, das normalerweise dazugehört.

Ich war schon fast zwanzig Minuten auf der Schnellstraße unterwegs, als mein Handy klingelte. Ich fuhr rechts ran und wühlte in meiner Jackentasche.

«Mike? Paul Reilly. Ich rufe Sie aus reiner Höflichkeit an. Ich dachte, Sie sollten der Erste sein, der erfährt, dass das Bauprojekt gestorben ist.»

Sie hatte also Wort gehalten. Ich stieß einen langen Seufzer aus, nicht sicher, ob aus Erleichterung darüber, dass Vanessa ihr Versprechen wahrgemacht hatte, oder aus Resignation, weil ich wusste, dass ich nun auch meinen Teil der Vereinbarung zu erfüllen hatte.

«Nun», sagte ich, als ein Truck vorbeirumpelte und den Wagen kurz zum Erbeben brachte. «Ich weiß, dass wir hier verschiedener Meinung sind, aber ich freue mich darüber. Bundaberg ist wirklich die bessere Lösung.»

«Das sehe ich nicht so. Ich dachte, dieses Projekt könnte ein echter Gewinn für die Gegend sein.»

«Sie haben hier etwas ganz Besonderes, Mr. Reilly», sagte ich. «Irgendwann werden Sie und die andere Hälfte von Silver Bay das auch noch erkennen.»

«Ziemlich ungewöhnlich, dass jemand so spät noch einen Rückzieher macht. Ich meine, immerhin wollten sie diese Woche schon das Fundament legen.» Seine Stimme brach fast vor Enttäuschung. «Aber mit den Investoren ist einfach nicht zu diskutieren.»

«Beaker wird seine Recherchen schon gründlich gemacht haben», sagte ich. «Wenn die meinen, dass Bundaberg bessere Erträge bringt ...»

«Wieso Beaker? Es war nicht Beaker.»

«Entschuldigung – was haben Sie gesagt?» Die Autos und Lastwagen donnerten weiter an mir vorbei und übertönten immer wieder seine Worte.

«Es waren die Risikokapitalgeber. Die haben angekündigt, einen Rückzieher zu machen, wenn der Standort nicht gewechselt wird.»

«Wie bitte?»

«Offensichtlich haben diese Haischlagzeilen sie nervös gemacht. Sie haben von all den Zeitungsartikeln und den

Schwimmwarnungen gehört und kriegten es mit der Angst zu tun.» Er seufzte. «Vermutlich halten die es für schwer, Leuten einen Wassersporturlaub schmackhaft zu machen, wenn in der Gegend ein Hai gesichtet wurde, aber ich finde, sie haben da ein bisschen überreagiert.» Er klang ziemlich enttäuscht. «Offenbar braucht man in England bloß das Wort ‹Hai› zu hören, und schon geht alle Vernunft über Bord.»

Warum hatte sich Vanessa denn an Vallance gewandt?, fragte ich mich.

«Sie haben mir eine Überraschung bereitet, Mr. Reilly», sagte ich, während sich in meinem Hirn die Rädchen drehten. «Danke für den Anruf.»

Ich saß einen Moment lang da, ohne auf den Verkehr zu achten, der an mir vorbeidonnerte. Dann griff ich in meine Aktentasche, um meinen Laptop herauszuholen, bis mir einfiel, dass er ja gar nicht dort sein konnte. Ich starrte die Tasche an, bog zurück auf die Schnellstraße und fuhr in Höchsttempo auf die nächste Ausfahrt zu.

«Dennis?»

«Mikey? Ich hab mich schon gefragt, wie lange es dauern würde, bis du dich meldest, altes Haus. Willst wohl ein bisschen triumphieren, was?» Er klang ziemlich beschwipst – da drüben war es nach elf Uhr abends, und so wie ich Dennis kannte, hatte er sich schon ein paar Drinks hinter die Binde gekippt.

«Du weißt doch, dass das nicht meine Art ist.» Ich hatte das Handy zwischen Ohr und Schulter geklemmt, während ich in den Kreisverkehr zurück nach Silver Bay einbog.

«Nein, stimmt – ich hab ja ganz vergessen, dass du dich in Mutter Teresa verwandelt hast. Was willst du denn? Mich anflehen, dir deinen alten Job wiederzugeben?»

Ich ging nicht darauf ein. «Wo geht das Projekt hin?»

«Einen kleinen Ort außerhalb von Bundaberg.» Ich hörte, wie er einen Schluck von seinem Drink nahm. «Wird sogar noch besser da. Die Investoren sind glücklich, und der Stadtrat steht voll hinter uns. Wir benutzen das gleiche Modell. Und kriegen sogar mehr Steuervergünstigungen. Um ehrlich zu sein, hast du uns einen Gefallen getan.»

Vor dem Hotel war keiner zu sehen. Ich ging durch die Eingangstür, den Flur entlang und in die menschenleere Halle, das Handy ans Ohr gepresst, und trat auf meinen Laptop zu. Er lag immer noch da, wo ich ihn zurückgelassen hatte. Von oben wummerte Hannahs Musik. Ich bezweifelte, dass sie überhaupt gemerkt hatte, dass ich weg gewesen war.

«*Ich* hab euch einen Gefallen getan?»

«Indem du den Investoren einen Schrecken eingejagt hast und dein Lobbyist ihnen diese Haigeschichte gesteckt hat.»

«Mein *Lobbyist*?» Das war seltsam. «Dennis ... ich ...»

«Wie hast du das eigentlich angestellt? Hast du dir einen professionellen Miesmacher von Greenpeace angeheuert?» Er senkte die Stimme. «Unter uns gesagt muss ich zugeben, dass du tolle Arbeit geleistet hast, indem du all diese Zeitungsartikel über Haie auf uns abgefeuert hast. Zuerst war ich stinksauer – wir mussten vier Tage und Nächte durcharbeiten, um den Deal zu retten und Vallance an Bord zu behalten. Aber jetzt, wo ich drüber nachdenke, hätten wir wohl in haiverseuchten Gewässern wirklich kein Geld machen können. Weiter oben an der Küste ist es viel besser. Also, wer war's? Und was noch wichtiger ist, was hast du ihm dafür bezahlt? Ich weiß, dass berufsmäßige Volksaufhetzer nicht billig sind.»

Vanessa hatte er mit keinem Wort erwähnt. Während er noch sprach, hatte ich meinen Computer geöffnet und schaute meine eingegangenen E-Mails durch, um herauszufinden, was genau geschehen war.

«Also, was hast du als Nächstes vor, Mike?», fragte Dennis gerade. «Willst du das jetzt beruflich machen? Du weißt ja, dass ich meine Ankündigung in die Tat umgesetzt habe. Hier in der City nimmt dich niemand mehr.»

Ich öffnete meinen Postausgang und suchte die Mails, die an Vallance gegangen waren. Ich machte eine davon auf, die über einen Anhang mit gescannten Zeitungsartikeln verfügte, und fing an zu lesen.

«Das heißt, wenn du wirklich dringend einen Job suchst, alter Bursche, dann könnte ich dir vielleicht ein Entree verschaffen. Um dir einen Gefallen zu tun. Allerdings bei weitem nicht so gut bezahlt, du verstehst.»

«Sehr geehrte Damen und Herren», fing die Mail an. «Hiermit möchte ich Ihnen mitteilen, dass es in Silver Bay die Gefahr von Hai-Attacken gibt und Ihr geplantes Hotel deshalb ...»

Ich musste zweimal hinsehen und las weiter. Und dann fing ich an zu lachen.

«Mike?»

Sie hatte das getan, was ich versäumt hatte. Sie hatte das getan, was ich für unmöglich gehalten hatte.

«Mike?»

Die Musik wurde lauter. Ich hörte sie singen und hielt nur zum Spaß das Handy in Richtung oberes Stockwerk.

«Mike?», sagte Dennis, als ich das Handy wieder am Ohr hatte. «Was zum Teufel ist das für ein Lärm?»

«Das, Dennis», sagte ich, «ist mein Lobbyist.»

Ich musste noch einen weiteren Anruf tätigen und ging nach draußen, um dabei ungestört zu sein. Ich stand einen Moment da, bevor ich wählte, atmete die unverfälschten Düfte ein, die hier schon ein halbes Jahrhundert zu riechen waren und die, wenn man Glück hatte, auch noch ein weiteres halbes Jahrhundert zu riechen sein würden. Doch Frieden empfand ich dabei nicht. Noch nicht.

«Du hast es also getan», sagte ich.

Sie hielt den Atem an, als hätte sie mit jemand anderem am Telefon gerechnet. «Mike», sagte sie. «Sicher. Ich hab dir doch gesagt, dass ich es mache.»

«Das hast du allerdings.»

«Na ja, du weißt ja, dass ich immer alles kriege, was ich will.» Sie lachte und fing dann an zu erzählen, sie habe für den Abend meiner Rückkehr einen Tisch in einem Restaurant buchen können, in dem Normalsterbliche sonst nie einen Platz bekamen. Ihre Stimme klang fröhlich. Sie sprach immer ein wenig zu schnell, wenn sie aufgeregt war. «Ich hab ein paar Strippen gezogen, und wir essen um halb neun. Dann müsstest du genügend Zeit haben, um dich ein bisschen hinzulegen und zu duschen.»

«Und wie?»

«Was meinst du mit wie? Wie ich den Tisch bekommen habe? Na ja, man muss einfach den richtigen ...»

«Wie hast du deinen Dad davon überzeugt, alles noch mal über den Haufen zu werfen?»

«Ach, du kennst doch Dad. Ich kann ihn um den kleinen Finger wickeln. Konnte ich immer schon. Also, bist du auf die Qantas-Maschine gebucht? Ich hab mir freigenommen, um dich abzuholen. Ich glaube, die Flugnummer hab ich mir aufgeschrieben.»

«Muss doch aber ziemlich schwierig gewesen sein – dass er Vallance so kurz vor Baubeginn noch rumgekriegt hat.»

«Na ja, ich hab einfach ...» Sie klang jetzt leicht genervt. «Ich hab ihm die Gründe genannt, über die wir beide damals gesprochen hatten, und am Ende hatte er ein Einsehen. Er hört auf mich, Mike, und wir hatten ja bereits einige Alternativen ausgearbeitet, wie du weißt.»

«Wie hat Vallance es aufgenommen?»

«Ganz okay – hör mal, musst du nicht längst zum Flughafen?»

«Nee.»

«Ich komme dich dann abholen. Ich wollte dir eine Überraschung mitbringen, aber jetzt kann ich nicht widerstehen, es dir doch zu erzählen. Es ist der neue Mazda-Zweisitzer. Der, den du bestellt hattest – ich hab ihn dem Händler zum ursprünglichen Preis abschwatzen können. Er wird dir gefallen.»

«Ich komme nicht, Ness.»

Ich hörte, wie sie scharf einatmete. «Wie bitte?»

«Wie lange hast du es schon gewusst, als du mich angerufen hast? Ich habe gerade mit deinem Vater telefoniert und vermute, dass du mindestens zwei, wenn nicht drei Tage lang gewusst haben musst, dass das Bauprojekt an einen anderen Standort verlegt wird.»

Sie sagte nichts.

«Also dachtest du, du schlägst aus dieser günstigen Gelegenheit Kapital und spielst dich als die große Retterin auf. Sicherst dir Mikes ewige Dankbarkeit.»

«So war das nicht.»

«Dachtest du denn, ich würde nicht rausfinden, dass das gar nicht auf deinem Mist gewachsen ist? Hältst du mich für total bescheuert?»

Es trat ein langes Schweigen ein.

«Ich dachte ... bis du es herausfinden würdest, wären wir längst wieder glücklich vereint und es würde keinen Unterschied mehr machen.»

«Unsere ganze Beziehung hätte auf einer Lüge beruht.»

«Du bist mir der Richtige, um über Lügen zu reden. Du und Tina. Du und dein bescheuertes Bauprojekt.»

«Du hättest mich also wirklich dazu gebracht, den ganzen

Weg zurückzufliegen, mein ganzes Leben umzukrempeln, nur wegen ...»

«Nur wegen was? *Ein ganzes Leben umkrempeln?* Komm, jetzt spiel hier bloß nicht das Opfer, Mike Dormer. *Du* bist hier derjenige, der *mir* Unrecht getan hat, wenn ich mich recht erinnere.»

«Und genau deshalb komme ich auch nicht zurück.»

«Weißt du was? Ich war mir sowieso nicht so sicher, ob ich dich überhaupt zurück will. Vielleicht hätte ich dich auch bloß herkommen lassen und dich dann in hohem Bogen wieder vor die Tür gesetzt. Du bist so nutzlos, Mike, eine Niete, das bist du.» Sie war jetzt richtig wütend, und die Aufdeckung ihrer eigenen Falschheit ließ bei ihr endgültig alle Masken fallen. «Ich bin so froh, dass du es weißt. Du hast mir eine Fahrt an diesen bescheuerten Flughafen erspart. Und ehrlich gesagt würde ich dich sowieso nicht mehr mit der Kneifzange anfassen, wenn ...»

«Viel Glück, Vanessa», sagte ich eisig, während ihre Stimme um eine weitere Oktave stieg. «Alles Gute für die Zukunft.»

Mir dröhnte der Kopf, als ich das Handy ausschaltete.

Es war vorbei.

Ich starrte den kleinen Apparat in meiner Hand an und schleuderte ihn dann, so fest ich konnte, ins Meer. Das Handy landete mit einem halbherzigen Platschen etwa zehn Meter vom Strand. Ich schaute zu, wie sich das Wasser darüber schloss, und spürte plötzlich ein so großes Glücksgefühl in mir aufsteigen, dass ich an mich halten musste, um nicht vor Freude loszubrüllen.

«Gott!», rief ich und hätte mich am liebsten an einem Punching-Ball ausgetobt. Oder ein Rad geschlagen.

«Ich bin mir nicht sicher, ob er Sie hören wird», tönte eine männliche Stimme hinter mir. Ich fuhr herum und sah

Mr. Gaines zusammen mit Kathleen am Ende des Waljägertisches sitzen. Beide sahen mich neugierig an.

«Das war ein sehr schönes Handy», sagte Kathleen zu ihm. «Diese jungen Leute von heute schmeißen ihre Sachen viel zu schnell weg.»

«Und lassen sich von ihren Gefühlen hinreißen. So viel Gezeter hat es in unserer Jugend nicht gegeben», sagte Mr. Gaines.

«Ich geb den Hormonen die Schuld», sagte Kathleen. «Ich glaube, die tun die ins Wasser.»

Ich machte einen Schritt auf sie zu. «Mein Zimmer», sagte ich und versuchte, meinen Atem zu beruhigen. «Bestünde eventuell die Möglichkeit ... die Möglichkeit, dass ich es noch ein wenig behalten kann?»

«Da musst du vermutlich mal in deinen Büchern nachschauen, stimmt's, Kate?», sagte Mr. Gaines und lehnte sich an sie.

«Ich schau mal, ob es noch frei ist. Die Geschäfte ziehen langsam wieder an ... jetzt, wo wir das einzige Hotel in der Bucht sind. Normalerweise lausche ich ja nicht», fügte sie hinzu, «aber Sie haben auch ganz schön gebrüllt gerade eben.»

Ich stand da, langsam wurde mein Herzschlag wieder ruhiger, und ich war dankbar für diese beiden leise spottenden alten Herrschaften vor mir und für die Sonne, das gütig glitzernde Blau der Bucht und die Aussicht, dass es nach wie vor Geschöpfe des Meeres geben würde, die fröhlich und unbeobachtet unter der Wasseroberfläche tanzen würden. Und für den Gedanken an eine glückliche junge Frau in einer abgewetzten Mütze, die irgendwo da draußen auf der Suche nach Walen war.

Kathleen gab mir zu verstehen, ich solle mich setzen, und schob mir eine Tasse Tee hin.

Ich nahm einen Schluck und blickte aufs Meer. Ich liebte diese Aussicht. Ich liebte dieses Hotel, diese kleine Bucht. Ich liebte den Gedanken an mein zukünftiges Leben, das langsam vor mir sichtbar wurde, mit seinem schmalen Einkommen, zwei reizbaren jungen Mädchen, einem launischen Hund und einem ganzen Haus voll schwieriger Frauen. Irgendwo konnte ich das ganze Ausmaß dessen, was geschehen war, immer noch nicht richtig begreifen.

Kathleen schien zu spüren, was mir durch den Kopf ging. «Wissen Sie», sagte sie nach ein paar Minuten und legte sich eine zerknitterte Hand an die Stirn. «Alle möglichen Leute sind dieser Tage auf der Seite der Haie. Sie behaupten, Haie würden missverstanden. Und dass sie ein Produkt ihrer Umwelt sind.» Sie verzog die Lippen. «Ich sage, ein Hai ist ein Hai. Ich bin jedenfalls noch nie einem begegnet, der mein Freund sein wollte.»

«Wohl wahr.» Mr. Gaines nickte zustimmend.

Ich lehnte mich in meinem Stuhl zurück, und wir saßen eine Weile ganz still da. Ein Stück die Küste hinab sah ich den Baugrund mit seinen glänzenden Schildern, die schon bald überflüssig sein würden. Ich hörte die Musik oben aus Hannahs Zimmer, das ferne Knattern eines Motorboots, das einlullende, verschwörerische Rauschen der Kiefern. Hier würde ich bleiben, solange sie mich haben wollten. Der Gedanke erfüllte mich mit einem Gefühl, das Glück am nächsten kam.

«Greg hat diesen Hai nie gefangen, oder?», fragte ich.

Kathleen Whittier Mostyn, die legendäre Hai-Lady, lachte, ein kurzes, raues Bellen von einem Lachen, und als sie mir das Gesicht zuwandte, war da ein stählerner Glanz in ihren Augen.

«Eins habe ich in meinen bald achtzig Jahren gelernt, Mike. Wenn ein Hai dich beißen will, dann musst du alles tun, um zu überleben.»

## KAPITEL 28

*Hannah*

Die Fahrt von Silver Bay zum Flughafen von Sydney dauerte drei Stunden und achtundzwanzig Minuten, weitere zwanzig Minuten brauchten wir, um einen Parkplatz zu finden, und dann kamen noch vier Pausen von je einer Viertelstunde dazu, weil ich mich vor Aufregung aus der Hintertür übergeben musste. Mein Bauch macht mir immer noch Probleme – so war es auch jedes Mal, wenn ich mit einem Walboot hinausfuhr –, aber ich hatte Yoshi nie davon überzeugen können, dass es keine Seekrankheit war. Tante K. wusste es. Sie sagte mir jedes Mal, es sei nicht so schlimm – während ich mit dem Kopf über der Böschung hing, hörte ich, wie sie zu den anderen sagte, sie hätte extra acht Plastiktüten und vier Küchenrollen mitgenommen –, und Mike war, dank ihrer Warnungen, eine ganze Stunde früher losgefahren.

Wir saßen zu fünft im Wagen – Mike, Mum, Mr. Gaines, Tante K. und ich. Es war nicht unser Auto, sondern Mr. Gaines' Siebensitzer, den wir uns geborgt hatten, nachdem Mike darauf hingewiesen hatte, dass wir in Mums Auto die beiden Extrapersonen nicht unterbringen könnten, die mit uns nach Hause fahren würden. Ein ganzer Konvoi von Pick-ups, allesamt mit Netzen und Tauen auf den Ladeflächen und wahrscheinlich nach Fisch duftend, folgte uns unauffällig. Jedes Mal, wenn wir anhielten, hielten sie auch an, aber keiner von den Fahrern stieg aus. Sie saßen einfach nur da und schauten aus dem Fenster, als wären sie an allem Möglichen interessiert, bloß nicht an einem Mädchen, das schon wieder mit dem Kopf über der Böschung hing. An jedem anderen Tag wäre ich vor Scham in den Boden versunken.

Keiner wollte uns zu nahe kommen, weil alle wussten, wie meine Mum sein konnte, wenn es um ihr Privatleben ging, aber es hatten einfach alle da sein wollen. Meiner Mum war es egal. Um ehrlich zu sein, glaube ich nicht, dass sie es gemerkt hätte, wenn die Queen persönlich ihr hinterhergefahren wäre. Seit vierundzwanzig Stunden sagte sie kaum mehr etwas, sondern schaute nur ständig auf ihre Uhr, rechnete und nahm ab und zu meine Hand. Hätte Mike sie nicht davon abgehalten, hätte sie wahrscheinlich schon vor zwei Tagen in der Ankunftshalle ihr Lager aufgeschlagen und dort gewartet.

Mikes Berechnungen waren auf die Minute genau. Selbst mit den Extrastopps waren wir fünfzehn Minuten vor der Ankunft des Fluges da. «Die längsten fünfzehn Minuten unseres Lebens», murmelte Mr. Gaines. Mindestens weitere zwanzig Minuten würde es dauern, bis das Gepäck kam und sie durch die Passkontrolle waren. Und in jeder einzelnen Minute stand Mum da, ganz still, die Hände um die Absperrung gekrallt, während wir uns um sie herum unterhielten, die Augen immer auf die Milchglasscheibe der Automatiktür gerichtet. An einem Punkt hielt sie meine Hand so fest, dass meine Finger ganz blau wurden, und Mike musste sie vorsichtig wieder losmachen. Zweimal ging Mike zum Qantas-Schalter und kam zurück, um zu bestätigen, dass das Flugzeug definitiv nicht vom Himmel gefallen war.

Dann endlich, als ich gerade dachte, es würde mir schon wieder schlecht, tröpfelten die ersten Passagiere vom Flug QA2032 durch das Gate. Wir schauten ihnen angespannt entgegen. Was, wenn sie nicht kam? Der Gedanke stieg ganz plötzlich in mir auf, und mein Herz war mit Panik erfüllt. Was, wenn sie doch beschlossen hatte, bei Stephen zu bleiben? Oder, noch schlimmer, wenn sie kam und wir sie nicht erkannten?

Und dann war sie plötzlich da. Meine Schwester, fast so groß wie ich, mit Mums hellblondem Haar und einer krummen Nase wie meiner. Sie hielt die Hand von Mikes Schwester ganz fest. Sie trug eine Jeans und ein rosa Kapuzenshirt und ging langsam und ein wenig humpelnd, als hätte ein Teil von ihr immer noch Angst vor dem, was er hier vorfinden würde. Mikes Schwester sah uns und winkte, und selbst aus dieser Entfernung konnte man sehen, dass sie strahlte wie ein Honigkuchenpferd. Sie blieb einen Moment stehen und sagte etwas zu Letty, und Letty nickte, das Gesicht auf uns gerichtet, und dann begannen sie, schneller zu gehen.

Da weinten wir schon alle, noch bevor sie die Absperrung erreicht hatten. Meine Mutter hatte neben mir zu zittern begonnen. Tante K. sagte «Gott sei Dank, oh, dem Herrn sei Dank» in ein Taschentuch, und als ich mich umdrehte, sah ich Yoshi, die an Lance' Brust weinte, und sogar Mike, der den Arm um meine Schulter gelegt hatte, schluckte schwer. Aber ich lächelte ebenso, wie ich weinte, weil ich wusste, dass es manchmal mehr Gutes auf der Welt gibt, als man sich vorstellen kann, und dass jetzt endlich alles in Ordnung war.

Und als Letty näher kam, duckte sich Mum unter der Absperrung durch und fing an zu laufen, und während sie lief, gab sie einen Ton von sich, den ich noch nie zuvor gehört hatte. Es war ihr egal, was die Leute dachten – und dann trafen sich ihre Blicke, und sie waren wie Magnete, die nichts auf der Welt mehr davon abhalten kann, zueinanderzufinden. Meine Mutter packte sie und zog sie an sich, und Letty schluchzte und wühlte in Mums Haar, und ich kann es nur so beschreiben, dass es so aussah, als hätte jede von ihnen einen Teil von sich verloren gehabt und ihn wiederbekommen. Da drängte ich mich auch nach vorn und klammerte mich an den beiden fest, und schließlich kamen auch Tante K. und Mike, und ich war mir undeutlich bewusst, dass uns all die Leute anschauten, die bestimmt dachten, sie sei einfach nur ein Kind, das wieder nach Hause kommt. Wenn bloß das Geräusch nicht gewesen wäre. Das Geräusch, das meine Mutter machte, als sie zu Boden sanken, von uns allen umgeben, ein großes Knäuel aus Armen und Küssen und Tränen.

Weil der Laut, der von meiner Mutter kam, während sie meine Schwester in den Armen wiegte, ganz langgezogen und traurig und seltsam war und daraus die ganze Liebe und der ganze Schmerz der Welt sprachen. Er hallte durch die Ankunftshalle, wurde von den glänzenden Böden und den Wänden zurückgeworfen, brachte Menschen dazu, stehen zu bleiben und sich umzudrehen, um zu sehen, was da los war. Es war schrecklich und wundervoll zugleich. Tante K. sagte später, es hätte ganz genauso geklungen wie der Gesang eines Buckelwals.

# EPILOG

Mein Name ist Kathleen Whittier Gaines, und ich bin eine siebenundsiebzigjährige Braut. Selbst wenn ich diese Worte nur hinschreibe, zucke ich zusammen, so albern klingen sie. Ja, am Schluss hat er mich doch noch gekriegt. Er meinte, wenn er irgendwann beschlösse, den Löffel abzugeben, dann wüsste er gerne, dass ich in der Nähe bin, und ich dachte mir, das sei nicht zu viel verlangt von einer Frau, zumal wenn sie weiß, dass der Mann sie sein ganzes Leben lang geliebt hat.

Ich wohne nicht mehr im Hotel. Jedenfalls nicht mehr ständig. Nino und ich konnten uns nicht so recht einigen, wo wir uns niederlassen sollen; er meinte, er wolle bei seinen Reben sein, und ich sagte ihm, ich hätte nicht vor, den Rest meines Lebens im Landesinneren zu verbringen. So kam es, dass wir vereinbarten, die halbe Woche bei mir und die andere Hälfte bei ihm zu wohnen, und auch wenn der Rest von Silver Bay denkt, wir sind ein paar bekloppte alte Knacker, ist es ein Arrangement, das uns beiden taugt.

Liza und Mike wohnen im Hotel, das mittlerweile ein bisschen schicker und ein bisschen gemütlicher ist als zu der Zeit, als ich es allein führte. Mike hat seine Finger auch noch in anderen Dingen, mit denen er sich beschäftigt und die ihm Geld einbringen, zum Beispiel dem Vermarkten von Ninos Weinen, aber darum kümmere ich mich nicht besonders, solange bei uns am Abend ein oder zwei gute Fläschchen auf dem Tisch stehen. Ab und zu kriegt Mike einen Rappel und will, dass Nino mit dem Wein mehr Geld verdient oder seine Erträge erhöht, wie er es nennt, aber ich bin nicht seiner Meinung, und die anderen nicken und lächeln und warten ganz ruhig, bis er wieder genug herumgesponnen hat.

Es wird andere Bauprojekte geben und andere Bedrohungen, und wir werden uns dagegen zur Wehr setzen. Aber jetzt tun wir es ohne Angst. Nino Gaines – oder sollte ich schreiben, mein Mann? – hat das alte Grundstück der Bullens gekauft. Als Hochzeitsgeschenk für mich, wie er sagte. Und ein bisschen Sicherheit für die Mädchen. Ich möchte lieber nicht darüber nachdenken, wie viel er dafür bezahlt hat. Er und Mike haben schon ein paar Ideen, was sie mit dem Grund anfangen wollen. Ab und zu gehen sie zu dem verwitterten Bauzaun hinunter und begutachten das Land, aber so richtig entschließen, es zu bebauen, können sie sich nicht. Und ich mache eben das, was ich immer schon getan habe – ich führe ein etwas heruntergekommenes Hotel am Ende der Bucht und werde leicht nervös, wenn allzu viele Reservierungen eintrudeln.

Ein Stückchen die Küste hinab scheint die Walmigration nach Süden in vollem Gange zu sein. Jeden Tag gibt es neue Berichte über vorbeiziehende Walschulen, über Mütter mit ihren Babys, und die Zahlen der Passagiere sind seit dem letzten Jahr etwa gleich geblieben. Die Waljäger kommen und gehen, ab und zu wird ein altes Gesicht durch ein neues ersetzt, und sie alle spinnen das gleiche Seemannsgarn, erzählen die gleichen Witze und jammern herum wie eh und je, wenn sie am Abend bei mir auf der Bank sitzen. Yoshi ist zurück nach Townsville gegangen, um eine Ausbildung als Walretterin zu machen, und hat versprochen zurückzukehren. Lance plant, sie zu besuchen, aber ich bezweifle, dass er es wirklich tun wird. Greg macht einer vierundzwanzigjährigen Barfrau und Reservistin der australischen Armee den Hof, obwohl das für ihn wohl ein zu feiner Ausdruck ist. Anscheinend läuft alles gut bei den beiden. Im Hotel lässt er sich nicht mehr oft blicken, und es ist deutlich zu erkennen, dass das Mike ganz recht ist.

Und Letty wächst und gedeiht. Sie und Hannah sind so vertraut miteinander, als wären es bloß fünf Tage und nicht fünf Jahre gewesen, die sie getrennt voneinander verbracht haben. Ein paarmal habe ich sie erwischt, wie sie in einem Bett geschlafen haben, und wollte schon schimpfen, aber Liza hielt mich davon ab. «Lass sie nur», meinte sie und schaute sich die beiden verschlungenen Körper an. «Die Zeit, wo sie wieder mehr Platz für sich allein brauchen, kommt früh genug.» Wenn sie spricht, ist eine solche Leichtigkeit in ihrer Stimme, dass ich oft gar nicht fassen kann, dass es dieselbe Frau ist, die sich all die Jahre so eingeigelt hat.

Die ersten paar Wochen waren seltsam. Wir schlichen auf Zehenspitzen um das Kind herum, weil wir Angst hatten, dass diese unerwarteten Geschehnisse, dieser plötzliche Ortswechsel sie irgendwie erschüttert haben könnten. Lange Zeit hing sie an ihrer Mutter wie eine Klette, als hätte sie Angst, ihr noch einmal entrissen zu werden, und am Ende habe ich sie mit hinunter ins Museum genommen, ihr meine Harpune gezeigt und ihr gesagt, wenn es einer auch nur wagen sollte, in die Nähe meiner beiden Mädchen zu kommen, würde ich ihm mit meinem alten Harry schon Bescheid stoßen. Sie war ein bisschen überrascht, aber ich glaube, jetzt fühlt sie sich sicherer. Nino meinte ganz trocken, es hätte wohl schon seine Gründe gehabt, warum ich nie Kinder bekommen habe.

Es ging ihr besser, nachdem ihr Vater sie angerufen hatte: Er sagte ihr, er finde es in Ordnung, wenn sie hierbliebe, und er würde die Entscheidung ganz ihr überlassen. Von diesem Zeitpunkt an schlief sie wieder gut – wenn auch bei ihrer Schwester im Bett.

Und das ist das Ende der ganzen Geschichte. Mikes Schwester hielt Wort und veröffentlichte die Story nie. Mike sagt, im Grunde sei es doch eine Liebesgeschichte – und damit meint er nicht die zwischen Liza und ihm, obwohl man die beiden nur anzusehen braucht, um zu erkennen, wie sehr sie einander lieben –, sondern die zwischen Liza und ihren Töchtern. Manchmal, wenn er mich aufziehen will, sagt er auch, er meine natürlich die Liebesgeschichte zwischen Nino und mir.

Aber ich sehe das anders. Schauen Sie doch nur einmal lange genug aufs Meer hinaus, auf seine Launen und Verrücktheiten, seine Schönheit und seinen Schrecken, und Sie bekommen alle Geschichten, die Sie brauchen – von Liebe und Gefahr und darüber, was einem das Leben so ins Netz spült. Und dass es manchmal nicht unsere Hand ist, die das Ruder hält, und einem oft nichts anderes übrigbleibt, als zu hoffen, dass alles in Ordnung kommt.

Fast jeden Tag, wenn Liza nicht allzu viele Touren gebucht hat, fahren sie jetzt alle zusammen mit der *Ishmael* hinaus, um nach den Walen zu sehen. Zuerst dachte ich, das sei Lizas Methode, aus allen eine Familie zu machen und sie aneinander zu binden, aber bald wurde mir bewusst, dass sie alle genauso von den Meeresriesen angezogen werden wie sie. Und dabei geht es ihnen nicht nur um die Tiere, die sie sehen. Es geht ihnen auch um die, die sie nicht sehen.

Die Mädchen lieben es, einem Buckelwal beim Abtauchen zuzuschauen, weil sie sich an dem Gedanken freuen, dass es da unten nach manch spektakulärem Sprung aus dem Wasser ein ganzes Leben gibt, das sie nicht sehen können. Eine ganze

Welt, in der wir und die gedankenlosen Dinge, die wir einander antun, völlig unbedeutend sind.

Zuerst hat Mike sie ausgelacht und gesagt, sie hätten ein bisschen zu viel Phantasie, aber mittlerweile zuckt er nur mit den Achseln und muss zugeben: Was zum Teufel weiß er schon? Was weiß überhaupt jemand von uns? Es sind schon seltsamere Dinge vorgefallen, besonders in unserem kleinen Winkel der Welt.

Und jetzt schaue ich den vieren zu, wie sie im Sonnenschein die Walmole entlanglaufen, und ich denke an meine Schwester und meinen Vater, denen eine Geschichte wie diese bestimmt gefallen hätte. («Wir dachten, ihr hättet da oben Gesellschaft bekommen», sage ich oft zu ihnen, wo auch immer sie sein mögen, «aber wir hatten uns gründlich getäuscht.») Sie hätten begriffen, dass es in dieser Geschichte um ein flüchtiges Gleichgewicht geht; um eine Wahrheit, um die wir alle kämpfen müssen, wenn wir gesegnet genug sind, diesen Gottesgeschöpfen zu begegnen, dass man nämlich manchmal etwas Wundervollem auch durch zu große Nähe Schaden zufügen kann.

Und dass man manchmal, fügt Mike mit entschlossener Miene hinzu, einfach keine Wahl hat. Nicht, wenn man wirklich leben will.

Natürlich sage ich ihm das nie, weil er sich sonst auch noch was drauf einbilden würde. Aber ich muss wirklich zugeben, dass ich in seinem Fall, ganz genau in seinem Fall, ausnahmsweise einmal voll seiner Meinung bin.

# DANKSAGUNG

Mein Dank geht, in keiner besonderen Reihenfolge, an Meghan Richardson, Matt Dempsey und Mike, den Skipper von der *Moonshadow V*, an die Walbeobachtungsgemeinschaft in Nelson Bay und an alle Besatzungsmitglieder, die den ganzen August 2005 ihre spärliche Freizeit opferten, um mit mir über Walverhalten und das Leben da draußen auf den Wellen zu sprechen. Danke auch an die Polizei von New South Wales, die mir genauestens erklärt hat, bei welchen Verstößen gegen die Bestimmungen zu Wasser sie wirklich unangenehm werden kann.

Dank gebührt Hachette Livre (ehemals Hodder) Australia and New Zealand, durch deren Bemühungen dieses Buch überhaupt erst zustande kam: besonders Raewyn Davies, Debs McInnes von der Debbie McInnes PR-Agentur, Malcolm Edwards, Mary Drum, Louise Sherwin-Stark, Kevin Chapman und Sue Murray, ebenso wie Mark Kanas von Altour, von denen keiner vor der Herausforderung zurückschreckte, eine besonders chaotische fünfköpfige Familie bei ihrer Reise kreuz und quer über die beiden Erdhalbkugeln immer pünktlich ans Ziel zu bringen.

Wie immer geht mein Dank an Carolyn Mays, meine Lektorin, die es schaffte, nicht in Panik auszubrechen, als ich beschloss, das Buch, das sie eigentlich von mir erwartete, für dieses hier auf Halde zu legen, und an Sheila Crowley, meine Agentin, für ihre unermüdliche Begeisterung und ihr Verkaufstalent. Danke auch an Emma Knight, Lucy Hale, Auriol Bishop, Hazel Orme, Amanda O'Connell und das gesamte Team von Hodder UK für ihre harte Arbeit und Unterstützung sowie an Linda Shaughnessy, Rob Kraitt und alle anderen bei A. P. Watt, für das Gleiche.

Etwas näher an zu Hause danke ich Clare Wilde, Dolly Denny, Barbara Ralph und Jenny Colgan für ihre praktische Hilfe und Freundschaft in einem schwierigen Jahr. Ich hoffe, ihr wisst, wie sehr ich es zu schätzen weiß.

Ich danke auch Lizzie und Brian Sanders, Jim und Alison Moyes, Betty McKee, Cathy Runciman, Lucy Ward, Jackie Tearne, Monica Hayward, Jenny Smith und allen bei Writersblock.

Mein allergrößter Dank gilt Charles, Saskia und Harry, die meinen oft stotternden Motor immer wieder in Gang bringen. Und Lockie, der uns zeigt, dass Vollkommenheit ein relativer Begriff ist.

## WEITERE TITEL VON JOJO MOYES

Das Haus der Wiederkehr
Der Klang des Herzens
Die Frauen von Kilcarrion
Die Tage in Paris
Ein Bild von dir
Eine Handvoll Worte
Im Schatten das Licht
Kleine Fluchten
Mein Leben in deinem
Nachts an der Seine
Nächte, in denen Sturm aufzieht
Über uns der Himmel, unter uns das Meer
Weit weg und ganz nah
Wie ein Leuchten in tiefer Nacht
Zwischen Ende und Anfang

### LOU
Ein ganzes halbes Jahr
Ein ganz neues Leben
Mein Herz in zwei Welten
Auf diese Art zusammen

# Jojo Moyes
# Über uns der Himmel, unter uns das Meer

Australien, 1946. Sechshundert Frauen machen sich auf eine Reise ins Ungewisse. Ein Flugzeugträger soll sie nach England bringen, dort erwartet die Frauen ihre Zukunft: ihre Verlobten, ihre Ehemänner – englische Soldaten, mit denen sie oft nur wenige Tage verbracht hatten, bevor der Krieg sie wieder trennte. Unter den Frauen ist auch die Krankenschwester Frances. Während die anderen zu Schicksalsgenossinnen werden, ihre Hoffnungen und Ängste miteinander teilen, bleibt sie verschlossen. Nur in Marinesoldat Henry Nicol, der jede Nacht vor ihrer Kabine Wache steht und wie sie Schreckliches erlebt hat im Krieg, findet sie einen Vertrauten. Eines Tages jedoch holt Frances ausgerechnet der Teil ihrer Vergangenheit ein, vor dem sie ans andere Ende der Welt fliehen wollte ...

*512 Seiten*

Ein berührender Roman über Hoffnung, Schicksal und Liebe – inspiriert von Jojo Moyes' eigener Familiengeschichte.

Weitere Informationen finden Sie unter **rowohlt.de**

# Jojo Moyes
# Mein Leben in deinem

Einmal in das Leben einer anderen schlüpfen, davon träumt Sam, wenn ihr der Alltag über den Kopf wächst. Als sie im Sportstudio versehentlich die falsche Tasche mitnimmt, kann sie nicht widerstehen. Der Inhalt ist so anders als ihre schlichten Klamotten. Eine wunderschöne Chanel-Jacke und ein Paar glamouröse High Heels. Als Sam die Kleidungsstücke anzieht, fühlt sie sich für einen Moment wie eine andere Frau. Eine Frau ohne Geldsorgen, ohne Ehemann, der nur noch auf dem Sofa sitzt – sie fühlt sich unbeschwert, selbstbewusst, frei.

*512 Seiten*

Nisha ist diese Frau. Von außen scheint ihr Leben perfekt. Ein erfolgreicher, wohlhabender Mann, ein Kleiderschrank voller Designerstücke. Doch Nisha war nicht immer die Frau, die sie heute ist. Und ihr sorgsam aufgebautes Leben droht gerade wie ein Kartenhaus einzustürzen. Bis ihr Sam begegnet. Denn manchmal kann ein einziger Moment alles verändern.

Der große neue Roman von Jojo Moyes – jetzt im Taschenbuch!

Weitere Informationen finden Sie unter **rowohlt.de**

# Jojo Moyes
# Das Haus der Wiederkehr

Lottie und Celia sind in dem Küstenstädtchen Merham wie Schwestern aufgewachsen. Während Celia gegen die Enge der Kleinstadt aufbegehrt, liebt Lottie den idyllischen Ort und vor allem das Meer. Besonders fasziniert sie ein prächtiges Art-déco-Haus direkt am Strand, in dem eine bunte Gruppe von Künstlern lebt.
Gemeinsam tauchen die beiden ein in eine aufregende, unkonventionelle Welt. Bis Celia eines Tages ihren Verlobten Guy mit nach Hause bringt – und vom ersten Augenblick an weiß Lottie, dass er ihre große Liebe ist.
Ein halbes Jahrhundert später erwacht das Haus am Strand wieder zum Leben – und mit ihm seine Geheimnisse ...

*496 Seiten*

Die charmante Wiederentdeckung von Bestsellerautorin Jojo Moyes! Ein kleines Küstenstädtchen in den 1950er Jahren, zwei Schwestern, eine tragische Liebe, die bis in die Gegenwart wirkt.

Weitere Informationen finden Sie unter **rowohlt.de**